清末民初文獻叢刊

三洲日記

（第一册）

［清］張蔭桓 著

朝華出版社
BLOSSOM PRESS

圖書在版編目（CIP）數據

三洲日記 ： 全4册 / （清）張蔭桓著. -- 北京 ： 朝華出版社，2017.11
（清末民初文獻叢刊）
ISBN 978-7-5054-4077-7

Ⅰ. ①三… Ⅱ. ①張… Ⅲ. ①日記－作品集－中國－清代 Ⅳ. ①I264.9

中國版本圖書館CIP數據核字（2017）第202335號

三洲日記（全四册）

作　　者 ［清］張蔭桓

選題策劃 楊麗麗　尚論聰
責任編輯 胡　泊
特約編輯 齊　芳
責任印制 張文東　陸競贏
封面設計 劉敬偉

出版發行 朝華出版社
社　　址 北京市西城區百萬莊大街24號　　**郵政編碼** 100037
訂購電話 （010）68996618　68996050
傳　　真 （010）88415258（發行部）
聯系版權 j-yn@163.com
網　　址 http://zhcb.cipg.org.cn
印　　刷 北京中科印刷有限公司
經　　銷 全國新華書店
開　　本 880mm×1230mm　1/32　　**字　　數** 287千字
印　　張 47.375
版　　次 2017年11月第1版　2017年11月第1次印刷
裝　　别 精
書　　號 ISBN 978-7-5054-4077-7
定　　價 280.00元（全四册）

出版前言

中國自一八四〇年鴉片戰爭以來，傳統的農業文明在西方的堅船利炮轟擊之下徹底被顛覆，有擔當的知識分子苦苦追尋，思索社會改革的途徑。從最初的『師夷長技以制夷』到『民主制度，天下之公理』（梁啓超語），他們發現要『强國富民』，首先要『開啓民智』，祇有民衆擁有了獨立思想和批判精神，國家纔能實現真正的强大。在此後一百年的時間裏（一八四〇—一九四九），思想者們從社會變革深入到國民性的改造，用每一部作品見證着中國近代化的遞變歷程。這是一個極其重要的時代，《清末民初文獻叢刊》正是收録了這一時期的作品，大部分書籍都是早期版本，有着極高的文獻研究價值。

清末的中國經歷了『三千年來未有之大變局』（李鴻章語），大清王朝面對西方列强的艦炮，表現得驚慌失措。尤其是鴉片戰爭，使『天朝帝國萬世長存的迷信受到了致命的打擊，野蠻的、閉關自守的、與文明世界隔絶的狀態被打破了』（《馬克思恩格斯選集》）。一批士大夫知識分子，尤其是在歐美諸國擔任使臣或者游歷的知識分子最先覺醒，着眼于對西方國家的考察，進而反省本國政治制度的劣勢，可以視作『啓蒙』的端倪。如曾擔任駐英公使（兼任駐法公使）的郭嵩燾在《使西紀程》中以日記的形式記録了自己對歐西諸國的觀感，他在考察了英國的政治制度之後，發現英國政府官員收入超過三百磅者與普通老百姓一樣同等納税，他説：『此法誠善，然非民主之國，則勢有所不行。西洋所以享國長久，君民兼主國政故也。』他明確提出了『民主』，在國家的管理問題上，人民也有參與的權利。他在該書中所披露的西方政治、經濟、文化等領域優于大清帝國這一事實觸動了保守派的神經，立刻遭到保守派群起而攻之，進士何金壽彈劾他『有二心于英國，欲中國臣事之』，他家鄉湖南的民衆對他更是痛加詆毁，以至于滿城揭帖，誣蔑他『溝通洋人』，在這種群情洶洶的情況下，朝廷最後下旨將《使西紀程》毁版，從而使該書成了禁書。然而，書雖被毁版，却不能堵死民衆的傳播與閲讀的途徑，上海的《萬國公報》依舊連載該書，張佩綸曾説：『朝廷禁其書，而新聞紙接續刊刻，中外傳播如故也。』從某種意義上來説，啓蒙是時代的需要，盡管清政府發諭旨禁了該書，民衆乃至一些朝廷大員却依舊在私下閲讀，以便瞭解外部的世界。進步的社會是開放性的，任何企圖『閉關鎖國』的努力都意味着歷史的倒退，祇有開放，與整個世界文明保持同等的步伐，纔能實現真正的强國之夢。當大批知識分子走出閉鎖的國門，親歷了文明的洗禮之後，也就把啓蒙的智識帶回了中華大地。容閎的《西學東漸記》，梁啓超的《新大陸游記》，崔國因的《出使美日秘日記》等一大批作品介紹了海外諸國的政治、經濟、軍事、外交、文化。雖然這些作品在認識上仍然帶有時代的局限性，然而却是那時最爲珍貴的聲音。

另一方面，在學術上，中國文化母體内『經世致用』思想與資產階級思想相結合，也喚起了變革，以康有爲、梁啓超爲首的改良派試圖通過自上而下的革新以實現變革。康有爲的《新學僞經考》《孔子改制考》就是借經學之表論資產階級學説之裏的著作，康有爲的弟子梁啓超更是通過《新民説》一書提出國民性改造。與早期啓蒙者『師夷長技』的器物文明引進不同，梁啓超上升到形而上的精神領域，從文化心理上更加徹底地進行變革。梁氏是清朝末年到民國初年一個橋梁式的人物，被譽爲『輿論之驕子，天縱之文豪』，其影響力不但在學術領域，同時還在文學領域，他所倡導的『詩界革命』得到了譚嗣同、黄遵憲、丘逢甲等人的響應，黄遵憲的《日本雜事詩》，丘逢甲的《嶺雲海日樓詩鈔》都體現了這種主張。這一主張要求反映新的時代和新的思想，用『我手寫我口』（黄遵憲語）的方式直抒胸臆，對長期占詩壇主流的擬古主義、形式主義產生了巨大的衝擊，解放了寫作者的心靈和頭腦。

與社會變革同步的是早期對西方思想著作的翻譯，這裏面影響最大的是嚴復，他翻譯的《天演論》《社會通詮》等書直接孕育了民國一代的知識階層。魯迅、胡適等人在文章中都曾提到《天演論》對他們思想所產生的震撼。與嚴復略有不同的另一位翻譯家是林紓，他的譯作雖然參差不齊，但却在更細膩的心靈層次對讀者產生影響，許壽裳曾回憶，他和魯迅都熱衷于林譯的小説，如《巴黎茶花女遺事》《黑奴籲天録》《迦茵小傳》等作品。

辛亥革命之後，進步社會思潮成爲主流，比之清末思想啓蒙者『求存』的追求，民國以來的知識階層深入到了更加細微的肌理，一方面呼喚社會變革，另一方面進行點滴的建設，革命并不能使所有的一切一蹴而就，在更加深廣的領域，事物的改變是由微觀而宏觀。通俗地説，比之于革命，建設的意義更大。如《中國商業史》《中國教育史》《中國倫理學史》《中國哲學史大綱》《中國小説史略》等一大批作品都是進行系統的梳理與建設的理論作品。其中，以胡適和魯迅二人的影響最大，他們的作品一紙風靡，從而成爲新文化運動的主力人物。

《清末民初文獻叢刊》收録的文獻大致上可以分爲三個階段，其中龔自珍、張之洞、魏源、郭嵩燾、薛福成等人的作品可視爲『早期啓蒙』，康有爲、梁啓超、黄遵憲、嚴復、林紓等人的作品可視爲『中期啓蒙』，胡適、魯迅、蔡元培等人的作品可視爲『晚期啓蒙』。當然，這種劃分并非嚴格意義上的，大部分啓蒙思想者隨着時代的變化，其思想在不斷進步。縱觀整個近現代史，可以發現，要求變革不是在某一個領域，由某一類人發起和完成的，而是全社會的要求。

變革，已經成爲全社會的共識。

從清末民初的文獻中，我們能够發現一種豐富性。這些作品涉及政治、經濟、軍事、教育、外交、宗教、心理、情感等方方面面，從内而外地净化着中國兩千年以來的封建積習。它不衹是對社會的改造，更是對人心靈的重塑；它首重國家社會之建設，同時亦重靈魂心智之唤醒；它是宏大的，也是微觀的；它是嚴肅莊重的，也是活潑靈動的；這些作品結構精巧，思想内容深刻，擁有濃厚的人文主義色彩，對推動社會主義建設，實現中國夢有重大意義，是近現代中國一百年來最宏富的智識與情感的寶藏。因此，整理這些文獻作品，無論是出于資料保存的目的，還是爲圖書館提供資料副本，都有不可估量的意義。

特定時代下的文獻，當它一旦形成（既指草擬，創作的完成，也指其成爲一個載體），就不可再複製了，也就意味着它將面對消亡。對于文獻資料而言，越接近歷史事件發生的時代記録，越具有研究價值。文獻本身具有不可再生性，它衹會消亡，而不會增多。盡管文獻本身的文字可以保留下來，并進行傳播，却失去了當時的時代氣息。當時的作品可能在技巧上，文字的成熟度上不及當代，但它所負載的信息，創作者的情感都反映了當時的歷史，也就是説，它具有不可替代的歷史意義。

影印的版本有三個特點，第一是擁有文獻的『原始性』；第二個特點是『未經改動的』；第三個特點是『歷史的原貌』。所謂『原始性』，也就是説，它是第一手資料，而非轉述的，回憶形成的；『未經改動的』，是指未被篡改、删節、挖補的；『歷史的原貌』是指在影印製作過程中，完全依照文獻的原來模樣……這樣製作出版的作品，無异延續了文獻的壽命。

近現代思想史上的一個最重大的思潮就是『開放』，從林則徐的『開眼看世界』到蔡元培的『兼容并包』，都是在倡導一種開放式的胸襟。而《清末民初文獻叢刊》最有魅力的部分就是『開放』這一主題，衹有融入到世界文明發展的進程中，中華文明纔能歷久彌新。

《清末民初文獻叢刊》編委會

二〇一七年四月十四日

凡例

一、《清末民初文獻叢刊》（以下簡稱『叢刊』）爲影印本，舉凡所用之底本，均爲該書之早期版本。有清末刊本，亦有民國印本。

二、《叢刊》均依底本影印，未予删改；原刊本有誤，不予校改，以保留文獻之原貌。

三、《叢刊》所用之底本，因時日久遠存在漫漶的情況，均進行了修復；底本闕文、印刷不清，均保留原貌。

四、爲讀者閲讀之便，《叢刊》中之舊底本目録未標記頁碼者，編了目次；原底本有頁碼和目録，未予重複編目。

五、爲保持文獻的原始風貌，影印本保留了原書書影（原書爲多册，則保留第一册書影）、扉頁等信息。所用底本無相應信息者，則不予妄添，以免錯訛。

目録

第一册

原刊本（清光緒二十二年刊本）扉頁　一
黄良輝序　三
屠寄序　七
三洲日記序（閻迺竹序）　一七
三洲日記目録　二一
三洲日記卷一　二三
三洲日記卷二　一九九

第二册

三洲日記卷三　三八五
三洲日記卷四　五六五

第三册

三洲日記卷五　七八一
三洲日記卷六　九五三

第四册

三洲日記卷七 一一一七
三洲日記卷八 一二九五
跋 一四八五

三洲日記

粤東新館存板

光緒丙申夏
五月刊於京都

夫玉帛之儀嫺則干戈戢矣詞令之文贍則猜嫌泯矣
春秋列國盟會實繁或陳書以修睦或賦詩以見志推
讓而造宗社之福談笑而拯生靈之命肸蠁僑札麟經
韙焉然而承學之士跼步鄉曲墨守訓詁無裨鉅覲琴
書偃仰止於一畝之宮弋釣棲遲盡於三宿之戀求其
建旟大瀛秣駟絕域妙達時務動協機宜盱衡當代勝
任者鮮我
朝洋禁宏開
聖懷柔遠鶼落鰼部覗道若咫關津財賦之藪水陸綰

轂之區蠣舍蝸房樓居相望由是皇華之選特重邦交

南海

樵老尙書含秀河緯作世霖楫括地繪象磨厓勒銘聚米而如對狼胥奇情飈翥闢牖而欲窺烏弋壯志虹騫九邊吹箾負越石之偉略萬里破浪乘宗慤之長風乙

酉六月奉

命出使美利加日斯巴彌亞祕魯三國丙戌二月展輪西行遂歷歐洲亞墨諸島羊胛夜熟禹跡未至之墟烏羽山齊周轍罕經之所敦槃和會冠佩雍容譽洽鄰封

輝增華夏交際之暇涉筆成錄天時寒燠山川夷險民俗雕樸物產盈耗以及中朝親故時寄牋緡異地官僚不乏談論凡有所觸例得備書庚寅節旋
上適咨詢公因奏對詳晰稱
旨仲夏五月始將日記編纂進呈有
詔留覽都中人士咸欲快覩爰取是帙檢付剞劂燃脂瞑寫宜貴洛陽五色之箋枕祕遐探何減方朔十洲之記以視梟旌陰羽交閩但列其名露犬紈牛王會未述其狀奇肱之車因風偶至長臂之服沿流得珍天馬蒲

蒟醬搜牢於荒裔卭竹蒟醬殫物邑於殊方轉覺前賢
輸茲閎覽然則登常山而獲寶符屯祈連而斷右臂强
弱翕張之數虛實避就之形是在讀者善會焉爾歲在
旃蒙協洽陬月漢川黃艮煇謹序

蓋聞黃帝省方營衛周於萬國赤縣稱壤神皐外有九州然前史目不睹昆侖妄辨河源之誤長老足不出安息謬云日入匪遙博望鑿空財通大夏甘英臨海未達黎軒況乎穹員不補之區大矩絕維之地晝夜相反人鬼乍分若士晉其東西豎亥眯其南朔酋豪爭長建國蘄過乎百年琛賮相望慕義能通乎九譯我
聖清化覃幽顯政在懷柔王會之廷續衣冠而數貢光國之使犯星宿而浮查光緒十有一年南海張樵野尚
書奉

命出使美利加日斯巴彌亞秘魯三國宣德化固邦交近代故事也公量隘區中智周象外練習邊事通三十六國之情廣覽地形明八十一分之數是以張旜出境有專對之才杖節殊庭稱膚使之選契丹騎屋觀許將之威儀郭震立談得贊普之要領自謂此段使事厥難有三約法平等損益在權外情向背伺我虛實黃龍清酒秦昭念功之詞天馬蒲陶大宛畏威之貢漢家內治迺班建始四條之書唐業中衰別立彝泰七年之策今杖

國威信賓是遐荒頗無縎絜之齎饒有波濤之險留犂撓血未寒白水之盟赤嶺樹碑尙守神龍之誓然言語約束誼屬羈縻支拄歲月詎堪長久此一難也交廣市舶前代已通江漢摧場今日殆遍呈表怪麗誨誘奇淫玉巵無當金貨外泄帝女堙海木石有時而窮愚公移山畚鍤仍世而具猶以西域本貪漢繒北人兼嗜酪奴交易有無盈絀等比近者永徽蠶種賜入吐蕃顧渚茗芽移栽捐篤資我絲荈日月寖微必令彼族自拔已植之根株而訓齊人不貴難得之貨用此二難也李斯入

秦慮見斥逐張儀在楚辱及捶笞況乃邊鄙流庸依託
絕域龍支遺戶歲時私具唐衣馬流種人子孫自別漢
姓主既畏其喧奪客又不能取容朝野同心議下一切
之令載書將改空以百口相爭此三難也因是三難乃
求五益自昔聞喜製圖旁採商胡之口銜之作記雜采
道俗之書山川險易經涂曲折跡匪躬履語焉不詳海
中思士舟子之言本誣國舊無人鬼市之名定誤而羊
胛候日窮北有不夜之天駝鳴知風極西有流沙之壤
平子銅龍遠知地動之向武鄉流馬近省糧運之勞聖

賢制器利人勢非得已不若偃師膠偶止導荒淫公輸木鳶自嘗機巧者也彼宛渠造艦絕海洸行奇肱作車陵飆飛駕亦思馬之新礮權與火攻泥盤羅之激泉濫觴水法匠心爭巧後出愈奇取彼所長致我有用是可考工火浣入貢笑魏文之失言楛矢集庭病陳人之寡識河南舞馬拜伏應聲海西幻人支解自屬袖長三丈沃沮浮至之衣食受五升毗騫贈遺之器至乃兒摠樹上羔生土中象齒若門鳥卵如甕洸沙棲陸之寶隱海藏山之琛方國以之炫奇君子因而多識是可辨物公

以僑札之才當騖超之地浮大瀛者九萬里周廣輪者
十二分方朔滑稽頗傳神異司空博物能數家珍舉牘
上陳經留
乙覽十洲三島咫尺聚米之中五餌九攻施設借籌之
表豈第備周官之外史通别國之方言夫首足易位賈
生謂之倒懸骨髓有疾越人望而卻走今之安攘理無
他術但使尊賢上能以平吾政彊本節用以振吾財農
戰並修而賞罰之出必信水陸雖遠而舟車之道速通
條支陸道新通一脈之河大秦飛橋會跨卌里之海史

文違合目驗能詳職方所遺箸爲外紀是可釋地廣谷大川異制民居其間異俗況乎政教不及風氣固殊彼千祀無元不置閏月七日參禮共事祅神部族顯立朋黨之名昏姻靡待媒妁之約舉國逐末工數金銀之錢生民大本翻後耒耜之教此其所蔽也若乃假立名王得共和之政體議事自下沿樊尼之舊風陳若魚鱗加有節制法如烏杖不立殺刑至於緜蕞之間亦復略可觀采宮廷贊謁鞠躬而不頓顙道路逢迎免冠而行握手出則杖策居不祼裎食舍箸而持割刀衣裼裘而短

右袂此皆禮失在野習用近華不特五帝名官宜訪於郯子六條作教不絕於朝鮮而已是可通俗胡墓銅棺篆蓋多象形之體碑海石柱遺銘近鳥跡之書知畫革旁行亦彼中之隸變字母反紐實從起之梵音論者謂汩鴻以前同文蓋遠是以粼粼冰海厓沕幽門杳杳澳洲山鐫畫篆今拂菻古字猶傳景教流行之碑盟古篆文新得欽察親軍之印印得于呼倫貝爾蒙古篆背鐫大德三年楷書是可徵文斝嫣法天在璿璣而齊政炎姬行地賸越介以司南飭工商之埶使器不外求發山澤之藏使貨不自棄然

後薦紳之儒議和親介胄之士厲武備外重番船下椗之税以塞其流內弛漢物闌出之征以廣其利就款則珠槃玉敦而正互市之約梗化則飆馳電掣而奮薄伐之師何難回鴐甘泉受呼韓之伏謁假館太僕待頡利之羈降乃若從衡連解之謀陰陽捭闔之數行人受命不受辭公固未願一一箸之也

光緒二十有二年二月武進屠寄序于齊齊哈爾城西使館

三洲日記序

南海尙書張公嘗奉使美利加日斯巴彌亞祕魯三國舟車之所經耳目之所及逐日筆記始於光緒丙戌二月迄於己丑十一月爲書八卷既奏御矣命迺竹儕校付刊且敦序謹綴言曰昔春秋時列侯爭雄長會盟聘頫行李往來爲命有辭見稱宣聖蓋一言之得失而國之榮辱繫焉方今海禁宏開合環球諸邦爲一大戰國通商互市內地雜居華人之謀生異域亦無慮數十萬

朝廷軫念遐氓重聯與國妙選使臣其難其愼顧世之猥瑣者恆昧於大體或稍通外洋語言文字遽翹然以爲奇材而惟其儒術者則又一切鄙夷不屑徒爲放言高論於險阻艱難情僞槪未究心二者之蔽蓋交譏焉尙書負閎通之材膺專對之任莅事伊始卽値美國驅逐華工苛禁虐例層見疊出公反復辨論破其謀而折其氣卒至洛士丙冷諸案收賠款鉅萬爲歷來辦洋務之所無蓋公之信義素著而導窾批隙洞燭機要其操縱緩急運用之妙豈猥瑣執固之徒之所能及哉韓子

曰學有經法通知時事公當之矣今觀此書於三國之山川物產政令風謠以及交際之宜有觸必錄不特後之往者流覽是編得所憑依即未曾游歷者亦不啻問禁問俗蓋殫見洽聞之一也然公之所尤措意者則在乎日用倫常之道故於諄諭華人申動其忠愛任恤之心而於西俗之有近似於吾道者亦亟書之德義禮教固難概之彼族而忠信篤敬蠻貊可行公之運量於斯爲大此又豈庸俗人之見之所及哉至於偶然涉筆皆有妙趣公之餘事不足爲公重也光緒丙申夏五朝邑

閻迺竹謹序

三洲日記目錄

卷一　自光緒十二年二月初八日放洋起至七月二十九日
卷二　自八月初一日至十二月三十日
卷三　自光緒十三年正月初一日至四月三十日
卷四　自閏四月初一日至九月二十九日
卷五　自十月初一日至光緒十四年三月三十日
卷六　自四月初一日至八月二十九日
卷七　自九月初一日至光緒十五年三月三十日
卷八　自四月初一日至十一月十三日差還抵華之日止

三洲日記卷一

南海張蔭桓撰

光緒十一年六月十六日東明工次奉
命出使美日祕國八月二十七日到京請
安十月初一日奉到
欽頒國書三道
勅書一道十月十七日請
訓先後兩蒙
召見

訓誨周詳復蒙
皇太后諭爾向來辦事認眞能辦事人往往招忌跪聆
感涕雖捐糜頂踵不足言報也又欽奉
廷寄與張香帥會議海外事
陛辭後寄宿恭將軍宅十九日謁辭醇邸承慰勞勸勉
屬籌議香帥疏陳之件期必有成並約密電碼兵氣銷
爲日月光七字冠首連日慶邸朝邑相國福協揆翁大
農周少宰厚爲酒醴以餞亦以遠別爲念也二十一日
出京晚宿江蘇糧運局越日薛撫屏胡履平來別並言

昨夜繁星皆墜衆目詫覩云二十四日到津晤李傅相
籌商一切遇李仲約親家於紫竹林往還數次不盡所
言旋附海晏船南發途經煙台方右民登舟展别東海
舊僚幕多來晤山農舅氏遠在平度得信較遲趕至煙
台海晏已展輪矣爲之戀戀十一月初五日抵滬經費
撥定擬爲金陵之行函詢南洋復以無甚要事遂於二
十五日附英公司船二十九日至香港紫笙舅氏少萼
表弟靖閭際平叔秀村兄晴江小樓弟均在港相候先
將行李附美船寄島約十二月初四日晉省會晤香帥

籌議未定正月初七日復奉
寄諭因留駐旬日改訂船期二月初三晚與香帥面定
會奏稿初五日到港初六日拜發起程摺并續調各員
片初七日赴港督馬士之飲此數月中酬應紛如返里
一謁先墓里居前後僅十七日餘悉在省港倪豹岑中
丞繪運甓齋話別圖爲贈并繫兩詩可感也倥傯行色
未及逐日爲記放洋後援筆編之
二月初八日壬申晴早起得李傅相電屬援美約十八
款以辦朝鮮之件又念此去煞須辦論特爲吉語贈行

旋往華安公司諸同鄉處言別辰正返寓馬士來寓送行朝鮮國戚閔泳翊來送并託寄鄭光祿書午初始飯正飭家丁檢點隨身行李適香帥電詢會派小呂宋南洋羣島委員薪水數目復以照三等參贊發電後委員王榮和又來電請示竟無暇復之矣未正一刻登舟諸父昆弟念兹遠行先往輪艘爲之料理香帥派海東雄兵輪導送由寓樓至海沿則英官列隊以待并派政務司駱檄送至舟中華安公司自雇小輪船拖曳民船沿海放爆竹以壯行色送行之客次第別去乘間至臥房

易衣周覽同役各員房位均安頓妥適矣申正船主來
言放洋出香港西口繞太平山之南折而東行海東雄
兵輪港口礟台燃礟相送是役同行者禮部郎中候選
知府二等輕車都尉延齡號希九候選知府瑞沅號仲
蘭湖北候補知州易學灝號希梁廣西補用知縣梁廷
贊號蓬雲廣西補用通判姚家禧號祝彭浙江候補鹽
大使程贊清號粣堂刑部筆帖式張泰號東巖候選按
經歷江鑑號藻亭候選縣丞莫鎮藩號力侯候選縣丞
彭承謨號禹廷候補守備覺羅豬齡號芝山同知銜何

愼之號緋聯候選縣丞粱誠號震東通判銜劉玉麟號
寶森舉人許珏號靜山候選縣丞張桐華號子豫刑部
郎中彭光譽號小圃廕用知縣錢廣濤號涵生縣丞銜
李之騏號駘選候選從九顧士頵號敬之鄧廷鏗號琴
齋張佐興號錢伯總署供事李春官張丕勳差弁陳吉
勝馬宏源二十六員另跟役十六人舟行無風尚無航
海之苦同舟無西婦行坐尤便船主以右邊兩桌專備
吾輩飲食不雜西人
初九日癸酉晴舟向東北行午正懸牌行七百三十里

爲粵閩交界處戌刻雨微有霧渡厦門洋亥初停輪子正復行

初十日甲戌晴遥望臺灣諸山如在雲裏巳初停輪刻許復行午正行八百八十里柁樓閒眺偶詢船主卻未置備各國旗誌然此爲入口不可少之物同行彭程兩員工繪事善渲染因就船旗之光潔者裁制如式按圖合作暄風扇和鏡波朗澈臨淵畫龍幾欲飛去世無葉公聊付船主

十一日乙亥晴午正行九百八十里船主約觀機器製

冰寒氣逼人同舟有德商士布魯士操織染爲業游歷中國博考良法人甚謹愿是夕忽置酒享客自言今日爲母氏六十生辰舉酒爲慶詢其父則年八十矣明發之懷西人亦不能恝然中外一理千古不易之經也

十二日丙子晴無風而浪十洲記水黑色謂之冥海無風洪波百丈其今日之境乎東方朔撰十洲記祖洲瀛洲懸洲炎洲長洲元洲流洲生洲鳳麟洲聚窟洲又附以滄海島方丈洲搏桑蓬邱崑崙五條已極荒遠茲之所經乃復過之惜乏舒雅之才爲補繪圖說耳舟中時

見小島以海圖按之當在琉球之北日本之南午正行八百八十七里夜窗驟醒朗月入幃海色殊佳

十三日丁丑晴船主約觀醫生種痘謝未往航海章程大艙華人須醫生爲種痘以防天花傳染若艙有患者船不得泊岸此通例也惟上客或西人均免自香港展輪後皆向東北行今日向正東行望日本長崎諸山蜿蜒不斷塔燈隱約於淡雲碧水間午正行一千三百三十六里

十四日戊寅晴行八百八十七里辰正抵横濱停泊後

風濤大作遙望來船如桔槔出没白波駭浪橫濱理事官率隨員來迓一舸衝盪無緣相過未正風息復來參贊楊星垣亦自東京來相約登岸仲蘭震東寶森同至理事府飯畢坐火車赴東京子初抵使署下榻徐星使曾隨陳副憲使美談美事甚悉又歷道水陸舟車勞逸之況並言埃利士黨有截害蔭桓之謠預爲電告金山領事知會巡捕照料登岸更爲添置棉夾衣行路所需之物東道之誼可感香港起程時衣夾衣舟中御棉抵東京寒甚竟御重裘

十五日己卯春分嫩晴訪日本外務卿井上馨竊謂略敘過客寒暄而已井上乃肫肫述其近政謂欲與各國修訂舊約將各國商民之在日本者遇事由日本辦理而舉內地通商一事以相易當告以內地通商亦有流弊凡欲將已定之約更換必須互衡利害庶無後悔井上蹙之并將美國驅逐華人近事相告以此行爲棘手又勸考求法國律例以便交涉蓋法國律日本所宗也叩以華人被害各案美應賠償否井上沈吟久之答曰中日之於美民設有此等事美必索賠可謂工於詞令

矣隨晤其當軸伊藤博文甚從容暇豫出該國陸軍省所製後膛槍贈李傅相叩其鐵從何來亦購自西洋云旋往訪各國公使無他要言但道美事棘手甚於新聞日報所云美使哈勃初到日本坐談較久故為頌祝寬慰之詞意仍不惡聞其眷屬并居使館奉七十衰親航海遠涉舟中十數日不能食及抵橫濱舟觸礁石旁皇覓舟登岸可云險矣西人不憚遠行現幸無恙視若無事也

十六日庚辰晴薄游上野芝山諸勝路經紅葉館門垂

碧柳風景不俗戸屨已滿遂爾迴車遥見宮樣雛鬟望
塵拜送訪德川將軍墓規模宏麗尚有古風又訪奥國
公使總署舊識也是晚日本使館設筵懽宴酒闌各散
予正草家書上朝邑相國書始購眼鏡
十七日辛巳晴伊藤井上及各國公使陸續答拜均無
暇接晤惟葡使迳至廳事遂與坐談片刻附火車至横
濱理事官盛筵餞送晚宿中學館館師粱生談學中肄
業課程頗不寂寞
十八日壬午晴晨起駐日使館横濱理事各員并來送

行同駕小輪至大船小坐而別美水師兵官欲約晤而
加力船將展輪矣巳正展輪向東南行出東京海灣折
向東北午正行四十七里自香港航海至舊金山向以
出入橫濱口爲奇險過此則無觸礁之慮雖颶風淫霧
只要船主定靜司機器人毋大意便穩渡太平洋粤人
每於此地焚黄以答神貺日本諸山有靈慧氣而乏雄
厚
十九日癸未晴午正行一千一百二十里仍向東北是
日東風大作浪打船篷飛濺艙裏夜尤顛簸

二十日甲申陰微雨舟向正東行天氣寒甚午正行一千零六十七里瀇滉虹洞軋盤涌裔極混混庉庉之致

二十一日乙酉雨午正行一千零十三里絕無來船時見海鳥隨波上下

二十二日丙戌雨午正行一千零三十三里夜大霧

二十三日丁亥晴午正行一千一百三十三里順風揚帆西人鼓琴歌唱以答濤聲

二十四日戊子晴午正行一千零八十里航海每眩暈此行卻不甚苦祇不能食間令庖丁製鄉味亦不下咽

水窗無俚與希梁奕以解煩念江皋別後不對局垂十年彼此了無進境可笑

二十五日己丑晴午正行一千一百五十三里晚觀西人葉子戲兩兩相附若犄角若對壘其戲有王有君后有丞相自一點至十點紅黑兩色爲方式爲桃葉式爲半朵梅花式牧豬奴外別創一格西歷重一日

二十六日庚寅晴午正行一千零九十四里粤人甘霖操卝業客金山垂三十年陳弁導之來見述金山今昔情形頗詳所營金礦以水機淘洗事半功倍因舉萊莒

礦事詢之霖言金山無此佳礦惟須經理得宜渠九月
回華因許以薦往山東礦局
二十七日辛卯陰晨霧午晴行一千零八十里甘霖復
來談礦事
二十八日壬辰晴午正行一千零二十三里船行快捷
西人置酒以勞船主謂西歷四月後便無大風
二十九日癸巳晴午正行一千零九十七里西人以舟
行里數賭賽爲樂船上醫生每獲雋咸嗤爲潛詣船主
房問信或未必然

三月初一日甲午晴午正行一千零九十里同使各員咸繕家書並勸余乘此餘閒可以寫信恐抵金山日夕須接晤賓客無握管之暇余感其意而有待也

初二日乙未晴清明節憶沈佺期詩海外無寒食春來不見餳爲之悵然午正行一千零二十三里入夜風雨交作顛簸之甚柁樓臥房並不耐坐獨與蓬雲希粲就大餐房談去年肇慶水災肇羅道所築隄埝及府闢積弊事子正解衣睡船仍搖盪黑甜一覺倏波已平

初三日丙申陰雨午正行九百九十里晚飯後登柁樓

遥見鐙光如星昏黑無際涯西人指以相示云將進口飭家人預檢行李

初四日丁酉雨晨起抵金山口領事歐陽明偕洋員傅烈祕繙譯歐陽庚隨員王國遜鄭鵬程來見因約領事官至房艙詢金山近事坐談逾時旋登柁樓晤傅烈祕各員少頃船亦泊岸正在搬運行李而稅司黑假以索閱

國書爲詞阻礙登岸當詰以稅關無接閱

國書之權若欲展閱須予我以能閱憑據令傅烈祕與

之辨論適中華三邑岡州陽和合和人和昭一各會館
紳董來迎遂下樓與晤周旋甚久而稅司之見仍未銷
融復告以遲遲不登岸或原船回華未嘗不可
國書則斷難給閱稅司知理不可奪其總查官天年遂
婉請登岸即驅車就館舍寄榻九層樓錦堂傅烈祕仍
來照料因喻以稅關如此無狀當往詰之傅烈祕力述
金山辦事之難唯唯而去屬錦堂電告鄭光祿轉達外
部舟行逾半月泰西食品雅非所嗜且時或眩浪輒不
能食旅居九層樓當市集之衝車雷徹夜並不能眠是

夕訂定火車即電李傅相轉醕邸抵美一路平安六字

初五日戊戌晴天將曙聞窗戸震撼如大風雨呼從者起視殆層樓澆洗水從上落振兹奇響建瓴之喻及今而悟午間法領事來盛稱錦堂之能晚飲岡州館閒話故鄉風味何止猿鶴笑人

初六日己亥微雨前美使鏤斐迪來談前在中國時所辦各事多中理中國前派學生來美學習渠與有力至今李傅相猶通音問又言何天爵頃已赴華謀辦鐵路又詢前日登岸情景痛詆稅務司之謬酉正仍飲岡州

館中華紳商之約

初七日庚子雨法水師兵官來見詢其船只容二百噸煤此從橫濱來倩風颿行駛前美使士蜮枯特來見寒暄甚殷申初至領事署復赴中華會館三邑會館少坐各商經客歲今春土人謀驅逐謀炸陷幾不安生大有風鶴之感欲收莊回華帳項又難遽集鬱鬱居此又有性命之虞未免進退維谷二月而後兇燄稍平驚魂亦稍定矣咸願余多駐數日備述近事余奉
命遠來保護商民責無旁貸遂詳與撫慰念中美通好

數十年同治七年蒲安臣之約華人來美均有任便往來之益其時美國志在開闢西境招致華人惟恐不力轉瞬而火車鐵路四達旁通沿山煤鐵五金之礦採拓不竭金山荒蕪之區蔚爲都會傑構雲連商旅闐隘微華人之力曷克臻此乃不數年而謀限制矣不數年而謀驅逐矣近且焚掠搶殺慘毒不堪顧茲海外殘黎何以爲計是宜各謀聯絡咸務正業毋爲所輕華人數萬里遠來尤當共切桑梓敬恭之意毋分某府某州某縣旅居謀食悉如一家間有勃谿訴之會館甚不得已乃

煩領事務令彼族知我華人彼此相顧庶可略免欺侮
至於未結各案自當設法促之無足慮也諸紳商咸韙
斯言唯唯而退旋至昭一公所晚酌返寓大雨
初八日辛丑雨仍飲岡州館董事呂春榮言此華人來
金山始居之地初本海潬支布栅以避風雨商務漸拓
沿海砂礫逐年填築遂成衢衕此館醵金建築樓上供
關帝司祝者歲一易人聚鄉人投鬮近竟投至八千餘
金足供會館歲用不收華人出港費矣返寓則稅司黑
假總查官天年鑄銀行商三人來見黑假寒暄後自言

前日登岸時並無索閱
國書之事當係傳話之訛因船來甚速未及迎迓以致
失禮乞面致外部爲之解鈴當告以
國書非爾所能閱爾有命運當總統時接閱不遲黑假
力言斷無索閱之意絮聒不休因指天年語之曰當日
舟中問答情形尚記憶否天年但唯唯謂實無此意銀
行商董婉爲緩頰始悟黑假挾之同見爲解紛地也
初九日壬寅晴往觀大畫拾級登樓仰視黑暗祇梯鏬
透微光聯步畢登卻別有天地畫爲拏破崙第一與英

德諸國戰事兩軍部伐整列拏破崙第一策馬仗劍叱咤指揮從十餘騎前軍已北亟搶高阜爲敵軍槍礮所拒火光併烈法軍傷亡枕藉溝中或扶傷顛踣或裹創再接或輿尸狂奔其時車輛猶是牛馬拖運製作拙笨知西製之巧亦與時俱進耳遥望遠處煙燄四起則礮臺燔矣其光衝天雲氣爲赭沿岡樹木淺草蒼綠如活有枯樹倒折於道法兵敗殘者盔甲槍刀狼藉撩棄若可檢閱諦視逾時彷身在戰場不知爲畫殆光學使然特無聲耳漢桓帝時劉褒畫雲漢圖人見之覺熱畫北

風圖人見之覺寒不假光學自成絕詣又不可同日語也隨至花園觀華盛頓造像園中珍禽奇獸鱷魚毒蟒皆備海狗尤盛中有圓池就池作舟無首尾有颿槳四面圖轉而不能遠行遊人往往於此爲水嬉舟楫之奇式也園牆以松柏樹翦蟠而成深碧四圍視因樹爲屋者別有奇想又富有臺榭供遊人憩息金山繁擾中此爲佳境擬乘興往觀海口礮臺傳烈祕言守臺官他往遂不果美自南北花旗爭戰後兵船礮臺皆舊式數十年從未措意只以海口有險又僻在墨州雖不戒備亦

足自豪歸途見風箏略如中土晚飯杏花樓三邑館之約南海舉人羅熙堯主之

初十日癸卯雨觀鑄金銀局該局近以銀錢滯消只鑄金錢大小不一模式尚佳午晴答拜鏤斐廸茶話良久詢以前年何天爵同美願爲中國借款與汝相商何以無成鏤言爾時中法方有事我亦因病赴他處就醫故耳歸寓寄山東礦局書薦甘霖晚赴鶴山同鄉之約

十一日甲辰晴檢行李交火車先起運未初答拜士蛾枯特承詢中朝巨公甚摯光緒六年中美續約即其手

定其律師之雄乎旋赴甯陽館之約並往廣聯興視從弟子豫病亥正返寓繕發總署咨並寄北洋書粵督書述抵美情形

十二日乙巳晴行李起運既竣定期明日就道子豫駘選病不能從留繙譯相待同行重往視之並赴陽和會館之約合和人和兩會館龍岡公所均具柬分請以火車期定婉辭之不得已屬併爲一局乃謂無以示敬毋亦門戸之見太牢乎此行因埃利士黨有戕害之謠特在金山多駐數日各會館公讌必赴亦間觀劇數數出

入了無戒備固知埃黨惡言無非虛疑恫喝不足嚇人也晚約歐陽錦堂來寓將應辦各事預爲商摧並託寄祕魯書丑正睡

十三日丙午晴辰正早飯畢食士多苾利絶類桑椹頗清美隨身行李既檢拾又派定姚視彭赴檀香山察看商務將金山鈔案付之酉發盤川事竣乘馬車渡海至屋崙附火車起程隨使濟濟遂專雇兩車不雜外人申初二刻開行金山六會館紳商遠送至火車頭領事繙譯隨員等隨車送至三十里而別酉正過鉢哥士達海

港船載火車逕渡類中土擺渡特寬大有輪機耳戌初二刻至沙加免杜尖計程四百六十里尖頓僅二十五分鐘車復行中夜停兩時許修理機器

十四日丁未陰霰雪微寒晨起渡落機大山松毛滿地沙漠瀰望巳初至杜力機尖行四百里出嘉厘福尼省界申正一刻至欽哺路的尖行五百四十七里仍下車就食沿坡荑柳搖曳清泉西人製機噴水灑溉甚遠酒帘左側修薄叢林頗有野趣同人信步忘路之遠近幾誤迴車晷刻氣筒兩搖亟追之返乘月夜行積雪相映

每過雪棚黝洞柰黑無所見過盡豁然若別有一境界
十五日戊申陰辰初二刻至的利士尖行一千一百二
十三里出尼華大邦界巳刻過鹽湖不聞臭氣未初二
刻至惡頓尖行四百零七里爲烏大屬境申初三刻換
車復行經地胡路士他譯言鬼門關亦無甚奇險少頃
過千邁樹蔭云自此樹至阿蝦麻恰千邁郎中里三千
三百里也戌初三刻至伊士頓尖行二百五十三里薄
暮奇寒雨雪交作此埠有華商數家鄉人李榮邦白金
山電屬爲備饘頓甫停車而食榼至杯盤肴飯錯陳几

榻雪天行路數萬里外復飫鄉味尤不易得地距洛士丙冷不遠華民簞食壺漿意自有在吾儕不能拯水火而慰雲霓亙茲愧耳飯罷與廖羣廖澤談洛士丙冷案

十六日己酉晴巳正至拉拉米尖行一千三百里未初過加蘭堅嫩自惡頓至阿蝦麻以此埠爲最大歪阿明屬境也其巡撫奮倫總兵官露尼來見談華民被害事並爲太息酉正至失尼尖行三百四十里戌初大雷電風雨視海上風濤聲勢較壯逾時始霽月色皎然遙見沿山野燒

十七日庚戌縠雨晴巳刻渡米西希比河鐵橋此河縣亙萬餘里其難治與中國黃河同巳正二刻至阿蝦麻埠行一千三百八十里換馬車寄曹吉士巡撫阿耶來見午刻復行出尼不拉士格邦境酉正至利雲鉢行九百四十里爲埃阿華邦東境過此即衣鄰奴士邦矣換車後就車中飲食較前爲適途間花樹麥苗秀色可喜沿畦遍築鹿籬高下參差若斷若續爲畫家增一奇境視數日前沙礫荒涼沃瘠之判天淵

十八日辛亥晴辰初至詩家谷爲衣鄰奴士邦大鎮連

日委頓小憩旅寓一夕貽書鄭光祿令緋聯蓬雲先往美都鄉人傭趁於此者約八百人紛來請謁亦餽饘粥一人徘徊不去云留此賣粥叩其籍爲新會人名盧致遠手挾呈詞俟各人散後乃遞閱之則新甯命案也痛述劉趙兩人寃枉懇予平反其人頗有肝膽因慰勞而許以到任籌辦

十九日壬子晴巳初詩家谷城主熙賴臣來見約觀公估局蓋穀米牛馬貿易之所人聲鼎沸豎指爲問答旁列電筒報價不假毛生算博士而百萬生意頃刻成交

美國四大埠詩家谷其一也南省通衢糧米總匯風氣
尚不侈靡猶知農家作苦之況末正衣頓盧士巡撫阿
士被來見申刻換車行
二十日癸丑晴巳刻至畢次昇城尖戌初抵華盛頓鄭
光祿扶杖率從官迓之郊外同至使館恭請
聖安後即返鵾靈頓客寓隨接見參贊諸客畢始謀晚
食廚爨一空又不諳市沽飯店水陸行數萬里甫下車
能自爲饌者殆不易易幸派員先一宿至汲汲張羅否
則枵腹達旦矣使館在華盛頓國都西北隅雕攀園之

北頗高敞門外餘地間植花木又爲暗機噴水淺草如茵門內繙譯會客餐飯跳舞打波諸房均備且華贍寬整故西人以此爲美都廣廈惟樓高三層絕無院落吾輩從中國遠來惟深異鄉之感而已曩在總署與荔秋副憲訪美使楊約翰喜其園亭遐曠廣蔭嘉木廳事亦明窗淨几間詢荔秋中國駐美使館有此豈適乎荔秋正色曰有過之無不及今至其地知所見不逮所聞且不獨使館一事自香港至金山水路二萬一千零三十里自金山至美都陸路一萬一千零三十三里水陸共

三萬二千零六十三里行次逐日紀事繫以干支至此確爲三月二十日而使館壁懸中西合歷則爲十九日猶西人重日之說也許靜山日記言前在舟時曾有中國人不當在太平洋重日之說後至金山登岸詢歐陽領事則彼處官民咸以是日爲初四日蓋華人惟據舟行所歷之晝夜爲憑但知其地日出較廣東早八點鐘無所謂重日也及至華盛頓則署中方以是日爲十九日云自陳副憲時相承不改副憲於涂中所紀東西經度既仍西人之舊故重日亦隨西人之例其實華盛頓

城在中國京師東偏一百六十六度距晝夜分綫處尚十四度必過此十四度後交中國偏西一百七十九度之綫方爲重日以符華人西行至歐洲之歷如由此赴日斯巴彌亞途中若不重一日則到岸之日與中朝駐歐各國使署之歷不符然則我中國人之重日當在由美至歐之大西洋不當在太平洋明矣然雖持此論署中幾奏公牘仍以是日爲十九日姑存是說於日記中以告後之遊美者云靜山建議頗詆荔秋不諳星歷蒙亦疑焉細覈荔秋循用之歷衡以吾華星度皆不爽比

接總署北洋電信日干悉符大抵京師之晝即華盛頓之夜似荔秋未可厚非既星度無參差便可中西通用西人重日亦以合星度耳以後日記視此編定力俟重日攷地球緯綫周二萬五千二十邁分三百六十度每度六十九邁半日在中天爲午刻次日再見日在中天爲一日歷二十四點鐘凡地球一周三百六十度需二十四點鐘每一度須四分鐘譬如船在中國向東行每日約行六度以在船之人而論則自昨日之午刻至今日之午刻祇二十三點鐘三十六分蓋日自東至西船

已去東六度矣此船行之度非地球旋轉之度也故船中先二十四分鐘見日中國則後二十四分鐘始至午刻方合二十四點鐘之數船漸遠則見日愈早船至舊金山去中國一百二十度故先八點鐘已見日在中天矣至烏約去中國一百七十度故先十一點二十分鐘見日在中天矣至英倫又遠七十度則又先四點鐘四十分見日在中天矣算至回中國原始起程之處則是三百六十度見日當中應早二十四點鐘矣是船行所見之日卽中土次日之日也行船者以見日太早遂少

一日因爲重日之說以補其缺云所論尚淺顯因并識
之昔李之藻天學諸書留意西學卻未預計後有使者
遠涉外洋爲之推闡歷日惟事考究理器惜哉
二十一日甲寅晴鄭光祿見示清摺皆客主往來之儀
及函商總署候復之件又與商新舊任各事
二十二日乙卯晴電粵督到美日期重訪鄭光祿長談
其參贊攜鐵印來又開具使者初到事宜謂延希九曰
此鐵印爲歷任與外部公牘往來鈐用視部頒關防尤
要余語希九既如此鄭重盍俟送印時並送可乎參贊

佛然拂袖遝去並事宜單而裂之希九甚駭余亦莫喻其指

二十三日丙辰晴照會外部訂見總統遞國書之期鄭光祿來晤攜示要牘一篋金山華人被害及美國限制華人各苛例辦理辨駮成案餘牘由參贊點交是晚美紳假使署作善會劇金充醫院費鄭光祿既諾之矣會者四百餘人喧笑雜遝余以未謁總統不便與會但助善會之資令從官代周旋

二十四日丁巳晴午初鄭光祿差官送印當恭設香案

望
闕叩頭謝
恩拜領任事外部照復二十六日見總統遞
國書午後拜發到任接篆摺子
二十五日戊午晴鄭光祿來別云已謁辭總統亦有頌
詞並將頌詞鈔示祕魯駐美公使愛立謨來訪未晤
二十六日己未晴未初偕希九仲蘭震東洋員柏立齎
國書至美外部晤該部大臣虮蝮同往美宮於是始與
虮蝮相見詞色甚和謂太平洋濱商務從此可以展拓

旋詣美宮茘秋日記所謂蔚藍宮也坐候片刻美總統企俚扶輪出見免冠植立點首外部蚇蝢旁侍余率從官點首答之行稍近乃宣頌詞震東繙譯一遍隨將國書敬遞總統接收後即交蚇蝢捧持自探夾囊取頌詞宣讀一遍彼此握手而退順道拜客外部隨將總統頌詞備函送來晚爲鄭光祿餞別

二十七日庚申晴香帥電詢金山情形鄭使病狀即電復之旋往鄭寓送行鄭光祿必欲一作主人移尊使館飲勞同使各員卻之不恭談讌至亥初散

二十八日辛酉晴晨起將接交文牘移復前任又託繳
木質關防並託寄家書鄭光祿準申初起程卒參贊從
官先往車房候送卽美前總統加非被刺之地現於壁
上雕鏤白石鷹爲加非題名其上廳事寬敞坐可數百
人西人則委內瑞辣公使在坐掖鄭光祿登車西例之
交厚者類如此鄭病稍痊仍扶杖蹣行復感寒涕涕修涂
勞頓竊爲懸系其親故辭差歸者多不與同道鄭光祿
亦不强之也送行後返署得粵中轉總署電本日奉
旨張之洞沁電已悉洛士丙冷案尙未定議張蔭桓到

後著鄭藻如暫留會同經理並將各案議定善後章程
再行回華欽此當欽遵轉電鄭光祿留行是晚子豫駘
選寶森自金山來
二十九日壬戌晴鄭光祿回電暫憩詩家谷候
旨因復爲書約之旋拜發齎遞
國書摺現在交涉情形片繳銷木質關防片外部帆頓
以妻喪不拜客差帖代面晡後車運行李均到檢收安
頓接舍路華昌公司電稟美兵將撤土人仍謀驅逐
三十日癸亥晴晨起照會外部緩撤舍路防兵自遞

國書後暇卽循例拜客如美外部內部戶部兵部水師
部郵政部律政部按察司陸師將軍水師提督及上下
議院議員各國公使到門投刺或晤或否美廷諸臣各
附其黨咸隨總統爲去留惟合衆國按察司屹立不動
歲俸九千金額設九員堂有六員便可聽斷權力極大
民主之國政由議院而法司之權自若也墨西哥公使
羅露美忽來照會請訂期議約當答以外國與中國通
商向係專使赴華定議該使復來書請查閱二月杪所
給前任照會蓋欲援巴西條約作底本也因並達總署

四月初一日甲子晴外部回亟舍路防兵緩撤卽電復
華昌並鈔寄金山領事日斯巴彌亞公使鋳丫鴉架來
見告以暫不能赴日先派參贊往代
初二日乙丑立夏午陰欲雨德使鴉路灣士利本來見
詢中國鐵路事申初答拜百賈年八十一矣客粵最久
以醫爲業葉崑臣之役卻在行間此時歸老故鄉不談
往事坐中懸前粵撫黃石琴小照又什藏故粵督耆介
春畫像陳設器物多粵中佳製廳外懸陳副憲映相亦
舊識云

初三日丙寅晴駐華美使田貝之兄來見詢乃弟在華境況美國前派駐俄駐日公使科士達來見田貝所引薦也西俗伯叔與母舅姨母同一稱謂與所生同產也伯叔母姑夫姨夫同一稱謂内外親不別也從兄弟姊妹與中表同一稱謂中表可爲婚配推而至於從兄弟姊妹異矣

初四日丁卯雨得鄭光祿詩家谷來電奉旨准歸即已就道午後香帥復電詢已否返署當照光祿來電復之陳藹亭自古巴來

初五日戊辰雨晤外部先謝舍路留兵次詰問金山稅司阻礙登岸事又特給予照會美各部書傭男女並用其工資由考取遞升不盡請託視部務繁簡多或二千餘人少亦千數百人女工可以謀食其俗無慮男女六歲以上不向學讀書即責其父母

初六日己巳晴倭使九鬼來晤頗有同文聯絡之雅申初易希梁辭赴鳥約領事任繙譯劉寶森同行美國火車鐵軌四通八達無遠弗屆貨車無論矣客車分等上等之坐有機括能四面活轉另有煙房吸煙避女客也

下等則二人三人共一榻而間能就榻吸煙餐飯或就
後車或移至榻側長路之車則下車就食於飯館爲期
太迫又別一風味睡車分上下牀合掌横排間以帷幔
男客例居上昏則解榻晨起輒捲藏衾茵析爲坐具車
中另有臥房可以自爲一所能容三人價稍昂睡車之
式環球以美爲最
初七日庚午晴西俗有氏族有名其氏族或以地或以
神物君主之國則兼以爵邑且有賜姓然賜有定額皆
勳舊也其名刺則名在姓前有爵者加印王帽然往往

同此氏族而乏同宗之誼非如吾華葛藟本根世胄遥遥猶能按圖迴溯

初八日辛未早雨午晴往蘇遮士龕美國優養受傷軍兵之地水木明瑟樓臺如畫華盛頓城中最佳處歲支養贍銀一百五十萬元可謂知所養矣老病軍兵無所依倚又不能自謀食若不念其前勞置之度外幾何不塡溝壑哉美於此種戰兵優養如是既無愁苦怨恨之聲且增編民觀感之志千金市骨殆有過之美國陸兵二萬六千八百名歲餉三千九百九十二萬四千七百

餘元水兵九千五百四十名歲餉一千二百九十一萬六千六百餘元官兵均在內兵少餉足宜其顧眄自雄也又民兵幾二百萬儒士醫士天文生而外農工商賈二十歲以上四十歲以下概聽徵選歲時操練一遍無坐糧略仿吾華寓兵於農之意美國歲出歲入之款總統每年闢議院之日頒諭國中亦仿吾華比較之法

初九日壬申晴美議院每年開議總在中歷冬初發凡起例而已議至長至前五日耶穌生日給假十天假滿即復集或長議或短議間歲爲之議紳視邦省人數多

寡而公推上院有定下院無定各有專司美政所從出總統高拱仰承畫諾而已虮蝮回文爲金山稅司引咎而仍不免左袒午後藹亭回古巴子豫藻亭東巖駘選同往

初十日癸酉晴談地球之學者輒以中美球形相對美之紐約與中國京都對美之華盛頓都城與中國德州對以經緯衡之中美各居緯綫五十七度經綫則中國一百一十五度美國六十四度京都午正美都寅正六分美都午正京都戌初六分美國形勢其通大東洋者

以舊金山爲要津通大西洋者以烏約山丹曲爲要津國內湖河港汊均匯於東西兩洋金山未設火車以前須繞越巴拏馬乃抵華盛頓都城志克菴孫稼生之行程是也火車初設中經煙甸野人之境猶有刼掠肆業華童曾被嚇今則輪軸鑣馳幾成康莊矣

十一日甲戌晴寄曾劼侯書索映相論粵督會疏事西俗新舊教異流同源而皆歸宿於上帝謂耶穌爲上帝化身救世者故崇奉唯謹耶穌年三十而卒生平無著述足跡不出國門竟能聳動西人至以其生年紀歷此

大不可解者也中西文字各殊西教士游歷吾華粗諳華文遂舉耶穌事蹟附會成編遠遜佛經內典爲中國文人譯說者耳

十二日乙亥晴西俗每年以正月四月六月九月十一月爲三十日三月五月七月八月十月十二月爲三十一日二月爲二十八日每四年二月閏一日周歲三百六十五日俄羅斯土爾其歲旦不同猶泰亦不同

十三日丙子晴博物院長約往遊觀金石古物五金礦質絲布磁桼器用所聚飛走鱗介巨細不遺滿置院中

幾於千門萬戶華盛頓衣靴亦嵌藏於櫥又雕鏤各國
種人眉目如生惟所藏中國器物絕無佳品光緒三年
美國賽會中國派各關稅司備物與會至今院內猶存
牌坊一架旁刊長聯李圭撰也其極鄙陋則所塑華人
男女各像高五六尺冠服失度直芻靈之不若矣又婚
喪儀仗又鴉片煙具瑣屑之極
十四日丁丑晴香帥電會疏今日奉
旨該衙門知道現飭王榮和余瓗治裝倭使九鬼面訂
十九晚餐並偕吉田二郎來晤吉田曾駐北京代辦領

本武陽使事總署舊識頊駐美爲烏約總領事畧諳華語

十五日戊寅晴訪日斯巴彌亞公使賀其君后生男致許竹篔書託就近照應延希九出入法境美國貨幣一元以下用銀錢一角以下用銅錢一元以上用金錢近則銀紙暢行金錢嫌其重出境則攜之較銀紙能通行他國也公法若欲本國金銀錢暢銷他國須先與該國有成約亦必須互相施報

十六日己卯晴延希九派往日都代辦使事緒芝山徐

立齋鄧琴齋偕往烏約附船午後寄北洋書述酌派美日祕三國差使美都各使館皆不升旗曩詢鄭光祿謂必欲升旗須預告房東建造旗臺特各國既一律中國歷任從同似不宜獨表異日都君主之國則不然云

十七日庚辰晴課黑人治園畦黑人者阿非利加洲之種其黑如桼間焦黃微白者則混矣多執賤役然性懶且不耐勞

十八日辛巳小滿晴美城鄉中多街車夜間遠望如燈船駛駛於林木間或一馬或二馬牽曳一人司機一車

能容十數人小或五六人若男客滿而女客後至則男客起立讓之未及馬頭而女客欲下暨車行之頃女客欲上司車人須均聽命車値甚廉然行不出境無慮遠近只索五仙士合中錢五十文美都生意惟街車獲利最厚近擬改用電氣惜馬力也

十九日壬午晴姚祝彭稟檀香山三月十六日大火焚燒華人寓廬十去八九燒斃一人傷二人檀香山王及華商並籌撥巨款賑恤午後接烏約信希九今日揚帆晚赴倭使之約檀使在坐仍飫西饌末乃以小磁藍和

雞子分餉此倭製云歸署大雨雷電
二十日癸未晴雷電之後德律風電筒受損響搖不輟前駐中國公使西華自鳥約來晤之宲舊識也美都街衕均弁以各邦省之名民居則編數目十號以下編一字十號以上兩字百號以上三字千號以上四字萬號以上五字左右相對左奇右偶一目瞭然惟中國使館不編號視各部院一例
二十一日甲申晴檀香山商董程汝楫古今輝稟三月十六日火中華會館被焚工價尚短七千金批以急謀

撫綏毋瑣瑣會館工價

二十二日乙酉晴燕梳兒槍廠人路連扶路來見云與蒲安臣舊識曾將製造槍礮諸法交蒲安臣轉達中國不悟蒲安臣遽歿此志未伸現製新式槍及氣礮大可適用許以得暇往觀

二十三日丙戌晴科士達以余與田貝相識今晚特遍約田貝親知爲會哈利順夫婦亦在坐琴歌中夜而散始食冰牛奶

二十四日丁亥晴西俗權貨物以十二兩爲一磅屯積

衡重千七百觔爲一頓其稱珍珠鑽石用等子略如中
國而微細尺則輭皮爲之其度較中國差二寸
二十五日戊子晴粤督咨送會奏會咨稿美水師提督
波打來見自言久病新瘳元氣未復美國近擬整頓水
師議院撥定四千萬元添置兵船大礮頗費經營新鑄
礮口逕十六寸礮廠在把莵麥河壖
二十六日己丑晴爲美前總統格蘭忒合家周歲之期
偕震東赴鳥約晡時抵埠即駐領事署晚飯後往訪格
總統之家存問其妻子其妻老病侵尋猶期期以中國

强盛爲念力勸速開鐵路通火車宜籌慮周遠控制鄰
國持論宏通其子當前年中法搆兵時屢欲赴華投効
爲部例所阻至今言之猶有餘慨復出示格總統戰功
政績各圖又詳述李傅相見待之厚
二十七日庚寅晴接見中華會館衆商詢知華人在鳥
約傭工者幾五千人大都以洗衣爲業尚能自給惟有
病則苦無醫調之所雇主或慮傳染輒令出外就醫西
人醫院又須易西裝乃能進院念之惻然因與希梁商
設中華醫院捐留百金以爲之倡

二十八日辛卯雨巳初始霽各城水陸軍兵列隊至格總統墓致敬軍容甚整其傷病不能行乘車以往者皆格總統舊同袍也有西婦年六十餘戎裝乘馬控縱自如亦會隨格總統共患難者海外女雲臺宜首屈一指各隊旂幟間有軍中舊物經礮子槍彈洞穿如網亦高舉以助游觀使國人知戰陳之勞苦也午後至格總統墓賻以鮮花車馬雜遝鼓樂喧闐會者約二十三萬人墓碣純用白石制度質樸前臨海汊輪帆赴會之人往來絡繹日晡仍未盡散遂環繞登眺一周西人不諳堪

輿之說往往暗合觀於格總統墳塋堂局之佳四面環拱之妙雖不談風水者亦嘉其得地矣格總統在位八年以南北花旗戰功而立退位後因乃郎銀行倒盤焦灼至病又性嗜呂宋煙日夕呼吸中既沸鬱煙火爇之遂至喉爛而死國人談遺事者謂格總統曾乘火車失險從窗戶跳出猶含呂宋煙格總統有手著游歷中西各國記載國人感其功德以五十萬金遺其家求得此書發售

二十九日壬辰晴晨起接見龍岡公所各華商午後得

西華住址遂往答拜戌正飯畢附火車回署同車只一西人甚寬適且有售茶食酒麵之屬子初就枕聞胡琴聲甚清越美總統夫人卽在後車有援樂以娛之者車行甚慢展轉不成眠試捲帷則曙矣美都不刑人於市亦無屠宰庖廚所需牛羊各物悉於詩家谷運來故雖天氣漸熱而無穢氣

五月初一日癸巳晴葡萄牙公使以美總統婚事集議致賀各使咸集公推葡使一人持公函往賀美總統行年五十初納少婦國內新聞紙輒揶揄之結褵之夕卽

偕遊山水意在避囂故外部概不知會此間駐使曰希特曰葡萄牙曰義大利曰比利時曰英吉利曰墨西哥曰瑞士曰俄羅斯曰法蘭西曰瑞典曰德意志曰丹馬曰日本曰奧大利曰和蘭曰烏拉乖曰日斯巴彌亞曰拉巴拉他曰巴西曰厄瓜爾多曰檀香山曰委內瑞辣曰三多明各曰迄地馬拉以上二十四國祕魯使方停派不預斯會希特使他出葡使領袖耳各國使差無期限惟中國與日本三年爲期

初二日甲午晴美總統婚事聞英德諸國皆電賀詢之

英德兩使而信因電達總署請
旨遵行美外部署與水師部兵部相連內戸可通大門
各別
初三日乙未晴劉湘浦由古巴總領事調充祕魯二等
參贊項自古巴來晚間本署洋員柏立約茶話歸寄歐
陽錦堂書詢華人積案並告以美議院新立補正限制
華人例條目甚苛
初四日丙申晴晚約日本公使九鬼前日斯巴爾亞公
使科士達本署洋員柏立謙會中華食品一客皆懽惟

柏立甚以爲苦
初五日丁酉芒種晴端午節署中循例賀節給假早飯後訪鴉靈頓南北花旗鏖戰地也前臨把莬麥河北花旗以河爲守營壘猶存營房外仍列田雞礮安不忘危之意戰事定後就地爲亭歷任總統題名其上亭外爲國殤叢冢林木陰翳草花鮮媚中有臺榭供遊人憩息波光樹色風颿飛鳥頗具幽趣夷考美國邦屬除哥倫米阿原屬馬理蘭邦因建華盛頓都城遂自立不歸邦不爲屬按正方形得平方二十五里民居十七萬七千

六百三十八人東北六邦曰緬邦平方五百四十五里一分居民六十四萬八千九百四十五人上議院議紳二員下議院議紳四員曰紐罕什爾邦平方二百八十九里二分居民三十四萬七千七百八十四人上議院議紳二員下議院議紳二員曰洼滿的邦平方二百九十二里半居民三十三萬三千二百八十六人上議院議紳二員下議院議紳二員曰麻沙朱色士邦平方二百七十三里三分居民一百七十八萬三千零八十六人上議院議紳十二員下議院議紳十二員曰洛愛倫邦平方

一百零五里九分居民二十七萬六千五百二十八人上議院議紳二員下議院議紳二員曰干提底吉邦平方二百一十一里八分居民六十二萬八人上議院議紳二員下議院議紳四員中五邦曰鳥約邦平方六百六十五里一分居民五百零八萬三千八百一十人上議院議紳二員下議院議紳三十四員曰紐折爾西邦平方二百六十五里二分居民一百一十三萬零八百九十三人上議院議紳二員下議院議紳七員曰賓夕爾勒呢安邦平方六百三十七里八分居民四十六萬二

千七百八十六人上議院議紳二員下議院議紳二十八員曰特爾拉華邦平方一百三十五里六分居民十四萬六千六百五十四人上議院議紳二員下議院議紳一員曰馬理蘭邦平方三百三十二里七分居民九十三萬四千九百三十二人上議院議紳二員下議院議紳六員南六邦曰勿爾吉呢阿邦平方六百一十八里居民一百五十一萬二千二百零三人上議院議紳二員下議院議紳十員曰西勿爾呢阿邦平方五百七十里七分居民六十一萬八千四百四十三人上議院

議紳二員下議院議紳四員曰北喀爾勒那邦平方六百八十五里半居民一百四十萬零四十七人上議院議紳二員下議院議紳九員曰南喀爾勒那邦平方五百二十四里四分居民九十九萬五千七百零六人上議院議紳二員下議院議紳七員曰若耳治邦平方七百三十二里六分居民一百五十三萬九千零四十八人上議院議紳二員下議院議紳十員曰佛勒爾勒蘿邦平方七百二十六里六分居民二十六萬七千三百五十一人上議院議紳二員下議院議紳二員西二十

一邦曰倭海阿邦平方六百零七里六分居民三百一十九萬八千二百三十九人上議院議紳二員下議院議紳二十一員曰密執安邦平方七百三十一里七分居民一百六十三萬六千三百三十一人上議院議紳二員下議院議紳十一員曰吁的伊邦平方六百零二里七分居民一百六十四萬八千七百零八人上議院議紳二員下議院議紳十一員曰田納西邦平方六百一十五里居民十五萬四千六百六十三人上議院議紳二員下議院議紳十員曰阿拉巴麻邦平方六百八

十五里半居民一百二十六萬二千七百九十四人上議院議紳二員下議院議紳八員曰密士夫必邦平方六百四十八里九分居民一百一十三萬一千五百九十二人上議院議紳二員下議院議紳七員曰魯西安納邦平方六百六十二里一分居民九十四萬零一百有三人上議院議紳二員下議院議紳六員曰英釐安納邦平方五百七十一里八分居民一百九十七萬八千三百六十二人上議院議紳二員下議院議紳十三員曰亦倫諾爾邦平方七百一十里居民三百零七萬

八千三百六十九人上議院議紳二員下議院議紳二十員曰阿甘色邦平方六百九十六里居民八十萬二千五百六十四人上議院議紳二員下議院議紳五員曰密蘇爾釐邦平方七百九十里二分居民二百一十六萬八千八百零四人上議院議紳二員下議院議紳十四員曰威士甘遜邦平方七百一十里一分居民一百三十一萬五千四百八十人上議院議紳二員下議院議紳九員曰衣阿華邦平方七百零九里八分居民一百六十二萬四千六百二十八人上議院議紳二員下

議院議紳十一員曰得撒邦平方一千五百四十六里半居民一百五十九萬二千五百七十四人上議院議紳二員下議院議紳十一員曰加利福呢亞邦平方一千一百九十三里七分居民八十六萬四千六百八十六人上議院議紳二員下議院議紳六員曰閩呢疏大邦平方六十三里四分居民七十八萬零八百有六人上議院議紳二員下議院議紳五員曰阿利堅邦平方九百二十九里四分居民十七萬四千七百六十七人上議院議紳二員下議院議紳一員曰甘色士邦平方

八百五十九里二分居民九十九萬五千九百六十六人上議院議紳二員下議院議紳七員曰呢不拉士格邦平方八百三十一里六分居民四十五萬二千四百三十三人上議院議紳二員下議院議紳三員曰呢華大邦平方九百九十八里一分居民六萬二千二百六十五人上議院議紳二員下議院議紳一員曰哥羅拉大邦平方九百四十五里六分居民十九萬四千六百四十九人上議院議紳二員下議院議紳一員新成邦者四曰華盛頓邦平方七百八十九里居民七萬五千

一百二十八人上議院議紳二員下議院議紳一員曰滿
單拏邦平方一千一百四十六里六分居民三萬九千
一百五十七人上議院議紳二員下議院議紳一員曰
呞哥大現分作南北兩邦各派上議院議紳二員下議
院議紳一員平方一千一百五十八里三分居民十三
萬五千一百八十人屬土五曰新墨西哥平方一千零
五十里三分居民一百一十八萬四千三百零四人下
議院議紳一員曰烏大平方八百七十四里二分居民
十四萬三千九百零六人下議院議紳一員曰懷阿明

平方九百三十八里四分居民二萬零七百八十八人下議院議紳一員曰衣打賀平方八百七十三里六分居民三萬二千六百一十一人下議院議紳一員曰亞里孫拏平方一千零八里六分居民四萬零四百四十一人下議院議紳一員統計邦省四十二屬土五已成邦者按正方形共得平方五千一百五十六里四分未歸邦屬者得平方二千四百一十五里九分丁口四千五百五十六萬二千四百四十一人游民野番四百九十八萬二千八百九十五人統計五千零五十四萬五

千三百三十六人上議院議紳共八十四員下議院議
紳三百三十四員其曰邦省者則各自爲政其曰屬土
者則美廷統轄之而上議院不舉議紳
初六日戊戌晴巳初渡把莬麥河訪華盛頓墓及其故
居沿山迤邐夾道高樹中有石屋如洞外環鐵柱洞中
平列兩石槨雕鏤精工西人遊者咸於洞外歌詩以樂
神但聞嗋唛之聲雅乏闓解行數武卽華盛頓舊居樓
房兩層下列四楹並不華贍室中器用服物陳設妥貼
一如華盛頓生時有破皮篋大小四枚寶藏珍重華盛

頓軍中之物足見征戰之苦矣偏西一房偪狹僅容一榻爲華盛頓夫人之居訝其太樸詢之守冢吏謂此樓惟此房窗可以望見華盛頓墓夫人既寡足不下樓日於樓窗瞻望隱亦逝世樓下平房數椽遠接馬廄皆當日工匠執役之所樓之西北平房一區守冢吏值宿處後有園數畝雜花盈畦矮樹爲徑生意欣欣有西人照相者於楹外映照特與游侶別照一圖

初七日己亥晴奉電

旨致賀美總統婚禮告成恭錄照會外部轉奏

初八日庚子晴接滬局包封恭報起程續調人員摺片
奉
旨後總署咨回當欽遵分別咨行是日並得皖藩書言
光緒八年賑捐二千金移獎子弟虛銜吏部未覈准
初九日辛丑晴駁議脫稿或謂華文譯洋不如洋文譯
華之切當宜常聘一律師所論甚是柰經費支絀何
初十日壬寅晴午後訪外部虮蝮論議院補正新例不
符續約大損華商華工生計須另議外部以未經寓目
爲詞又言此議未必遽行因下議院事繁斷無暇及緝

願三兩月後彼此重訂續約以顧聲名而敦睦誼當告以修約不如守約美議院限制苛例前年增修今年補正豈與續約相符哉蚈蝮默然

十一日癸卯晴午後甚熱美總統函訂十四日九點鐘接見各國公使及各部臣議員

十二日甲辰晴致總署書言洛案賠款定議及擬駁苛例並致賀總統新婚及存問前總統格蘭忒家屬各事

十三日乙巳晴午後雨天氣轉涼駁議譯就函送外部

十四日丙午晴戌初一刻偕震東柏立赴美總統之約

各國公使陸續到咸公服德俄兩使滿綴寶星如披重鎧幸天氣微凉聚立約兩刻鼓樂作各部臣夫婦對挽前導簇擁總統夫人出總統至偏殿免冠正立夫人在右各婦雁行於右葡使先見各使次第見咸握手為禮見夫人亦然總統禮畢偕夫人往正殿接見庶官各使繞至東廳萬燈如晝卉葉蟠柱礎雅麗可觀花氣氤氳不耐久坐

十五日丁未晴莫力侯鄭眞雲自金山來言各埠華民尚安堵午後訪英使言歐格納將由中國調任美國參

贊歐盞總署舊識也又言近因烏蚡倫捕魚事與美廷辨論未了臨訪德使不值往科士達寓一談鐙後劉湘浦復自紐約折回月色良佳散步園亭夜分就枕

十六日戊申晴香帥電言王榮和余璚日內起程赴小呂宋南洋羣島屬達日外部當轉電希九照辦並復粤告以洛士丙冷案賠款定議寄北洋書論洛案並現駁美例及美欲修約事

十七日己酉晴美總兵官力尼偕水雷廠人加第礦務人路扶來見出觀水雷礮臺圖式及新製銅礮子皆適

用叩其說則不肯筆之於書中國海口有此水雷臺足以禦侮妙在臺上懸桿上綴一鏡俯照波底知敵船遠近而所藏水雷亦能照見距敵船幾許然後燃雷施放旣免虛擲又能攻堅美國沿海近將建造午後給外部函催辦澳路非奴命案德使來言美有量減入口稅之議果爾則商販之來尙不喫虧否則只有各國加重入口稅以報之庶不偏枯美之麥麪遍行歐洲所經關口稅並不重殊不知中國並麥麪而不稅美之爲益不更優乎厚往薄來之義略寓於此

十八日庚戌晴得京電恭振夔署黑龍江將軍景蘇捷南宮入翰林舊年景蘇隨使之志甚銳祇以會試期近切實止之遂挈仲蘭同行今景蘇果獲售知科名有定爲之喜慰

十九日辛亥晴料理劉湘浦莫力侯鄭翼雲張丕勳赴祕都鐙後美紳彌堅地來見詢美國種植收成事知美田歲祇一收收後種雜糧略如中土惟登麥須六月半乃畢並詢美銀行事承許贈章程一本

二十日壬子夏至晴晨起覈對的欵巴損失册措面致

歐陽錦堂妥辦造報午初總署電催洛士丙冷各案緝兇賠償當將現在情形電復接曾劼侯自衣士本來書論南洋羣島設領事及捐船衛商均不易辦現照煙臺條約商設香港領事稽查洋藥稅項兼可經理交還逃匪之案幸有成議又劉芝使書言希九已聘得英人麥治兼諳法日文者赴日署當差戌初答拜彌堅地茶話逾時彌堅地同治七年曾爲志克菴孫稼生作居停尙寶藏志孫墨蹟

二十一日癸丑晴外部面復澳路非奴地方積雪未消

該城巡撫未能往李駒南一案須下月中旬雪消乃能查辦午後復劼侯書論中國製軍器練水師及香港設領事南洋羣島船捐各事復金山第七號書華民被創各案宜先赴地方衙門控明立案

二十二日甲寅晴午後有西婦攜童訪震東眉目清秀自言爲華人前數十年其父隨水師提督丕亞來美娶德國婦生子四年而歿童無所依有前任北卡澳拉省臬司威律收育爲螟蛉西婦即威律室也詢其中國何府州縣人則忘之矣西婦酷愛之而頗嗔其不嗜學童

名步蘭敦震東爲言前送鄭光祿時有童登車與鄭握手五官不類西產卽此童也申初赴外部訪虮蝢促辦洛士丙冷各案問答甚長另譯記烏約富人阿邊好博其子好冶遊另賃華廡以居忽一夕阿邊與阿洛對局而勝得采二十萬元阿洛無現資書券限三日交銀翌日阿邊尋其子新居阿洛尾之阿邊父子詬詈甚激其子貿貿焉逕附火車赴費城去阿洛突入索阿邊還其債券阿邊憤甚詆之不虞阿洛手刃相從也阿邊被刺阿洛卽從阿邊衣夾內檢債券裂之自掩房門而去房

主人始聞詬詈知其父子不相能食時無動靜乃推門入見阿邊被刺於榻倉卒報官差拘其子人證鑿鑿其子遂抵罪刑有日矣忽有人名多士手攜一機器至公堂一觸而動當日阿邊父子相詈之聲其子出門行步之聲阿洛開門與阿邊詆訕之聲阿邊被刺呼痛之聲阿洛將刀拔出用紙抹刀之聲一一傳出於是問官乃知殺人者阿洛也乃宥其子別執阿洛此種寃獄賴此機器平反異矣蓋多士本與阿邊之子隔壁住是日正將傳話機器試用適阿邊來尋其子喧嚷不堪多士遂

扃鑰房門信步他往欲俟聲息稍靜乃返而忘卻窒止機輪乃回房而機動如故所傳悉阿邊父子相詈阿洛行兇之聲情及聞阿邊之子定讞因攜此機器至公堂爲之昭雪

二十三日乙卯晴前任鉢信當埠稅司巴士來見鐙後寄金山領事書論中美積案及補正新例

二十四日丙辰晴未初微雨博物院送來中國各關鐙塔浮標册詢係有約各國每年將此等册簿彼此互送而赫德在華總司其事似未將各國鐙塔等册譯呈總

署彼都險要吾輩更何從寓目哉晚飯後令震東答拜巴士並訪外部司員柏郎倪結洛士丙冷各案晚涼閒步山樹清爽處遇一西人握手殷殷就門外茵草移榻留談出糖食相餉自言爲本城臬司柏賈又領其親串陸續出見坐談數刻深以美西境虐待華人爲非持論甚正不圖行路遇此佳士

二十五日丁巳晴曩晤美京總教士車士達詢以美國搶殺華人之事知之否車言久有所聞實爲惋惜當曉之曰設美國教士在華有此等事又將何處現在美商

在華者不多而美教士則所在皆有中國地方官亦無不照約保護特美國虐待華人至此中國人心積不能平萬一教堂生事豈不可惜美國崇奉耶穌而有此等慘酷之事耶穌有知亦當降罰車唯唯而去今日乃播之日報援鄙言以勸工黨改過遷善亦足見車士達之能納善言也午後函催外部飭辦槐花園命案因聞犯供狡翻避就故先發制之

二十六日戊午晴金山稟言華民吳英等逕稟外部索賠並譯送巴士函當卽批復另爲書答之

二十七日己未晴余雲楣奉到粵督檄五日內束裝起程未正西人北祁來見曾任舍路律政司攜舍路華商書來歷述舍路去秋今春被搶被逐事其意可感

二十八日庚申晴曩聞美國多牙醫前日墮一齒擬補之兼治餘齒微痛而礙食者柏立薦一牙醫頗精細器具亦良試以藥齒痛仍爾未初訪北祁又答拜可侖比亞公使

二十九日辛酉晴閱申報蕪湖關道粱欽辰開缺接任爲雙福總署總辦章京也前年例保余列銜具疏不三

年榮擢竊爲之喜總署自恭聲雲後滿員久未得缺亦無以示鼓勵

三十日壬戌晴英使威士來談攜示煙臺條約之續訂者此間已得曾劼侯書矣英使又言前在鉢倫與華人相處甚歡鴉片亦戲爲吸食詢以美國人近多嗜此而美不禁何也英使言歐洲婦女亦喜嗜之但製如藥丸裹糖而食非如中土之精李傅相曩言銀行章程美國最善屬覓精本頃承彌堅地見惠擬即寄津傅相欲創設銀行朝論多不洽申報所刊浮議滋甚蔭桓上年八

月二十七日
召對曾蒙
垂問及此初不知傅相建議因奏言此事有眞資本又任用得人可以周轉反是則大有流弊續謁傅相謂此爲富强要義行年已老來日苦短須爲公家濬一利源用心良苦客有進言者請將地丁鹽課關稅釐金四項稍爲釐剔丁鹽正供仍循向章由司解部不收銀票稅釐兩項專隸銀行營運戶部每年只收銀票三百萬兩隨收隨放戶部不存留票紙不致駭人聽聞傅相未置

可否

六月初一日癸亥雨洛士丙冷案數日仍無消息議院將散今日重訪外部促辦虯頓許以議院未散之前必爲議結詞意似尚不虛又爲盧公司命案判斷不公積不能平並與辨論虯頓以格於成例爲詞亦深慨美律寬縱情罪失當約舉詩家谷近事工人倡亂擊斃巡捕六人羈難擬抵以示自治近政尙復如是何有外交之案耶余就中國律例約略告之虯頓極稱明允而不能仿行電金山領事查從前華民在美有無犯事經美國

審擬抵命之件以備與外部辨駁戌初巴士偕議員多
福來見亦言美西省虐待華人之非並詢初抵金山稅
司黑假如何失禮因將當日情形詳告之多福言黑假
本係署事亦從未經歷迎送公使之差故爾如是然欲
予以處分則外部操權議院卻無此權也余謂今日蚼
蝢述田貝游歷閩粵各口岸承大府優待實爲感激云
蚼蝢直忘卻金山稅司之事而昧彼此報施之禮矣不
忍援以互證但謂中國待美國使臣向來優厚而已晚
致總署書述外部問答各事

初二日甲子晴電希九詢李芳榮留差否徐進齋文稱嘉西勒士於五月初三日正位總統祕魯上年冬間嘉西勒士謀奪總統興兵薄祕都血戰三晝夜礮彈槍丸紛墜使館徐進齋杜門避兵續與各國公使出爲調停祕前總統棄位遁去嘉西勒士乃固舉一部臣攝政時逾半年始就樂推之席一若不得已而爲此

初三日乙丑晴申初往觀新製渡海電筒適前日大雨鳥約各電綫有交黏者未能遠達抵本城則無阻耳其儲電納綫透電之法略如電報坐有律師揭斯諦論中

國義理甚殷曾就中國成語譯出西文刊刻成帙期以勸化謂中國能立國如是其久爲聲名文物所宗其故何哉近悟其所以然殆一孝字爲根柢人能孝親則尊君親上老老慈幼之心油然生矣一切制度悉從此出西人多不諳孝字之義故風俗總不醕國祚亦不永云余聞而悚然起敬美國有此通人而爲南黨尤爲鐵中錚錚者也與談良久皆卽物窮理之事甚有意味因語之曰格物工夫西人講究不爽若衡論義理則中國五千餘年愈研愈精西人不逮若合中西融會貫通斯爲

得之
初四日丙寅晴今日爲華盛頓開國之日距今一百一十年矣中國通商各口間差帖與美官致賀美都則否鐙時美議員前任總兵官力尼偕眷屬來見其女僅十三齡能言中國地方扼塞西人用心男女一轍可爲悚懼西俗發蒙即從地圖入手故環球地名悉能指說
初五日丁卯晴答拜議員多福論洛士丙冷賠款多福亦謂下議院日內總可議及不復再宕隨訪科士達亦云然並屬不必頻催蚓蝢聞已極力斡旋云

初六日戊辰晴小暑天氣頗熱電派姚祝彭鄭翼雲往查槐花園命案及的欽巴等案損失實數又傳諭洛士丙冷工頭廖羣廖社妥備供詞候美員往查不致相左法人流沛客華七年略通華語仲蘭就之習法文遂求仲蘭介紹與談數刻此間西人諳華語者麥嘉諦外惟此一人

初七日己巳晴總統夫人新婚後示期見客各國公使陸續往午初偕震東柏立諳美宮投刺後有人領導至客坐夫人立候於門內略道寒暄他無可言天氣甚熱

亦無暇遍覽園亭許竹篔書言德法使事視美日祕略簡此中辦事脫氣處尙相類也又論南洋羣島設領事之利弊與曾劼侯意同

初八日庚午晴未初微雨寄曾劼侯書論墨西哥求通商事並詢何日赴百靈乃郎腸癰痊否美國人把力士曾在津教習水師數年津門司道多認識頃來謁云將管駕兵輪游駛赴華其船能裝煤五百噸晝夜開行只燒二十噸每點鐘行十邁殆舊船也傍晚答拜倭使不遇訪揭斯諦久談姚祝彭已回金山來電言檀香山之

災共賑卹銀六千六百元夏威仁國主二千五百元洋

商二千五百元華商千四百元教士二百元

初九日辛未晴粤海監督海贇廷書言得頭品頂戴七

月將瓜代回京因復詢擬購美國機器清單

初十日壬申晴重觀電筒爲忌者所斷仍未就緒坐客

縱談泰西風俗俄人鋮布逑鬼神巫覡之事甚詳曾倩

女巫以術致亡婦話家常兒女事宛如生時坐有崇奉

耶穌之客駮之甚力而鋮布現身說法絕無疑似之詞

叩其巫何術略如乩筆符呪之類但以手帕在地作招

致狀俄頃而鬼至陰氣颯颯有專門名家以此爲業者自牓其門並非怪誕云

十一日癸酉晴致總署書言美祕兩國刑律皆寬縱獲案各犯不予嚴懲可憤現在設法催辦

十二日甲戌雨午後揭斯諦來談盛頌中國義理精粹西人多未窺涯略能將四子書譯以勸化功莫大焉余嘉其能識指歸自愧不諳西文無緣廣宣教化諸繙譯又鮮暇不知何日克副其請也

十三日乙亥早雨午晴容蒓浦自哈富來久談而去記

蕪湖展別五年矣不圖重見於華盛頓委內瑞辣公使
偕烏拉乖代辦公使來見飯後答拜蒓浦亥初歸蒓浦
久游美國凡中外交涉事尚留心考究尤侈言富强之
略
十四日丙子陰美內部見貺全國輿圖一幅酉正柏立
約同蒓浦訪卜利連美總統別業沿途山木蓊鬱樓閣
閒之風景不俗仰視濃雲密布雨勢瀰漫遇蚁蝢策馬
飛馳行里許山阜迴環遇總統攜婦疾驅而上倏而雷
雨大作電光煜爍因亦從佐知採急歸涂潦成河無異

山陰之棹戌亥之交雨意尤重劉湘浦電昨日到祕今日接篆

十五日丁丑晴訪外部正欲置詞⿰虫八⿰虫頁先言洛士丙冷案議院未散之前儘可議竣斷無歧緩又言華盛頓屬邦巡撫司圭也辦事公平甚愛華人行將到此當令來見肯接晤否諾之問議院何時散⿰虫八⿰虫頁謂須西歷八月初若天氣涼快稍遲數日今日下議院兩議員論事不合揮拳相毆老者流血被面美政決於議院而歷年類此者多何議員之勇也晚約蘊浦柏立小飲容卽別去

徐進齋電稱祕外部要總署給予漢文公牘始認湘浦爲代辦公使直是無理要求署文往返須百日且向無此辦法記前年祕使愛立謨將駐華國書託鄭光祿代寄鄭光祿駁令自遞祕使乃徑寄滬上轉遞總署并未援公法駁拒今湘浦往代進齋而祕乃固作難中外交涉忠恕之義未可於他族責之也

十六日戊寅晴議員歇諦來言議院之意欲將洛士丙冷賠款與限制華工事並議渠謂賠款係照案應賠限制係違約苛議不應相提並論余告之曰美不定賠款

而急議限制譬之負人債項斬不清償而別作種種方法嚴拒其人不許入門豈不可笑歟諦甚愧

十七日己卯晴訪前祕使愛立謨論祕署派參贊代辦之事及該使前年寄遞國書舊案屬電告該國外部黎雷斯勿再牴牾又查案電復進齋與祕再辨論美都衢路純用碎石壓成和以杭油性類巴麻子極光澤逐日以水車灑潤車中藏機器車後置數管車行機動水從管出霑溉甚勻隨有大車刷埽亦藏機車中隨行隨埽路上雜物分撥兩旁末有小車檢載出海四時一轍極

潔淨惟炎夏鬱蒸油氣熱發觸鼻難堪耳

十八日庚辰晴熱烏約寄來洛士丙冷案卷內夾存放火藥引一枚委員往查時檢拾兇暴所遺火種也存諸卷篋以爲碻據然究非所宜即交洋員消滅之愛立謨來談從前駐華情境叩以巴拏馬河工能否得成愛言恐難剋期就緒此河若成商務誠便惟美則驟增防海船兵美滋不願耳鏗後復來未及接晤續承鈔送祕外部回電允照余辦頃歇諦論美國限制華工事甚詳意亦汲汲立限而頗怯淸議

十九日辛巳晴答拜愛立謨詢祕國新政及火車鐵路事其國內有山名安達斯瀛寰志略已著錄山高二萬三千尺乘火車約三時可登頂鄭光祿坐是得病山勢旣高車行又速血脈容易中傷現擬沿山置鐵路通阿麻桑河由河入海以拓商務河形蜿蜒而長河口闊三百邁環球稱最河魚極大不可名狀者約三百餘種詢其舊總統則挈眷赴歐洲矣祕國置君如奕棋氣運使然耶返署午飯科士達來晤謂洛士丙冷案虮蜆甚著力而無如何月杪則議院散竊爲焦急姑盡人事分託

各議員巴士亦來晤述的欽巴案巡撫司圭也爲惡黨所窘又覬舉議員干譽求榮之心紛集遂不能一秉至公計其稟復外部必不以實深爲慨歎進齋電商允外部認劉湘浦爲代辦便可交替來美此事祕廷純引公法閱之慚汗甚不料轉圜如是之速萬國公法公使未遞國書不能派代辦代辦之員亦不能自派代辦此通例也蓋代辦者代辦使事公使未遞國書該國允認與否尚不可知所代者謂何也至代辦之員本已爲人作替若有事他適則仍須公使派員代之事有所主此公

法之極有斟酌者祕魯貧弱之國猶不肯遷就若無愛
立謨舊案則亦難强以必行中外交涉只在得機得竅
且不宜稍著驕矜怯餒之見
二十日壬午雨午晴天風送涼頗有秋意多福巴士來
談多福言洛士丙冷案下院縱有折駮上院亦可速行
復議其延宕總在下院愛立謨索照相以一紙予之復
金山領事長牋論未結各案及限制華工事
二十一日癸未晴謹擬酌派美日祕三國參領各員摺
并清單祕魯參領合署片補奏鄭鵬程酌調呂春榮片

昨有格蘭忒舊部老兵年九十三歲婦七十六歲同謁
美總統致華封頌祝之詞總統答之曰能如爾多壽則
願足矣老兵言如我之壽固不難若能如我得孫七十
八人養者七十五人恐未易易也總統笑謝之
二十二日甲申大暑晴晨起聞蟬寒暑表七十九度歐
陽錦堂書來所擬學堂章程殊未周妥又查寄歷年華
民在美犯案監禁數目卻無繯首之刑異乎所聞或未
詳盡耶舍路華商又公稟求留防兵以備不虞近年華
民寓美無非危境且不獨舍路亦不獨華商

二十三日乙酉晴外部送閱華千尼亞邦文勞礮臺後膛銅礮拓文一紙云此礮庋置此臺歷有年歲而莫悉其來歷守將疊布託兵部大臣恩悌特轉請譯示余細閱拓本書法頗類高澄墓志有年月而無國號殊難定爲何代物攷僉使萬戸官秩爲元代之制史稱元祖成吉思汗曾耀兵歐洲至於印度遺鳥槍一支西人仿其製而引伸之火器日盛又曾奪俄羅斯西域封其二子至今基址猶存此礮或卽元物也癸丑距今五百七十四年其時卽有後膛礮然則泰西奇製悉緣中土而出

特吾人無毅力精思克廣格致之效耳

二十四日丙戌雨俄國代辦公使來見人甚和靄現由鳥約總領事調來數年前曾經駐倭與何子峩相識叩以美屬俄人幾何渠云不多而不能指其數詢以俄商所運中國茶葉分銷英德法各屬否渠謂所運僅敷俄用恐未必然也

二十五日丁亥晴文報處第八號包封署咨二件並吏部鈔案又粤督咨會發給王余兩員貲裝數目復美外部問銅礦書曰昨承惠示華干尼亞邦文勞礦臺小銅

礮拓文一紙屬爲辨正攷古析疑奇文共賞欣荷無似

査拓文四行五十一字內有漫漶兩字餘均可辨識其文曰癸丑八月日鑄造四號佛狼機第一百九十四重一百觔監鑄官前僉使申起立本府軍官前萬戶金得完邑吏宋之濂匠人金愛克共五十一字其首行係記鑄造年月癸丑二字上隱有字跡細揭當能淸楚第二行四號佛狼機五字四號二字係第四等礮佛狼機三字中國自宋元明以來多以佛狼機名礮也其第一百九十四六字係礮之號數重一百觔係礮之重數也第

三行監鑄官前僉使第四行本府軍官前萬戸均類元朝官名攷元百官志至元十一年置礮手總管府二十二年改爲萬戸府置達嚕噶一員萬戸一員副萬戸一員又設樞密院僉院二員正三品僉院之稱僉使猶樞密院之稱樞密使也特申起立金得完兩人無攷耳其下列邑吏宋之濂五字係鑄礮之地方官匠人金愛克則鑄礮之工匠也癸丑年歲在元則爲仁宗皇慶二年即西歷一千三百一十二年距今五百七十四年矣其時元代尚跨有俄羅斯諸部此礮或即元時所遺然有

年月而無國號仍難遽以爲實擬請轉告兵部諭知守臺官拓贈數紙以資考據並請於第一行癸丑二字加工細拓或有字跡可尋則全文美備矣然此礮究於何年月日安置此臺貴國故籍當有記載若能查示互相考訂則尤紉雅意也

二十六日戊子晴寅正二刻率參贊各官恭祝皇上萬壽禮成卽曙爲酒醴享同僚以誌慶申初得文報處第七號包封署文二件附中法商約刊本李傅相書一函釘黏甚固頗嘉余不爲稅司所屈粵督咨附密

奏金山冬春情形並請留鄭光祿以了經手各事以經手人在美則美之所許不能翻悔大文裔皇其所以體恤華民者不憚煩絮本日下議院送到議事節目洛案已列但未定何日議竣晚訪牙醫不值便道訪科士達屬代催議員歇speech

二十七日己丑晴早起再訪牙醫治理逾時僅刮六齒晚訪柏立屬詢議員拉士問洛案情形

二十八日庚寅晴寒暑表八十三度鳥約醫院漸有成議易希梁言粵人踴躍頗有歡欣鼓舞之象科士達來

談將於明日晡時赴烏約山鄉避暑若洛案一二日能定即不急往留示避暑地址以備通函鐙後日報館人來訪震東謂黑假將補實金山稅司詢余意見如何繙譯答以公使之意非我輩所能窺測

二十九日辛卯晴寒暑表八十四度已熱不可耐矣柏立述下議院議紳之言謂西省應議之事尚多各懷己見議院將於禮拜一散議洛案賠款恐不及議而散旋訪虮頓又謂今午當可議及議院須禮拜三乃散虮頓之言始終不變晚閱夏盧報云前者上議院議定一款

責成外部大臣確查歪阿明屬邦驅逐華人失款實數並經籌款以備清償至今已逾兩月而下議院尚未議及望趁此末散議之前卽行議准此款我美寓華商民教士及本國稍有天良者無不盼望早日議成云此報可謂先得我心亦足見公道在人

七月初一日壬辰雨得曾劼侯六月十五十九兩書又寄惠照相一紙論香港設官墨西哥議約事晚晴小坐園亭見蝶風致可愛彭小圃自言能識太常仙蝶曾於此地見之仙蝶四足大小不一飛如雁影之掠覗常蝶

翩翩有異曩既敬聞仙蝶之異況能渡海數萬里至華盛頓都城則靈妙不可方物尤異之異者也余曾忝太常從未一見愧乏仙緣彌慚俗骨

初二日癸巳雨未正始霽仍熱復曾侯書論海軍事仍屬迅設香港領事又寄答照相一紙復李傅相書論海軍事及美使館現辦交涉情形寄去美國銀行章程三本略言美國銀行大致兼請設官信局如泰西郵政之式以便民

初三日甲午晴本日夏盧報館仍申前說詆下議院不

速議洛案賠款措詞甚公午間聞外部偕下院掌院同謁總統想係散議之前有應商之事或賠款不再延宕也唁丁慎五託薛撫屏寄蜀並託查穉師卹典鐙後上議院紳巴麻萬德臣兵部梯恩特來談詢中國兵制長城形勝並約下月初間爲詩家谷之會希九請調法文繙譯聯興赴日署該繙譯久隨曾侯現相從歸國應俟回華後再行奏調繙譯之才近頗難得法文尤難

初四日乙未晴西風送涼微有爽氣樓外斧斯侵晨微

耳殊攬淸眠匠役修葺衢路訛索工貲或作或輟四閱月不蕆蚇蝮曾舉此以證內治之疲蚇蝮持婦服甚切不拜客不預總統婚筵乃不禁其子母喪納婦西人倫紀之道頗難索解西人畏熱特甚日飲冰水而室中顧相戒不置冰慮爲寒氣所襲迴念京居正調冰雪藕時也小呂宋華商求設領事稟情詞甚急王榮和余瓗具報五月二十四日起程金山領事電槐花園案犯四名各具一萬元保單出獄緩至明春二月再訊美律寬縱無論如何要犯均可具單保出晚訪牙醫答拜俄國代

辦公使發總署第六號包封

初五日丙申晴金山華商苦稅關苛政每米七十磅徵銀二元二角五仙香港華安公司曾兩稟求商彼國量減余抵美詢之鄭光祿謂此爲美國內治之政非使者所得言或由華商自倩律師赴該管衙門控訴卻不悖公法坐是不便照會外部且稅關之政亦非外部所能越俎前兩月美有減稅之議正擬函告衆商趁此機緣設法控理詎美政紆緩久議無成此意亦未宣露今日金山領事據昭一公所之請懇達外部蓋亦不悟公法

窒礙也卽以事勢衡之彼方厭薄華人豈於華商而別加體卹哉忝持使節罔恤商艱愧悶更何有極前派姚視彭赴舍路的欽巴洛士丙冷各埠察看命案損失並安撫被害殘黎面託外部電致華盛頓歪阿明兩屬邦巡撫頃得回函已分別電寄

初六日丁酉晴美議院已散洛案賠款竟擱置不議早晚兩接外部復書並司圭也華連兩電所以保護查案委員者甚周到亦其致力之一端

初七日戊戌早雨微涼飯後晤虮頓甚有慚色力言議

院事繁竟未提及殊出意外且俟冬初議員復集時必能首先定議有此一宕西省人心更平以後諒無他害擬將此中延遲之故詳達田貝轉告總署云余以總署一面田貝能言之惟華人跂望之切尚須設法安慰虮蝮敬諾便道至柏立寓廬柏立之婦年垂六十勸余暫擱史傳諸書試觀小說以排悶又叩中國詩學且舉西人詩法以相證不悟此婦能爲此言惜乏香山佳句能令老嫗解說然質問殷殷亦雞林賈人之濫觴與比日金山鄉人建小蓬詩社前兩月曾以籌邊樓懷古詩一

百一十首寄請評定年來心緒尠暇此調久不彈然鄉人旅居市廛有此雅會甚不易得允雜之餘閱定還之今日陳藹亭寄來古巴各埠地圖並分派華洋董事清摺陸壽峯辭行赴祕魯致劉湘浦書屬催辦拐匪趙非瀡案科士達今晚言旋先電致柏立轉達或不專爲洛案而來然究是心心相印之人視柏立之急思攜家避暑用意自別

初八日己亥陰雨金山領事查鈔華民犯事舊案大都監禁至終身而止惟羅生忌利埠一案係華人爭鬭誤

斃一洋人合埠洋人起而圍攻遂捉獲華人二十三人弔殺內有幼童醫生死非其罪尤爲無辜事在同治十一年又加拉扶鏬縣宴杜亞埠一案有洋人過橋被人擊斃疑係華民所爲强捉華民三名經官判以一人抵命二人監禁終身續經再四申說會館費至二千金始將三人保出此光緒四年事兩案均不近情然平心按之羅生忌利埠一案類於鬭殺客主不敵良歹不分殆非美官訊明論死者宴杜亞埠一案終獲保全兩案均難援引也科士達來談洛案甚詳晚與繙譯互憶日間

問答適水車絡繹喧闐憑欄仰視火光熊熊相去不逾里信步往觀微見白煙水車仍運機噴薄火已滅矣美俗水車規制甚善馬亦馴熟火警電鐘一響機連馬廄馬卽騰躍急行就轅以待轡其救火健兒則從樓上滑溜而下不由梯級旣取快捷且慮聞警下梯或致蹉跌故於樓口置敧木光澤可鑑稍縱卽逝疾於飛鳥相距三里不逾刻而至故撲救之速鮮有延燒亦無乘火搶刼之弊只二三黑人遠立瞭觀此美之善政也

初九日庚子立秋晴晡後北洋密電本日

諭旨一道南洋羣島事即電復適歐洲電綫須修理復
電恐不時到
初十日辛丑晴前晚火警本城紛傳有人放火其說不
一或曰工頭刻薄散匠不平激而爲此或曰匠役近多
賦閒欲謀工作則人心叵測之甚矣所燔係新蓋未成
之屋若云放火意皆散匠爲之也西人不信鬼神占驗
之說此乃多有記載如威司根先邦柯山基縣基立爻
敦地方有星隕一事莊主人梯力德方雇農人刈麥正
在操作忽聞大聲震響略如鐵路輪車魚貫疾馳仰視

空際瞥見煙霞團滚如球迅墜於地其勢甚重入土即成深井距農人立處不數丈其陷入處用長桿試探無底其洞口圍可三四尺現莊主人令農工繞洞挖掘務究其根云此六月二十日事也又西人羅滿地寓居活佛縣堅德基河碼頭忽爲其妻串謀醫生地威司所酖殺事發隸罪地威司判罰監禁終身其妻未定讞旋有土人結伴至羅滿地屋外荒園摘果倏見小石無數從空際擲下旋擲旋止遂各駭走越日醫生地威司之婦出戶行不數武忽被石擲傷臂羅滿地之女宴尼同日

被石擊傷頭顱重甚越日羅滿地之女衣華亦被石擊
微傷有黑人賢鼇立高阜適爲石擊跌墜幾斃又連日
黑人及鄰居屋瓦頻受石擊俱自空而下不由旁擲殊
非人力所能殆鬼物爲之云又烏約有輪船名新莊晚
泊海墺夜將半有人從帳房窗外以洋錢一元索取船
票司帳者給票予之檢視洋錢如冰駭甚捽之墜於艙
板鏗然一聲拇指皮已爲冷氣揭去即聞船樓攴更人
喧呼有人墜水其時船客熟睡遍闘闔船皆無恙求其
故不可得乃悟前次有搭客病歿於艙項索船票者魂

不散也隨聲而滅事或有之特此洋錢何來且復令人不能著手司帳人展轉不釋遂登諸日報此亦六月初旬事也誰謂西人不說鬼哉偶誌於此以質華人之談西學者訪科士達重論洛案並商麥天拏屬邦命案

十一日壬寅晴劉芝使書航海時及駐英境況並云七月內赴俄都電錦堂告以洛款展議並屬密查司圭也所報外部文稿以備商辦舍路各案電局來言歐洲電綫已修竣津電即達

十二日癸卯晴電總署三十二字照會外部促辦麥天

拏屬邦案使館外時有樂工六七人手持樂器日落風淸颿伺於門不揮之去則欣然奏技以索賞或曰美利堅人或曰義大里亞人異方之樂只令人悲子豫弟餽雙瓣茉莉四株自吾粵而古巴而華盛頓此花已歷三洲又能隨地爲活花不甚蘩彌覺難能可貴外部函謝所攷銅礮款識

十三日甲辰晴美商吉丁設日報館於的沙士邦界於墨西哥而醜詆墨之問刑官語侵墨廷墨人囚之美外部貽書往索墨不受命判罰吉丁銀六百元監禁兩年

美滋不平頻讓墨使羅露美羅婉言答之而吉丁之因自若也或曰墨已備兵於邊將與交惡恐未必然此事就日報所言墨似太甚不悟何遽强鷙乃爾墨有歲輸美款歷時已久亦賠償美人損失之事近謂美款多虚亦欲索還倩律師與美辨論數約百萬得直則以二成酬律師美亦延律師六人與爭得直亦許劃二成交相爲利西俗大都然矣日來烏約刑官判華人一案殊堪解頤華人叔姪二人洗衣爲業西人有無賴者日往糾纏其姪血氣方盛不耐其擾持刀逐之其叔慮生事尾

追而喝阻猝遇巡差執其姪並兇器付之有司西人訟焉其叔延律師往訴律師謂自認持刀可免姪罪叔曰是我代姪也何煩爾籌律師謂非此則爾姪須辦罪姑聽鄙言自有解說及西官堂訊其叔一如律師之恉西官諭西人曰爾於持刀為何人尚不能辨則含糊可知是必擾人不堪而後出此判不准理叔姪均無恙此種判斷在吾華能行之乎律師稔西例竟脫兩人其技甚淺然亦見中西殊制矣寄總署書論洛案賠款遲延之故請轉促田使

十四日乙巳晴中國省會城邑昏旦然號礮漏二下亦然號礮京師則否美華盛頓城則日出日入然號礮美都華盛頓銅石像皆精巧所以誌開國之盛不忘本也近又建紀功碑高五十五丈白石壘築其形方其頂銳狀如方塔峭直插天西人博學者謂合地球最高之物顧名之曰碑殆未諳字義智利公使堅拏來晤昨始遞國書到美已逾旬矣曾遊歐洲曾使巴西子正錦堂來電密碼而先未約定遍檢電書不知所云

十五日丙午早雨午晴吉丁一案美墨交惡之謠所述

不一舤頓以爲訛傳惟按約與爭決不開兵端云此案
墨使羅露美持該國律例第一百八十六款謂凡人在
墨國或别國攻犯墨國人民墨得以訊究吉丁雖在的
沙士邦刊布詆毁而墨總能按例拏辦吉丁例應被禁
云其駐歐洲墨使某言此例係仿照法國設此案易地
於法美必不苛求美有數邦之例久爲英國所不取然
亦未嘗因而開釁墨之自援國例若甚有詞而美不允
美領事乘咸親至墨國詢悉吉丁只爲刋報詆毁一事
被逮且不准其保釋領事照會墨官亦不見復訊據德

基釐供吉丁實因六月十八號所刊日報被拘別無他罪我在堂上耳聞臬司云吉丁並非冒瀆公堂受押但爲日報所刊之事丹拏供亦然美外部所辦似有條理美之於墨頗存卵翼之見墨在美南不通大國美西各省皆墨之舊封墨久爲美壓近忽自雄抑何速也答拜智使已返鳥約復希九書詢日使已否赴華

十六日丁未晴金山華人各立堂名間相鬬殺久思諭禁實無暇晷頃領事稟請因爲文以諭之曰吾粵地廣人稠道光咸豐年間海禁漸弛又値土匪客匪之亂於

是有出洋謀食之一途或工藝餬口或小本營生咸有所獲相率偕來富商大賈亦開莊貿易漸而創建會館互相聯屬

國家特設領事專官以資治理前此中國水旱偏災華人樂輸賑濟並荷

聖明給匾嘉獎煌煌

睿藻炳耀殊方本大臣前過金山察看該埠情形華人旅居日繁苦樂不一而數十年不易冠服不隸他籍深堪嘉尚當於奏報到任摺內附片陳明仰慰

宸廑海外編氓呼吸上通
帝坐凡我華人宜如何激勸以永迓
天庥哉本大臣德薄能淺拜
使命於土人虐待華人之際驅逐燔殺積案累累華人之聚散安危時縈心目故自金山以至華盛頓凡我華人來見無不欣然容接寬其禮貌使之盡言非不知等威有別特以遠役他洲猶得與鄉人聚話已爲可喜亦欲博訪華人生計以相維持我華人遠離鄉井風濤之險洋例之苛不避艱難無非爲謀生而至或同處一埠

或分駐各埠平日總須各存一同鄉相衞之見其在中土則爾府爾縣或漠不相識旣同客異域則華人之外皆非我族類山巔海澨之區旅館羈棲無父母妻子之相依望田園廬墓而不見閭與嗜欲同聲貌肖者相周旋則親愛之情油然而生此天性也相處旣久無殊兄弟手足則患難與共疾病相扶持亦出於情之不自覺偶有猜嫌或致詬詈一言不合遂爾拔刀此血氣方盛之所爲然轉念同爲華人同客異域或小忿釀命則死者無辜寃氣不散旅魂之纏繞公論之鄙夷雖倖逃法

網亦難望謀爲順遂美律縱能寬恕中國自有典章一經咨查親族受累況美國年來厭薄華人已成風氣我華人即安分守己猶慮蒙以惡名我復自相殘殺予人以口實是因一二人之好勇鬬狠以致一國商民皆受詆訶益堅彼禁逐之志各商等資本所關生業所寄又不能遽爾收莊浩然歸去即工藝餬口之人亦未必行囊各裕去住自如當此寄食艱危夙夜戒懼之候其可不格外聯絡共保歲寒而顧以口角微嫌貿然鬬殺乎粵人性情大都義氣相高不肯少受屈曲然臨事不假

思索容易生事不旋踵而悔當其奮不顧身雖鬼神赫
臨亦悍然不恤及禍機已兆一皂役之力足以制之故
粤中長吏或曰粤俗易治或曰粤俗難治東南將帥或
言廣勇有良心或言廣勇無紀律要之粤人行徑好排
場愛體面耐勞苦輕身命者居多其陰鷙狠毒甘蹈不
法者實無幾人祇是血氣用事忿激易形見理稍遲每
致自誤可爲痛惜本大臣有保護華人之責欲令華人
不爲洋人所欺必先令華人自相和洽若械鬬而在異
邦則鄉鄰無殊同室慨被髮纓冠之不遑愧條教號令

之未備現在金山各會館紳董讀書明理於華人疾苦
刻刻關心各華人偶有不平何難投訴重或具稟領事
衙門儘能公平處置斷不令固結莫解何致自相殺害
耶華人之各聯堂社自爲保護則可恃以分黨則大謬
離家數萬里不思同舟共濟惟務同類傷殘此種氣象
何以自全本大臣上體
朝廷好生之德下維休戚相關之誼久欲剴切開導共
慶安全頃據歐陽領事轉據中華會館紳董羅熙堯等
稟本年六月內寶善繼善兩社鬭殺一案富豪者不惜

資財無賴者拚其死命實駭觀聽各紳商公商辦法詳
請轉咨粵中大府分行兇黨本籍地方存案究辦并請
嚴諭禁止以安商旅等情本大臣接閱之下不勝憤悶
除批示並據詳轉咨兩廣督部堂廣東撫部院查照辦
理外該領事仍當督同各紳董誼諭華人共相誡勉毋
恃美律寬縱爲倖脱當念同類相殺爲大恥咸懷木本
水源之思庶免危身忘親之累本大臣有厚望焉儻經
此次曉諭之後尚復不知悛改仍有尋毆互鬭等事一
經領事稟報本大臣惟有按名咨會原籍設法究治以

儆效尤而安良善為此劄飭劄到該領事即便分飭遵照毋違金山華人械鬭之風匪伊朝夕為此俚詞聊相告誡言之無文行之不遠頑梗之徒亦非文字所能動滋愧而已歐陽錦堂前夕密電再四猜擬知為澳路非奴命案事前日新聞紙又言本月初五日華盛頓屬邦德忌利士島煤礦公司所雇華傭八十名為洋工迫脅辭去公司主人地列威不允洋工遽乘小舟強捉華傭齊集河濱待渡地列威與論不恤即赴邊打兵船乞兵彈壓詎洋工已急雇帆船兩艘將華傭裝運離島帆船

不屑受雇爲勢所逼云美西省之儕視華人牢不可破我華人猶不知危懼同類自殘抑何夢夢議院既散各國公使分往外城擇佳山水處避暑不去則羣詆爲鄙吝余亦欲從同但苦於日行公事難恝置中國使事之繁他國不及知也

十七日戊申晴西俗喜賽會眩奇鬭勝者舉一會經營數年隋大業中煬帝在東都悉召天下奇倡怪伎大陳端門前曳羅縠珥金琲者十餘萬百官都人列繒樓縵閣夾道被服光麗廛邸皆供帳池酒林胾譯長縱蠻夷

與民貿易在所令遨飲食相娛樂蠻夷嗟咨謂中國爲仙宸帝所隋方底定南北庫藏充盈煬帝窮極奢侈此種舉動亦惟煬帝樂爲之風氣達海外即爲外國賽會之權輿又唐高宗時吐蕃因公主求賜經籍于休烈建言吐蕃性慓悍果決善學若達於書則知戰深於詩則知武夫有師干之試深於禮則知月令廢興之典深於春秋則知用師詭詐之計深於文則知往來書檄之制何異假寇兵資盜糧若不得已請去春秋蓋春秋當周德既衰諸侯盛强征伐競興情僞於是乎生變詐於是

乎起誠與之國之患也高宗不能決下中書議裴光庭議宜漸以詩書陶以聲教休烈但見情詐於是乎生不知忠信節義亦於是乎在高宗曰善卽與之兩臣殊議各有見地于不輕以經義導强敵界限甚嚴裴爲將家子習知邊情識解高遠故與之不疑初唐之馭吐蕃矜愼如此時至今日環球各國聲息皆通中國經籍外國繙譯成書西人嗜學每以不習中國經書爲陋其於尼山性道文章尤敬佩不諼不獨同文之國爲然可喜亦復可懼要之西人戰鬭純尚火器情僞變詐別有機杼

更不泥乎春秋一書也時局若此固當坦然示以無外以彰中國之大又太宗時韋宏機使西突厥會石國叛道梗三年不得歸裂裾錄所過諸國風俗物產爲西征記比還上之此卽奉使日記之濫觴陸生使越蘇武使匈奴張騫尋河源陳湯甘延壽定郅支意必博徵約記史佚之耳晨起得家書頗詳又佛山萬善堂捐簿此時各埠華人生計日蹙恐難樂輸姑代籌之夜半風雨

十八日己酉晴盛杏蓀書言中國電綫西達滇池東接吉林聲息彌廣昨晚美西境僑得士埠電報房爲雷火

所燔電綫均燒斷雷火之說中國電局亦不可不愼當詳告之本日華盛頓士他日報論教王遣使一事謂中國不拒教而教堂不應歸法國轄理
十九日庚戌晴晨起草疏爲前任隨員請奬並調法文繙譯鳥約領事丁憂留差一摺二片一淸單近日金價
式昂每庫平銀一兩值美銀一元
二十日辛亥晴美總統攜婦避暑於衣帶蘭特地方距鳥約不遠地甚淸幽漁釣爲樂本日聞長崎倭人與華人爭鬭華人斃五人傷百餘人不識確否倭使九鬼避

署外埠無緣得員耗華人旅居異域悉難相安可勝憤懣金山中華會館董事南海舉人羅熙堯被人頂名應禮部試斥革查拏竊意先行查後斥革當爲咨明粵中大府以便查復不悟部章嚴密榜後即已革拏寒士一第不易且實係被人頂冒因爲疏請開復附前摺拜發

二十一日壬子晴春初在粵首涂粵撫倪豹帥爲繪運甓齋話別圖爲贈並繫兩詩適有饟差入都寄請周小棠將前所贈詩書其上付博古裝池別倩知好爲題詠以存掌故不悟小棠遽歸道山感傷之餘此事輒不記

憶昨李仲約書言小棠遞遺摺前一日命其子將圖畫轉付代儲金石之誼死生一致可感也今晚發總署包封

二十二日癸丑晴此次摺片有出自逾格鴻慈之語逾格二字未擡寫竊謂鴻慈之上除高厚等字餘概不宜加封發後偶檢舊牘逾格二字御擡寫爲之展轉不釋行次無多書援檢曾文正稿疊克四城三隘疏力保蕪湖金柱關疏湖口九江建祠疏鮑軍豐城大捷疏瀝陳湖北撫臣勛績疏通

籌全局疏水陸疊獲勝仗疏湘軍剿賊四獲勝仗疏均有出自逾格

鴻慈之語而逾格二字不擡寫近日申報刊晉撫剛子良一疏亦然鄙見暗合爲之稍安此種舛誤甚於魚馬而五況海外孤臣哉

二十三日甲寅晴發滬粤包封晚得金山電前調商董三人請仍照會外部行知稅關即照辦文明日送去美前年增修限制華工例第十三款中國官員文憑可代護照既給文劄且譯英文猶煩如許轉折美之拒我殆

極顯然曩在總署竟不知如此情形陳副憲亦從不一告

二十四日乙卯晴錦堂書言初十日有船到埠內有華婦數人關吏於碼頭廣衆之地搜檢以查夾帶此直罕聞之事矣即照會外部轉達戸部行知稅關若以刻薄爲盡職亦宜仍用西婦搜查以顧美國聲名金山稅關本有西婦任斯役比以舞弊辭去稅司黑假遂變本加厲美之關卡苦及婦人即烏約且不免歐洲來者亦嘖有煩言特不致金山之甚

二十五日丙辰晴咨總署撥經費促學生分繕前日奏咨文牘學生每以寫字爲苦此後擬定功過格徵示勸懲吉丁之案美特派將軍薛威治赴墨商辦吉丁卒倩律師上控原告美田拏不願控追賠償受虧款項臬司遂將此案批銷並將吉丁釋放

二十六日丁巳晴未初偕仲蘭震東赴烏約戌正到埠寓客棧進齋亦於是日自祕魯回相約同寓論及斥退洋員德里安一事幾釀事端其時各國公使議論不一德使言德里安雖爲中國使署所用然究非中國人既

犯祕例應治之智使英使謂德里安既爲中國使館辦事應由中國自治祕所能治者祕人則可若非祕人祕不應禁錮遂援據公法以爲言祕不能屈德使亦慚德里安乃出獄否則各國公使擬電達本國政府因一洋員而大動脣舌矣又趙非潍等犯如有人控告仍可挐辦並遞湘浦現辦情形又謂參領兩署併居所省無幾此事已入告無可游移也談至亥初各散臥房臨街車聲如雷徹夜不寐

二十七日戊午晴嗲易希粱慰留之與商烏約醫院事

紐阿連命案新蕾巨案早晚均在領事署餐飯晚回寓樓另覓僻靜臥房始安睡

二十八日己未晴烏約總巡科露臣遣巡海兵船渡送蒿尼挨倫飯後乘潮出海門憑眺兩岸所置礮臺均得地惟臺式忒舊現已廢棄僅於臺後依山另築蜿蜒如半月純用青石亦得控制之宜海門不寬有浮樁一枝海獸隨潮出沒或曰海狗其頭類牛其形如馬或即海豨水兕之類耶晡時抵岸乘火車至萬客頓晚餐戌初步行至煙火處中隔一河對岸列城郭礮臺禮拜堂諸

式均有門可以出進上下前環數柱橫牽一繩一人持桿行繩上作跳舞旋起旋落或倒行或翻跳無不如意略如中華之繩技其旁有三人手摶翻踏層累跳躍亦甚靈捷臺上爲法俄爭戰事燃槍放礮直如交綏又有教士數十輩出而解紛卒無效尋至焚毁煙燄衝霄城郭樓堞俄頃而盡煙火架亦焚裂而以火珠編作熊虎形火箭紛墜均吐五色圓珠此則吾華固有之不足異也晚宿萬客頓樓窗倚滄溟海風甚暢淸眠達曙

二十九日庚申晴回島約飯後往博物院求如陳副憲

日記所謂小鳥如蜻蜓五色咸備者殆擬議之詞院中固多奇禽如朱鶴翠鷚均有奇采小鳥無慮數百極小者視蜻蜓相去尚遠也另一博物院則陳設諸古器內多石像間有方柱如經幢亦有刊誌中有石槨數具槨上鐫人頭略如佛像槨之兩旁鐫人物車馬作爭戰狀高髻長戟略如武梁祠畫像其架所庋銅器矛頭爲多亦有方式圖章大都臘丁文字又有宣德銅方爐一尙非贋也樓上列中國磁器頗富極舊者明磁而已亦有象牙雕桼諸器視華盛頓博物院略勝旋觀光學畫此

為咸豐十一年南北花旗水戰之狀咸豐九年拏破崙第三曾以一戰船名曰拉高飛亞蓋之以鐵隨後英國戰船窩利亞並挨倫稱繼爲鐵甲當時鐵甲惟此三船而未經戰陣得力與否究未可知時有南花旗兵官佈錄略悉其奧欲加考驗請於南兵部將前北花旗所棄遺之美利麥船從水中撈起修整並加鐵甲以便囘攻北花旗木戰船之用此議既定潛行開工舉動機密誠恐北人識其軍情也未幾北人探其消息卽集議禦敵之策有呈進一圖者名曰鐵甲望彌打議院嘉納加工

趕辦其形狀遠視如一木排上架一圓箱別無他物近則長一百七十二尺高過水面不逾尺其船中敵樓四面能轉其礮能藏十二寸闊一百八十磅重之彈子每點鐘可行四五邁其管帶房在船前高四尺能藏三八用九寸厚鐵包固門口另加以二寸鐵能開能閉以便出入四面小窗係用半寸鐵捲尖藏入者此船經兵部允准後機匠日夜趕辦而水兵各員尚無暇操練凡敵樓轉捩及船内機器概未周知除管帶窩頓幫帶古連外餘五十六人悉當時湊集或自願投效者駕駛攻戰

均不熟識也美利麥北發之後一日北花旗之望獮打始工竣如北船早成南船後發則北人之木戰船不致遽被轟沈也美利麥船身長二百三十尺船中之樓長十七尺高七尺係用尺四厚木創造加以二寸厚鐵包裹船之尖首長四尺純用堅鐵鑄成管帶房之鐵厚四寸此船雖大然行動不快喫水太深且內中機器並非全美每點鐘只行五六邁惟較之木戰船則勝萬分矣船中只得管帶寶間仁幫帶吉時比熟悉駕駛此外亦非熟手即於三月八號禮拜六日開行往征北界一日

趕到戰場見有北花旗船欽巴倫與江紀利時兩船相閒灣泊隔七邁之後又有三船曰棉彌疏打曰聖羅倫時曰胡老燕諾江紀利時與聖羅倫時兩船俱裝大礮五十口欽巴倫船只有三十口欽巴倫正管帶適於是日公出其副管帶摩利時一見美利麥形狀初疑爲鱷魚細辨知爲南花旗新造之鐵甲卽喝令兵丁防守迨美利麥行近一邁路卽先燃大礮禦之不料礮彈放中其船旋卽撞回如皮毬跳躍之戲屢放皆然於是美利麥漸漸而前凡開一礮動傷數人船頭之撞車竟向欽

巴倫直撞欽巴倫船頭遽爾入水又繼以大礮轟擊欽
巴倫殊死戰船兵凡一班死後一班繼之再接再厲美
利麥高語欽巴倫甘心投降否欽巴倫卽升紅旗答以
情願沈死不能下降蓋其船中裝儲軍械不少儻爲南
花旗所獲則以後水師受害不淺也嗣又戰有兩刻船
中已流血成渠然無一兵一士自甘爲敗者迨後忽有
一殼礮打入廚房機器銅片爆擊傷死者數十而船愈
沈愈深管帶摩利時乃呼其兵曰船無可救各人自尋
生路可也兵士始散然得生者仍無幾幸管帶摩利時

遇救登岸此船雖失然北花旗之國旗猶正立不墜可
想其志氣之堅矣欽巴倫旣沈美利麥乃向江紀利時
攻打未及半刻傷死者衆遂卽投降擄去兵士三十八
兩船優劣相去天淵耳續經北人岸上陸兵急開槍礮
故南人不能上船奪其船物只可抛擲藥彈焚之兩船
旣失餘船亦甚危險明日且將鑿去議院聞之驚惶無
措正在焦急萬分新造之鐵甲船趕到戰場駛入河口
與棉彌疏打互通消息備聞本日戰敗情形兵士在船
兩日雖勞苦異常氣力困憊亦莫不赫然思奮務雪前

恥次日美利麥擬攻棉彌疏打時望彌打先進前抵敵
美利麥以爲微細之鐵甲輕之未幾望彌打先開一礮
美利麥卽行還答以後礮聲不絕望彌打船小而活四
邊巡走欲尋美利麥可傷之處而攻之只放得數重彈
而美利麥亦放中數礮一打傷大伙一毀壞管帶礮樓
之號令筒以致不聞號令美利麥之最得力者一彈打
到望彌打管帶房正管帶傷目創甚因諭令將船旁駛
交副管帶接手預備再攻詎美利麥已向那科船廠竄
去追放數礮迄未得力據南花旗則謂北船停戰旁行

卽示敗也北花旗則謂南船退出戰場自歸北方守禦保護自己水師而美利麥不復再來以爲勝也從此兩船均未再遇南人終恐此船爲北人所擄旋卽焚之至望彌打一船亦於是年冬行海中爲颶風沈去此爲南北花旗始建鐵甲船水戰之大略此圖繪畫兵士敗走鳧水抱木緣桅墜纜諸狀活活如生礮火煙燄蒸騰之間隱隱有硝磺氣

三洲日記卷二

南海張蔭桓撰

八月初一日辛酉晴夜十一點鐘乘火車四點鐘至海汉換船至烏波

初二日壬戌晴寅正抵烏波微雨候車小坐茶館啜茗旋乘車至澳順客棧花樹樓臺管絃金奏頗饒風趣租寓五房一廳尙寬適惟地氣太溼久住非宜飯後禮格佛德城知府伯羅巴阿士哥來見約訪士客園林申正中餐隨赴沿海一帶游觀略如之罘風景而樸茂遜之

鐙後雨通宵不輟

初三日癸亥晴土人德恩來見自言客華十九年曾任福州領事特來一晤意頁般午初觀潮天風浪浪頗袪塵翳游人乘潮而浴出沒波濤跳躍為戲男女雜遝衣袴咸具卻知廉恥所見强於所聞晡時訪議院紳士璧孳鑾園亭富麗且濱海甚涼快出觀打毬圖一軸云係吾華手筆細視之蓋倭畫也筆墨精細似仿仇實父人馬冠服頗有古致隨訪德恩亦近海結廬修竹映帶暑氣所不到者與談華事殆道光咸豐時貿遷於閩者回

美已久閣省尙有字號留一子經紀之自不辦茶代客
裝運云夜雨甚涼
初四日甲子晴伯羅巴阿士哥偕訪其友人阿利士園
亭小坐淸酌其女絮絮問中國五等封爵襲次年代又
欲中國多遣讀書人來導之禮義阿利士爲銀行富商
復偕乘馬車遍游諸勝殊有東道之情哺後赴毬場觀
躍馬打毬之戲五馬角逐於淺草平原馳驟甚捷觀竟
更歷數衢衖所過皆樓閣宏敞樹帷草茵間有綠藤密
纏窗柱一望瀟碧戌正赴璧斝鑾之約坐無雜賓主人

盛服相迓父母兄嫂諸弟列坐同餐綺席豐腆母年已逾六旬珠飾極盛酒半璧拏鑾起辭赴烏約入坐時先已言明有要公須即日往因留客晚飯遂延至夜西人硜硜守信其可嘉者璧拏鑾曾言近閱新聞紙中華兵輪九艘並集高麗不知何事余未得京津來書特論形勢高麗毗連俄倭國又奇窘內亂頻興言顧東藩深爲之慮席散返寓將子初矣與參贊談西人切音之學子正就枕不成寐

初五日乙丑晴觀狗會無慮千百豢養珍惜之有價值

千金者會場寬敞觀者須給入門票錢西人好事類如此派仲蘭震東赴蒲拉夫頓士機器廠查察滬上織局所購機器

初六日丙寅晴天氣清爽侵晨仍有煙霧在几席間門窗洞開朝曦微曜則霧氣散矣與進齋仲蘭震東共照一相其技甚劣晚觀西人樂舞約三百人中有曾貫於華者曲禮士活款接甚殷又水師兵官曾到中國亦極親洽

初七日丁卯晴午初趁船泊域佛乘火車至烏稀濱進

齋囘鳥約余偕仲蘭震東往哈富稍遲兩刻遂誤車期
薄游鳥稀濆市肆書院亦大都會也酉初車來附至哈
富沿涂小站車停屢屢酉正二刻乃抵柏仙露客寓容
蒓浦來共晚餐且堅邀至其家猥以連夜失眠擬明日
往蒓浦論及緬事謂中國不宜與英說斷但當存而不
論告以暫不與爭但此案我總不平兵力盛時當必取
囘此時仍是普魯泰士特譯言深不許之謂也所論尚
不忘本
初八日戊辰晴夜睡足晨起小喫後移寓蒓浦之居蒓

浦購地二十畝廣植卉木中建樓閣挈婦子以居夏間婦歿彌留遺囑以園產付二子而蒓浦不與焉蒓浦既有遺䄇之悼其子又幼穉卽寄養外家而將樓居扃鑰自乃寄榻比鄰妻弟之室亦蒓浦所購贈者蒓浦伉儷敦篤推愛及之近轉如寄生之草固安之矣以余遠來特闢房闥重置爨具中饋無人觸處增感亦大可憐與論昔日學堂起止功課規條子正睡

初九日己巳晴柏立自花門頓來晤卽去約往游諸之午後格林礮廠主人來約觀格林礮機器演試格林礮

新舊兩式並快捷其極大之管徑一寸每礮以十管爲度少或六管能穿一寸厚鐵其主人持已穿之鐵板爲證然不甚能及遠又觀其驗器之機此卽總署擬購者問值只四千元當令詳開淸單繪圖見貺回寓中飯間拏礮廠又遣一車來迓其廠較宏富所製間拏礮略如格林只平列兩管出子不及格林之多而管外涵筩盛水雖連放數時礮管不熱其法甚良礮式則前圓後方機器簡便偶闕一器則窒矣遇敗北時倉卒不及搬運則隨意抽出不致資敵也近乃改製圓式如小銅礮較

精工所配礮車上下左右圓轉自如

初十日庚午晴蒓浦約赴挨雲訪其岳家其二子蓬頭赤脚而能長揖爲禮對門爲炸藥引綫機房遥望但見綫機環繞狀如繅絲旋往觀之則綫皆入藥又外裹黑油始能出售其機輪用水力鼓動故無礙於火藥也隨至花門頓柏立挈家避暑於此預爲午餐以待柏立寓樓爲華盛頓曾駐之地火鑪遺跡尚存形製甚古復往學廬流覽泰西故籍不諳西文不敢附和客寓主人堅請留名而去沿路山樹叢密中經兩湖尤幽邃湖水極

濤哈富城中自來水悉從此出置機湖上有人建屋湖壖以司啟閉草樹湖光結構幽雅是日輕車騁游晡時始返所覽山光蒼翠秀逸余詫謂似吾華佳山蕪浦徐應之曰山色固無分中外也其言甚婉而若有言外之意

十一日辛未晴震東自勞倫回查得織局所購羅未爾機廠棉花機器五副紡紗機器八副紡綫機器五十二副焙綫機器一副士顛鐵筒七捆漿鍋一枚壓布機器一副展埽棉花機器七副繞綫大鐵筒二十條織三尺

四寸濶布機器二百零四副每副每日能織至四十碼或四十五碼又織三尺八寸濶布機器九十六副每副每日能織四十碼或四十五碼摺布機器一副零用器一箱共計馬力二百五十匹每日需煤五噸共銀五萬七千五百三十八元分裝七百八十箱係光緒九年定造並未交價該廠現欲轉售震東此去往返均夜行尚不爲埃黨所窘蒓浦約一西人墨兜顛來談銀行事多未中肯余告以國家銀行之設要在裕國便民又能顧全商本斯爲近之中西情形不同非可膠柱鼓瑟

十二日壬申晴辰正早飯蒓浦送至烏希濆豁泥槍廠主人候於火車房偕赴該廠遍覽所製槍無甚新異多就林明敦舊槍改作槍子仍用中鍼視舊槍不加捷恐銷售不多也又新改一槍三運手而出彈槍膛內別綴小鋼筒亦可多儲彈子連環六出近日兵槍之最快者仍就舊槍改作原製名曰哩槍中國有購者今春涂經金山曾見之今豁泥又加意修改且欲以李傅相之名名之西人製器多取聞望素著之人以爲名閱竟同至温遮士得廠主人避暑出埠只觀槍式四種未及遍觀

機器該廠原於兩月前函請往觀其所製槍又久已運銷中國惜主人他出闕融洽之趣時已未正豁泥約在客寓午餐申初仍赴火車房候車申正起程回烏約蒓浦送至車上展輪而別見贈羊豪十管皆純淨又假四庫提要一函駢體文鈔一函其他書籍縹緗滿櫥無甚陋本蒓浦曾舉半以贈哈富書院欲西人傳誦云

十三日癸酉晴美屬南省地震成災英后貽書總統慰藉算學家云兩月後仍有地震勢漸偏西金山各埠亦不免云午後渡海觀野人馬戲觀者約二萬人略如鬬

馬野人爲煙甸種美之土著也狀貌獰醜皆焦色黃頭插鳥羽耳貫銅環乘馬追逐或出而刼掠結布幕以居手鼓搖鈴羣歌踏跳但形其野而已有女郎自圍外挾鳥槍登場演技百發百中以黑球爲的用鐵範作鹿形黑球即滿綴於鹿之上下左右後懸一繩浮曳其上鹿形搖搖不定女郎於十步外然槍擊球每擊輒破碎觀者擊節續橫一機以長絲懸繫一球搖曳不可捉搦別一女郎背球發槍且置槍於頂手鏡以驗準的亦百不失一兩女郎一爲歪阿明屬邦一爲嘉利福尼省人兩

地皆悍華人屢受其害者不圖女子亦具此奇技日晡返棹渡至中流牙醫哈文指點兩帆船相示曰純白者爲英船黑白勻者爲美船歲於烏約鬬捷前日英又不勝計連負三十五年矣英美海國擅舟楫之利輪軸機巧層出不窮而帆船爲航海始基故尤以此鬬勝十年前美船往英演賽奪銀鼎歸嗣是則英船來美就賽而其屢負之故或船制失宜未可知也每年所鬬皆各製新船視爲故事

十四日甲戌晴牙醫哈文約晚餐觀水法酉初登臺觀

者逾萬西人聚水爲池甃以磚石上穴數孔水從穴中噴出高可一二丈略如沸南趵突泉之法惟水成五色中或如球或成方柱此則以電氣映之仍用機器轉軸以運水西人每設奇技必於此中求利其主人請觀機器並贈電燈兩枝子初渡海回寓月色波光相映風趣不俗此種渡船日夜不息兩岸各有埔頭此往彼來不差晷刻船分上下兩層船舷前後置小几便散坐船中明窗短榻便眺遠且可避風合船可容四五百人馬車貨車亦並渡送散坐各五仙士馬車半元泊船時刻與

火車合抵岸卽可登車大率船車共一公司

十五日乙亥晴中秋節同人循例致賀華人之賈於烏約者仍爲月餅分售不忘故鄕之思也傍晚偕進齋擬登鐵綫橋遇雨而返

十六日丙子晴烏約博物院儲無翼烏一頭長約八寸高如之長喙綠睛縮頸禿尾兩足似鶴而距甚小其羽細膩如絨黑白兩色出太平洋濱又有重翼烏五采備具頭紅嘴黑略如吾華之鸚鵡特尾長於身分張如燕兩翠翼之下重展兩白翼作飛鳴勢出南亞墨利加洲

兩鳥相視誠有幸有不幸語云兩其足者輔之翼天之生物殆不盡然

十七日丁丑晴法文繙譯聯興經劉芝使派駐俄國現在日署事簡擬不再調俄事重要自應先其所急午後訪西華不遇

十八日戊寅晴灣克來談云布魯倫案已結前數日布魯倫華人持斧誤傷房主人未笄之女醫生以爲難治訟之美官華人倩人作保立單二千五百元又必該埠有產業者始能出保單一時頗費躊躇詎一挨利士人

慨允作保如數訂立保單直僅見之事挨黨乃有此人
可知人性善惡並非有生俱來者耳與進齋搭夜車回
華盛頓子初登車
十九日己卯微雨辰初抵華盛頓得劼侯書七月十八
日交卸俄篆仍返衣士鉢寓擬挈眷暫寓法都以避英
倫秋末寒溼之氣又贈公服照相一紙午後接文報處
第十號包封李傅相六月初八十四兩書論美案辦法
並屬以應辦各事勿以中外音書隔閡遂弛任事之心
二十日庚辰接復外部書謝照行金山稅關遵驗劄文

准令董事登岸並查復華婦搜撿事日來天氣甚熱已過中秋炎蒸未退殊方氣候調攝誠難仍患頭眩

二十一日辛巳晴田使貽蚪蝢書言華人虐待美人近有兩案索償五千金又據漢口領事佛郞堅禀稱英美法俄教士亦有被擾之事此皆在美肇釁所致云波士日報乃論之曰在中國固應苛待美人因何而不爲耶我美人豈未嘗導以難容人之量殘害之機乎我美人曾有因驅逐傷斃華人而繯首者乎日報之言如此美之不肯抵罪靳不賠償自難饜衆志也近聞教王已派

亞和雅第爲駐華公使不識確否教使駐華教堂各事無預於法省卻法人交涉之一端然教使每喜干預地方公事又必將入教之人歸其管轄近日環球各國多厭薄之智利且逐其使從前佛蘭西西班牙多崇奉彼教西班牙則疆宇日蹙法亦受迫於德從前德相畢斯默力詆其教有志富强者咸韙其言年來教王贈予寶星畢斯默欣然拜受德近爭西班牙一島教王出而調處畢斯默亦俯允讓還或曰畢斯默勳業炳爓歐洲而猶惑於天堂地獄之說或者血氣既衰亦如中國達官

暮年佞佛

二十二日壬午陰午後晴熱酉初雨疾風虹見晚涼堅彌地來談美國人在中國近有不安之事理所必然昧昧者不悟又言該省或將復舉爲議紳余戲謂之曰爾樂與華人交則投爾者少矣堅彌地笑而不言復言金山巡撫近釋兇犯四人皆五年前虐待華人者原判以監禁終身刻竟保釋殊不公允云今日外部照復金山稅關不認搜檢華婦但已雇西婦充役前事可不辨自明

二十三日癸未晴照會外部以進齋同美參贊使事復錦堂第十五十六十八號函又屬擬中西學堂章程
二十四日甲申晴西班牙日報言小呂宋一島華人自行設官治理儼然一小中國也宜設法禁拒華人之來云華人旅食海外近幾無可託足微特墨洲已也晚訪科士達告以司主也報外部案已鈔出容送閱坐有藕浦舊同學熟精美國槍礮形製約得暇往觀
二十五日乙酉晴美總統今日言旋天氣漸涼或不再出矣午後擬訪蚁蝮適蚁蝮今日不到外部又聞總統

歸後𧑓蝮即往避暑燕雁代飛足徵一德之契獨𧑓蝮
每不踐言洛案固無論矣即舍路留兵一事𧑓蝮於六
月底猶許以此項防兵不遽撤即撤亦候總統批示當
譯其語函告領事轉慰華人乃昨接華昌公司來信戲
兵已於七月二十二日撤去幸地方尚綏靖耳
二十六日丙戌秋分晴得總署公函答復華人到美及
墨西哥立約事鈔寄致美英兩使照會又李傅相函詢
小呂宋能否設領事曾沅帥書嘉辦駁補正限制華工
章程並述小呂宋事

二十七日丁亥晴未正偕進齋訪𧊅蝢閒詢以詩家谷巡差命案聞已擬抵𧊅蝢曰然而於華人被害各案乃不肯撥以飭辦亥初姚祝彭呂傑卿自金山來火車顛簸少坐卽屬以安憩

二十八日戊子晴許竹篔書言曾劼侯月半內渡論小呂宋設官及香港近議不諧各事劉芝使八月初一日謁俄王遞國書無甚要事行將返英云詢傑卿金山近事尚安戢前月諭禁械鬭榜示通衢華人亦知感化有讀之泣下者或鈔存一紙互相傳誦深夜秉燭立賸不

憚煩勞領事乃將示諭刋派似華人非盡不可教誨者也近因遷運旅厝枯骸囘粤中華會館存項不敷領事欲先集資後發掘曾爲告白而措語不圓又爲衆論所嗤要之此舉固不容緩而領事持議亦愼重但須統籌盡善耳
二十九日己丑晴祕魯内部檄行各府優待華人與各國人一例祕廷特施惠政仍欲拓辦招工耳晩詢姚祝彭所查舍路士哥槐花園洛士丙冷各案並現在華人情形自冬春驚擾後華人多已失業他往只舍路尚有

數十人防兵則於七月二十二日撤去矣洛士丙冷煤礦仍開採華傭承工者尚千餘人防兵未撤或可相安鉢倫及英屬域多利兩埠華工各有千餘生意尚佳均有粵劇園館

三十日庚寅晴天氣鬱熱無秋爽氣頭眩之患仍未霍然劉湘浦書述祕廷相待尚優擬即派員查辦各寮虐待華工之案又將籌辦中西學堂今日蚪蝬赴波士頓送幼女入塾讀書外部事暫交波打代辦

九月初一日辛卯晴復總署書論美案賠款辦兇中國

自禁華人及墨西哥通商事並緬甸徵貢琿春定界各情形又寄去重慶教案新聞紙天氣熱甚夜大風暴雨

初二日壬辰早雨嫩晴炎熱未退西人占驗謂今日大風雨地震不知驗否尼華地日報言重慶教案耶穌教士與天主教士互相譙讓天主教士謂耶穌教士行爲不慎所致耶穌教士謂天主堂蓋用琉璃鴛瓦大違中國制度因而肇禍云虮蝮果於七月十六日函致田貝以洛案驟未了結之故屬達總署以明敦睦之情虮蝮此事尚不遺漏

初三日癸巳晴昨日西人地震之說不驗只朔夕風雨微有影響姚祝彭自檀香山回述該島口岸輪船固不敢深入舢板亦不能泊岸登陟甚難島人於岸上懸桿以長鐵鍊繫木斗人坐斗中畧如鞦韆俟舢板來時波浪稍定搖曳作勢以就之稍不慎則墜波中矣又沿島皆山高或一二百丈恃馬以行馬多馴良且能負重山路崎嶇往來如平地馬性習之也水陸皆險阻惟於陳芳園中一啖荔枝嶺南嘉果移植遐荒陳芳倡之矣近漸墾闢榛蕪土人猶以樹葉圍項日啜芋漿無匕箸染

指而飽亦荒外之民也檀主每顧田疇輒喟然曰此地華人流汗不少乃有今日殆天艮發現之語然其國例一遵美教虐待華人殊苛

初四日甲午晴晡後製造局總管威露健臣來見約觀局中機器模式

初五日乙未晴今日發第十號包封牋牘既清索閱徐進齋所藏李北海書古詩十九首見所未見與岳麓雲麾諸拓筆政相類純從張猛龍得來今人王夢樓學雲麾略窺涯涘而究乏清嚴氣觀此則並不薄夢樓矣卷

爲宣和御府藏物有散主道君章卻無天下一人押曾屬半閒堂展轉至商邱宋氏進齋以千金得之都下

初六日丙申晴重核織局機器數目咨送北洋又檢舍路的欽巴損失各案交進齋清釐備譯洋文與外部商辦

初七日丁酉晴霾霧四塞朝陽既升猶形翳翳外國天氣不常曩聞之蒓浦云去冬倩醫爲種洋痘蒓浦年垂六十何自苦若此蓋西人七年一種若遇天花流行無老幼皆種亦不拘定蜻蜓穴西女皆種於腿處臂上疤

痕袒舞不雅觀云又西人保命險及保手足傷損險公司美國最多莫盛於哈富每公司有儲本至四五千萬元者亦甚獲利竊謂手足損傷保險歲輸息於公司一旦偶爾損傷公司如其所保之數償之彼傭工作苦之徒預慮殘廢無以自活且不能贍妻子照章保險不爲無見若保命險既歿之後直爲子孫計不僅作馬牛而已似非達觀也進齋謂保命險亦有益保十年二十年三十年如期不死則公司將歲輸之息加倍納還西人保命險不盡爲身後計

初八日戊戌晴秋蠅漸凍偶啟畫簏取數幀補壁薄慰卧游之思房主人甚不願壁上綴釘遂購極小鋼釘無害牆紙而能懸物者經營數日而安海外旅居動止殊趣此其一端所藏惲冊得自匡鶴泉少宰而坊肆有摹本幾可亂眞前年在京朝邑攜示南皮相與撫掌論畫且然況知人哉

初九日己亥晴約同人恰卡莊橋登高自使館西行約二十里溪河林木映帶陂陀綠波紅葉時見樓閣沿山場圃秋穫甫畢粟稭盈畦高阜猶復犂種隄外泊船三

五行則以騾馬拉縴故舟人必蓄馬翹跂樹陰亦足點綴風景午初到橋邊酒樓飲啖遂緣山亭直下清流可鑑積岨礐礭拂石小憩頗有在山之趣歧曲縈迴畧如鷹石園追憶舊游怦怦不置矣美國石橋此爲巨觀長二百二十尺高一百五十尺橋洞如虹橫跨波上夏秋之交游人甚盛或乘獨輪車於橋沿極險窄處疾行賭賽龍山之會則非西人所知也歸塗進齋談安清道友之教英法皆同英曰縻生法曰麻松相見握手亦有暗號此中衣鉢究不解自中而西抑自西而中曩在皖中

聞此種會黨皆糧船散丁無業爲生於江淮間刖相要結不晤英法亦有此會且同一鼻祖

初十日庚子晴王榮和余瓗申稱改期七月二十五日附洋船先至小呂宋此事久不得香帥書莫名濡滯之由

十一日辛丑晴舍路華人公稟本年正月五日攻刼華人惡黨獲案後問官竟於本月一號判釋又槐花園案其陪審人乃謂華人先發洋人自顧性命因而回擊問官亦遂釋之原告律師謂應科以殺人放火之罪問官

徇陪審人之情僅科以滋鬧輕罪將案申送臬司以定賠償此司圭也具報外部之言也此案余於五月間照會外部會言華人被擊時均在睡夢中安能放槍自衛外部已照原文轉行卽據現讞亦言華人所住布帳槍彈洞穿之孔其彈均自外入絕無自內打出者可見華人先發之說爲大謬又言華人槍彈均打入地裏尤牽强俟虮蝮歸後再與駁辯

十二日壬寅晴西人每謂環球國權中俄爲最俄且兼管教務余駁之曰中國自開闢以來不知天主耶穌爲

何事若但言教務則回回喇嘛僧道各教中國久已轄之矣

十三日癸卯晴王榮和余瓗書言展期南發係因荷蘭不允委員往查改爲游歷又鈔寄小呂宋華商官文斗等禀今年被土人逐害事即詳復之

十四日甲辰晴金山領事禀華人旅厝各棺檢運回里金山醫生每具索銀十元現倩律師訟駁請照會外部查理當即備文𣈆𣈆美政煩苛虐及枯骨環球各國所無希九書言日后避暑回宮之日亂黨乘間爲變拒傷

護軍續調多兵乃捕獲數人皆前廢后之黨是日各國公使均往迎迓恰值其事

十五日乙巳晴義大里人攜婦至美變戲法大都在華時所會縱目或如許氏番劇雜說惟內有三齣頗足解頤其一齣於臺上設矮榻橫約八尺縱約四尺空諸所有榻上置小几演劇者之婦豔裝而出扶立几上以木棍撐兩臂膀略如蒙藥薰鼻狀卽矇矓若無所知乃去小几懸立續去左膀木棍隨意屈伸之又取小旗鮮花諸物教之擎舉已大可詫隨施小扇輕颺婦卽漸漸橫

臥四無依傍少焉又扇乃徐徐而下懸立於矮榻觀者瞪目拍手喧嚷術人乃取小几仍置婦足下乃醒或曰機器鉤挽所爲又取墀子觀劇者之高帽置几上其婦略爲拂拭納還原主乃從帽中取出五色彩球無算又手帕百十塊又牽出五色紙條數十丈愈曳愈長西人舉以授婦績又自爲接捲以小短竿繞之成團忽有白鴨自紙團出沿臺叫跳術人視帽中無物呼後臺一老者持帽還人半道而踏帽爲之扁術人若甚愧歉旋推一田雞礮置臺沿裂帽數段實以礮子猛轟一聲高帽

乃黏於墀子頂上術人下臺然手槍一擊帽應聲墜又於臺上置六扇屏風席以紅氍毹又墊新聞紙一張上擱高木几引婦端立几上蒙以薄綢作西語念温都地厘一過揭綢而西婦不知所往旋從臺右小門出與觀者點頭而散此種奇技無非機器電光所爲臺上飾觀姑不深求其僞傀儡中別一格也安知匽師奏技無此機器電光耶當時但傾倒其幻而不詳思其巧耳

十六日丙午晴陳藹亭稟呈創設中西學堂章程略有條理卽批令擇日開館又復希九書述小呂宋華民被

害事屬達外部並示以中國將爲設官保護今日天氣
陡熱樓上寒暑表至八十度
十七日丁未陰晴微雨氣候甚惡卯初睡醒腹脹如廁
復睡微有熱汗而不覺冷或不致成瘧昨醫生診視以
爲瘧痢並發此間不足怪瘧非瀉則汗否難告痊爲訂
兩方配丸今日金山領事具報籌設中西學堂欲假西
人書館令華師率華童就學殊誤卽批飭另擬辦法
十八日戊申晴昨晚服丸藥約四時許藥氣行動果如
所言瀉後微眩且復畏寒午後滬局遞到十二號包封

總署寄回奏報到任各摺片六月十四日奉
旨欽遵分別咨行
十九日己酉晴檢總署鈔來日文條約照繕一分寄日署中國與外國所立條約往往中西文字互異亦有脫誤如美國續約觀審一條中文刊本乃將首句在中國三字刪去又限制華工所定人數年數之限須要公道等語又將須要公道一層意思略之兩者交涉均喫虧往往持中文約本與辦動多軒輊不知當日繙譯之人有意錯誤或無心出之也故將日約原文鈔存日署

二十日庚戌晴鍼布電筒搭至鳥約能與陸丞泉問答仍不能字字清晰近以連日作病悶坐不堪乘馬車至蘇遮士龕觀紅葉夜霜不重雜樹微赭尚不及恰卡莊橋之勢

二十一日辛亥晴麥天拏屬邦命案虮蝢回文該屬邦雖爲查理仍未獲犯擬爲文促之並行金山領事晡後收到更換日斯巴彌亞

國書

二十二日壬子晴晨起胸膈稍舒仍有寒熱似是肝木

尅脾役總署書論日斯巴彌亞事又函促劉湘浦辦中
西學堂昨晚醫生贈藥水屬飯前服藥散屬飯後服謂
可消滯舒胃氣約五六日可愈嫌其紓緩置之西醫之
藥既無速效不願嘗試
二十三日癸丑晴外部索本署各員銜名爲刊搢紳美
都各日報盛述本署冠服大雅迥殊他族殆漸識漢家
制度與
二十四日甲寅晴美外部照復金山華人搬運枯骨事
已行嘉利福尼省酌辦上議院紳前任外部衣雲士函

約本月二十八號拔勞島石像開光美總統宣誦贊詞
請往觀禮
二十五日乙卯晴晨起尚畏寒不能出門午後令參贊
往晤虯蟆屬函告嘉利福尼省總督平決華人搬運骸
骨事並託函知文勞礮臺守將余將往游虯蟆以嘉省
事難於致書或託議紳代達然該省之例專爲華人設
恐難刪減特較墨西哥例骸骨不准出口猶寬云金山
日報言散羅些埠有華人曾廣成於上年在博場槍斃
西人一名衆華人慮爲牽累遂縛付有司定爲一等罪

名監候久矣昨復訊決判於西歷十一月十二日繯首抵罪不識確否當告領事詳查若得確憑可爲槐花園諸案之證王桀和余瓙兩委員七月初八日抵小呂宋該埠商民迎迓甚恭本日發總署包封

二十六日丙辰霜降晴帆蝮函送兵部所致文勞守將書美國秋高試馬主者函請往觀馬既不多人無長技

二十七日丁巳晴昨睡得微汗寒病略解檄金山領事催辦華人搬運骸骨事

二十八日戊午晴帆蝮照復槐花園命案兇犯已釋不

能再挐歐洲通例可一不可再無論陪審人是否有意抑罪有可疑均不便干預須知他國人係自行來美致此境地云可謂無理已極歐洲通例蒙豈不知他國人若無條約豈能遽來不問如何寃抑盡付諸陪審人之口尚有天日哉當再駁之檀香山商董程汝楫古今輝稟言建復會館作爲醫院如香港東華醫院之式乃爲會黨所阻另稟求退華人遠客數萬里所遇皆蹇又自立會黨操戈同室安有緩戢時哉

二十九日己未陰霧比閱廣報番禺人郭見福忤逆不

孝乃父送縣懲治郭固賈於香港者也控於港官貽文
英領事查詢番禺令駁之曰郭見福在中國爲叛民在
郭氏爲逆子自應懲治律師不諳中國律例妄行干預
殊出情理之外云令誠能矣安得中國庶官盡如番禺
令者以辦中西交涉事哉香港毗近省垣粤人每於此
營生以其不抽稅釐遂多獲利因而寄家於港間生子
女須赴港官報冊港官乃據爲英民偶犯中國之法輒
倚港官爲脫身計此風由來久矣若如番禺令之詞嚴
義正不激不隨港官亦不能不韙之也泰西各國間有

他國人寄生者卻不能引爲彼國之籍其自願入籍者聽之法國律例則無論人民寄生何國仍不得脫法籍入他籍昨美外部所言墨西哥不准枯骨出口之說細查墨例係五年後乃准起運並非概不准出口特起運時卻不索錢非如金山之無理𠯿嚹所謂墨例不准運者僅知其一而已聞數月前美紳有女歿於墨國曾託𠯿嚹函致駐墨美使代討人情墨未之許𠯿嚹遂援以爲說惟金山之事尋究美例𠯿嚹卻無權轉移須倩律師控之地方官不直則控之美都若專爲華人而設此

苛例大可駮除即電金山領事將例案鈔送

十月初一日庚申雨總署公函頗以余駮詰補正新例煞費苦心並爲照會田使一如鄙言以詰之又促索洛案償款總署於美案已極著力惜美政歧緩令人焦悶今日總統外部均赴烏約贊頌石像虬蝮貽書來約余仍以病辭

初二日辛酉陰微寒閲邸報直隸水災極重畿輔之地思有以濟之海外華商祕魯差勝因告參贊貽書祕魯勸辦今日爲烏約海島石像開光之期適大雨泥濘觀

者未免敗興各國公使多不往只檀香山墨西哥及烏約寄寓各參贊隨喜而已美總統聞夜間遄返巳初覈各案照會凝神略久冷氣潛發强飯以壓之仍不適蓬雲來商陸丞全差事幾不能答
初三日壬戌陰晨起似無病偶至參贊房聽習西語復翻昨稿重覈一遍冷氣仍起然非瘧也照復𧊿蝮重論槐花園案
初四日癸亥陰晴不定進齋理出的欽巴損失數目頭緒紛繁擬照會𧊿蝮辦去此數日間似瘧非瘧甚悶

初五日甲子陰寒晨起略免寒熱徐步雕扳圍稍暢筋骨飯後復乘車林木深處秋林黃紫相雜仿彿沸南龍洞佛峪之境聞虬頓亦自鳥約回石像開光之事畢矣此像安置拔勞海島爲鳥約入口處近瞰河海遠覽墨歐亦殊得地像爲女身略如吾華之觀音大士純以白石雕鏤光潔絕俗下承以礎高八丈九尺像高一百十一尺六寸頭面闊一丈兩眉相距二尺六寸鼻準長四尺六寸臂長四丈二尺腰圍厚三丈五尺口闊三尺左手挽一石碑長二丈三尺七寸闊一丈三尺七寸厚二

尺碑鐫一千七百七十六年七月四號等字蓋卽華盛頓開國之日也右手舉一石盞其大可容二十人儲火照遠以備夜船往來傍置小梯爲他日重修之地西人謀事至深遠矣此爲法國贈美國自主之像當華盛頓叛英時法實爲之助法美之交由來牢固前年法越之事何天爵屢誑言照約居間謬甚此像始於同治二年逾年石盞石臂先竣工同治四年曾在肥路底肥亞埠陳設續以德法之役此像輟工旋擇定置像之島乃於光緒八年全像告竣光緒九年又在巴黎斯豎立幾費

經營甫於光緒十二年八月安置於此島也是日法國
文武到者若干人
初六日乙丑晴天氣頗清朗今日病亦略減晨起覈正
復總署第十二號函午正醫生來勸服消滯藥並多行
動理或然與澳路非奴命案外部照會指李駒南爲眞
兇略如錦堂之密電惟私刑繯殺豈稱明允哉當與再
駁論希九書言日國新報論洛案賠款美國有翻悔之
說又言查釋修打監禁華人各事日外部允給各該衙
門公文並給委員護照以利遄行頗有修睦意並將日

國近易吏藩戸刑海各部臣銜名寄閱未初檀香山公使哈達來晤盛言華人在檀島甚相安該國極願中國立約曾告鄭前任允代達之總署而無消息余以鄭前任從未言及出京時總署亦無屬付哈達遂去余往晤科士達論澳路非奴案並詢日都新報科士達以爲謠言並謂近得田使書洛案賠款兩議院均已議准田使尚未的確可知歐洲日報更虛如捕風

初七日丙寅晴辰正仍霧今日復有寒熱往來强行半里不如昨日之適午後答拜南亞墨利加洲沙路咸朵

國公使威亞士高該使自言知醫治寒疾無須金雞衲霜當別有道又答拜檀使不值其婦出見頗言檀島國典土風擎示白羽竿略如吾華雞毛帚約六尺許謂檀王視朝以此爲羽衛云一物之微顯晦殊無定也近日法人屏逐拏破崙子孫以致流寓美都美總統步行訪之復偕至戲園觀劇絕無炎涼之見益以徵法美之昔交矣

初八日丁卯晴美屬公舉議員之期拉士不安於位其黨孤矣未正英使偕參贊歐格訥來晤蓋自華調美者

曩在總署會與往還據云都中近狀甚好總署亦極相洽並屬貽書各堂爲之道候意殊戀戀抵美一宿卽返英倫八月自吾華起程先來美都謁公使後請假歸國初九日戊辰晴祕總統每月禮拜六日約各國公使入宮共談政事微特集思廣益亦足聯絡邦交子正將就枕錦堂長篇電禀深爲駭詫因華商販運烟土至域多釐巴拏馬等埠經過金山稅司扣留輸稅錦堂乃電請照會外部光緒八年中美續約條款甚明該領事並此不省何哉

初十日己巳晴卯初率僚佐恭祝
皇太后萬壽禮成即曙開窗納朝氣憑案起草早晚爲
酒食讌樂批飭金山領事電稟
十一日庚午晴患病經月西醫勸以避地巳初附車至
烏約震東祝彭偕行開車輒涼飯後漸熱申正抵烏約
則更熱晚飯後乃大雨西人有爲菊花會者冒雨往觀
布列高下疎密不一合之有七百餘種其大如牡丹芍
藥者中國種小而瓣密者倭產也西人培植未盡得法
又以花多爲貴主人款接甚殷詢所好折以相贈又約

到園中賞鑑

十二日辛未立冬晴天氣和煦暑似都下初冬景色烏約紳士灣克來寓訂觀倭劇近有英倫訪事人自華來此謂津東新製火車每點鐘行七邁路以爲笑柄申正微雪不逾刻

十三日壬申晴午後往仙打園觀虎豹犀象獅熊之屬下車微雪寒甚方池不凍亦分畜海豨海狗數見不鮮矣禽鳥頗稀主人云天寒移置他處旋復至博物院重觀無翼鳥卻又見其一毛色蒼老碧如元狐嘴距並黑

背特高聳禿尾天壤之大無奇不有列子言大禹行而見之伯益知而名之夷堅聞而志之仍未盡也又到一博物院主人新得大水晶琢爲圓球頗光潔欲以誇客折柬召朋舊余告以中國以此作屏風爲夏日避暑之用主人大駭旋至酒肆晚飯寒月初上林木蕭森訪格前總統宅談兩時許煮茗蕭客重話曩游並詢高麗近狀甚關切座有專管醫生牌照者謂中醫有數人於此售技而無公使領事准照土人羣思執之乞給以准照當答以不深悉此輩醫學故不給若美例如是當告領

事查給可也便道重觀南北花旗水戰光學畫
十四日癸酉晴津電小呂宋事鳥約寓樓火鑪烟重遂
患咳嗽
十五日甲戌晴祕魯參領瑣言併署非宜及何子剛訟
案殊未的當
十六日乙亥晴未初徇菊花主人之約渡海往觀田莊
風味猶存樸拙氣留飯至鐙時乃還承專人迎送又贈
菊花歸晚訪灣克不遇渡海一行頭眩漸解咳嗽仍爾
十七日丙子微雨檀使以檀王誕日請讌病不能往即

婉復之屬參贊屆時往賀
十八日丁丑陰雨檀使復請酌帶從官與會當屬參贊並復謝之金山來電張廣勝一案已緩二十日仍可設法減輕曩閱新聞紙作會廣成繕寫訛矣申初雨雪氣候愈寒
十九日戊寅晴午後渡鐵綫橋訪鉢勞崙花園平湖淺草畧具亭榭長松疊翠紅樹間之狀如紫荆色如含桃草木變衰之候得此甚奇鳧鷺浮沫晾羽波間游人蕩小艓往來頗類江鄉光景亦或馳馬沙岸恣其游騁鳥

約別一境也湖壖夕憩仍沿橋道歸已昏黑矣本擬緩步過橋憑眺形勢海風稟冽病尚惡寒遂乘車行

二十日己卯晴古巴領事稟繙譯譚乾初請假六月當批俟日祕差旋再酌秋氣已深美都林木凋落垂柳猶青物性之不可解如此

二十一日庚辰晴李傅相九月初四日書以余所辦均得法並屬厚結科律師又言俄高私約悉屬子虛已奉明訓當益謹候度又郵政局事總署尚未深信銀行事則議者紛然尤不敢著手

二十二日辛巳陰雨金山電陳鄺董事二人於二十日到埠登岸無阻澳路非奴案照會外部文十八日送去又預定保護華民章程批復王榮和余瓗兩委員稟並分咨總署南北洋粵督

二十三日壬午大風雷雨窗瓦動搖約三刻而霽烏約律師巴盧偕總兵官魏禮森來晤魏蓋京津舊識甫從吾華回美備言與田使游歷江南閩臺見曾沅帥劉省帥款留飲讌省帥目疾仍未痊又謂在華一晤何天爵無所事事此旬日間即將回美巴盧約觀劇行後又遣

其子來訂期聞其室廬園亭甚佳多藏中華器物
二十四日癸未晴美城氣候仍惡諸參贊勸在烏約多避數日又請匯祕魯經費
二十五日甲申晴美前總統亞大殁於烏約現任總統及外部諸臣並往會喪各部衙門懸孝一月弁兵持服半年尚不忘舊君也各國公使惟墨西哥親弔余以華人近為美國苛虐特沿彼族之例賻以鮮花函唁其子前年增修限禁華工例亞大曾與議員折駁尚非不顧邦交者蚓蝡至今猶懟其所駁為不然旗昌士蔑德自

滬回美偕福士來見詢以吾華商務士蔑德言今年業茶者尚不喫虧惟西商轉運外洋則大損又言招商局生意尚佳中國宜用小輪船運貨獲利較厚曾至臺灣謁劉省帥擬接辦鐵路無成福士歷言前在粵中境況頗念伍怡和之情又擬招同曾往中國各商謀一歡敘余以微疴未痊謝之

二十六日乙酉晴答拜巴盧閱所藏吾華瑪瑙京料雕磁白玉烟壺百十枚又霽紅瓶一枚特佳旗昌得自伍怡和以之轉贈者擬訪魏禮森已返鄉矣訪巴那鑾則

高卧未起美俗富人類如是也鐙後灣德約訪摩登曾
使法蘭西云識會劫侯亦略言前年法越事曾爲居間
灣德以其黨人衆多將爲上議院紳或擬舉副總統欲
余與之認識以備他時之需
二十七日丙戌晴古巴招置學童說帖留交易希梁在
烏約酌辦烏約華人不甚聯絡現辦醫院尚喫力學堂
恐未易辦到晚赴巴盧之會烏約戲園極宏壯者也地
跨四衢樓分五層第一二層有間隔且別內外第三層
以上及樨子均散坐歲收散坐錢不敷開銷園主人仍

須津貼今晚演劇爲德國人語音不辨只跳舞尚整齊坐客珠寶纓絡與鐙光相眩燿美都無此巨觀

二十八日丁亥雨午初附火車塗中熱甚戌正乃抵華盛頓同人皆袷衣與烏約氣候又殊得李傅相九月十二日書論經營南島及小呂宋設領事官事與十三日來電恰相印證此事已函屬希九今日亦得冋書言外部亦願中國設領事至華商官文斗前稟各案須詳查的確乃免推宕

二十九日戊子晴古巴領事稟建設中西學堂事尚清

楚視金山爲得體擬即奏報覈定照會美外部文麥天
拏屬邦舊案金山外埠布林非魯案
三十日己丑雨美俗祀神之日總統而下均放假一天
傳聞華盛頓拔出英籍後曾於是月大饑麥穀均盡忽
波士頓飄來一麥船遂慶更生故年例悉於是月舉家
歡讌一日烹火鷄佐饌以答神貺無忘在莒之義也比
日本城巡捕多被拘禁聞各巡捕以議紳減其薪資欲
伺議紳狹邪遊時捕以洩忿而爲同事所覺議紳怒甚
故拘之也子豫書言冬月初赴馬丹薩各埠察看華民

並詢余病狀當草復之屬以發春來晤兼約譚子剛同來以便隨赴日祕美俗放假之日信局僅於午前酉末收遞信件

十一月初一日庚寅晴晨起草疏一摺兩片具報古巴籌設學堂一摺日君后感謝拯救小呂宋難民一片祕總統嘉西勒士即位一片午後訪外部告以議院將開所有未結各案宜請總統特諭議員速結虮蝮答以總統前爲洛士丙冷案曾諭議院語意甚詳此時議院並非不辦只是夏間散議時要事太繁遂爾擱置現在舉

官之期已過議紳無所贍顧當無異議我必極力諄託議紳於美俗給假之前議結近日太平洋來船甚多旣堅旣大從此商務日拓矣當答以太平洋商務華商居其大半若欲商務興旺非保護華商不可蚓蟃深然之又言田使來書據上海總領事稟欲與中國聯辦書信館事亦暢通商務之一助云答拜檀使瑞典使不遇在多福威露健臣處少坐精神尚可支持寒病或遂退矣晚與參贊重論古巴學堂章程詳爲考訂

初二日辛卯晴小呂宋華商本年被害各案所有地名

時日被害人籍貫損失數目前經批飭王余兩員復查因慮該員行蹤無定又函託香港何崑山逕詢小呂宋各商或更捷速

初三日壬辰晴復北洋書商小呂宋領事經費致總署書大致亦如之兼敘英前署使歐格訥謝優待事比日天氣頗暄暖復爲蘇遮士龕之游木葉盡脫紅樹更寥寥矣

初四日癸巳晴美國畫報列牛馬雞犬諸狀而面目則作人形神理逼肖其龐然大物騂角細毛者今總統企

哩扶輪也小犢相依縱目張口者外部大臣虮蝮也蹲
踞於前狺狺欲詈者兩舉總統未成之唏噓也俊耳高
腕倜儻權奇一國人牽之以出則將舉總統之勞近也
其他鷹兔皆作人面識者悉能辨認民政從寬甚於處
士横議然所周旋者視此圖能勿慨傷哉
初五日甲午雨查島委員來稟並鈔呈小呂宋華商稟
摺及該員照會小呂宋總督稿當詳批之小呂宋能否
設領事尚煩唇舌該員遽予日官照會益速其疑忌甚
無謂也

初六日乙未晴午後拜發摺片並附總署咨函北洋咨函南洋粵督咨晡時令震東告夏盧報館中美未結各案德使鴉勞灣士賓自百靈回美來談甚久詢德王病狀已大痊瀕行會與共食今年恰九十歲畢斯默亦年七十二矣日耳曼多壽人云

初七日丙申晴小呂宋領事薪俸據查島委員及華商陳謙善葉欽龍稟均言就地籌費而委員稟末又慮爲日官所輕仍請撥款當撥案咨商香帥核復

初八日丁酉晴氣候漸寒波士日報言德沙士邦眉勞

艾打埠有華工五十名修理鐵路日久相安詎本月初四晚深夜之間被塗面洋匪數十人搶刦銀五百元兇手未獲云當飭金山領事查理美政紓緩前日德使來晤謂向來如此曩有類此之事曾受前外部之誑

初九日戊戌陰寒錦堂以華商洋藥被稅關扣留一事又電商聚辦可謂顢頇矣不看批劄只徇商情何以處煩劇哉疊次稟牘藏頭露尾深可駭異申刻雪答拜德使英使雪意甚重頗有深冬氣象不識吾華得雪否畿疆秦晉齊遼今年並有水患三冬若無雪尤可慮竊默

禱之
初十日己亥雪乘雪車循議院一遊以挹清氣略如京東狗爬犂然價視馬車倍蓰雙馬者尤不多也金山洋藥事來電含混展轉思之乃悟其辨生熟土之意因美戶部定章凡煙膏進口後復出口縱不拆箱亦須徵稅每磅十元故該商絜賠生熟土耳惟須領事與稅司將此項煙土提出一枚會蓋印花律師籤名寄往香港售土之地或印度產土之區一爲試練乃決爲生土爲熟膏甚非泛泛文牘所能爭理錦堂辦事如是隔膜奈何

香港近有將煙土煮熟灌入皮殼化二爲一審若此則更難制勝是宜詳詢各商踏實腳根乃可發手

十一日庚子晴申酉仍雪本日爲議院復集之日循俗往拜諸律政司於威地處晤法使握手通名避坐因與寒暄數語甫自法國回美也美總統諭議院文煌煌大篇所言中美交涉事意在限制華工無他謬巧

十二日辛丑雪午晴美總統諭議院諸條所論中美交涉事仍以虐待華人爲非且云照約保護但限制華工之意尤爲側重並及洋藥金山近事或有所聞耶諭中

有索智利償款一事而於應償中國之款乃不著一字亦無意於辦兇陸師大將軍佘利鈍來晤入尚穩練格總統之舊部也習西學者應從算法入手偶舉新唐書鄭欽說傳述梁大中四年七月任昉得鍾山壙銘曰龜言土著言水甸服黃鐘啟靈址瘞以三上庚墮遇七中巳六千三百浹辰交二九重三四百紀試令繙譯以西人算法推之數目仍歧

十三日壬寅晴滬局包封總署寄還七月奏派員弁各摺片又公函一件述田使辦論限制華工事總署謂田

使縱以此時辨論為早然預制其謀不為無益本日為美各部臣見客之期循俗一行僅見兵部水師部兩家來客紛如主人肆應不暇希九電述外部言小呂宋宜設領事

十四日癸卯晴粵海關稅司賀璧理自粵來言粵中夏秋旱甚田禾盡槁入口之地釐金倍徵商船裹足新監督接任後六禮拜內常關無一錢之稅舊監督因家丁被罰賠累甚窘急卒罰二十萬金了結又黃浦海口仍堵塞英領事以為堵塞之工有名無實徒礙商船無裨

防務特遣人入水探視繪成一圖送香帥閱意以促其
毀拆香帥留閱斯圖即就圖中所云不結實者照圖加
築此時更無改拆意云賀璧理係英人娶婦於美偕婦
寓岳家叩以此次抵金山稅關作難否賀云作難之至
箱篋檢視極其煩瑣因自往見稅司黑假仍不少寬見
猶不見然總算留情同船有日本三人被其盤詰尤不
堪也惟欽差所調兩董事極優待特將衣物另擱一邊
無須搜檢余笑語之曰爾在中國當稅司無此認眞也
又詢以香港稽查洋藥事賀云須候澳門並行澳門新

易總督故撍擱與談甚久不圖此間遇此熟人美政紓

綏外部又屢食言特致田使一書略言其狀鈔稿寄總

署

十五日甲辰晴副外部請茶會四點鐘至七點鐘相距

甚近一酬應之科士達已囘早間將外部復文送閱並

訂晚八點鐘往晤科言外部囘文謂前函所述華人被

害數十命指爲失實當駁復之稅關阻礙一事余不深

究已極通融虮蝢於中美交涉各案仍不能速結豈不

可歎科亦云然茶話至子初返寓晚餐

十六日乙巳晴發總署第十三號包封英使來詢中國書信局事有無成議當答以頃接北洋九月書略言其事仍無開辦之信從前稅司赫德曾設華洋信館及駟撥處此係暫時試辦非如外國郵政章程日前晤外部曾言據田使書欲設中美信局自舊金山以達上海究不知已否定議因詢以印度洋藥有無過火答言不甚了了允代詳詢告以域多利華商煙土為金山稅司扣索每磅十元之事並將電飭領事辦法告之英使深以為然又共論美總統所諭議院文且及銀價各事屬並

繙譯戶部報章謂極緊要云湘浦來電集捐直賑千元
祕魯華商今年倒塌二十四家現正艱澀佛山萬善堂
捐得一千三百餘元已極費力中西學堂須明春乃能
開辦云聞仲蘭得子特與致賀張弧月日仲蘭亦未詳
遠道音問之難如此
十七日丙午晴西人以女髮黏織爲花毛色紅黃黑白
不一具有巧思進齋近製一屏贈祕魯人所費不貲惟
烏約工匠能之南阿麥利加無此新製也作髮花歌
十八日丁未霧祕魯電稱直賑不能加籌益可見華商

之困矣金山書言張廣勝案已得減死但科以監禁終身此已極費斡旋矣劉玉麟所譯美總統諭語意甚明晰於彼國外交亦略知梗概當分寄總署南洋以資考證

十九日戊申晴美前總統亞大殁於烏約念中美舊好賻花如禮書唁其子令劉寶森往弔唁其子專函致謝並親串名刺俱來美俗然也午間科士達來自擕擬駁烏盧命案稿謂帆蟆前文指爲失實殆將去文並未辦兇一句略過遂致上下脫節或係外部庸手所爲帆蟆

尙不至是現與駁復使之自愧何天爵自吾華來見別逾兩年面目蒼老憶前年中法之役照約倩美調停何天爵頻頻居間適以他事爲美撤回何天爵又謂中法各派使臣至美候斷渠願充參贊又爲與中國借款之說堅求

廷旨以行余言借款既有著乃請

旨此時事之成否未可知豈能以

聖諭付之爾手如借有確實必先請

旨後收兌何天爵唯唯遂由蕙吟擬定借約稿余酌加

數字付以戶部砝碼卒之所借無成余奉使出京之頃總署屬晤何天爵取回借約余抵金山而何已赴華矣砝碼等物已寄還總署何天爵到京求見總署拒不接晤遂赴津謁李傅相力詆柏立才短將欲黜而代之乎北洋頻有書來當切實答之其品詣尙遜柏立也頃何天爵來晤殊有不甘落拓之概屢言有事可以相助余屬將借約交還何天爵有延賴意美各部爲前總統亞大持服一月今日已滿各衙署黑綢均摘去

二十日己酉陰美爲民主之國應譯其創國例備覽蔡

毅約有譯本甚清晰其詞曰美國合邦盟約一譯作律綱我合衆國人民意欲聯合衆邦以益鞏固昭公義保安居敦守衛興利除弊爰及後裔永享自由之福特立盟約曰美國合邦盟約第一章論立法司按合衆國政治分三門一曰行法司總統是也一曰立法司國會是也一曰定法司律政院是也第一節第一款衆邦既合之後所有立法之權應歸合衆國會曰上議院曰下議院第二節論下議院紳士第一款下議院紳士由各邦庶民選舉每二年一換舉之之法悉照各邦選舉邦會各紳士之例按各邦會亦分上下兩院其紳士由民間投籌公舉舉法各殊有男女皆准投

籌者有不准婦人投籌者有二十一歲後皆准投籌者有須讀書識字始准投籌者第二款各邦所舉下議院紳士必須籍隸本邦年在二十五歲以上入籍美國已逾七年方准充當第三款每邦所派下議院紳士人數及科派丁稅之數俱按照各邦戶口丁數比例而定統計良民人數及他邦來此限年傭工之人加奴役人等五分之三共得若干人照數均派煙甸土人不納稅者不入算自國會初開後三年之內務將民數查清此後每十年間照例重修戶口冊一次按民數每三萬人選派下議院紳士一名小邦不及三萬人者

准其選派紳士一名未造戶口冊以前紐咸時邦准派下議院紳士三名麻沙朱色士邦八名洛哀倫邦一名干泥底吉邦五名鳥約邦六名紐折爾西邦四名賓西尼勒尼阿邦八名地拉華邦一名馬力蘭邦六名勿爾吉尼阿邦十名北哥羅尼那邦五名南哥羅尼那邦五名若耳治邦三名（按合衆國既立盟約美洲各邦歸附者漸多原訂按民數每三萬人舉紳士一名覺紳士人數過多礙難照行嗣後民數限額屢有更張近年則以十三萬五百三十三人准派紳士一名共得下議院紳士二百九十二名）第四款各邦所派下議院紳士有因事出缺者由該邦總督出示曉諭民間舉員充補第五

款下議院院長由該院紳士自選司事屬員亦由該院選派糾參官吏惟下議院獨有其權（下議院糾參上議院審訊）第三節論上議院紳耆第一款上議院紳耆每邦准派二名由各邦會紳士選舉在任以六年爲期凡判事可否各人得自攄己見第二款國會初次聚會卽將各邦所舉上議院紳耆約分爲三排第一排紳耆以第二年爲滿任第二排紳耆以第四年爲滿任第三排紳耆以第六年爲滿任此後每二年選舉一次得新任人員三分之一（舊多新少以資熟手）如上議院紳耆告退或因事出缺適值邦

會停議之時未能卽行選員充補者由該邦總督派員權理俟下居該邦邦會聚議時再行遴員充補第三款凡充上議院紳耆者必籍隸本邦年在三十歲以上入籍美國已逾九年方准充當第四款上議院以副總統爲院長議事不道可否若所議之事衆紳耆從違各半則以院長允否爲行止第五款上議院司事屬員由衆紳耆選派遇副總統他往或攝行正總統事衆紳耆可擇本院一人暫充院長第六款凡糾參官吏悉由上議院審問遇有此等事衆紳耆必重行具誓然後開審如

總統被參提審則以律政院正堂為院長定案時必須在院人員三分之二意見相同方成信讞第七款官吏被參事跡屬實上議院只能革其官職永不敘用不准再當合衆國各項差事至革職之後應如何審辦定罪由有司遵例辦理第四節論國會第一款選舉國會紳士應於何時何處如何舉法悉由各邦會自定國會亦可隨時立法以易其章程惟舉上議院紳耆之處則不得更易（按選舉上議院紳耆恆在各邦之議例院）第二款國會每年至少須聚會一次以洋十二月內第一次禮拜一為期或立例

另易日期亦可第五節論國會應行事宜第一款國會紳耆得邀公舉之據是否合例由各該院紳耆公同核驗每院人數過半卽可議事如人數不及半可以連日停議或設法勒令曠職之員卽行到院按在院有十五員卽可拘傳不到之員第二款上下議院各自定其辦事章程懲辦不循規矩之員如三分之二意見相同可將本院某員罷黜第三款每院須設一日報將所議公事詳載刊布其機密事件不便刊布者由院紳酌定每議成一事如在院人員五分之一請將日可日否者之名載於日報應卽

載明按每議一事各員先行辨論事理了亮之後院長請定行否願行者同聲曰可不願行者同聲曰否察聲音之大小以定事之行否間或曰可曰否聲音相埒未能立決即須按名查問孰曰可孰曰否逐一載於日報又或曰可或曰否聲音大小迥別己無疑義而在院人員若有五分一人數願得曰可曰否者之名俾舉國共知某人主何說則應將曰可曰否者之名載於日報第四款當國會開議之期除兩院公允停議外每院暫停不得逾三日至停議必在上下議院立定之處不得前往別處聚會第六節論國會紳耆應享利益與其所不得爲者第一款國會紳耆應得俸薪照定例酌給若干由合衆國戶部開支該紳耆自赴院會議至議畢回家之時除反叛大惡傷風

敗俗死罪外不得因案拘拏其在議院內所辨論之公事不得於別處究詰第二款國會紳耆任內於合衆國新設文職各缺其薪俸較優於紳耆本任者不准充當合衆國現任職官亦不得兼充國會紳士第七節論立例事宜第一款凡議徵收稅課之例應由下議院先議議成之後上議院或從或改悉照尋常例稿辦理第二款凡例稿經上下議院議成之後必呈總統核准方謂之例總統允准即在例稿上畫押若不允准應將不准之故批明發回創議斯例之院或始議於上議院或始議於下議院該院

卽將總統駮詞詳載官報上重行置議如衆紳者願行者有三分之二卽將總統駮詞轉送至又一院重議此院紳士若再有三分之二畫諾該例卽爲定例無須總統批准凡重議之例衆紳者孰曰可孰曰否必將姓名詳載於官報總統於國會呈例稿後除禮拜日不計及十日內若不將例稿發囘該例稿卽作爲定例與已經批准者無異如因國會停議無從發囘者不在此論第三款凡號令條議畫諾之件須由兩院核准者除議停歇日期不計外國會停議日期由兩院紳者公同商定無須總統批准俱應照呈總統聽

候核定方得舉行如總統批駁須由兩院重議仍須每院願從人數有三分之二方爲定例辦理悉與尋常例稿無異第八節論國會之權第一款國會有權徵收地丁稅課出入口稅製造稅以清還國債維持國是昌裕國度惟所徵出入口稅及製造稅須舉國一律第二款國會有權爲合衆國揭散債款第三款國會有權酌立通商章程與外國貿易或各邦互市或與煙甸土人買賣第四款國會有權定立外國人入籍章程及虧空債項規條俱宜舉國一律無異按外國人來美至少須寄居五年方許入籍第

五款國會有權飭將錢幣定其輕重價值酌定外國泉布相當價值設立權衡丈尺第六款國會有權立例以懲辦假冒鈔票錢幣等弊第七款國會有權設立郵務局與驛站第八款國會有權以鼓勵格致技藝有用之學凡著書之人及始創新式器用之人俱給予年限使專其利毋許他人翻刻仿造按現例著作書籍准予二十八年限期限內不准他人翻刻始創新式器用者給予十四年限期限內不准他人仿造第九款國會有權設立審司衙門巡按署及合衆國按察司署歸律政院統屬第十款國會有權立法懲辦海洋盜犯及干犯公法之案第十一

款國會有權宣諭交戰發給出疆强償執照定水陸地方捕拏敵人物業之章程惠頓氏萬國公法云用力自行伸寃謂之强償如本國之民遭別國强暴寃抑卽可發給强償執照與受屈者俾其自行捕拏抵償第十二款國會有權募養兵士惟籌餉不得逾兩萬之需第十三款國會有權設立水師第十四款國會有權定立水陸二師軍法第十五款國會有權調集民兵以伸國法平內亂禦外侮第十六款國會有權令各邦團練民兵給予軍裝安行訓練如經合衆國調用則歸國會節制至於派官統領按照國會所定紀律如何訓練悉由各邦自行辦

理按訓練民兵由各邦自行派官者緣民兵本爲各邦自衞而設合衆國偶有調用非常事也訓練必遵國會所定紀律者冀步伐止齊舉國一致也第十七款國會有權立法管轄京畿地方其地四方不過十洋里某邦讓出經國會核收即爲合衆國都城至合衆國向某邦購買地段既經該邦邦會允肯其地用以建造砲臺軍裝局軍火局及一切公所地方雖在各邦界內仍歸國會統轄管理按盟約定後次年馬力闌邦讓出波淘麥河車地一段及明年麥爾吉尼阿邦讓出河西地一段均經國會核收截地方十洋里名曰古林比阿郡至一千八百年始建都於此都城曰華盛頓第十八款上文明載國會應有之權及合衆國各部院官員遵盟約應有

之權由國會詳審立例使其權必行第九節論合衆國之權有限制第一款招徠各國人多寡悉聽各邦自行酌量國會於一千八百零八年以前不得立法禁止其招徠之人擬徵收人稅每名不得逾十元按立國之初地廣人稀須工墾植故暫准招工販奴擬徵人稅所以示禁阻之意也第二款提審票所以恤無辜被押之人不得無故停發遇內亂外侵事勢危急有關大局之際自可停發按提審票由被押者之親屬請領由審司發給定日提審以免久押受累第三款越權定罪之例追罪往事之例俱不准行按越權定罪者謂不循例審辦且無確實證據遽定人罪追罪往事者謂犯法後始立苛例以重懲之第

四款徵收丁稅正稅必按戶口冊均派法詳上文見第一章第二節第三款第五款合衆國各邦貨物出口不得徵稅各海口貿易章程稅則宜一律無異不得有此優彼絀之別船隻載貨赴某邦或由某邦開行均聽其任便往來不得限定某邦某口爲卸貨納稅之區按美屬英之時不與歐洲各國貿易凡船隻載貨物出口須赴英國口岸起卸商民病之故盟約特載此款以革其弊第六款戶部存款除遵例提用外無許亂支其遵例提用之款務將進支數目如何動支逐一載明隨時呈報第七款合衆國不設爵銜稱號其食俸任事官員非有國會允准不

得受外國君主禮物酬勞官職稱號第十節論合衆國各邦之權有限制第一款國內各邦不得與外國立約聯邦會盟並不得發給出疆强償執照不得鑄錢幣出鈔票除金銀而外不得制他物以償債並不准行越權定罪之例及追罪往事之例凡律法能致人失信而棄約據者不准行爵銜亦不准用第二款各邦非經國會允准不得徵收出入口貨稅如酌收規費以供本邦查驗出產之用者在所不禁各邦所徵出入口稅實數俱歸合衆國戶部動用所有徵收稅課之例如須改訂悉

由國會核定各邦非有國會允准不得徵收船鈔於昇平之日不得豢養兵士建置戰艦並不得與鄰邦或與外國訂立條約擅啟釁端若外侮方侵事變叵測急不及待應行從權者不在此論第二章論行法司第一節論正副總統第一款行法之權歸於合衆國正總統總統以四年爲滿任副總統亦然舉總統之法如下款第二款各邦按照邦會紳士所授之選派公舉人若干員其人數與各該邦所派上下議院紳耆之數相等現任國會紳耆及合衆國食俸任事之員不得派充公舉人

第三款按此款所載舉總統舊法今己不行改訂新法如下續增美國合邦盟約第十二章第一款各邦公舉人在其本邦聚會各出籌擬舉正總統一人副總統一人正副不得同籍本邦至少須有外籍者一人籌上書明選舉某人爲正總統另一籌書明選舉某人爲副總統於是將擬舉爲正總統者伊誰各得籌若干擬舉爲副總統者伊誰各得籌若干分列爲二單由公舉人畫押批明封固送至合衆國都城交上議院院長開拆按此單須繕備三分一分專差遞交國會一分交郵務局轉遞一分封交本邦之合衆國巡按司公署存案如延至正月內第一次禮拜三此單猶未遞至都城則由院

長遣員赴該邦巡按司公署查取存案之一分送至都城以憑核計該院長屆期卽在國會衆紳耆之前將各邦送到名單當堂開拆核算某人承舉爲總統得籌最多而其數又逾於公舉人總數之半者其人卽定爲正總統如得籌不及公舉人總數之半卽取得籌最多者約之由下議院衆紳士投籌重舉一人爲總統計籌之法每邦無論所派下議院紳士多寡須同一籌此事須得衆邦三分之二有紳士在坐方得開辦若紳士所舉之人籌數逾於邦數之半卽以其人爲總統如下議院紳士於應舉總統一事延至本年

三月初四日猶未舉定即以所舉之副總統署正總統其辦法與正總統身故出缺或有故未能任事者同第二款其承舉爲副總統得籌最多而其數又逾於公舉人總數之半者其人即定爲副總統不及半則取得籌最多者二人由上議院紳耆重舉此事須得本院紳耆人數三分之二在坐方得開辦若所舉之人籌數逾於衆紳耆人數之半者即以其人爲副總統按上議院舉副總統每員准一籌下議院舉正總統每邦只准一籌辦法各異第三款凡不能勝正總統之任者亦不得爲副總統第四款各邦選舉公舉人日期

及公舉人投籌日期均由國會酌定惟投籌日期須舉
國一律按一千七百九十二年定例公舉人聚會投籌在十二月內第一次禮拜三國會核計算數在
二月內第一次禮拜三又一千八百四十五年定例各邦選舉公舉人在十一月內第一次禮拜後一日第
五款在美國生長之人或入籍美國在立盟約之前者
方准爲總統惟年紀不及三十五歲入籍未及十四年
者仍不准第六款總統因事開鈌或身故或告退或有
故未能任事卽以副總統爲正總統倘遇正副總統皆
因事出鈌或身故或告退或有故未能任事則由國會
議立一員攝行總統事以俟總統照常任事或俟各邦

另行公舉第七款總統任内俸銀不得卒加卒減並不得受合衆國及國内某邦酬款按總統俸銀前定每年二萬五千元至一千八百七十三年增至五萬元副總統俸銀八千元第八款總統受職必先具誓其詞曰指天具誓願竭誠效忠以任合衆國總統之職務殫盡心力以保全合邦盟約第二節論總統之權第一款總統爲合衆國水陸二師統兵大元帥各邦爲合衆國調用者亦歸總統節制各部該管事務總統可飭令該部大臣議奏除官員被參不得寬宥外凡有干犯合衆國律法者總統有權特赦其罪或命暫行監候第二

款總統商准上議院紳耆可與外國立約惟須上議院紳耆有三分之二意見相同方能定議總統可點派頭等公使各等出使大臣領事官律政院審司及合衆國日後遵例續設職官均須上議院紳耆公議允從而後定至於各屬司員或由總統自行點派或由律政院審司及各部大臣揀派應由國會酌度情形立例議定第三款上議院停議之時遇有合衆國官員出缺總統可以發照派人充補其任事之期限至下屆國會停議爲止第三節論總統職守第一款總統須將合衆國各邦

情形隨時諭知國會令將應行事宜公同商妥遇有要事可調集兩院或任調一院紳耆會議如兩院於停議日期意見各殊總統可酌量諭令停止至何日再行會議至於接納外國各等公使皆總統之事又須留心體察各定例是否實力舉行並給予合衆國各職官蒞任執照第四節論總統被參第一款正副總統及合衆國文職官員謂各邦大臣律政院審司及巡按司等官國會紳耆爲各邦所舉者不在職官之列如有謀叛大惡授受賄賂干名犯法等事被劾後審明即行革退第三章論定法司第一節論合衆國法院第一

款合衆國司法之權歸於律政院及國會隨後所設歸律政院統屬諸法院律政院審司及屬下各法院審司如品行果端方應令長蒞斯職在任時應得薪俸不得核減第二節論審司之權第一款凡與合邦盟約律法及合衆國所立和約有關涉之案或有關於公使領事之案海上戰利管轄等案與夫一切齟齬案件合衆國在局內者或此邦與彼邦齟齬或此邦與彼邦之民齟齬或此邦之民與彼邦之民齟齬或同爲一邦之民憑二邦之權索地基而興訟者或此邦及此邦之民與外

國及外國之民齟齬以上各案件皆歸合衆國審司審斷第二款凡有關於外國公使駐紮使臣及領事官之案與案情之牽涉於一邦者律政院有徑行審斷之權其餘前款所述各案件律政院遇上控有復審之權其有不准上控者有須循定章者悉由國會酌定第三款凡審問一切罪案除官吏被劾外須有陪審人員又必在起事之邦審辦如起事不在各邦轄內應於何處審辦由國會議定照行按陪審人員以十二人爲額擇民間之殷實誠樸者當之遇審罪案令陪審者到聽審審司執法判案仍須陪審十二人公議允行方得定罪第三節論反叛第

一款興兵謀反或潛附敵人助之濟之斯爲反叛反叛之案須有見證二人供詞相同或逆犯當堂自招方得定罪第二款反逆如何治罪由國會議定惟不得查抄家產罰及子孫反逆不處死者不在此論一千八百六十二年國會定例反逆或處死或監禁或罰鍰由審司酌定惟監禁不得少於五年罰鍰不得少於萬元

第四章

第一節論各邦例案第一款此邦於彼邦之律例契券及其審司訊判之據當奉爲信憑應如何察驗以杜假冒之處由國會立例通飭遵行一千七百九十年國會立例各邦律例契券審司判詞均以印押爲憑

第二節論庶民利益第一款此邦之民赴

彼邦其應享利益與彼邦之民所享之利益相同第二款此邦有反叛兇惡罪犯逃往彼邦由此邦主政者卽總督行文到彼邦查拏應卽將犯解交起事之邦懲辦第三款學徒傭工遵此邦之例定有年限如在限期內逃往彼邦不得以章程互異遂為逃人解脫如經原主查取應交還第三節論新邦新疆第一款新邦願入合衆國者由國會核准但不得於舊邦轄內別為一新邦亦不得合二舊邦或數舊邦以為一新邦更不得於數舊邦內割地湊合另為一新邦如經各該邦會及國會核

准者不在此論第二款國會有權定立條例以掌管處置合衆國新疆公業至合衆國與各邦各有應得之地盟約各款不得作有礙於其應得之額解說第四節論護衛各邦第一款合衆國願保全各邦永行民主之政各邦遇有外侵內亂一經該邦邦會或總督報知邦會停議即由總督合衆國必妥爲保護第五章論增訂合邦盟約國會紳者如有三分之二欲將合邦盟約增訂或合衆國各邦三分之二其邦會請國會將盟約增訂者由國會知照各邦派員會議如何增訂議成之後或由各邦邦

會紳者畫押或由會議各員畫押應由國會酌定其畫押須得衆邦四分之三具名方稱定議議定之款卽與原立合邦盟約無異舉國一體奉行惟一千八百零八年以前如有刪訂不得於第一章第一第四兩款稍有妨礙各邦非出於自願不得減少其應派上議院紳耆人數第六章第一款未立盟約以前所有撥借公債立定約章均係合衆國肩承辦法悉與聯邦時無異第二款合邦盟約及遵盟約而立之律例暨已立續立之條約俱視爲合衆國之上法各邦審司執法辦案凡邦例

與盟約不符者概不准行第三款國會邦會諸紳者及合衆國與各邦行法定法之官於受職之時須具誓衛護合邦盟約至於奉教無關於職守無論所奉何教合衆國不得歧視第七章論盟約告成衆邦會議以上盟約如有九邦畫押願從者即作爲定議由願從之邦遵守奉行按會議盟約之時美國共有十三邦願從者十一邦一千七百八十七年九月十七日合衆國自主後第十二年衆邦同立合衆國續增盟約十五章第一章民間立教奉教各行其是國會不得立例禁阻至於言論著述安分聚會負屈請伸等事皆得任

便行之國會毋得立例拘制第二章各邦應練民兵以資保護民間置備隨帶軍器不得禁阻第三章國家平定之時寓兵於民房必由房主情願亂時亦然兵士如何安插候立例定奪第四章民間身家房屋物產契劵字據不得無故搜奪如請搜檢票必須案出有因又必具誓確實指明應搜之處某人某物應行搜拏方准發票第五章凡干名犯義重大罪案須由陪審大員具呈各邑擇有名望者至少十二人至多二十三人爲陪審大員遇有罪案先由陪審大員會議確查原告所禀情形屬實然後具呈有司審辦方能提犯到案審訊水陸二軍及民兵

當國家有事之秋有犯前罪者不在此論罪犯既已辦結不得再拏懲辦並不得勒令犯人自供其罪（指用刑鞠訊）除遵例辦理外不得殺害人之生命拘制人之行藏侵奪人之家產如以私業取爲公用必須公平酬償第六章犯罪之案被告者須由犯事地方例定界限內之陪審人員公同妥速審問將所控情由詳告被告之人准其當堂與證人對質如被告者欲得某人爲證須即傳令到案並准其請律師到堂申理第七章遵例審判之案凡銀數逾二十元者須由陪審人員斷定既定之後

不得在合衆國法院重審其遵照通例所載有可以再行提審者不在此論第八章取保不得多索罰款不得過重刑法不得太酷第九章合邦盟約所載民間應有之權利非謂所有權利僅此而已其尋常所有者仍舊照行第十章凡盟約無載明特讓合衆國之權及特禁各邦之權准各邦與其居民仍舊照行以上十章於一千七百九十一年十二月十五日增立第十一章無論本國列國之民不得因例案爭端興訟控告合衆國內之某一邦合衆國司法之權不得理及此等案此章於

一千七百九十八年正月初八日增立按原立合邦盟約第三章第二節第一款載此邦及此邦之民與外國及外國之民與訟亦歸審司審斷是無論本國外國之人皆得與國內之一邦與訟衆邦以其有礙於體制故增立此條以刪改之第十二章譯見前此章於一千八百零三年增立第十三章第一款合衆國內及所轄地方不得蓄養奴僕並不得迫人為奴役之工罪犯定案後罰作奴役之工者不在此論第二款國會有權妥定律例以行前款之意此章於一千八百六十五年增立第十四章第一款凡在合衆國內生長之人及入籍於合衆國或其屬地之人卽為合衆國之民亦

卽爲所住此邦之民無論何邦不得立例減少合衆國
人民應享之權利並不得違背例章殺害人之生命拘
制人之行藏侵奪人之家產凡屬合衆國轄內之人皆
須遵例一體保護第二款下議院紳士人數係按照各
邦民數多寡而定烟甸土人不納稅者不入計凡居民
男丁年在二十一歲以上不入叛黨又無犯法若所居
之邦不准其投籌選舉公舉人及下議院紳士暨本邦
總督審司邦會諸人員則該邦應派下議院紳士人數
按照所不准舉官之男丁人數比例核減按何邑人始准舉官係由

各邦自定合眾國本不與聞但釋奴後昔日之奴役作五分三算今皆齊民南邦之民數頓增其所派下議院紳士人數亦與之俱增乃南邦每不准昔日之奴舉官故國會特增此款意謂南邦紳士人數既因釋黑奴而增則黑奴應一律舉官如不准其舉官則派紳士人數應比例核減欲各邦自擇所從以示限制也第三款凡上下議院紳士及合眾國職官暨各邦立法行法定法等官於受職時業已具誓遵守合邦盟約此項人員如有明歸叛黨或暗助之以後不准再充國會紳士並不准充公舉人及合眾國各邦文武職官如國會兩院紳耆各有三分之二允准其人復充職官者不在此論第四款合眾國遵例揭借之公債及剿平亂黨優卹

糧借款暨募兵平亂所給之鼓勵銀借款入募者例給糧餉之外有先給鼓勵銀一款所給不一律其多少視募兵之難易而定等項自應照還至於亂黨所欠之債爲扶助反逆以攻合衆國者既釋奴後奴主虧累之款皆屬不合法款項合衆國及各邦皆不認還第五款國會有權立例以行前款之意此章於一千八百六十八年七月二十一日增立第十五章第一款凡屬合衆國之民皆准一律舉官不得以種類不同皮色各異或因其昔日微賤爲奴遂不准其舉官或減少其舉官之權按第十四章第二款用意在黑人可以一體舉官不在核減紳士人數乃南人卒不

願黑人舉官國會恐黑人不能一律自主故再增
此款欲舉國二十一歲之男丁皆得一律舉官也第二
款國會有權立例以存前款之意此章於一千八百七
十年三月二十日增立云云此項譯文不知吾華有無
刊本錄於簡端以資考核夜雪竟夕
二十一日庚戌古巴招工之初華人被誘賣而至不耐
寮主苛虐憤而撲殺坐是獲罪分押各省監陳副憲往
查的實因達總署與日廷訂約古巴設領事保護虐政
悉除華人各得自主而各省監房仍有期滿不釋之患
鄭光祿派員往查分別省釋其修打省格蘭那達省兩

處被禁尚二十餘人余屬希九照會外部釋卻其五仍慮中有隱瞞特令鄧琴齋親往查看修打省尚有十八名格蘭那達二名其一已釋其一瘓斃此外思維洛省巴士隆省伯淵省備文外部再往查各省華傭流寓者一百三十一名工作餬口苦累之甚求赴古巴求送回籍又求寄家書其情可憫內有黃敬一名以久客思親專稟求余代寄家信甚可嘉也若輩被拐遠來暗無天日乃幸覩中國衣冠且爲之設法保護幾同再生彌見皇威遠播小民受益無疆矣賫遣存款不敷用當爲另

籌西人將度歲售年貨之店頻請往觀遇總統與婦同車意甚自得民政之國灑脫乃爾各店鋪所售略如貨郎擔目迷五色四圍縛架支架銅綫中綴一小船購物之銀隨手擱於船裏隨機轉至樓上收銀處有找贖零銀零票亦隨船而還呼吸而至每貨攤皆如是故貨場雖雜而收銀不亂甚得以簡馭繁之妙議紳巴拏來言洛案賠款假期之前不能議及虬蝮託以轉告

二十二日辛亥晴覈定科士達所擬照會付震東繙譯

晚到科寓重論中美交際事

二十三日壬子雨贈宮太保丁文誠公督蜀十年勳業炳著履任之始裁夫馬局改雛堆水道辦官運鹽銳意興革怨毒之聲騰於京外言者交彈使星勘治而松柏之姿經冬彌茂名實相副

天眷愈隆比者鞠躬盡瘁歸葬山東素旐首涂軍民悼哭有相泣而歌者曰憶公之來降福孔皆川民熙熙如登春臺我有學校公爲振興我有田疇公爲經營除莠安良教養兼至日用不知皆公之賜彼蒼者天殲我哲人如可贖兮人百其身公柩返魯公澤在蜀無小無大

同聲一哭岷山峩峩江水泱泱公歸不復如何勿傷此與子產誰嗣之歌後先輝映乃知至誠可以感神況蚩蚩之民未有終昧天良者也意既可嘉詞亦雅馴吾華稅司吳得祿請假返美來見謂明年夏秋假滿即回華供差求余晤美總統時述其在華得力余諾之該稅司經事頗久蕪湖開辦新關時是其經理尚無大謬夜霧甚昏對面不辨

二十四日癸丑早陰午晴氣候甚暖粵中秋旱米價奇昂十月朔日粵督率屬禱於南海神仍未得雨粵中民

情浮動法越事起困於輸將又散卒紛然城鄉不靖刦
案重疊瓊州生黎兵事棘手值玆歉歲何可設想縣令
方議捐議借條教風生瞻望鄉關杞憂滋甚直隸今年
水災甚巨畿輔重地屢煩
聖廑截漕賑濟復蒙
皇太后捐內帑以拯恤
深仁厚澤亘鑠古今余曾任畿南豈能恝置倡捐六百
金爲諸華商勸各島華人均無佳況秘魯勸辦僅得千
元同使各員集捐約可千金杯水車薪誠無當也

二十五日甲寅晴申初答拜俄使不值赴金飾店一覽覩鳥約鐵佛尼則小巫之徒矣

二十六日乙卯晴時將改歲未覩明年歷書誠爲闕典中西既殊歷各國使館似應頒憲覩各行省不然去國數萬里幾不識長安弦望也擬具疏陳乞因屬參贊先查會典頒朔之文既際重修會典宜可編入此條亦擬於疏內聲請外部總辦司員布郎偕紳士挨林士紳士阿希來晤索觀中國舊磁隨意檢數種示之歎美不置亦能究其佳處誠美人之風雅者美前外部晞嗹畫報

中之巨擘也黨羽既夥又首詆華人以媚工黨曾兩舉總統不諧僅得外部亟營華居以自誇耀未數月而總統架非被刺亞大繼立卽黜之不耐炎涼出居外埠而以新居賃與巨商黎特租值歲萬二千金距使館咫尺黎特避暑初回頃來修謁遂回訪之其樓廨閒隔頗精殊爲咘嗹惜此美室不安其居也本日發滬粵包封

二十七日丙辰長至令節率僚屬望

闕行禮復爲酒醴相樂晚延英使日使倭使檀使威使科士達柏立諸西人飲燕入夜寒雨似將釀雪古巴總

領事禀呈學堂各童籍貫名冊謂規模强於西學館西人嘖嘖稱善現已滿一班明春可推拓一班惟教習一人恐難兼顧須酌添

二十八日丁巳陰議院昨已放假虬蝮所許洛案速議之說又成子虚巴拏鑾日前曾來言之矣虬蝮屢約皆爽殊令余愧對華人午後上下議院紳耆福來多福歇蹄路列水師提督堅高羅士比紛紛來拜概未接晤晚到柏立寓茶話適時聞松子香冽異常云係山上老松樹所生可以療病歸寓適格總統之子遠寄方枕一枚

即儲此香屑上繡數字謂枕之可得美睡且清頭目答
以老君眉茶葉四瓶昨晚之會倭使九鬼席間見示五
古一首浩月天無際霄漢一星飛清光不待瞬黑夜鎖
流輝客心迷碧落秋魂歸不歸末署近作成海四字余
席間次和之復贈以五律二首戲將和詩屬譯官譯作
英語轉示求詩之人竊恐有韻之文非英語所能肖
二十九日戊午陰霧雨美俗年前假期議紳可散各部
仍照常辦事今日為外部見客之期擬訪蚋蟃一談遣
人詢之遁矣所復積案辦兇文和平之甚或亦自知理

紬也威使來言美國苛待華人此間稍明義理之人均不謂然惟官員則無不附和工黨

十二月初一日己未晴西人假期相傳爲耶穌生日交相慶賀親友饋遺室中縛松樹於几上綴綵繡花果之屬亦一到禮拜堂以中歷推之總在冬至後三日其年節則在冬至後十日似視吾華至日以爲凖中朔有定西歷靡常或曰閏月重日之說有所參差何以西族給假度歲之期衡以中歷則不爽固知

聲教之遐被矣科士達來約初七晚飯又勸余於中美

交涉各事持以忍字西俗古諺能忍可以上天此與吾儒忍字之義不背試舉九世同居百忍字告之可共證也檢前致田貝書示科律師科言情義兼盡但田貝閱之自覺美國愧對之事甚多未免難爲情又云美廷將加田貝薪俸與出使英法俄一例寵異田貝卽尊崇中朝之意云威使偕美紳懷阿盧來晤懷蓋家於烏約其妻父爲旗昌行東室中所儲吾華器物甚富又言經營烏約花園河渠各事有舊圖行當送閱威使又痛詈美官與惡黨同一見解致華人被害種種積案又不肯

結近日土爾其人來美傭工漸多能勤儉耐勞亦必爲
挨黨所仇
初二日庚申陰烏約華商公稟爲張丁盛辨寃以所裁
薪水爲屈申正大雪上年墨西哥屬境有地名地安打
壁者揚言招工建鐵路金山華商爲所蠱惑遂有新甯
人衞滋德以巨資創設榮華公司招雇華人前往受傭
域多利埠去者二百八金山四十八至則地安打壁無
工遂轉泊麻士連埠以待漸有礦士可造而勞苦不堪
其無工之徒則坐困麻埠狼狽可憫秋間會飭金山領

事檄令該公司將華人載回該公司既無可推諉由中
華會館與該公司特倩一人先往察看乃所言異詞此
事遂延宕頃領事來詳有理喻勢禁俱窮之語艮可駭
詫當批飭之劉湘浦函言祕魯各部又復更換自嘉西
勒士郎位後至此而三易部臣民情浮動深以爲慮幸
各寮華工近免淩虐似新政亦不無可採
初三日辛酉晴科士達送閱俄國圖說墨西哥火車路
圖說俄說篇軸較多議紳勞近今日病歿即畫報中之
獦馬會立戰功者也余初到時曾與往還因函唁其家

屬希九稟商遣送華傭經費並言日外部於小呂宋設領事之舉無異議華人損失各案亦已行文該省總督云又收到箋紙十匣腳價乃費六元擬之洛陽殆有過之午後滬局包封總署寄囘摺件徐學伊等保案羅熙堯開復鳥約領事易學灝丁憂留差及日祕兩署酌調酌留各員並荷

聖俞謹欽遵轉行羅熙堯事適得香帥咨復已飭拏冐名入場之人及經手請咨之籓縣各書吏庶幾皂白昭然水落石出乎隨使各員截留薪水養家一事到美查

卷極其煩猥自當撤銷前咨由各員自行匯寄頃總署公函爲希九家屬請仍留支只可仍託總署按月代給不必託赫德也晡後答拜布郎不值在科士達寓晤法使醉態可掬旋訪挨林士亦不值晤阿希出觀嵌銀小銅瓶云得之日本該國以爲華物殊誤挨林士之祖若父曾任美總統饒有故家之風與阿希比屋而居門內外布置大雅

初四日壬戌晴橫濱中學館教習梁明照南海人春間道經其地曾宿學館一宵與之夜談詢華商事業並學

館規條梁以館穀微薄爲請曾言之徐孫麒乙歲加二十金頃得梁書知言之無文行之不遠寒士可憫當爲再託橫濱領事午飯後議紳衣敦挈眷來謁與論紐阿連華商生意人尙老潔酉正赴郵政部威拉士公會喧擠之甚遇倭使九鬼立談片刻謝余贈詩云將屬和其婦亦與會倭女而爲西服倍形醜覥隨至水師提督勞拏偕士公會客殊寥寥絶不認識内一老婦云從其夫任福州領事住閩十餘年曾攜一華女同美然已不能華語矣晚飯後赴比鄰黎特公會觀眺舞英使德使均

在坐會者約三百人子正返寓
初五日癸亥晴美總統腳患浮腫至膝已數日矣勞近
之病緣手腕而起不數日而歿論者遂爲總統憂之今
年英德諸國皆大雪西人以爲豐年之兆日報有倭假
美款七百萬元之說或不確也早間倭使次答一詩云
方域車書異遣情日夜難騘前飛雪夏江上凝烟寒歲
時蛇赴蝥天外雁傳翰吟君相寄句蘊藉有餘懽聲韻
不甚諧造句卻不落套外部知會總統訂中歷臘八日
接見各國公使並從官等准十一點鐘不誤病或霍然

也午後答拜俄墨瑞典巴西各使訪議紳歇地論賠款
又答拜議紳懷阿盧所藏銅器絕非佳品夜雪
初六日甲子雪後寒甚昨歇地言田貝加給俸薪近將
議定且欲籌建使館今日寄贈巴盧五寶鑲嵌畫屏一
幅贈灣克繡墊繡裙各一烏約新交也美國派駐墨西
哥領事基利敦函言准金山歐陽領事文查榮華公司
所雇華人赴墨有無工作旅況何如謹查該公司相待
華人尚好墨國亦肯保護華人初抵岸時衆論甚譁羣
思抵拒近漸安戢皆地方官吏保護之功現有數處礦

業多用華工而各華工皆不願赴或自相打架茲據該公司所言敢以稟達毋亦榮華公司託爲說客者乎晡時赴總察院步力尼公會頗盛集主人年逾七十拱立迎送亦忒勞矣晚得寓墨華人致中華會館公啟備言爲榮華公司所誑無工可傭近且被該公司絕其飲食驅之入山墨境地方官憫流傭饑餓發帑賑濟每人日給二毫子責以修路前月十三二十七兩日華人李廣及墨官均有電致歐陽領事請速設法救濟兩電並錄刊於後似此情形該公司何異豬仔頭連夜電諭錦堂

飭集會館傳衛滋德限明日定議將華傭盡數裝回如再玩違即禀候電咨粤中查抄嚴辦一面由會館設法集資將華人載回毋令流落異域墨爲無約之國衛滋德貿然招人前往殊荒謬不量力矣古巴領事復電今年照費不敷開支若移撥馬得力爲資遣華犯之用實慮顧此失彼請示遵此事應與希九再商辦法不能汲汲也夜雪寒甚

初七日乙丑陰雪晨起函飭陳藹亭認眞經理照費各事收數大相懸殊江河日下無以支拄即裁冗員以節

糜費仍無濟也議紳勞近爲美國仰望之人於其殁也
仍賻以花以姚視彭所查檀香山華人情形及酌給董
事程汝楫古今輝正副領事銜辦法咨總署酉初赴科
士達之約談日斯巴彌亞近事並詢赴日水道程期戌
正返署冒雨登車天氣卻暖早間頓異
初八日丙寅晴爲臘八粥以餉同人循中法也西歷以
今日爲歲首各使均赴美宮與總統賀年洋例接見各
使以到國先後爲序無强弱無大小此次希特國使爲
領袖中阿壘利加洲極小之國其到美在葡使之前余

到美在西班牙之次如外部之約於十點半鐘偕進齋
仲蘭蓬雲震東柏立同往各使先後到隨意起坐少頃
樂作美總統挈戶部之婦外部挈總統夫人同行各部
臣均易婦扶挈相導總統立於偏殿東西犱蝢旁侍總
統夫人立於右水師兵戸郵政諸部之婦立於總統夫
人之下各使以次握手為賀歲之詞總統免冠懽接詞
色靄如約半點鐘乃往正殿接見僚庶至一點鐘散余
與各使及各議紳立談數語復至客坐少徘徊而出約
周旋半時許往年見總統後隨赴外部之會犱蝢持婦

服甚哀此會遂廢到門投刺而已順道至倭使署一賀蓋鄭光祿所屬謂每年中歷歲旦倭使必來賀故以報之也他概不往卽有來者亦不答拜中西殊歷故也歸署飯後往拜戶部兵部內部郵政部水師部律政司總水師提督陸師將軍下議院掌院都城九臬司均拜會所不接客者僅律政司與兩臬司而已展轉至水師部時已酉正亦杜門矣窮半日奔馳每上下馬車已形疲茶又入室握手後必立談刻許宜可徑行主人悉備酒盞茶鐺餉客亦須立飲少盡其歡屢與各使相值彼此

皆匆遽於臬司梅拉處晤德使乃詢內部住址其生疎甚於余在水師提督處晤兵官顯挐與同加力船來者倘能認識返署已鐙時此種應酬幸祇一年一度否則筋力難爲禮也予初錦堂復電榮華公司衞滋德具限本月內先後將華人載回果能如限尚可從寬不然此種作爲天理國法人情皆不容也即電復之丑初睡

初九日丁卯晴曩從烏約購到水仙近已著花惜未先培植遂爾葉長盈尺仍以所攜舊磁分植吾華度歲室內瓶罍多插萬年青不圖美國卻有此種名亦如之獻

歲家家遍插以爲瑞吾華吉徵無遠弗屆矣美都有以幻術演劇者相邀未往長至之夕日使英使來會略談其異而不甚詳頭醫士言西人確有此術或用鏡光或直伸一指或拂數指坐客視之稍專卽攝至臺上供其戲弄隨所支使然行必左右躑躅不能平步憨態極妍術者拍掌一擊或旁人擊掌其迷輒解解後術人欲重弄之但按其腦或摸其鬢則其人迷罔如故始作俑者名茂士謎詎今已百餘年其術甚炫其後各醫家潛心考究亦得其祕設病須刀割而其氣體不受蒙藥者醫

卽以此法使之不藥而迷奏刀不痛名曰歎那譯言迷
藥也特迷後恆數月不適腦髓足者亦不受迷近日諳
此術者正人以之業醫幻人持以爲戲云周禮所謂怪
民史記所謂方士歟
初十日戊辰晴總署知照吏部文開光緒十二年十月
初四日奉
旨張蔭桓補授太常寺少卿欽此當卽恭設香案望
闕叩頭謝
恩拜發謝摺同日得李傅相函論小呂宋設領事宜請

香帥派員籌慮周密惟此案七月十九日欽奉電寄
諭旨飭與日外部妥商而外洋通例惟公使有選派領
事之權且各省疆臣無徑達他國外部之件似粤督即
能定人亦須此間委派否則總署行文作爲署派庶不
爲彼族所拒也擬再商之傅相又言吾華刻無需人之
處格總統長子投効之請可婉卻之又言槍廠以賤名
名槍憶曾文正鄉居時喜衣灰布袍鄉里效之名曰曾
布茲以李槍爲對不禁軒渠德兵官丕艾哥士奇來見
滬上舊識也今春復於粤中遇之承送閱鐵礮臺圖式

海口頗宜粵中以款絀未與商渠自華來美亦欲謀礮臺之業自言曾於津門將各圖式面呈醕邸此中奧妙一覽便透悉實深敬佩因面求隨侍至旅順口礮臺瞻瑞乃爾仍當教習差使薪水優厚境況尚佳云午後復北洋書寄去印花奏事處咨文各三件印花不寄空白必陳謝後乃能撰塡新銜後有升轉亦隨謝摺付寄今日寒暑表窗外十三度樓內五十八度盥巾亦凍曩在之罘冷至十八度便謂極寒不圖外洋竟有冷至無度可紀者十度內外仍不奇也發總署第十四號包封丑

初睡
十一日己巳晴前日西歷歲旦美總統接見公使所奏樂章曰愔巴瑟特譯言頭等公使也此間各使並無頭等雖曰地室而懸意在娛客毋亦自誇大耶今日爲議員假滿之期當玆公會紛然恐未能料量各事飯後循例往拜下議院專管外交事務十二員晤升高頓久談升爲南黨在議院十八年人甚坦白深以洛案未能速結爲歉錦堂稟乞回籍就醫積勞致疾咯血不瘵若久於金山恐難獲痊當准之矣鄭光祿寄來總署咨復第

四次報銷冊並言粵中旱象耕農無年足疾漸痊無須扶杖晚赴總察院咸地公會法倭墨威各使均預主人周到之至子初返署

十二日庚午小寒格總統乃郎函謝茶葉其投効吾華之意已得北洋書擬面告之也察其境況亦可支持集書之值垂五十萬金又新爲士顛公司生意苟拓亦足自全矣議紳懷阿盧送閱烏約全圖其未經開闢以前荒蕪一片極數十年經營遂成一都會合地球計之類此卻不多也美人石米得前任上海總領事又代辦駐

京公使去冬在滬相送頗殷勤頃復派充津門領事特
來晤談云俟西三月時挈其長子赴華眷屬續往叩以
田使旣加俸薪領事亦應一律加給石言總統本有此
意詎下院集議時不待籌商先將領事一層句去現只
聆上院覈議余許爲致書北洋並關道稅司石感謝而
去希九電復資遣華犯事另籌酌辦竟日密雪申正往
拜水師部郵政部戸部赴英使公會觀樂舞英使年將
六句亦跳以娛賓會者三百餘人丑正歸寓
十三日辛未晴希粱自烏約來詢華人賭館則已禁歇

矣烏約銀行主人布琅南黨也有子頗聰穎西歷獻歲特來美都游歷科律師領謁總統即識禮節又能代父母致詞科又偕謁余與之茗飲不敢盡甌美俗未成童時不得飲茶與架啡余嘉其謁總統能善爲說辭其兄則歸美於弟怡怡可愛美童之翹楚也愛立謨甫自外埠囘貽書請見比以酬應忒繁午後鮮暇因於拜客之便往訪之其意總欲招工歷言華工在祕近免苛虐余答以祕國政令未一嘉總統接任後不數月而四易部臣民情浮動此時劉參贊在彼與各部甫洽不旋踵而

又換一班辦事頗難派員往查各寮久未辦到特各地方官頗能與領事出力下情尚通今年華商倒塌二十四家生理甚蹙招工事未便遽商愛立謨不能强頻行復請示期接晤尚欲再申前請也美紳堅彌地性頗質直又最顧華人自孫稼生後歷任往還甚密余以秋冬寒疾久未答拜近屢於公會中見之遂與訂今日往談寓中繁花甚香見示一葉云得之金山微有麝味寶藏於匣六年其氣不散且不枯莫名其種酉正晚餐後在波房手談正凝思間忽聞煙飲同視波桌則火光熊熊

其桌布本洋花鏡光者滑澤而脆著火即然急裂之乃滅然不解火所自來桌上有煤氣鐙其氣橫出或曰煤氣下墜所致然煤氣無質從無墜火之說特然著之布適承其下果爾則煤氣鐙亦須善用若非坐隱有人幾誤矣子初赴兵部之約晤德使及其從官各使已先後散矣子正歸寓丑初睡

十四日壬申晴閱華報丁太保

子謚文誠按謚法考道德博聞曰文肫篤無欺曰誠

朝廷眷禮藎臣隆厚極矣未正訪蚚頓告以美總統諭

議院文於保護華工尚存公道而於限制華工未免太急此事總署已照會田使貴總統尚何汲汲限制爲哉蚵蝢謂久欲相商祗以積案未結欲言輒止容訂期晤談

十五日癸酉晴電滙直賑三千元不過滄海一粟聊盡心力而已查島委員禀言查過新架波華人約五十餘萬檳榔嶼亦如之且華人產業幾占十分之二新架波領事華人出進口絕不關白檳榔嶼各島又不兼顧宜設副領事於檳榔嶼云此爲劉芝使所轄未便越俎意

粵督必有經緯也卽批復之申正偕參贊繙譯往見總統夫人略如西歷歲旦之儀隨到柏立寓少憩同赴亞希公會室廬雅飾暖閣承塵繪畫微仿吾華陳設亦不俗案上有雕柰小屏風美都僅見此外銅磁各器倭產爲多華磁兩種卻非古物然輝映其間如見雞羣之鶴矣臨窻有杜鵑一盤鮮豔絕倫曩在鄂中頗喜此花購之彝陵花時當夏鄂人名曰夏鵑去楚後從未復覩矣愛玩久之其几上玻璃瓶插玫瑰花四朵大如牡丹產自金山云晚訪科士達商舍路案旋赴勞令公會德法

俄倭各使均在坐熱甚不耐久談子初返署接金山電言今日派人赴墨西哥載回華傭衞滋德具限本月內將華傭載回遲至此時始派人前往能不逾限乎當電飭錦堂查其產業先行具報果不能依限即行奏咨嚴辦衞滋德忍心害理必有以懲之

十六日甲戌陰寒微雪愛立讓來晤勸習英文差旋回華便可閱各路日報又詢赴祕之期居時或可同道諸之同人以余補還前官宜爲酒醴以讌薄作主人猶是故鄉風味也西俗以臘正二月爲冬三四五月爲春六

七八月爲夏九十十一月爲秋亦具四時之氣夜雪
十七日乙亥晴覈正咨劄各稿申正到科士達處一周
旋隨赴昇勞將軍之約格總統舊袍澤也出觀李傅相
與格總統並坐暎相神理甚清又導閱拏破崙第三波
都遊獵油相圖偕相臣部臣綏譽展眺衛士前導駿旓
駢闐極郊坰之樂特圖繪以示駐美使者未幾而爲德
敗使者得耗手槍自斃此圖遂流落昇勞之手子初金
山電言榮華公司業於十六日專人往墨載回華人回
域回華或願留墨須查明分別辦理此爲衆華商勉助

衛滋德之力若遽查鈔則衆商之貲無著乞寬辦當電
復以回域回華均須悉數載還委爲願留仍是欺飾無
工無食無約之國又無保護情形甚慘宜速辦錦堂若
推惻隱之心當能妥籌
十八日丙子晴各國方言互異卽能繙譯而字義亦無
可詁美利堅一國或作米或作謎瀛寰誌畧言之詳矣
蘇鶚杜陽雜編四庫嗤其祖述拾遺洞冥諸記所稱某
物爲某年某國所貢如日林大林支單吳明拘弭大軫
南昌澌東條支鬼荷河陵兜離唐書外國傳皆無此名

讀者挹其葩未遂亦忘其夸飾云然以近日海外諸國衡之蘇鶚所記當係南洋羣島之與中國近者譯音互異唐書偶失載未可概目爲夸飾也近有英商販烟土一箱至金山爲稅關所留訟之戸部此與華商烟土事相類且看戸部如何判斷午後得津電捐賑謝轉通副賀七字蔭桓又掌

恩升轉電音簡略未悉奉

旨月日屢荷

天恩迄無報稱彌滋慚悚前任各案科士達爲之料理

洛士丙冷一起案情最重美已允結帆蝢曾屢言之且見諸文牘外此烏盧公司澳路非奴姑力阿路美的欽巴五案倘無端緒的欽巴損失數目亦須詳查乃能補送又舍路華昌公司一案鄭光祿瀕行屬俟洛款有著再行續辦轉瞬逾年今日屬進齋將舍路全案送律師覈擬照會并與訂筆費

十九日丁丑晴前夕德律風主人之居不戒於火焚燬殆盡幸未傷人中夜火發巡捕從窗外遥見火光乃爲呼救或曰火油之害今晨震東往視之云係室中多儲

電罐相激成火理或然也西人近多用煤氣鐙火油之患漸泯吾華方競用火油窮鄉僻壤亦多售賣曩居京師曾與大金吾大京兆商所以禁之然羣情喜其價廉而光澈恐終難禁過也遼史載火油產高麗之東現美國所產最盛其亦高麗之東乎吾華臺灣四川均有此產而未開採科士達偕夏盧館主人來晤以其關切華人屢倡公論欲余與之認識午後赴各部公會之便亦答拜之亥刻劉芝使轉總署電云使費支絀本署擬奏定限制除電費仍另覈計外每年限定英俄九萬德法

等國八萬美日祕十一萬從明年元旦爲始因文函太緩故先電知使各館可將本年銷冊截至除夕爲止并可預定明年各員薪俸裁減之法或一律減成或少減多減之分或得力者不減聽使者自酌請轉電許張并候電復當復以此間薪俸參贊照章領事繙譯以下均減發金貴銀賤頗難再減署章另款覈計者何項來碼詑乞復歲限之款卽薪俸一節尚不敷況他項雜費哉

二十日戊寅晴蚞蝮來文限制華工事卽駁之美方限制華工總署乃限制經費美方議加田貝薪俸總署乃

飭減薪俸何其巧相值也今秋美都地震余適避暑烏波及詢錢涵生謂是日鐙後几榻自動窗鐙搖撼有聲牆壁依然人亦不眩震之微者也雲間雜記載徐階爲首輔時忤旨下獄地震赦免雖正史不載然吾華因地震而及時政者由來尙矣外國無遇災修省之意幾以地震爲常災重則恤之猶存惻隱之心也劉芝使復電總署所謂另款覈計者似係專指電費又詢美日祕歲需經費若干復以出使經費向係到國一年總署據冊定數截至除夕非通年也此間使署三領署四共五十

一員俸薪減發如尊處與德法並遵辦乞示復今日循
例往拜上議院紳並赴總統文案處公會返署微雨外
部知會總統九點鐘接見各國公使先半點鐘往各使
先後到倭使攜婦致敬西裝西語靈慧趨時杜詩香霧
雲鬟溼清輝玉臂寒庶幾近之屆時樂作總統偕夫人
出殿面東立如西歷歲旦之儀各使依次見畢帆䠇退
出班行戶部大臣仍遥立於總統之後略與寒暄旋至
東殿少坐是夕總統並延見水陸軍官上下院議紳約
數千人戎服裙襦喧闐雜遝諸人見總統訖輒來訪余

倩人介紹或自通名余亦勞甚直相周旋至十點半鐘內有老者名克格倫年八十七歲鬚髮皓然爲美之善人家資三千餘萬好行善事凡美都育嬰恤嫠諸善堂多其倡設近又創建一高樓爲商賈無業落拓者所居殊堪健羨不以一敬加喜也柏立言總統將回內殿爾時大衆同出車馬擁擠不如乘便先行遂從人叢中覓路甚逼迫歸署則子初矣與參贊論總署限制事丑正睡

二十一日己卯雨岡州會館另捐直賑二千元自行匯

津嘉里約領事來稟波利非亞國近擬招華工亦有華商潛行招去十數人亟爲禁止商之地方官謂須領事予以文牘始能禁其出口且以領事護照爲憑現擬自捐紙費但有利無害卽擬舉行已商之參贊並告華商均謂應辦云所稟殊有匣劍帷鐙之意出口給照爲領事固有之權利何謂無害卽辦又自捐紙費甚覺詞不達意禁止招工固無所害若非招工而出口亦應請領事給照乃行卽酌收照費亦無不可何所稟之拖沓也今日譯出蚆蝂來文欲訂限制華工之約要以三十年

而於保護之款仍祇帶敘數語至積案未清則迄無一
言當痛駁之申酉大霧倚窗憑眺一片濛溶
二十二日庚辰晴蚋蟃亟擬限制華工記八月初一日
總署與田使辨論議院限制條款田使復稱此時與商
未免太早余亦以此語答蚋蟃雖涉機鋒亦報稱之義
也午後往訪克格倫延坐內書房絕無豪富氣陳設並
不華侈樓屋寬闊且有園圃林木參差美都居室之極
大者克格倫自言行年八十七歲向皆杜門昨赴總統
之會得晤中國公使誠大幸事今日諸孫均不在家不

獲出見殊以爲歎可謂工於詞令矣又屬往閱其畫院
余領之因嘉其好善而得壽富此天理所必然克乃謙
謝不置以其年老不便久累之粵中來書夏間寄到玫
瑰花開如小銅錢何遷地弗良也
二十三日辛巳晴許竹篔復稱昨電署侯文函到再籌
復比日華民稍安戢金山無恙各島胥靖矣錦堂以病
乞假因令蓬雲往代今日爲吾華祀竈之日外洋使館
歷任皆不舉行祇益殊方之感晚飯後訪科醫生云把
菀麥河前日凍結四十邁冰積不厚履行者稀余告以

吾華黄河凍後車馬往來雜沓然必驗有狐跡始敢暢行葢狐性多疑應機甚捷每夜側聽冰裏無水聲乃渡故車行先視其爪印也閤坐聞之詫爲格物之要余詢以寒天膏澤西人傅面以護肌此吾華不龜手之藥也能否透入肌理科云可透譬之病者不願飲藥則以藥水擦手背藥氣自達病徐解其理一也又言西人欲除面上壞色有帶藥面具以睡者睡熟則汗藥氣蒸之也約數禮拜壞色可去然究以不用爲妙此非自然之理此等藥亦於養生非宜

二十四日壬午陰霧永樂四年張洪奉使緬甸作使規一卷四庫已存目近日使事較明初繁雜何可以道里計張洪但使緬其地且鄰滇蜀今日歐墨諸洲遠近難易何如也援古證今頗難求類然或能取資一二則古人貺我良厚矣擬自爲撰著不知有此閒暇否或差旋回華博訪羣書積日爲之藹亭寄到西班牙招工國諭十條似尚優厚他日言行翕符與否殆難下斷語耳前晚美總統之會有總兵克他爲宮內熱氣所逼歸而目風眩竟溘然年僅五十餘西人咸惜其暴卒是夕英使

日使均未往或曰英日與美竝有齟齬故然此種公會縱有不洽似不致顯露痕迹午後劉芝使電許復限數勉敷用儆處實不敷擬請益十六字許昨電謂候文函再籌復尚不確也

二十五日癸未晴金山電報前夕有帆船帕釐利入口觸礁進退維谷夜潮湍急撼擊至沈船載炸彈碰石自燃海口礮臺堤岸爲裂岸上救生棚三西人震之半空而墜死者一餘重傷船上水手乃先逃免航海惟帆船肯載火器駕駛不愼竟遇此險船主不能無過矣曩見

威露健臣家有石華一枚威威卽以此餽歲更示刊板西
文疏其出產略謂此係骨體海上纖小生物纏積成泡
內聚小蝌無數得之印度洋此閒惟博物院藏一枚視
此倍小蓋不常有云傳示同人共相嘉賞文愧元盧博
慚壯武遇物能名談何容易余直謂此爲冰蠶繭其色
白其外有毛如絲其形如繭其末如蛹進齋漫應之曰
將毋同又詩他令家陳設頗富有金裝佛像二尊得之
日本又挨及金項圈土爾其銀項圈云係出土之物年
代甚古有吾華雕荼瓶京料套色煙壺市肆巾履又顧

繡銷金壽幛一幅款署道光辛卯十一月戊子舉人李師白明經進士劉桂臣撰書上款摺疊高懸不及辨西人寶此以爲清供尙非詫爲布耳美總兵克他殁後與之游者如畀勞歇地皆杜門不見客頗有古風

二十六日甲申晴早起訪總統別業沿山積雪未消河冰尙凍寒林遠岫頗幽致樓居卻不閎麗略如華盛頓故宮之式企俚扶輪隱與創國者相頡頏也午後聞窗外軍樂軍士列隊礮車前驅衆兵皆肩搭紅羽毛右臂綴黑布一幅倒持兵槍克他出殯也美俗凡兵官殁所

部列隊相送其制如此虬蝮持婦服如親喪頗欲以此
求譽近紛傳其續紘虬蝮憒甚毋亦皦皦者易汙乎午
後於郵政部遇詩他令言今早所居幾遭回祿煙筒爲
風所遏煙氣窒滯激而猛突幸急救乃免洋房本極便
當而火災大可慮居處宜格外謹慎
二十七日乙酉大寒晴錦堂來電今日由墨載回二十
八人未載者尚多船期難湊拍不得不寬予限期嘉利
福尼省議紳士丹佛富於財所居華贍陳設多中國顧
繡帷幔司庖用華僕見余至竊窺於屏並不薙髮改裝

可嘉之至士丹佛自言雖籍居嘉省並不鄙視華人猶有質直之氣此爲庸中佼佼者申初出門鐙後返署亥正復有應酬天氣忽熱換袷衣

二十八日丙戌陰雨閱邸抄京師蠶池口教堂現已移置西什庫南辦理此案中外各員並蒙保獎未盡事宜由北洋與法使妥訂想教王遣使之說不果行矣去冬出京北洋以伍秩庸經手此事不能相從出洋此時請獎秩庸不預或未始終其事也俄館梅壽祺書言海參威擬設領事圖門江擬通市不悉能辦到否海參威宜

設領事特使臣遙顧爲難圖門互市能過俄侵亦有裨益買賣則寥寥耳又言俄都冬寒只巳午未三時放晴餘須鐙燭又較華盛頓不若矣午後赴議紳家其婦年逾五旬肥碩臃腫絮言數十年舊事謂華盛頓都城爲密的力所經營即陳副憲之舊房東也闢草萊治泥滓乃有今日之平坦美國人將爲之立碑徵引指證不休而狐臭撲鼻進齋隨答隨引酒自薰良久乃得擺脫余不諳西語幸免此窘

二十九日丁亥陰美俗花草四時不斷亦饒色香惟桂

花絶少近購一盆聊慰鄉園之思復鄭光祿書纏述今年中美交際並金山更換領事各事

三十日戊子晴天氣暄暖徐孫祺書言日本長崎案停訊案牘送北洋候決若如球事辦法恐益爲所輕許竹篔見寄外國師船圖表九月間已到而其書函乃從日本使館寄來郵筒互誤也師船圖表始輯於劉孚翊竹篔集大成而每圖加之序既洞識制器禦侮之寶而猶不失中國士夫氣概晚復總署電五十六字今日歲除爲酒醴與僚佐同飲檢新羅祝壽圖吳墨井松壑會琴

圖懸壁吳畫款署壬午年炊熟日距今二百六十四年
客窗得此聊誌歲華更爲祭詩之戲鏡聽雞卜或難驗
諸海外柏立卻循華俗餽歲

清末民初文獻叢刊

三洲日記

（第二册）

［清］張蔭桓 著

朝華出版社
BLOSSOM PRESS

三洲日記卷三

南海張蔭桓撰

正月初一日己丑雨寅正二刻率僚佐望
闕朝賀旋復團拜雨意甚濃巳初微見雪花氣候卻暖
寒暑表六十九度去國四萬里輒憶唐人元日早朝詩
彌重
觚稜之戀矣午正密雪仍不覺寒與僚佐會飲金山日
報羅舍利埠有西人那亞笠昇年一百一十五歲誕於
那付卡羅彝拏埠隨父母徙居紐折爾省復遷丕蘭非

埠足迹不逾本國精神强健每談華盛頓開國時事人多就詢戰陳情形均能口講指畫老人而善記者也鄭光祿留摺西歷度歲各使館不往來來者亦不答拜惟倭署必須一投刺因中歷元旦倭使必來賀所以厚之也余謹步蕭規其日倭署蒙國旗於門眉以誌尊崇西歷之意此間各使館皆不懸旗倭特委婉以張之今日倭使乃不來此非鄭光祿之誤九鬼或忘之耳然其請會余仍赴之倭俗好自侈态每思睥睨識者竊笑莫敖趾高矣

初二日庚寅晴爲春酒會就前任留交應請之客暨余新交約七百人大都以預會爲幸九鬼旣不來賀歲乃函求偕友同來謂爲俀之故俟余諾之並補與一柬訂約九點半鐘㕘頓令布郎來代張羅各部及英俄法德各使上下院議紳並至十一點鐘時竟及千人有僅延一客而舉家俱來者遂至應接不暇音樂旣作隨意飲食直至兩點鐘散余與參贊迎送於廳事門內疲於握手客散後看視諸僕收拾鐙燭洒埽房屋四點鐘睡是夕有約不來者旗昌士蔑會中能華語者稅司賀壁理

初三日辛卯陰早雨午晴各路日報述昨晚之會謂自格總統後無此盛集或詢英使曰英館之會不如也英使答曰然於是日報又言余力顧邦交每事不肯落人後皆意度之詞金山會館公稟爲衞滋德乞恩但惜衞氏貪財不顧華人生命似非持平之論當批飭之姑俟限滿再酌晡後赴戶部郵政部公會咸訝昨晚讌答極勞今日尚能出門酬應

初四日壬辰晴余生日同人置酒約英俄法日墨威各使科律師夏盧科醫生三家夏盧製小蠟十六枚以糖

食鏤作燭擎爲贈燭盡則糖中有吉祥語西俗然也是
夕總統請會余仍往赴歸而肅客丑正始散寅正睡
初五日癸巳晴早飯後往外部蚵蟆謂駐節逾年華工
與西人不洽之故當瞭然矣是宜籌限制之法否則美
律幾窮於保護且美人在華只能僑寓通商五口華人
在美則無地不可行住似華人利益較多余答以西人
之不能入內地中國待各國人與美人一律無所區別
且美人傳教吾華無地蔑有極之蒙古新疆足跡幾遍
蚵蟆謂禁之不往未嘗不可余笑頷之蚵蟆又言昨見

巴拏鑾洛士丙冷案日內可結此次斷不虛余答以各案未清遽議限制何以對華人四川教堂案田貝不已有書致貴部耶中國之待美民優厚爲何如也蚆頓有愧色徐云下禮拜四總統宮裏再談余不諳西語總統請讌主客之情不通並告蚆頓代道歉美新派駐朝鮮公使田士謨持副外部波打面來見余適到外部遂未接晤蚆頓亦未言及旋赴鄰人會並答拜兩客返署晚飯後幸無酬應擬早睡閱金山譯刊西報言美部諸臣在余圈套中所擬條款只有益於華人斷無利於我輩

因與蓬雲傑卿衡論其事並到美後所辦各案不覺絮
絮仍至丑正始就枕
初六日甲午雨域多利販運煙土一案既延律師訟爭
此時更未便遽商外部恐於華工加損午後答拜新派
朝鮮美使田士謨詢之外部則已他適遂到科士達處
述昨日蚬頓問答之言並叩以美廷何以不令田貝兼
使朝鮮而別派一人科言中國交涉重大不能分身美
亦向不兼使如荷蘭比利時所距甚近仍各遣專使前
人命意所以重邦交云前年田貝欲兼此差北洋爲電

託鄭光祿或亦格於美例故未果耶美議員鸚哥倡言於衆謂美宜將英美交界阿那麻地方收入版圖中阿墨利加洲之願附美者亦應一併收納聞者韙之阿那麻之土著尤欣然附和而英倫紳民乃大相詆訶英美交涉之案因海漁起釁已數年矣那民樂美政之寛縱故願屬美此豈英之利哉其地遼闊若併而有之恐亦尾大不掉是在謀國者之善爲經度耳

初七日乙未陰電各署自元旦起華員薪俸減成核發遵署限也中歷臘正之間美都游人頗盛總統每禮拜

內接見兩次無分貴賤等差魚貫握手而出各部臣議紳又疊爲公會款客故有不遠數千里而來者華盛頓墳鴉靈頓公塚皆游人雜遝之地近以船橋待修游袂稍滯蘇遮士龕亦以泥淖不便車行偶憶粵中花埭人日游船之盛不禁鄉思縈縈杜甫覽物詩巫峽忽如瞻華岳蜀江猶似見黃河固詩人擬議之詞海外客居并乏茲境金山鄉人紛請書聯久未踐諾燈下濡筆借以遣煩

初八日丙申晴賀璧理來言旅順口近雇法人承修礮

臺法日報謂該口地勢險要孤拔所不能到者近則一
商人肩其任云言亦誇矣又言曾劼侯近著一論敘述
中國自强之意語甚透闢宜購此書備覽又述赫德誇
美總署近政又言香港煙土事未成議頃將挈婦往烏
約有一月之別特來長談賀璧理爲赫德高足西人之
能者余以總署舊識亦厚遇之午後英使來約下禮拜
二晚飯諾之天氣晴暄赴公會六處返署閱日報巴拏
鑾少弟以洋槍爲戲竟爾自斃巴拏鑾得電報急奉母
回烏約洛案之議恐復延宕事機錯出直非人力所能

推挽矣巴拏鑾之弟去秋曾識之烏波眉目秀朗舉止
大方嗜酒則西人通病也昨夜乘醉入打波房令僕人
綴小銅扣於頂自然手槍擊之間常試演百發百中僕
亦不懼甫欲然槍慮乃父來阻屬僕閉門僕闔戶畢回
視則已自斃矣當係醉後致誤西人類此者多不圖巴
拏鑾之弟亦蹈此習尤爲其父母惜也晚十一點鐘後
赴上議院長奈文之會丑正睡
初九日丁酉晴希九電賚遣華犯事竣此事希九甚著
意固免彼族所輕而於無業華人亦免流落誠爲善舉

李芳榮賀年銜版署駐法監造戰船或自日署辭差後取道巴黎爲許竹篔留用然已在日署領卻回華川資矣屬柏立爲面哆巴拏鑾天氣甚暖柏立慮日內有雨余謂將雪柏言正二月不致有雪申正赴墨使及下院議紳公會五處升高頓以病不獲晤余因明日洛案之議巴拏鑾不及趕回欲兼託升高頓而竟相左事機誠紕子初赴水師提督波打樂舞會主人導至樓上斗室英使威士及美大將軍佘利鈍燕坐閒論德法近各備兵勢將用武英使謂局勢如是然此三年內當不出於

戰畢斯默有深意也三年之後必有惡戰嗣是則兵氣銷矣蓋火器至今日窮工極巧甚難增益經此一戰不問勝敗咸知器械之功利不過爾耳當專務修睦無復舊憾余叩以兵槍單響與連環究以何者適用英使云單響能及遠余利鈍云連環利急發余謂急發而不能及遠似以單響爲佳英使深然之詢以亨利馬蹄尼槍英國現尚見重否英使云刻無新製能駕而上之也縱談良久主人肅客飲噉爲盡一栟吸冰酒一椀嗑復登樓小坐前外部幫辦倩英使介紹與余接談詞意甚周

是夕會者約二百餘人房室不多而不形擁擠波打行年七十四精神周到之至外洋使規每於歲底將與外部來往文函鈔寄政府余屬參贊編檢計七十一件釐政事由節目繕一總摺復與參贊論到任後所辦交涉各事寅初睡

初十日戊戌雪羅熙堯開復案已奉准部文余原奏所請以後各埠會館延聘舉貢生監充當董事報由使臣咨明原籍督撫稽核一層部議並准專咨報部著為令羅熙堯沉冤已雪亦杜他日冒混之弊部章誠周密矣

惟署南海令張琮交部議處責令緝拏冒名入場之人及根究經手請咨諸吏役亦應有之義部權隆重政令清明爲之喜躍得盛杏蓀書言織局不難於集資難於得人託詳查丹科手藝又請代物色礦師因黑龍江商辦金礦欲得良工指導之也又書言中國宜自鑄銀錢以塞漏卮製內河小輪船以拓利源科士達來言洛案本明日定議因巴拏巒有人琴之悼展至下禮拜連日夏盧報館頻論列之科士達詢余日夕酬應累否答以甚疲乏之科謂此爲公使應盡之職各國皆然萬勿厭煩

否則聲息不通一事辦不動矣晡時赴公會七處雨霰霑濡了無意趣

十一日己亥陰雨霧科士達偕總兵魏森禮來晤魏本津門舊識客冬又於鳥約遇之此來爲言比得招商局電詢火車辦法欲自大沽築至新城自新城至紫竹林商局自辦余叩以金礦師有精良者否魏言數日前曾爲北洋物色煤鐵礦師一人赴華金礦亦可兼也余告以開金之地在黑龍江省舟航不通須由陸路恐西人不便魏言西人在華乘車亦不覺苦申初赴公會兩處

訪士丹佛不值梁蓬雲接辦金山領事士丹佛爲該省富紳欲令與一晤談晚七點半鐘赴總統讌不帶繙譯柏立送至宮門有人領導沿升梯至樓房蚵𩑶在此接逆指讌席圖告以坐位另各予一小圖各使並至易衣後德使威使相約下樓總統偕夫人已立候蚵𩑶旁侍遂進與握手徘徊刻許總統肅客魚貫入坐席布工字形總統北面右則壘使夫人左爲英使總統夫人南面右爲希使左則蚵𩑶此中坐次似不論到國先後余與俄使法使巴西使一行坐總統之親串夾陪余不諳西

語且不認識直無從周旋法使則極周到與余隔坐者爲德使旁坐者爲威使平日往來稍密均曲爲指導讌至十點鐘而罷復至正殿行游熱甚得英使女公子惠假一扇與日使覓煙房不可得隨至花園游憩客有自攜煙捲者分餉一枚日使展轉尋得兩枚分貽進覽園花徐步一周重入讌會之地總統與各使雜坐吸煙飲佛蘭地酒余與總統對坐煙酒兩度總統起赴正殿各使隨出女客先辭各使以次握手余無須易衣以扇還英使逕出宮門御者候於闉返署則十一點鐘矣靜坐

閲字林報汗氣稍解至兩點鐘易衣睡曩聞柏立言鄭
光祿往値此會伊送至宮門屬門者指明道路卽返洎
余此會柏立乃忘之當令譯官傳語柏立愧悚堅請隨
往余卻之柏立益慚又代詢布郞請余帶僕從以代問
答余不願爲苟異且幸不爲所誚各使皆獨行只余攜
僕則美廷將更藉口謂中國獨有權利此等讌會亦無
僕從侍立之地徒貽笑柄彌悔不預習西國語言文字
各使總以能諳他國方言以爲稱職
十二日庚子立春晴昨日墨西哥載回華人七十二名

合之客臘載回之數恰百人轉瞬十六日展限屆期徒
事姑息無濟也祕魯領事劉福謙稟言華人出口護照
事祕官又有新議近慮疫蒸另覓做地屬華人晰居領
事曉示三次華人不移祕官乃爲拆運華人無如何乃
歸怨於領事不善保護冥頑極矣劉湘浦面言從此華
人不到外國未始非福雖過激之論然華人之不受教
約亦可憤也晡後循例赴美宫投刺道謝又應酬公會
三處答拜魏禮森晚飯後赴佐知探公會子初返署溼
霧漫空氣候郤暖

十三日辛丑雪總統夫人見客之期雨雪泥濘方謂去客不多循例往拜抵宮門車馬雜遝擁擠甚于曩時宮内侍者導引排撥乃達偏殿法使俄使在焉熱不可耐適衣灰鼠裘益難久立繞至正殿而出偕震東赴公會兩處返署少憩酉正赴阿希晚餐之約承出觀舊總統靈謹諭文及諸銅器内有宣德銅爐疑爲倭工所仿磁缾一種背鐫大明成化年製碻爲倭工僞造以此類推知日本贋物甚夥美俗每得一二詫爲華產甚於燕石間詢博物院中石刻各碑及石槨圖繪能否拓搨希言

此地無此工大抵拓搨須著色西人必不願遂不強之矣詢以氣毬之戲希謂此極險事前數年詩家谷有爲此戲者久之渺如僉謂墜於湖中閱數月有人於墨西哥屬地巖壑間見骸骨腐朽在氣毬之側檢視毬内乃知詩家谷之物此間作此戲者大都貧人借奇以覓食每當發毬時較量未竟毬已上升急往緣之毬力太猛竟難聳身入坐僅牽綴毬底繩索毬愈高則手力愈微往往顚墜而隕昔南北花旗鏖戰時亦不常用往曾試一遍毬升之後下視則深不可測横視則遠而若近未

攜食物數刻即下迄今思之猶惴惴也近日歐洲講求
斯技已能渡英法交界之海然實無把握橫行之法終
未盡善毬製始於拏破崙第一軍中用以覘敵云希又
出觀羅馬新出土銅像石像暎本各一與談中國古彝
鼎諸器挨林士亦在坐皆好古之士聽之甚樂亥正始
散雪霽微有月色靈謹被刺即在新戲園樓之側同時
被刺之西華適患齒頰醫以鐵箍夾之賴此鐵箍刀難
遽入得不死靈謹則槍斃矣距今二十一年阿希會司
文案故能什襲其諭單謂歷任總統以此諭爲最佳云

當靈謹時任兵部大臣者刻乃不能自存牽馬一匹求售於阿希民政之國無所謂世家舊族也靈謹而後又有奇篤之案距今七年此則直以一己私怨戕害總統尤兇悍離奇

十四日壬寅晴復祕署書詢中西學堂事祕官令華民遷徙事屬隨時寄知毋毋令失所復金署書衛滋德販運人口案毋得以有利可圖不能強回八字遂其詭混展限旣屆不能再寬晚赴詩他令公會遇李格士銀行親屬言自美赴歐船隻以英公司勞堪船爲最穩每年在

荔華埔守凍三月內當來烏約屬余赴日宜附此船

十五日癸卯晴今日

皇上親政之期率屬朝賀此間風日暄和遙望京華當有日月合璧五星聯奎之瑞比閱各報都中已於客冬得雪四寸津郡亦雪豐穰可慶也午後草疏一摺兩片

奏陳調派參贊彭光譽領事梁廷贊各官一摺法文繙譯聯興不再咨調拔升學生鄧廷鏗為三等繙譯供事李春官為隨員一片調派醫官呂春榮隨辦金山華洋事務一片附幕府謄稿旋偕繙譯酬應各臬司公會四

處返署晚飯復赴上議院長佘文公會認識者漸多頗
不落漠
十六日甲辰霧照會外部梁蓬雲接辦金山總領事請
發准照彭小圃接辦三等參贊請備案晡時赴墨使公
會旋訪捘林士閱所藏中外古器吾華名磁有兩種不
甚佳有羅馬陶器一種古色可愛壁懸倭畫數幀內鍾
馗一幀疑爲華人手筆惜無款識返署得李傅相電言
駐津美領事巴得密與情愛戴現彼國異黨另舉司米
德來代各國領事各商公電美總統留巴並求電佘轉

達外部云司米德爲𧋦蝢同里至交此事想難俯如衆
商之請姑與商之七點半鐘赴英使晚飯談讌甚懽登
樓閱其祖遺珍寶内有揩扇一持嵌金花綠鑽石可貴
也惟忒笨重徒飾觀耳英使威士英之世爵人亦靜默
燕見輒不甚周旋人多誚其簡傲實則孟公綽一流英
使爲言現派駐華之公使人甚正派和平中英交誼可
以益固余領之飯後久談子初返署
十七日乙巳晴美擅鐵路之利環球各國首屈一指橋
梁之制極鞏固比以西北大雪鐵橋積凍潛致損蝕昨

十四晚威漫省白河橋火車夜行忽爾墜壞車墜河中殞七十三人今年雪太盛麥天拏屬邦產煤之地近日煤價每墩洋銀六十元雪大不能採挖之故吾華近日用煤漸多而不甚講求開礦之法恐他日價昂或甚於此中國自禁華工之議本於鄭光祿其亦錦堂條議之一總署客秋來函嘉其卓見就其節略照會田使並照會英使大要有三一曰未曾赴美華工禁不准來二曰業經回籍華工若無眷屬財產在美禁勿再往三曰現仍寓美華工須責美國照約保護其詳細章程屬余妥

定照會外部並寄署存案余以未經赴美及現仍寓美
兩層尚易措辦惟業已回華有無眷屬財產在美一層
頗難清釐因華人散處各埠從未赴領事署報册從何
稽覈若概令棄之如遺漫無區別亦非總署本意所以
遲遲未發比日金山盛傳余與美廷訂約限制華人欲
具公稟錦堂附和之而忘其首先建議人情當顛沛流
離焚逐驅迫之際輒以得歸鄉井爲幸兇焰稍平事機
不窒則痛定忘痛矣鄭光祿之意曲突徙薪最爲善美
明知美必設苛例限制何如中國自禁之爲得體哉錦

堂初議亦然特札令集議籌復申正赴公會五處於下議院首座晤俄使詢余何日見客欲來晤謝余以彼此逐日相見可不拘此形迹燈後多福借巴士來談闍人以晚餐卻之巴士以舍路案兩謁不晤殊負其意洛案既歸兩議院互訂亦欲一託多福闍人誠誤矣屬震東面約明日兩點鐘接晤

十八日丙午晴近因華人漸次安堵而美黨驅逐每在臘正之交彼族稔知華人開歲後出而謀生每豫遏其來前車之鑒不遠居安思危宜籌銷患未萌之法擬令

領事布告華人之老病無業者各謀歸計或如去春之商減輪船水腳華人果否成行原不必强但領事有此告白則彼族知中國并不願華人流落海外或當默化其兇焰此鄙意也與總署自禁美國限制迥不相侔華人雖散處各埠當能體諒此心午後巴士來談詢以陳宜禧借給土人修建鐵路之貲已否收回巴言曾將借券八折減賣數千現未收者僅二萬餘金該埠生意甚冷淡的欽巴更稀云申正赴公會六處晤多福言洛案賠款上議院亦如下議院之議毋須派查酉正返署大

雨飯後偕蓬雲往晤士丹佛託以函致嘉省官紳與之聯絡士丹佛欣然照辦又詳言鐵路機器之利絮絮不休又言他州謀食之徒多聚於美與華人爭工作難其心智遠不逮華人而爲美國之害殆又甚之現國會亦將籌限制談論適時意仍未盡余因總統請會遂與訂另日再談卽赴美宮各使到者寥寥英使領袖次墨使次余與總統握手後俄法兩使續至僅一周旋復至正殿少立有水師提督士的蚡曾於滬上相晤者特來就談叩其居址定日往拜伊堅辭謂須先詣奉訪美之識

禮者也旋至科士達寓科謂洛案既定其的欽巴等案亦有詞以要之美例從無賠償之事洛案初辦時甚無把握因就外部詳查中美既辦舊案證以公法報施之義美乃無詞推宕今日告成亦聊自慰余復以新嘗命案商之科謂公使權利仍可衡論但不干預他國內治之政而已至其判斷不公總應詰問商以提歸美都審斷科言不合美例只可就該省辦理此案爲期已迫不識能否挽回烏約各華商亦不甚關切延宕至今爲之憤悶

十九日丁未晴昨日上議院覆議下議院所定洛士丙
冷案柏立往觀議其時預議者百八十餘員無以爲不
應賠者特派查與否尚難遽定主不派查者一百一十
五人主派查者六十一人卒從不派查之議内有議紳
言事逾兩年如此延擱殊無以對中國又有謂賠款雖
十餘萬而被害者八百餘人每人所得幾何此兩紳誠
不没公道矣柏立又言近日美人皆有加敬中國之意
非復從前狂悖頗歸美余之耐煩酬應余忝持使節自
以邦交爲重午後作雨略如吾粤初夏天氣酉正訪巴

拏蠻慰其鴿原之悼晚飯後電復北洋以司領事難阻
留美商公稟總統駁之矣又岡州會館賑捐容另牘請
獎又美賠款上下議院均妥定乞達總署共三十九字
夜大風窗戶搖撼氣候陡寒
二十日戊申晴外部送到金山總領事准照另致稅關
一書屬與總領事聯絡極力推重亦有意修好也爲書
謝之西人每以中國婦女纏足爲千古奇事至有覓弓
鞵以爲陳設者吾華纏足之風不知昉自何代咸以東
昏步步蓮花爲創始或言南唐宮嬪窅娘以帛纏足屈

上作新月形後世援爲纏足之證攷古家又據史記揄修袖躧利屣晉書男子履方頭婦人履圓頭曰利曰圓皆指爲纏足與細腰互寵同一娉婷之態又引焦仲卿妻詩纖纖作細步精妙世無雙晉清商曲新羅繡行纏足趺如春妍爲纏足箋釋蠹曰山東得唐拓武梁祠畫像曾子母像履形尖鋭殆非史記利屣之說持此以傳會或較有所本然西人雖不纏足而富貴家燕會跳舞不曳革履率以諸色光緞爲之亦如雜事祕辛所謂底平指斂約縑迫襪者當勿以纏足作笑柄也未初科士

達來商新蕾命案須詳查兩造狀師姓名歷次供判及現在情形乃能籌辦現祇先託該省議紳函致問官緩獄所論甚當卽電促烏署速覆并令陳弁函約盧達遠來晤盧達遠頗知此中案由曾於詩家谷密稟其略亦具有俠腸其人似不甚謬窮極心力或能平反又電洛士丙冷工頭廖郡廖社兩人飭令一人來署詢商發給賠償事申正赴公會六處於畢頓宅晤日使詢余何時往日都如定意在日避暑須預定寓廬否則客店不堪容膝云亥正赴勞令公會有礦師阿希曾在津承閱開

平平泉各礦深爲歎賞爲言吾華佳礦甚多惜未開採頗以客華日淺未及遍覽爲憾

二十一日己酉晴議紳士丹佛約往教堂聽教士烏文宣講中美交關普勸美人毋薄華人之論午初赴之列坐千人中敞一臺烏文高立其上略如劇場之式烏文盛稱中國版圖之富人民之繁武備之修教化之正外交之厚每段均能援據近事以爲證其于馮子材諒山之捷尤眉飛色舞而道之且謂法人雖强從此不敢正視中國舉以勸美俗之讎視華人者又言西省近年富

盛試登沙加免杜埠高處一望鐵路四通貨車絡繹貧
者得以食力餬口富者因而居積取盈伊誰之力哉若
無華人爲之開墾則海濱之荒地耳焉可遽忘創始之
功視爲仇讐也所論殊正姑勿問美俗能否感化但得
人知此理亦不致前此之苛虐
二十二日庚戌晴科士達明早赴烏約查商新舊命案
午後草疏縷陳洛案定議擬訂善後條款脫稿後赴公
會五處晡時霰雪交濡氣候陡冷亥正赴李格士銀行
觀樂舞又至佘文宅公會冒雨往還甚累李格士主人

出觀舊圖繪皆美國未開闢以前煙甸風景
二十三日辛亥晴午初何天爵來談皆不經之語云將赴華不識作何營謀總署去年來函已拒不接見矣阿希挨林士偕博物院一人來謁云曾往高麗搜羅古器不少及攜示殆一法藍茶盃極新一粗玉牌薄鐫九如二字殊劣一白玉鷺鷥雕鏤頗工下貫銅座略如吾華雀兒頂式玉質尚不甚惡西人以此爲古器宜其得倭物而珍賞不置耳老八百賈來晤年八十六歲尚能操華語步履澀甚少坐即辭令梁震東掖之登車晡時赴

公會四處晚與傑卿論髦字音義羅亨衢字學仍不誤
至於牽率委隨兩典則忘之矣亨衢面述榮華公司沓
拖之故有袒護之者而不敢明指其人當縷復之并告
以會籌華工取益防損之策
二十四日壬子晴重訪總統別業天日暄美涂次所遇
多舊識返署閱日報知華盛頓屬邦華人損失各案總
統與諸部臣商定令議院議賠惟數目微有參差戶部
大臣珉玲辭職挈家赴烏約作銀行總管舍高位而營
私財楊氏爲己之學然視戀棧豆以謀食者則高不可

攀矣申初赴公會八處於副外部宅晤布郎謂洛款總統昨已畫押晚觀法人跳舞會

二十五日癸丑晴拜發摺片赶初二日船期舍路案已譯正核定後應添敘前承緩撤防兵之文此美之敦睦誼者不宜沒之申正赴公會六處議紳巴麻宅久談蒲安臣之同里也酌酒相慶謂蒲安臣曾膺中國使符茲不敢跂但願備充武職効力其詞甚恭酬酢甚摯晚十一點鐘赴後鄰卜揆仁公會新自日本營運致富者壁懸日本所給札文有睦仁二字上鈐大日本寶旁著勳

位銜名三條世美其領袖也書字亦不惡俄墨倭智檀
各使竝在座
二十六日甲寅雨吳清帥俄界事竣立銅柱於邊銘曰
疆域有表國有維此柱可立不可移與馬文淵交趾銅
柱南北後先輝映矣越南名國始於嘉慶三年農耐阮
福映翦滅阮光纘自詡爲黎氏舊臣求
册封請以南越名國濟甯相國時撫粵西奏准納款而
以名嫌趙佗駮之續以百越之南本乃夷域彼先有越
裳繼有安南因請

錫號越南得
旨俞允爲越南名國之始當時阮福映兩表署銜曰南
越國臣阮福映稽首頓首謹
奏爲恭陳謝悃冒達遙情伏望
高聰俯垂燭照事竊臣九世祖阮淦以黎氏輔臣後裔
憤逆人僭篡糾合國內義士討賊復儲扶立黎後詎意
臣先祖中道逝歿其壻鄭稔自專兵權脅制黎王臣十
世祖阮潢年在幼齡止得就封於絕境廣南順化等處
地嫌勢隔鄭氏視以爲讐從此分疆別爲一國嗣後臣

之先祖建國於南闢土寖廣父傳子繼二百餘年惟海
澨山陬梯航路阻區區僻壤未獲稟命於
天朝迨臣先叔阮醕沖年嗣服國祚式微臣轄內奸民
阮文岳阮文惠等倡亂於西山外而鄭氏乘危掩襲臣
先叔阮醕與臣族屬播越邊方文惠遂逞毒心肆行無
忌破毀臣歷代墳塋戕戮臣至親骨肉古來盜賊虐燄
未有甚於此者臣時在幼穉未能圖回因率本部軍士
寄跡暹羅深以祖宗之讐未復爲恥卧薪嘗膽以待時
機文惠復逞兇威連破鄭氏遂並吞交南全幅遙蒙

聖德涵容彼竟不能祗承
訓範猶且荼毒國內無所不爲苛政暴刑重徵厚斂闔
境士庶靡有聊生究彼所行罪盈惡積誠神人之所共
憤天地之所難容彼既殞命其子文纘以頑劣之姿蹈
兇殘之習率性妄作弗畏明威容養匪徒刼掠邊鄙暴
殘之怨日甚月深臣於戊午年年始自鄰國旋師先復嘉
定康順等鎮己未年水陸並舉克復歸仁城破彼巢穴
定城後水兵凱旋適遇暴風大作漂入
上國廣東地方經督臣題奏

恩賜遣還並照給衣食需裝極其優厚臣部屬獲歸本
國具述
洪恩仰見
聖德如天並包徧覆臣謹率本部大小將臣向北叩謝
無不感荷
聖慈理該即日遴選陪臣進京恭謝惟臣尚與西賊搆
兵海程多有艱阻廑念
天恩未報殊切兢惶辛酉年臣再督本部兵馬收徇廣
南順化等鎮悉平故境文纘隻身奔竄盡棄

天朝錫封冊命印信與齊桅黨夥曾與西賊助虐如僞稱東海伯莫觀扶僞總兵梁文庚樊文才等並在生俘實由臣遙仗

天威故獲埽清南徼現當整飭兵戎水陸並進報讐雪恥志在必復國儲而後已文纘就擒則洋盜無所憑依必能節次殄除永清疆圉是臣之所大願也茲幸海程稍已甯貼謹遣陪臣鄭懷恩吳仁靜黃玉蘊等恭賫不腆方物仰憑兩廣督臣代爲題

奏恭候

賜進詣
闕陳謝庶表臣敬天事大之忱再者
冊命印信是
天朝錫封名器臣不敢擅便處決並委陪臣賫稟繳納
解遞伏望
曲垂體恤竊念臣化外小番叩禀
優渥
彤庭天遠瞻就無由望
闕神馳焚香拜表臣不勝瞻

天仰
聖激切屏營之至謹奏以聞南越國臣阮福映稽首頓
首謹奏上言茲欽仰
王道蕩平
聖恩溥洽開闔闢何言之化天施地生涵育昭一視之
仁邇安遠格臣不勝感激銘佩之至謹奉表稱謝者伏
以乾元資始普照通隧至之尊親皇極建中大華夏譯
鞮之怙冒朔南咸暨陬澨均沾欽惟
綱紀四方

儀型萬國神其化不遺於成物故以字大則大畏字小
則小懷一哉心無息於徵民雖未施敬而敬同未施愛
而愛合豈意區區小壤獨蒙湛湛
洪恩軫臣未入職方照臨及遠離之將士俾臣遙承
恩寵榮幸標新構之家邦沐
天霑而喜溢寰瀛叨
帝眷而夢馳閶闔臣敢不傾心向日翹首望雲霄
膏澤於遐邇實重荷柔遠綏方之德仰
威顏於咫尺願永輸畏天事大之忱臣下情無任瞻

天仰
聖激切屏營之至謹奉表稱謝以聞合觀阮福映疏表
詞甚恭謹斟灌一旅光復舊部乃自比降王大長其志
量爲不小矣然阮氏一綫之傳莫非
聖朝字小之德乾隆戊申該國內訌越王黎維祁爲其
臣阮惠所逐叩關籲救孫文靖奉
詔征之自龍州出關戰於諒山壽昌嘉觀市毬江皆捷
乘勝至富良江遂克黎城阮惠遁歸富春乃傳
旨復黎維祁封班師凱撤爲南征詩十首以紀其事不

虞阮惠之卒至黎維祁孤立無援也歸師遇險上疏自貶其後阮福映歸命越事乃大定至今誦孫文靖詩猶足資攷證爰錄之詩曰門開太乙曙鐘遲是日黎明祭禡出關荼火軍容徼外知未必過師同枕席庶幾荒服見威儀建旗已拜專征命補牘應來選事疑先是提督許世亨帶兵出關毅力請勦賊

蒙恩准視師爲語戎行須報

國早將犂埽達

形塀圍城襟帶接重洋諒山城一名圍城城外有江通洋海上下思文景物荒上文下文諒山所屬上思下思皆州地名寅霧蛟涎工揜日安南多霧寅時即迷

漫四野土人謂係蛟蜃嘘氣午前不見日丁男鴉嘴慣耕霜該國惟涼山百里內有霜過此則無其地一面殞霜一面耕種土人謂之耕霜一入雲坂洞坡名盤千折夾道翁茶呼官爲翁茶出入四人舁網而行網四張最是馬前頻慰勞檳榔滿接夾道跪獻檳榔者千百爲羣當壺漿羊腸留綫虎留蹤聞道蒙茸路江漢一路多萑苻藤蘿糾結商賈十年不行賊人疑大兵斷不由此入封母嶺羣狙晨伏母子嶺極爲險峻數日前賊兵伏此莽鬼門燐火夜乘墉原名鬼門關於康熙年間更名畏天關草木蔽天幾不得路宣旬竊欲方朱雋朱雋以兵五十分道進勦交逆梁龍旬月而定毅輒效之緣極南地熱瘴盛勢難久留也來晚應知愧賈悰多少步兵齊繭足敢因下馬便支笻險峻處率同官下馬步行前進龍城新鑄赫連

刀令將士短兵殺賊鑄純綱刀五百柄要斮生鼉斷巨鼇萬里戎王歸信

杳三江戍壘陳雲高時未悉黎嗣信韋先鄭犒情原怯阮賊遣頭目餽

牛羊願大兵不往斥之幕有齊烏計必逃所遇賊屯半屬空寨烈炬連空狠

穴靜斯斯競向朔風號派總兵張朝龍游擊張純於枯詰訶盧等處兩路夾攻匪衆潰

竄盡埽巢穴歸報鬭虎聲中喋血鮮臨江士氣倍爭先市毬江賊氛甚

惡我軍血戰兩晝夜不息不能蓐食遂獲全勝欃星遠落三層外駐軍三層山即市毬江岸

礮火還奔五步前豈有夜郎能自大果然飛騎竟從天

夜半令總兵張朝龍於左邊二十五里外潛渡彼岸繞出賊營後直擣中堅賊始潰亂戰場直已

成京觀此刼應消幾百年獲醜紛難詰姓名一時駢首

動哀鳴（連日生擒正法七百餘人）編籬那許羝羊觸漂杵常教草木腥人說妖氛連四鎮我憐殺氣壓三城（黎城內土城一磚城一）軍門執法臣應爾

聖德如天本好生左鞍右緻古交州（黎城左鞍子山右緻子山富良江纏抱左右）鼓角殷江夜哭稠搜粟幾時停校尉（安南兵食概取諸民）立功畢竟數兜鍪（時諸將用命將弁并給花翎）斬祛僅免思公子（國王母弟爲刺客傷中要害殆甚）釋縛還擒送孟酋（賊將陳文炳既降復叛命副將慶成生致之）一事尚教懸

聖慮前軍未送月氏頭（謂賊首阮惠）約法森嚴日幾巡（克復黎城）

後禁止弁兵不許一人入城滿城焦爛痛遺民居民呈訴阮賊戕害情形甚慘師貞
行指逋逃藪擬裏糧直搗賊巢巽命先加草莽臣嗣孫黎維祁承襲國王
鉅野戰難忘每飯有苗格或待經旬自出關至克復黎城剛閱兩旬賊首
阮惠是否投出姑且俟之出關事事勞
宸斷萬里還同几席親金章羣軸雁飛翔頫首
殊恩下九閶時從驛遞頒黎維祁襲封印敕已分紀侯成大去忽令衛
國慶忘亡租庸不稅尖方土屢奉諭旨惟在繼絶存亡不利寸土安南向
行租庸調法今則不然矣帶礪仍然異姓王底事烏孫消息斷澄江
無際望宣光宣光江發源雲南教化長官司入交境時望烏提軍信不得裘帶居然

徧百蠻雲貴四川俱爲毅宦轍所經己丑庚寅間隨經略傅文忠公出師緬甸洱河恩許唱刀環時奉班師之命伏波蹟已埋銅柱詢之土人云銅柱沒土中不可復見定遠心原戀玉關二月花穠黃木渡黃木渡在廣州府城外三年香染紫宸班現居三年述職之期回兵後即入都祇因妖鳥巢猶在夢繞羅平未肯還賊巢未滅深感烈士暮年之語粵中梁汝鰲筆記孫文靖戰勝後克復黎城置酒王宮大宴將士爲南征詩寄羊城搢紳視魏武橫槊殆有過之阮惠乘其無備寅夜襲攻孫文靖僅以身免阮惠爲惠州人張保爲阮惠養子與阮惠之婦鄭壹嫂通殺阮惠以降所說殊舛張保爲

海盜鄭壹養子非阮惠也有年代可攷張保曾擾七府
殺二大將受撫後閩閣被害之家猶切齒粤督百菊溪
內調挈之偕行張保改官閩省洊至澎湖副將任以專
閫林文忠勍之姚瑩時任劇令言於閩督董文恪責張
保以討賊藉以除之賊滅而張保亦死百菊溪自東撫
量移粤督過安慶時寄董詩曰此行一事君應羨殺賊
歸來啖荔枝其後卒成撫局董改前詩殺字爲撫字以
戲之不圖張保之歿仍出董文恪手也
二十七日乙卯雨水晴廖祉自洛士丙冷來詢悉該埠

華傭工作無恙美尚駐兵一營以護之告以賠款經議
院議准自應照冊給領惟被害之二十八人宜量加撫
卹廖祉言衆人之意則以被害之人已有賠款贍其家
屬不必再撥當告以黃鈞選原擬將公共器具損失之
項另行提出爲此案一切用費及賠還鄭任墊款中華
會館墊款廖祉又以爲不可但請將此案共費若干於
全款扣出外此每人應得幾成求余斟酌當飭與領事
妥商申正赴美宫及倭使公會倭署所懸畫幀尚有佳
者旣尊西法當棄如芻狗耳仍以飾觀不忘本也晚得

華人馮廣盛等稟去年七月在阿拉時駕地方被逐損失一萬三千餘金請照會賠償金山領事卻無稟報檢閲兵官所稟兵部公文乃有其事美總統客冬諭議院文亦聲敘及此雖被害不重然非華人訛賴也因先照會外部續飭領事詳查損失新舊命案已得該埠律師回信須禮拜二乃能詳查情節具復旋赴勞令公會法俄德各使將散時已中夜少坐即返重檢洛案覆閲此案華人損失有著而人命未抵究不愜意頃間科士達縷述初與鄭光祿商辦情形又檢出古巴舊案鈎勒交

震東譯示大約鄭光祿初意怯於顛花一案爲讓院駁
煞恐蹈前車又以兇手已釋難爲追究只就損失賠償
立論亦苦心孤詣矣余告科以去冬所駁外部照會曾
有賠款爲華人損失之數無與於華人被殺之寃似已
伏筆科言究不若專案請賠爲合法因復檢舊卷一尋
繹之重與廖社衡論一遍寅初睡
二十八日雨雪午後輒止彌望園地皆白氣候微寒新
蕾命案據上年日報言趙寅禮在新蕾埠麥桀街開賭
騙盡華人錢財龔佑自鳥約往爲禁止美官定期審訊

龔佑卽於前夕被人戕殺後三日在以離耐省勿非士波魯拏獲兇手龔盛供認趙寅穠願出銀一千二百元酬殺龔佑衆華人皆不允續趙卓趙樸劉學碩龔盛慨然諾之商定六月一號行事趙樸劉學碩三人一持洋槍一持小刀一銜刀於口從地窖板門入屋行兇龔盛在門外守候旋聞刀聲喊聲其三人由後門遁去龔盛始入門打埽血跡移屍小屋適房門緊閉將屍擱置牀上然後開門遂致褲漬血跡事後索銀百元只收得十五元餘未到手核與卷存稟鈔各件迥殊大約各護其

黨編爲說辭托報館傳播耳龔盛爲龔佑同族兄弟趙寅穠卽欲謀殺豈肯賄買其宗人卽以千二百元晰之龔盛亦不僅百元之數所稱得銀十五元何人過付尤屬子虛且龔盛殺人後在河邊洗血酒館飲酒有黑人眼證又曾在被獲地仕拉埠衙署供認解回新蕾乃翻并以攀劉趙諸人明係兩黨挾仇致訟情事顯然趙寅穠聚賭釀禍咎有應得然必指爲謀殺至以數人抵一命則冤甚矣昨詢廖社謂去年曾往新蕾該兩黨搆訟已筋疲力竭當函復烏署詳詢趙鳳培近日情形并候

該埠律師回信晚赴公會兩處
二十九日丁巳晴司米德因駐津美商稟留舊領事巴
密德遂怱怱赴華僅投刺告别承許代攜信物均爽約
矣西人名利之切如此或總統促之也祕魯國例商民
交易銀紙二十元以上須貼士担與寄信者小異現新
總統須諭光緒十年以前士担概不算否則示罰意在
丕煥新猷實欲斂金作贖午後楊約翰來晤神色慘沮
非復駐華時氣概乍見幾不認識惝恍之甚予之茶不
敢啜但吸冰水似有病與談當日法越事尚能記憶謂

去年游巴黎法人詆其附和中國幾蔑目爲中國人云法越之事楊約翰屢欲調停而才力不足然美之國政操之自下向僅自顧豈能爲人解紛且其立國之初深荷法人之助又豈肯明指法人之短哉此固不足爲楊約翰之責也楊約翰言近日南黨司令渠爲格總統舊人故爾投閒置散并謂數月後擬爲中國之游今日爲合衆國各按察司公會之末就蹤跡較密者一往周旋比鄰富媪畢頓嫁女請八點鐘往觀禮其正廳楣柱並堆花葉作瓔珞兩旁欄以白緞綵中邊置一桌亦陳設花

冄屆時音樂作天主教士手一卷前導新郎君尾之衆女伴手持鮮花簇擁新婦出以白綃蒙頭面新郎趨而扶掖至教士前主人立於右頗有涕出而女之狀教士執卷喃喃隨向新郎宣誓章新郎隨口說誦復宣於新婦亦如之大率旣爲婚配甘苦與共疾病相倚患難相扶之詞宣畢新郎以戒指一枚付教士約之新婦中指教士退新郎新婦正立解去緜欄客與握手致賀并賀主人少頃客入餐房飲饌夜闌人散時新郎新婦潛遁至外埠成婚美俗通例也客有詢中國婚禮者余略舉

父母之命媒妁之言及親迎合巹廟見之儀告之客乃大詫西俗之簡

三十日戊午晴華盛頓覽揆之辰美俗官商均給假各兵列隊游行街市并鵠立於美宮候總統閱視復至華盛頓墳頂禮所以誌創國之盛亦應有之義矣申初訪議紳修彭盛稱中國隨使各員不爲西裝以爲得體答拜楊約翰并大將軍佘利鈍晚按察司卜勒特佛約大餐爲華盛頓作生日會者十八人水師郵政兩部按察司馬調前農部勞令議紳衣渾士報館主筆夏盧皆認

識餘則茫然竝坐有前戶部俚賀臣現任錢債臬司曾到吾華江廣等省爲言中國水利甚暢不宜專設火車路以奪之即如美國火車近已四達旁通而固有之河道乃無問津者水利將坐失矣火車可助船力之不足不合與船爭利此又一說也又言中國工藝甚巧宜擴充之解身綴金練云製之粵中雕鏤玲瓏可愛余詢郵政部事盛呀士謂此間歲役八萬餘人歲入士擔銀三千餘萬士擔專有公司稟承於郵政部其印文精絕銅鑄不能僞造中國曾有函來問已復之容將現辦章程

致送一本云懽讌將罷主人出陳酒餉客謂乃翁購自
歐洲距今已四十九年購買之年封識之號敬藏於𡼖
非盛會不敢飲敘此酒來歷及曾經預飲之人迨畢座
客均起盡爵爲主人誌慶席間磁器甚佳英使曾向余
稱道內有吾華一種自出模式託人定造迄今六十二
年殆珍惜而善用者也此會自七點鐘入座十點鐘散
坐有前水師提督士京久歷戎行右手爲礮傷年將七
十不終席而去水師部亦然一則年老多病一則新占
弄瓦

二月初一日己未晴暖未初雨雪陡寒聞遠近鐘聲相傳爲耶穌生日教士誦經致禱也進齋氣體魁梧名利皆淡少習拳勇遂能耐勞正月間偶覺夜睡不酣神若外散方寸不能自攝急起徐步數次乃安輒疑虛弱購服西醫藥水旋而便血傑卿爲之診脈以爲血燥恐致上行昨果痰中見血精神仍不委頓但步履不適勸以靜養勿吸呂宋煙究其血所由來則鐵酒害之也進齋亦悟鐵酒流弊遂不飲矣陳副憲駐美時亦飲鐵酒頓生他病啜白茅根湯乃解西人藥品有效有不效未可

膠柱鼓瑟也夜雪已止仍雨

初二日庚申晴子豫子剛自古巴來言修打諸埠遣至古巴華人頗難安插因內多老病而瞎者分別送入醫院受雇糖寮聊可覓食較在被繫地方有生活但領事稍喫力耳又言學堂已有規模惟學生多不諳華語現增延中學教習一人請書額懸之堂中若榜於門外則歲輸稅銀數十金此古巴省例也古巴生意糖寮爲大宗近爲德商所擠頓形減色比來歐洲日報每言德法將搆兵識者咸爲扼腕而古巴各商則翹足而望其必

出於戰兵戈之際德商糖業且歇彼可專利此商情之可笑者也義大里都城昨日地震英儲君方游歷於此英后聞之而憂電詢無恙乃安英廷諸臣并稱賀

初三日辛酉晴希九資遣華人之事極費苦心日國不吝不苛亦徵睦誼希九函請奏陳俾與日廷致謝余恐此端一開動輒索奏殊乖政體而希九辦理得宜不能沒其所長無以鼓勵似應上

聞遂草一疏附洛案賠款定議疏併發脫稿而美總統批准議院議賠之數外部刷印送閱前擬片稿改爲正

摺內曾奉電
旨飭催且頭緒紛繁不合夾片聲敘兩稿既定先電總
署晚至士丹佛處訪格總統夫人留刺而返順道告柏
立以洛案批定柏立樂不可支酌酒以慶
初四日壬戌雪重訂洛案疏稿繕政已逾六點鐘郵局
加保士擔不能買明日又為西人禮拜只可包封以待
幸昨已電奏矣致李傅相書論洛案議結及總署限制
經費金山岡州會館捐賑請奏各事曩與譚子剛論日
月蝕之說譚謂西人能前知每年註於西歷本年六月

十四日日蝕西班牙有記載云
初五日癸亥晴復劉湘浦書勸以撙節公用湘浦久任古巴未經窘迫之境不悟總署遽限歲費而古巴鴻雪自難重印於利馬矣鐙後大風氣候卻暖
初六日甲子晴許靜山以余屬集史傳歷代使事加之論斷謂類於鈔胥心思誤用而別商譯述美政導當事者習美邦之靜默毋效歐洲之紛紜又願編輯中美交涉舊事以諗來者言外之意總不甘以文士自居至謂使館所用國帑民膏殊域光陰臥薪嘗膽亦既痛切言

之矣而靜山自抵美後不操寸楮之勞攤書課子新聘謂何也當率復之日早聞惠示手書以鈔錄二十四史中使事類於鈔胥鄙人以之奉託又歷指海外諸書之無益必不得已俯商譯述可爲者一編輯可爲者一祟論閎議如聆清梵漢人所謂窮該典籍不逮予趣雖欲無對而義篤其詞者也奉使歐墨本爲創局試撮舉歷代使事可援證而或絶不相類者默爲論斷或非鈔胥所辦國初通經之士大都援據古義旁加考證積日累月亦不免爲鈔胥固知著述一事甚非空談高視所能

濟也四庫著錄使規一卷明張洪永樂四年奉使緬甸採古人奉使事迹勒爲一編分忠信節義廉介謙德博古文學識量智慧威儀說詞舉賢諮訪服善詳慎勇略警戒爲十六類各列事實斷以己意此書雖罕傳而四庫並不詆其妄作若謂史傳太繁難以抉擇且證以近事慮觸時忌猶爲見道之言若謂誤用心思鄙人竊所未喻航海遠行張旃異域本非談藝著書之時雕蟲小技壯夫不爲況執事哉猥以數萬里相從方舟共濟雖吳越異產猶相親睦充邁往不屑之韻似無一事足勞

清顧者念館廚恰有全史擬師古人之意而一拓之敬
以相屬史學亦通人所不薄隨事論斷或亦客中破寂
之一助不悟閣下等之鈔胥固宜腹誹而醜詆矣偶然
著錄無與於國帑民膏尊意謂非有裨中外大局者不
必爲則誠有見地至日本地理兵誌鄙人未寓目許星
使各國師船圖表曾涉獵一過似非盡屬書帕本也中
國未覩兵船形勢者多更莫辨各國之優劣此書詳考
各國兵輪爲之表以便查考尤非鑿空一流尊論以爲
無益覽未終幅令人廢然盍摘示以啟蒙也承示美國

幅員襟海負陸大勢與中國同其海防延袤東西兩洋計其里數不啻倍於中國而氣象閒靜四境晏然每思體察其防海情形凡守險之礮臺禦敵之士卒需用之器械常年經費之制譯爲一書導當事者採用美邦之簡靜無效歐士之張皇炎炎大言抑何切要識時務者爲俊傑誠千古不磨之論也鄙人愚陋竊有所思中國版圖宏富而乏可守之險自外洋以達津沽可扼者何地哉美自南北花旗鏖戰後兵輪礮臺無非舊制其東西洋路雖廣然西道則烏約有險東道則太平洋混混

無際中無添煤取水之地所聯接者中國日本中間洋面卻有俄羅斯一段中日固非圖美之國俄船亦無從出沒於此且美之西偏原爲不毛之地近始漸開拓敵人得之不易經界故金山礮臺坐視頹圮而不顧凡此亮非中國所能強同中國海疆無險而國庫民財並非豐裕其能爲黃老之學或如孟氏所云制挺以撻乎美爲民政之國權操自下總統坐嘯畫諾而已中國能之乎至其偃然不設備者皆恃庫儲常數千萬而輪路電綫鄉曲可通有警則民兵應響斯至彼蓋先勞後逸闇

下但觀美之近境而忘其締搆始基謀國之道斷未有無禦侮之具而侈言鎮靜者也美之長技尤在槍礮此可仿效比日美亦長慮卻顧議撥定四千萬金專籌防海之用長袖善舞健羨而已語云六經之治貴於未亂兵家之勝貴於未戰中國非籌防之誤不預籌於無事時之誤也若以美例之竊慮儀豪失牆鄙人既非當事亦非好事因閣下俯商譯述聊攄鄙積季緒瑣瑣曾何足云又中美通使以來交涉各事擇其有關繫者如外交之禮節保護之章程各埠開辦之始末條約限制之

增損隨事摘次開卷瞭然敬紉明誨美俗禮節甚簡保護限制並載條約有保護而無章程有限制而無增損美只金山島約有領事他埠雖繁庶中國迄未設官歷年所辦之事案牘固不泯也此中各有典司西俗謂之權利同事假觀何須關白若出自鄙人之口則庖人雖不治庖尸祝不能越俎而代之也況前使經營未必盡符高渠率加雌黃類於訐直隨案選錄猶是鈔胥鄙人近政疵謬彌甚閣下若推袍澤之誼爲掩著之詞無以信今傳後蕭氏選樓所以不收二一何之作也執事經朝

邑相國之薦許爲淹博之才曩在都門拜讀大稿彌深
敬佩竊幸遠適異國晨夕可資教益鄙人譾陋原不值
大雅品題既承枉教未便安於緘默莊生寓言惠子知
我同付一粲可乎季懷詩文稿寄到幸見惠邵亭文集

附覽

初七日己丑晴拜發謝摺又爲書寄北洋印花咨文各
三備賀摺用也希九函述遣送華人案尙有陳某一人
後未能行隨後續往又言日后與諸部臣聚論接駐華
公使書有一日國教士在中國受侮須索中國賠償云

一教士受侮便索賠償則小呂宋諸華商被害索賠我更有詞矣

初八日丙寅晴新蕾公家肰師回信述龔佑命案仍是一面之詞乃復爲書致兩造肰師核辦西四月乃復審尚可設法午後答拜百賈科士達回至英館一談英使謂議院此次所結外交之案僅四起洛案賠款能結直大不易又詢余赴日之期

初九日丁卯晴料理梁蓬雲赴金山屬將要案鈔去爲詩扇贈行謝傅仁風非敢希冀聊攄鄙積而已呂傑卿

同去亦書贈之廖社相隨至洛士丙冷並將華人損失之項請屬妥籌分給俟外部交到賠款即電至金山領署先給雙聯票各華人憑票赴領或託工頭代領亦無不可惟須本人或家屬各有實益此案一切公用仍應在各埠公共器具款內支銷此項器具賠款若散之各埠亦難勻給黃鈞選此議不謬也並屬蓬雲至詩家谷就詢盧達遠新蕾命案實在情形蓬雲此去成竹在胸無甚棘手之事只中國自禁華人一案總署所定章程有眷屬財產者仍准回美頗煩稽核衛滋德事亦須善

籌結束
初十日戊辰雪積厚盈寸蕪關賠款應請總署扣提俸
薪代交內府了兹夙累余本年薪俸亦祇六成庶足以
告同人之減薪者爲文咨署並咨皖中􀀀頓照會總統
批例四紙一式刊送備案並請轉奏當照譯達總署
十一日己巳雪復外部照會發滬粤包封訪科士達詢
商所擬保護自禁條款涂間雪霰甚密往金飾店觀所
補舊磁竟如無縫天衣
十二日庚午驚蟄晴使館居停士雕鶻來晤新舉上議

院議紳從西省來也欲中國爲購此屋索價十五萬元
士雕鶻以開礦致富與談礦務云礦師甚不足靠如須
尋覓可薦之來余屬以遇便留意不必專薦視其技能
何如再定延雇耳士雕鶻又言華人之業礦者大有能
手礦上之事優爲之礦内之祕則土人禁不使窺也中
國開礦不如擇此類三五人回華辦理當有明效曩因
盛杏蓀託覓金礦師故詢之復山東礦局書遂詳述此
事
十三日辛未陰霧錦堂來面條議自禁華工未盡事宜

雖不能自圓其說仍與署意不背午後答拜房東上雕鵰不值臨答拜上議院紳卜撈悟南花旗人也年將七十無蒼鵰氣治任將歸倚裝待發以余往訪猶率家人婦子出見歷敘南北花旗戰事曾因兵敗爲北花旗虜禁七日即因於議院之南曩緣收買黑奴起釁現在此風已息南北渾一亦自雍睦所居多山歲產稻甚富亦有麥棉架啡之屬該省鐵路皆其子經營舉圖爲贈圖中仍繪當日戰蹟蓬雲手牋新蕾命案甚詳知鳥約日報更不足靠矣密令盧達遠前往查察現在情形並密

查金山扛訟之人爲擊首應尾之計

十四日壬申晴兵部恩梯特函約往聽西人宣講初疑爲教士善會殆非然也美之游學於英者欲公建館舍以備棲止須費六萬金有西婦在鳥約募得萬五千金擬在此再籌萬餘金餘則逐年分募首座爲克格倫宣講者耳目精神並注之畢頓士丹佛並在座使館惟余與英使預焉昨詢俄使不往也宣講至半西婦便授鉛筆於其伴擬求座客書捐主人婉止之謂好善之人有不願顯著名者宜隨後再商客漸散余亦辭出天氣極

佳乘便映相返署給外部照會論美總統所准限禁中美商人販運洋藥例內第三款與中國稅關歷來辦法及地方官自治之權有所妨礙仍應另文專駁滬局包封總署轉准吏部知照上年奏保一案祗徐學伊照准餘均議駁未滿差期之員非因丁憂事故回華者不得給奬係新章云此次所保各員爲鄭光祿移交仍照總署奏案辦理不悟吏部以新章見駁此數君者並非緣事撤差特未留用乃並其前勞而沒之是歷涉重洋供差殊域尚不逮海運之半年一保使者馳驅海外何以

收羣策羣力哉
十五日癸酉嫩晴赴波渡摩訪西人窩路打所藏中國銅磁法藍雕桼諸器美紳揆林士領導與美紳阿梯共作東道主人卽賀璧理之妻父也同往者俄使倭使縱覽逾時無甚奇品然搜羅磁器至千百種亦難能矣古銅數器於花紋雷紋之上澤以殊色尤失本來面目法藍六器不僞雕桼三器亦佳壁懸花卉山水數幀署款曰沈銓曰應塤曰翬皆贗作也然滿室所儲吾華器物十之九內郎窯瓶一枚高不及二尺乃以萬七千金得

之美洲以爲奇貨餘則倭法兩國銅磁數事而已其裹間所懸油畫水畫悉西法之妙品價或數萬金又油相一幅絕妙在十步外視之直如生人眉目筋骨栩栩欲活濃鬚浮現襟際所見油相無慮千百此爲極工此像係好爲善事之人與窩路打交厚特懸掛以示久要之意聞窩路打徽時業小酒店近乃巨富以所藏器物供人游賞人索半元每日所得悉送贈醫院善堂自不賣票游人均買諸客寓書坊示非圖利也覽畢挨林士阿梯約至客寓午飯適微雨飯後俄倭兩使與挨林士先

返倭使告余以長崎案結倭賠償華兵船損傷之款中國亦恤賞日捕從此兩息爭端余答以同在亞洲相距鄰近若不格外聯絡豈不貽笑他洲哉倭使深韙斯言

十六日甲戌晴訪科士達論新舊命案並所擬保護自禁各條款與美例不符者分別指出又交犯減稅兩條與華工無涉須另款綴列於後余謂旣可另款則公使來美不得阻攔一層擬添敘科謂此事美廷大愧悔若復提起則外部益慚汗以後斷無此等事可免置議余意在保護容有持議太密之處然不得不如是立論科

謂應請議院專議保護華人之例較有實際

十七日乙亥晴未正往晤蚁頓告以限禁中美商人販運洋藥例美官駐華權利太重隱欲侵奪中國稅關之權此時若不言明後來不免爭執蚁頓旋取例本復閱彼此折駁一遍告以隨後給予詳細照會蚁頓唯唯又重申修約之請謂西省民人以賠款既定而限制之例不行紛紛唾罵有各省自行議例之說余答以中國係與美國立約非與各省邦立約設有苛虐之事祗與美國講論而已蚁頓謂我之苦衷特相告語蓋議院前議

限制例不行係我極力遏之竊謂非兩國互訂不能公允我非舉此相催促但此中難處一再詳言之耳余答以總署已定三端甚費躊躇此亦我之難處俟將所擬條款晤商妥定再行照會蚵蟆又詢何時赴日答以三月底今日問答甚長震東另記

十八日丙子晴美日報述美都察院裴露批案云兩議院有專議保護華人之權應速議以爲定例並判匿市架一案謂援據條例未當蓋强奪別國人應享利益即是强阻申行合衆國之法紀也據所判而論華人慘遭

殺害各案並他國人未經入美籍或有被害如華人者合衆國例實未由保護申理祇得仍按各邦之例期以保護而已故都察院應責議院以速議保護華人之專例也日報之言如此申正訪科士達告以新舊案西四月十九號提往別埠審訊並與論保護華人條款旋訪老人百賈寓樓出觀前在粤中所治雜證各圖約五六十幅刊諸卷帙者又百十圖皆舉極奇難而撮刊之得其醫治而痊者蓋五萬餘人百賈在粤有善人之譽不圖丁巳之禍亦預兵間耳現在行年八十二歲步履少

澀上下樓梯其子絕不理會余慮其蹉跌屢語以扶侍其子謂乃翁不樂相扶西人父子之誼蓋如是也鄰人畢頓之壻逘次新墨西哥赴友人之席食蘑菰稍多歸而昏不知人新婦急灌威事記酒解之醫謂幸先得此酒否則不治然則威事記酒亦足以治寒疾

十九日丁丑晴華童步蘭敦每禮拜日必來使館期尋本生父籍貫姓名至於流涕其父别無遺物無可追考一日持一皮枕來謂有華字疑爲乃父之名質諸各員則皮枕店之字號童乃爽然若失又謂聞乃父來美時

經提督披利帶至華盛頓曾傭於農部花園卽今之鉢
多溺嘉頓也譚子剛憐其孤露喜其誠孝偕至花園晤
花匠士蔑指園內荔枝一株高丈四尺龍眼一株高丈
二尺含笑一株高丈云係伊父從中國帶來手植於此
惟其中國姓名殆忘之約略記係澳門人曾有題誌舊
帙不知擱置何處有詩家谷一人爲其舊交容代詢之
其來在南北花旗未征戰之前當日花園實亦荒蕪作
翦然華人之來華盛頓者此爲最先云華童得此消息
感謝不置逕欲自往詩家谷尋此西人子剛以其年穉

止之欲俟士蔑取有回信再爲尋究華童年僅十三歲久養於西人喊樂衣食無間必欲自尋所生天性之厚良不易得頃來使館因倩進齋爲英語奬之正月間聞士丹佛言他日爲美患者決非華人而懵者不悟近日議院亦將議限禁歐洲各工來美云前日晤科士達論及此事科謂並未明白宣禁但議定不准美國工頭赴歐洲招工不禁而禁矣進齋謂德人在美百十萬現有充議紳者其勢萬難限禁美只能潛爲之備而已比鄰一鶻曾任兵官礮折右骰以木接之行動如常乍見並

不悟爲廢疾此西醫之妙也

二十日戊寅朝陰午晴畢頓薦一映相人午後往映照技亦平平祕魯領事寄參贊書言麻擔埠華人慶賀元旦各鋪戶紛豎龍旗地保索貲乃准經代辦領事些盧巴士哥懲革之祕俗貪利可笑而西官代辦領事能秉公道不畏强暴亦可嘉也

二十一日己卯晴戶部珉玲辭職就賈差片告行余亦差送之科律師來談限禁販運煙土事中國應有專例今中國不須行故美廷立例耳余謂中國罰辦本有定

章載在咸豐八年條約所以續約無須申明美領事權利較華領事天淵現不與爭者以中國政存寬大其畀領事之權各國一律非於美國特優美爲民政之國權在國會其畀領事之權亦各國一律非於中國獨刻故無須爭辨但美領事駐華既享受通共利益應遵守通行關章未可以續約所載由各本國自行禁止不引利益均沾之詞講解二語遂謂領事可獨行其智也科詢關章向日是否如此余答以税關之權向不旁落隨屬參贊將條約引證數款添敘文内

二十二日庚辰晴晨窗將起時聞鳥聲春氣漸深園樹將坼矣飯後門外馬車雲集俄館參贊約郊外試獵余以獵無定處追逐馳騁雅非所好遂赴農部花園甫啟扉香氣旖旎則含笑花也仰觀龍眼亦綴蓓蕾惟荔枝則綠葉扶疏而已稍進有桂樹二株繁花如纓絡花匠摘含笑一朵以贈自出山以後不覩此花二十四年不圖四萬里外遇之惜西人養花閉置玻璃屋裏似難暢其生機其旁植椶椰諸樹沿砌鷄爪蘭花皆粤產有類椶葉而大中綴實如芭蕉形者西人標題爲蓑衣樹粤

中穇襩之具究莫能指名南方草木狀有無記載竝忘之矣昨日訂定照復外部限禁販運洋藥文檢洋文約本校對無訛卽令震東照繕及保護諸條款已譯就仍令進齋復核以免舛錯

二十三日辛巳晴昨檢同治七年中美續約校閱志克菴日記與總署刊本間有一二字脫漏然大致不差且每條詳疏命意惜美廷不克遵守耳克菴此記詳於各國製造船械槍礮農具金銀自來水煤氣燈及織造氊毯布匹綢綾樹膠器皿記載精細若併算法而引伸之

禪益較大惟礦務不甚推求其時中國方以開礦爲罪故不願考究所載比利時海口礮臺特詳其式守國有險復建斯臺庶幾可以自固克菴駐法正當津案搆釁時法人頗有仇視使者之意記辛未之冬余在鄂晤孫稼生述法兵敗挫臣民離散土匪搶掠之狀視克菴此記爲詳然此種劄記總爲有用之書足資攷據溯克菴來時度金山附船至巴拏馬換船抵烏約水程多閱兩旬當日金山至美都尙無鐵路自蒲安臣之約立華人紛至傭工然後鐵路始成乃鐵路成而厭惡華人之釁

起矣今昔情形不同如此土爾其新派公使來晤眉宇
間有靈慧氣殆習耶穌教而非同回教也據云土國遣
使視某國之教以爲衡若英美均遣習耶穌教人義大
里則派天主教人矣俯仰隨人宜國勢之日蹙晚觀鰥
會跳舞晤倭使詢倭俗五七言三十一字詩是否每句
用韻倭使曰然天氣甚寒少坐卽返涂次雨雪
二十四日壬午晴賀璧理復稱中國稅關拏獲洋商違
禁私販貨物卽行充公無須知會該國領事若懲罰則
由領事主政稅關不專之也與余意吻合當將照會署

名送外部適虮蝢來文以洛案賠款備齊俟示訂交因
電總署代奏公使無代國行權之事何可專擅發電後
赴英使之約仍是前在兵部宅集捐之英人意屬克格
倫而克僅捐二百金余以英使之交特捐百金助其提
倡飯後赴外部晤虮蝢申明總署自禁華傭要以保護
末綴減米稅交逃犯兩款共十五款草議付虮蝢斟酌
華工日稀華商日蹙故須請減米稅爲華商稍謀生活
至訂交逃犯一層則美方與歐亞諸國訂約有可援證
也此雖與華工無涉既互訂約款當連類及之虮蝢亦

謂交犯一條原可照辦但當另爲專條並約下禮拜再
談就近赴畫院一覽此中油畫有值二萬五千金一幀
卻無過人處其爲值不昂者尙有可觀中有吾華珐瑯
几一張卻不贋樓上下並有石像雕鏤極工如老婦蒙
紗幼童垂淚均能形容於石已非易事其最難能者拏
破崙第一之像係兵敗被拘愁鬱致疾枯坐胡牀手握
地圖背倚棉枕膝蓋棉氊眼光上視若有所思口鼻之
間若喘息旣肖其兀傲不平病困抑鬱之狀而棉枕摺
紋棉氊垂搭地圖如紙薄悉於石乎求似以至堅之物

作如許揉疊令人視之忘其爲石美都所見石像斯爲最矣續赴後鄰觀樂器其制如弓形中綴四十四絃兩手並彈其近地處有一銅機以爲輕重疾徐之節以足按之用意與洋琴同而工尺之音與吾華無異疑仿吾華之瑟爲之出義大里亞他日差旋當購一器以示知音者遇日使云將爲古巴之游往返數日並約置酒餞別晚觀幼孩跳舞自四歲以迄成童衣飾奇麗教習者就中指與行動進退略如兵法部勒整齊鳥約銀行主人布堀攜婦寓科律師處科爲設會約談晤檀使詢該

國種茶有成否答云種植仍不得法告以中國產茶亦
非到處可植視地利何如耳坐客甚多不覺久談子正
始返是日爲美總統生日各駐使向無慶賀之儀行經
美宮只馬車數輛或其密友相與稱觥民主之國簡質
如是
二十五日癸未晴閱廣報本年正月十六日甲辰月食
四分四十四杪初虧申正二刻九分在地平下月出地
平酉初二刻四分二十七杪食甚酉初三刻復圓戌初
一刻而此間不覩月食之象頃詢西士諳天文者云南

阿墨利加洲見之允代查時刻見示或可資攷證也美
都之東倫柯忌埠有西人名岀域年一百零二歲本月
十三日納婦曰壓地士蔑年七十歲白頭花燭海外之
奇談
二十六日甲申晴巳初得總署復電美賠款奉
旨照收前電但云十四萬零未聲明銀數抑係洋圓郎
電復等因當復以欽遵照收轉發金山領事按冊給領
豫刊告白聯票免舛誤此款十四萬七千七百四十八
元照咨冊索足洋銀均論圓金則論磅使費巳到俟善

後約款就緒寄呈核定三月杪赴日美新例杜美商販
煙土由領事罰辦究礙稅關權已駮之乞告田使此等
一面之例中國不准云往訝西人嗜利無孔不入而官
兵卻無侵蝕空曠宜其兵隊之整而戰勝之易是操何
道哉比與阿麻玲談知各兵隊中另有發餉之人不出
諸營官統領之手各兵領餉必自行簽名每隊層次給
發從無舛錯其有病傷告假則就醫院寓房給領本隊
不給亦免朦混水陸兵餉均如此辦法詢以帶隊官不
握餉權則各兵恐不易約束阿謂自有軍法不繫乎自

行發餉也詢以管餉之員受帶兵官節制否阿云不受又美例凡兵部水師部兩大臣向用文員取其不如武人之暴動思鬥狠晚觀印度諸圖純用白石雕鑿宮殿柱礎皆白石爲之窮極工巧殿內園池極幽秀其王每令宮女衣紙裳蕩舟有消息納水自覆紙裳悉飄棄無餘王乃垂竿釣之令銜鉤而出赤身如白魚淫巧之極奇者宜其亡矣此時政令咸受成於英之留鎮大臣爵與王埒而王之逸樂如故其國多石佛像梵宇閎峻亦鑿石雕鏤極諸洲所僅見乃悟印度盛時物力之厚有

喜神像一區狀如牟尼左膝盤繞右足下垂袒肩垂手善氣迎人彼族以爲喜神謂禱之必有歡慶事曩聞財神在西域即佛寺頭門握纖之像謂白屬金纖爲華蓋狀肺亦屬金故爲財神今閱此圖知喜神亦出印度吾華每於正月迎喜烏有子虛而外別有所本乎

二十七日乙酉春分陰帆頓約十一點鐘晤談條款偕進齋震東柏立往帆頓亦倩副外部麽士旁坐助檢舊牘且代觸發帆頓意在限制余意在保護彼此辨論適時帆頓以余所擬條款請美廷專議保護華人之例以

爲美國向無專爲一國之人立例者余微哂之曰限制
華工例非專爲一國而發耶虮頓愧怍又云所擬合衆
國專派一員料理華人事亦可不必余答以中國係與
合衆國立約故請合衆國派員虮頓亦語塞一席問答
折駁層疊震東詳記之
二十八日丙戌晴議紳多福前日面交洋文一稟係歷
敘華人江廷在阿利根省能得衆心乞酌予職事稟內
簽名數人皆該城巡撫諸官士圭也亦預其列末則多
福與稅司巴士當譯寄蓬雲詳查其人本日新聞紙言

巴士涂奕洛士丙冷被盜失卻七千金或多福近承國
會公推督查兵營操防各事故令巴士先驅乎檀使送
到該國主賀
今上親政書又訃告其女弟殂逝誠雜糅不典矣檀爲
無約之國特以華人傭工斯島垂四萬人不得不虛與
委蛇前年該國有喪亦曾訃告於我鄭光祿傳
旨慰問此時若不上
聞徒滋口舌
朝廷答書如何當與總署商之檀使復請訂期相晤意

在通商耳祕魯查賽之事屢催無耗因電派楊延勳代
力侯兩員往查限夏季竣事
二十九日丁亥晴午後答拜俄使士使又晤議紳多福
詢巴士被刼事另有其人非稅司巴士也晤科士達論
前日與虮蟆議約情形及新蕾牒師來函所陳各節此
案准西四月十九號移提美蘇利省臬司復訊能否全
案平反卻有兩說晚令譚子剛往鳥約定艙位並因新
蕾案轉告趙鳳培諸人辦法
三十日戊子晴字林中西歷誤刊二月小建三月大建

謹遵歷書正之申正往佐知探觀布瑱自置輪船形狹
而長其行甚速每點鐘能行十八邁自鳥約至荔華埔
僅四日初製此船原爲遞送書信之用共四十艘久而
散賣此船遂歸布瑱作游船月糜二千金西人豪舉也
船形視海東雄尙狹視澄練則過之然工本已十五萬
金宜結實可靠矣輪機堅固設海上遇風顚簸仍倍他
船亦宜於內河汊港耳鐙後得蓬雲二十二日手牋略
言自詩家谷起行經阿美河洛士丙冷恰鼻士頓卡倫
尼頓離那六埠均有華人數十迎餽酒肉懽聲載道咸

言近日工作獲安傭值且昂聞新領事經過醵貲暢飲有從山裏小埠間關來者喜其今日敬愛之誠益憫其當日流離之苦又傳諭洛士丙冷工頭勿以索得賠款爲高興勿以原報厚薄相訴爭諸華傭均唯唯金山一埠有約之國均設領事竟有三十二員英義荷三國並設兩領事其交涉之繁亦可想見士丹佛未回黑假近抱西河之悼蓬雲均未相見錦堂於二十二日附茄力船内渡云近日鳥約禁賭甚嚴諸博徒乃欲輸資惡黨以爲護符仍理舊業領事憂之而無權禁遏晚十點鐘

大風零雨幾類地震

三月初一日己丑晴道光二十四年卽西歷一千八百四十四年中美條約粵督耆介春所訂總署刊本已遺之矣而美廷時復援引虮蝮去年復鄭光祿照會論洛士丙冷案引證數條皆謂美民在華只能聚居通商口岸非如華民來美到處可以游行以見中美之人利益厚薄而忘卻美之待華人者如是其待各友國人亦如是中國之待美民如是其待各友國民亦如是美國非於華民特優中國非於美民特薄兩國各有政例未可

强同然此約本既非廢紙自宜備覽因令繙譯到外部將原約之配送漢文者照鈔一分擬寄署刊之卽咸豐九年中英約內亦有金陵約仍留照行一語似金陵約本亦未盡廢總署亦宜備刊也俄王近復被刺幸免於難英王賀之頃聞已緝獲兇手矣俄人思改民政狙擊之禍屢屢

初二日庚寅晴鳥約華人擬購醫院價值萬六千金先交六千可以管業現僅捐集三千餘金便已交價餘擬湊公分三千金以集事所闕萬金分年收租抵還或集

捐款給之殊勉强羈縻尾大不掉也當亟告領事再酌華人謀生外國垂二百萬人卽美日祕三國亦逾三十萬總署納鄭光祿之議自禁華工赴美所以遠禍機而保生命法甚善也惟不能來美宜別籌融納古巴自中國設官以來華人均享自主之利非復仍前苛虐該國近有招工之說究竟有無流弊因電詢藹亭再商辦法蓬雲致參贊書言錦堂日夕絮聒無非詆斥李金華直與公事無涉又奉飭集會館公所妥議自禁華工後取益防損之法錦堂匿不示人且未集議刻始將奉批各

節補錄札文示諸紳董於是華商大譁謂錦堂建議限禁又匿不集商因集昭一公所索錦堂立單保其身家衆情憤憤錦堂旣倡自禁之議又欲見好衆商歸惡鄙人鼯技終窮竟何益哉晚七點鐘公讌都察院威地布勒暹佛俄使倭使前外部黎積臣紳士挨林士阿希堅彌地科士達夏盧柏立十一人席散後索觀銅玉磁桼諸器並及書畫倭使亟賞方方壺一卷科士達擊節惲畫此外頗乏之解人席間阿希爲言楊約翰近竟瘋魔言動失度蓋自華回美鬱鬱不得志至不能贍其子女前

月來晤已訝其非復在華時舉止不悟熱中致疾也其人本長厚甲申在都曼與商榷法越事迄無所成

初三日辛卯晴吾華修禊之日觴詠風光未可期諸海外華諺上巳前後必有大風舟行所戒頃西人亦言西歷四月二十八號必有大風航海者避之俄使將赴巴黎避此風信且有勸余日國之行宜在風信之後中外節候攸殊風信乃合此不可解者也余已定雇法公司船名波安船主佛彌治四月朔日自烏約展輪直抵法之蝦畫埠距巴黎甚近不走荔華浦擬歸途再經英倫

西人避暑者羣游歐洲此次法公司船極費力乃能定此艙位俄使亦云此船堅穩威地來書以昨晚之會誤閱去柬遲到半點鐘委婉道歉西人守信如威地者不愧爲都察院矣

初四日壬辰陰尼臣路日報言昨接倫敦電音中國與葡萄牙立約准該國管轄澳門墨西哥華人公稟爲榮華公司辦寃自係衛滋德詭謀屬託與去職美領事來稟用意正同當批交蓬雲查復

初五日癸巳晴虮蝮約十一點鐘往收洛案賠款銀十

四萬七千七百四十八元七毫八仙如期照收書據三紙外部留兩紙與戶部分存余攜回一紙存使館備案虮蝢所交係烏約銀票又自署名於後十數萬金易此寸紙外國銀紙之用廣矣吾華如能仿行安見財幣之不流通也收票後屬虮蝢代謝總統修睦之誼電詢蓬雲何時匯金山飯後至科士達處詢商結案美廷所賠者華人損失之數並未賠償命案此時申論類於得隴望蜀余不屑爲之彼國之例已釋之囚不復再繫則辦兇之說無從根究然幾命無著究不能平科言償命一

層初辦此案時業與鄭光祿商之且檢成案與閱鄭光祿以爲不必若當時並索則不止此數刻自不便與美再索特此中闕憾處仍得援爲話柄而已金山電復洛款商定在美華人由工頭遞國由殷商回籍由陳芷泉各保領約三閱月可發八萬半年竣事此案用費衆議匀扣恐貽誚乞奪當復以在美越國回籍三項各若干工頭曾言否此中不盡新甯或按縣塡票交館董照發匀費斷不可曾電奏按冊給發由領事預刊告白聯票現費無多只公器一項已足每名應若干實塡聯票明

宣告白以顧考成不能徇衆情此款嘔盡心血索來若
散放潦草蒙謗實甚重報五名剔存候信
初六日甲午晴小吕宋設領事咨香帥選定電復以便
照會日廷索准照去年會奏南洋羣島歸粤督兼顧自
應粤中掄派午後草疏遵收洛案賠款散放情形一摺
附陳寓美華人善後各款與美部晤商一片張佐興留
差一片
初七日乙未雪竟日寒甚晨起草疏恭報兼使日國起
程日期一摺附陳小吕宋擬設領事一片津關書言中

法約款法使請再商者五叉美駐朝鮮使者福荷潛預俄事屬查其人復蓬雲電請排衆囂思鄙言洛款索償之難人皆知之洛款散放之難直非所料湘浦請改派林莫兩員查寮卽照允並屬電報程期

初八日丙申雪霽致總署書洛案賠款散放事善後條約事自禁華人事美禁販煙事附華人歷年在美犯事抵罪各案一件條約底本一件外部問答一件煙禁照會一件洋文一式兩紙

初九日丁酉晴夏灣拏日報言小呂宋土人厭惡華人

近爲公稟乞總督轉達日廷將中日條約詳酌一切俾小呂宋華人所得權利與日人在華者一體總督諾之今雖華人踴躍集資以駿案然內外商務有關當道主持公論當有法以逐之云華人謀生海外幾成厭物然其召侮之處亦大可慨矣小呂宋設領事之議去冬咨粵督定用費之所出今春復咨請掄員電知照派不知何時見復頃將赴日當咨總署請示

初十日戊戌晴就所致總署函內事理並達北洋亦附鈔摺洋文各件西人士蔑查示本年正月三十日即西

歷二月二十二號南緯綫二十一度四十分西經綫七十度二十五分南阿墨利加洲智利國北鴿排茶埠見日全蝕約六分十杪當日落時該埠時表六點鐘三十分時候西人考究甚確吾華經緯相懸不見日蝕也

十一日己亥晴滬局包封已發訪阿希挨林士堅彌地柏立涂經檀使館留刺答拜檀島以華人流寓日多屢欲與中國通好立約檀地略如吾華一府國政又雜亂近准華人包收煙稅其島主得賄七萬元既批准矣續有加賄者島主亦准之舉國譁然檀使前日來晤但云

島主喜用土人不甚崇重美人而已煙稅事未相告今日已見諸島約新聞紙矣檀類美之附庸美亦卵翼之其外部爲美逃人犯罪以檀爲逋逃藪檀乃倚爲碩輔美又喜其聯絡一氣更可以爲所欲爲年前美定限制華工例檀亦欣然附和近據商董稟回華諸人須請護照乃能復返而須家貲千金者乃給照每照自二元起索至十元商董稟商由會館代領以一事權

十二日庚子清明晴

今上諭

陵之日遙望京華風日當晴暄也子豫辭回古巴屬代
購衣篋兩枚往從香港所購頗不堅韌亦幾經舟車抛
墜不能盡委之製造不實也夏盧約今晚九點鐘公會
余先有日使餞行之局恐難兼赴爲書謝之仍屬參贊
代往以答其意電許竹篔赴日船期請預達外部知會
稅關電希九派員在蝦畫埠照料登岸今晚日使之約
同席皆南阿壘利加洲公使其國土舊隸西班牙故日
使號召以爲陪客食品皆日製所言皆日語詢以歐洲
應否用頌詞日使云現仍通用前年聞諸李丹厓謂歐

洲近删此虚文殊不確也席散後仍赴夏盧宅都察院
威地科士達均在座墨使智使續至
十三日辛丑晴擬定頌詞譯日文備用日爲君主之國
儀文甚講究不宜略之檀島賀書備文咨署另再代達
其女弟告逝之文於無可如何之中强析爲二申初訪
英使前戸部李積臣不値訪威使久談承語以美俗近
於中國較親睦自余到後大有轉機渠數日前偶步美
宮不期適遇總統立談三刻頻叩中國公使起居詞意
甚摯卽各官紳只有推重之語無復輕慢之詞又詢余

何日起程擬赴島約相送此老爲鄭光祿舊交於余又極相洽駐使之誠篤者

十四日壬寅早晴午陰晡雨各署俸薪發夏季連閏四個月午初科士達來詢何時赴島約布耶欲訂期相招一修東道之誼告以本月下旬復詢其經過英法應否拜客科謂有暇則拜否亦不拘復託以新舊命案科意不能於西四月十九號移提之先設法但託該城律師查取供判而已其一策則俟定案後照會外部申理余行後仍可與代辦商量屬勿縈念

十五日癸卯晴函復蓬雲金山領署程彭兩員一爲浙人一爲楚人與領署諸粵人言語不通文墨外無他助遠役數萬里又若自爲一流人殊域之中別有境界良可念其不自檢束之故領事宜體恤而箴誡之遽商棄置殊不忍

十六日甲辰晴各署函牘向係逕達自去年夏秋悉緘交參贊代呈外洋通例公使權利最重若封面不塡公使銜名無從查追此等辦法不知何所本昨因日署復函逾月未到遂通飭之駐德隨員王子裳辭差回華游

歷美洲取道日本許竹篔函託招呼並述限制使費係
曾劼侯發端非閻丹相之意
十七日乙巳晴屬仲蘭檢齊赴日應帶文件
國書而外一切案牘須現辦者不可遺也蓬雲函報散
放各款章程即手復之寄去電奏稿致總署函稿
十八日丙午晴馬邦各書院學生來謁總統並託柏立
求見余遂於晡時接晤來者約六十人不知其造詣何
如也水師部汨尼女生彌月赴禮拜堂洗沐聽講耶穌
函約觀禮余以禮拜堂之會如總統生兒女或平日穩

交之友可以赴之否則不往遂僅到其宅一賀坐客如
雲皆美之極有聲望者函致總署鈔送道光二十五年
中美舊約
十九日丁未晴王子裳自烏約來解榻逆之又令祝彭
導游美都諸勝雅副其紆道游歷之意子裳以部曹隨
使照章只保直隸州非其志也屆期如不請敘又以爲
規避部章綦嚴乃於未滿差以前請假回華同行之嚴
福增醫官而不服水土者也均不能西語火車亦殊不
便帆蝮函送條款且訂明日十一點鐘晤談諾之惟條

款恐未能今晚譯出
二十日戊申晴虯頓條款竟譯就所擬限制華工四條第一款以二十年爲限第二款以父母正妻兒女爲眷屬以產値千元爲財產惟須報明稅司該稅司遵現時之例或自後所立之例給予回美執照第三款言約內所定章程專爲華工而設不與傳教學習貿易游歷諸華人有礙又訂明華工或前赴他國或自他國取道來美仍舊享受假道之權利惟須遵守美國政府自後所立章程第四款則言此約互須遵守以二十年爲期按

批准互換之日起期滿之日倘彼此於六個月以前不將停止限制之意備文知照則仍展二十年等語於余所擬保護各款乃援道光二十五年老約以相折駁淸積案減米稅兩款謂須取決議院即前次面許交犯之條亦竟翻悔當再往晤分別詰之問答甚詳震東另記大要駁以但援道光二十五年老約而不援光緒六年新約及已許旋悔又華盛頓創國例議院有權能立申明遵守條約之例虮蝮慚悟屬以商改余告以赴日船期已定此時不暇率訂俟涂次復核虮蝮唯唯索余照

相余亦還索之握手爲別

二十一日己酉晴復李傅相書寄去昨與外部問答另寄油相一幅午後赴墨使署言別畬拜德使法使倭使波打卑勞佘路文各將軍議紳多福阿編佘文及內部兵部水師部均過門留刺繞至堅彌地宅一談赴柏立晚餐

二十二日庚戌晴晨起拜發起程摺片訖電屬仲蘭檢美約三分又道光二十五年老約鈔本又洋員馬治寶星一枚印照一紙約計各處函牘粗了可以檢拾文具

午後赴威地科士達處辭行

二十三日辛亥晴晨起檢日記鈔本交籛姪繕政復檢衣囊棉夾單紗並帶皮衣帶至灰鼠羊皮科士達來展別並約二十八日到鳥約相送倭使來別知料簡行李遂告譯官以親到送行之意

二十四日壬子陰藹亭自古巴來古巴近狀華人尚相安銷册繕印包封札滬局遞送今日禮拜不能買擔保士單

二十五日癸丑雨午初登車微見雪點仲蘭涵生震東

子剛差弁陳吉勝劉吉祥李角兩僕黑奴义利同行酉初抵烏約沿涂積雪盈寸度費城雪意漸濃烏約則寒如深冬車行遲半時乃到詢希粱新蕾案已專人前往料理

二十六日甲寅晴烏約有西人善相者招之來談不言休咎但論性情作用祇就頭骨揣摩自攜一人隨談隨記談畢以相圖爲贈又贈一書本其圖上部位自眉至腦非如吾華自天中起算也所言間有當者不言休咎亦取巧之一道申初訪巴盧不值至格總統府一談格

夫人縷述歐洲風景頗嘉俄羅斯之富强視英法蔑如
也芝使電詢何日到英倫復以日都歸涂趨教
二十七日乙卯晴藹亭自華盛頓帶到續檢中大毛皮
衣飯後與談古巴用款及經費限制之故午後仍約相
士來爲仲蘭涵生震東談相各有微中續詢其圖上部
位相士謂確有所指乃叩以凡人好爲誑語於何徵之
相士指耳上髮際一團如狐穴者謂此物最詭譎若此
部位不顯則人不作僞又頂心骨主人忠信部位高聳
則其人可交若於應顯應晦之地均相反宜多誑言相

士今日所攜之寫字人係以手壓機作字馬略如電報紙條甚捷速且係暗馬旁觀閱之不解申初訪巴拏鑾布耶福士均未遇福士之門有旗昌洋行四字漢文美商在籍猶不忘吾華存心良厚

二十八日丙辰晴格總統長公子來展別詳論火車銀行兩事爲言中國現銷墨西哥鷹銀係英商以中國暢銷因而仿造非墨西哥物也叩以仿造他國銀元不悖公法否格云不悖但能悉仿成色不僞雖美銀亦不禁人仿鑄也格別後科士達來詢有無留交之事其意甚

般爲致駐日都義大里亞公使一函銀行兩函可感也布鄉設餞於家遍邀烏約富人同敘出觀中國樂器圖大哉孔子之歌竟用西文譯出又以意爲音樂節奏西人好古大都類此末乃並譯三月三是淸明小曲殊不經耳暢飲盡懽而散談臣亦在座此行同舟之侶也

二十九日丁巳晴午初運行李交船主差弁僕從先發余晚飯後登舟科士達進齋藹亭希梁寶森送至舟中爲別船主升

國旗誌慶從此容與西行輪颿無恙誠多幸也

四月初一日戊午雨寅正出口無風同舟有瑞典國兵官曾在金山開礦用華工頗多曾游吾華略知拜手爲禮贈余映相余亦還畣之有古巴督署司員贈煙捲均萍逢之雅是日舟行三百九十八邁

初二日己未早陰午晴遙見烏波諸山晡後亦見來船一葉船主午飯後戎裝修謁極道展輪時忙甚且患小恙故遲遲求見如有支使之事靜候指揮其詞甚恭夜風微眩即睡

初三日庚申晴晨起渡烏蚡倫無風而浪眩暈不能早

餐登柁樓小立眩不止仍就枕尋睡申初睡醒略覺清爽晚餐尚不闕特不過食耳昨來船示旗告船主以冰山隨潮而下容易撞撞適濃霧迷濛船主有憂色

初四日辛酉晴無風早食稍適登柁樓爽挹清風西人以爲養生妙訣也旋爲手談至申正少憩讀杜詩數首晚飯時見來船從窗外過仍登柁樓遐眺遠見帆影同行甚駛與瑞士兵官約明早觀日出

初五日壬戌晴早起微風天脚陰翳觀日之約不果午飯後風捲白浪舟行顛簸西人謂此爲大西洋極深處

過此入一海峽氣候漸暖或曰暖海
初六日癸亥晴子剛早起欲候日出邀余往觀亦爲海
氣所障然風已漸平飲食略多飯後登船棚小坐旋至
醫生房與談醫理並詢金雞䌷霜功用醫言歐洲鮮用
此藥其性主於温散美則無論何病輒用之又云寒熱
之病歐洲不常有惟近土爾其之地間患此耳余嘉是
船之快醫生謂究遜英公司晡後風浪較定晚聽琴歌
初七日甲子晴風浪平靜同舟有比利時布商贈儷面
銀錢一枚又留住址請游歷時便道訪之復舉諒山之

捷以爲差强人意尙非泛泛恭惟者奉使以來兩聞西人談諒山勝仗矣晚餐之頃見一颿船從窗外過閒詢談臣美俗開礦之利及房東士雕鶻驟富驟貧之狀談臣言士雕鶻以開礦而富買股票而貧開礦須靠礦師亦有非礦師識力能及者譬之火油一項初業礦者不知也向只盛産於俄近則美産不少矣卽此可以類推又墨西哥一國獨出銀礦而無金且乏煤其銀産雖旺成本不輕以須從美購煤鎔化故也

初八日乙丑晴風浪平舟行三百九十二邁明日可抵

岸船主爲佳饌美酒以餉客午後見來船二聯檣乘風其行甚快晚飯時亦見一船均恃帆以行已抵法境矣諸客醉飽歡呼跳舞閒爲手談夜一點半鐘至塔鐙處停船二十分鐘候引水人來入口

初九日丙寅晴渡英國海界波浪稍雄已歷九晝夜遂不眩矣舟行三百七十二邁飯後登眺遥見西面諸山橫亘波際斷續不相接氣脈似不貫也山上亦有塔鐙白晝無光耳檢拾衣篋付船上管艙人代運至巴黎客寓並犒賞侍役船主好名每次必求諸客署名於簿以

嘉其伺應之周余已許之矣總管者請之談臣乃不肯
署總管大斲談臣殆西人之直諒者也酉初將抵埠潮
退不能入口用小火輪接運諸客各攜皮袋候於船舷
遙見龍旗一舸則希九駕小火輪來迓候公司駮船開
駛逾時乃泊近大船適風雨暴至兩船大小相懸艱於
緊接從船篷上搭小木梯作橋極高而狹船主以木板
填之又令水手夾侍兩旁自立橋上扶掖而過其意可
嘉登岸則同舟諸西人皆立候握手是晚暫寓哈畫客
店

初十日丁卯晴早飯後乘火車至巴黎涂經各埠風景閎秀略如江南申正抵巴黎許竹篔率參贊舒春舫慶藹堂陳敬如各員學堂洋教習斯恭塞迓之車頭東道之誼可感遂偕希九同車至甘天年客寓略嗽茶麪即易衣答拜竹篔暢談中外各事不覺中夜叉答拜參贊諸君學堂教習周子玉洋員斯恭塞回寓晚餐丑正睡

十一日戊辰晴晨起春舫諸君來晤午正談臣來別將於明早赴義國游歷備言哈畫登岸時坐待火車至十一點鐘乃行五點鐘抵巴黎車上不能宿勞頓之至轉

不如少憩哈畫爲便復約會倫敦竹篔來寓約觀蠟偶殿光學畫及山林泉石之勝至

大清公所啜茗回至法館晚餐談至子正冒雨歸寓蠟偶殿者以蠟捏成栩栩欲活細視亦不覺爲假誠絶技矣內有李傅相曾劼侯兩像卻非廬山面目衣冠翕然而朝珠倒掛兩像一坐一立冠則一夏一冬其下一像爲德相畢斯默竹篔亦云不類然則蠟偶之技其酷肖者尋常行路人矣乎其圜畫則當日德兵破巴黎時事狀離亂奔避兵燹蒼黃之情上有氣毬隱隱可辨將以

激勵衆心欲爲三年拜賜之師也其樓上之畫則土爾其都城諸境橋梁舟車無不肖似非如他處圜畫但爲戰陳之形而已山林泉石諸勝殆如公家花園而有瀑布石洞層壘曲折頗類吾華所經池沼亦多花樹鵝鴨之屬繞石洞後忽大雨衣履沾濡亦防泥滑沿磴行幸免顛躓

大清公所則從前賽會時赫德之所營造工匠物料均由吾華帶來房屋概如華式屋前有亭其楹聯曰於此間得少佳趣亦足以暢敘幽情屋內所用茶盤鑴以篆

晝聞費以十萬計會散後即以贈法廷迄今作架啡館亦猶吾華之茶館也土木之工雕鏤精妙金碧輝映巴黎爲歐洲絕大都會留此規模俾西人瞻仰未始非宜

十二日己巳晴竹篔函訂兩點鐘訪法外部屆時來寓同去因早餐以待遂偕希九仲蘭震東法文參贊慶藹堂同去外部規模華麗逾於美都其部臣福魯昂才器似遜蚡蝢握手後告余以中法之交從此益睦恭思當駐華係了事之人非生事之人所辦必能相得又言中國如此大國必須有鐵路以轉輸微聞近已創辦於津

門余答以出京後便不知鐵路消息竹篔告以商約聞將妥訂又謝其安頓游藝諸生福魯昂謙讓不置余告以此行順道游歷三五日卽赴日都不求見總統亦無暇再言别晚八點鐘竹篔假法總統官座觀劇劼侯日記所述之地劇園豪侈爲歐洲之冠法爲德敗後特建此以維繫人心西洋風俗所好然經營亦㠯不易

十三日庚午晴飯後赴暎相館陳設多吾華錦繡疑係購諸估衣鋪者中有繡屏如紈扇式極工緻惜暎相之技不佳鏡㦯小時己申初因與竹篔約定赴日使館遂

悤悤返寓竹篔已坐候共議總署限減俸薪之令並商
咨復辨法四點鐘訪日使則因事赴外部矣已訂定三
點至五點鐘候晤而失信如是甚可詫也大約强國初
尙信義久乃習忘遂漸卽於貧弱國勢既頹更不知信
義爲何事

十四日辛未立夏陰法報言恭思當將自華返國午後
竹篔來談德法搆兵之機已塈日前有法巡捕官巡哨
至德界德人虜之蓋德國例禁他國人刺聽軍事其防
範法人尤嚴而法巡捕之往則德人招之也被拏之後

兩國各有違言法巡捕呈出德人招致書函以示非自行前往德乃無詞遂委之緝拏者之誤與法婉言法亦不深究於是兩國不起戎機竹篔謂此事可爲中外交涉作一榜樣兩國勢力適均操縱自如也此行與竹篔盤旋數日因與同暎一相又自暎衣冠便衣各一相竹篔約觀西人雜劇極水火變化之巧子初返寓

十五日壬申陰寒竹篔因造船事回德國屬勿往送本日日報言日君后偕子女避暑行宮尚無回鑾之期午後往倍克思珠寶店看珍珠鑽石鐘表該店持勘侯所

給牌照來謁以證買賣公平及到店樓尙有志克菴孫
稼生所給諭單亦奬其價値不浮中國人來此買物宜
照顧之竹篔則謂其初尙誠實近乃浮詐毋亦商賈之
常技乎返寓晚飯趕至車房竹篔立談至火車展輪乃
別復訂爲百靈之遊日公使來訪未接晤
十六日癸酉晴舒春舫陳敬如約觀水法無甚奇巧但
欲憑高一覽法都形勝遂同登塔頂高二十二丈升梯
而上未及半寒氣凜然俯視巴黎瞭如矣旋至大花園
觀珍禽怪獸海外數見者也惟此園中羊車街車及騾

馬騾駝均任便乘騎投錢予之價並不昂象亦能騎每象背坐八人略如街車之式園中特製一石橋爲騎象上下之磴西人用心無微不至園有斑騅數頭又有一獸毛灰色頭脊微白閑之鐵籠終日行走不輟或黽屬耶亦有狼狽二獸殊不奇矣日色已西分道遄返經拏破崙第一紀功碑處壘石如牌坊雕鏤精工所刻人物皆當時傑出之彥亦豪矣哉德人破巴黎後特令得勝之兵繞行三周法俗侈靡惟送喪無貴賤皆步行此風近古

十七日甲戌晴映相主人復求往映一相不索錢旋至古董樓看埃及羅馬舊陶石銅像諸器此行屢承法館東道之好因假一酒樓迴酌之偶及甲申法越之事法曾勒越南繳還中國印璽此在觀音橋接仗之前法實先背津約陳敬如謂曾於公會地方引茹費禮登樓詢以有無其事茹不能答悤悤下樓去續與李丹崖商所以詰問之語丹厓以新聞紙非確據止之此事余曾面奏矣敬如與同意惜李丹厓不悟耒於法都相與折辨耳間詢敬如法人視劉永福何如敬如謂法報至今猶

詳其起居其曾在行間接仗者謂與黑旗相持其難倍於他部是黑旗之捷非虛李仲約之揄揚張香帥之調護殊不阿好

十八日乙亥晴敬如導觀博物院法之故宮也其水師院各樓房所製船式船圖並資考究又搜羅各國船式有福州崇安礮臺木樣一座不知從何得來其裏間陳設鑲玉石屏雕桼螺甸諸器皆華物又有先賢冉子諱求神牌及諸神像不倫之甚其下一層有吾華書畫數種內一小卷山水絕工似係清明上河圖縮臨本竹質

曾言博物院中有書畫或即此類其他油畫注目皆是
又所藏埃及古文字一室中有類鳥篆大篆者上古文
章樸茂理或然也徘徊逾時未及遍覽遂至
大清公所啜茗鐙後往觀珠寶場真僞莫辨
十九日丙子晴同舟瑞士國人來晤云將返舊金山經
營礦務余屬往訪蓬雲薄賚聯絡飯後敬如來寓同訪
拏破崙第一墳守塚官逐於門外規模略如法宮樞藏
於石雕鏤華澤圍以圜池皆壘石爲之並擇諸色小石
鑲作草花紋工程艮費矣左右兩墳皆同功一體陪葬

於此其後兩墳則其宗藩云墳下有洞憊未往守冢官導仲蘭等然燭入殆藏弆拏破崙第一所用軍器盔甲之屬不忘創霸之艱也墳外爲講堂禮拜日教士於此講說吽經其甬道兩簷多植戰勝所奪旗幟霉爛不堪不足以示武拏破崙第一敗竄荒島爲英人錮禁憤鬱而没法人乞其骸骨歸葬猶復如是誇美其塋墳經營二十餘年而蕆其於故君可云盡禮守者復導觀東偏各屋悉儲歷代盔甲槍刀亦有如弩箭者槍多前膛舊式而槍柄乃鑲嵌象牙螺甸極形侈麗蚩尤玉戚之類

歟其後膛槍則德之毛瑟爲多亦師其意而變通之守者謂此槍係德法戰後尋究爲之又製作各國種人象形惟肖然未經見者殆難遽信子剛觀竟竊歎德人破法不燬及此以證德人之厚

二十日丁丑晴法都府尹約觀其地宮溝道緣梯而下持燭以行守者候於洞車跨於渠每車四行前後背坐車首尾皆懸鐙昏黑中時有一二石洞通氣其頂如橋洞電綫德律風綫及出氣出水各機筒均綴於頂六人挽車每至有紅鐙處則左右避之略如海夜行船遙見

塔鐙也車路盡處換以小船則兩面對坐矣船亦人力牽挽水道較寬繞行半時而出彷如重見天日為之一快法人好奇此種製作所費不貲然德兵破法時土人多避此逃命未始無益

二十一日戊寅晴慶藹堂約觀官窯廠出城數里始達沿涂小山雜樹略如吾華暮春天氣窯主人迓於門導觀樓東已成之器可以售買器亦精巧大率西人所矜重而不適華人之用也旋觀製坯印模各廠以足運車輔泥車中以手撐挽隨運隨起此粵東石灣製盆製罌

之法兒時所習見不晤此法傳流海外中國非不諳機器特不肯精益求精耳其燒窯亦略如石灣但以針表消息之火氣較勻廠中畫匠極多並工巧雕磁屬之女工磁印金花亦然內一女工年約六十高不四尺頭面猶人而兩臂自膀至指僅尺二寸所製磁瓶略高大者便須晰而爲二中貫螺絲主者謂此種製法較遜中國更導觀所儲吾華諸器眞贗夾雜石灣陶器亦寶如拱璧內有磁碟兩枚主者曰一爲華製一爲仿造請辨之眞僞頗難區別主者笑擎一枚曰此華物也余諦視之

證爲仿造以碟背加粉又故作洋碼於此決之矣主者大笑又觀所藏埃及羅馬日耳曼俄羅斯美利堅日本各器亦多有可賞其自製磁畫與油畫水畫無異價甚昂流覽半日主者贈磁畫一幅周子玉强病來約晚飯因畣拜並至法館告別

二十二日己卯晴晨起次和敬如雨詩爲書留別竹篔遂至天文臺觀星總監督慕賽思主之曾到吾華已閱數十年矣導觀測量諸器僅見二星其一金星其一星西人不能名之矣觀星之器下承以鏡倒景就觀不爲

日光所奪此臺主者皆水師提督曾立戰功罷任後畀此優閒之地養其餘年殆非盡諳天文者平時或不甚查考其觀星一鏡有損點如豆主者大嗔旁有解之者曰此水銀走脫非鏡裂云又機器間有蛛絲若逐日測量當不致是慕賽思贈星月圖三紙歸寓發行李晚飯後九點半鐘乘馬車至火車房法館參贊洋教習斯恭塞來送車有餐房茶酒均便

二十三日庚辰晴晨起赴後車啜茗小喫九點鐘至日界客寓飯畢小住換車後沿途麥苗芃芃山雪未消畦

邊瓦屋略如華式車行山洞屢屢自法至日共九十七
洞間須下車就食僅二十分鐘迫促之甚所經多荒山
窮巒至平坦處間有巡兵三兩視美法車路氣象殊矣
車行甚速不成寐
二十四日辛巳晴晨初抵馬得利各檢隨身行李日署
隨員徐立齋緒芝山駕馬車來迓遂同車至署即屬希
九晤外部訂期相見飯後閱滬局包封客臘初六籌設
古巴學堂一疏奉
硃批著照所請該衙門知道單併發日廷申謝一片祕

總統接位一片並奉
硃批知道了
今上親政後第一次奉
批也又承總署代領
親政詔書一紙又總署奏定減俸一疏又津文報局只
准請奬黃趙兩員皆總署新政也傅相二月十五日面
以小呂宋設官若呆候香帥恐失事機並言現返津門
料理官弁出洋領運英德各船又分布旅順口大連灣
防兵即入都隨扈查島委員並有復稟官文斗之訴未

盡可靠中日交涉事當酌辦閱畢當將自美起程至日各事詳致進齋一書適得傅相電廿二日奉

旨張蔭桓補授太僕寺卿

二十五日壬午晴日后昨晚回宮今日壬子周晬受賀希九肅衣冠往行至半途宮官止之以日后病未痊也

二十六日癸未晴日外部見客希九往晤並催訂與余相見之期外部約以廿八日兩點鐘晡後得總署電寄奉

旨補授太僕寺卿日期及賠款已照辦五字此電由美

署照轉謹電復之應援劉芝使補常正例准署電疏謝
連夜草疏交幕府謄清
二十七日甲申晴晨起望
闕謝
恩自出洋至今甫逾年已三遷矣
朝廷重念勞役超越不次自顧無塵露之報怵惕萬狀
總署酌減薪俸不足以示儆也謝疏今日拜發外部照
復明日相見余亦自備照會譯送
國書頌詞兩紙明日面交以備裁奪晡後外部商務總

辦米阿斯來謁並偕其少子云與希九稔熟坐談良久其子假鉛筆爲余畫小照雖不甚工亦難能也議紳白耶敦來晤並約晚間茶會余以未見君后辭之

二十八日乙酉晴閱日報述余官閥政績未正往晤外部謨烈詢日廷接收

國書之期外部以日后明日回都須見三國公使又須赴畫院開光事竣仍返行宮恐不暇接見須緩數日俟其再回都時定期余以到國數日而不獲見君后頗難復奏且奉使非止一國也外部視余詞色稍遽遂允以

代商晚九點鐘接其回文曰后准明日四點半鐘相見
當與希九商定明日同見之人
二十九日丙戌晴日廷三點鐘備朝車來迎屆時頭等
朝官薩拉郭兒拉瓦葉領朝車來殿前將軍戎裝入握
手後與朝官共一車譯官同乘希九仲蘭震東共一車
涵生琴齋共一車迤邐而行朝官自言曾伴迎公使九
十三次可謂老於事矣然猶頻閱時表告御者以馳騁
之節又言曰后今日赴畫院開光或稍有擔擱還宮略
遲恐與訂期時刻稍緩乞勿見怪答以今日貴君后撥

允接見已徵兩國睦誼何爭數刻工夫也及將抵宮門
聞車騎之聲則日后方自畫院歸部臣駕車前行日后
與君姊同車後則馬軍數隊朝官令御者繞道便於睇
觀儀衞甚整及抵宮門希九等先下車立候朝官導余
拾級登樓三周乃繞至偏殿臨窗少坐外部謨烈趨告
以君后持服謙請免宣頌詞余諾之少頃宮闥啟余入
見遙望一中年婦墨縗端坐案右後列女官數輩左則
戎裝寶星之徒雁翅而立朝官導趨前余立定恭捧
國書敬遞日后親接後即付外部起立與余爲英語繙

譯代答復一一勞問希九與琴齋均用日語答之禮成
而退日后回內宮余立送之日后亦回顧三次曲膝爲
禮西俗婦人敬客之盛儀也朝官導引仍由舊路出宮
門登車朝官扶余出正門指參贊等出旁門乃悟來時
同入正門殆隨
國書而入禮畢出宮則公使參贊固有區別西俗規模
亦殊斟酌日國當二三百年前跨有數洲南北花旗多其
屬土近則只有古巴小呂宋兩處積弱之甚日后持服
之誠撫綏之難驟見不禁惻然其宮門內外兵衛整齊

每過一門則有兩兵校持杖植立而外部諸臣免冠旁
侍氣象甚肅舊規猶在也日后接見後仍返行宮或曰
兵隊之事未竟云今日之英即百年前之日國運無常
在爲政者之能修德教而已朝官伴送余歸寓款以酒
果佳茗朝官許將各官住址單送覽以便拜訪朝官行
後晚飯畢偕希九至其宰相外部兩署照例投刺歸寓
草疏
三十日丁亥晴晨起美署包封江海關道補具文批即
批會之並咨復總署科士達代擬保護華人照會稿後

幅甚佳前段尚須斟酌申正偕希九往拜宰相薩嘎司達外部謨烈刑部馬爾丁內思海部亞黎阿思戶部布意克思威拉吏部類淵戛思的略藩部巴拉歸拉西類拉兵部戛佛拉副外部阿烏微拉英使佛而特美使喀而列俄使郭爾特恰果洛奧使都布士機均投刺僅於外部宅中晤德使索倫窪拉得云將歸國已辭日廷各部臣均赴行宮與日后籌商國事各使方騁游園道也日廷各部多仿中國惟刑部所決刑名仍歸吏部復核吏部乃不管升遷調補而屬之戶部就戶部內另編一

官部以典銓衡或亦理財用人事同一律乎車至兵部署門希九指謂余曰去秋兵變時總兵官被戕於此

三洲日記卷四

南海張蔭桓撰

閏四月初一日戊子晴蕪關賠款旣扣俸抵解即寄閻相國書飯後與仲蘭訂政咨札通稿申初訪各使並宮官馬得利將軍府尹投刺而返晤墨西哥教王兩使久談墨使到未逾年教使則參贊代辦是日賽馬之期觀者雲集車式華麗

初二日己丑晴進齋申報開用代辦關防日期未正訪法英兩使洋員麥治戎裝佩刀隨往爲法使作舌人始

知其曾受職富有寳星也日俗馬車有四馬連鑣五馬並駕者御者盛服執鞭跨馬前導車後又端坐侍役兩人謂之押車誠淚費矣希九謂曩亦不數見近因賽馬故多馳騁日俗僕役不准留鬚只准領頰微髭而已隨行一黑人諭令薙鬚頰有難色日都惟公使與各部院車能馳行中道御者准蟠金邊帽日廷加禮之一端

初三日庚寅晨起發包封酬應漸簡擬畧習靜閒步園亭花樹秀密琴齋言門外皆官樹有專司之者日俗極疲緩去年風折樹兩株屬令補種其應如響蓋種樹之

官爲優鈇城外有山園林木蓊翳伐以作薪歲入不貲云

初四日辛卯晴日俗以鬥牛爲巨典君相而下觀者若狂至其國者靡不寓目飯後偕同人往觀鬥場甚宏敞中作大圈四圍環坐樓高三層亦四圍環繞日君之樓房居中旁列則主鬥之首領餘乃隨意租賃余樓房適鄰首領承贈一單則所鬥次數也續又送呈牛欄鑰匙時刻既屆擲下鑰匙牛乃突出而鬥首領以鑰匙送呈亦請主盟之意余遜謝之首領手持電綫傳語至鬥場

亦猶戰陳之號令也初疑兩牛自鬥以角勝負豈悟人與牛鬥手持長槍騎馬而又渾身自裹鐵胷以有知之人敵無知之牛己操勝算且以多人持絳縵跳躍導牛奔喘而疲鬥者從而傷之牛之健者角傷馬肚馬垂倒而鬥者起矣牛或趨之則徒步諸人又導牛他走旋轉靡定鬥者鐵甲重裹墮地多不能立則羣起而扶實自立於不敗之地牛被數槍奔逸已乏又有手持短弩就其傷處插之愈插而牛愈奔氣力亦漸不振於是有持劍者出左手執紅方旗羣拍掌觀其試技其人對牛立

牛鬥疲而喘息乃急以劍從傷口插之插至劍靶者謂之能手人與牛鬥始而長槍繼以短弩終之以劍牛無不死者以此示武誠不解聞教王曾屢勸阻而日不悟每鬥一塲牛馬傷斃以數十計牛角劃傷馬腹剖腸潰血慘不忍聞牛馬傷重並向舊欄奔則爲圈柵阻矣或曰此種皆野牛別有一類其性嗜鬥一牛亦須三百金馬則純用疲瘦無用之馬日人謂此等馬以速死爲幸殆自文其殘忍而已日俗無貧富皆樂觀及刺牛倒地時觀者擲帽擲巾或金銀表以犒持劍之人鼓樂喧和

日人謂以此習武事云門牛之人衣飾皆金銀綫織成髮辮甚短

初五日壬辰晴查島委員寄到小呂宋督署幫辦日文一函語不及公而該員指爲公文之據華人不諳外國文字宜見嗤弄晡後英使來談力謂中英總應和睦法不能自强而謀及越南耗費不少所踞不毛之地得不償失舍近圖遠此自餒之道余謂各國形勢美最善處其國日富旣不肯耗兵力以窺鄰而鄰亦不敢以兵力壓之實爲久安長治之法惜其南北黨禍恐不免內亂

耳英使謂現尚無妨以人民少也百十年後其勢必分此時南省產米麪北省造機器北省之人以工器賺南省錢財將來國勢貧富亦復不一惟西省人最强項美當戰事孔亟所用銀紙西省不要西省仍自用銀圓美若內潰西方各省先自成一隊所論不爲無見晚觀馬戲技亦猶人惟有豢鸚鵡者白鸚七綠鸚二教之跳舞曳旗打鐘轉鑰鳴琴拉車打毬翻筋斗諸技奇矣復教之放礮皆得心應手鸚鵡能言乃其餘事

初六日癸巳晴慶藹堂爲法天文臺總監索映相陳敬

如爲車奴士機索映相均照畵之車奴士機收藏吾華銅器百種乃以倭器雜之雅鄭判然矣中供銅佛一尊亦倭物也遠道致此艮費力車奴士機映照全圖見貽今日爲外部見公使之期遣人詢之乃以病辭遂不往而將應辦各事備文遞之晡後瓜拉乖國代辦偕其弟來晤乃能爲英語久談而去鐙時微雨夜則淋漓甚透偕希九訪洋員麥治新居樓房兩層極寬敞入門有鐵欄粉石磴級樓上復有涼臺並不與人同住其樓下房主居之歲僅租銀六百元並非僻地租值便宜之至希

九謂麥治工於自謀

初七日甲午晴藹亭稟請轉咨劉芝使照會英外部准溪理察佩帶寶星英例英人如得他國寶星須呈明本國外部始能佩帶細譯溪理察英文履歷係由駐古巴英領事簽名何以溪理察不逕求英領事代達外部且中國既給洋員寶星該員如何佩帶不合再爲經營溪理察必求藹亭代請轉咨當係自求表異且非古巴英領事所管轄不便由其代達乎曩既面許卽予照咨可也又照會日外部爲藹亭子豫索准照晚赴美使之約

談至夜分美使已定六月十七日附英公司船返美顧余同舟遂將舟圖見贈

初八日乙未陰雨巴黎蜡筬園不戒於火傷百二十餘人此園極宏敞曩曾往觀所演劇爲小島女郎被强暴搶拐供賤役沿街彈唱乞錢有俠士憫之挈之偕行涂次一巨室少憩巨室有婦俠士之舊識也小島女郎初覩美麗之區遂試襲其衣飾爲彼婦所嗤俠士懟之女憤甚遽入後閣爇火自燔俠士急投火拯之出一時火光熊熊臺上救火之具紛集西劇之常技也不圖竟兆

焚如觀者四散其第一二層樓尙從容而出其五六層樓梯折人擠乃及於難有誤入架啡屋以爲有梯可下詎入而不能出烟氣迫矣巴黎戲園輒六七層煤氣電鐙光曜如晝而不思弭火患西人心計最密何見利不見害也飯後希九導觀樂器博物院内多古制刀乂箭鏃槍礮之屬又礮臺圖形甚多其有急就而可移用者則用茅竹夾沙層沙層竹亦足禦侮特無太平蓋耳内有德國所贈後膛車礮一口徑四寸四馬駕輪製作精巧有越南銅礮三鑄造光澤不悟越南有此佳製礮後

有漢字一行如環文義翼分略如鏡銘自左讀者曰嘉隆十五年歲次丙子吉日自右讀者曰敕封討逆大將軍三十八位第十二共廿六字第十九第二十六銘語同均凸字礮身鏨以文曰歲己未四月二十九日御駕討僞西六月二十四日攻下歸仁城盡獲戎器銃口班師嘉定收所獲僞銃鎔化鑄成共四十四字陰文又小鐵礮三磨鍊如鋼礮後亦環鑄官兵攻破暹虜所獲八字其他漫漶莫辨若能拓揭則均可識也嘉隆爲越南何代國號李申耆紀元篇無可考所謂僞西不知何指

歸仁城係越南地嘉定卽今之西貢也土名柴棍徐氏瀛環志略亦未紀其事暹虜殆卽暹羅攷嘉慶三年阮福映表文有戊午年始自鄰國旋師先復嘉定康順等鎮己未年水陸並舉克復歸仁城凱旋遇風漂入廣東云云支干地名均符閱此數礮似越南盛時武備仍可觀也其樓藏有越南中軍中隊旗一幅主者云戰勝而得與諸礮同詢其年代乃忘之竊意咸豐戊午同治乙丑越南兩遭法患或西班牙亦附和於其間也旋觀禽獸苑一虎五熊有似鹿似駝之物其禽鳥皆死後愛其

羽毛以西法藥之如生爲類無幾並非珍異別儲小呂宋活鳥數種將以賽會亦非奇品只翠鴿數頭略異耳有嘉路第五房闔間隔甚佳隨往新書院觀油畫無甚驚人之筆是院費數百萬經營垂十年

初九日丙申雨訂正照會外部稿爲小呂宋設官事律師霍蘭特來晤約觀大博物院及城外諸名勝諾之晚觀馬戲大雷雨有西人豢一馴象能度危橋狹不容趾又能踏十二酒樽亦有豢鸚鵡黃鸝者奏技卻不甚湊拍末有稗女三八登臺擊木器成音而有節奏其木如

筒四管接續上下兩層經緯壘置西人以爲古樂其實

八音之木中土至今仍爾也

初十日丁酉陰雨美使喀而列約觀議院申正先至下

議院有特設公使出入之門軍兵站立甚肅美使引導

拾級登樓至使者公座俯瞰墀子掌院者居中高座旁

兩人其副也後有小龕上罩金頂下垂絳縵有戎服軍

校夾侍殆君主之座敬如在之意墀右一案爲各部大

臣之座蒙以藍絨以别於諸議紳也是日之議爲老弱

各兵籌廪給兵部倡論氣似憤憤議紳送難者一人掌

院座前有方桌四人分坐各執筆書記樓上下聚觀者數百人掌院以余初到特餽糖食旋往上議院規模仿佛所議爲官銀行事議紳在座只十二人一人倡論連編纍牘約舉英美法官銀行章程以證日國亟應爲銀行設法保護坐無應者戶部參贊續論一遍氣足詞和視下議院之兵部異矣各部臣於上下議院每日分班輪值與美例別美之部臣不能過問議院事也又議紳有定員而無歲俸有永遠不換者有君主特派者有公推者此亦與美不同掌院遣員紳請余遍觀院內房室

有油畫一幀絕佳有毛織成畫者數幅亦極工緻其藏書之室則上下四圍以鐵圍之牕欄槅子無一非鐵既避潮溼且免火患詢之守者費僅三萬餘元閱竟出門晡日忽晴美使返寓余從馳道歸濃雲又翳雨意未佳十一日戊戌晴飯後霍蘭特導觀博物院爲日王舊園所儲古物甚富其石製矛頭諸器則西人未有知識以前之物石象亦多逾千年所儲埃及文字略如巴黎又日王自用洋槍一杆滿鑲紅綠礦石華贍勝於法衡以軍中之器不能顧名思義矣錦繡木雕象牙諸器並

奇古有樓房屈曲相連專儲金銀銅鐵錢搜羅殊廣所藏即墨刀齊刀金錯刀皆贋物安陽幣大觀錢卻佳器也有康熙錢一枚外郭鑿七截詩云花枝鏡裏百般妍終讓才人一著先天只生人情便了情長情短有誰憐語非莊雅當係采蘭贈芍之物曠夫怨女之詞吾華卻罕見不識何由得此又八駿錢壓勝錢亦足備一格繞至東偏專儲各國器物有紅桼神龕一座聯曰財恆足矣寶藏興焉恆字闕畫疑明朝物也有焦秉貞耕織圖著色刊本有永樂三年墨兩盒壁懸清明上河圖縮臨

本其衣冠齊整者則廣東將軍閱武廣東藩司收擱輿
呈子繪畫尙工叉鐵畫四幀鐵色光澤西人珍惜及此
亦難能矣其所製文武官像則俗不可耐披執一像猶
不大謬朝珠補褂之製非彼族所知也有銅關防一顆
鐫嘉定提督關防六字此越南物不知何時擄來此外
吾華樂器象牙雕鏤花卉花毬及玉竹雕桼諸器非近
代物也窮半日流覽徐步不覺二十里其主者年八十
餘殷勤備至晩得香帥電小呂宋總領事即派余璹以
資熟手並請主稿會奏經營各事悉照前請云余方照

會外部適得此電則逕填領事銜名索准照矣

十二日己亥晴竹篔書言有華人兩名在美帆船傭工值滿船主不照給工錢船抵哈畫華人訟之法官船主訴諸美領事將華人拘留慶藹堂告法內部與美領事辨論美領事謂法美和約美領事在法口岸有管理船隻水手之權法無從致力兩華人亦經美領事送回鳥約云卽電希粲查該華人何時到埠

十三日庚子晴本日四點鐘至六點鐘外部見客之期偕希九譚粲兩繙譯同往同使先到者十二國外部接

見向以先後到署爲序各使亦藉此聚談義使德代辦可崙比亞使均就余長談後至者爲奥使余晤外部略謝其轉奏日后接見之速並言小呂宋新設領事願速發准照從前古巴初設領事承派大臣伊巴理前往招呼古巴總領事開辦極爲順手此次小呂宋開辦不必特派大臣前往但願切實致小呂宋總督一函屬其幫助領事辦事外部謂總督固應函託更有稔交得力之人亦爲致書必令領事易於稱職大可放心余告以現派之余瓗係查島委員與小呂宋總督熟識且曾任長

崎領事於兩國交涉之事必能克敦睦誼亦請外部放心外部欣然謂准照不難簽字只要該管司員辦妥便請君后照行也余又言去年臺灣道拯救小呂宋遭風難民此係地方官應辦之事乃勞貴君后屬代奏謝彌佩厚誼當代具奏已奉

批旨從此兩國邦交益固矣外部問小呂宋繙譯爲誰余答以中國諳日文者少現尚未定外部謂就地挑選當復不難余領之

十四日辛丑晴英船公司電預留第十號第二十五二

十六號各房請示復即照定明日匯價取票日例各使到國多爲公會以便與該國當事諸人及各使者習熟亦略送土儀余與希九商定十八晚公會已發請帖復檢隨帶茶葉顧繡等物列單分送外洋酬應實費於吾華也批飭金山領事將洛案損失數目及領過銀兩函告粵省愛育善堂香港東華醫院登告白以免遺誤美署函言日內無事美都操兵盛會美總統請各使者往觀氣候漸熱寒暑表八十三度

十五日壬寅芒種晴商務總辦米阿斯來晤論及小呂

宋設領事爲條約所不載此爲藩部專政恐難照行余答以條約亦並未聲明小呂宋不准設領事米曰然特華人久受甲必丹管束若中國設官轄之恐多不願爾時必生事端余答以華人斷無不樂隸華官治轄之理且中國口岸均准日國設領事小呂宋則各國皆設領事而獨拒中國其理安在米云此係條約如此余謂條約第一款兩國商民彼此僑居均全獲保護身家明係公法彼此報施之義豈得爲日國設領事在中國爲按約中國設領事在日國口岸爲違約耶米云華人在小

呂宋五萬餘論丁口則已占十分之四余謂中國即設領事決不礙爾政權且觀古巴自有領事以來爾國政事有貶損否米云古巴不能並論究竟中國要設領事在小呂宋是何意余答以華民衆多若不派領事前往似對不住百姓招商局輪船亦欲前往載貨以拓商務米云華人現甚安居樂業無待華官爲之保護中國商船前往轉於華人有損此皆查島委員具報不實中國因有是舉余謂查島委員所報皆實已照會外部矣且該島日官曾與委員商招華人前往墾荒米云必無其

事或某官自便私圖耳余曰新架坡無約而中國亦設領事英國並不阻止米云新架坡華人情形不同辨論甚久余不稍讓米云此係朋友私談並非公事外部藩部如何意見我亦不知余曰然今日之話不足芥蔕前日外部所談乃爲眞耳米遂辭出徵窺其意或外部已面許確實不能轉圜將假藩部爲宕筆因令商務總辦先來探聽未可知也或米阿斯從中作梗示意攬權余於外部面許之言及華民求設官之稟均未提及且看外部復文何如再酌晚與希九詳論其事重檢英日各

約寅正始就枕垂成之事遽生波瀾殊悶
十六日癸卯晴外部咨取古巴領事札文因將小呂宋領事札文並譯送白耶敦約觀兵房不果往有園林爲善會者晡後赴之希九爲小呂宋事往詰米阿斯不遇轉告白耶敦爲之開導諧否未可知也美署書言華童步蘭敦尋得本生父筆跡爲廣東澳門人名蔡阿桂小名阿多此童有志竟成天性甚厚曩因其耳病曾贈三十金醫治或當不聾蓬雲文稱新安人周三滙誘騙華人六千至巴拏馬開河陷諸瘴癘請咨粤查禁

十七日甲辰晴發滬粤包封日署已故洋員麥治鄭光祿會爲奏請二等第三寶星總署頒到執照而麥治已死乃兄接充日署之役因將寶星付之屬交其妻子亦云厚矣乃兄更求卹賞誠無饜也麥治死時業賻卹五百元何可再爲陳請洋員之難用大率類此晡後薄游王宮外園林幽翳清迴遠望培塿下臨方池水已涸矣有平房數椽日君水嬉之地又里許有小河岸壖一人垂釣有石磴層級以便上下日君於此習駕駛船隻就水建屋四面牕櫺卻不華麗前年日君阿方疏第十二

挾女侍臣冶游置劍門外軍校守之日后飛騎至覩劍不能入詢守者曰我能入乎守者曰殺我則可西例君主之劍在門無論何人何事均不得入也后言稍急日君已慮其來復聞其語窘迫無地亟敵𢠸縱女侍臣逸去自闢戶與后爲禮后憤甚手槍擊之不中自擊亦不中日君急切勸慰后決意大歸卽往奧使館諭奧使保護回奧后蓋奧之郡主也日君轉求與國親故調停盛禮迎之回宮卽今日壘續居攝之君后也阿方疏第十二英年嗣位政極仁明幾將返弱爲强卒以女戒不謹

遽殞於邑日人至今悼之而於日后尤愛戴特黨禍未息國用日絀猶危局也去年兵部衙內亂黨戕一總兵官黨魁𡁻阿襟罷捕獲已定死罪其女馬利亞披髮徒跣日跪於宮門求以身代遂減死戍邊馬利亞殆有緹縈之風

十八日乙巳晴希九布置公會滿屋堆垜花樹香豔青蒼又於樓墻四圍滿綴煤鐙遠望如繁星略如日宮之式小呂宋設官一事米阿斯若必挾條約爲言余亦以條約與論約內第四十七款中國商民至小呂宋貿易

應與最優之國一律相待此明文也而日官所收身稅路稅自丁卯換約起至甲申共十八年該島刊發新例止共征華人銀七百零七萬八千一百六十一元二角四仙專征華人每人歲納九元六仙甲申後乃兼征西人每人一元五角華人則四元五角計至丁亥共四年又長征銀五十二萬零八百三十六元又路照一項西人每征四角五華人每征則一元二五又須預納一年身路稅無理之甚即與西人比較將四角五除去實長征華人八角自丁卯至丁亥廿一年共銀七十二萬九

千一百七十元四角預納之身路稅猶在外也路照諒非盡人而請此項姑爲約之耳又每華人歲征醫院費二角五仙甚微自丁卯換約至本年廿一年共征銀二十二萬七千八百六十五元七角五仙此項與甲申以前之身路稅均係獨征華商甚違一律優待之約此中人數就去年正月至九月數目共計華人四萬三千四百零三人逐年清計尚不止此數也電詢科律師以索償已往禁遏將來辦法日廷若照約辦理則領事設否無不可耳晚十點鐘客來不斷藩部兵部海部外部商

務政務頭二等朝官上下議院掌院及同使諸君並至
日出而散法使乞假斗蓬禦寒俄使謂於此結懽即貽
書駐華公使以證兩國之好英使最後散有南墨洲阿
天拏公使與洋員麥治口角徵嗔訴於子剛爲之和解
前駐吾華日使薩斯寶舊識也循例招之承允來會不
果
十九日丙午晴午後白耶敦來談以小呂宋設官一事
已詳託米阿斯又代約藩部會晤之期爲謀誠忠矣晚
得署電檀香山女弟告逝應電奏請

旨慰問當復請代奏飭遵總署於無約之國如此鄭重
回電當速
二十日丁未晴科律師電復中日換約後日國濫徵華
人各稅不與西人一律者大可索償洋員麥治詢此案
辦法當令重檢案牘譯述一遍此事商辦七年矣當委
員查島時已聲明查明後卽設領事而日外部密戛照
會准藩部文稱奉國家諭旨行知小呂宋總督接待證
之西例日已默許矣若據約辦爭當於委員查島之時
不當於外部面允之後晚赴白耶敦之會并將此意告

之屬轉語米阿斯以杜其詐
二十一日戊申晴氣候漸熱可御袷衣接滬粤包封希九月留俸薪百金養家總署自本年三月起准咨照辦三月前仍係赫德代支而究從何月日支起署文未詳只可轉行希九具復午後米阿斯來謝公會并及小呂宋之事謂前允委員往查並非允設領事希九告以若論條約我中國亦有許多詰問之語公使久已預備此事究竟如何請速復米唯諾而去余不願再與折駁特令希九見之且亦希九舊交也晚九點鐘美使來談與

論及此並述外部面允之言及前年同文之據美使謂外國設立領事不盡登之條約米阿斯所言直影響之談機局如是宜爲文速之否則延宕無期矣叩以荷蘭文字美使謂彼國別有一種方言頗難了了大約公牘用法文則無不可詢噶拉巴有無美國領事美使曰有隨與訂定返美之期閱申報至一點鐘就枕竟夕不寐二十二日己酉晴白耶敦來言米阿斯阻撓之意實慮中國設官後呂督不便濫徵華人國用歲闕數十萬又呂督赴任均費重資營謀下車之始輒得陋規十餘萬

中國設官則局面頓改微聞外部藩部均不明阻但拓
爲宕局
二十三日庚戌晴滬局包封李傅相寄到祕魯華商違
安公司好義樂施扁額并允奏請岡州會館扁額蘇撫
崧振帥咨復前參贊蔡國楨外獎飭司注冊
二十四日辛亥晴進齋書言美總統於本月五日挈婦
外出游釣美署無事檀香山董事程汝楫等稟訴檀政
苛虐請予立約并咨粵中查理華人僑居絕域咸不相
安檀島亦須訂約載書充棟矣當咨粵督并行金山領

事函布香港東華醫院查明自港赴檀是否每船只載二十五人再籌辦法酉初雷雨逾刻即晴微有涼意日后回都希九商往迎迓問詢各使惟奧使往后爲奧人也外此多不往余亦從同查島委員稟述所查荷屬日裏及柔佛國兩埠爲原奏所未載又般鳥雖奏而華人不多似可不往現赴雪梨諸島往返需三閱月請展期五六個月等語當咨粤督轉咨總署該員所查加拉巴三寶隴泗里末三埠情形甚詳所稱美斯甘庫華人遺產千數百萬不知憑何記載徒令籌海者廑望梅之思

耳所請就香港汕頭設護商官局給發自願出洋華工照據自用工頭招工以杜拐販仍慮不免流獘姑候査竣再商南洋羣島華人百數十萬未能遍設領事保護苟聲息亦復隔閡微特拐販滋害亦非所以示體恤
二十五日壬子晴日國油畫甲於歐洲當拏破崙盛時曾攫入巴黎續經日國索還仍置於舊畫院院樓上下共十四所滿壁油畫並有生趣仍不及上議院西壁一幀爲佳樓下銅石像甚古有銅象一枚高約尺八寸背鐫埃及古文殊清晰惜不能拓其用五寶鑲嵌花草鳥

獸人物爲桌案皆數百年物工巧絕倫又以碎石嵌作山水樓臺及美人像宛如油畫之有陰陽向背名曰摩西掖乍覩不知爲碎石也有鉛筆畫稿一幀絕類蘇仁山手筆院內無熱氣隨意縱覽歷未申酉三時院例自九點鐘至四點鐘開門公使往觀則無拘時刻然守者伺應紛然亦厚賞之返寓少憩訪前任小呂宋總督訶比耶詢小呂宋華人數目訶云約六七萬人其娶土婦孳生者約二十萬人不在僑民之列土人約七百餘萬人總督兼管兵事有巡撫一員有事則與巡撫及地方

官商辦詢以華人每年身稅路稅何以與別國人參差
詞云徵聞徵收稍多皆以華人獲利較他國人爲厚所
徵均充國用别有專司之官驟難詳述也示以藩部所
查華人數目清單詞謂不止此數當屬代核承許明日
三四點鐘來談又告以華人去年在小呂宋遭害之案
甚多皆爾去任之後外部不知如何查理詞亦嗟歎不
置且謂華人在小呂宋於日國有益與米阿斯之言異
二十六日癸丑晴前小呂宋總督詞比耶來談攜示前
年刊本一冊俾查華人僑居實數與論中國擬設領事

究於華人能保護否曰國政權有干礙否訶云前在總督任內詢之華人董事謂此時總督明白且事事優待則領事設否無關緊要若總督非其人則究願有領事以爲保護也余謂領事各有分際萬難侵奪地方官之權即如現在英法美諸國均有領事設遇該國商民事件能不歸日官辦理乎中國領事權利當亦相同斷無礙於睦誼訶謂我亦同此意華民有領事管束有事則地方官與領事官商辦豈不强於董事哉但此領事宜愼選廉强堅定之品庶爲有濟我若在任可以相助此

時各部首領當有一番斟酌因告以外部謨烈面允之言訶甚喜且謂主腦在外部其他枝葉也設有辨論幸毋述鄙言尚可暗中爲力余謂旣荷詳達各情豈可宣露轉若舉以爲證者乎訶唯唯而別西諺謂搭縛非士譯言兩面光也昨觀畫院有竝頭石像詡之守者曰此兩面一眞一假識者當能辨別因悟搭縛非士之言卻有所本外部知會日國長公主明日三點半鐘接見又日都公家花園初啟扉函約觀覽內有園亭音樂小呂宋物產孔雀翠鴿之屬桃橙梨諸果黃水仙粉紅山茶

鶴頂蘭諸花磁陶器皿又小呂宋土人半黃黑頗類華種西人每誇屬土若日國近狀則止小呂宋與古巴而己宜有今昔之感

二十七日甲寅晴日國長公主意沙畹亞中年而寡仍居日宮日王阿方疏旣逝日人欲擁戴以攝政公主固讓日后而仍參決國事亦接見各國公使昨准外部來文遂偕希九仲蘭涵生震東子剛琴齋同往由後宮門下車歷石磴繞至宮廊二等朝官立候於此導引經數偏殿乃至燕見之處讓坐而不握手寒暄畢略詢冠服

儀制及前日公會之盛子剛一一代答之少坐辭出候
見者踵於門不知爲何許人各不招呼朝官伴送至後
宮門而返涂次頗熱宮內則暑氣不侵也是日爲外部
見客之期猥以小呂宋設官事未定特令希九往促之
易於措詞外部果以藩部作宕而仍自任安排妥當但
祈寬以時日并願下一禮拜訂期會晤希九詳記問答
此中波折誠難卒辦晚在白耶敦宅晤米阿斯余未與
言米乃潛告子剛以此事曾盡力相助可望有成或亦
隨口飾詞耳究不便絕之遂與訂明日五點鐘往談又

告白耶教無庸與藩部約晤恐其避嫌也藩部齟齬之故殆以小呂宋地方官稟牘屢屢以中國設領事爲於該島有損無非爲違約濫征起見即不設領事其終能濫征乎彼亦徒顧目前而已

二十八日乙卯晴湘浦書言查賽之役祕國總顧派一諳華語之人同往物色甚不易以故遲遲又誘拐華人至玻非利亞國傭工之葉騰友已獲案格於祕例不能痛懲即函復以酌託有約之國公使領事代爲照料寓玻非利亞之流傭并告以赴祕之期及署奏減俸各事

五點鐘訪米阿斯所言小呂宋設官事若迎若拒乍合乍離與論一時許乃得其隱謀實慮設官後不能違約濫征華稅伊國歲闕巨款藩部所由爭而呂官假公濟私亦多不便此種猥瑣之見白耶教會言之矣當告以日國之能濫征與否不繫乎領事之有無若藩部躊躇在此可由外部與我明商若有損於日而無益於中我何必如是勉强米又舉條約爲言余告以條約第四十七款專指小呂宋立論爾會領會否米語塞乃爲譓詞以答余將與謨烈面晤特微示之意

二十九日丙辰晴昨又徹夜不寐早起得粤電改派王榮和充小呂宋總領事仍屬余主稿會奏當將現在辦論情形復之既經照會豈能遽改且此中棘手香帥未悉也晡後赴王宮園林納涼遇王子車導從甚都歸途遇長公主車則如尋常游人耳

五月初一日丁巳晴本日爲英后域多利得位五十年之期英使科而特爲會以娛賓自申正至戌初熱不可耐坐客如雲跳舞廳既不透風尤難久立日國長公主意沙毗亞與英使共跳餘則隨意爲之英使應酬紛如

僅一握手而已歸涂遇日后與王子同車不設儀衛彼此一點頭后爲奧國人體甚羸弱有病不服日醫之藥仍自帶奧醫因前數年有君后中毒而殞有鑑於是特加慎云

初二日戊午夏至晴熱甚發瀉粤包封後乘車一游遇鬥牛人返喧歡於涂日俗以此爲最樂寠人雖典衣往觀亦甚自得日俗雖貧弱而絕無僞銀僞票此爲難能公家花園今晚啟扉遥望鐙光如繁星叉於高樹茂林遍挂五色紙鐙高下掩映成趣園有小瀑布上懸電鐙

深夜仍有水光瀑布之側有黝洞深下逾里觀者出入有定程不能紊也園中設音樂兩臺以備游人憩聽入者人輸一黨屑達郎一角子其數甚微合之則巨公使持請帖往可不破老慳義葡高法各公使參贊均相遇

初三日己未晴給外部照會約訂會晤之期琴齋譯出英文付麥治轉譯日文中西文字不同辦事總難迅速晚遇白耶敦於園中略述米阿斯前月廿八日之言白謂米之性情狡獪諺所謂佛口蛇心者姑聽之而已明日爲樽神誕西人預於今夕相慶兵部署前游人極盛

鐙光烟氣蓊然
初四日庚申晴晨起西風微凉得總署初三日電本日
奉
旨夏威仁國主女弟逝世著張蔭桓傳旨慰問欽此當
即欽遵錄示檀使轉電該國洋員麥治言日國領事條
例小呂宋一島不能獨拒中國當令遍查日國征收小
呂宋華人稅數藩部司員允令禮拜一往閱其他書坊
殆不可覓因復電詢科律師或有存本也晡後訪訶毗
耶談小呂宋事極承關愛又出示手記華人數目深以

米阿斯之言爲妾屬與謨烈相商其樓居寬敞導游一遍入夜而返飯後觀馬戲奏技猶前其較異者一人挺立縛帶於腹上承長杆約二丈杆端橫鐵棍約五尺其二人緣杆而上就鐵棍作耍轉身跳躍或兩手或兩足或一手一足相挽或一手一足蟠杆而橫曳懸挂承杆之人屹立不動橫空盤硬語妥帖力排奡意象似之少頃以紅布蒙一大礮四圍作城牆式以遮蓋之轟然一聲一人從礮口躍登懸空之架相距逾丈

初五日辛酉晴端午節循例放假洋員麥治詢掌故琴

齋略舉汨羅江事告之麥治以爲不合天主之理麥治蓋信教之尤者每乘火車抵埠必頂禮天主保其平安及抵客旅必沐浴至教堂誦經乃食自言廿七歲後操行無改誠篤信矣進齋書言美人福荷爲祟朝鮮奉北洋電屬商外部撤回虬蝮首肯云卽電復之并屬晤檀使詢以傳

旨慰問之電何時奉到晚九點鐘美使來談至十一點鐘與商去日辭行儀節

初六日壬戌晴科士達書言中日條約第四十七款專

指華商而言如其濫徵華商苛於別國商人卽應索償但此款並未包含別項華人除華商外似難過其免徵惟第五十款中國允待日國人照最優之國相待則日國待華人亦應照最優之國一律不應加納稅餉云猶持公法報施之義也晚得竹篔電洪文卿出使俄德奧和曩在巴黎竹篔曾言文卿日習英語志在遠游余不之信不悟有志竟成昔之視爲畏途者近則樂此不疲風氣爲之一變

初七日癸亥晴午後答拜德使日紳拏娃露返署得外

部照復古巴馬丹薩准照遝發古巴總督轉送與美例稍殊卽電詢古巴領署

初八日甲子晴訶毗耶來談攜閱光緒十年小吕宋官報因留交子剛繙譯其與華商所稟合者只身稅晰分十等一例其路稅一條尚未譯得也華人見客以摘眼鏡爲敬西人見客以摘眼鏡爲慢意謂不願見此人故不加鏡相視雖臣民見君主短視者皆帶眼鏡中西殊制此其小焉曩見有平列酒瓶十二豢象跴行者訝之晚觀一英人豢象能令倒行十二酒瓶又能令以鼻捩

機以足踏琴柱其一象足繫銅鈴旁立而跳宛中音節又教以搖鈴傳餐額下預挂布囊豢之者予以麪包隨食隨搖食竟以鼻探囊撮洋錢二枚置於磁碟鏗然而散唐宮舞象之戲不知何時流於海外

初九日乙丑晴總署美字第六號書頗嘉墨西哥索洛款以爲功德非淺又屬妥訂約款以保華人生計得李仲約書論小呂宋設領事仰給華商之弊又慮領事權利有限威令不行可謂見道之言昨令麥治購日國例本費將百金日署存此等書有事可資考證麥治言日人無

信面談不如筆爭因就鐙下草一照會稿先譯英文

初十日丙寅晴進齋電言中國准日國設領事日國不能不准中國設領事駐使有派設領事之權不繫乎成約與否此就公法空論焉已至謂注重外部迫以踐言卻是正辦又電稱北洋飭雇鐵路華工十數名交陸永全帶津請酌示當復以雇之金山與訂合同墊水脚陸永全洋習可惡能痛改當令帶去否則由梁領事派定工頭備文冊遝令赴津頭朝官知會本日六點鐘日后赴公家花園看視小呂宋物產函請往赴各使先後至

高蓋玻璨殿中列兩座爲君后君姊左右環列公使諸部臣之坐屋中花樹皆小呂宋之產又有男女十數分立階下有裸體文身頭插鳥羽者小呂宋土人也君后偕君姊如期至樂作登座有宣講官朗陳一遍誤將彼國世次顚倒殊不稱職講畢君后起立出觀會場各物會中篛篷板屋皆小呂宋之式八點鐘散

十一日丁卯晴晨起重閱中美約款略節稍爲增刪又小呂宋設官事麥治代擬照會援據明晰亦略爲增刪令其自譯日文明日面交謨烈晩赴花園晤可侖比亞

代辦公使言巴拏馬招華工開河事余告以華工往者多斃故視爲畏涂鄙意亦不願華人前往也古巴復電各國領事准照皆由總督轉送前因開辦之始特在日都候准照發出乃行

十二日戊辰晴外部函布今日無暇見客昨擬面交照會麥治慮將己意盡露不如仍涵渾索其准照麥治又代擬一稿不逮前稿之切實余又爲增刪之今日氣候甚熱外部眷屬入山避暑來署辭行余亦往送彼此皆投刺無謂之應酬此類是也晩訪侯爵萬沙道樓居宏

敞陳設華貴內有珐瑯一器的是華產

十三日己巳晴晨起西風仍不袪熱檀島華商唐舉以七萬五千金爲該島包烟稅爲島主所賺稟求申理此事春間曾見之日報檀使阿楯亦以爲愧而該商以數萬巨貲如此浪擲茫無把握可謂利令智昏矣姑告檀使能否索還未可必也曩飭希梁代傳相與余賻贈格總統鮮花鳥約新聞紙並誇頌

十四日庚午晴擬致外部一文索准照告行期固知不合西例麥治亦云然遂析爲兩紙麥治將操鉛筆乃請

加俸薪歲五百金謂乃弟在時本有此說英德兩使館洋員薪俸較伊皆優云日署事簡此來乃因小呂宋事與外部有照會往來麥治藉此索錢殊可鄙不知希九當日與訂合同何所取義已將文卷鑰匙盤踞四點鐘後檢牘則洋員將鑰去矣洋員之難用如此美使明日兩點鐘謁辭日后後日成行本日爲華盛頓得國之日美都懸鐙火以誌慶美使於此升旂而已晚得外部文言小呂宋各案華商輕事重報又言日后將議新例爲各國領事而設現已刊印當呈送云似係通行之文而

小呂宋設官一事似答非答可云巧矣仍就前文附致
數語促其准照
十五日辛未晴晨起微涼山東礦局屬覓井底華工三
名隨美礦師阿魯威士回華適復美署函即令轉告蓬
雲辦去開礦用洋匠實糜費宜多招金山華工中國礦
業漸開華民歸求有餘無須謀食海外誠大快事余固
不憚煩瑣而贊成之
十六日壬申晴湘浦曩商祕外部酌派妥員偕林莫爾
繙譯查糖寮外部乃派蘇利前年詭謀招工爲進齋所

斥者也湘浦不允乃改派參將愛斯哥巴已甚煩辨論
祕總統復諭准該參將向寮東每華工一名索費四毫
以作盤川祕政之謬亦可見矣祕署寄呈客歲與外部
問答往來文件具有條理當彙呈總署此環球使規而
中國則創行自余不過稍費筆墨中外辦事可以共證
英俄近爭埃及大有違言英與土爾其約兩年內撤兵
及防兵然有事仍派兵前往保護俄不以爲然聞土爾
其已晝諾矣午間美使扶病來別約會於倫敦告余以
日廷新議各島領事之例已見官報卽屬洋員檢之得

廿五款該員日看新聞紙何熟視無覩耶
十七日癸酉小暑晴日廷領事新例譯就屬麥治校對
該國領事條規刊本有無異同麥治叉貢議裒集日國
苛待小呂宋華人諸款之有實據者照會外部以迫之
此等事余已博訪逾月亦擬定一稿俟晤謨烈後再繕
送耳日廷近因黴威符省苛征食物稅名曰城稅民心
不服因而生事日兵彈壓捕獲數人不知如何了結日
議院已於十四日散議古巴舊案日有應賠美國之款
日后已批令議院議賠迨散院而賠款仍虛美公使焦

急之甚此與余去年在美情事略同使事之難中西一轍也前年粤中水災駐祕華商經劉偉臣募捐六千餘金美祕使署均無案行令查明捐生姓氏以便咨粤給獎以免華人觖望昨劉領事函稱陸續解往香港東華醫院承寄回徵信錄百本請咨粤余客春在粤蕭杞山方攝粤藩工賑未竟何崑山建議請提東華醫院捐存之項港紳大不謂然崑山幾爲衆矢之集祕魯華商捐款是否分解愛育堂抑全解東華醫院劉領事經募之人總應詳敘豈能漫無根據貿然請咨當飭切實查報

華人捐此巨款粵中大府并不得知故扁額亦闕余去冬集捐直賑遂大費力

十八日甲戌晴外部謨烈約今日六點鐘會晤遂偕希九子剛琴齋同往并攜條約及該部因小呂宋設官事臺次回文又小呂宋官報督署歲刊征收華人稅冊議院前日新議各國領事條例以備折辨乃謨烈絕不提條約力言國家甚願意我亦願意但藩部以土人不願爲阻與我意見兩歧現正躊躇撮合遲數日當備文知照再請晤談余告以小呂宋設領事實於日國政權無

損日國領事權利具載新議條例中我已得閱議院報本謨烈旋取閱一遍仍允妥籌報命但屬明日不必往談恐旁觀疑猜余答以既承肩任明日卽來署亦非僅迫因行期在近欲多晤面耳問答甚長另譯記晚晤白耶敦略告以謨烈准情酌理之語視米阿斯迴異然米亦不作梗矣便希代謝之白以爲必諧

十九日乙亥晴電李傅相述小呂宋事請轉屬日使助力并告以鐵路華工已飭美署妥雇午後重訪謨烈詢商謁辭日后之期謨烈允俟今晚入宮赴讌時代爲陳

請隨告以小呂宋事昨日詳談今日之來并非催迫如
能於未去日都之前見復固佳否則代辦可代經理至
土人拒阻之說日係君主之國似不難禁遏謨烈謂現
在籌商數禮拜後可定此十日內當先布復大略情形
甫出門卽接一照會日君后君姊訂於廿一日兩點鐘
接晤係副外部畫押謨烈竟爾不知或亦各有專司乎
二十日丙子晴滬局第三十號包封內署閏四月初四
日無甚要件而號數顛倒此間已接到四十二號矣教
王公使昨遞國書日廷待以頭等教使遂不拜客而貽

書知會午後訪之略如吾華世味極深之和尚與談羅馬古蹟尚能解頤日廷供奉殊優使館一切皆日代備又軍官持槍守戶客座之外對立諸校狀如日宮之儀但盛服而不執戟客來去皆頫首迎送禮貌甚恭所以奉教者至矣聞阿方疏第十二未立時國人旣逐其母擬別求君教王不允阿方疏第十二遂得立卽位後教王問何以爲報阿方疏答以從此眞心信教矢誓不移教王大樂所謂入者主之出者奴之未若是之甚也英太子薄游於此日君后旣讌之矣英使復爲公會折柬

相招余偕希九震東芝山赴之甫登樓俄使潛告曰上立者英太子也英使隨來介紹握手述及前游中國極承優待又言現當水師兵官故能游歷叩以威妥瑪近境及中國所製戰船不甚了了蓋久駐海疆也英以水師雄於歐洲卽王子亦躬親其役宜其講求日精英使爲余介紹後卽導芝山與談謂係中國紅帶子有加敬之意日之宰相及各部首領各國公使均預會蠟鐙如晝牕簾並下熱不可耐

二十一日丁丑晴早起聞蟬未初偕希九震東子剛琴

齋往見日后由宮門歷級至偏殿案上有一紙書明本
日兩點鐘接見中國公使侍衞各官見輒頓首爲禮少
頃朝官導至偏殿日后候於門余趨前令子剛譯述返
美之意又令震東爲英語述之日后分別答復詢何時
回華仍返日都否答以使差三年乃竣明年有暇或當
再來日后隨呼兩公主出見詢中華冠服之製兩繙譯
敬答如禮隨辭出繞數殿門方見君姊問答略如日后
又願敬聞
今上大婚之期語甚得體畹得外部照復希九代辦之

件此卻爽快非若呂事之費力

二十二日戊寅晴晨起檢歷次與外部譔烈問答節略爲書致總署北洋粤督酉初大雷雨氣候略淸飭僕從檢點行李古巴領事稟言學堂規模漸立學生共廿八人教習甚認眞前日譔烈商習中學余曾許以如果日人欲習漢文可於古巴附學譔烈總以日都設漢學爲急於屬島則有門戶之見矣

二十三日己卯晴日外部接見公使向以到署先後爲敘德使坐候久矣教王代辦至外部乃先見之德使憤

甚與外部總辦論辨謂教王雖尊而代辦不能駕乎公
使之上遂不見而去檀香山董事公稟求索追檀王騙
吞華商巨款及請咨粵中查察華人來檀護照美日祕
三署已極繁冗益以檀事殆難肆應
二十四日庚辰晴滬局遞到第四十五號包封摺
批三件欽遵咨行李傅相函詢駐日約幾時當電復以
小呂宋事日使能圓去冬之說否候回電定行期
二十五日辛巳晴觀獅子戲三雄五雌共圍一鐵籠橫
約二丈縱半之豢獅者聳身入籠持鞭與戲爲紙圈使

跳繼以火圈獅跳而吼觀者咋舌豢獅者爲英人身受六十八傷不知幾費撫摩乃得馴擾如是日例豢猛獸若令逃逸則豢者論死一獸偶逸所傷不止一人律甚善也前年有獅逸於吏部署前豢者涕泣追之幸未傷人招之復入圈其時行路之人驚仆者多矣日人談之猶色變也今觀八獅毛色純黃與吾華所繪頓異雄者尚能彷彿

二十六日壬午晴函告謨烈訂廿九日五點鐘會晤巴西王明日可到一宿卽行不見客因肝病藉游歷以調

之故不願應酬余亦不往見
二十七日癸未晴子剛所撰古巴雜記請代呈總署當重與釐正巳初傅相電言前電署未復恐未晤日使藩部阻似宕局
二十八日甲申將曙忽大雷雨逾時涼霧氣候頗佳有日國派赴厦門領事卑利拉持外部文憑乞余署名亦尊敬修睦之意行將去日略攷日國輿地政俗情形東南屆地中海西屆葡萄牙北屆法蘭西以北壓亞斯大山爲界爲省四十有九縱橫二十萬里居民八兆馬得

力都城戶口五十萬礦產銅鐵鉛土地肥腴米麥足食又多植杬樹以取油亦資生之一助進口貨物以棉花火酒白糖木料羊毛爲大宗出口以水銀爲大宗銅鐵鉛次之鐵路通長約六千里電綫一萬一千里常時馬步兵十二萬有戰事加三十六萬惟礮兵絕少僅五百五十名各屬境馬步兵共二十五萬選兵於民八年爲期四年駐本國四年調外埠民以爲苦現有兵船一百二十六艘內鐵甲九船海軍兵官二萬五千員名土地日削從前屬藩遠及南北花旗近則僅餘古巴小呂宋

兩島古巴境內縱橫四萬九千四百八十里居民二十九萬小呂宋縱橫十一萬四千三百二十里居民五百七十萬國債一千一百九十一兆雖週息四釐特歲入正供僅一百六十一兆不𤰞殊巨近擬加收股票稅課議而未定也馬得力都城上下兩議院議紳六百餘員各部大臣每人值班一日共議庶政至軍務重事則宰相與各部共商議紳不與也各部首領俸薪九成或不再減耳都城地勢高去海𦂳千五百尺寒暑約差二十五度盛夏多避居海濱以憩炎暑西俗類然馬得力城

夏雨絕少幸早晚多風仍不甚苦午後厦門領事來見人尚和平因爲書薦之劉省帥

二十九日乙酉陰謨烈原訂五點鐘會晤如期赴之乃不在外部而牽綴於吏部蓋近攝兩部也荷蘭使至不得晤憒憒而去外部參贊假電筒詢謨烈改訂七點鐘至吏部晤談因須赴車頭送巴西王而吏部事仍多轇轕云余以就吏部衙門論外部事恐非所宜其參贊謂各使常有之事不妨從同屆時投刺閽人以謨烈未到爲辭琴齋直造其辦事處乃證閽人之僞及謨烈出見

自陳患病委頓可憐呂事仍無著落但云盡力妥辦請返美後與渠一信以便函告云返寓晚飯後搭火車赴山丹巔那車無卧房客皆坐睡余上下四人自雇一車尙不甚迫然無溲溺之器須待停車上落殊不便

三十日丙戌早晴午後微雨涂經山洞十餘遙望平疇已刈麥矣酉初抵埠麥治之父駕馬車來迓年將七十精神甚健導至客寓而去昨晚車行眠食均不適抵寓仍不能餐旋往海濱觀浴天風送涼絶無暑氣行李亦到安頓妥當晚飯時音樂奏於門外云祝中國公使之

來薄賞而去
六月初一日丁亥早晴晨起小食麥治之父來導至其家甫登車而大雨車無襜帷衣履霑濡寒暄慰問而返麥治之父極誠懇眷屬亦甚樸素其領事公事房即在寓內詢以英商幾何答云不多且幸其不多可以省事各國領事駐此者約二十五國然奉朝命來者只英法德意四國餘皆商人兼充領事權利有限也從前此埠以麪粉運古巴易白糖烟捲近日麪粉之利悉爲美奪此間出口缺此大宗貨物生意減色矣未初潮長雨止

天亦微晴中飯後往海濱游眺西人導觀温水浴房略如輪船之式但純用雲石盤叉冷水淋頭濯足處作銅圈十數層人立圈中上下有銅管如蓮蓬運機則下淋上噴西人以濟醫藥之窮猶是眉山治瘧法也本城知府箇耶技差弁請期接見許以明旦兩點鐘可侖比亞代辦公使鉢霦來晤云將同駐此店避暑并約觀鬥牛此行本欲避囂而不能銷聲匿跡晡後本城巡撫疎摩沙偕參贊亞比晏蘇來見敘談甚久復約赴會所聽樂觀舞

初二日戊子晴天氣清快絕似之罘夏時中飯後知府箇郎技來晤約觀劇并派巡捕來寓伺應當婉卻之日俗舍信義而重虛文似昧本末之理然視并此而略者則大可嘉矣令繙譯貽書洋員麥治謝乃父周旋并述其雙親老健以慰之麥治極信教往與談倫常道理麥治自言每月必寄錢物博父母懽爲西人所罕詢以所愛何先則曰妻第一女第二子第三父母第四信教者如是而已本省錢糧官冀恰露及善堂主席來晤約西八月三號公會其時余已抵倫敦矣麥治之父導游海

口繞行一周山樹陰翳海風透爽海中沙堤橫亙詢係人工所成將於堤內設船澳也沿海有舊女牆一道係百十年前備寇之用工作尚堅隨往訪其老友瀉斑育園林卉木甚繁主人年六十八歲款接甚殷能爲英語出鼻烟敬客余頗嘉賞卽以一瓶見贈就瓶口嗅之有苹果味入鼻則色黑而味辛曩聞鼻煙出西洋乃此行遍覓不可得今日始僅見之主人之妻則其姪女日俗類然子剛古巴雜記曾言之今則見之矣坐談逾時主人折香花爲贈力勸無置於榻卧之側凡香氣皆不宜

睡中呼吸云返寓晚飯順道答拜巡撫各官知府箇郎

技來同往觀劇官座之後別有斗室爲酒食款客觀竟

又親送歸寓時已夜中矣

初三日乙丑大暑晴中飯後麥治之父來餽鼻煙一礶

云購自倫敦微有玫瑰味而色總不佳其寡媳偕子女

來面呈一禀略言故夫効力中國八年宜有卹俸養贍

終身余告以中國無此例爾旣如此孤苦我酌助二百

金去年所給五百金已屬格外昨並將寶星交爾夫兄

亦不忘爾夫効力之意婦感謝而去詢以在此何依云

依乃父曾作水師兵官近已辭職西俗倫常之誼甚平
平麥治之父本極誠慤且在此充領事而不能養其寡
媳孤孫殊不解也本城總兵官亞巴蘭爾度如期來晤
可侖比亞代辦公使鉢霖適移寓至此巡撫參贊阿地
釐阿疏拉適來約觀會廠同坐小飲極兩時而散方欲
憩鉢霖邀往觀濤復至後山松林席地坐飲海外奇境
也鉢霖以醫得官歷言華人不肯步行甚乖養生之道
與論調攝承贈健飯安眠藥方果効則大可感也酉正
答拜箇耶技并贈以映相及中國顧繡零物箇耶技回

贈映相一枚

初四日庚辰晴晨起子剛偕僕從赴海濱浴云不甚寒鉢霖屢勸余浴敬謝不敏今日雇定巴黎車票惟所攜日國銀票巴黎不行用須另換法銀不免折耗白耶敦函託本城銀行爲之招呼尚不致無從兑換車期已迫又值禮拜神誕市易停輟若無熟人自多周折海外遠役其能寡交乎日俗以鬥牛爲盛會無老少貧賤嗜此爲天下古今極快之事舉國若狂曩在日都一覽已厭殘忍頃來山丹巔那恰逢其盛地方官紳堅請往觀不

得已而赴甫入座則地下拍掌摘帽歡聲雷動其門生妙手日漫散顛那每日工價六千金久著能名者也及奏刀時又爲頌詞祝中國强盛中日和睦因薄犒之上下樓房觀者逾萬人余未及散場返寓晚餐隨訪麥治偕游會場鐙光燦如白龍場中列肆售什物茶酒醉人忒多憑軾縱覽而已留刺託代送巡撫總兵官郡守

初五日辛卯陰巳初阿地釐阿疏拉來寓導觀會場凡所陳設皆該省之產紅酒皮酒爲大宗鉛亦不少又能製輪船帆船馬車之屬及電氣鐘其布帛織紝之物則

購棉花於美而自爲工作另匣儲蠶繭數枚色微黃綴於枯葉云係土產或即野蠶繭也又黑白雲石西人以飾座鐘者該省亦有所產其他銅鐵礦產紛羅滿架後圃豢鹿羊雞甚蕃息一省之地物產日拓宜可富也詢其關稅歲入四百餘萬金雜稅或復過之斯島四十年前人煙絕少海道既便舟行商旅漸集日王阿方疏親來游駐力爲倡提嗣是而日形富庶余寓樓即阿方疏舊行宮云游覽一周天氣欲雨遂辭去其主席堅留宣詞頌祝婉謝之阿地釐阿疏拉伴送回寓飯後收拾行

李郎起程寓中候送者多冀省面别之煩也申初抵車房本城總兵官亞巴蘭爾度已候送於此扶掖登車俄而老麥治來同寓之礮隊參將漫天那亦來老麥治之友法阿鼇爲雇車者步行趕來將展輪而可侖比亞代辦公使鉢霖偕婦來倉卒不及覓馬車慮余已行匆匆蚦街車趕到是日爲其幼女生日贈以繡帕就車門握手爲別此中人情殊殷殷也申正開車戌正抵一小埠下車就食卻能適口鰻魚尤肥美子正换專車停兩點鐘車有睡牀有廁甚便

初六日壬辰晴巳初起經山此巴士的埠日國君后公俟避暑之地也午正抵日法交界處飯後換車法稅關並不查驗衣篋但請名刺一紙遇日國一等朝官往義大里亞避暑於此握手爲別該朝官甚欲得中國寶星爲榮余以給賞無名會屬希九婉復之曩見日后此老導行今出日境忽復相遇亦莫或使之歟薄暮抵波都法之巨鎭水陸舟車紛集所產紅酒尤擅場鐙後微雨與譚子剛對榻閒話譚謂此行一路見月斯語頗雋竟夜輾轉不寐開牕靜坐待旦

初七日癸巳陰卯初抵巴黎換馬車至旅店微雨而寒抵寓則前宿樓房依然間扃少啜奶茶登樓補睡曩與竹篔約晤伯靈此時船期既迫無緣過從爲青謝之甚歉然也

初八日甲午晴總署近減使俸以充游歷各員川貲意此輩必有嘉謀高論無負此行余曩欲爲羅馬伯靈之游近亦輟念矣巳初得香帥電請主稿會奏小呂宋設領事事且欲改派王榮和語甚切至仍未悉此間商論未定也子剛所爲古巴雜記數年而成乞爲序余適有

所觸爰與釐政而序之曰古巴在南北阿墨利加州之交而隸日斯巴彌亞國其地肥饒利耕種尤宜甘蔗餹次則煙葉皆古巴致富之道也奴禁未弛以前田園富人不僅千指咸買自阿非利加洲展轉而流毒中土閩粵黠者假招工爲名潛相拐販自道光丁未至光緒戊寅華人被誘作苦數至十二萬六千餘拘役鞭捶虐甚牛馬事聞於

朝特令前副都御史陳蘭彬往查詰華人環遞訴詞裒然成帙遂與日斯巴彌亞國重訂條約陳副憲旋握使

符駐紮美日祕三國掄派知府劉亮沅知縣陳善言駐
古巴爲領事官諸華人乃重見天日數十年虐政一旦
埽除華人傭力自食無官工所之束縛拐販絕跡商賈
漸集蔚然可觀前年直粵水災及海防諸費領事官勸
諭華人捐助一呼而集二萬餘金可謂不忘本矣中國
道光己酉以後水旱偏災數見又值髮捻倡亂狪[illegible]西
熾用兵垂二紀華人生計日艱謀食海外舊金山域多
利檀香山祕魯古巴暨南洋之新架坡小呂宋噶拉巴
三寶壟巴泗末新金山雪梨暹羅越南諸島無慮數百

萬初只帆船往來漸而輪舶雜遝商工闤闠自成市集日唐人街生意之盛者每不暇計長久但先營酒樓戲園以供游賞讌集若夫博簺烟霞則無大小埠皆一致焉數萬里航海遠來力博蠅頭屢爲土人所迫錙積寸累悉消磨於意錢鐙火之中已可痛惜甚或聯強欺弱自傷其類仇殺之案窮於誡諭其能謹愿習勤薄有盈羨寄以贍家者難求什一於千百也古巴一島華人日稀來源既窒少者漸老而其政俗又不克自振糖業浸爲鄰國所奪土客交窘無數華傭間藉呂宋票爲歸計

得采則急裝以行且遍覓同來之人挈之返里贈以資斧風義可嘉而被惠者顧先索憑據慮歸後食言無以爲活人心不同如此然華人能善全鄉誼者古巴一島而已吾鄉譚乾初子剛以繙譯官從事於此爲古巴雜記一卷島中風俗人情擷其要領彙爲筆記誠有心人也而尤可嘉者爲華人設書郵以通重譯華人每得家書輒痛哭既振其水源木本之思而其父母妻子亦知遠人音問保全實多此皆子剛不憚煩瑣爲之往返分寄其功在語言文字外也蔭桓持節逾年凡百無補比

者于役歐洲渡大西洋歷英法諸國而抵日斯巴彌亞都城客臈月夕高樹挹爽子剛出是編就政爰序其緣起俾付剞劂所記只古巴一島編帙非富視蒴桐隨筆使規諸書體例固異他日四庫重開博搜海外記載則是編仍不失爲蠡勺豹班更願同役諸君隨事爲記毋騁空談即以是編爲喤引可乎攷殊域之土風寫征人之雨雪安石碎金景純賸錦固非文釆自矜夫豈心思誤用也哉此兩日間杜門靜憩心緒頗凈夜睡亦安

初九日乙未晴進齋抄寄與外部重論洋藥罰辦照會

甚得體又言慰唁檀島事檀使已電復余卻未得接也

又檀島民練揭竿爲亂草檄要檀主四事誠奇聞矣飯

後洋教習斯恭塞來談周子玉續來贈木雕圖畫甚精

巧云得之伯靈

初十日丙申晴草定自日返美疏交幕府謄清未初培

克思約觀拏破崙所遺珠飾其法冠一頂純用白鑽石

堆成花朶中嵌紅寶石絕類梵僧五佛冠又項串一挂

鑽石二十四枚極大者重四錢色微黃又綠鑽石兩枚

皆冠飾物也坐次雷雨因法館參贊訂約三點鐘來晤

忽忽返寓已相左矣電劉芝使告以十二日准來晤請轉語稅關免查行李旋赴班麽賒店一觀譯言便宜佳貨也其店枕連四衖上下三層樓無物不備恍如列肆執事者約千餘人是日適該店查點貨物之期東主領導縱觀瀕行贈巴黎圖及該店貨物摺與購綢帕聊誌茲游歸寓晚飯慶藹堂約觀花園雜劇有阿非利加人支棚奏技有數女童敲木成音如西班牙所聽之調中有跳舞場適大雨舞者不能盡興今日雷劈樓房一區即培克思之近鄰

十一日丁酉晴周子玉率學童十三人來見學製造七人律例六人均閩廠高足與久坐慰勉奬勵之歐洲律例以法爲通行旣與交涉固宜推究之也諸生有可以應書院考者文筆多佳口辨尙拙游學未久耳從此加勉當有可造之才西學總要從語言文字入手高談宏博而語言文字懵然猶鏤冰畫脂瓦雞陶犬耳製造根於算學工師口講指畫尤須心領神會由學堂歸寓自行尋繹庶幾日計不足月計有餘諸生咸不河漢斯言時局日艱儲材爲第一要著也陳敬如來商去就及期

滿保舉敬如文人而就武職用違其才安得大力者負之以趨也其筆迹法政源流君主民主之利病斐然可觀誠非徒獵虛聲者

十二日戊戌晴晨起飯畢巳初登程舒春舫慶藹堂陳敬如相送登車未正至福士敦海口登舟預賃三房艙足敷坐起展輪出口幸無風浪英法對渡諸水總匯之地西人過者以爲奇險赫德曩告以飲三邊酒可免嘔吐頗嗤其迂近詢西人亦有以此說進者因悟此酒能通胃氣胃苟不逆自無嘔吐理或然歟既以此爲險涂

卽無風浪亦覺微暈凡事不宜著成見也呼酒解渴臥看海天無障兩岸山嵴瞭然都化諸山塹巖獰惡渡都化則海程速二十分鐘然不如福士敦之平順將抵彼岸船主謁余致頌謂向來無此穩渡西人善詼笑領之而已是日爲彭祖颺粵諺舟行所深忌者陰陽怕懞懂信然登岸乘火車爲英國境稅關亦不驗行李涂次農田已登麥而微有旱象西初至倫敦劉芝使率參贊從官遠迎同車至藍甘旅寓臥房外爲客廳極華贍又特敞一升梯便出入復偕芝使至使館承留晚餐頓忘困

乏子正返寓電復北洋縉正電碼交電報局該局復請
署名似不諳華碼也震東詳告之余卽就枕甫入黑甜
聞叩門聲起視則電局人也仍詢前碼無謂之甚
十三日己亥晴英館參贊李伯行潘子靜來晤馬格里
偕其子來貴州礦局兩委員亦來以客多不及候而去
余易齋來言將埘新製兵輪同華隨使本爲游歷計已
遍覽風景及各製造廠云午正始早餐旋偕仲蘭赴芝
使之約詢芝使應否往拜外部芝使以訂見無期可不
往拜飯畢導觀美國會廠諸物產又烟甸人馬戲客秋

曾於鳥約一覽技亦猶是而槍法屢失電光桑之耶亥正返寓接法教習斯恭塞書以昨日走送不及為歉美使額而特曾到芝使處留示荔華浦寓所并屬余務於十六日到荔華浦英人匹亭頓設醫館於北京求捐助西人好善而力每不逮此種捐項蓋數數矣英有宰相向管戶部近兼外部理財交鄰極重要然隨黨遷除君主無能進退又設兵部刑部工部藩部民部海部內部郵部印度別設一部略如藩部而專外此庶官咸有職司要皆受成於各部取決於議院英之議院仍分上下

上議院多勳舊富人下議院則民間公舉視城邑廣狹人民衆寡而定所舉之數與美議院同上議院則無定額宰相可舉庶官入院爵紳無狀君主亦可黜之建院之始君主逐日至近則議院啟閉時一至或有重大事亦至焉而已上議院事簡下議院事繁國之政令皆自下議院議之議成上於上議院視己成事無大更駁下議院則自朝至於日昃甚或卜夜然掌院秩滿君主必予以世爵大抵英之國權仍歸兩黨坿君主者曰保黨樂民政者曰公黨上議院多爵紳君黨之氣稍王然兩

黨迭主朝政七年一易君主立其黨魁以爲相於是諸部院皆宰相所舉黨易則舉朝皆易與美之南北黨同一機軸

十四日庚子晴巳初李伯行來寓導觀倫敦舊城基址巳湮只一石人柴立爲誌大商賈均聚城中設府尹以爲治英君后進城亦帶鑰匙以示不專之意君民共主之政固應爾也印度尊英后爲帝英國境內不以爲帝也旋至蠟偶院蠟像新舊不一日君后一像見輒能辨另小孩睡像一匾臍上有舒斂呼吸之氣此巴黎所無

曩聞有林文忠像志克庵日記曾爲頌贊乃遍覽不可得卻有伍怡和一像藍玻璨頂藍袍外套繡金綫衣一件略如道士服不知何所得也前列小几有林文忠禁煙疏中西文并刊旁有焦秉貞耕織圖刊本均不堪屬目順道至日本村陳設皆倭屋及土藝制作內有吾華二十四孝圖筆墨卻陋然殊俗亦知摹繪此圖誠可嘉也隨往博物院爲時已迫略觀大意且行且坐至酉正赴芝使晚餐西人飯館裝飾美麗梯級牆闌純用雲石亦巴黎所無飯罷同往觀劇盡一齣與伯行下樓清談

靜憩樓外有瀑池山石皆人功疲甚觀此亦足解煩
十五日辛丑晴芝使來談英外部文商巴拏馬招工事
係藩部據法人籬石所談而非英廷之意芝使已駁之
且抄寄總署余亦將今春咨粤示禁各情相告午正赴
美使輝立士之約返寓中飯答拜馬格里不遇卽同芝
使乘馬車至水晶宫涂經村落微有瀟洒意所謂水晶
宫者直一大玻瓈屋四圍光澈中置花木禽魚各國物
產石像油畫黑人像巨細靡遺歐洲大觀也內一廠專
儲中國衣飾樂器書畫最古者諸葛銅鼓而已有陳元

章翎毛花卉四幀鄧濤山水斗方竟署西人上款豈西人亦能讀畫乎廠外列銜牌三對分插兩架無異搢紳第宅之式曰庚午科舉人曰賜進士出身曰翰林院編修吾華清貴之官古今跂仰不置者掌故流傳海外西人勢利之見亦知科第足重也別一室儲光學畫爲義大里火山上炎故事逐事爲圖由盛而衰自晦而顯數千百年古蹟躍現鏡中西人攷古者縷述不輟又園外爲小池一人罩銅冠著皮衣袴作入水工作狀持銅鐙入水有機括消息之銅冠有耳可以透氣面嵌玻璨可

以鑒物冠頂皮條接於岸上可以與人問答思亦巧矣窮日周覽未盡什一就樓上晚餐觀烟火略如薦呢挨倫此間惟禮拜四燃放往來觀者幾六萬人

十六日壬寅晴往英館告別芝使爲言新架坡設領事一事郭筠仙並未辦竣曾劼侯接任後始爲合尖至新金山等處則已言明不再設矣南洋羣島近鄰閩粤而西人總以中國設官爲慮曩過巴黎藹堂亦言香港設領事一事外部首肯而藩部梗議當日噶拉巴擬設領事商諸外部亦未拒駮終爲藩部所撓正與西班牙機

局略同與芝使詳論一遍旋卽起行芝使率參贊隨員遠送立候火車展輪情誼可感酉初抵荔華浦旅寓美使額而特相候於此枉談片刻約明日十點鐘在駁船相見先將行李坿輪船公司

十七日癸卯晴早飯後偕仲蘭涵生震東差弁陳吉勝家丁吉祥阿覺洋僕叙利共八人同登駁船沿岸亦有赤足婦女持賤物求售略如吾華乞丐涂經石礮台形勢甚固爲船澳亦得地子剛送至大船而返此行搭客六百餘擁擠之甚船上高懸

國旂極尊敬房位收拾妥定美使暨日商瀉班育來談
一點鐘展輪晩十二點鐘行二百四十邁至坤士探埠
寄椗該島爲埃利士境美前外部唏嚏深惡華人者也
春間曾至該島聯絡挨黨以爲明年重舉總統之助島
岸不甚寬廣搭客間從此登舟或乘郵船之便各草家
書埘寄余自抵倫敦連日酬應登舟乃得小憩夜睡尙
酣

十八日甲辰晴舟中人多登岸游眺是日西人禮拜早
晩聞吽經前搭法公司船若無其事教規亦微有不同

大洋舟行以教士多必有風雨謂教士能籲禱天必試以奇險之境以顯其技然耶否耶舟中人言前一禮拜有英船自烏約回荔華浦涂中猝遇颶風浪高五十尺爲歷來航海所無其時搭客惶恐或於船蓬跪求上帝或各覓太平圈幸此風浪僅十五分鐘而息打折烟通一枝船仍行駛如故毋亦教士之功乎同舟有英商威路健臣織機爲業手創大機房三處前月不戒於火焚其一喪二百餘萬金偕乃弟赴烏約看視其子别謀展拓以相法衡之該商必有重興之日其心地亦甚厚不

致中落也一點鐘游入同船遂起椗風浪平穩船主送
閱海綫圖繪船行度數
十九日乙巳立秋陰晨起浪大強飯不飽登柁樓觀眺
一點鐘大車揭報行四百二十四邁美使眩浪而睡同
舟多眩者未申之交大雨房艙鬱熱仲蘭耐之余就船
面客廳少憩幾作吐震東已不支矣涵生觀書不輟雅
健可喜薄暮雨止浪亦漸平十點鐘睡
二十日丙午陰晨起涵生言昨晚同舟一教士心痛叫
絕而死船主准八點鐘投之海中余登船蓬英商威路

健臣方爲哭送且言船主檢其衣襟得其婦手書歷述窮困無火車錢不能到馬頭相迎屬到鳥約卽便回鄉云漠不相識甚於吳越覩茲情境亦難泯惻隱之心矣教士名的騰由坤士探搭船回美無親屬同行船主例爲水葬是日舟行四百六十二邁

二十一日丁未陰風浪不大舟中能爲手談美使同伴有故將軍者名瑪人尚蘊藉美使眩浪此老每飯不闕舟次頻與往還同舟人每日賭賽舟行邁數多奇中試擬以四百六十一至四百六十五是日果行四百六十

二邁誤中副車可笑也夜霧

二十二日戊申晴與陳弁晨登舵樓觀日出不甚清朗但見雲霞如綺倒映波光朝氣極爽午後遥見小船十餘出没巨浸皆漁船也地名鳥蚡倫英美連界兩國均以捕漁致口舌聞每年漁人之利極四千萬金固宜爭之矣水手爲言昨晚陰霧舟行穩慎僅四百五十八邁往來輪颿頗多有來船懸鐙爲號言鳥約大風又一船射火箭爲號舟行定章云

二十三日己酉晴晨起無風而浪船極搖簸舟人多恐

如此巨艦決無掀翻之理有法國醫生折一足以他骨續之行甚蹣跚而喜與人親近問詢其醫理尙隔膜當船浪高掀時該醫生縷言英屬前年有兵輪大於此者沈沒無蹤絮絮不輟蓋兵輪旁礙風浪打歸一邊偏墜而沒豈商船可同語哉醫又言能凫水可三五邁座客厭之殊無謂也船煤將盡貨物無多不能壓載固宜動蕩是日舟行四百八十三邁晚間威路健臣集同舟人歌唱爲美敎士醵金贍其寡婦琴歌旣輟美使當稠人廣衆中論說一遍音節淒惋客有垂涕者余不諳西語

微會其意贈五十金同舟亦多解囊合之得六百餘金公推三人親至的騰之家慰唁美使預焉義舉也而船主絕不聞問人之欲善誰不如我恐難律之此輩夜霧甚重

二十四日庚戌晴晨起風浪平穩霧亦漸散震東言昨晚一點鐘至船面四圍昏黑陰霧可駭仰視繁星爛然莫名其理詢之水手謂海中有熱綫船繞綫外行寒熱相激而成霧天氣無預也飯後同舟人各檢行李遙見鳥約諸山瀉班育威路健臣竝呼酒與余為別一點鐘

大車報行四百八十邁亦云迅速兩點鐘二十五分至山丹曲三十八邁入口仰視船桅仍懸

國旗過此爲人鬼關極言其險也舟行轉綫至醫局少停輪官醫登舟視大艙搭客病則移居醫藥房不令登岸是日天色良佳出口船甚衆舟行益穩得以詳覽口門礮臺形勝經石人像後用小輪船三隻拖帶兩船曳纜前導一船護於尾梢極紆徐乃泊乘風破浪之餘遠乎誕登尤當持之以愼微特舟行然也鳥約稅關船來查驗希粱實森籤姪坿此船來見均訝來船之速將登

岸威路健臣遥見其子立候埔頭不覺垂淚又指以示余悲不自勝乃弟酌酒以解之少頃其子登舟父子相抱而哭旋亦破涕爲笑西人父子之情似此未易數覯知余船期已先咨戸部轉行税關照料與抵金山時情景頓異美亦以此補過也抵領事署拜發摺子仍電署代奏并電復北洋塵勞暫憩略述使程所歷飯後櫛沐安睡倘酣自荔華浦至烏約共三千零四十九邁合中里一萬四十七里

二十五日辛亥晴科士達來商美約各稿楊約翰亦來

寒暄甚殷縷述前在總署所商法越各事并屬函致總署北洋爲之道候楊約翰比日神理稍清自言病愈并言何天爵於兩月前已由北京言旋所謀無濟云本日照會虬蝮自日返美之期

二十六日壬子晴卯初起率參贊從官祝

皇上萬壽旋閱邸報倪豹帥補授河南巡撫不禁彈冠忭躍午初科士達來與論小呂宋設官事檢該島官報之歧視華人顯違條約者及本年該國新定領事條規交科擬稿致謨烈因瀕行時謨烈屬以抵美告日使轉

致一言俾俟此事定議即可函布余許以自行致書以達情愫倩科起草當更周妥科勸往沙加叨架避暑且爲代覓寓樓函託內河游船伺應晚飯後偕從官同觀西劇誌慶也

二十七日癸丑晴電復香帥以小呂宋事宜俟外部復文然後會奏改派晡後牙醫哈文來治齒比日齒搖髮白恐非醫士所能奏效耳查島委員稟陳查過英屬澳非利加洲鉢打穩雪梨美利濱三埠情形尚詳細即批復之檀島董事古金輝稟求與檀王立約又欲請王余

兩員往查殊亦急求保護之意檀亂近始粗定其外部
刼臣囚禁後且逐居舊金山況他事乎
二十八日甲寅晴行次咨札清釐印發仲蘭先返署視
彭偕行薄詢視彭檀島之亂何以外部見囚視彭曾往
該島消息常通而莫能陳說大抵事無巨細祇在留心
否耳檀島外部刼臣本美之逃人粗通美律檀倚美爲
援遂厚遇之日前之亂聞各公使請於檀王去此外部
商民亦羣攻之刼臣既罷職便如平民加以商民之控
遂置於理否則斷無公使請囚外部之例然非刼臣無

狀檀政貪昏亦不致是也晚赴威商之約同坐十二人中多美商酒後各爲頌詞共慰主人失火重興之事

二十九日乙卯晴閩廠學生分往英法學習水師製造律例諸務寓法者周子玉已帶見多有可造之材其寓英者始在水師學堂續送入練船藝益精進而外部頗喫力劉芝使數次婉商而就欲再往水雷船則外部難之以練船原不准他國人往看中英誼洽旣允閩廠學生就學日本則援以爲請不能不允設俄亦以爲言則大費周折俄之眈眈各國共知見者也水雷船之不能

就學蓋事勢所不得不已者芝使又言今年英后得位

五十年之慶奉

旨致賀并有

國書須親遞又寄贈珍玩各物內磁器兩件涂次摔壞

頗費躊躇余勸以權將使館所陳設者補足此數芝使

沈吟久之余謂爲期太遲若電請續寄至速亦須三月

且能保舟車搬運必不再摔乎但將碎破原物寄還總

署聲明自行補足總署既不疑使署託詞更換且省御

無數周折設余遇此等事卽如是辦理似無煩籌慮也

芝使領之適海軍派來圖南兵船爲新製快船之先導
闔廠學生旣可相觀而善帶寄什物亦復妥便
七月初一日丙寅晴西人占驗以本日太陽與地球行度爲月光所掩亞細亞洲中國俄羅斯日本均有日光不到之處卽日蝕也西人之說驗否姑俟諸華報申正渡海至蒿呢挨倫寓澳釐晏特客寓前湖後海宜無暑氣晚看烟火隔河爲城郭礮臺猶是去年之式所演爲俄人踞守四巴士叨布城卽黑海壖也英法義土爾其日爾曼合攻之馬步交馳衆兵奮登拔俄幟而樹英幟

火光熊熊沿山礮臺瞬然一炬昨夜所觀雜劇則希臘國攻北布倫國都戰勝後踞其宮殿耀兵歌舞男女衣冠迥異時裝兵車則兩馬騑騑略如吾華古戰車之狀此時西人競尚火器當之靡矣希臘不信耶穌當跳舞時忽有火光列字示警俄而巴西兵至火起於宮牆人馬雜遝紛然四散華麗之區倏然灰燼城牆復合觀者行矣此種雜劇無甚意味然奏技垂二千人亦巨觀也究與烟火之戲大同小異倫敦水晶宮似尚遜之

初二日丁巳陰早飯後閒行海壖三五帆船往來容與

帆布上書店鋪住址所售什物以備游客訪購西人謀利無微不至接蚒蝮照復囘駐美國日期山丹顛英領事老麥治乞留伊子在日署至明年西六月否則大累或希九欲辭退麥治故伊父電求欸麥治小有才而傲辟殊甚午後雨殷殷有雷聲晡晴觀浴西人以浴海水爲去病非以去垢浸灌海壖假海氣以爲養潮來則懽呼叫跳間有溺斃者西俗不以爲怪晚飯後憑欄小坐忽腹痛作瀉飲佛蘭地酒而痛不止氷牛乳西瓜之害也荷囊有高麗薑嚼之漸愈睡醒仍瀉一遍

初三日戊午晴天氣頁佳腹痛亦止申正同鳥約洋弁駕馬車來迎陸程稍遠海程尚速特於腹瀉委頓非宜渡海後車行僻靜街道御者不愼馬膝碰傷一女孩年約兩歲老婦急抱持孩尚能哭觀者如堵洋弁引與報驗官醫以爲微傷不致命又有一街坊作證謂車行時此女孩欲繞過車頭御者當暢行之際勢難按勒且係馬車應行之路尚非其罪云晚間美紳灣克來言鳥約類此者日凡數十起絕不奇罕

初四日己未晴未正大雨申初至牙醫哈文寓樓冒雨

霑濡歸涂順至蓮芳公司此華商之極體面者專售西人貨物不兼設華人賭局鋪面儼然西商華人來美若得類此者數十家差免彼族之易視矣其管事黎姓西樵人與談中美生意尚能指說利病

初五日庚申晴昨聞仙打園竟有荷花特往觀賞石磴臨湖中爲石池上設噴水之物池上荷花五叢十八學士種也經年重見此花淸涼可愛湖上小船行游萬綠之下甚自得惜日色已晚不及泛槳涂經蠟偶院薄游一遍雖有音樂娛人究遜英法其醫院蠟像尤可駭詫

初六日辛酉早晴飯後大雨午初冒雨登車渡海坿火
車涂間微熱尚無秋意戌初抵華盛頓滬局遞回摺片
閏四月二十日欽奉
硃批欽遵轉行又得署咨奏定派員游歷章程議復御
史陳琇瑩請設算學科及游歷之員應得京察升轉并
製器汲井各事又奏定英法俄德兼使一摺此皆總署
近政也總辦成端甫函寄代繳蕪關賠款掣回內府實
收又述近與日本修約添敘球案作爲未結又抄寄考
取游歷員單共二十名西行數月美署一切如常進齋

之力也
初七日壬戌晴氣候稍涼似有秋意參贊各員置酒洗
塵歡飲而散
初八日癸亥晴飯後晤蚆蝮長談皆別後各事及歐洲
近日情形蚆蝮言日國不振余言日雖貧弱而銀票無
僞蚆蝮詫爲難能因將美國所用銀票見示請往製票
局一觀又爲書與該局總辦蚆蝮又言下禮拜有醫生
會各洲來者約四千餘人總統親往開會請同赴又費
城西九月十六號會期總統亦往開會均請同赴余諾

之虮蝮言西醫究遜中醫之技中醫能包治諸病西醫無此膽識余告以今年暫不赴祕有事可以隨時商辦所送照會請酌訂虮蝮唯唯又言各使均避暑他出祇英使在此

初九日甲子陰微雨日報言俄王被刺幸免何俄俗之悍耶復希九書告以南洋羣島設官棘手情形宜相機催辦現與謨烈一書閱後粘封送去

初十日乙丑晴蓬雲電稟洛款埽數發完因查案昨始回署洛款散竣少卻一段葛藤俟冊結到齊當奏咨也

晡時訪日使不遇訪柏立病未能興其婦爲之請假又至堅彌地宅慰其家屬方余西發堅彌地會於署中合衆西官舉酒爲頌迄余返美此老已物化且被刺於衢衢昔人所謂直如絃死道邊者歟此老極骯髒與華人交最洽曩者美黨仇視華人此老屢爲不平之鳴其他事之不坿和可想見矣然聞問官研訊兇手乃無甚仇隙但言伊父曾賣地一區堅彌地經手至今舉家窮餓故爾怨恨觀者多以爲狂究不知此兇是何意見或曰堅彌地每日從寫字樓歸必與律政司同行是日適獨

行投函郵匭旋卽被刺或誤傷云
十一日丙寅晴英使來談甚久皆别後近事其言虯螋
耳聾又諱言聾則大可笑也又言近有人建議從鳥約
至荔華浦以大鐵筒透入水中如水雷之式置人於筒
如礮彈留孔出氣燃藥轟送一點半鐘可達荔華浦誠
奇製也又請余訂期接見印度王子余諾之美日報言
中國新製兵船五艘連檣内渡恐有事於倭未免妄測
高深矣
十二日丁卯晴午初偕參贊往看製造銀紙處先觀鏨

畫鋼板房各壍一種不相渾每板四連一式又有圓模用機器壓於鋼板上圓模製鍊則以象牙片燒灰能制鋼使輭熟置鋼模於象牙灰裹漫火燃之西人格物之精也又一機嵌鑽石針初畫於玻瓈續畫於鋼板一人以手運機畫出花紋繁而不亂其製板之意總在各執一藝不相蒙雜不出一人之手以杜假冒造紙亦然紙成初印卽使之微顯而輭印成微烘又裁去兩邊餘紙而加印號數皆以人力運機器齊整之甚紙有兩面花紋極工緻最可嘉者印號之機隨印隨换自行轉運無

待人力主者謂每日每人印若干號則先將號數字碼安置機上同力者接續印去不陵雜亦不能偷惰法良善也紙式花紋自一元以至千萬元分別製成統送戶部加一小紅印鋼板爲之戶部加印亦用機器取其捷也其刷紙之法略如刷書更有新機一副刷綠花紙隨刷隨淨不另抹拭主者以爲省工又導觀製墨處云用葡萄皮製成是葡萄一物既能製酒又能爲墨功用不少矣其紅綠諸色則購自市肆薄加製鍊而已闔廠用二百匹馬力機器一副氣管支分升梯上下并資之也

綜其命意總防作偽凡一板一紙均經數手分隸數處層層鈐束立法甚周余欲博攷西制以告大農乃倭人用心尤切果遣人赴廠學製銅板春間九鬼坐中曾晤此人自言來學此藝頃遇之則與諸美工埋頭工作宛然成章可畏也香帥電催呂事又言查島委員已返卽電復之比以歐洲歸來頗形疲憊倩西醫審聽云氣血脈絡強於舊年恐未必然耳晡時印度王子初利阿和來晤金綫纏頭衣袴亦繡金花外披織金裳極精緻與詢印度烟土出產頗有慚色乃云進口運銷中國之物

亦有棉花殆自文其惡也飲以茶甚樂能爲英語英使前日曾與先容矣外部照復中國稅關征收洋藥事已知會田使轉行各口領事官照舊辦理不侵稅關之權十三日戊辰晴致洪文卿書睽別五年忽聞遠使不覺言之先長飯後答拜印度王子不遇訪德使一談返寓得許竹篔書言經遠來遠二艦於六月廿二日訂收換旂試驗速率中國來員琅威禮合肥相國飭於回船裝配諸物准其酌改遂改至數十事估費計時殊形拮据月杪自德赴英擬乘往一觀英製云前日新聞紙言中

國五兵輪連檣內渡或當指此英使以印度王子之來約會蚇蝢在坐余與德使丹使及俄德倭參贊數人印度王子自言樂英國之政以其簡易若如西班牙從前屬國非不多而卒不保皆政之不善耳然英之并印度亦乘印度之亂而得尚非力絀埘之云

十四日己巳晴希粱書言新蕾案若不照蓬雲調停辦法仍恐有首尾華人性情得隴望蜀過河拆橋領事操縱殊不易

十五日庚午晴科士達避暑初歸叩以新蕾案西十月

復訊後趙劉諸人能盡釋否科云或不待復訊而釋九
月底當再到新舊料理
十六日辛未早雨午晴寒暑表八十五度余從荔華浦
歸後四日有美公司船自鳥約赴英船中滿載棉花氣
逼自熱遽兆燔如諸客紛駕舢板逃命船主與之俱均
遇他船拯救其先發一舢板不知所之頃閱日報此舢
板亦已遇救幸矣晡時答拜科士達涂經墨西哥使館
已將落成
十七日壬申晴金山電言井底礦工雇定二名月給三

十五元川資百元八月五日隨洋礦師赴華平度礦務
得艮工宣力當更有效寓美華工能各回中土以謀傭
食強於旅寄罹虐矣又寄到黑龍江漠河擬開金礦全
案地理形勢甚清晰筆致亦佳
十八日癸酉晴美都近爲醫生會來者四千餘人會懇
余接見當婉謝之隨員姚祝彭乃承會中贈以銀牌居
然把臂入林
十九日甲戌晴熱甚遞局包封總署答復檀島主書係
慶邸單銜援光緒七年該島主赴華游歷總署答書之

案當譯送阿楂總署又嘉辦結洛案及擬訂條約諸事應并前函彙復之小呂宋華商陳謙善等稟乞照會日外部速停封禁華人藥鋪之令華人之必須華醫猶西人之必須西醫豈可强同此皆不設領事不便之明證即電希九促謨烈定議

二十日乙亥晴山東寄到通伸岡礮臺銷案又了一重官累矣此臺創建於光緒二年丙子告竣於光緒四年戊寅共費八萬金公款不足丁文誠墊萬五千金余墊八千金此臺略仿西法工竣恰十年堅固屹立會撥練

軍駐守論者猶謂形勢非善不知當日原奏尚有垛山八蜡廟前敵兩臺以無經費無從舉辦又臺成無礮亦不能為東海屏藩可惜也

二十一日丙子白露晴許竹筼書言李傅相近保使才四人洪文卿李仲約崔惠人李勉林文卿奉使德俄中外薦員多至三百勉林奉使日本以病辭

二十二日丁丑晴科士達來約廿六日晚餐

二十三日戊寅早雨午晴希九電言小呂宋限禁華人醫藥已准外部電告呂督阻止即批復華商

二十四日己卯雨滬局寄到湘軍志文筆蒼秀百忙中夾敘極閑冷事尤得龍門法近日軍志之最也不著撰人姓名曩在皖中似曾閱過

二十五日庚辰雨希九來書請加琴齋薪水酌允之美都考古家收藏法文舊日報方廣不四寸而敘事至百數十段時閱百十年寶如星鳳頃乃舉以相贈余不諳泰西文字殊負其意

二十六日辛巳陰午初總署密電朝鮮遣使事卽電復屆時照辦祕魯各部又將更換查寮之役將竣北省各

寮已查過兩城尚無虐視華人之事

二十七日壬午霧雨巳初赴費城百年會各省官紳水陸軍兵咸集美總統率各部院往客寓無寄榻處黃騰派克約至伊父別墅鄉落避暑之地也黃老候於涂年六十六歲精采健壯善氣迎人火車直抵村外換坐馬車至其廬老樹四圍幽靜可喜彌望山園黃氏喬梓之產居此已三十五年花木皆手植其母年九十猶健在今晚黃老約親友爲大餐客主十七八人席散登樓與進齋少談輒睡西人飲水每從數十里外以機器引入城

市講求水質故不憚煩役此園乃飲井水味極甘美惜不解唱柳七詞耳

二十八日癸未晴辰初起林木挹爽頗有山居之趣黃騰派克導觀百年大會乘馬車行經修薄華屋皆西人避暑別業彷彿烏波而華麗遜之至費城界口有小屋收過路費略如卡房過此以往沿涂多鋪碎石將以碾成平路也涂次見氣球一枚擱於曠地卻無試演之期歷通衢至戲露湖客寓看臺用木支架傍大樹而無陰熱蒸甚不適未初聞鼓樂聲則各種工藝濟用之物蟬

聯而過間有兵隊作華盛頓騎馬督兵狀又天仙指以
自主之狀其屋宇器用自創國時至今殊式異製均用
車輪牽曳供人尋味又爲烟甸野人粗惡無知教以誦
書工作漸變舊俗之狀又作可侖比亞初泛小舟尋得
阿墨利加洲之狀班駮陸離仍有次第編爲小冊竟日
危坐殊憊格總統之冢婦在坐往與一周旋卽返其時
會未竟也扮演諸式只經大街計中里四十里觀者如
堵百年一遇殆未易數覯耳回寓少憩至七點半鐘赴
黃騰派克晚餐楊約翰同坐多言都中舊事十一點鐘

散
二十九日甲申晴辰正小食入城觀兵美總統已至仍
登昨日寓樓與總統相對𥿭蝢旁坐各使惟九鬼及南
墨洲數人領兵前行爲美大將軍佘利鈍人極肥矮以
貌取人則不類矣官民兵合二萬五千餘申初總統回
寓𥿭蝢隨行馬隊導擁總統入門後觀者仍不散䟦候
總統夫人至乃擲帽懽呼示敬聲如雷動費城民兵八
千人亦殊繁庶申正答拜楊約翰仍談都門舊事痰氣
又發顛倒錯亂之甚酉正仍返客寓途次風寒感冒假

榻少憩戌初晚餐黃氏爲主人是日水陸軍有公會已
辭之矣其總兵官倩黃爻子介紹仍乞一顧又新聞館
主筆人爲食於樓之二層請總統並邀余作客近日多
食則胃氣疼婉謝之及總統將來其主席又重懇赴會
不得已一往告以不飲不食略坐而已至則滿座拍掌
少頃總統至亦如之總統立講一遍大意謂新聞主筆
諸君竝於此時會食殆無暇罵人矣聞者絕倒徐言今
晚應到之地甚多然本心所願欲在此席長坐聞者亦
拍掌奉以卮酒總統舉爵曰我甚不願行無如會首不

准我人情現只有十二分鐘工夫耳隨說隨笑而去羣懽送之在坐約二百餘人旋赴水陸軍公會晤佘利鈍後諸軍兵導至總統會所壅擠不能前幾與噲等伍矣久立風大越過軍官之前登臺縱目則總統偕其夫人已立候見客趨與握手遂及虮蝮並美都諸舊識會中巡捕導登小樓九鬼前行迴眄目語而無由近接繞至前臺少坐亥正歸涂經長林氣候甚寒遠望天腳白光黃老謂城中電光所映鄉居距城四十里馬車極速亦一點一刻乃到

八月初一日乙酉晴申正赴費城會之招總統外部陸續至彼此點頭相與隔案座會者約六百人杯盤豐腆伺應不亂九鬼兩日數見皆不及寒暄意此可暢談乃九鬼入座輒有不愉之色或曰余從官四五而倭僅一人又會中人多就余爲禮相形之下故不樂酒半會首立講一遍總統次之總按察司議院宣講官以次逮講多述創國艱難宜南北同心之意又南黨李將軍之裔亦立講一遍似已渾南北而一之也氣象頗佳前總統希士坐於今總統之次漠然寡懽故將軍之不可爲如

此亥正總統起立余亦辭出
初二日丙戌晴西人禮拜黃老竟日在家早飯後相與步行至其子室廬值他出廊外徘徊高樹扶疏少憩輒行又偕訪其女路稍遠遂乘馬車仍馳騁於樹木佳處園亭較幽從林杪遥望猶見黃老樓簷合子女同作園居雞犬桑麻怡然自得富人娱老之境無過是也屬震東購備赴鳥約車票又告楊約翰明日勿來
初三日丁亥陰辰初起微雨小喫後先發行李與黃老同乘馬車入費城甫入火車房接津電兩紙車中不及

譯未初至烏約領事署譯就即電復

初四日戊子晴連得金山領事七月十七二十一二十三各函請獎勵經手發洛款之李榮邦又言羅生忌利埠華人屋被焚因不肯讓街車路致付一炬現與該城知府約訂保護擇地另建已相安無事午後滬局包封日署摺

批兩件欽遵恭錄咨行粤中拐匪周三澌一案香帥接到咨會即懸賞千金期於必獲

初五日己丑晴粤中公函勸捐白沙先生釣臺工費屬

金山領事酌辦白沙釣臺十餘年未蒇役不知集款幾何工程幾何也日署寄到北洋手書嘉撤退福苟事又總署咨復小呂宋設官已抄奏咨會粵督妥籌

初六日庚寅陰晨起復蔡毅約書屬查呂督虐待華人實據並轉告商董陳謙善遇有要事逕電日署若函牘長言則寄美署又薦陳敬如於香帥備法文之助

初七日辛卯秋分陰晚趁火車往觀大瀑希梁震東偕行車甚穩適能安睡

初八日壬辰晴午初抵耐格忌瓹島住吉地利嘉客寓

熱客漸散寓樓瀟洒樓外寒流淺瀨林木映帶飯後乘
車繞行園囿至瀑流屈曲入湖處湍急如黄河盛漲之
狀高岸陡崖嶔崎旁魄崖旁結木亭備游人憩息亭側
有屋數椽售瀑湖所產各種小石雕鏤爲首飾之物間
有適用者略購數種以誌茲游其值甚昂云以津貼善
堂諸費晩餐有英人忘其名矣云在華盛頓曾相見越
席寒暄殊周到島紳波打來訪不值投刺去
初九日癸巳晴晨起麥飯既飽乘車度樓外平橋至瀑
布懸流處緣崖陡下瀑花飛濺衣袂潛溼崖垠鐵欄屈

曲中護小橋斜透㸌洞崎嶇不易行游人少往者瀑下有小輪船一艘渡客容與瀑流極平處游駛不能遠機輪智巧至是而窘矣迴車繞行三島各跨一橋各擅佳勝中島橋在鳴瀑之腰脊嵩林掩映漸有紅葉坐橋柱少憩胸臆皆涼徘徊不忍去三島皆在水中饒有林木而無居人氣脈亦若聯屬俗云夫離昔士特譯言姊妹三也西人好奇又最畏熱盍於島中結臺榭爲迎涼計也返寓中飯復乘車度飛橋至英屬加拿他島橋去水二百六十尺東西距三千二百尺兩岸加鐵柱如閘又

集鐵綫紐作繩索以相牽綴橋之兩旁亦用鐵綫遥繫云可經久數年前有意大利女童米尼阿士皁路的拏來此演技從橋旁鐵綫踏步過初仍眄睞徐行續乃以帛纏目去來任意觀者喧歡擲錢不數日囊橐甚豐其兄與之偕來乃捲逃而遁女童號啼悽愴士人憫之有善歌者爲唱曲醵數百金資以回國西人兄妹之親爲此狗盜之行誰謂不如我同父哉橋窄僅容一車彼此往來各於橋頭相候過橋迤邐至一板屋亦售賣湖石映畫諸物緣梯數級至水機房下視陡絕計二百九十

尺上蓋木圓蓬不見天日旁穴小窗透光以水運機引胡牀上下極險事也溜至平坦處接以木閣低枕水面環以疏欄約里許峭壁千仞草樹蒙茸瀑流至此乃極湍悍隔岸水閣參差陡崖外有木屋方直插天此升梯也盈盈相望喧騰猛迅甚非一葦可航崖側英人映相館持映片相示謂前此有英人善泅者於此賭賽渡甫半爲瀑水濆激觸石而隕又一英人納身木桶隨流滾渡幸不滅頂各爲映照成圖薄誌奇趣游人遠客亦願留圖以備掌故余遂與希粱震東同照一幀風景良不

惡他日使旋可以贈朋舊之談雅游者矣印度王子亦留一映相危鬢金冠纓絡被體猶是華城初見之狀其菩薩蠻之謂乎流覽逾時回車至耐格忌厭科譯言兹島瀑布也爲瀑布正面直垂九十丈横曲略如之水氣積爲烟雲白光澈天際視美屬之側聽旁睨者别饒意味旁有小博物院停車少憩飛走之屬無幾卻有特異之獸喙尖利如箭目長小如豆尾大如帚身亦肥碩毛色略如元狐出南墨阿利加洲性嗜食蟻厖然大物僅與槐國作難可笑也有鰍魚骨一具極大見所未見其

他斑馬人能殊無足異案上古錢一匣內儲乾隆錢兩枚卻非私鑄有楕式方孔錢兩枚一鐫天保通寶楷書直行一鐫當百下一花押不能辨認東偏小室蠟偶數具極劣壁懸吾華通紙人物亦俗不可耐院外題壁行書數行倭人手筆略法米南宫殊域數萬里不易覯此同文之迹日色已晡僕夫返駕途經光學畫室乘輿縱目爲格總統戰績然工藝遠遜金山鳥約諸作也瀑布屬英美兩境從前游客每歷一勝土人收銀錢不一美廷以爲名勝之地宜蠲此煩瑣遂由鳥約諸紳富集貲

百餘萬以俾土人不令收游費英屬則否過橋之費一
金此猶英美共徵也偶從博物院購畫數幅回至美界
稅卡索稅錢繙譯探囊予之徐告以余所購關吏跼蹐
不敢取且擲帽謝過此亦美政之佳者
初十日甲午晴中飯後答拜波打久談其弟又自出映
片相示皆瀑布風景與列肆所售較別波打四世居此
產業極富瀑流之地皆其故物近乃得價而屬之烏約
公產矣其婦子竝賢慧頗有東道之誼申初復度平橋
暢觀三島第二橋固所深愛第三橋盡處折而東則瀑

之支流木磴層折而下宜可濯足密林石上微露人影
臨流偶坐若有所思遂緣磴而西瀑流横侈而迅飛花
猛捲如瀉積雪寒光上薄凝爲白烟岸墕危石可供坐
憩時遇游人亦有攜鏡具就地映照者環球瀑布此爲
巨擘云上流爲蘇比尼河湖墨錫近湖臯鄰湖依尼湖
合四湖之水入耐格忌臘河瀦爲大瀑流入因梯尼奥
湖出桑羅棱索河行七百邁越英屬入大西洋海此英
美接界之地二百年前本屬法猶有礟臺故址滄桑陵
谷海外亦時有之晚餐畢徐步至波打處茶話聽琴歌

子初散波打令伊子伴送回寓

十一日乙未陰日署新延一洋員價與麥治埒不識工藝脾氣何如也得英館書許竹篔到英倫恰後余半月

十二日丙申晴復津電震東親往電報房照碼給價適聞南省火車失險客傷甚多本埠醫生悉數調往醫治續閱新聞紙言鐵路日久霉爛車行顛躓共損十五車傷三十八火車本極捷速而時有失事或急程太過或車頭套搭不穩若夫鐵軌年久失修此尤火車公司之咎也津沽近築火車路其亦考求明晰否意外之險固

亦數見然偶觸其險遂屏而不御亦猶因噎廢食耳十
年前福星輪船失事論者遂詆輪船不宜乘坐幾欲廢
罷招商局適丁雨生在都力言於政府商局遂定偶有
所觸連類書之島紳格笠來晤極道傾慕之意年垂七
十好學不輟欲得中國史事之譯爲西文者以拓胸臆
又言認識蒲安臣故於華事尤殷殷
十三日丁酉晴午後赴格笠之約卽比鄰客寓也後有
花圃水機噴濺極高遠樓上房榻竝華飾有便門可達
戲園格笠之壻家巨富酒後導游一遍返寓已晡天陰

微雨危坐欄檻觀瀑流清激頗有蕭然之致鐙後波打來約明晚過談此間人情良厚

十四日戊戌陰格笠約乘小火船觀瀑天色欲雨不果僅觀其麪粉造紙筆酒三公司純用水力運機其磨麥碾粉由粗入細卽裝箱裝袋亦以機器倒灌引滿則機自停不假權量銖兩不爽以奇器代人工西俗生齒不繁之地宜也日出麪二千七百箱每箱值四元生意不小矣其造紙機器卽滬上紙局所仿效者惟此則以木屑作紙陶太尉己觸機先似不徒用以賓筵席地也筆

酒製法用花合米爲之花青色微黃略如夜蘭香瓣十數種尖小略如緋桃味香美米微黃色較麥長大西人專以釀篳酒然則曩聞洋酒不假米麴殆耳食歟數年前入夏則不能製近得新機以水氣相薄雖炎天不輟工也主者卽以此酒相餉爲盡半甌歸涂經小火船馬頭天日已霽格笠請乘輿一覽仍乘溜牀上下其梯路較英界爲險下至平坡所繞石磴卽可仰觀飛瀑似無須乘船右則奇樹枕崖古秀可畫下有小船僅容雙槳有黑人聳身入船盪游波心水勢湧急處無殊滄海芥

航返寓中飯格笠復來約乘車至鄉落約二十三里觀瀑流入湖處兩山如峽水口灣環瀑勢至是不悍峭壁無岸密樹初赭間有樓臺日晡返轡經西入門馬場規模宏於美都此島信非瘠鄉矣

十五日己亥晴中秋節鳥署各員上衙版進齋函寄文稿七件即核定寄還今日風日清妍度飛橋至英屬高阜迴觀瀑流別有風景沿秋林曲折有新橋雙峙波際橋岸密樹如錦羊腸一徑架木閣以便往來閣外劈松枝作闌略如亞字古樸可愛憑閣一望島樹幽翳虬松

翠柏之巔時有紅葉纏繞霜氣初薄蒼赭相間絕好溪山圖畫迴鏕迤邐每於樹罅見瀑光秋陽所照又激爲紅影岩下白烟仍溼也至前日映相處仍乘溜梯將晡矣瀑浪怒捲浩如江海兩岸最陡窄無陰晴一致也索前照相未竟雯獨照一幀震東疑有風雨遂從火車橋道歸氣候忽涼黃葉蕭蕭秋意深矣鐙後果雨子初雨益大就枕輒睡猶聞簷溜聲枚氏廣陵之樂庾公南樓之興故難兼也

十六日庚子晴飯後重覽三島之勝游人甚盛多摘紅

葉綴衣袂或撲蝴蝶映襯本島稅司吉拏來謁自言與總統有舊堅請明日往游英界石室風景絕佳云今日火車無卧房明晚乃發遂諾之晚乘月至波打處話別

十七日辛丑晴大風雨雹稅司石室之約不果往擁爐兀坐閱謝偶樵白香詞譜箋終卷祇周清眞箋下汴都賦誤沛都朱竹垞箋下按字誤拨字餘無訛譚仲修校對之功也乃歸美於余益慚感矣晚飯後登車行一點鐘至波葫蘆埠換睡車尙安適搭客幾滿天寒甚竟御大裘

十八日壬寅晴火車沿河行晨望河濆秋樹風景甚淸
沿岸多石山間浮於水面石文如小斧劈或如雲林皴
後車兼賣伙食抵烏約方午初
十九日癸卯晴祕魯領事稟復乙酉寓祕華人捐濟粵
東水災數目共六千餘金應咨粵核奬以彰善舉蕪關
稅司許妥瑪舊識也頃乞假挈眷回英過美相訪談蕪
關近事歲收洋稅至二十餘萬金又言曩值梁任時因
公往見梁小若不知爲何許人呼左右詢姓名異矣隨
答拜之偕游仙打園就園中酒肆與飲復約之觀劇子

初各散前年秋許稅司函賀余出使並訂會於美果不
爽約當蕪關聚話時誠不悟有今日之聚人生離合若
或使之許稅司挈妻女因雇一僕婦香山人年逾五十
往還東西洋已十三次絕不暈浪自英入美界稅關索
人稅五十金許稅司甚怏怏

二十日甲辰晴近患心悸類於怔忡昨晚忽睡忽醒至
六點鐘驚怖急起此皆心血耗損所致電約姚視彭來
鳥一談姚非三折肱者聊備討論而已

二十一日乙巳晴倩西醫診視謂憂思太過宜培養心

血安睡爲第一要著予藥水令四點鐘吸一匙味如藕汁夜睡略酣仍不免驚怖又予藥水飯前食謂可開胃味殊苦澀效否亦難言也鐙後西醫間步相過見余咳嗽漸發又爲開一藥方此醫殊不苟簡許稅司來辭行病不能見贈花爲別

二十二日丙午寒露晴科律師來言新蕾命案如證人無新樣供詞可望平反惟龔氏之黨方斂錢以博一勝此案能否解釋仍未定當屬領事轉諭趙鳳培等

二十三日丁未晴飯後至仙打園遇俄參贊於湖壖略

敘契闊度橋少憩僕夫導觀華盛頓屯兵之廬殆一石屋高廣約三丈門尙局房外有旗桿彼都有喜慶仍升旗誌不忘本也日色漸晡返寓微雨

二十四日戊申晴科士達來商小呂宋事如何辦法設官與禁濫征合辦抑分辦余謂分作兩文二者必得一於此科大笑遂將日署洋文各稿並付之科卽日返華城矣

二十五日己酉雨北洋咨會電局官報應給半費奉旨准行官報索費電局慣技余初奉使行抵滬上電南

北洋各事電局既索印花並索電費續告盛杏蓀乃將濫索之費繳還而委爲司報學生之誤此時外洋發電一切電費皆外洋電局包送無所謂半費也乃欲於出使經費項下扣支未免太過

二十六日庚戌晴頃查烏約電倫敦每字一角四仙倫敦電上海每字一元七角四仙電廣東每字一元八角四仙由上海轉電津京等處每字二元一角四仙是此間所發北洋總署粤督署各電均經外洋電局包費中國電局不應再索半費也今年英美賽船美又勝竊謂

島約水道美船較熟論者謂美船於數十年前赴英賭
賽而勝英乃移船就美非盡關水道
二十七日辛亥晴檀島商董古金輝稟言檀外部新易
與訂華人出口護照初無棘手近乃欲效美例照相留
識又八月初五日有輪船由港抵檀載華客三百餘閉
置病房六日幾煩脣舌乃得登岸乞設法以便往來又
香山石連橋村人古玉芳新安大望村人張文廷向以
私會蠱惑華人抗違會館條規乞查辦而於唐舉爲檀
島主騙詐七萬金之事不提及或已結耶華人私會之

盛無過檀島去年有西人得其會盟祕要譯刊西語見寄其愚妄可憤亦可哂也夏間已飭金山領事查辦矣午後楊約翰來約九月初一日晚飯堅辭不可久談而去天日暄美訪格總統家晤其子婦知格夫人尚健乃郎將爲鳥約巡撫云博物院新豢一猴極馴能以刀乂自食教猱升木固自不難

二十八日壬子晴前祕使愛立謨晤易希梁謂接到總理衙門咨新簡英法德俄兩使又詢余何日赴祕願與同行愛立謨駐華之差已撤因祕庫空虛并駐美亦停

愛立謨既自達於總署矣此時猶接總署公文甚以爲榮曩在巴黎得拏破崙冠飾綠鑽石兩枚持往鐵佛呢估價倍於原索之數并示以華產碧犀西人詫爲奇寶用極細顯微鏡審視謂英博物院有一枚俄王冠飾一枚此外不多見云亦觀其所售珠寶貓睛一物索價不亞於鑽石有茶色類鑽石而無閃光者中國亦罕又淺綠色如水晶者彼國別有名而謂非水晶微有蔗紋水中之產云黑珠兩顆價昂甚非中土所尚也樓上磁器磁碟一套十二枚索價千八百金及千金者不可勝計

西人食器之奢如此上古中國鼎彝一物動費千百此豈西人所能夢見哉

二十九日癸丑晴烏約古董店有磁畫人物數幅銅質加繪以磁粉抹之使光澤可鑒云來自巴黎似矣然不平坦亦非磁質拼就者每幅索價百金續往他店得一舊幀純以石質湊成而邊際鑲碎石即摩西掖山圖爲獅子得鹿大漠荒涼有野花一叢並生活可喜質殊厚重特甙舊耳横直約六寸索價八十金樓上儲吾華磁器數種絕非佳品有藍花磁罈一枚僅值千百錢者索

價四十五金有雕花玉版兩片係三鑲如意不全之物奉爲奇寶不便詢其直矣其西產雕磁茶甌頗工細擬購二枚索值各二十金另一枚索五十金異地購物價值不侔如此晚觀水法英劇情文竝美後場映畫純作水村景色己無俗氣臺上注水賽三板船又有小輪船游駛其間水藻鳬鷺之屬出沒浮沈無異海汊島嶼曩在巴黎觀切貌子戲爲神仙幻境密樹上垂瓔絡有妖姝趺坐下爲游船門捷不若此劇輪船之奇至其劇本則英人名那頓占士早譔有少女年十四名妞妮極鍾

愛有養女曰米錐士稍長而心外視之念年老多病盡以貲產俾少女而遺屬乃弟糟匿士照管視如手足諄誡少女事之如父二十一歲乃准分居當日遺屬則律師鑠文爲之鑠文則米錐士之師也產業標注清晰糟匿士只能代管不能盤踞糟匿士之子曰士玷焚極無賴及占士病居別業弱女相依遺書票據並儲於匣以鑰付女屬以聽糟匿士主持女唯唯各就枕歇息女縈繫父病不能成眠旋從房內出視俄聞樓梯步響疑賊潛伏帳後偵之見一中年婦持燭蟻步至書匣處展匣

急搜得遺書而大樂亟檢欲遁女隨手奪回肘父起視
則此婦爲法蘭西人糟匿士薦以伴教少女者也占士
信之甚篤方懟女不受此婦管束至是乃悟逐之病益
劇綿惙之頃鄰人士諳來言鑠文被刺死遺刀枕旁裝
點爲自縊狀占士聞而氣絶糟匿士偕其親串竝來米
錐士哭昏於案醒而大訝以鑠文爲糟匿士所害直訐
之糟慚縮米錐士毅以報仇雪恨爲己任殊有俠氣時
越五年妞妮恪遵治命與糟同居米錐士來訪密訂書
函往來暗記諄語而去糟匿士之子士玷茭妄欲娶女

爲室當占士未死時曾託法蘭西婦誘至其居妞妮不肯入士玷焚強牽之苦不得脫適勇士卜碌行經其地挈女歸占士既死士玷焚又百計誑誘女詈之正纏糾時糟匿士遽來得免汙鄰人士諳曾覩占士遺書者間至其園亭林木多伐責糟匿士無義互詈不輟俄而有賽船之會士玷焚糾合亡命意在得采而惟卜碌是忌欲於會前閉置之米錐士僞爲閱新聞也者默坐酒肆潛得其謀士諳適來卽令僞作卜碌鼾睡於內諸亡命以被蒙之擁入別室士玷焚竊謂得計矣不知卜碌乃

自門外入衆驚愕卽將所閉置者縱之殆士諳也先是
米錐士矢志報仇頻年密訪蹤跡不可得忽一日士玷
樊與卜祿搏鬥於涂遺袖口金扣米錐士間行得之識
爲被戕律師鑠文之故物恍然此案之得白矣當賽船
時舉以詰士玷樊幾爲所攫奪方喧讓時卜祿右臂爲
諸亡命所傷不克自駕船轉倩一美國人代鬥而勝士
玷樊爽然若失矣糟匿士總思圖占士之產計惟賺妞
妮配其子則全產可得而妞妮不允因設謀置之死地
訹以近爲債家所迫日坐愁城爾可往巴黎一游無爲

楚囚相對妞妮言如需錢故父財產大可供用我斷不計較糟言恐外人議論不作此想爾但往巴黎去不宜與我同憂惟須爲一書貽爾姊俾知爾行止妞妮唯唯書竟囘房理裝待發廚嫗壁寫忠實人也潛告妞妮以糟匿士之謀屬密達乃姊女大驚欲另繕一書糟不允將前書索囘仍不允乃婉告糟曰前書函有墨點須刮去糟曰我爲爾刮遂用小刀連劃此殆女與姊之暗記姊得此知女有急難也文章天成妙手偶得女乃跪禱以爲得上帝之助云其姊尋思報仇非卜祿爲助不可

與約會河涯商訂卜祿先期至河岸一鐙夜色寥闃徙
倚埔頭拾地上殘紙就鐙取火吸烟遺燼以足踏之旋
聞歌聲自烟波出游船容與邀與共載計以十五分鐘
可返卜祿以期約尙早乘輿登舟河壖益寂寂矣士玷
焚冃船旣敗無俚之甚曳屧閒行一步十計欲得米錐
士金抑以掩謀殺之罪偶於埔頭見燼紙餘片微有字
跡細視則婭妮寄米錐士函套也遙見米錐士來卽匿
於燈壁後米錐士尋卜祿不可得見巡役詢之亦不知
蹤跡徘徊遲望忽小輪船泊岸卒覩廚嫗璧寫訝其㥁

遽廚嫗述妞妮往游巴黎之僞糟匿士謀毒之工且言
妞妮有書相告米錐士憶前書無暗記廚嫗謂暗記在
封箭上米錐士悟前此急閲函内事理遺箭於地遍覓
不見殆卽此函亦卽卜碌與無賴子所檢拾者也遂告
廚嫗以金扣已得將使無賴子擬抵絜語而別悉入士
玷焚耳中乘夜靜無人與米錐士强索米堅持不可遂
推墜於河米方滅頂呼救卜碌游船冋聞號叫聲猛躍
水中抱持而起水深七尺得慶更生觀者咸鼓掌稱快
其時妞妮方爲法蘭西婦所誆車行旋繞仍至占士別

業妞妮卸裝諦認驚訝而號婦又閉重門妞妮憑窗外
望婦獵覘而掎挂之妞妮至是憤不可遏撤几擊婦婦
乃迴嗔輭語詸以入廚熱架啡解渴廚嫗璧寫知其謀
乘間攜筐儲水瓶諸物悄至牀後即數年前妞妮膶法
蘭西婦竊遺書地也婦旣去乃出語妞妮勿飲婦架啡
渴則探牀下筐取水妞妮驚喜遇救挽與圖脫言未竟
婦擎架啡出潛置毒於碗起勸妞妮璧寫急從牀後爲
之互易自返廚內妞妮與婦均不知也婦挾妞妮就飲
妞妮靳之婦曰爾慮此中有毒乎我且先飲遂取璧寫

所易茶碗吸少半妞妮嬌弱猶啼哭乞其放歸婦且答
且弄續飲其半而汗發矣昏暈斜行倒椅上旋撲於地
面色漸變若笑若狂就枕而顛殞矣妞妮旁皇不知所
措疾覘牕外聞穴地作坎聲又叩門聲甚急乃避蹲椅
背冀暫免瞬而無賴子持鐙跨牕戸入室開門導其父
同至榻沿見一女尸以爲妞妮中毒死矣極欣快細認
乃法蘭西婦父子譁然覓妞妮務置之死勢兇甚忽男
女數人排闥入則米錐士卜碌士諳及兩巡差也繫糟
匱士士玷焚聲罪而囚之觀止矣戲識其畧有能爲傳

奇手筆點綴成文爲義俠者勸此西劇之可觀者也劇
散後園主人導觀後場儲水處試演輪船一周爲酒相
餉
三十日甲寅晴烏約華人近逾五千設中華會館公延
董事遇華人爭論董事爲之排解比因一華店倒盤盡
以貨物勻攤債家董事既調處矣有四家債項頗巨欲
盡踞之董事以爲不公於是此四家乃不詰董事於領
事而訟於洋官幾於對簿此眞愚妄無識領事諭誡不
聽乃告洋官銷案卽此一事則領事之難處已見一班

而鳥約爲尤甚祕署書言祕埠近徜綏靜林莫査寮未返然不致大棘手又言祕稅廠比因査騐魚雷開釘太猛藥隨之發燒三十四人斃者十四餘亦大傾醫治云
九月初一日乙卯晴復希九書論小呂宋華人醫藥及日館新延洋員並催詢小呂宋設官事晩赴楊約翰之會坐客六人均不熟識專車迎送主人之意甚殷總署舊交在美者祇此君及何天爵而已
初二日丙辰晴返華盛頓已八點鐘矣與參贊各員談至十一點鐘睡幸能成眠

初三日丁巳晴撥還美廷洛款重報之項科律師謂細閱洋文册絶無重報余謂中西文字互異之故近巳查確總應撥還以昭大信科乃亟稱中國辦事公道又云下禮拜一赴墨西哥約一月可返託以代查華人在墨情形并墨求與中國通商損益之道科唯唯倭使約晚餐旣諾之矣以病未能赴爲書謝之

初四日戊午陰霧雨西人食器一栟值百數十金磁質旣薄繪畫亦工背面映照鬚眉活現索價故昂憶前游沸上見八駿杯兩枚藍花白磁質亦極薄而藍色微烘

散爲朱竹垞舊物近覩洋磁之薄者恍惚似之然色白而潤洋磁究不逮也磁本華產惜無整頓之者遂不能暢行海外倭人工於謀利日本磁器均能曲體西俗心意爲之銷流甚廣

初五日己未晴外部謨烈託日使致送一函言小呂宋設官事渠始終一致特藩部及該島總督咸謂有礙欲此事有成須除此齮齕乃定此函係八月初六日發而其面告希九以藩部曾經說妥係在八月十五日或其發函時藩部仍游移也應將希九所呈問答之語促之

此書可不答但復日使數行收到而已飯後訪外部催辦未結各案并告以洛款散竣查有重報者六人該款應還美廷虮蝮面諛辦事精到余答以此爲中朝例意也虮蝮肅然起敬仍允速結各案又言美總統明晚可返此行經歷數省極勞頓幸精力能支人心愛戴異黨之人亦無疵議詢以駐日美使哈特已返日都假期既屆留則抑俸云隨赴倭使館送行不晤畱拜墨使久談天氣尚佳

初六日庚申晴晚九點鐘赴科士達公會晤倭使云後

日遄發并詢余歸期意以得歸爲樂又期後會於春明或將使華耶晤威地布勒持佛梅拉諸察院各道費城百年會之盛客散後與譚臣重啖茶餅譚臣夏間同舟西渡近始遄歸

初七日辛酉晴科士達赴墨西哥午間來別并商經手各事明日三點鐘起程酉初葡使來談逾刻或者中葡之約果成此老特來周旋也

初八日壬戌霜降晴洛款重報六人共銀四百八十元七角五仙照會外部咨收李格士銀行單得粤局包封

王余兩員查島將竣七月四日差旋省門西貢暹羅諸
埠未往英屬般烏島前禀請不往者近爲英督所約亦
欲一行經費已竭粤督必有以處之也所請以兵船護
送賽會什物則駿之矣所查英屬各島大抵華人初至
之地輒厚遇之以廣招徠及開闢有基生意漸繁則苛
例起矣觀於澳士地利新金山諸埠如紐所威露省之
雪梨埠域多利亞省之美利濱埠南澳士地利亞都律
省衮司倫省之衮當埠所收華人身稅多寡不一祗打
市嗎利島砵打穩埠刻未起征久當不免華人海外謀

生之難大可慨矣寄英館醃菜兩罎劉芝使淡泊明志不耐腥膻英倫又乏蔬菜余許以在美購贈華人僑島約者閒種菜爲業因屬島署庖丁醃此白菜寄去華人繁盛之區窮於保護惟此鄉味聊供朵頤分餉良友殊自笑也并託查新架坡設領事案

初九日癸亥雨登高之游不果客中意興索然子豫書言古巴照費近益拮据旋辦旋止尚不及去年踴躍購得龍眼如豆大不堪寄贈延希九慶藹堂公函求爲德館賡音泰說項賡音泰本同文館學生近以登車折足

成廢若不聯差自難爲活當貽書洪文卿酌之
初十日甲子雨華城賽馬循例往觀微雨涼颸閲賽兩周而返檀使照復收到慶邸答該國王書并即代寄
十一日乙丑陰周三溎捕獲後有劣紳赴廣州府具保孫稼航批斥之周三溎拐販至六千人已往者五百六十一人瘴歿逾半其情罪即置重典不足蔽辜不知具保者果何心哉近又有哥士打叨架國招工一事水土既惡所訂合同尤苛虐蓬雲函致東華醫院與英官籌禁或中輟矣華傭食力殊方絕無佳況大半出於拐誘

香港澳門汕頭實爲禍階香帥極力查禁或能漸戢兇焰乎鐙後縷復北洋書爲銀行結束從此不願再言矣

十二日丙寅陰愛立謨之弟近充外部祕自嘉西勒士接任總統後已六易部臣交涉之事益難貫串

十三日丁卯陰連日淫霧迷漫昨夜又不能睡惝彷迷離左臂擱衾外曙寒驚醒臂冷如冰不克自舉急以右臂提入衾內如提極輭重之物左臂幾非己有肱以上血脉不貫矣入衾暖暄之漸乃復元殊方夜氣中人如是如是此間日報咸稱頌撥還洛案重報之款以爲

中朝辦事榮耀有餘

十四日戊辰晴此次美都賽馬旋澮而不止有一馬兩分鐘十四昔近行一邁路合之中里約一點鐘可行七十里有西人以萬七千金購之前日有西人賽馬跳溝折其一足小吕宋華人醫藥事其總督得外部電僅展三月期香帥兩次電商爲華人謀用心良切

十五日己巳晴飯後觀賽馬假野外山光以挹清氣繙譯忘攜請帖進門簽子主者一例歡迎並不如衆人之索費風大憑軾以觀歸涂答拜葡使

十六日庚午晴科醫生來爲診脈云心氣已平可不藥脾胃不適但食蒲蘆便佳此果略如吾華黑棗以餹蒸食頗滑大腸飯後訪察院梅拉久談又晤瑞使詢俄使消息仍無定俄使之婦曾嗤外部居室陋劣言貌失懽又與唏嗹善此時南黨司令屢有不復來美之說

十七日辛未晴昨爲法俗上冢之期插花供墓今日則禱於教堂猶不忘所生之意美俗上冢則在五月美洲惟紐阿連一省自循法俗美亦不禁也正盼洪文卿放洋之信適得手書言七月出都九月放洋十月抵法避

紅海之熱云總署咨會游歷人員分歷各國名單坿錄
訓政事宜又洋藥膏倍抽稅釐事北洋咨會朝鮮國王
文以該國分遣駐使也粵報言朝鮮派駐美國之使曰
朴定揚冬春之交可到又御史劉博泉屬查美屬米西
斯比河情形與黃河相若否此事光緒九年鄭光祿承
總署函查巳詳詢美紳耑那士略得梗概函復總署并
錄問答甚清楚其時亦劉侍御片奏條議者兩河水性
形勢迥異治法固不同也黃河自銅瓦廂決口後水由
大清河北流入海語曰清濟貫濁河蓋清水在下黃水

在上清負黃以行泥沙尚不全淤否則濟河形狹屈曲
加以黃流之濁積淤殆不可問矣米西斯比河來源非
如黃河之浩瀚本係清水迨匯美蘇黎河水乃混濁此
與河濟同流似矣要其挾泥無幾並不挾沙其泥性膠
黏乾後即堅實與黃河之泥沙並挾泥質純膠而不實
者異矣又以米西斯比河全河之清水刷美蘇黎河灌
入之浮泥猶無強賓奪主之勢辦法與黃河判然黃水
勢大濟水力微若能以清刷濁水患尚不致今日之亟
申初訪美紳挨林士詢法國磁畫云係銅鐵之質然則

鳥約所見殆法產也挨林士近習中文出觀中國輿圖
係東三省及直隸河南山東山西各省極工緻云係德
人所繪其南省各圖俟續出云西人留意輿地考究精
細近日中國派游外國之員能為地圖以歸則尤善否
則就外國通行之圖加以考索亦甚有益旋訪議紳多
福詢中美交涉各案已悉送外部否余曰久已照會亦
時晤虮蝮促之議院將開議紳之識理者尙擬速結也
十八日壬申晴小呂宋事函屬希九催詢謨烈復陳敬
如託拓車弩士機銅器文字墨使來言移居粗畢得科

律師電已安抵墨都今日賽馬跳溝者仍折足何技之不良耶

十九日癸酉晴舊年詩家谷工黨戕斃巡役一案論抵七人昨始定讞總察院威地自署返寓晚餐後有人投一木匣即就餐桌展視殆炸藥也幸未暴燃即置之前廳家人婦子亦不知爲何事其新聞館訪事人哈文親到威地寓詢訪炸藥之事謂工黨挾恨報復其不遽燃者則封寄時書信館加蓋印烙用力捶打內火綫搭引遂紊否則威地一家皆焰矣工黨罷市索加工價巡役

彈壓乃爲槍斃此而不論抵是謂無政刑威地判決尙
爲明允而工黨竟爲惡報甚矣民政之難齊壹也午後
候之晤其比鄰謂此事威地不芥蔕而其家內咸驚恐
云隨覲墨使新居順訪帆蝢約十月初九日晚餐
二十日甲戌晴昨兵部宅又有投以木匣炸藥者均不
燃前晚總察院之藥匣經巡捕檢交化學人化煉並非
眞炸藥窮究來歷卽報館訪事人哈文之所爲詰之而
信卽行收禁哈文非工黨不過假此一段新奇以售日
報亦黠而愚矣智使來晤英語仍不甚流麗

二十一日乙亥晴西例屬使至友邦應由所屬之國駐使挈晤外部比閱北洋咨朝鮮文無此說非爭虛文慮爲黠者誘導則大損矣北洋應否補咨預杜要結並飭具報職名即電署酌行計五十字午後英使來晤詢以印度王子前此來美儀節果係英使帶見總統及外部是則朝使之來不得不預爲之地

二十二日丙子晴曩聞美書肆有繪畫南北花旗鳥獸圖著色甚精每函索價二十五金頃取觀則索價倍之云只兩本原板已失共十一函須五百餘金不數月而

價值陡昂書賈伎倆中外一轍前日往候總察院威地
震東因其猶子患喉證慮傳染不敢造門今日聞竟病
歿喉證難痊西醫亦束手矣威地當炸藥虛驚後既有
人琴之悼復深小阮之傷七十老翁何以堪也
二十三日丁丑立冬陰英廷爲鳥蚡掄捕魚案特派三
人來美商辦此事兩國魚利所爭各不相讓徒煩脣舌
而已美俗勤儉惟務藏富華盛頓都城簡樸曾不如歐
洲有名之小縣戲園只兩間且時開時閉今夏有意大
里人巴地來此演劇一夕工價五千元觀者如堵墀子

散座亦費十二金絕無僅有然一宿卽行矣美駐津領
事巴拉密留任不果李傅相於其返也予一書令來謁
年逾七十矣絜言北洋優待曾赴總署春酒又在津沽
幸廻謁醇親王頗有依戀之誠北洋來函嘉其年老心
慈辦事和睦惜美廷南北分黨遂以石米德代之申初
檀使來言檀島至舊金山一路擬設水電須費二百萬
金擬與美國合力由電綫公司出貲兩國歲認利息五
釐美總統外部均以爲然慮爲異說腹誹未能卽決若
由此而日本而中國聲息大通更拓至新金山亦於商

務有益余答以太平洋海電軍國重事誠有裨商務究
恐無濟數十年後或見效耳檀使又詆日報誤述其斷
賣一島與美謂該國一小島美欲假以起卸煤觔伊外
部會與美訂明暫假爲用無論何時均可取回希九書
言績晤謨烈小呂宋設官事語較切實寄到問答略節
謂致藩部文已屬以必須照辦藩部亮不固執然事屬
政務恐須政府會議是於藩部之外又添一政府作宕
局
二十四日戊寅陰格總統長公子近經公推爲約巡撫

此爲南北黨舉總統之先聲格若得此席則下次總統即屬北黨故同黨者輒爲跂聃事決於昨日今晨閱報乃爲南黨所得多二萬餘籌云藹亭申呈各埠商董員名清摺近日古巴公牘文理格式均有進境鐙後談臣來晤備述巴黎別後所歷羅馬諸境及火山已陷復現之狀曾至架露城爲意大里屬土而歸法蘭西保護其地專以賭博爲業無晝夜悉役志於鬪牌打波諸戲比屋皆然漠不爲怪亦無喧譁爭鬧之事博塲寬廣過客往觀隨意進出舉俗若是良可詫矣不知地方官亦索

陋規否
二十五日己卯陰雨李玉衡函謝新式玻璃鐙并送香
港近狀酉初晴亥正大風𩗗戶震撼
二十六日庚辰晴接北洋電朝鮮遣使事已恪遵電諭
辦理并求遇事指教視同一家當電復毋蹈前此拜跪
之誤畢印度王子來美儀節證之又該使過倭有無停
頓電北洋詢示該使來時又增一番周旋也德破法後
合普魯士諸國隆以帝號其君相尙持戒懼而分駐各
國使臣似不免驕矜日斯巴彌亞倚法爲援彼此各派

頭等公使日欲遣頭等公使至德而德拒之德王今年九十一歲精力尚健近病經旬其子年五十六歲亦患喉證甚劇國人以爲憂詩家谷抵罪六犯今日臨刑美籍一餘皆挨利士及俄德兩國種類內一犯昨用炸藥從牙縫自炸冀免繯首乃炸烈腮頰頭面而不死罪惡貫盈難逃顯戮也減死而監禁終身者二判非有心作惡亦曲爲之解耳美廷內治之政經年乃定讞總察院威地猶喫虛驚宜其戕害華人之案但任賠償終無辦兇之日

二十七日辛巳晴美廷各部似乏上下相維之義虮蝮旣因副外部波打意見不洽自求解職總統乃撤退波打以安之近日内部又以總文案官壓擱公事有烟甸人田土一案擱至年餘遂爲書申飭亦有請總統易一茸闒之部臣與共事否則易一勤能之文案以執公大約總統亦須善爲之地内部事繁書紀約二千餘人亦不易約束也鐙後挨林士偕礦師谷士來晤云自華回美會於光緒八年往閲直隸山西諸礦盛稱山西煤鐵之佳強於倭產五金之礦亦富叩以但閲礦苗能定此

礦衰旺否答曰無論如何礦師無此識力惟視開礦者運氣而已挨林士近習中學求薦一人指導余詢之進齋亦慮中西文字融會爲難

二十八日壬午晴曩聞馬瘟邪術之說流傳香港漸至上海究是疑信參半何緋聯久住香港亦謂聊存其說耳但光緒三年以烏石山案寓福州招商局某董事處其榻側有小玻璃瓶屬勿誤動每禮拜某董事必破指出血滴入瓶內云此中有物須以己血養之可就瓶口與語所謀無不如意欲罷則書一符與飲便自漠然此

瓶購之新架坡云似馬壚邪說非盡無因也未初赴律師哈倫鄉居中飯同鏕訪教士卜士年八十一叅蜜百十窩悉在樹陰地上冬雪若積恐凍僵涂經西人叢塚見有軍兵帳棚爲勞近浮厝處美廷恩禮勳舊殊非意想所及地近蘇遮土龕林木亦幽翳

二十九日癸未晴溪理察寶星之案頃劉芝使咨據英外部復文謂與英例不符不能代達君主譯抄英例一紙坿寄所謂不符者殆邀賞二年內卽須具報遲則違例云此係英國自治之政若英人而邀他國賞賜者似

不在此例而英於此等事似若慎重名器不肯苟且遷
就者此後英員例賞置之可耳何必煩此筆墨哉曩聞
芝使言有英員某在中國機器局出力得二等寶星英
廷謂既有薪水不合邀賞至其效力皆中英兩國睦誼
與該員無干令將寶星繳還此次溪理察寶星但云不
合伊例不便代達已覺措詞圓活耳英都近收禁一挨
倫議紳挨黨麕集二萬餘人於紀功碑下將與政府辨
論巡捕彈壓之兵四千餘始以喫苹果擲詈繼而鬥毆
英廷復調多兵始弭其亂受傷甚多醫牢幾無隙地云

清末民初文獻叢刊

三洲日記

（第三册）

[清] 張蔭桓 著

朝華出版社
BLOSSOM PRESS

三洲日記卷五

南海張蔭桓撰

十月初一日甲申晴希九鈔呈照催外部醫藥事文理明敏又新訂洋員已於前月二十一日接辦近聞外洋亦有算命之說問有精者中西殊歷司馬季主之奇固非西人所能推測進齋謂西術但論年月日不問時仍類中土查星盤之意德王自筮命長於子而冢孫則壽命功業皆隆將傳位於孫

初二日乙酉晴香帥電約陳敬如赴粤即轉電許竹篔

屬以自酌如不留法館宜即往又詢減薪事署沓定否
午飯時何天爵來闔者卻之復來飯後遂接晤自言甲
申經手擬借美款一事曾兩次赴華未得謁總署蓋因
美使館先貽書署中謂使館不與往還故總署不賜見
隨將美館漢文函稿出觀此爲美館拒斥何天爵之函
伊從何處鈔得甚可詫前此總署與訂合同何天爵仍
存篋中近且欲續前議且謂昔之不獲報命殆因粵閩
假英款利息九釐視原訂五釐之約相去太遠故美商
不願現則四釐亦可辦到乞代商總署云余令將前訂

合同交還再爲轉達現計中國無急用或不需此第前
年瀕行總署曾屬取回此約此時機局尤宜急索之否
則播之新聞招搖可慮
初三日丙戌晴水師部汨尼因病乞假就醫烏約初九
日之會亦以病辭項美都論者謂非眞病但假此赴烏
約密結黨與爲總統謀再舉耳汨尼爲南黨富室意或
然歟灣克近舉烏約議紳郤係北黨烏署向與交好亦
遇事相助因爲書賀之
初四日丁亥晴日報言俄王赴伯靈爲德王禪代之事

德王老病欲以國事禪於冢孫俄德交厚或相贊助耶
前日何天爵言中國現在外交之事以保高麗爲亟日
本亦然高麗苟爲俄襲則倭亦有不利斯論不自何天
爵始也或謂能聯各大國共保之如歐洲字小辦法似
可久長

初五日戊子雨咨總署洛案冊結並外部往還照會陳
敬如已留法館不能赴粵卽轉電香帥晡時草疏奏獎
接留差滿各員夜雨

初六日己丑晴晨起見微雪氣候略淸檀島董事程汝

楫從子程祖樂欲投効天津武備學堂嘉其久客異域不忘根本爲咨北洋核收卽將咨文交程祖樂自行投遞金山學堂歲籌專款得千三百金約可敷用惟教習脩脯尙缺其半須續商也金山華商最盛之地而窘澀乃爾華人爭訟鬥殺醵金助虐頃刻可數萬此等培植人才之事乃如蟻穿九曲亘可慨歎

初七日庚寅晴昨晚斑林馬戲失愼獅象各獸紛突場外傷數十人環球馬戲以此爲最往多演於烏約此次乃在幹邦衡以日國之例豢猛獸逸傷他人者論死則

此戲班不能不賠償美律寬縱或遂置之耳外部來文新派副外部富利司即補波打之缺係烏約律師云英國專使詹卜綸副男爵塔罷外部司員阿般來訪未接晤

初八日辛卯小雪晴華傭來美自蒲安臣居間後輪颿益密美復設例限制立論旣苛增修無已似將杜絕華傭足跡也者而金山稅關司巡乃潛發華傭護照於其登岸又曲爲掩著即映相亦可更易此項私照發去盈萬無非賄結而得近爲合衆國衙門攻訐稅司黑假亦

難委爲不知也美屢思限制而自治不嚴豈合歸怨華傭哉午後答拜比利時駐使法蘭西參贊前祕使英專使及議紳鐙後愛立謨來言祕國各部現已派定詢其屢易之故愛言祕政略殊美其部臣若經議院疵論輒不願供職咸相引去詢以巴拏馬河工竣否愛云無期近有人集貲六千萬創設公司另開一河在中阿墨利加洲賴鶻露亞驕亞地方其地距美稍近從墨西哥過去

初九日壬辰晴美各部及各大書院予人公函不黏士

擔別製面筒式署明查係私事罰鍰三百元郵遞即無遠弗屆士擔之權爲國家獨擅特設郵政部以專之然公面猶可免黏此中煞有斟酌中國電報局略同郵政該局借貲公帑遞年就各署官報扣抵帑本開辦至今抵償未了明年電局新政乃并官電亦收半費提鎭司道且不許用官電同爲官事中西命意固殊戊初讌外部帆蝢戸部欽鴉飛勞内部林麻郵政部威露士陸路大將軍奈利鈍總察院梅拉馬調合衆國委員威露臣前駐華公使楊約翰英使葡使日使法使丹使瑞使日

本代辦十六人帆蝢起爲頌詞余令震東譯答亥正散

主客皆歡

初十日癸巳晴寅初率參贊各官恭祝

皇太后萬壽今日爲美俗舉國祀天之日各署竝放假

適與華例偶合午後科士達自墨西哥回述墨國近狀

併華傭情形曩聞金山華商言墨西哥都城屋房有類

華式者似華人之經商於墨古亦有之海外經營載籍

蓋闕非如今日之聲息遐通也楊約翰偕弟來訪云就

夏盧報館之席仍理故業當可資生耳晚觀西劇

十一日甲午大霧晨起窗外樹林濛濛不辨但聞車聲巳初始霽仍暄暖金山新換三邑甯陽會館紳董已照章咨粤矣頃復照會虮蝢轉告戸部檄飭税關如禮相待易一紳董而多如許筆墨近事之繁猥者也曩寓金山九層樓江藻亭不諳煤氣鐙消息遽以口氣滅之煤氣四溢幾瀕於危何緋聯隔壁寓急閉其管乃免華人初歷外洋情狀如是昨有南省議紳乍來美都亦如藻亭之曾遇救而甦煤氣鐙始於乾隆五十七年此時美國全境尚非盡用煤氣

十二日乙未晴滬局遞到總署咨復上年銷冊北洋咨會復奏華美銀行事南洋咨會卸任日期閱邸報八月十三日鄭州河決奪溜南趨水至邳陽江淮之北被災既重若泛濫及於洪澤湖裏下河則為害烈矣

皇太后軫念災黎頒內帑十萬金飭發豫撫急賑

慈恩廣沛小民當免流離蕩析之苦河既南行或從此導之入海不假洩水三分之說齊魯之患稍紓而南河故道已湮雲梯關海門高淤豈易卒辦禹圭納錫果何時也

十三日丙申晴熱寒暑表八十五度氣候殊不正昨晚英使約與專使詹卜綸會似三十歲人詢之則五十二歲矣英使謂向不認識聞將爲宰相云座客如虮蝮余利鈍諸人皆美之當道駐使卻寥寥也久談已苦熱倘不及今日之甚近有詆法人長技惟歌舞庖廚他無足觀者有人起而辨之謂法經德敗猶能收拾餘燼改爲民主十六年中僅三易總統而養兵仍四十餘萬歲餉七千餘萬雖國庫歲乏儲積然已極難能矣間與美兵官哈麻齡論及哈謂即此便覺法廷養士之薄美合衆

國額兵僅二萬六千餘人而歲餉三千九百餘萬傷病
羸老之俸餉不預焉若徒恃多兵而餉如是之濫安足
示武哉
十四日丁酉雨近聞法總統有退位之説因其𢿯招搖
納賄國人譁之法總統慚而引退德王近已大愈其子
喉證亦少差
十五日戊戌晴前月剔還美廷之款美都有人電致金
山謂此等款項華人出名代領殊不爲貪而中國如數
送還核實辦理光明正大視我美前收英國阿羅巴磨

賠款一案竟將溢銀吞入囊中其相去爲何如云金山又有誘拐迫娼之事爲番禺陳氏婦陳姓之寓金者稟乞查理已批交領事本日得領事申詳全案並錄供詞文內有貞婦之節愈苦拐匪之罪愈浮之語當咨香帥按名拏究幸此婦業經提送回粤並分致東華醫院愛育善堂矣秉彝之良有生同具當能妥交婦族也金山此等事無歲無之華人行徑如是愧憤而已傍晚赴外部律司黄吞公會爲詹卜綸而設諸客畢集而詹未來僅與主人周旋而出各使亦陸續散矣遇土爾其使已

改易該國服色意甚詡詡許竹篔書述九月二十八日
署電減薪仍從元旦始追繳坐扣照章辦理
十六日己亥晴晚讌美總察院威地布勒持佛格臘上
議院掌院佘文議紳多福歇地巴拏鑾升高頓律師科
士達美總統中軍官威露深丹使墨使檀使智使比使
前祕使愛立謨美紳談臣本署洋員柏立等酒半威地
起爲頌詞余仍令震東代答如禮十點鐘散柏立以公
讌分兩日後請者不懌未請之公使亦不懌殆不亮客
多不能竝坐而各國駐使無甚往還又豈能遍約之乎

今春德使以德王生日讌客亦未遍邀駐使是豈余獨
矯異哉叩以不懌者爲誰柏立又不能指出是其師心
自用總以不預陪外部爲此妄言耳洋員難共處不悟
前任何以耐之也

十七日庚子晴議院將開午後往觀覽規模宏敞强於
日都議事墀子卻遜之也上下議院竝相通亦均有駐
使公座中爲總察院讞案亭平之所曩以洛案未結不
願往頃洛款已償無煩爭辨乘其洒埽陳設時一觀他
日開議則隨意以聽尤便也大門內油畫多華盛頓戰

蹟院內油畫則與英壘接仗及南北花旗鐵甲船圖下議院主席之旁一爲華盛頓畫像一爲法將軍駕拉飛拏畫像當日助美叛英者也另一院則歷任總統石像制作頗精滿鋪雲石中空如磬立近當門處相距盈丈設爲細語其應甚洪又如聲從地發者卻非遍室具此妙趣想建院時中空之處亦有分寸電氣從門洞周通故宜振響也院建已九十三年費一千一百餘萬工程尚不爲侈院藏有木杵長約二尺餘上綴銀鷹蟠以銀絲每總統新任則諸議紳捧以進謁此美之掌故究不

知何所本議事墀上嵌玻璃中畫各省印信徽寓版圖富有之意美立國僅百一十年而能恪守創國成規駸駸富盛視歐洲日以攻戰爲事者誠有過之本日爲法總統去住定議之期國人欲舉茹費禮以代而異議者尙多法總統不欲再辭矣茹費禮係謀越之人削民財而博不毛之地法人滋惡之其物望又遜於美之咘嗹

十八日辛丑晴微雪昨法議院以總統初言去位曾下明諭現在果否堅退仍須再給一諭乃定從違總統以議員持論如是知民心之非終附也亦將毅然舍去晡

時赴談臣晚餐觀羅馬伯靈油畫水畫磁畫並有佳趣
談臣贈窑蠟煙管一枚子初歸氣候由寒而暖
十九日壬寅晴獎摺核繕旣妥附片爲董事何丹桂譚
玉書改奬此前任未及核辦之事隨案附陳不没若輩
前勞云爾法總統果不安於位置君如奕信然
二十日癸卯晴美兵部署中有大木一枚質極堅實而
四圍皆孔南北花旗爭戰時此樹在威氊拏省兩兵交
接樹當其衝受槍彈密如蜂房停戰後乃伐置於兵部
署以示血戰之苦此時南北混壹亦習而忘之耳南北

分黨祇教堂不分耶穌神道莫或使之歟法總統已舉
定嘉勞不知能終任否
二十一日甲辰晴美國開議院之期外部例請公使往
觀巳初往上議院俄使檀使先在座議紳漸集於堺至
十二點鐘時學院升座誦耶穌經一遍自費城移都於
此恰百年矣誦畢即舉案上函牘交書記朗誦皆新舉
議紳之事有南黨一人爲馬韓作替者或詆其所舉非
實將大煩辯論日報紛言之至是而迄無異同尙顧議
院體面堺內議紳咸集各據一案間陳設鮮花美以開

院爲巨典也返寓後震東復往下議院觀者尤雜有老者當掌院誦經後號召於衆與共唱一歌座無應者此老乃自高唱議紳惡其失禮執之大約每年開議院時必有此種笑柄且多出於下議院

二十二日乙巳晴外部請示使館從官勳銜補刊搢紳今日美總統頒諭議院之期竊謂內治外交必能兼顧乃祇言庫儲大充急宜減稅便民絮絮至六千字而絕無各國交涉之案現最切近之鳥蛤倫爭漁一起英專使尙會議於外部且無一言提及可詫也鐙後訪科律

師亦謂向無此式日墨各使曾來致詢若有同情總統
能否聯任仍未定云隨赴前郵政部阿亨公會熱甚不
耐久坐主人殷留茶酒啜一甌
二十三日丙午大雪晴西報言漢口蛟災甚烈但願傳
聞之訛耳致李仲約書述外洋使規及美日祕三館現
辦各事覼縷二十二紙
二十四日丁未晴金山華人自相訟爭被繫三百餘人
曾令蓬雲商諸嘉釐福尼省總督分别摘釋二百人拘
回原籍由華商籌給船脚七千餘金華商能爲此舉良

可嘉尙頃據來函仍慮若輩出獄尋仇余謂隨釋隨登舟不能在金山復滋事回籍後則長吏執法足以懲之矣即詳復蓬雲具報以便咨粤

二十五日戊申晴美總統頒示議院之諭英廷大爲嘉美以減稅便商則英之貿易於美者益可獲利特美國製造各公司頗深觖望南省之種煙製糖者亦然亦有幸有不幸而已然美以庫藏充盈爲此盛舉亦自可嘉申正酬應公會兩處夜雨竟夕奇寒滬局代購茶葉綢緞始寄到

二十六日己酉雨墨使又面請立約近日華人潛赴墨
境者領事窮於禁遏如能善爲保護未嘗不可與商查
墨國記載明萬歷三年卽西歷一千五百七十五年曾
通中國歲有飄船數艘販運中國絲綢磁猌等物至太
平洋之亞冀巴路高埠分運西班牙各島其時墨隸西
班牙中國概名之曰大西洋我
朝乾隆五十年西班牙伐英而敗太平洋商船慮爲英
虜墨遂叛之剗乃自主
二十七日庚戌晴法前外部茹費禮不得舉總統而得

爲部臣國人惡之聯合死黨二十人擊於議院已被三
槍洞中要害初尙能支越宿則劇甚可見人心不附也
頃閲邸報鄭州決口截留江北江蘇光緒十四年河運
全漕備賑想被災極重矣又戸部撥帑二百萬爲堵口
之需不足仍續撥復准豫省截留京餉三十萬放賑緬
懷
高厚食毛踐土之氓當知感激年内合龍尙不致重費
二十八日辛亥晴外部約游觀華盛頓墳塋園樹英俄
檀及南墨洲諸駐使郵政部兵部前水師提督波打下

議院專司外交議員外部司員布郎等男女約百人已初登舟微雨少頃而霽乘兵輪行游另用小火輪舢板泊岸客皆徐步寒林晴旭隨意流覽蚪蟆約共映一相又偕游華盛頓故居守塚吏導觀如去年並爲英專使敘述一遍余與布郎先返蚪蟆諸人陸續回船未正中餐申正回棹矣蚪蟆謂今日以美國船載英國專使游華盛頓墳皆百年前逆料不到者也叩以華盛頓之裔蚪蟆謂華盛頓無子既創宏業而乏嗣絕似天之報施不厚不知此中冥冥之意特使其無子女則美國民人

皆其子女也𧊒蝢之論甚通又言華盛頓並非奇才異能只是辦事存心悉歸忠實故能成此大功不知忠實之爲用廣矣𧊒蝢又言承任外部三年始得此一日之暇其勞亦可憫矣立談良久不覺抵岸握手爲别英使之車爲女公子先馳去附余車同行使館相距甚近也英使爲言茹費禮爲法之亂黨曾因事繫獄往曾相識人亦似能幹然則法人欲舉爲總統殆忘其縲因之跡歟今日舟中閒坐時𧊒蝢甫出戸波打問俄使𧊒蝢年已六十否俄使云不知轉問英使亦不知波打徐與俄

使耳語余年歲俄使潛告波打以余近能領會波打遂不再言余徐用英語告以不諳俄使面爲之赧其實余究未了了

二十九日壬子晴英署寄到新架坡設領事案郭筠仙給英外部照會謂中國遣使與設領事亦條約所不載既能遣使即能派設領事英外部回文乃援据條約以答及胡璇澤病歿曾劼侯派蘇桂清代辦領事英輔政司不認幾煩辯論而定至英屬各島則並不允派矣昨日希九畝言曰藩部已於西十一月十四號會議小呂

宋領事及醫藥事寄到與外部謨烈問答恐亦未易就範

三十日癸丑晴美總統諭議院文譯寄總署

十一月初一日甲寅雨北洋咨會黏鈔朝鮮表文午初科律師來言新蕾案兩造現仍調處又請將錢笵拓本發還黃昏申正答拜墨使并赴科律師公會有墨外部之女新嫁後偕壻來游其壻扁鼻面色類華種攜示華裝映相乍看幾以爲華人科曾使墨與外部有舊特爲遍延美都知好爲此盛會

初二日乙卯晴美紳烈而特初與中國立約之公使也家在波度摩西正月爲善會其子婦特來美都請總統往赴又託人介紹來見備述傾慕中國之誠請余赴會

初三日丙辰陰霧午後雪美都近多喉證雪則雜病可免美將改歲雪乃應時不識吾華得雪否直東水災孔亟今秋復有鄭州之決黃患及於江淮現籌堵築衞薪雖屬冬日柏矣

初四日丁巳晴雪後騁車西人以爲樂事晨起時聞車鈴雪已霽矣墨使新居落成特約晚餐座皆熟客祇可

倫比亞公使係初交
初五日戊午晴開平人張進亘旅居美之阿利簡以醫爲業有西人倩其治病而效租與金礦一區價二萬金以九十九年爲期亦如西人在華租地之說自五月施工至今水坑存水淘洗甚便下游一坑忌之遂串合原租之西人强迫奪回張進亘佯以合同鈔本付火而潛遁他埠函託烏署供事張丁盛爲之設措頃復託該省紳士之任議員者具啟求查理鈔呈所致張丁盛函及礦圖又洋文合同一紙閱其文理殊費尋究略會其意

以礦坑爲西人奪去而仍迫以西正月一號將餘銀交
訖情䘏可憫因將洋文合同交科律師酌辦俄王近復
被刺於都城誤中副車
初六日己未雨古巴總督新政華人赴醫院治理者歲
索領事補給藥費八千金或六千金藹亭駁以華人承
招而來傭工勞苦因而致病當日古巴約許與至優之
國一體相待華人應與日人同此權利且領事歲收華
人牌照費均用之於華人身上
國家並無絲毫報解領事亦無餘貲安能歲籌醫院巨

款立言得體此皆日國横征苛斂之政宜煩辨論也午
間科律師將張進艮合同攜回謂據此合同華人應得
礦坑利益然亦不解其來意姑先託議紳請仍查詢該
華人是何主見即函查烏署申正答拜俄使
初七日庚申晴近以鄭州決口黄患及於江淮欲博訪
米西斯比河情形訪議紳升高頓河壖人也爲言益參
將從前議收束河身使河流迅捷不停淤未始非善惟
河流太急則商船不便往來誠於商務有礙又需款太
鉅僅試辦而未竟全功此河情形絶類黄河灣曲亦多

水極混濁特沿河多曠土非如中華之繁庶年或決口
亦不要經理然附河居人則甚惴惴每當秋穫將登遽
付波臣竈蝸檻魚數見不奇矣鄭光祿前復總署謂益
參將之議已行猶非今日情形也
初八日辛酉晴長至節寅初率參贊從官望
闕朝賀循例放假一天亦爲酒醴宴飲杜門竟日致豫
東撫藩書去國兩年朋舊音問闊遠弭管輒悵
初九日壬戌晴美俗將慶耶穌生日知交餽遺絡繹西
歷將改歲矣墨西哥求通商事咨商總署恐須明春始

能見復華人傭趁異域日益繁雜既難禁遏應思所以
調護之然亦甚不易張進良金坑之事美紳電復令在
該省衙門控告立案梁勤自哈佛來所習英國語言文
字大有進境晚與赴貨郎肆中購買什物可以代言
初十日癸亥晴西人度節之期後鄰戶部總司員郁文
合家人婦子作雜劇鐙後往觀座客百十所演北冰洋
雪景郁文自蒙皮韉爲白熊與小兒女跳躍別一老者
混身雪點狀如貨郎分給諸孩嬉具西諺所謂山特呵
羅士也中置一樹滿綴友朋贈遺之物或謂西人實解

尋樂然客中寓目徒深異鄉之感耳夜雪

十一日甲子晴積雪不厚天氣卻寒前戶部珉玲病歿

鳥約醫者言其心思太過腦髓枯竭以致不治美總統

親往弔唁國旗半下以志哀戶部署蒙黑布十日

十二日乙丑陰小呂宋華人醫藥事藩部議准一遵華

法由日廷給憑按各國一律遲日即有復文領事尙未

定議云華人醫藥照華法辦理此極公平之事絕非格

外要求惟由日廷給憑一層似未盡妥華醫應由華官

給憑與日何與寓美華醫已久照此辦理所謂按各國

一律者猶以西醫視華醫也或者華人藥店須由該國
給照此理尚通然已乖報施之義耳日商在華所收呂
宋票亦須華官給照乎俟接來文再與辦之適科律師
來與詢及此科謂日廷給照之意無非藉此斂錢然各
國既一律辦理華人亦難獨異
十三日丙寅晴喭許竹篔函軸託滬局致送竹篔本月
初四日坿法公司船內渡行次無譯官不得已覓一吳
人學英語者同伴
十四日丁卯早霧午晴蚵蟌函知美總統西歷改歲後

一日見客虮蝮亦於是日爲公會婦服既除照常酬酢
矣科律師之親眷璧近操醫爲業移居使館之前鐙後
訪之寒月滿堦夜色閒曠
十五日戊辰晴顧敬之新製鐵簫洞中音節爲鐵簫歌
贈之蓬雲欲面稟要公復以自審諸島情形能暫交副
領事經理則來此一晤希九寄到催外部文又法國磁
畫映本每幀有索至八百金者然皆非意中之物宜不
購也外部司員布耶送閱古文摹本三十八字請攷證
似篆似梵葉當係埃及文

十六日己巳晴自日返美照會虮頞條約文久不見答比因華婦來金山較多悉援光緒八年美例金山地方官無如之何其實皆稅關串通也虮蝮來文欲速訂限制而於保護一層不敘亦不照復前文今年粵中歲熟華人來金謀工者少其華婦之被拐誘者已次第截回并託東華醫院分別飭屬認領又遣送華犯一事嘉督矜慎須十閱月乃竣

十七日庚午陰韓使十五日抵金山參贊從官共六人始乘美國兵船至橫濱隨坿柯順匿船來美電詢蓬雲

察其形跡如不來謁幸勿先施正發電適一香山石岐鄉人張姓來謁詢其何言乃請屏退左右可詳也自言三歲時鄉野閑遊一白衣老人攝至深山密室教以兵法行軍調將諸事十三歲時予以盤川令至金山且告以此數年間有張姓人出使美國可往依之又言中國近與外國通商應修武備水師雖有新船究不敵外洋之精熟宜以陸師爲主能合精銳保全高麗規復緬甸越南再以偏師臨印度使之懾服納貢功成不受賞又言白衣老人即留侯云卯其年僅十九歲所言似狂非

狂華人寓美類此當不少續乃索盤川求棲止大雪寒甚不耐其纏擾許以明日來領

十八日辛未陰霧雨七點鐘赴後鄰汨鶻晚餐馬行旋濕衣履霑濡明日天氣仍爾則拜客殊不便

十九日壬申晴甚出意外洪文卿咨會十月十七日抵伯靈廿一日接篆又手書一函述德國新政民人年三十九至四十五歲均調充守兵頓增十萬兵數十年之內歐洲必有變局德將爲戎首云今日爲西歷正月一號美總統延接各使及美國官紳之期十一點鐘往各

使先後至按到國次序與總統握手爲禮及其夫人外
部旁侍亦與周旋隨至外部寓宅小飲返寓中飯進齋
仲蘭皆託病不能同拜客此等周旋固非人情所樂彼
都新歲各部及九察院上下院掌院總律政司水陸大
將軍均須往拜前使面交一單又自行結識最熟者亦
到門計二十六處終歲酬應以此爲甚窮一日之力須
遍及惟倭館投刺之說則不能遵前任之教耳

二十日癸酉晴曩過倫敦薄訪交際情形英國乃無新
年酬應只朝脅會須周旋數時許不識德俄何如煞美

則即此一事已遠遜歐洲之省事耳午後會拜下議院
諸紳及田使之兄又赴公會四處電蓬雲韓使來美事
二十一日甲戌晴查詢外部如韓使之來美國有無榜
樣總辦布郎謂德國未合并以前間或見之近則絶無
僅有耳午後酬應各部公會夜十一點鐘赴英館觀樂
舞偶感風寒少坐即返連夜咳嗽甚苦
二十二日乙亥陰新舊案犯六人已盡釋此案聚訟三
年前任深以爲憂前領事黄鈞選則不即不離欲爲和
解而無濟春初託科律師力爲斡旋幸活數命天道猶

昭昭也彭禹廷在金山不耐寂寞放言高論條列中美交際事而文義甚劣子剛古巴雜記刊成見寄三本今日寒病殊憊迄不思食與客談輒沈沈欲睡

二十三日丙子小寒陰雨鳥約美商欲乞中國量減出口茶稅公稟外部轉告田使達之總署諾否未可知也中國理財宜於中外交關處著意司農新政加重茶釐茶商益窘矣印度日本茶葉方興豈能不預爲之計哉美商此舉雖曰舍己芸人然立意尙不僞

二十四日丁丑霧寒病少痊仍避風蓬雲電言韓使廿

一日起程來美都其在金山時僅與倭領事一見其於
蓬雲則名刺往來而已適得北洋咨會與朝鮮往返文
牘本日得恭振夔書鈔寄漠河采金呼蘭墾種奏咨各
稿又略述俄界情形前任所立犂頭尚須查理現派李
金鏞踏看漠河金礦遂及界務又黑龍江電綫已成惟
商電絕少祗官電往來恐不敷經費又欲余代覓礦師
洋匠一俟北洋商定即便電達云
二十五日戊寅陰霧華人來金日稀不及初定限制時
十分之四以工藝爲業咸不賦閒又日報述韓使之言

甚謬必有潛爲蠱惑者粵人甘霖頃來謁云將返里謀開二銀礦在香山縣境採取礦質運美融化換易硬木以支礦穴乞咨粵中如此採運恐與洋商合股令陳弁詳詰之未據切實回答或者不出所料

二十六日己卯陰霧昨服止咳藥水稍適晨起微眩耳韓使來美事備文照會蚋頓已初封發續閱波士日報韓使昨抵烏約何其速也該使如能恪遵該國王教旨與北洋所錄奏咨事理不背自當愼循字小之義知無不言如其自外生成恐非該國之福亟布總署北洋薄

陳其略午後大雪晚飯後醫生來診脈仍勸杜門數日以避寒氣

二十七日庚辰陰昨晚波度摩善會不能往進齋震東祝彭赴之連夜逕返以韓使已抵客寓恐有詢商也古巴學堂歲終考課中西學各取四名兩學並習皆首取者河源縣童吳金秀年十三歲性甚聰頴慰情聊勝新審案結後粵人關德偕該城律師方德裁來見余深嘉律師辦結此案聲名必大起律師謙言名愈高則毀愈重可謂見道之論叩以問官如何判結律師謂此案供

只一面已不足以成信讞其人且患瘋疾全案皆虛無須判決

二十八日辛巳晴韓使來美事外部照復禮拜五日十二點鐘接見并為代達總統接受國書造詞得體因屬參贊詰問韓使何以不遵九月二十六日津電三端辦法該使謂韓廷並未行知起程在九月二十七日或海道迢遠未能速達之故瀕行時知有津電而韓政府尚須與袁總理更議但進謁用銜版公牘用呈文華使行文用硃筆照會則已奉政府明文云其詞恭其意狡大

約外撐門面而又不忍盡昧天良特於兩國交際之間
克循侯度而於他國屬耳目之地則儼然自肆故如是
齮齕也進齋相與問答數百言亦可謂善存字小之義
矣即將問答大意電津午間酬應各部已極疲勞比鄰
公會遂不果赴美醫北買年九十矣病歿於家以其游
粵最久唁以鮮花
二十九日壬午晴外部已訂期會晤而韓使不遵津約
辦理勢成騎虎只可先期晤蚇蝬為韓使先容蚇蝬謂
韓為中屬美與立約

中朝之意務推愛相待行告田使轉達總署云軓蟃既
如是周到韓使往晤及商遞國書諸免枘鑿矣即令參
贊面告該使毋爲拜跪之儀叉電津八十六字今日酬
應上議院議紳公會二處晚赴總統會仍公服會中遇
俄使云俄歷今日爲歲首俄之星度見日較早於美八
點鐘彼都此刻正賀歲不無鄉思云土爾其使久易美
國冠服迨公會時仍循本國制度戴冠如藥臼上綴小
緌纓此會周旋逾兩點鐘甫出宮而英使至其時尙有
陸續至者天寒雪霰宮門内外涼澳頓殊

十二月初一日癸未陰寒復劉芝田洪文卿書述朝鮮
遣使來美情形午後該使館參贊官奎章閣檢校待教
李完用繙譯官行電報總局事李采淵來投銜版午後
酬應公會五處晚飯後赴水師部之會子正返寓
初二日甲申晴午後酬應公會五處晚觀西劇粤人趙
詠梅以新舊案結賦詩爲頌幾於城者之謳
初三日乙酉陰霧近閱金山日報檀島復亂其島主及
首領諸臣均被四鄰橫征暴斂所致云程汝楫古今輝
來稟但言立例苛虐尚未及此晡時赴後鄰公會霧雨

溟濛氣候甚惡
初四日丙戌晴祕魯近以稅關不收爛銀紙兌換鋪商不肯出現錢交易市面鼓噪時虞爭鬧使館亦急儲糧食以備禍生倉卒無從購買且爲杜門避亂計祕總統與英商假四十萬元英商要般戶四十家作保不要諸部畫押故未定議祕政如是何以爲國近又欲投雅片煙稅大約亦如檀島所爲意粵人必有受其矇惑者或謂煙稅重則山內華傭不禁自戒恐未必然也午後滬局包封遞到恭報自日返美摺子

硃批欽遵咨行總署奏派游歷司員傅𣏌元顧少逸已
抵日本余昨已照會外部并分行日祕兩署一體照會
矣惟巴西一國雖有約而從未遣使尙須晤巴使再令
貽書彼國也晡時酬應諸察院及上院掌院公會七處
返寓得保定電復朝鮮遣使事靜候鈔咨到日再酌也
此間只能辦到認明屬國及杜他人誘導至該使果否
未奉政府明文殊難武斷夜雪
初五日丁亥雪檀島浮收華人入口費又閉置病房諸
虐政昨准香帥咨復已派繙譯辜湯生親往香港詢明

英官并檀領事每船載二十五人之例檀已刪除轉行程古兩商董申初朝使具銜版修謁版署朝鮮嘉善大夫協辦內務院事駐美全權大臣朴定陽來意甚倨卻之昨夜腹瀉精神委頓晡時赴下院議紳公會六處冒雪歸寓晚飯談臣約觀雜劇亦猶去秋之技特影戲絕佳其一幀狀海上之景一輪船低昂於波濤洶湧中有數帆船往來行駛觀者幾忘爲畫其二一幀荒塚纍纍無數骷髏跳躍隱現又一古櫃骷髏自掀其蓋隨電光開闔誰謂西人不談鬼也此外樓臺村墅牛馬鳧雛千變

萬狀均能逼眞臺中變幻之戲則劄取美人首旋復合之頗奇演時墀子上下鐙光盡滅只臺沿列煤氣鐙臺中滿綴黑幔術人從幔出美人隨之又一紅衣頳面人持劍出索取美人首術人相與詰辨附美人坐於小木几上高約二尺許俄而臺中突出一木礎高與人身等術人先作以藥迷矇美人狀徐假紅衣人劍剜其首置於木礎眉目宛如死人少頃瞪視轉眄且爲淸歌聲咽如絲術人乃提其首復合於頂旋合旋起幻矣其端坐木几時自係另爲軀殼特假美人眞面目以接之及移

首於礎實與身俱移黑幔掩映難遽辨耳軀殼則機栝內撑使如活人之穩坐此無足異者但身首乍合猝能立起殊莫名其妙

初六日戊子晴桐城張藻卿寄貺郭有道碑拓一本碑久佚前年濟甯東關外有田舍翁涚氏建屋從土壁中掘出以爲柳下乘涼石几嫌其多字鑿之續有人言之州牧遂移置濟甯州學曩曾觀濰縣陳氏藏本極完好訑如星鳳今得此本雖漫漶猶可寶也碑十六行行三十二字有額篆漢郭有道先生之碑八字與濰縣本同

與王蘭泉所收如皐姜任脩摹本則并無額又姜本以
謀不朽此本作以圖不朽與傳合姜本翔匾外以舒翼
句書作鵝此本翔字從羽均與姜本異此本縱極漫漶
亦非傅山鄭簠所補作碑佚於南渡前石墨鐫華言聞
之晉人舊石曾在一秀才日摩娑碑下久而將碑盜去
介休令重摹一本以應人之求後又磨去王巳正再刻
之此本鑿痕宛然其爲秀才盜沒而復出者乎抑介休
令之重摹者乎蓋不可考惟碑中互異之字略識於前
其墀徯亭隨般牆諸字則不辨矣殊域寂處營茲古懽

殊意外也申初瓜拉乖國公使來晤自言舟中相見後一病至今否則早來矣該國在南墨利加洲代辦無人之缺殆四等公使也能爲英語本日赴戶部水師部外部公會晚約察院威地墨使科律師譚臣醫生壁寫來署小敘薄答諸君子之招也

初七日己丑晴內部林麻果得察院北黨惟士丹佛士刁鶻圭之掌院英哥深不願而莫如何內部遺席乃屬郵政部威呀士此則詢謀僉同南北黨皆洽矣林麻本極幹練詆之者謂行年七十二照例不得爲察院此西

人貴少賤老之故智毋亦黨禍中之歟韓使朴定陽復來求見絮絮逾兩點鐘以筆代舌其於津約三端仍矯飾諄以專權全權爲問意謂與余敵體也具銜版而不公服津電所謂荒忽自大者已泰西各國互相遣使已歷千百年亞洲遣使西來僅二十年動形生澀加以言語不通者欲不同欲聯邦交殊未易易朴定陽不諳此中肯要妄思表異恐徒費經營無裨使事也韓究係屬國談次婉諷之亦正告以奉使之宜俾自愧悟問答數十紙朴交參贊什襲居心猥瑣可笑朴行後隨復酬應

上院議紳公會六處返寓七點鐘赴美總統公讌同席五十八余偕英使法使瑞典使與總統一行坐新客則英專使詹卜綸又上院議紳余文下院議紳巴拏鑾皆專司外交者也總統夫婦外部虮蝮主席略如去年風景韓使前日旣遞國書此會乃不得與自主之謂何也或曰因余在坐而然則恐不稿七點半鐘入座十點鐘散酒食豐腆音樂喧闐席散後徘徊正殿重入筵讌處飲八角酒佛蘭地酒吸煙詹卜綸就談甚久曾識曾侯者也總統與各使互致殷勤而別出宮門已十一點鐘

矣
初八日庚寅大寒晴爲臘八粥以餉同人鄉思彌動復傅栐元顧少逸書屬抵金山時卽寓領署以節旅費午後循例至美宮投刺道謝答拜瓜拉乖國公使承款喋啡云在巴西之上余究非知味者其情殷殷殊可感智使亦在坐少談各散訪格總統夫人不值赴威露臣畢頓兩會鐙時返署
初九日辛卯晴外部照復傅顧兩員游歷來美已咨戶部轉行稅關照料登岸免驗行李云晡時赴後鄰公會

適遇田使之兄爲述田使近狀又導見田使姪女李學菴到美兩年從未一赴美宮今日總統夫人見客與之偕往宮外寒氣撲人入門熱甚人極擠擁晚十點半鐘赴勞令公會主人方病足拄拐棍以延賓苦矣英使瑞使英專使均在座

初十日壬辰晴寒甚韓使亩送前日問答而將遣官來謁一段刪去殊有心計復令補錄并寄與駐使名單晡時赴山後公會又赴後鄰盆鶻晚餐蓋屢擾之矣此君並非富人而好客甚摯

十一日癸巳陰今年水患不獨鄭州決口聞漳水亦漲大名城垣爲之衝塌久不得大名守國孔安消息爲書詢之韓使送還問答鈔稿仍將遺官來謁一段改作面商之詞抑何閃爍此自無關緊要而掩著如是申初酬應公會十二處晚飯後十點半鐘赴外部之會屋小人多擁擠之甚蚈蝢曩爲議紳卽僦居於此不因外部而別拓新居視啼嗹一緕外部卽營華屋者異矣

十二日甲午晴外部總司員布郎竟辭職另派李某不知品詣何如布郎在外部十八年別無過誤祇耆酒成

癖終日醺醺始以酒治病績乃不能禁制鄭光祿當日
深倚之余卻無甚往還午後赴墨使館聞葡使病歿墨
使遂不見客外部今晚之會亦貽書改訂此兩日間各
使館均不出門酬應殊有古風葡使駐美最久年六十
餘十月間赴余之招談諧甚暢月來公會多不相值始
悉其病不悟遽爾不起聞其家貧甚薄有所積亦爲其
子浪用而盡可憫也今日肆上倒閉木器雜貨四店美
都生意似亦非佳竊訝物價如是之昂而買賣卻無利
毋亦稅重所致乎宜美總統有減稅之諭

十三日乙未晴虮蝢以洋槍一枝餽歲槍極精美修理器具均備西人游獵之需也出自美廠希特公使函知明日十一點鐘爲葡使送殯函牋均用黑邊西人持服之式子剛自粵來函述十月二十八日金山華人以洛案索償清楚備牌繖爲頌大都溢美之詞地方文武亦道賀則尤愧歉午後大雪

十四日丙申晴雪厚四寸雪車游騁絡繹於涂午初往送葡使殯就其使館步行至教堂雪後幸免傾躓殯入教堂教士念經數遍又以爐香淨水噴洒其柩意謂導

升天堂也送殯者各使咸集外部虬頓亦至水陸軍提督竝在坐約一時許殯出教堂有兵隊十名音樂數名爲之前導迤邐至天主教堂浮厝各使均親送俟厝畢乃行返寓將申初矣余本有寒疾扶病致敬天氣極寒彌形困餓今晚總統公會決意不赴同使諸君意亦云然科士達自墨西哥回贈翎毛畫數種

十五日丁酉早陰午晴昨格總統之子可侖比亞公使竝來訪適余送殯未還遂未接晤惟今日始見名刺繙譯委爲闇者之誤其實均難辭咎也朝鮮書記李商在

求見徐進齋彭小圃李學菴即就客廳接晤閱其問答無甚要言惟津約三端果有明文朴定陽亦於初四日接到韓電而顧不遵可憤當令呈報到美日期及使館職名

十六日戊戌晴英專使詹卜綸約二十五晚餐今日美都月蝕六點鐘盡七點鐘復圓

十七日己亥晴曩閱四庫提要永樂間張洪使緬甸著使規一卷有錄無書亦未詳其爵里頃偶檢列朝詩集張洪字宗海常熟人洪武中坐累謫戍雲南帥臣延教

子弟薦爲靖江王府教授永樂初授行人奉使日本洮
崐賫詔諭緬甸那羅塔六往始聽命守使職越二十年
仁宗始召入翰林改修撰年七十餘致仕修撰國初老
儒貫穿宋人經學歸田之後鄉邦制作咸出其手歌詩
非其所長詩一章出沐氏滄海遺珠集蓋其戍滇所作
云使規一書絳雲樓亦未存目他日歸國晤常熟故家
一叩之

十八日庚子晴照復外部修約事韓使抵美後金山華
盛頓各日報皆言朝鮮近係自主遣使於外無須請命

中國絮絮言之莫非韓使所授意識者爲之不平昨科
律師勸將律咨各件付日報刊刻以駁之項閱倫敦報
已將朝鮮國王請
旨遣使之疏及律約三端并登日報實獲我心矣天下
事虛虛實實豈能純作囈語誑人韓使不智可笑亦可
憐也今日仍避風談臣來候并言樟腦油擦胸膈治寒
疾之法
十九日辛丑雨陰今日寒疾漸解申正答拜韓使告以
奉使之宜及亞洲遣使凡百生疏較泰西各國互相通

使難易判若霄壤朴似極感謝然筆端總涉機鋒貌似和平心實狡獪以其藩屬而推誠指導然其不足與爲善則已見一斑矣款客茶酒一循西俗所居又極寒儉殊無謂矣晚飯後答拜談臣并赴阿希之會觀樂舞子初返寓

二十日壬寅早陰午晴今日各部公會之期晡後仍往酬應新郵政初接部事居極宏敞水師汨尼而外此其亞也檢萬國公法星軺指掌兩書贈韓使

二十一日癸卯晴朝鮮使者朴定陽呈報本年十一月

二十六日來抵美國華盛頓十二月初五日遞呈國書隨率人員左幅開列爲此理合備文申呈賜鑒後開全權大臣朴定陽參贊官李完用書記官李夏榮李商在繙譯官李采淵隨員姜進熙李憲用各職名文尾署光緒十三年十二月日鈐用朝鮮國特派全權大臣印篆文當即照咨總署南北洋粵督部英俄倭三使館另爲朱筆照會發給該使光緒十四年時憲書令日酬應上議院公會十一處每與一瞎翁相值主人多尊禮之畢頓特爲介紹叩其素詣殆在下議院每日開議時捧經

求耶穌保佑之人顧不自保其目亦殊可惜
二十二日甲辰晴鄰人欲假使館作跳舞會公湊會資領袖者隨會擇地每夕四十金欲省租錢故欲假館然聞之房主人跳舞多則房屋易損遂卻之科律師自鳥約回晤論前復外部修約之文殊精細午後答拜義大利可侖比亞希特檀香山智利各公使檀智兩館少坐餘不相值隨赴公會五處最後談臣一處徘徊最久返寓晚飯日本參贊鶴川貽進齋餞歲詩而求余改正因次和而嘉獎之晚十點鐘赴水師部公會嘉客畢集十

二點鐘歸
二十三日乙巳立春雨參贊從官具版賀春光緒六年陳副憲懲辦檀香山拐販之案粵人譚鳳儀房產久已查封頃招商局稟訴北洋以爲冤抑承咨查理卽屬參贊檢卷核辦或照行檀島程古兩董轉飭陳國芬稟復程古兩董適稟陳散布巴路船自金山載回華妓途經該島有歹人李福勾通鴇婦欲留居於此極力禁遏尙有三人被其朦混登岸現須訟理稟乞懲治外洋拐販之風隨地皆有當因港澳出口時難於稽察流毒至今

曾劼侯香港設官之事果有成議或能維繫之也蓬雲適自金山來詢及此事云已與檀領事辨論數次該領事已電致該國政府云晡時赴畢頓公會劉芝使函言自俄都言旋即在巴黎度歲又詢韓使到美領謁外部有違言否歐洲無屬國遣使之例亦無公使帶見之儀云即縷復之此中瑣屑業詳於臘朔一函要之歐墨情形互異未可一概論也

二十四日丙午晴夏間天津託雇鐵路華工務選好手領事竭力勸導華傭乃舍其現成工業承召回華所訂

合同月三十金現聞抵津後爲洋匠所忌總辦竟減華
工半價諸華工乃進退維谷余於此事甚願贊成實欲
華傭知中國可以謀生不致久留異域當時川資一切
均係墊給不晤此輩回華後津局頓忘招置之初意耳
東礦招雇三人聞尙得力且不爲洋匠所抑祇機器力
小尙未大有所獲然礦則亘佳也金山義學醫院各事
漸有頭緒華商年來生意仍望華工則各有起色游手
之徒近皆執業
二十五日丁未晴小呂宋醫藥一事日藩部新定四款

一華人開設藥店或東主或管理人須有憑照此項憑照爲擔保其合宜之用送呂督參贊查驗如無憑照自該督刊示後限六個月舉出管理之人其人須由中國製藥學堂出身有憑照者將憑照呈日國駐華公使或領事官代理領事官簽字方爲合宜如此辦法祇作暫准開設一華人藥店祇准售與華人至衛生例暨製藥章程凡有與華法相宜者務須遵守一此項議定條規至限滿之期查有不遵行者照章議罰一將來國家如有應行暫停此項利益之時先期六個月周知以上四

款殊含混希九與藩部辨論甚詳又擬以由駐日使署給照藩部以爲非與各國一律希九照會外部擬改由中國地方官給照送日國駐粵領事簽字并擬照式送去不知外部如何答復也呂島設官之議外部仍極口應允但疲緩耳今日酬應諸察院公會五處林麻新得察院并往賀之晚赴詹使之約同坐皆美北黨及英使土爾其使飲讌逾時詹言中國鐵路斷不宜假手他國自瞏利權曾爲說帖致駐華公使轉達總署云詹極幹練英使謂英廷將任以相臣詹使席散後赴外部公會

子正歸寓

二十六日戊申雨雪函達總署韓使來美情形並附外部照復及朱筆照會稿烏約領事函言張進良金礦地價迄未照交只言礦主有十八個月之限而合同乃無此說殊棘手墨西哥新建使館完美今日之會有樂舞晚飯後十一點鐘赴察院希力尼公會昨晚方在詹使寓與同席故益周旋此會乃與韓使值見余拱手爲禮略談即去余一點鐘乃行

二十七日己酉雨未正忽晴霽晡後酬應五部公會又

下議院掌院右鄰卜拉潤共七處返寓而子豫駘選自
古巴來述古巴近政及別後各事
二十八日庚戌微雪金山各會館鄉人以新會橙沙田
柚餽歲分餉西友俾知中華風味午初晴科律師來言
議院欲申限禁華人之說議紳巴箬鑾答以外部方與
華使訂約已有照會宜稍俟之因舉濁水坑之案告科
科謂可為保護之一助申初酬應上院議紳公會七處
馬邦議紳拋麻留聽琴歌三疊對盡一酌返寓晚飯後
八點半鐘赴總統之會諸參贊均以為苦蓬雲子豫適

來遂偕往周旋至十點半鐘英法德俄義五使均未到
韓使公服紗帽圓領各使之公服者惟韓與檀香山鴉
氊天而已此會向不公服外部已貽函知會何足恭也
韓使今日來辭歲晚會於美宮韓使後至人太擠無暇
與語
二十九日辛亥大雪寄北洋書論朝鮮遣使事韓使初
次通謁具銜版而不公服方謂官卑無此制耳昨遇於
美宮則該使與參贊繙譯並紗帽寬袍綴補子略如前
在津門接晤該國太公之式因令彭小圃往詰問小圃

乃爲公亟與進齋仲蘭聯銜給之或慮失懽韓使耶韓使種種謬妄不能不與一棒喝午後擬偕子豫乘雪車乃爲公會所累酬應檀智兩使館及議紳璧近合衆國委員威路臣鐙時始暇檀使深以昨夜美宮之會誤穿公服爲懊悔殆未細閱外部亟耳檀使久於美尚有此誤宜韓使之足恭然余已詳告之韓使之誤又甚於檀也晚十點鐘赴上院議紳抛麻水師部汨尼公會觀樂舞均與虮蝮相值虮蝮今年屢作主人又頻出酬應寒天雪雨老健不疲

三十日壬子雨批復金山醫院事改政金山學堂章程酉初赴畢頓公會歸閱韓使復參贊書自辨冠服如禮且怪余不免其禮服又以元日賀年冠服未定候示趨赴其詞狡辨令參贊駁復之戌初赴外部晚餐同席德俄法日和比倭及南墨洲各使韓使亦與席帶繙譯而不入座甚離奇德使先爲余賀歲席散又重申頌祝虮蝮及有約各國皆起立稱賀子初席散返寓又赴戶部之約遇俄使言此間酬應勞不可言本國政府不知我輩境况方以爲客中佚樂耳此語甚有閱歷少頃虮蝮

亦至西俗純以酬應爲事非此則耳目閉塞一事不能辦各使之勞勞殆非得已柏立以英製磁瓶餽歲取華語平安之意威露健臣畫牡丹餽歲且作華文花王二字談臣以墨西哥雲石几餽歲均雅製也

正月初一日癸丑雪寅正二刻率參贊領事各官望

闕朝賀畢相與團拜客中兩度歲華涓塵乏報彌深愧歉韓使來賀猥以冠服之制瑣瑣致辨昨夜子正猶貽書參贊以袷袖爲禮服曩晤該國大員無非紗帽寬袍國太公亦復如此豈朴定陽官閥較尊耶於其來也預

告闍人卻之令李學菴往代答拜
初二日甲寅晴小呂宋商董稟呈呂督濫徵華人身路稅之據及官報數種又言呂督以醫藥之禁爲華商所控大加讎視多方刻制即傳電他處須先呈電底眞無理苛虐矣華商求設領事之情彌急何日慰之也今晚使館公會鋪陳布置頗煩瑣既就緒五點鐘赴察院飛羅之約日本參贊鶴川又有詩來無暇次和矣晚九點鐘諸客陸續至外部戶部兵部水師部郵政部總察院大將軍佘利鈍上下議院掌院議紳多福等各國駐使

希特英俄德法瑞士瑞典日斯巴彌亞土爾其墨西哥南墨洲諸國朝鮮使均到會約八百人三點鐘散分飭僕從檢拾鐙火四點鐘睡虬蟂常言公會不樂客散後乃樂此言殊雋

初三日乙卯晴湘浦稟言祕屬嘉士馬島華商漸集權派西人河西嘉黎盧爲代理領事華人自行集費上年十一月初十日已准祕外部給照云午後赴議紳鍾士威露健臣公會順道至外部投刺謝除夕之讌返寓晚飯十點鐘往觀樂舞人數衆多樓窗爲之震撼扮演諸

色人甚奇

初四日丙辰晴耶穌齋期新教之徒若無其事舊教則持奉唯謹侵晨卽詣禮拜堂求掌教以灰筆點額佛氏受戒之意也舊教於禮拜日期劇舞讌飲如平時獨於齋期不苟新教異是門戶之見所由分也今日余生日韓使率從官來賀皆衣紅袍意在修好乎令震東謝之約其晚飲俄法日智檀土墨各使均於九點鐘到往還最熟者也英使受新教而諸女故祟舊教不果來法日墨三使仍舊教卻不拘泥俄使與余同歲法日兩使長

余五歲面貌尚不老特鬚髮白耳西人多有中年鬚髮純白者稟賦異也

初五日丁巳晴照會外部濁水坑命案三點鐘至察院波文士議紳抛麻處投刺謝讌會此間使規惟大讌會必謝餘則否又答拜韓使謝壽勸以採訪外國日需之物以較本國土產能合外國銷場者設法以拓商務因舉直東草帽辮一物告之冀其隅反韓有蠶絲布帛之利宜可展拓復舉日本比年商務以歆動之韓使乃志在製造軍器叩其鐵礦如何則云有礦而昧開採之法

是製造仍暗耗也屬以試攜礦質送此間鐵廠化學家試驗因成色以定採礦之法韓使唯唯云日內來晤余告以明日往烏約歸日再談韓使問他出應否派代辦余告以不出美國境不派代辦亦無須知會外部韓使請明日派李采淵至車頭相送余堅卻之韓使前倨後恭余每與筆談皆推誠相與我盡我道而已英美魚約已成詹使將返又將訂婚兵部晚赴兵部公會虯蟂在坐英俄檀意各駐使均到詹使適至相與立談不便詢其婚事也

初六日戊午晴九點鐘赴鳥約天氣寒甚車中遇水師部汨尼獨行蕭然無逹官氣進齋謂中國水師提鎮出入尚不知如許赫赫況部臣乎美政之簡如此晤議紳巴拏鑾密言限制華人事議院方聚論甚棘手余告以中國非不准美限制特保護亦條約所載其不在限制之列者美能不爲之保護乎巴默然謂力所能辦者無不相助鳥約各華商迓於車房復到領署求見詢以商務云有起色鳥約貿遷以來以舊年爲最美云美政近慮喧賓奪主故於歐洲工人亦加禁制若擅立合同者

概不准登岸去年有女工到岸亦被阻
初七日己未晴烏約積雪未銷寒甚領署鑪管窒滯則
尤寒哈佛學堂案北洋咨請查理即約容蒓浦來詢
初八日庚申雨水晴美國各省各例烏約所購中華會
館近將交割烏約省例不准他國人購業惟公所不在
此例諸華人乃求領事函致總督交議上院既議准下
院尚遲疑上院紳灣克告領事予以一書俾傳示於衆
聲明華人會館之地斷不致潛爲博局希梁諾之灣克
復約余至烏約城中一游並與總督相見許以雪晴得

暇便往教堂函請往觀宣講卻不願赴然前此西省虐待華傭諸耶穌教堂均爲不平亦非佛口蛇心者

初九日辛酉雨王榮和余瓗查島之役未竣復爲北般鳥之行香港無逕達該島之船須繞越新架波附輪前往客冬十月初五日自粵起程十一日由港搭船十七日至新架波小住二十八日附豐安輪船十一月初二日抵般鳥所屬拉浦灣埠初三日午後展輪初五日抵山打根埠該省總督燃礮示敬又華人甲必丹馮明珊及華商金永發等二十餘人皆接晤該島華人不過數

百散處山內傭工者千餘土產如堅木冰片沙藤樹膠
覓得金礦惜未廣闢榛蕪廾業不暢該島之政則設立
賭稅進口鹽稅每擔二元自來火柴每箱二十八元又
香港無船往來均與華人不便然山打根島通商僅六
年且有瘴氣入山華人多腳患又爲工頭苛虐病亦不
准出山醫調良可憫惻其拉浦灣埠則華人與土人互
市已五十餘年道光二十八年英人得此地於文萊島
主遂將拉浦灣內外三十邁全割隸英屬英設官經理
該埠有華人五六百名華商南發祥等數家生意未甚

興盛土産西穀米冰片樹膠煤炭尤盛華人居此尚無
苛刻情形王榮和余瓗遂將山打根做政告之英督允
爲删除不悉言行果符否其所立授地新章刊刻告示
者已見於港報又查得前年華人公司購地一千五百
希羅每希羅約地五畝紙規三元共規費四千餘元僅
付三分之一函請英督展緩並懇專設輪船至港英督
已知照輪船公司二處允以越年舉辦惟每船須華人
認定載貨水腳津貼若干刻未定議云王余會稟之詞
如此所謂華人購地公司或即沙荅公司否王榮和余

疇查竣後復至新架坡前往暹羅冬令風嚴候船待發應有續報惟英屬島除新架坡外不能設領事徒知民艱無緣保護殊增焦煩晡時何天爵來晤約明日兩點鐘往觀製銀票土擔廠

初十日壬戌晴劉芝使咨會客臘十五日赴比國又英法俄各使館並爲牋賀年雖酬應虛文猶有故園風味未初赴製票紙局略如美都規模特多製土擔車船票股分券及各國託製諸式日本有漢字尚可辨認餘但視圖刻精工而已岑樓九層局面甚闊

十一日癸亥晴街衢積雪日有鑿之者消乃速每月工役銀三元今日華盛頓生日美例放假一天午後訪巴盧適窗外有官兵鼓樂行隊所以誌國慶也巴盧笑謂余曰使華盛頓生時見此等兵隊必不以爲喜美之兵氣亦有今昔之別耳重觀所藏霽紅瓶的是佳品惟瓶口有補裂痕否則伍氏未必肯以此贈旗昌也總統往南省游覽約一禮拜始返涂經園道湖冰尚堅無數童稺怡然冰嬉游人亦甚盛余將赴祕魯博訪巴拏馬瘴氣之害脚腫爲最不善治則不救鄉人闞越以黑芝蔴

蒸食脚腫遂消極平淡而神奇者也龍岡公所訂元夜
春酌昨已卻中華會館之局不便赴之龍岡公所者合
劉關張趙四姓爲名義堂金山大埠建樓塑像規模肅
然旁列諸葛武侯畫像熟讀三國演義者爲之益信此
昔雲漑之廣鐙後觀雜劇美俗凡假期墀子坐客皆滿
極魚龍曼衍花團錦簇之妙有兩女郎緣繩至巔上懸
兩鐵架可以並坐並躍一女郎反身俯瞰以齒縋其偶
盤轉如旋觀者目眩徐緣別繩躍渡前簷鐵架則如天
平之式兩人分綴其端或一手或一足反跨倒掛無不

如意既而兩面環轉略如鞦韆之戲又以小鐵錐挂於架以齒接之懸空直立仍能環轉少頃乃徐徐縋繩交互攀答而下其一别挽一繩鉤升至絶頂一小鐵架高絶險絶仰睇如小嬰兒略翻身即曳一手帕冉冉自半空下自乃躍跳而墜旋墜旋起若無事然每演此種雜劇必先置網以防顛隕仍有險處求安之意大致與法國同惟一跛者爲銅架於劇臺跳躍轉側飛動離奇此爲僅見或曰此非眞跛特屈一足以神其技耳天下人之矯揉造作以自炫鬻者可類推也易曰跛能履信然

十二日甲子晴古巴總督擬收華人入醫院調洽藥食
諸費陳藹亭一再駁斥刻經該島議院公議以中國領
事所駁援據條約公法有關邦交應卽照行否則須達
日廷定奪於是該督乃照會各巡撫一律出示一如藹
亭之說又該島近許美國商民利益各國領事方欲置
詞頃閱官報日廷已准各國商民一體均霑矣藹亭可
以少節筆舌之勞也午後赴博埌宅聽琴歌
十三日乙丑晴香港何崑山函懇酌派何啟爲小呂宋
領事內舉不避親崑山有焉特該島領事前准粵督電

派余璘續又改派王榮和均在未定之天須候日部復文乃符公法何啟在港爲律師歲獲逾於呂島領事之俸且英日殊例呂島日文日語恐非何啟可辦藹亭稟古巴華人出口新章免納島官照費四元該島僅收二角五仙宜將此費加納領署二元以補街紙之絀自本年正月始事屬可行卽批令照辦晚九點鐘赴窩頓晚餐主人殷勤備至酒饌皆慕華風坐客多舊識席散後爲琴歌茗飲客來更多一點鐘返寓蒓浦坐候已久與談數刻約明日未初再晤

十四日丙寅雨。純浦負滬商陳善昌一項，該商乃控諸哈富。洋官盡封純浦產業，並及中國學堂，荒謬之甚。中國債務不於中國訟理，而假洋官權燄擅封公產，情殊可惡。即電南洋轉飭滬關，勒飭陳善昌繳還學堂建造經費，否則查封產業備抵。今日北洋咨會韓使來美，與約三端，韓王悉遵照，並分行朴、趙兩使。朴使猶矯言未奉明文，殊謬。北洋客臘電屬鈔咨照會朴使，即指此也。鄭光祿久無消息，比得答書，殆有人琴之悼，而足患仍未痊。且言粵中去冬天花盛行，人口損傷不少。粵地冬

令不寒宜有此患申初格蘭忒楊約翰來訪未晤

十五日丁卯晴日報言朝鮮之於中國年例貢獻而中國報之加厚非如歐洲屬國之謂有駮之者曰朝鮮國臣服中國歷數百年非屬國而何美醫阿連爲韓使作參贊茫然不知體要云何天爵前日告余以德太子病將不起彌留在此一二日間殊不確德殤一次孫德廷持服兩禮拜以誌哀尚非德王前擬禪位之孫也德太子喉患數月醫以刀割爛喉數寸易以新喉此極難忍之事而不假迷藥論者方佩其勇

十六日戊辰晴虮蝮函約後日十二點鐘議約槐花園損失各案允就外部會商不交議院請將各案細數攜示而於保護一事迄不言及仍難妥愜也因定明晚九點鐘車回署滬關稅司矦立威來謁跛一足扶杖而行叩其致病之由因打地波失足右骰骨不能屈伸醫將爲之割補或不成廢華語則較精進矣巴盧適來答拜並訂夏間赴伊鄉園消夏又言虮蝮來此一宿約余回華城當告以明晚卽返或亦虮蝮遣探行止乎何天爵明晚之會不克赴又不知其住址特託薤浦代達以其

鄉居相近也

十七日己巳晴鳥約銀行主八杜益士盧專爲余設會申正赴之坐客皆來見應接不暇房屋旣華贍別一室滿壁油畫皆精品簾幔琴奩有中華顧繡之物此不多見鐙後返寓涂經戲園失火剛滅水車猶未停何天爵尙來糾纏晚餐劉寶森婉謝之而去十一點鐘渡海登車望海上渡船鐙光輝映略如粵中橫樓石人像亦遥遥可辨夏盧報館多倚甫適同車爲逖科律師抱孫之喜又約夏間訪其鄉居是夜寒甚車中又忘卻閉風窗

遂不成寐

十八日庚午陰辰正抵署午初至外部𧈢蝮手攜各案先述美國律綱總統權力微弱絮論一遍隨將約款請酌一為保護寓美華人就光緒六年續約而引伸之已非前此之齮齕矣一為積案賠款請撮示總數欲將欠項推歸華人自向債戶索追意仍脫卸余要以兼賠命案𧈢蝮有難色余謂苟辦兇則無此事耳既不辦兇則不能不賠援美國前索西班牙成案比照辦理𧈢蝮不能辦余復要以交犯一條𧈢蝮力請從緩問答甚長震

東譯記韓使求見無暇接晤
十九日辛未晴蚼蟫繕述條款以英屬哥林祕亞近日多招華工請與英立約勿令至美余昨徑駮以中美立約無預英事且此事美可自謀何須煩我蚼蟫曾謂此款無關緊要聊償西省美民之願而已乃來文仍有此說殊誤其第二款稅司立例一語命意甚巧包涵甚多余業告以立例須與此約不悖已囑其隱蚼蟫不得已添注送來今日擬再與面論以電筒詢之蚼蟫四點鐘始暇余不往矣今日爲總統與各部會商之期詹使來

告別晡後往送已首途
二十日王申晴約稿改政午初持示𠹹頓將哥林祕亞
一款刪去𠹹頓無詞保護一款𠹹頓加增按照續約第
三款盡力保護與待最優之國同但添不入美籍數字
賠償一款余加增中國亦不願有此等案件索此賠款
數字復要以交犯𠹹頓謂方與英國定此約議院擱置
之且前次原議亦有專條之說余謂審若是則定約後
仍加一照會因去年承許之言業達政府刻又翻悔政
府將疑爲誑說也𠹹頓唯唯而又舉議院近日聚訟限

制華工之言縷述一遍意以此約不就則議院之苛例起矣返寓重檢舍路的欽巴各案陳宜禧原報房產八萬餘元借給土人修路三萬餘元此時產業具在借項有著不應索償應剔出惟舍路擾攘時陳宜禧之妾方有身適亂黨驚擾自二層樓跳墜逾三日而小產前文均未敘特爲蚁頓重言之德使歸國辭行英國新添參贊來拜均未晤

二十一日癸酉晴照復外部午後至德館送行答拜英參贊倭代辦赤羽四郎函送橫濱日報一紙皆歌頌徐

孫麒之詞適孫麒咨會受代日期此時當已歸國矣南
洋電據滬關稟復陳善昌並未控告蒓浦更未請封產
業呈出致美繙譯面實無其事容電詢情弊再稟當復
以公產被封案昨從洋署鈔得容咨請究詰並電詢蒓
浦該商已否銷案又別託律師密查蒓浦建造學堂時
在哈富洋署立案之據
二十二日甲戌晴晨起草疏請自光緒十五年始
須發時憲書六十本附陳朝鮮遣使至美業與美外部
認明屬國一片交幕府謄清粤地天花盛行族人多傳

染最奇者駱文忠公之夫人年逾六十亦患此幸均平復因重舉外洋七年一種痘之說亟屬家中預爲之防

午後訪察院梅拉久談又至畢頓家小坐畢頓煮茗款客云係姚視彭所贈絕無茶味而茶色卻佳殊不可解豈西俗還魂茶之說耶

二十三日乙亥驚蟄雪積厚逾寸甚不料昨日晴暄今晨有此瓊瑤世界也午後草疏保獎差滿各員此案徐進齋首列本擬送部引見而進齋力辭僅請換給頂戴並隨帶級殊不足酬其

勞也鈔咨照會朴定陽詰以津約三端果於何月日奉
到外署明文並將客歲津咨一併鈔發
二十四日丙子晴蒓浦電復陳善昌並未銷案審期展
緩一月當咨請南北洋飭滬關究詰署中自粱蓬雲往
金山案牘淩雜積壓不一而足特派李學菴淸釐冀得
周妥寄北洋書論朝鮮遣使未盡事宜又印花四紙奏
事處咨文四套備今年賀摺之用龍岡公所求書楹聯
無現成語因撰聯曰廟貌峙花旗闔宮同享異姓聯懽
神絃猶按巴渝舞宗盟扶葛本珠水晨征墨洲雲集華

胄遥稽季漢書
二十五日丁丑晴外部照復約稿照辦惟洛士丙冷案彼此均已辦結且兇手亦非美國人他日或能緝獲請明日兩點鐘往談當約科律師來商科以删去洛案美尙應賠二十七萬餘元始念亦不及此外部照會又欲訂定華工自美回華自華返美之期余亦重有論說當與舤蝢一角辦明美都以前任總統加非之逝孤惸無恃爲善會以贍之良家子女登場演劇無說白歌唱但舉手比擬而衣飾甚華所演多羅馬舊事隨意牽合略

如京戲之十八扯戲竟跳舞而散觀者房位坐位均倍常値所以資善舉也

二十六日戊寅晴蒓浦鈔送光緒十二年正月在洋署報明哈富學堂係中國公產之據當譯送南北洋備案午初科律師來觀約款叩以現訂第二款華人有產業千金及有父母妻子准復來美之說美國究以何爲憑信科謂大約華人回華時自報稅關於其行後稅關照查一遍若所報不實則不能享此約利益復叩以不入限制之華人原可任便往來然每爲稅關所阻所謂任

便其實不便擬由華官給照稅關憑照准令登岸不復留難科謂光緒十年美議院所議限制例第六款原有此說特載之約內轉失任便之權利余謂與其徒贅虛文何如實事求是未初往晤虮蝢詳與辨說虮蝢亦不願載於約內余以既限制華工則此不入限制之人應還其實在利益俾免疑慮虮蝢遂允添注旋以華工回華復來美擬定一年爲期余謂設一年屆滿而實有要事不果來則在美之產業眷口將何所依託因與訂展一年報由中國領事轉移稅關存案余謂未立約以前

回籍之華工設有眷產在美新約既行將何以處之虮蝮謂換約需時此項華工總能先期返美無庸添敘兩事定後虮蝮舉陳宜禧專案照會爲言蓋慮多索也余曉以並非多索應給該商賠款已載在總册內此次照會特申說該商受害之酷耳虮蝮色乃定美共應賠銀二十七萬六千餘元虮蝮自爲筆記大致粗定虮蝮出觀約式係兩種文字並寫余謂中國自有成式盡檢閱虮蝮約明日檢出請派員往觀余謂此重大之事仍須親來

二十七日己卯晴昨晡歐洲電報德王卒於位言之鑿鑿今晨又謂不確或謠言歟日報又言德王老病頗劇昨偶不知人事遂謂已死甦後仍能進食皆不足據也未初往外部檢閱中美舊約式光緒六年續約訂於總署中西文各爲篇幅同治七年之約訂於美都有中西文字合篇者亦有各爲篇幅者又調閱咸豐八年津約仍係中西文分繕中文用素絹楷書其道光二十四年粵約總署所不載蚼蝮亦未檢閱可置之矣蚼蝮將不入限制華人來美護照一層刪卻議院前議第六款字

樣意謂此例太煩碎援之適形美國之醜他無甚折駁
蓬雲擬候此約大定乃行晡時電約希梁並來共商此
華工來美一大關鍵也晚赴談臣宅觀雜耍戲法術者
一人攜六男四女環坐又令兩男人爲兒女私語切切
其爲女人者已醒其男仍纏繞不休猶是前年科醫生
所言幻技當其人迷罔時術者以指敕之又手拍其巔
卽醒醒後必惝恍倒行數步大約攝其魂則其人之軀
殼一無所知供其驅使或以口咬臂甚而刀剜仍不知
痛此非有他術能使之然也子豫震東同觀震東以爲

眞子豫卻茫然

二十八日庚辰晴德王兕問果確仍傳子而畢斯默受顧命日報所述如此德使已行德館什物定期拍賣蓋代辦者另居也義當往唁進齋謂往遇此等事該國駐使必赴禮拜堂捧經届時致意不遲也晚赴戸部律師攝釐察院梅拉公會逾時而返出門御者遠去立候又甚冷假別車歸

二十九日辛巳雨電總署以美案統結善後約成美共賠銀二十七萬六千餘元准二月朔與外部畫押並催

撥經費竟夜風雪希梁自烏約來車行遲一時許

三十日壬午晴風猶未息電桿均斷幸昨致總署電已

先發耳科律師來談改政約本適外部司員傳電筒與

繙譯詢余官閥太僕之官豈西族所有兩繙譯檢查字

典又與科律師斟訂成文復之即回詢蚆𧓍官閥又恭

錄奏報議約

硃批照會蚆𧓍

二月初一日癸未陰寒微雪發滬局包封烏約人祕拾

布郎之友也託科律師介紹來見自言藏玉器二百五

十餘種內多中國款識曾自著論一篇乞余爲之敘余許以得暇往觀連日大風鳥約文報不通此風自西而北爲時既久爲地甚遠不知海上何如耳申初往外部與蚵蝮較明約本訂明畫押存中國之本余列銜在前存美國之本蚵蝮列銜在前先由蚵蝮與繙譯對讀一遍英文無訛畫押後其外部書記爲之釘綴合兩本爲一冊蚵蝮復加火漆印彼此各存一冊

初二日甲申雪晴風已漸息前兩日此間風大而雪不盈寸惟美之北境大雪積至二十五尺或二十尺卽鳥

約本埠亦雪深五六尺火車抵埠爲雪所阻停滯於途
或相距數武而不能達車中人沿路覓食美洲故老謂
創國以來僅見之事德館訃告德王之喪定初四日在
德國教堂唪經德王出殯亦在此日英俄均派王子往
弔婚姻舅甥之國情誼較親也科律師來觀約本並告
以如附郵船寄華須先將約匣大小厚薄示郵館與商
價值庶免延誤
初三日乙酉晴拜發美約定議摺致總署咨函寄呈約
本郵局以分量重逾四十八兩不合局例改託火車公

司又以哈富學堂事分咨南北洋查理修約事定蓬雲辭回金山卽屬開導會館紳董轉諭華人

初四日丙戌陰辰初偕進齋震東赴德國教堂局面不甚宏敞德人寓美所建仍持耶穌教特語音異耳希特使面約穿公服不以素服爲禮各使先後至均戎裝佩寶星余穿行裝總統外部戸部内部郵政部水師部總律政司同時並至列坐於前民政之國一是黑衣無所謂公服也教士登臺宣講音樂節奏皆德國文調講至德王徂歿聲音甚悲總統起坐客皆起或係送登天堂

之意講畢樂止總統行各部隨之德代辦公使送於門與握手慰唁而出約周旋一點鐘美外部司員貽震東書言槐花園五案損失數目均有兩本特阿露美澳路非奴兩案祗有一本請補送余以此案鄭任刊本釘綴一冊既有兩本則各案一律何獨缺阿露美澳路非奴兩案因檢刊本全分與之

初五日丁亥晴午後答拜丹使士雕鶻壁近談臣科士達意雲士知鳥約積雪未消自華城前往須三四日乃達又波士頓電鳥約須由英倫轉電向只五點鐘車路

忽迢遞轉折遶越大西洋海道奇聞也鳥約第五街亦積雪二丈餘高至二層窗戶居人不能出門買食則從雪中穴洞而出其涂次火車之無食者該公司急派火食車前往接濟用兩車頭套一輕車亦不能衝雪而過車中人飢寒致斃者不少意雲士言美國限制華人例殊不公平頃在議院士雕鶻以華人來美每歲增多曾與折駁士雕鶻調取稅關報冊以爲證乞查示數目確據俾爲議院辨論張本又言行將游歷中國檢地圖吕觀復與論中美邦交及華人來美緣起苟無蒲安臣之

約華人之來何至如是之衆
初六日戊子晴獎摺繕正覈對無訛惟歐陽庚捐職在差滿之後慮有折駁餘均合例昨香帥咨復寓祕華人前捐粵賑拳念宗國深堪嘉尙惟勸捐官未與聞發款官未經手以致無從給獎現飭局詳定扁式撰擬字句詳請撫院覈給云此項賑捐使署亦無案鄭光祿當日未咨粵只電東華醫院余劉查祕魯領事乃得捐項數目香帥嘉僑氓之好義而一扁額矜重如此若援請虛銜加級更煩周折矣當咨復只給通惠公所一扁且可

由祕署摹製不費粤省一錢烏約日來車路己通積雪
亦伲天橋火車爲雪滑跌斃數人電桿漸次修復經此
奇境或將改用暗電並作地底火車如倫敦之式
初七日己丑晴洋員柏立患病經旬曾託科律師代述
病狀慮曠工貽責又欲扶病來見此間實無須洋員前
任所延留驟難遽謝歲糜經費殊無謂也午後赴紳士
阿希察院梅拉公會遇相識者並言金山爲余畫油相
殊不類信然
初八日庚寅春分雨布耶寄到祕魯船期晚晴頁佳赴

上院議紳呵利之約晤美北省小說家部釐問士窩拏兩人蒓浦舊識也所著多膾炙人口其貌亦不類粗人隨赴下院議紳格羅化公會遇號利士三等公使羅馬之鄰國也初通使於美而人甚明慧當不辱命坐客有言近日朝鮮舉其國土質一兵船或亦傳聞之誤以其貧弱而詆之歟

初九日辛卯晴昨日春分桃汛已屆不知鄭州合龍否久不得鈔報天津既開凍或有佳消息也午飯適大雷電窗櫺震撼半天黑雲頗類粵中春夏之景西士格物

謂雷無殛人之理人自觸雷火致斃耳雷出地之義西
士亦不信然吾華則確有其事余遠祖墳墓在鶴山小
范村之右嘉慶年間雷從墓碣而起嗣此數十年來漸
致中落或曰地氣已洩使然風水之道固不必泥會逢
其適聊爲易緯之證
初十日壬辰晴小呂宋設領事案日藩部近始集議見
諸古巴官報昨日風雷之烈議院塔頂爲雷火所傷當
雷火閃爍時諸議紳窘急駭驚各避伏案下諸察院乃
跪禱上帝喃喃念經院門東適一馬車經行馬爲電斃

車夫幸免電氣猛迅若是使館電器惟德律風筒激射有光而已科律師來談中美新約議紳但以華人產業眷屬之款爲未洽餘無疵論科又勸速了哈富學堂事否則蒓浦歿後此業無可追究譚子剛已到金山因同船有人出痘不能登岸前日擬改油相畫工以此幀業既有油不能著筆只索寄還金山無煩修飾也

十一日癸巳晴滬關電金磅太賤先票匯五萬以應急需餘電匯茶市將開金磅之價如是足見商務之疲頃聞威地病歿爲之太息威地年逾七十爲美察院首席

最久人極公正往來最熟不悟遽作古人美總統頒諭
國中持服一月美宮都察院五部衙門上下議院均蒙
黑布致哀威地之婦以病就醫金山不及與訣只子女
在側聞將歸葬於鄉
十二日甲午晴滬局包封上年奏報洛款散竣摺奉到
硃批欽遵咨行津關書言都中客臘十二月大雪郊原
溥遍惟鄭州工程料物不湊手合龍無期
十三日乙未陰雨雪議院以威地之逝停議三日察院
則停訊十日可謂篤念勳舊美政亦寂然德國政事王

孫主持畢斯默輔翼之而已德王孫人極英武性類乃
祖
十四日丙申雨西人喜食糖甘蔗而外蘿蔔爲之消流
甚廣近年美國駐華公使覓得中土甜秫種攜植於美
亦可作糖味在蘿蔔之上西人格物之功卽謀利之用
十五日丁酉雨華人到美數目自壬午至丁亥傳領事
鈔送洋文不識與稅關所報相符否希九寄到丁亥歲
與日外部往來文函鈔稿又小呂宋華人藥店執照式
詳請咨粤辦給粤中能否照辦島酋有無異詞殆不可

知希九己先函告華商陳謙善并寄照式於蔡毅約祗
候余咨商粤督而已呂島閩人較多應兼咨閩
十六日戊戌陰晨起偕進齋震東赴議院送威地殯各
國公使咸集先登樓易衣旋至議事堂列坐以待總統
率各部大臣總律政司同至俄而上院議紳佘文等導
威地之殯停於總統之前有教士六人登臺論說前檐
樓沿有數人唱詩和以音樂殆薤歌之遺坐有泣下者
諸察院咸常服外罩黑褶衣或曰察院之禮服也佘文
諸紳則左肩綴白布行於靈柩前意若執紼仍古禮也

威地子女兩人緊隨殯後其子並不變服女則黑紗蒙
頭彼族以爲重孝殯停約一點鐘教士下臺殯遂出諸
客皆散院門内外觀者如堵總統頒諭國中給假一天
是日各駐使皆常服余仍行裝西人以免冠爲敬中國
以衣冠爲禮未有爲人送喪但免冠而以便衣從事者
此西俗之簡也前數年日都有類此一事日署繙譯廷
鐸具衣冠往俄使郭而特恰果洛侯爵也少年氣盛謂
廷鐸曰合座皆免冠而子獨否殊不相宜廷鐸答之曰
我之不能不冠猶爾之不能冠也中西殊制豈能强同

俄使曰我甚不願在此見頂冠之人廷鐸答之曰爾之不能令我不來猶我之不能令爾不見也辨論既久聲氣稍粗英使喀而列起而和解遂爲相好如初日都論者皆多廷鐸理足越日俄使乃親到日署與廷鐸爲禮

十七日己亥晴譚子剛滯於金山舟次先將家書及鄉中父老昆從親戚各函寄來塏徵稾呈兩詩其送庶常朱益齋一首情文兼備應有盡有若未經人改削得此尚可嘉也中美新約議紳以第二款華人有正妻及經手帳項一千金准復來美一層以爲太泛經手帳項甚

無憑據且華人聞此約款紛紛娶娼云

十八日庚子晴昨晚尋繹家書展轉不成寐午後天氣尚暄擬訪總統别業不果沿美宫至華盛頓紀功碑而返涂經博物院亦蒙黑綢爲威地誌哀至畫院觀威地油像殊不似日報言威地靈柩安抵鄉中各處賻贈鮮花極夥惟中國使館與美總統所贈爲最

十九日辛丑晴金山領事來書子剛仍無登岸之信西例船從有病之埠來雖船無病人亦須停泊海口外兩禮拜以防傳染柏立次子近得奇病晨起眉骨作痛不

能仰視至日午即愈逐日皆然西醫見所未見此又從何傳染也本日前郵政部阿傾之會坐客不多有中年婦口講指畫略如柳敬亭之說書特無鼓板耳蓋欲集貲爲善舉者也

二十日壬寅晴藹亭寄回代譯約本大致不失與美署原譯微有異同今日爲耶穌復生之日西俗齋期滿矣

二十一日癸卯晴金山紳董生監數人轉瞬秋闈赴試與否應遵部章咨會即飭蓮雲册報適得來函金山華人初聞自禁之說傍徨無措及經傳諭亦遂帖然不識

確否華商廣紹綸三家倒塌華洋帳項十餘萬或謂並非眞倒塌借此賺人財物云

二十二日甲辰晴美都新換光學畫談臣爲園主人折柬約觀所繪南北花旗沙羅之戰兩軍相持於山溝南花旗以叢薄爲障北花旗倚矮坡爲負槍礮如雨死傷枕藉格總統怒馬麾軍衣韡凋獘鏖戰數晝夜矣後隊接應隔坡火焚房屋不僅繪影繪聲西俗每大都會輒有此等圖畫多從巴黎繪來游客有曾與斯役者指陳縷縷壘使亦在坐因赴士丹佛之會先後下樓登車去

西俗重女而美叉民政之國人得自主但每屆舉總統議紳皆各省士庶而不及婦人於是乃爲一會以爭權利士丹佛美之富人遂公推其婦爲首廣延賓客以鳴其盛行當列條款示議院云

二十三日乙巳清明晴蓬雲初四返金山幸遲一日否則車行失險矣涂經覆車之地慘不可言大雪迷濛兩車相撞云

二十四日丙午陰晦雷雨前晤墨使言鳥約近有西人作華劇衣貌宛肖且能華語其劇本曰北京珍珠羌無

故實尤可笑日來游騎漸多有西娘控馬於總統別業前坡馬逸不可制幾瀕於危總統適與戶部大臣並轡行急下馬掣之力不敵戶部亦下馬同掣始脫此娘於險總統以己馬與娘騎歸娘謂君馬雖佳而我馬善躍必制使如意不虞墜也握手各西東觀者咸嘉總統仁慈尤佩此娘懍毅

二十五日丁未晴美都光學畫所繪沙羅戰狀距今僅二十二年不悟科律師亦預於是役爲千夫長爲述當日交綏之境最難堪者北軍初爲南軍擊敗營帳盡蹋

是夕適大雨北軍雨立達旦南軍好整以暇氣燄方盛若非格總統生力軍來斷難轉敗爲勝科部死傷猶過半也談次不勝悽愴蜎蒸桑野之情馬革國殤之感中西一致也金山醫院之議仍甚踴躍認捐扁額者至十二家

二十六日戊申晴蒓浦寄到古玉圖譜江顡長康山草堂本也紙墨甚精午後訪都察院布拉持佛梅拉詢威地身後境況譚子剛鐙時到與談鄉事不覺失眠且喜粵中盜風稍戢年歲尚豐特天花傳染患者十損其三

四亦奇災矣子剛過日本時曾晤傳樹元顧少逸須三月乃能抵美

二十七日己酉晴去冬粤中寄靴帽一箱至今未到幸提單猶存尚可尋究墨使贈煙捲四匣即令子剛爲日文謝之

二十八日庚戌晴午後晤察院梅拉知九鬼不再來美現在倭京管書局云

二十九日辛亥雨歐洲近傳將有戰事幾於老生常談惟波利牙國已出之王現贅於德英后力贊其事爲外

孫女謀婚也畢斯默滋不悅不願失歡於俄以波利牙王為俄所逐而德王則以系出一支不妨贅之為婿命意各有在德之兵權久屬畢斯默國中新舊黨人並附戴之畢之勢力幾茂於震主猶矢鞠躬盡瘁之志國人並賢之

三月初一日壬子晴滬關電復票匯五萬餘五萬可否電匯乞示前電已云電匯尚何請示為哉票匯無期亦殊泛泛月內須為祕魯之行急須部署滬關殊不亮海外之窘也英使次女訂婚法參贊行將結褵於巴黎貽

書相告午間赴外部後卽往賀之西俗女子訂婚類皆自擇佳耦旣偕喜形於色
初二日癸丑晴李駘選爲余以炭筆寫照神理宛肖題識數語付匠裝池復希九書附寄給日外部索償照會華人寓居小呂宋自前明至今曾遭土人虐害者瀛寰誌略僅記明萬歷三十一年一案頊查日人孖田尼士臣尼高拏嘉慶八年在小呂宋島所著小呂宋記尚有康熙四十八年一案乾隆二十二年一案均極慘酷日人敦拏士近佐嘉慶二十五年在馬得力所著小呂宋

記亦及其事皆足補瀛寰志略之遺亦即為現與日國辨論張本現擬取道紐阿連赴祕魯水程稍近令震東往詢墨使智使水陸程涂並託科律師添敘給日外部第二照會

初三日甲寅晴約同人鴉靈頓祓禊新橋落成游車頗盛萬木既拆草花如錦玉蘭一株綴花尤繁沿坡桃李映襯成趣鴉靈頓為華盛頓女壻李將軍之故居北黨戰勝遂改為兵廬後門內簷有李將軍之子畫鹿數頭守者指為華盛頓之孫西人無內外孫之別也門外有

亭則格總統紀功之地蘿徑數弓花時當更有佳境鴉
靈頓橋向爲一人捐建以專利每車收銀半元近乃屬
之公家往來不費一錢

初四日乙卯晴右鄰前任按察司某擁資巨萬有女曰
美麗牙自擇谷其利爲配美都寠人子也父母恥之訟
於議院律師議紳咸集不能斷離女偕壻僦居客寓不
兩旬歸省父母乃留之室中不令與壻通問日招女伴
爲之娛樂並欲同往巴黎以暢其胸臆女鬱鬱不聊生
遂於前夕服藥自裁不殊死父母大驚醫士束手屬召

壻來冀暫免其頭腦之苦壻至女不能語呆坐榻沿一晝夜女竟不起矣西俗自為婚配流弊至此晚赴議紳摩露之會結褵五十年西俗所謂金婚夫婦健在因而宴客

初五日丙辰晴晨起草疏一摺兩片恭報起程赴祕日期學生顧士頡李之騏張佐興免其學習分別拔充繙譯隨員新甯縣舉人陳莅拔充金山領署隨員脫稿後並即批復金山總領事稟南洋電復經費撥匯而以余不答滬關電以致遲遲殆據滬關一面之詞也此間待

款以行豈有求人撥款而靳不答復者乎中外隔涉言行若復不符更難措手

初六日丁巳陰略似吾華清明前後天氣金山西報刊華人往來數目視稅關所記爲少稅關殆並過路不登岸分赴檀香山域多利祕魯巴拏馬之華人而統計之未免含混西報所刊尚確因持示議紳祕魯新政酌收僑人身稅領事與辨年在六十者免納由領事給票

初七日戊午晴祕魯船期四月初十日船名烏波智使以爲穩妥即與訂艙位午後訪厄瓜爾多國公使高士

坐客十餘皆操西班牙音恍如馬得力城風味晚赴博物院公會外部虮蝮總察院梅拉檀使瑞威使荷蘭使多倚甫均在坐熟人甚多疲於酬接院中陳設吾華雕鏤柟木器尚精巧

初八日己未晴新甯生員鄺清照請咨回籍錄遺科律師來言中美新約北黨無異詞近惟南黨之議未定宜告虮蝮速之又前使中國之士蔑謂此約遠遜光緒六年續約函告議院擱置不行又墨使己得本國約稿若欲取閱可以交來余未奉總署回文刻難置論墨使原

有立約照巴西招工照古巴似亦有所依據無須先送
約稿且余尚未訂稿墨更不合先施即婉卻之午後赴
威地寓慰唁其家屬遂赴外部公會遇日使法使土爾
其使方出門立談逾刻咸以余將赴祕魯各有惜別意
剌頓謂此行有可著力者當效勞各日報亦以余暫離
美境爲悵人情如是眞耶假耶洪文卿書言駐洋四月
周歷四國現擬赴俄久駐盧韓使至俄潛結爲祟先往
制之云余奉使三國三年不及遍歷文卿則四月之間
四國均到殊愧之矣

初九日庚申穀雨晴復洪文卿書論韓俄交際事屬覓韓俄約本見寄並詢波利牙是否贅婚於德比閱日報德嗣王喉患又劇頗有危在旦夕之謠午後赴按察司梅阿禮之會又赴法人阿堅寓聽琴歌法使之友也

初十日辛酉晴朝鮮參贊李完用繙譯李采淵投刺辭行進齋亦不知其何往參贊繙譯等官余固不必往送也李完用楷書不俗今晚擬至天文臺觀星守者約以月圓之夕

十一日壬戌晴北洋吝復使館電華之件電局不扣半

費己飭局不准含混從善如流可爲欽佩特使費撥充
電局仍慮窮於挹注將有虛困徒指之虞
十二日癸亥晴閲邸鈔今年考績樞輔而外南北洋大
臣陝甘兩廣新疆閩臺四帥並邀上考三品以上京官
照舊供職並無年老休致之人鄧銕香引疾開缺晡雨
復爲龍岡公所書楹聯中華三邑兩會館書扁額
十三日甲子晴管子爲政種樹亦其一事西人與古暗
合街衢市集種植且繁大澤坡陀綠陰四帀屢以此說
貢於中國意亦良善李傅相近飭畿輔一帶廣種橡柳

榆棗桑柘之屬條爲八法十益以導鄉氓責州縣歲終冊報而嚴杜苛擾由直隸而推行各省山高乘馬之勳可基之矣憶丙子春丁文誠撫東檄沿海州縣種柳意爲防海設屏蔽各屬奉令惟謹登萊種柳易生不一月已蔚然矣煙臺濱海有西人賽馬打毬場福山令宋松友植柳於場壖英領事言於監督請移植否則另給一地場中種草曾費百金求縣令給還監督飭縣照辦縣不允監督屬與英領事會晤縣尤不屈英領事不得已乞別派一人偕至海灘易地宋松友自願同往指泥淖

不毛之地假之並相詬誶英領事乃回訴於關署監督檄縣拔樹縣以西人毬場係權假中國之地卻非永租種樹奉撫軍檄不能遽拔監督謂通商爲監督專政不受制於撫臺松友謂地方爲縣令專政亦不受制於監督堂屬遂幾決裂松友年己六十鬢髮蕭騷結一小辮憑杌閱監督劉一怒而起並小辮而斷之竟成禿翁余時在煙臺築通伸岡礮臺屢爲排解頃因北洋種樹之政不禁迴溯及之晚飲酒肆噉鮮蜆略如蚶

十四日乙丑晴英使來謝伊女添妝之物並詢朝鮮遣

使律約三端手挾鈔本印證所譯無訛余具告之英使
言聞韓使到俄俄願如律約辦法余復將韓使抵美時
余與蚵蝢往復照會及與蚵蝢問答之詞縷述一切英
使謂審若是則韓使撒謊殊無狀矣余因詢英美漁約
設議院議駮此約將何如英使謂若駮煞則須另議此
約作廢矣余語以中美新約議院仍無確耗英使謂此
事政府正欲致詢自禁華傭來美是否中國本意余答
以前年華傭在美種種淩虐各國皆知中國不願百姓
在外洋受苦特禁以不准赴美而現在寓美工商則須

美廷保護也自禁之意總理衙門曾照會駐華英使轉
達英廷飭下港官幫同查禁矣英使謂此事前已得悉
此殆中國毅然示禁非美國所請也譬如英國屬島亦
禁否余謂英無虐政固自不禁且南洋各島華人貿遷
垂數百年亦非美國比英島固無慮中國之自禁也英
使唯唯語及美約未經議院議定則謂中英事同一轍
西諺所謂同舟也握手別去晚赴總察院布拉持佛之
席亦與相遇首坐帆蝢及總察院馬調林麻布力尼議
紳衣雲士意里雲坐客十七人多識面而忘其姓名七

點半鐘入座十點半鐘散主人敬客甚周餉以六十年車利酒殽饌豐美又多吾華磁器余與衣雲士并坐承語余以前當外部時正陳副憲奉使之日乃知顛花之案即其手駮者及洛案定議則此老不主派查之說前後若出兩人虬蝢每於席間睨視之似甚憚其議論

十五日丙寅晴小呂宋設領事之舉日廷遲遲不決已設法商催頃閱時報刊香帥奏稿已派定王榮和爲總領事經費請撥給一年以後則就地自籌仍採余前咨領事收費以出入港照費牌費爲名正言順奉

旨交總理衙門議奏久當接到咨文也此案先准香帥電派余璘當即照會日外部六月返旆美洲涂次巴黎得香帥電改派王榮和余以日廷未定議而我遽改派譬之壽春得廢璽兩婦預爭册后又先示人以舉棋未定之勢因函告文報委員蔡毅約轉達香帥不悟遽以上陳耳今日爲外部公會之末晡時赴之晤虬頓並美國駐英公使輝立士倫敦舊識也虬頓壁懸榻本酷似埃及文字詢之卻否不過二百餘年物耳金山寄到學堂啟館日期及醫院事定請示期興工即批復晚赴麥

基連之會新居落成廣延賓客布置房室陳設玩物皆
極華贍跳舞房頂上爲承塵木雕連鎖紋透電鐙光氣
下注音樂亦在樓洽美都新式也麥基連曩爲報館主
筆年僅四十暴富若是
十六日丁卯晴早起草疏籌設金山學堂一片籌設金
山醫院一片格總統墓祭之期卻係西五月杪明日烏
約之行可緩電萂浦免其往候
十七日戊辰晴復蓬雲醫院興工四月朔吉並詢地價
若干此段地畝非現購也客臘十六夜月蝕美都在戌

亥之間中國在卯辰之間地毬掩月之說西士談天者當必有詞

十八日己巳晴祕魯四月初十日船期抵巴拏馬須候十一日乃有船往利馬程期旣促又當赶緊料量午得劉芝使書正初赴羅馬二月初回次巴黎二月十四日回駐倫頓泄瀉數十次寒熱交作病臥旬餘又言韓使尙未抵英聞由陸路逕至俄都云

十九日庚午晴鄭州決口北洋派法人赴豫測量口門寬五百五十丈二尺新河底較舊河底低一丈二尺擬

以洋法用大石大椿杜築舊河以挖泥機器船十五隻挖深一丈五尺寬二丈長百六十里再用小火輪船二十隻造活鐵路行鐵車水陸運料以圖迅速如機器運到三月可以竣工河豫兩帥均以爲緩屬電詢法國如有現成機器事半功倍便可議定若製造需時不如只用挖泥船隻云此丁亥十月十八日鄭工來信也用大石大椿杜築舊河黃性湍悍恐難猛壓泰西水性如黃者祇美之希西比河法無此水也法人工於開河恐不工於堵口所擬挖深挖寬辦法以便小輪運料亦無起

止地名來亩或略之耳然小火輪行於濁河甚非易易至用活鐵路行鐵車運料此尚可行然鐵軌仍須運自外洋至速亦非兩月不克到工來亩又言山東百姓情願不費國帑自開銅瓦廂南河故道亦意中事耳此時桃汛既屆仍無合龍消息江南引河曾否疏通皖北積水恐未消退伏秋大汛可爲隱憂裏下農田淮揚鹽筴均爲財賦之大宗何堪設想也

二十日辛未晴奴輩檢拾行李已妥只待譚子剛回便可遄發晚赴墨使公會新居宴客特闢房門登後樓繞

至前樓而下乃晤主人樓房幾遍歷矣各使咸集外部亦至天氣陡熱至九十三度不耐久坐跳舞之客當更不適余方欲行遇韓使絜絜求示期接見隨答以明日下午

二十一日壬申早雨稍涼午霽天氣尚好虮蝢照會以余將赴祕魯特先函告美國駐祕公使及哥湼巴拏馬兩領事代爲招呼可云周到即答復之三點鐘韓使來晤其參贊能爲英語無須筆談該使自言病觀其神色殊瘦損矣晚赴郵政部公會坐有琴歌而人聲喧雜未

兩壘歌者行去

二十二日癸酉晴子剛自烏約回言晦日之船至巴拏馬仍須坐候七日且船身艙位小於前定之船姑與訂定因此船須二十四日始抵埠也待渡之期僅差四日船亦忒小不如仍附四月十日之船近因南壘洲輪飄希少往係每禮拜一船近則兩禮拜一船勢不能不少停頓於巴拏馬雖有瘴氣義無可避也議紳多福面言寓居阿利根之華人前年被逐損失之事已否索償請查示或華人之所託頃科律師來亦述其語余以索償

之案悉據金山領事具報如領事無公牘此間無從辦理科謂多福係上議院專司外交之人宜善答其意助前總統加非善會五十金會設鷗波戲臺之下何緋聯謂四面不透風其地熱甚因衣單紗衣外護洋灰鼠斗蓬排闥後涼氣襲人窗戶不開猶有寒氣若無斗蓬則冷不可耐矣語云目擊耳聞猶恐未眞

二十三日甲戌晴蓬雲書言各埠華人知積案均賠紛紛稟索領署無案乞鈔示此種賠款領署既無存牘使署何從鈔寄只架鏄士加馮亞瑞一案倘有照會外部

底稿當屬繙譯鈔示之
二十四日乙亥晴午初赴外部託蚪蟆代達總統兼使祕魯程期蚪蟆告以中美新約議紳欲於第一二款加增數語其實本義已明徒形蛇足諸紳直與我爲難無預中國事也余答以起程後所議如何告代辦轉電祕署可耳科律師來言諸紳擬加之語卻不因南北黨門戶之見蚪蟆怨北黨故違其意殆誤會諸紳之議未定約以前回華之工人須急回美領新照若以舊照相混則界限不淸諸紳故欲綴此數語余請其游說北黨以

免牴牾科諾之仍屬祕密美國黨人誠難齊壹總統亦莫如何況外部哉

二十五日丙子立夏晴發滬粵包封後旋接兩局包封參贊各員請獎摺欽奉

批旨照准改獎董事片奉

批旨交部議奏卽欽遵分行又總署洛會復奏南洋各島領事摺以小呂宋之議發自余外部慨允藩部齮齕詰以苛虐華人各端外部允爲革除而設官一事絕不鬆口余知其難不爲固執駐京日使無遙制外部之權

卽署中日與瑳磨於事無濟仍應責余與外部商辦俟
有把握再行酌定英荷各屬島宜就該島華人公所會
館董事酌派以資料理其於領事就地籌費之說慮所
派非人事事索之華商徵求無厭微特無益於華人且
爲
國家斂怨其於領事收費抵支公帑之議則援古巴之
入不敷出新架坡之帑巨費微以爲證而歸宿於外洋
領事權利甚微各國旣不願卽使勉强辦成亦必妬忌
掣肘在他國荒僻之地治爲人服役之民又緬暹南掌

西貢腹內之地已虞鼾睡我更經營腹外零星小島徒
啟猜嫌云適香帥咨奏亦到兩疏參觀總署意在持重
粵督意在遠拓而均責難於余以小呂宋爲喤引余屢
屬希九與外部往返商榷猶是遙遙無期近有日人貽
外部書中夾綫繩一段略言中國公使因此事大爲政
府詰責愈掣愈緊若掣繩然設非外部面許在前中國
公使不致受此窘迫茲以繩一端請外部代中國公使
分憂云外部以此繩示希九許以六禮拜內妥定外部
似有愧心之萌北洋咨會詰問朝鮮事又亟復詢美總

統客歲諭議院及內事理並及暹羅自主其國遣使分
赴各國履霜致警云晚赴善會觀劇總統外部諸察院
議紳咸集
二十六日丁丑晴昨北洋咨會袁世凱與朝鮮政府詰
問之詞該政府理屈詞窮而以撤回朴定陽爲解又於
朴定陽電言冒罪違章之後欲請中國變通前議辦理
殊欠斟酌因咨復北洋照會該國
二十七日戊寅晴朴使既自認冒罪違章又於呈文言
津約三端係光緒十三年十二月初四日亥時奉到自

相矛盾其於客冬二十八日與進齋筆談竟謂未奉政府明文待船便探詢備告矣少俟焉等語前後離奇昨旣咨北洋今日復爲照會詰之該使以余將赴祕魯特餽參紙團扇摺扇崔光允殘碑酌收殘碑一種餘概退還

二十八日己卯晴午後至外部郵政部察院梅拉議紳鐘士右鄰畢頓寓投刺辭行晚約外部蚪頓察院梅拉布勒持佛布力尼上院議紳鶯哥兒士衣雲士億文士下院議紳巴拏蠻夏盧報館多情甫提督勞力治士律

師科士達紳士阿希挨林士希特使英使法使墨使了
氈顛使智使大餐俄使墜馬傷臂不果來七點半鐘入
席九點半鐘散茗談至十一點鐘次第辭去適大雨天
氣悶熱

二十九日庚辰晴外部照會中美新約議院擬於第一
款添綴現經回籍華工雖領有舊照新約既行亦在禁
例第二款添綴華工無論水路陸路回美須有新章護
照否則不准入境照請覈定卽請總統批示作爲現行
之約科律師閱謂與正文不背因令進齋震東往詢蚁

蟘添綴之語作何辦法𧉟蟘謂另繕兩分作爲互換已
定之約進齋駮以非明奉
諭旨批准不能即換若求簡便辦法只有彼此加照會
附於約末至此項華工若有經手帳目及眷屬財產者
概入限禁與原議不符𧉟蟘沈吟久之謂審若是則換
約必須數月有此挪展則此項華工亦已陸續回美矣
且聞多無眷屬者進齋令將蒲安臣約本取閱亦係定
議後復加一條卻另繕一本進齋回述問答余即電署
候復並飭領事查明此項華工究有幾人

三十日辛巳陰金山電復此項領照回籍之華工約一萬五千八六箇月內可以全行回美明日無暇赴烏約因電約蒓浦來署

三洲日記卷六

南海張蔭桓撰

四月初一日壬午雨飯後往訪𠇗頓商另繕約本𠇗頓乃以重畫押爲慮忘卻前日答進齋之言也仍如余意彼此附加照會待換約之日另文聲敘詢以議院定議後總統應否籤字𠇗頓謂議院定議合國便無更張總統但於換約時須諭照行而已華文約本所謂伯理璽天德批准者殆虛隆總統之權實則議院主之總統奉行無能准駮也

初二日癸未晴外部將增句約本照繕一分當併案咨送總署覈奏並電署四十七字覈政咨稿金山電詢有照華工回美期限即電復之又照復外部並飭譚子剛預譯祕魯頌詞近日歐洲諸國或頌或否攷其掌故當原於佛教證之鳩摩羅什答慧璗書云天竺國俗甚重文製其宮商體裁以入絃爲義凡覲國王必有讚德見佛之儀以歌歎爲貴經中偈頌皆其式也西教根諸佛國不一而足非如中土聘問歌詩贈答之謂

初三日甲申晴午後赴蘇遮士龕看牡丹美俗指爲中

國玫瑰者已退粉矣隔畦有花一叢絶類杜鵑而一苞
數花葉長如芍藥卻係木本所謂絶域異花也訪醫生
哈侖村墅留款午餐坐談逾時循别道歸濃陰夾路大
有春夏氣亦頗類日都車路今日朴定陽呈復津約三
端係上年十二月初四日亥時奉到而將該國政府飭
遵於未起程之前狡辦不遺餘力詰以查探物情之語
更含糊答復不知該使自認冒罪違章之謂何也夜雨
初四日乙酉晴朴使呈文照咨北洋復爲手書寄呈美
約鈔本及小呂宋設官事又爲書致總署縷述美約增

綴字句之意並催詢墨西哥訂約午後晤英使詢英美漁約謂茫無端緒墨西哥西班牙兩約亦然殆援以解嘲也虬蝢今日出埠余遂不往外部僅到其寓投刺爲别順訪梅拉託以附致米西斯比河壖官紳接待傅𣗥元顧少逸梅拉米西斯比河壖人也又至其對門阿京處閱樓房蓋欲中國售買索價四萬金惜臥房不多不敷隨使各員寄榻若沿西例公使一人駐公館則綽有餘地矣去年赴歐洲與談臣同舟甚適今此祕魯之役安得復有談臣者相與偕也今日希九寄到謨烈照復

呂島事仍浮泛

初五日丙戌晴晨起清理案卷應亩詢各署補鈔者補之應倩繙譯校漢文者校之並將樞寄兩道交李學菴編卷屬繙譯房滬粤包封送代辦代拆擇要寄祕午初登車遇一美國水師官甫自華返美曾爲巴拏馬之行爲語該島風土甚悉且欲貽書該島美總領事爲之招呼余告以外部已先諭知矣四點半鐘抵烏約領事署天氣尚寒衢樹始坼未若華城新綠夾道也蓬雲商派學堂監督及陳芷泉月薪數目又言金山畫報以新約

之訂美總統外部爲余所壓一手掩其目一手扼其吭
繪爲畫報以供諧謔
初六日丁亥陰雨領署後院有樹一株葉初萌如椿西
人目曰中國樹其實不香不臭似是而非華人近充巴
拏馬鴉片公司訂約五年壟斷全島且有西商爲之運
銷舊金山烏約各埠而生意不盛竊忖其煙土購自印
度運至巴拏馬出入口均無稅應大得便宜惟就巴拏
馬煎熬必無佳水即雨水亦積氣而成不能别有清氣
色味必不如香港域多利等處恐獲利無幾也晩觀西

劇情文甚佳演救火水車靈捷之甚兩馬尤馴
初七日戊子晴金山學堂監督即派程黼堂又批復域多利華商稟駐美領事兼管英屬格於公法即咨達劉芝使徒令作難此稟批發蓬雲傳諭之蓬雲欲往山多些爲華商作茶會主人此爲美屬殆無不可域多利則不應往也午後至格總統家言別格總統長公子必欲一作主人辭以行期怱遽迴颿再敘順道答拜議紳灣克律師巴盧銀行布琅
初八日己丑陰雨函布虯蝮言別並屬轉託米西斯比

河壖官紳領導傅楙元顧少逸兩員尋究河源治法又
面告科律師登舟之期議紳巴拏鑾贈映相爲别西人
近演華劇購得行頭一副旗纖均備臺上陳設有螺鈿
几桌務求肖似又供一木像所演中國新昏廟見令人
絶倒西人好奇觀者如堵要之聲音笑貌茫無影響是
尤優孟不若矣園主人頻請觀聊慰其意
初九日庚寅晴至仙打園觀檻獸三獅一虎方熟睡有
海豨兩頭一浴於方池一困於木栅有三象游戲漫坡
倘無拘束其他犀牛獮猴狐之屬不一而足海外所見

獅子視吾華所繪相去甚遠禪宗語錄有野干終日隨獅子不得成獅之語意者其野干乎安得金天尊者指證之也復至博物院觀無翼鳥不可得院中新製花樹小景綴小鳥於上或巢或卵飛鳴哺食生動可喜枝葉則榮瘁一致巧奪天工矣樓上舊有中國樂器及諸玩物與煙匃雜物並陳刻已藏弆矣蓬雲電金山醫院甫動工土人立例抗阻憒與搆訟期於必成華人自建醫院何害於美且與公法報施之義不悖總是金山土人充厭惡華人之心無所不至所立新例恐不僅爲醫院

計也領署應速鈔寄

初十日辛卯晴小滿外部照會濁水坑案獲犯六人但得確實證人便可定罪不圖美政果能捕犯卽復以轉行金山領事助地方官辦理西例公使未出境公牘仍須署名日議院訂議呂島設官事是日謨烈未到因而罷議前擬索償及擬派他國領事照料之稿希九商緩繕送卽函復以相機辦去若六禮拜後無消息不能不發矣華商陳贊善等赴日賽會攜貨物値五萬餘金日稅關索稅過重希九爲照會外部又不知作何答復

十一日壬辰晴晨起發行李巳初登舟桅頂懸
國旗船身高而狹恐不耐風一點鐘展輪同舟有中墨
洲嵩士他路㰖架國駐美公使丕利又美國派駐可侖
比亞公使謨利餘皆商旅於南墨洲或繞道至舊金山
者以巴拏馬至舊金山船價廉於車價又可多歷一洲
西人好游比比然矣出口後假寐片時起視海波澄澈
風日晴美輒憶左文襄舟行鏡裏對此每飯加餐之句
頓生中外之感晚飯後桅樓憑眺月色尤佳
十二日癸巳雨風浪大作晨起微眩如廁至船尾衣履

霑濡盥沐後仍睡風雨益甚不願早餐仲蘭震東眩吐殊憊涵生略能支子剛攜鐵盂至余臥內作吐勸以少睡亦即免矣午後略覺餓侍者將肴饌賫至榻前既逼窄而加以腥羶之氣不能下咽胃逆不適出至廳事少坐眩不可解戲如西人之術呼三賓酒以止眩詎眩不能止而果吐矣吐後安睡靜攝俄而風雨愈急几榻皆漏舟人爲加礬布移榻對面房略憩晚餐更不能食竟夕顛簸旋睡旋醒不飢而渴從者三人惟陳勝不吐阿角初尚健晚飯後亦吐矣仍能任支使吉祥則委頓不

可思擬此船上下層皆大窗戶略如遊船竊謂此水必無風浪否則此船不作如是裝式豈悟經大西洋海角遇此大風而船又漏子剛謂此船落水僅六年記初次啟輪於古巴讌客曾預於會不應遽凋敝乃爾同舟之客是日不吐而能食者七八

十三日甲午陰風浪少息早餐會食仍不耐僅啖兩橙自前日開船至今日午正共行三百八十二邁中飯後隱几聽事觀書同行眩者漸能起仲蘭仍憊晚飯後與西人作葉子戲今日開大艙可檢取什物過此則抵岸

始開
十四日乙未晴西人因風箏而悟電綫之製因沸水而
悟士顛氣之製可云善悟近日德律風傳音尤靈捷頃
閱敬業堂隨輦集
賜觀侍衛射虎恭記一詩有忽聞響應徹山顛
天語遙傳順風耳之句下注西洋人所製五字意其時
南懷仁湯若望輩已解此法今日風浪既平眠食如故
午正閱牌行二百六十一邁薄暮過西印度島遙見來
颿一葉夜月甚圓德律風之器西俗盛行美都則各部

院衙門及大小行戶皆租賃一器懸於公事房旁置各街衖號數牌欲與何處問答卽就筒口說明號數遠近不爽租銀不一美使館歲需八十金日使館歲需六十金家居而設此器者必富商大賈或新聞館訪事人通聲氣也類皆自用惟藥房之德律風人人可借中國則惟津滬之地行之然亦不甚廣此視貿易之多寡耳爲用較電報爲捷然不如電報之密且其施功之處必藉電桿不能獨樹一幟然美都之德律風公司近乃大獲利

十五日丙申晴晨起觀日出霞光微絢雲氣翳之天色亦靡定矣早飯後齒痛不適西醫爲敷藥亦謂略愈片時究無把握若期大效須覓專門名家法國諺謔其人若云能治齒痛卽爲荒誕之人知此技之無眞詣矣吾鄉有洗氏以治齒長子孫不僅三世俗目爲洗分家以其得效索謝幾與人半分家產也咸豐之季粤海榷使齒痛甚劇倩洗笑山治之應手而愈洗僅求賞一監生其後酬賚亦爲介紹者賺去强半洗分家之名確而不確也西醫研精醫理似專於華然能如洗氏者胥環球無

兩也今日舟行二百七十七邁晡後斷虹東㪚舟人競觀若甚詫異迴眺西偏金碧層層雲水光中爛若錦綺日已落矣夜雨幸不漏

十六日丁酉陰晨窗睡覺聞停輪聲起視已抵英屬哈士度路島來往輪颿例泊片刻以候郵筒遥望一塔孤峙下環矮屋數間蓋荒島也中飯後船忽鐘鳴各水手紛紛沿桅引水醫生亦然殆操練救火之技舟行逢禮拜六必演習一遍安不忘危意也然雖曰試演不知者不無虛驚憶丙子秋煙臺之役隨李傅相登德國兵輪

船主寬們士提督而伯爵者也亦令軍兵操救火之式傅相自船艙出觀余從柁樓下行方與徐傳宗唐沅浦避讓忽繩索一盤從頭上擲下幸戴羽纓帽溜滑得免壓僅傷手指船主令醫生敷藥是夕輒能屈伸追憶前事忽忽十三年矣晡時過夏灣拏口天氣鬱熱舟行二百七十二邁

十七日戊戌晴晨起倚窗憑眺船主忽來就談兩繙譯均未起余自與問答咸能領會所謂强不知以爲知固非能人所不能也午後風雨幸不顛簸同舟有美國火

車總管現赴智利承工者往來海面最熟閒詢以此水所經最險爲何狀此老謂記一次遇大風舟中滿載喋啡米紛紛倒亂船主亦無把握只逆風以行十數日乃達哥浿此在西五月間其一次則同舟有馬戲諸獸及風浪掀播時其馬自相攦撞四十四無一存者此在西十一月間或曰南墨洲海道較穩於歐洲殊不然也今日舟行二百七十六邁

十八日己亥陰晨起船主屬各檢行李統交貨艙各客隨身自帶之皮袋亦欲並交殊不便彼意以皮袋小物

亦已收載費固宜付之代運不悟各客隨身皮袋要件爲多豈肯遽付他人之手此船主不近人情之一端晚飯後熱不可耐東偏電光白閃與子剛對座船舷談鄉園風景是日舟行二百九十二邁

十九日庚子晴晨窗微赬急登桅樓旭日初起光景奇麗舟將入口矣東面諸山蓊蓊出雲有隙皆補絶好畫稿也早餐後行李均檢齊令繙譯爲洋文電烏約郎交英國駐哥浪領事阿璽代發此君同舟數日頗相得昨互以映相贈遺極純正人也九點鐘後遥見哥浪埠頭

樓閣隱見椰子巴且椶櫚之屬錯雜相間沙際一樓卽
建議開河法人籬石之居也樓前一銅像曰哥浪爲當
時開埠之人此像由法國製送工作卻不甚精沙觜四
週悉環碎石仿彿黃河挑水石壩之式頗動鄭工之思
今日舟行一百七十六邁自烏約展輪至此共一千九
百三十六邁合中里六千三百八十九里十點鐘船泊
定有華商五人來謁衣履濟楚時適美領事士他地偕
該島知府巴索來見詢商登車時刻因火車公司已備
專車伺應叉巴拏馬今日有船開往利馬美總領事已

留至五點鐘云余答以既有便船卽刻登車赶趁遂將行李並載專車有西客四人來共載諾之涂經哥浪埠中仰望龍旗招展則華人酒樓也車經開河之地𡻕舖未輟華人沿路列肆賣食物不一而足美領事及火車公司總管路鼇輔送過哥浪而返十一點鐘開車十二點半鐘抵巴拏馬美領事柯林臣備馬車來迓同乘至客寓始知今日之船非往利馬者土他地之言謬矣華商十數人來見略寒暄而去余乃櫛沐華安公司餽茶點酒筵皆華製仲藹酒生大嚼余戲謂之曰若無此種

食物吾輩不至涉此殊域直非弄葯醬比也相與一笑余亦薄餟兩甌假寐片刻晚飯後至永和昌一談美總領事亦至余謝其頻年照拂華商之誼渠謂中國不與可侖比亞立約華商究不免喫虧余以璺約未定答之該領事與諸華商甚融洽而頗厭此鞅勞苦美事既繁又兼顧瑞士義大里諸國交涉微特華商累之談次又以可侖比亞國政以賄成茫無綱紀甚欲赴華求余商諸帆頓此老公正耐勞若到中國必能與地方長吏相得也柯領事行後乃詢衆華商貿遷情形蓋入口無稅又

爲南北花旗孔道過往之客多購華物近以浚河之役工商稍集故哥淚至巴拏馬沿車鐵路華人列肆皆恃此營生每逢發餉之期內埠華人小酒店有日售千金者惟半年一結帳以水土惡劣支持不易之故永和昌開莊最早生意最大其總管曹兆賓番禺李村人寓此十餘年爲言初到時草深没脛街市泥淖並乏馬車尚不及現在光景華人謀利無遠弗屆由舊金山而祕魯而巴拏馬愈拓愈廣亦不憚勞苦其志可矜特不甚聯絡終不足以敵西商耳十二點鐘返寓睡不能酣雨聲

徹枕天將曙矣
二十日辛丑晴旅店主人爲美籍初就海岸搭板屋以宿過客漸而大拓致富巨萬樓房三層亦寬敞矣視美洲客寓則天淵所謂無佛處稱尊也對門爲天主教堂左右微露小山一角前有小園列几以備游憩具體而微南爲浚河公司北則教士施惠病人之居諸樓屋瓦有筒略如吾華之製惟無瓦當數年前該國王曾以地一區送華商建醫院厚意以廣招徠華商於此貿易卻無厭賤之者此島仍有城內外之分實則荒沙一片臨

海一面隍墉之跡略存三十年前曾燬於火斷垣廢礎
凋零之甚日前有兵頭逝世衆兵官晨列隊伍赴教堂
頂禮兵既瘦弱槍械亦甚不精亘中飯後答拜美總領
事出觀外部屬爲余照料之面甚切實亦自曝彼國聯
絡邦交之意即在永和昌購磁瓶一對贈之薄申縞紵
之義並購齒痛藥歸寓療治仍無效差弁陳勝赴唐人
街回忽大吐不止服午時茶薑葱得汗而解此間日烈
風毒霧淫雨溼均能傷人宜西人以爲戒也
二十一日壬寅晴教堂鐘聲喧擾起視則一教士擁衆

至教堂前後數十男女中簇一白幔旁支四柱教士處
其中前繫一圓瓶製作怪異爲兵頭求登天堂云柯領
事來少坐而去華商餽華饌有豆腐輭滑强於烏約𡈽
痛尤宜午睡起丞利成公司葉藺來見從一西裝人名
關興鄭光祿所謂習氣最深者談祕魯情形尚悉
二十五日癸卯陰此島叛亂靡常誠非善地瘴氣其一
端耳此店舊爲鄭光祿之居曾受奇險礮子打至臥房
竟日不得食蓋因土人任總督者黨與數千請假赴美
以兄爲代不稱職國王別派一人承乏前督自美言旋

心滋不服糾衆爲亂從哥涙揭竿盡燒行鋪拆斷車路來往不通遂與新督鬭於客寓之前宜鄭光祿之被嚇也中西商皆閉戸屏息正無可解紛處美總領事柯林臣貽亂黨書諷以鬭於郊外毋於市肆間放槍亂黨陽諾而陰違之柯林臣電調美船弁兵登岸保護僅置格林礮一尊於領事署黨魁過而顧躓及美兵四集亂黨益不敢逞擁黨魁於客寓立約不鬭乃釋之越日而定柯林臣平時既能保衞諸商臨變又能鎭定誠可嘉矣亂黨既散鐵路復修鄭光祿乃成行海外之事類此殊

數數曹兆賓謂貿遷此島已四見車路毁拆云午後黎
汝政來勸早起時飲佛蘭地酒一小杯可以禦瘴理或
然歟海壖舊垣塌處有兵房一所監獄一區遥見浚河
船隻兩面操工期獲一旦貫通之妙沿海多鱷魚西人
相戒不澡浴山林多瘴氣西人相戒不啖水果此兩事
皆西人酷嗜者顧以爲戒知此島之難久憩矣晚飯後
電光西閃似有雨意
二十三日甲辰晴此間鋪戸雖不繁乃時虞火患該島
只得一水龍呆鈍不適用華商乃公製新式一乘贈其

國家略答送地建醫院之意誠兩善也華商有時集資購物贈其總督故耦俱無猜云

二十四日乙巳晴昨睡中聞鐘聲甚喧意謂祆寺禮拜晨起吉祥言街前失慎火光燭天逾時乃滅教堂鳴鐘拯救阿角往看爲洋兵挾之助水龍引水深以爲苦蓋此水龍爲華人所贈故遇華人卽須助力無客主之別亦見華人之義也美總領事三點鐘約游海口遍閱官署兵房牢獄及昨夜被火之區又經各國墳塚內有華安義莊一所鄭光祿題識署聯地約十畝外環石欄爲

華人旅葬處叉至新開河口機器堆積沿山多法人樓屋建造糜巨萬然不耐久住其最完美之屋已捨作醫院矣開河之役可侖比亞國訂約十年而成否則機器樓房盡屬可侖比亞現已六年矣工程不及十分之一不知法人何以處之沿涂車路尙平坦此亦近年所築也天氣太熱鐙後微雨

二十五日丙午晴同縣關緒自利馬來述駐祕使館情況頗詳湘浦慮祕魯水土忒寒日食人參而不免於病似人參亦有效有不效捘春秋緯瑤光星散而爲人參

禮緯下有人參上有紫氣人參之稟賦誠厚矣海外風
土異宜余自抵美後不常服間遇節氣一服之亦平平
無效且引動浮火中外服食未能強同諸華商備公讌
於華安樓旁酒肆肴饌豐美饒有鄉味各會館龍旗高
扯以誌慶五點鐘入席八點鐘散天氣忒熱久坐為苦
返寓洗浴急雨旋晴少憩輒睡
二十六日丁未芒種雨利馬船昨仍未到殊悶前夕火
災係土人某銜恨潮人訟爭房產而直遂起意放火報
復以火油潛置樓梯一爇而焚延燒極速華人鋪店被

焚三間土人被焚十數間時當深夜幼稚子女不能下樓者斃其五叉兩西婦不知下落或亦死於火矣慘哉雖放火之人已獲即治以繯首之罪亦奚及耶此間並時花不可得寓樓所植多奇怪無香之品其一種挺生如蘆著土處微露根節高不逾尺葉長乃四五寸四面蓬生裏青外赭葉縫有苞如豌豆拆則含白花一朵似嘗見於鳥約特葉則純青不若此之異色前日房東餽一花略如白菡萏其梗亦通惟花瓣外多白鬚花中無蘂無蓮蓬晡開至曙而合合則不復開矣採之者亦甚

矜重寓客多索觀似不易得也午霽晚色稍涼
二十七日戊申雨溼氣鬱蒸衣物多潮膩絶似江南黃
梅天氣陳勤自利馬來知伊露船已抵埠屬繙譯往看
艙位巴拏馬哥㟃兩埠相接華人營生於此者垂五千
人商多工少故不爲彼族所輕鄭光祿曩倩美總領事
爲照料尚能顧全生意余以該國通商之請驟難辦到
仍應於華商中擇殷實公正者設正副商董兩人爲衆
商領袖略如檀香山之式晡時赴永和昌晚飯因屬曹
兆賓令自擇其副給予專劄以昭鄭重曹兆賓固謙謙

然外此能求如其人亦不易也
二十八日己酉晴午間美總領事柯林臣來言有華商欲赴金山求護照與新約合否余告以新約只限華工其貿易游學諸人不在限內且新約亦須彼此互換乃能舉行至換約後不在限內之諸色人等由華官給照或由他國出口處地方官給照然均須美國領事官簽字柯林臣唯唯粤中指甲花見於南方草木狀紅白兩種夏日蔓生水涯白者較香此間亦有白色一種香味略同晚飯後答拜祕魯總領事璧寫祕之故家也其祖

父曾爲總統出觀宮殿園亭映本甚多惜付智人一炬
耳飲祕產白酒純是葡萄製釀略如佛蘭地而微澀又
謂祕魯現復遣使赴美與余涂次相左云旋往美總領
事處言別十一點鐘返寓
二十九日庚戌晴美國將易總統南黨仍舉企俚扶輪
不知北黨舉何人或遂安之也此間二十三晚火甃之
人昨島官欲令華商捐賑衆商以焚甃者非貧賤之家
且係土人放火此時亦無可賑濟島官唯唯今日仍會
議不識融洽否也錢涵生患腰痛身熱陳弁黑僕亦患

骰輭不能行無非夜睡開窗納涼所致要之此島風色
誠不易調攝幸明日可成行
三十日辛亥晴此島商董已專派曹兆賓番禺人曾桂
鵬順德人皆殷商之誠實者余憫此間火災贈百金爲
救火被傷及焚斃之家屬撫恤交美總領事轉送此與
華商無預也兩點半鐘衆華商均來送行美祕兩總領
事並到偕登馬車至埔頭下小輪船美總領事有事先
返祕領事候至小輪船展輪乃別涵生扶病而行在小
輪船坐候太久又值驟雨五點鐘至大輪船即卧憩六

點鐘晚餐不能食只索湯是夕舟中上下貨物十點鐘
乃得安睡偶爲數詩寫懷非勞歌也
五月初一日壬子晴早起舟人仍上貨喧聒不堪錢涵
生病似略減起坐如常但言心亂作渴然眼眶紅紫外
溢始而左眼繼而右眼日夕數瀉心竊憂之天氣奇熱
是日晚餐後八點鐘開船有兩客自烏約赶來余益悔
不在烏約多住一旬候搭此船也
初二日癸丑陰晚飯後船主往視涵生病謂宜以熱粥
發汗汗透則病除竊喜其與張仲景醫法暗合及吸粥

時船主親爲料量粥熱不能入口和以佛蘭地酒連餟兩甌汗矣船主令先解衣袴汗則以氈裹之此船無醫生船主粗知醫理且非藥物竊謂無礙少頃仲蘭述涵生言亟呼子剛情狀可駭趨視之適船主大副從柁樓持鐙疾行而下驚問何事蓋大艙一義大里國人自用手槍擊斃連發兩槍惟求必死誠莫名其故矣入視涵生但言易衣別無急需至兩點鐘船人睡靜子剛復往問之則云汗後病已清爽問何時刻答以兩點鐘握其手已不熱旋各睡去

初三日甲寅雨仲蘭五點鐘起如廁見涵生獨坐船旁衣紗衣納涼汗後甚非宜也八點鐘侍者打埽房榻涵生復出坐房外亟令阿角爲披斗蓬兩次冒風受害已迫矣船主以其無溺重往視之涵生沈沈睡去咸謂汗後憊倦也船上有天主教士知醫者船主約往診視謂脈象甚微姑吸生菜油或可以溺徐以雞粥爲之養胃津至一點鐘時阿角飲以雞粥則神氣頓變教士視之謂無脈船主大詫詢知晨間冒風復感乃頓足急以高麗薑湯救之益以蛇薑皆不及船主令灌佛蘭地酒略

噝一口卽迴首向裏淚微下而逝矣手指甲青黑誠不解受病如是之劇痛悔無極今早始將槍斃之人水葬行船通例不能停屍因與船主婉商用酒泡諸木器可免腐敗俟抵惠愛磯再謀旅殯情形殊慘子剛爲之經紀阿角尤得力

初四日乙卯陰雨差弁陳勝患腰痛自咽蘇合丸已解又復冒風增劇急令靜憩幸大小解尙通此行瘴癘之地動不如志同舟有美國機器師法國機器師住房相近時爲余排悶特言語不甚通繙譯又不暇仍悶而已

初五日丙辰晴晨抵惠愛礮該島醫生循例登舟船主告以涵生旅殯之意醫生初有難色徐告以中國官員醫生乃無詞入口後另一醫生來船主與教士仍如前告之遂令子剛登岸約華商來有寶安號司事潘節之南海西樵人甚穩練即以託之隨與該島將軍提督商妥又託將軍覓官醫生爲之裝殮乃移柩至醫院另爲洗沐阿角回取衣帽袍靴爲之裝裹以金錢爲啗醫生從喉管灌以藥水俾免發變棺內用鉛匣外用木亦甚嚴整事竟醫生索二千元然既免於水葬又得借地殯

厝雖重費不惜也即諾之而行簽無此數船主乃函託
該公司代墊時已深夜公司例不出銀於是美領事毅
然擔認該島屬厄瓜爾多國久爲美所控制故美領事
得行其志也至此乃稍安俟抵利馬爲籌起運而已旅
厝醫院衆華商晨夕爲之焚香晚十點鐘乃蕆事今日
端午節震東尙爲賀彌觸殊方之感
初六日丁巳晴六點鐘出口遙望該島樓房一派中有
街車馬車生意似强於巴拏馬然風色仍不佳昨入口
時仰視平林數十里上凝黑氣即瘴癘也早起易衣船

舷少坐即感冒腹痛似將作利流汗不止今日出口遂
高卧避風然爲時忒久舟度平林後不得不起矣西人
有攜鏡具映照者午後兩點鐘抵通芘士島祕魯境也
少泊有小帆船來駁貨並售雞鹿之屬爲購甘蔗一枚
質極粗味尚不薄晚飯後南風殊競眉月蒼涼自巴拏
馬至惠愛磯共行八百三十五邁
初七日戊午晴晨起大風八點鐘舟泊派伊大島有祕
國知府哩希士來謁請登岸游覽婉謝之此島約三千
人極荒瘠六年一雨無種植日用所需取給五千里外

有房屋而無瓦純用竹木片遮蓋島內有兩湖儲雨水足資六年之用云此可補山海荒經之一也輪船往往泊此加煤英公司有躉船於此又加載牛百餘頭改大艙客位作牛欄移搭客於船艄篷面幾於露宿恃礬布爲遮障耳總署奏定新章游歷之員只准搭二等艙位即此情境也船泊至四點鐘啟椗島民有以魚牙雕畫人物求售者頗工細又有陶尊捏成山水人物之式古樸類武梁祠堂畫像因各購數枚價亦甚廉寄進齋書述涵生死事今日歐洲電報德嗣王崩於位晚飯月色

殊清睡至中夜聞牛鳴亦將曙矣

初八日己未晴晨起南風船極搖蕩九點鐘泊噎定島寸草不生潮落微露綠苔島人支鐵橋作埔頭以上下貨物大船不能泊用小船過載仍加載牛隻架非之類兩船相近以繩鉤挽客欲登岸則縋繩而下水底多礁暗湧靡定也過至半載忽逸一牛浮游水面子剛甚窘急此豈人力所能挽回然此牛可免刀宰猶爲之幸也四點鐘起椗有搭客番禺陳氏久於外者爲言墨西哥屬內阿柯波古入口極險口門如五指山船須繞山而

入海島石華盈丈海底有柏樹長不逾尺五色皆備得此足療心氣病其産橙子香味均在新會甜橙之上云晚八點鐘泊百嘉米島有華商五人來謁持中華聯惠總局大東領袖者爲靳炳昭番禺市橋人商此四年矣語無端緒問非所答出觀湘浦三臿皆去年華人王照被迫作工事湘浦已爲了之矣靳炳昭又言合延律師以備辦訟月修五十金律師之賤工也此島華人千餘若非晚泊則來謁者尤衆舟人起卸貨物又添載牛百頭喧擾不堪有罪犯四名祕兵押之登舟反接而無鐐

鎊與大艙之客並處舵工許以徹夜不睡巡邏之云十二點鐘船仍未開疲倦輒睡

初九日庚申晴九點鐘泊杜希猷島仍是荒沙一片山無寸草沿沙岸有人家山麓架鐵橋以上下貨物暗湧甚急小船不能緊靠大船仍用木桶坐人以鐵鉤繩縋而上下一桶容兩人一坐一立瞬息而過有以黑紗蒙眼者欲自忘其險也曩在鳥鉢船同來之美國人先於巴拏馬分手附便船徑到此島以乃兄任此島領事別十二年特來趨候今日偕其兄來謁贈陶器二絕類古

銅他日攜回吾華供好古者考據亦南墨洲之雅器也此島船頭官來謁詢登岸否婉卻之一點鐘船復開行涂經一石山緜亙約里許左右兩小山若斷若續卽鳥糞山也乍視但見飛鳥十數旋繞於空竊訝積糞有限徐以千里鏡視之則山脊黑點如豆者皆鳥也狀如蟻聚不知此此山何以能致羣鳥亦理之不可解者數年前智祕之戰此山已爲智有矣晚六點鐘泊潛鉢地島將入口時風浪極雄舟中搖蕩入口乃定然暗湧又不適此水殆無暢快時

初十日辛酉晴昨夜船泊至旦候船頭官到乃騐貨也晨起有華商四人來見其一高要人王姓已娶西婦育子女五人亦攜一子一女來謁云將回華而子女皆不諳華語又云此島糖寮頗大近日倒閉一家生意頓減又盡廢銀紙而用白銀有富人立成窮漢者此島形勢頗類威海衞口門亦絕類劉公島祕魯在南墨洲版圖不小惜政治人才皆不振遂至貧弱十二點鐘泊薩盟哥島地勢不如潛鉢地而沿山見青草矣海口多鳥糞山其麓則海狗出沒甚繁同舟西人於此映照圖畫出

口行兩點鐘遥見海心一石突出類海珠石而波濤洪湧過之此石孤生不知託根幾許六點鐘泊蝦事麻島居然有樹尤出意表沿島房屋皆木片作瓦猶是終歲無雨之地晚飯後登柁樓看月舟緣山行無浪而湧入夜風稍雄遂搖簸十二點鐘睡

十一日壬戌晴早六點鐘泊蘇比島有華商來謁云祕署諸官候於華造島意今日抵祕都矣飭家人檢拾衣篋十一點鐘泊華造沿島漸青亦有樹木領事劉偉臣繙譯莫力侯來謁蓋在此島相候六日矣舟旋開駛仍

沿山東南行暗湧極大頗類都化海口力倏大吐余安睡獲免五點半鐘抵嘉里約遙望埔頭似强於哥浪巴拏馬諸島少頃醫生登舟詢驗搭客有無病人始准全船人登岸公使免驗隨使各員仍須到餐房問話余駁以隨使各員非他項搭客之比醫生不應過問醫生唯唯西例船有病人則同舟人亦不能登岸祕例尤嚴前此美使至祕舟中有一人病足醫生即禁止該船不得入口美使且攜眷屬美署諸參贊極力設法商之外部不可得適美兵船泊此欲令兵船先渡眷屬格於祕例

仍不果行祕久爲美控制美使且耐此通例屈滯舟次
兩禮拜乃得誕登余此來不致此窘幸矣俄而船頭官
來謁參贊劉湘浦並來祕總統以三板小舟並小輪船
來迓一武弁駕駛卽乘此三板登岸留子剛陳勝阿角
黑奴在大船照料行李登岸時有兵官在埔頭候接諸
華商分列岸壩候接乘馬車繞至火車房約半里遂登
火車七點鐘抵利馬使館八點鐘後行李亦到暫儲稅
關祕例黑夜不搬運也飯後與湘浦談一點鐘睡
十二日癸亥夏至晴美署包封遞到北洋書述倭人近

游歐墨者上書政府謂數年前西人重日而輕中近則
反是北洋乃歸美於使者而於余尤極獎勗歐洲風氣
余卻不了了以美洲論則中美邦交較前略洽耳進齋
書言美都使館房東不加租可免移寓之煩午後祕總
統遣官來拜令湘浦接晤
十三日甲子晴午後三點鐘往訪外部詢商接受
國書之期外部阿君年不滿四十頂已禿矣祕自嘉西
勒士任總統不滿兩年而外部將十易祕政之紛略見
一斑湘浦謂辦事極難信然也晚得來文准十八日三

點鐘總統接晤或亦諒余跋涉須少憩也外部署中有院各部卽列屋而居外國房屋有院者甚少西班牙王宮有大院教王使館亦然要非如此式此間使館亦有院樓房一層重門有洞中有石磴十數級又分東西兩路石磴乃至房沿極寬敞宏贍祕都之爽塏也

十四日乙丑晴午飯後美使偕水師官來訪以余爲美都駐使不能拘常格必俟見總統乃相晤且亦承虯蝮之託云承約觀美國兵輪諾之此間終歲無雨無雷而時有地震震亦甚微

十五日丙寅晴參贊領事各員具版賀望晨起閒步至
領事署頗雅潔樓下房五楹右爲公事房另闢一門臨
街出入甚便署中有小院落三面碧闌雜蒔草花中鑿
小池養鴨簷沿小坐饒有鄉園之思使領兩署合並聲
氣較聯徵特省費而已夜月甚明湘浦謂祕魯以此時
爲冬類多陰晦之氣比者連夕淸輝亦易多覯
十六日丁卯晴連日客來不速均以未見總統卻之此
次所附伊露船僅二千噸船又忒舊落水已十六年矣
逐日行船不報水程廁無紙房無火柴海船僅見之事

唯船主卻極周到

十七日戊辰晴祕使館與外部來往文函綜丁亥一年共十六件鈔送總署備案頃領事來言昨晚祕監越獄兩犯持刀與獄兵鬬不勝爲兵槍擊斃祕政無論如何重囚均可賄釋此兩犯當係無力行賄出此下策

十八日己巳晴午初祕廷派音樂一部來署伺應兵官兩員戎服領導樂奏於廷當令繙譯接待兵官犒以酒申初祕廷總兵官外部參贊駕宮車來迎余與參贊同車隨使各員及領事等分乘三車同抵祕宮兵隊鼓樂

分別繞至正殿祕總統免冠立候余趨前宣頌詞總統卽朗誦敬答乃接受國書此與美國先接國書後答頌者少異總統旋約至後殿指晤諸部臣復導見其夫人於後宮置酒稱賀而出外部送至殿門卽有馬步軍兵擁護回署觀者如堵祕廷總兵官外部參贊仍伴送少頃外部親來代總統答拜款以酒徐往外部署一周旋兼拜吏刑兵戶各部外吏刑兵戶四部同一院落望衡對宇戶部則與總統宮門同一院落吏兼

工刑兼禮仍以吏部爲領袖外部參贊導余往拜酬應既畢卽拜各駐使計十二處英法日德美巴西義大里皆有約之國也智利厄瓜爾多鵶𣰽顛播里牙羅馬教使皆無約之國也駐祕使規窮兩時之力均須遍拜僅晤美法智波四使餘皆不値德使他往代辦者係爲公使代庖非爲國家代辦遂無庸往拜總領事代辦公使者亦不往拜此間駐使頗聯絡情誼略優返寓已張鐙矣音樂宮車分別犒賞

十九日庚午晴晨起電北洋抵祕遞

國書日期求轉電總署代奏此間電費每字十二元價
亦昂矣太平洋無水電須繞英倫故多轉折午後義使
來言現將歸國留參贊代辦又謂駐祕客民華人以外
義爲最多云利馬惟義使館係自建義商釀金爲之華
商生意果佳或不難儷美乎日使來晤自言曾到中國
代辦使事在同治六七年間恭邸文文忠恆子久崇佩
如均認識而尤佩李傅相津津道舊其人年僅四十計
其使華時尚未逾冠日人之翹楚耶又言駐美日使手
槍最精好勇鬥狠曾手斃兩人云此卻非可以貌取人

也申正至公家花園結構不俗歌臺舞榭酒樓毬場林下鞦韆曲池游槳布置閒雅高樹極多奇卉殊茂有兩樹偃蓋類龍爪槐遠望紅紫燦爛簇豔如躑躅近觀則紅紫瓣皆有根如葉每三瓣中含兩蕊是葉是花莫名其妙如能移植吾華可爲羣芳譜補綴有小鳥如蝶翠羽蹁躚日啄花蕊爲活竟有小於蜻蜓者從此不訝陳副憲日記之誇矣惟不能捕養欲覓一二以供近玩不可得也園角方池畜鵝鴨鴛鴦無數有水鳥高約八尺長喙黑睛鴨掌獸毛兩脅横出兩翅而非翼也恃以撥

水游行極速登岸則如人立土人呼爲孩子鳥靦鳥約博物院之無翼鳥又別一種無翼者義命自安不作奮飛之想此則似翼非翼甚於贅疣徒多此一事後圖有獸鹿頭羊尾駝足毛短色赬土人名曰祕公耶祕之土產也皮可禦潮溼一褥値四十金園舊有自鳴鐘樓一座每一鳴則有人物故事隱見一遍然照料之費歲糜公帑千金比以國用絀遂裁之鐘主人憤甚自毁其鐘只餘斷礎西人負氣類然矣園中另有總統游憩樓屋外觀甚華飾祕魯本南墨洲富國卽此一園已有今昔

之感當日國中異獸多爲智利牽去智祕之役無殊德
法而德人並未攫取巴黎珍玩其器識相去遠矣
二十日辛未晴厄瓜爾多使來晤云將挈眷小住惠愛
磯三兩月比者錢涵生旅殯該島承地方官照料因并
謝之巴西代辦來晤匆匆無多談申初出門答拜前總
統霸拉度前駐華公使愛立謨之母本城知府街道廳
房東五家前總統門前適有醫生出殯車馬闐隘不果
往餘皆到門祕都風俗有公使到國其故家巨室多來
拜先之以婦人名刺他國所無也然其接客之期則禮

拜日或禮拜四今日爲該國神誕假期亦有接客者因擇要答之致虮蝮書謝治涂照應晚八點鐘觀西人戲法奏技者爲義大里人自稱伯爵或曰僞託也技殊靈快然亦數見矣末一齣盡掩鐙光深屋中術人與魑魅鬬或遇牛鬼虵神或遇簪花美女跳躍懽笑栩栩欲生術士撲之旋撲旋滅最後一骷髏白衣裹體始而牽挽繼而纏繞術士手槍擊之不去術士技窮昏撲於榻骷髏亦滅此殆鏡光倒景人立鏡中景徹於下返鏡則諸態寂滅徒駭觀聽而已

二十一日壬申晴略攷祕魯形勝南連智利北接厄瓜爾多東北近巴西東南爲播里牙計地丁方一百一十二萬蔑度每蔑度卽中尺二尺四寸八分地形三角西則太平洋也都城海口曰嘉里約輪船公司均集於此地勢稍低由火車至利馬地高五百一十英尺約行半點鐘該國向隸西班牙風俗口音至今不改西歷一千八百二十一年七月二十八號與西班牙搆戰而勝遂自立民政之國總統四年一易類多爭立兵禍疊見民性懦弱不善操作家常日用之物悉從他國運來民俗

由富而貧國勢日蹙出產鳥糞而外糖爲大宗各島田寮又多爲他國豪商開設半爲義大里人土著者十不一二國內鐵路兩條一爲英商一爲美商而祕人不預輪船公司英最老近則智利起而分其利祕人亦不預也祕政紛紛各部旣尸位總統亦如繫匏闔國有兵七千分隸八營營各五百內四千名有坐糧月餉凡有調遣悉資之餘三千則另招募以備巡街守夜無坐糧可以隨時告退兵氣極孱軍械且劣西歷一千八百八十三年智利乘機竊發兼弱攻昧遂爾亡國各駐使爲之

議和割去大鏬罷家一省其地四萬一千二百二十三蔑度居民四萬二千零二口已去三分之一矣又割登拏埠亞里架埠暫交智利管轄從此鳥糞之利盡失國帑益窘前年兩總統爭立都城紛擾槍礮及於使館亦由各駐使解紛舊總統意沙里阿遜讓而去嘉西勒士所欲得遂宜可卽眞乃屯兵都城因讓部臣攝政必候各省公議無譁乃應樂推之運從容就理似極沈毅有爲者然不兩年部臣幾十易朝令暮改亦難久謀固圉計也現尙有省一十八曰利馬曰亞罵嵩拏士曰鶯架

卽士曰亞布嗹嘛曰亞利兼巴曰亞夜沽租曰架監麻兒架曰沽士箇曰汪架未列架曰灣奴過曰衣架曰富甯曰濫話益記曰利溫地釐曰羅列度曰標鎛曰殷奴曰登拏各省均無口岸惟嘉里約打鎛羅家磨嬌華三埠不成省分而有口岸現有府九十五州六十六縣七百六十五鎮六十八鄉七千四百八十五統計祕魯人數約二百六十九萬九千九百四十五名口華人來祕始於道光二十八年卽西歷一千八百四十七年散處各埠亦將六萬人矣祕都吏戶外兵刑五部外有按察

司十員分管命案錢債水道商務田寮礦務漏稅監獄
戎政廟宇各事略如美國規模此官不隨總統爲轉移
例由律師舉充設不願就罰銀百元補充之權操自各
部此與美政異該司所管皆地方庶政而各國領事又
不能以公文徑達遇有交涉之事仍由公使照會外部
咨吏部轉行動形窒滯該司若自犯奸贓總統亦有權
以易之也外此則正副知府兩員管理地方庶務略如
堂屬又街道廳員八名內一員領袖餘則有事會議如
遇起造修改房屋必須該廳給准照方能興役每以清

查街道剔除汚穢訛罰華人店鋪然通衢糞草悉由該廳清釐晚十點鐘後卽有夫役埽街倘不失其本職也月捐諸費不菲祕庫貧而街政富又上下議院上院約數十員下院約百員選舉之法亦略如美惟每年開議之期總在西歷七月二十八號蓋其自立爲國之日也散院則無準期視事之繁簡遇大政事並請各國公使領事會議亦敬客之意鄭光祿抵祕時有祕人而充義國領事者當新舊總統兵爭之頃曾返戈利馬事平應定其罪議者紛然各公使亦有左袒之者得鄭光祿一

言而決遂科以罪祕人題之刻將開議之時能免此等
牽率爲幸不與於會亦無懵焉晡後英法兩使同時來
訪法使曾在埃及讀書詢以埃及出土石幢其參贊略
能記憶英係三等使有勳爵而頗類商賈
二十二日癸酉晴西人禮拜之日循俗拜客順道公家
花園重觀花葉不分之樹實係藤本特蔓生不遠耳園
中博物院極宏麗重門深閉從窗隙窺之桌架徒存院
中器物悉爲智利輦去祕之近狀宜臥薪嘗膽而乃上
下晏安徒樹私黨恐將爲智并也今日園亭有音樂遊

人頗盛

二十三日甲戌晴使館樓上有高窗透光氣然須自開闔屋老則機棙不靈午後義使來告别未請見但屬林和叔轉致耳日參贊來久談而去晚八點鐘赴房東𩎟筵子初返署

二十四日乙亥晴嘉士馬代理領事河西嘉鳌廬遥上頌詞令和叔爲書答之此間來客太多只可隨時答拜我用我法而已午後赴義使署送行便道至總按察宅此老既先施又扶病出迓所居極宏贍袐之富人也琴

師嘉士彌士打見贈銀餅一枚不方不圓兩面花紋不整云係西班牙初入祕魯時所製並無機器以錘鑿爲之歷年甚古又見贈法藍花籃花瓶各一纖小如豆云係智利女尼手揑者西人尙機器然手製不假機器之物則尤矜重厄瓜爾多代辦公使來訪未晤晚十點鐘赴祕紳茶會座有厄瓜爾多國故總統之女中年已寡僑居於祕聞在本國時曾統兵戰陳槍林礟雨之下馳驟如飛亦奇女子也

二十五日丙子陰霧今日爲美利堅開國之日卽西歷

七月四號也美使貽各使館書升旗爲慶美兵船亦爲
公會請客祇是昏霧雺濡上下三板船梯均不便但赴
美使館致賀而令領事繙譯赴兵船一酬應之殊歉然
也美館遇英使略與寒暄領事在兵船亦遇之此爲美
國叛英之始美之利英之害也而英美於此等往還絕
無痕跡蓋兩忘之矣今日風浪太甚美兵船傾側不定
舞者多倒
二十六日丁丑陰南墨洲諸國兵孱民惰宜爲西班牙
所踞西班牙又横征暴斂不恤民艱徒以威力嚇人及

國勢一弱則諸國皆叛無能遙制矣以形勝衡之自華盛頓創國後隱為南墨洲屏蔽歐洲兵船不能飛度烏約亞洲兵舶不能繞越舊金山南墨洲首尾悉為美包裹中惟古巴一島可以輪颿橫抵哥浪不與美相涉然美之兵力猶能控制及之故巴拏馬一島水土極惡而美總領事必派幹員美於此席固宜重視現雖南黨司令此缺卻屬北黨不能不為地擇人古巴當衰弱之餘土人不安於日政時思叛亂日其能藉古巴一隅規復南墨洲諸國哉然南墨洲久隸於日漸染風氣疲輭亦

略相似他日能自振者當爲智利充其量不難蠶食印
觀其駐使氣宇亦爲南墨洲之冠晚赴善會聽琴歌祕
總統美公使均預會總統旁侍戎裝軍校一人體制較
美爲隆夜霧如雨
二十七日戊寅陰霧小呂宋設官事外部無可推展特
貽書駐華公使代達總署申明藩部專政而於外部曼
次允諾之言抹煞不提意以總署催余速辦故爲此釜
底抽薪之計前此總署復奏方謂與日使瑳磨無濟兹
日廷乃令日使面達總署有此宕筆數年心血均付子

虛矣

二十八日己卯小雪陰外部送到祕總統答書一封外黏國印另譯照會無非仰慕

中朝之意此爲前使所無當復外部一牋允以咨送總署代呈

御覽祕能愼顧邦交良可嘉也即草疏具陳扺祕情形

二十九日庚寅晴祕魯沿西班牙風俗每於禮拜日鬬牛惟其天氣則以夏爲冬然不甚寒略如都門初秋時耳鬬牛之會以此而停亦甚善也午後拜客十一家得

晤者九曾至義使館極華瞻高爽義使已舉其半售諸
義商分東西石梯出入坐中簾幔枕面諸物悉綴義國
徽幟西例公使不能售賣不解義使何以至此義商則
糖寮主也久來修謁適遇諸義代辦坐中遂并訪之華
商備公讌於永安昌坐有黎亮甫番禺人年僅三十中
西文並精曾乘帆船歸粤涂經馬蹠國境日晡下椗遙
見隔浦鐙光樓閣隱然一都會船主視船圖無此畫境
上下椗樓三遍三次檢圖皆不能舉其名翌晨視之則
荒島一片同舟詫爲奇事或亦海市蜃樓之說歟祕魯

永安昌爲華商之冠南壘洲諸國如巴拏馬智利都城皆有字號分託商夥經營而受成於香港總核之人層壘約束條理精密數萬里外不能欺飾故能持久
六月初一日辛巳晴署中循例賀朔升旗今日爲雅瓊顛國開國之日西歷九月九號各使皆往該國使館致賀余昨甫與周旋因令林和叔代往致意駐美則無此種應酬也美總領事柯林臣來書附日報一紙鳥酉謝余撫恤火災事
初二日壬午陰西例各國銀錢鑄造皆屬國家權利惟

祕魯則人人可鑄但將銀兩送局請模納稅便可通行
近見祕魯銀式多異製詢其官局情形如此客夏道出
英倫劉芝使爲言香帥託製銀模彼國靳之
初三日癸未晴鄉人言粤中積雨長官求晴斷屠逾月
督撫親驗各屬圍隄當茲江流湯湯風雨交集斷非民
船能占利涉即勉强行之亦非計日可達若無輪船則
兩帥旌旄豈能分歷哉西法之貢效於中國者此其一
然有輪船而長吏無恤災之心高坐堂皇貌爲鎮靜亦
莫如之何也

初四日甲申晴金山華人月爲聯社措語間有可觀利馬踵而行之闤闠中不忘文字且在利馬尤難得聊予評閱以遣客愁夜露如雨階沿霑溼

初五日乙酉陰去年查寮之役游莫兩繙譯會同祕國武員愛斯哥覇同赴各島不憚煩勞頃愛斯哥覇求見因接晤而慰勞之晚十點鐘得總署電美約本及增句均到惟須美廷決無更改始能奏請

批准用寶候復等因當電進齋轉詢外部

初六日丙戌晴西歷七月十四號法國復立民主之日

法使假公家花園設樂以迓遊人並招朋好午後循例至法館致賀飲酒一巵各使陸續至略周旋即赴公家花園較尋常禮拜日游客稍多亦有執微物求售以湊善舉者祕總統到在余之前少坐即返晤其宮內軍官又至舊博物院一覽空無所有黍離之慨宜總統之不耐坐也

初七日丁亥晴午後答拜俄葡兩總領事之代辦公使者又答拜巴西代辦公使並到美日兩使館晤日使云上禮拜晚日國爵紳爲公會候余不至甚以爲悵因許

以今晚往赴葡總領事禮言此間未有華官以前華人喫虧實甚伊屢與地方官爭辯頗效勤勞亦見事理不平難爲袖手今者使領兩署並設華人蒙庇實多余婉謝之并告以中葡近已立約

初八日戊子陰北洋密電韓以津約三端爲辱託美使轉乞美廷爲之設法生光美使答以美爲民主之國向不干預人事云余意中韓交際美廷不合議即論情勢美豈肯附韓而抑華設竟出意外余必與駁難上年照會𧑗蟬之文𧑗蟬照復並無異詞曾幾何時言猶在耳

美其肯一二三其德乎即電復北洋晚訪祕前總統霸拉度遜國之君居處服用仍較他人有別以貌取人亦自魁偉

初九日己丑晴進齋電述外部云約款決無更改蒲約在京都換即電復總署此間竟有枇杷固不足以擬洞庭佳品亦復清腴可味不知從何移植或曰移自東洋恐未必然

初十日庚寅晴祕刑部頊又更換投刺告別云將養痾海濱祕政紛紜部臣屢易殊有舉棋不定之勢祕都無

甚火災而水車會則英法義三國皆有祕亦自設一會至其街車公司仍係英商辦理太阿倒持固宜貧弱西班牙設有援救會不設水車但遇失火則紛往援救衝冒煙燄拯人熱火之中甚善舉也祕不自倡而讓美他國亦殊可惜

十一日辛卯晴祕魯舊都曰般奴距利馬三百餘里然遷移亦二百餘年矣其地去海遠非如此時之利便也祕民素惰弱近以蔗園生意日減遂亦種稻賴華工爲之歲僅一穫米卻不惡蔗園糖業煮糖管機重要之工

亦華人也大約華人心智較靈每習一藝容易見長但使工價稍優決不避就嗜好較西人爲多而不飲酒故西商每喜招置之此間無爭工者故相安也查島委員王榮和余瓗會稟客臘初六日自新架坡附太古輪船初十日行抵暹羅該國王派副外部劉乾興率閩粵商人到船迎迓且備客館劉乾興爲潮州大埔人生長於暹女選爲妃得補今職專管華商事務越日劉乾興偕晤國王胞弟現任宰相總理事務大臣暹語稱爲琴麻二王底華王司羅布榦曩聞暹王深居重閉不輕見人

故以王弟代面耶劉乾興述王意告王余以向來修貢
取道雲南跋涉誠苦往以滇中用兵貢典久闕可否量
爲變通由海道抵津云云此事關繫舊制該國旣思改
道修貢應備文商榷卽由劉乾興代達亦應予王榮和
余瓓文牘若泛泛一言頗難措手王余稟末亦謂副外
部一己之私言非出自國王之口未足執爲實據而請
余察覈變通又不向該國索一文書以備覈奏爲此神
山縹緲之詞增悶而已又請援照高麗辦法量爲變通
一則准由水路入貢二則派立辦事公使兼設通商領

事三則設立公使之後相機聯約友邦維持保護所陳不爲無見但該國副外部有請由海道復貢之言該員既不令具牘且稟末又謂未足執爲實據而條論暹事猥欲中國准之究憑何覈准也據查暹地北通雲南西連緬甸東接金邊安南南至於海東北距西貢英里八百三十邁西南距新架坡英里亦如此數間於英法之間不受制於英即受制於法現允法國設副領事官於郎百蠻地方與雲南毗近又允英築鐵路由濱角直通緬甸至嘉釐加打省皆足爲我邊患特該員條議三端

不先與該國略示之意且索取改道修貢實據徒深南顧之憂耳今春李傅相函言暹羅自帝其國履霜致警而該員稟内尚不知其竊號自娛又不及見國王之面然該國假館相迓似仍不失藩屬之禮該員有此一行庶他國之耽耽虎視者不敢謂中國置之度外未始無益一切辦法當與津粵統籌之也該員又查暹羅國王百年前係潮州鄭氏在位十數年爲妻兄弟所篡傳四代五王以迄於今以濱角城爲國都合土客之民不過百萬華人居其大半其入山種植之華人亦二三十餘萬

暹於閏年人抽身稅四銖伸洋銀二元四角他國商民則不抽華人遂紛冒他籍以圖免英美德法荷丹葡七國均設總領事於暹都兼辦使事德英有巨商三兩法有巨商一美商民寥寥該國歲入之款僅一千五百萬元官俸甚薄非剝民不能自給國俗淫惰以同胞姊妹爲妃以后族諸弟爲相寓暹華民潮爲最閩次之廣肇海南次之惠州嘉應又其次也華民生計大率開墾田園其富商大賈或設機器米廠或置輪船航海歲輸暹稅數百萬他事之不便者亦自不免既求設官保護殊

難恕置王榮和余璊遲事查訖卽於本年正月八日赴
西貢十一日晚抵岸王榮和在船得癱瘓病乞假回粵
就醫未了之事悉屬余璊與西貢將軍沙納同船抵岸
後粵商張沛霖閩商吳翼謹均來導引覓得法文繙譯
梁福慶偕晤法官沙內哪㖊士游歷西貢提岸兩埠爲
華人商免枯骸出口稅又乘輪船至海防經內埠五正
月二十一日過平定省之新洲停泊八點鐘該埠華民
二千餘人生意以出口豆油爲大宗又經廣南省之會
安二十四日抵海防該埠通市僅十三年鄭德陸建勳

到船迎接華商約五千餘人附近之河内南定亦有數千二十七晩乘淺水輪船至河内二十八早抵岸此爲安南黎王舊都華人商旅於此已逾百年地經法據新設陸軍總統管轄安南西貢金邊三處軍務駐兵老城内又設全權大臣管理十三省通商事務余瓗曾往晤之據查西貢提岸海防河内各埠法人徵稅增減無常身稅專徵華人尤不公道擬請西貢設華官以保護商民至於海防則津約具在將來應可相機派設云據查西貢提岸兩埠毗連屬安南國嘉定省法人在此開埠

二十八年又西貢附連六省之地平陽千里歲產米稻運粤銷售約八九百萬石西貢立埠在內河距海口一百三十里兩埠生意大半屬華商統計華民六萬餘出口以米爲大宗魚乾豆蔻燕窩次之入口以中國食物雜貨爲大宗綢匹藥材次之洋貨進口以洋紗爲大宗香港白糖次之開埠之始溼熱薰蒸旅人多病漸乃疏通衢道廣植樹木氣候漸佳洋樓大厦縱横十里大都法人官舍兵盧教堂醫院酒肆及各國領事之居西商行店除法國輪船公司銀行外殊寥寥其餘洋貨店及

華人雜貨行木作店合有數百家提岸鋪屋二千餘純是華式皆華人產業法人苛政視西貢稍減即西貢設關亦自前四年始每年遞增各國商民均以爲苦據查海防屬東京距西貢合中里二千三百六十餘里先是華人與越南立埠通商約十三年近則法人鵲巢而鳩居矣地在紅河之內距海口四十餘里華人鋪屋約五百家工商約五千人公推一人爲幫長該埠別無西商亦無領事其附近之河內南定約華人二千餘內埠如廣安北甯莽街皆有華人未悉其數海防河內各埠毗

連桂滇法人屯軍儲糧時存枕戈待旦之想又明年准開鐵路一通諒山近接鎮南關一通老撾接近滇界海防出產以黃絲蠶繭爲大宗次則東京粉玉桂近日清花桂不易得矣此因兵後歲歉米之出口固稀且須運米入口爲食進口貨物略如西貢華人幫長權利略如副領事尙能辦事西貢華人分作五幫曰廣肇曰潮曰漳泉曰客家曰海南五幫之中各有正副幫長正幫長歲薪一千二百元由本幫取給本幫每人身稅外加抽洋銀五角法官倚以辦事幫長往往藉端肥己西每月

一號幫長將華人姓名出入口數目具報公堂提岸情形亦相似云其他徵稅款目承充煙稅新章亦經查悉尙爲詳盡當並咨粤督

十二日壬辰晴游歷司員已抵金山暫寓領署意必略停征斾以便流覽外部已致書米西斯比河壖官紳他日涂經其地可資引導矣林和叔工映相午後天氣暄和與同人共照一幀又獨照一幀今日爲可侖比亞開國之日循例爲之升旗致慶並差賀

十三日癸巳陰金山同文社聯會閒關送閱滕以六金

巴西代辦來訪云將請假歸國叩以程期自祕至智利十二日自智利至巴西二十日若從美國鳥約起程循西洋以行亦須三十日可云遠矣巴西王年逾六旬因病就醫法之波都幾旅殁近始有生機云利馬花園之勝咸謂不止一處午後乘車北行過石橋至織波德薩山麓有鐵欄環繞花木石人像數枚欄形如橢圓皆可騁車欄外有音樂一部不得謂之花園大約利馬熱天西人於此跑車爲樂旁有酒肆亦殊淺狹荒陋無趣遠望諸山上凝雲氣石勢奇古卻有可觀橋跨沙河此

間終歲無雨河水則山瀑所流積也
十四日甲午大暑陰總署電約本大致妥叶惟未立約以前回華者若有眷產在美仍應准其回美料理不得拘泥新章應與外部商添此節卽電復正草電稿甯外
鼓樂嗔闐香煙繚繞四紅衣老腳夫擡一土偶滿綴鮮花又四人以手挽銅鑪燒香引導男女百十簇擁而行略如吾華賽神之狀其土像白面長鬚衣白緞繡衣冠如行腳僧手持一物如紅橙詢之和叔謂此神像爲保護地方無地震之神所持之物則耶穌心也西人崇奉

若別有說祕沿西班牙俗例男女生時每祀一神以神誕爲生日亦或有生符神誕者稱觥之日非盡弧帨之辰

十五日乙未晴英倫西七月二號得雪西人詫甚援以中法則爲災異也錢涵生旅櫬將歸近與英美公司船商載運頗煩脣舌中西殊例然不能不强人就我

十六日丙申晴進齋電美廷已另備洋文約一本總統蓋印候換

十七日丁酉陰定派楊建勳運送錢涵生旅櫬回蘇並

檄滬局料理午後總署電新約限禁二十年與庚辰約並非禁止前往者迴殊各口怨謗沸騰布爲說帖本署暫不能具奏等因自禁之議倡於鄭光祿其致總署亟云此舉雖我自棄約然我不禁而人禁之不如自禁之爲愈鄭光祿當日未嘗不知自禁與庚辰續約有異余初抵美時美議院議例限禁華人原有二十年之說余力駁之鈔稿寄總署自禁云者有激而爲譬之鄰里之間比鄰以我家童駁往擾爲嫌至於揮斥而箠楚之我乃憤不令往其勢不能告鄰人曰我暫禁一半日過此

仍相攝也此理可以相喻旬日之間三接署電固非電復能詳

十八日戊戌晴北洋函論韓事因縷復並述美約近耗滬關函送陳善昌稟訐蒓浦案語極矛盾予豫四月二十八日抵古巴

十九日己亥晴明日船期不果前致京津兩函須二十四日乃能寄也涵生旅櫬回華已極費力因並買保險萬金較穩妥晚十點鐘街道廳約觀煙火具體而微在秘則爲佳玩

二十日庚子陰祕魯開國之期向以本日開議院距今六十七年矣外部備文請赴余早起嚼枇杷過多遂致腹痛以高麗薑解之而止兩點半鐘偕和叔赴議院美使義大里巴西兩代辦先在坐餘亦陸續至副外部手持坐位單相告余位次在日使之後英使之前英使到國雖久然係三等使故先之也美都公會亦與日使聯接可謂湊巧巴西代辦告余以數年前各駐使爲祕定亂咸集於此復述當日情狀猶有德色屆三點鐘副外部導入議堂極狹隘堂中平列兩坐上懸紅幔略如暖

閣則總統與掌院坐也正中一案置筆墨前供耶穌被
刑十字架左右列坐則上下院議紳也各部暨水陸提
鎮東西分列在議紳之前堂之四角分建四樓駐使爲
右客左則按察司也其前兩角樓司記載之人樓淺僅
容一行坐參贊從官不能容則移坐左角樓氣象向靜
穆少頃總統戎裝入掌院同行總統坐定旁有軍官初
遞眼鏡續遞諭文刊本總統起立宣讀約一點鐘掌院
者接論一遍闔外前樓拍掌讚美總統遂返各駐使咸
往賀先集於外部署旋由外部署廊繞至祕宮按次與

總統握手並及諸部臣總統約至後閤觀兵又導見其嬪子徘徊數刻仍至外部一周旋而散祕崇舊教遂以教使領袖其實則同是二等使到國亦不久也外部署中陳設小銅像一區雲石爲座四角爲銅人著翼吹樂中一銅像手舉大旗五銅人戴之製作工巧舉旗之人卽波里瓦爾首倡自主者合五國以叛西班牙卒行其志至今五國人不忘所自故於開國之日特陳於外部猶有飲水尋源之意五國者祕魯智利威厥釐蘇威拉鴉鸖顛可侖比亞也返寓五點半鐘腹痛雖止極疲憊

二十一日辛丑陰祕人爲賽馬會馬卻不多天氣曖晦擬不往今日公家花園較前熱鬧兩承邀約亦不願往意興蕭然腹痛愈而齒痛增

二十二日壬寅陰祕國以開國前後之期給假四日昨禮拜今日仍補假不辦事祕國服色總統與提鎮均戎裝各部臣則民裝內綴兩黃緣露於袪外按察司則以紅綢作搭領餘皆民裝與美俗無異前日議院之會一色白手套亦甚新鮮祕都東西南北各設鄉約局管理錢債細故不決則轉送副知府按例只羈留被告二十

四點鐘過此則無如之何矣錢債不繫獄其獄四大都命盜重案每禮拜有省獄官就訊於獄轉報按察司似甚有層次然皆可賄弄而釋總統今日率諸部院至公家花園散給各堂學生獎賞花園今日不收入門票錢午後至外部家晤其母兼拜數客多得晤客來投刺每日至少亦八九人此種酬應只可以不了了之

二十三日癸卯晴祕總統閱武圍場兵只數百亦復疲惰馬隊礮位極精者格林小礮前在祕宮略見一斑各駐使多不往劉偉臣贈美使古巴煙捲一匣美使乃面

謝余豈誤會耶抑以領事官不足與投贈也晚爲楊建勳餞行

二十四日甲辰陰祕俗亦喜豢狗然遇野狗輒擊斃於路又不檢拾夜則有烏羣啄靜盡此烏夜集晝散遇街衢屋瓦有穢必啄之使盡工於逐臭者也華人目爲紅頭烏祕人則矜曰神烏謂上帝使之臨凡淨穢者異哉然去來無蹤亦別一種類

二十五日乙巳晴美使日在醉鄉比乘酒毆娼其娼控訴於祕都副知府爲之勸息蓋交失之縱酒任性固極

鹵莽爲之瑣者乃控諸奉使之國亦殊無謂酒德之不
佳盍明日戒之也西人麴生之好季常之懼往往兼之
美使乃獨有輕重於其間稟賦異矣前日祕總統閱武
於郊馬槍內夾沙石臨彈子而出誤傷二十餘人領隊
官不能辭咎和叔以余未往爲幸利馬學堂請聽琴歌
晚八點半鐘入坐每歌一闋別一人講論一遍余不諳
西語旣不能爲周郎顧誤亦難爲頑石點頭不待江上
峰青索然思返
二十六日丙午晴恭逢

皇上萬壽率參贊領事各官望
闕叩祝午後祕總統遣侍衛官來稱祝先致總統之意
然後自申嵩祝之私可云得體少頃外部來賀爲言祕
例向送音樂今年因他處使館以爲煩擾遂不敢送各
使館循例升旗各駐使暨按察司並諸祕紳雜遝滿坐
款以酒麪最後則祕前總統霸拉度曾游歷京師者久
談而去竟日款接尚不覺疲使館旣升旗今日諸華商
行棧亦升旗放假一日由領事官先期曉諭誌慶也晚
赴前總統宅謝步繁星麗天祕都僅見

二十七日丁未晴巴西公使歸國三點鐘赴車房送行各使咸集外部亦至各握手爲别交厚者送至嘉里約昨來面告别並聲明代辦某人復偕來相見巴西用葡文字母無異其串字亦略如日文晡後往祕宫晤祕總統稱謝宫内外均有軍官守衛視美爲肅見總統後其軍官導至外部少坐即赴各使館謝步

二十八日戊申晴傅楙元顧少逸抵舊金山各有著作顧撰日本新政考二卷爲部九曰洋務曰財用曰陸軍曰海軍曰考工曰治法曰紀年曰爵祿曰輿地九部之

中分目七十三傳撰游歷日本圖經二十六卷爲類十
曰天文曰地理曰風俗曰食貨曰考工曰兵制曰職官
曰外交曰政事曰文學爲子目一百七十有圖黎蒓齋
序言顧詳於近事傳兼考古
二十九日己酉陰播里華公使移居後有書相告今日
値其開國之喜親往賀之便道拜客晚赴前總統霸拉
度寓茶話
三十日庚戌立秋晴楊建勳昨抵惠愛礮今早電言各
事辦妥暹羅擬請改由水道修貢一事備文咨商津粵

酌辦並批復查島委員又致北洋書縷述其事

七月初一日辛亥晴祕魯雜花最重山茶梔子非如美洲知有玫瑰而已貴無常品南北花旗易地不皆然也

昨在祕紳家見一五采宣窰磁墪上大下殺其蓋上連一碗儲水以驗蒸氣者疑爲前明滷水墪不解何時流至外國惜墪口補綻非完物

初二日壬子陰仲蘭歸思甚切南墨洲風土殊非所堪

初三日癸丑陰祕魯鐵路本不甚廣近日英商爲之訂辦推拓已有成議智利起而阻之謂祕負其國債英言

鐵路廣開祕容有償債之日智或絀於英而不强梗也此路開妥華人商務當有起色今日厄瓜爾多開國之期晡後往賀坐中一教士年未四十曾任刑部大臣充慈悲之念作理刑之官宜無枉決

初四日甲寅晴祕廷新例純用銀錢前發銀紙概行收回燔燬昨經祕宮西人簇繞於叢火中殆燒銀紙也祕人往挾藏以稱富者近乃付之一炬略如淮商之根窩一紙之貴賤殊無定程祕館華僕汪九安徽涇縣人其父汪朝選曾爲粤東三水令卒於官汪九爲人誘導至

此人頗伶俐久已忘卻本來面目近忽有歸志因給以盤川

初五日乙卯晴西人禮拜之期午後客來甚煩晚復金山領事長臏述美約爲難情形並令轉語華人將眷屬財產報明合衆國衙門立案以爲換約前回華換約後來美之據庶免他日折辨

初六日丙辰晴將美約籌議始末縷致總署一函春間烏約日報刊總署致英美兩使照會祕都僻陋無從復按中西文義慮有舛誤仍屬美署詳查

初七日丁巳晴嘉里約稅關向有經紀代衆商完稅領票卻非包攬以多報少也日前華商和昌有貨到關納稅千金經紀人已收銀稅關亦給票矣乃經紀人虧空潛遁該關仍向和昌追索眞無理之甚窮斯濫祕關之謂乎華人寓祕老疾瞽目無依者通惠公所爲設養濟院於嘉里約以資棲止近將三百人資遣回籍無此巨款此輩亦不願言旋公所旣乏恆產月捐衆商又不踴躍竊虞善舉中輟因爲月給三十金自本年正月始以期持久晚八點鐘發滬粵包封近因輪船改爲上午開

行預於前一日收書信英智兩公司鬬捷限八日到巴
拏馬旅中七夕曝衣乞巧之事非殊域所諳
初八日戊午晴耶穌母馬利亞逝日祕俗放假一天祕
有葉子戲曰洛鑑波四人合局舉國嗜之幾於朝朝寒
食夜夜元宵西人以爲極鉤心鬬角之技著爲成書亦
猶吾華馬弔譜也其類有四曰金錢曰酒杯曰劍曰杵
共十四葉四者之中弁之以劍而助劍爲用者杵也錢
杯兩種若此炇舉似則第七者移作第二劍第一杵第
三若劍杵本門則二者仍二無升降也錢杯小加大劍

杵大加小此其梗概大約此戲倡於無火器以前意以
錢酒爲人人所喜而無劍之威力以持之則錢酒不能
久享且無劍之勇決以節之則錢酒流弊無窮杵殆助
劍施功因人成事而其器量亦用武者所不廢故四類
之内常居第三祕人此戲由來久矣時至今日純以槍
礮爲事固非劍杵可以自雄
初九日己未陰霧祕都連日暄暖中午袷衣早晡猶重
縣而祕俗以爲反常慮有疾疹惟陰寒則喜華人固安
之也華人散處各埠五年前祕總統爭立新黨招募華

人當兵舊總統言於鄭光祿設法遣散令繙譯游德隆
往瘠既拉柔埠傳諭華人或曰改易西裝以便行路游
言兵荒之際此去生死莫卜若華裝以去即遇險亦知
爲華官設易西服死則死矣渺無知者易裝決非宜及
抵新黨營屯即爲邏者導見兵官葢已預揣其來意兵
官詰游曰華人健者我可雇舊黨亦可雇何獨責我爲
哉游徐徐言曰華人寓此遇有戰事均應守局外之規
新舊黨咸不趨附庶爲合理兵官無辭徐詢游曰欲觀
華隊乎游曰然訂三點鐘列隊與觀且款以饇酒游辭

不就食及三點鐘再往則兵官匿不面而令麾下人告游以華隊應調他處矣遂反祕都幸免於難同人咸爲之慶更生本日嘉士馬埠代理領事電稱地方官禁賣鴉片煙華人窘迫人情洶洶恐致生事湘浦復令將實在情形函稟再爲設法

初十日庚申陰通惠公所代杜希猷埠諸華工求設領事並呈送杜拉備簡答備直金烈打三田寮華工稟詞大致以寮主虐待而其潛自賣身供役以償博債者則略之矣杜希猷華工最盛然寮主多非祕人祕廷威力

不能及卽設領事而地方官無權助理亦非領事一手
一足能使寮主俯首聽命也固是經費絀支而事勢亦
有軒輊只可詳籌良法然後發手已初美署包封摺子
硃砒三件又總署公函一件論請發時憲書及韓使至
美事津門新設博文書院擬聘蒓浦掌教而慮修脯不
豐屬余轉詢
十一日辛酉陰奧國王生日循例升旗並差片賀其總
領事與無公使總領事代辦晡後美使來談詢以美都
議院散否美使茫然但勸余西九月底返美可避巴拏

馬瘴氣云晚赴琴師家茶話出門登車兩馬如黑甜初醒惝恍迷離御者屢促轡而寸步不移又不敢加鞭慮其驚痛而逸馬劣恐不任重同乘四人並下車俟其拉動再登而馬之朦朧如故安步當車幸不甚遠

十二日壬戌陰劉偉臣陸壽峰奬捐已回各换頂戴昨梁蓬雲書言金山華商公函詆酈其照又頻詢墨西哥通商事有欲先往購地者不識確否也

十三日癸亥陰晡後外部來訪閽者誤以出門卻之殊謬晚赴前總統霸拉度宅晤副外部託之道歉

十四日甲子陰前日總署公函拳拳於朝鮮遣使一事春暮余咨請北洋詰問韓廷此文當達署也韓爲中屬其與美立約時已備照會聲明其詞曰大朝鮮君主爲照會事竊照朝鮮素爲中國屬邦而內治外交向來均由大朝鮮國君主自主今大朝鮮大美國彼此立約俱屬平行相待大朝鮮國君主明允將約內各款必按自主公例認眞照辦至大朝鮮國爲中國屬邦其分內一切應行各節均與大美國毫無干涉除派員議立條約外相應備文照會須至照會者右照會大美國伯理璽天德

大朝鮮國開國四百九十一年即光緒八年三月二十八日錄之以免遺忘昨閱中葡約本卻無中國設領事於葡屬之條將來有須設官之處恐蹈小呂宋窠臼耳海外屢擬斫鱠而味魚不易料物尤難徒縈秋風之思此間華人最多且能種蔬果萬物咸備但欠鞠華耳晚令庖人切之腹腴香飯各極其妙

十五日乙丑晴粤俗盂蘭盆會風尙己久猶是佛氏輪迴之說水陸道場糜費不惜金山華人時復爲之祕寓尙無此舉近日英智輪船公司鬬捷各減水脚華人歸

里頗多晚與祕前總統會於法商家老屋垂五百年無
風雨飄搖故能耐久樓中陳設華麗有藍緞白花繡幙
長幅雅飭可觀云自吾華定造有目共賞之作也華商
若能多辦此種絲繡運銷歐洲商務應日拓矣
十六日丙寅處暑陰美署隨員許靜山與錢酒生同里
閈面述酒生生平甚詳並欲余面託北洋爲之表章余
昨已具疏矣語曰一死一生乃見交情
十七日丁卯晴市賈出售人魚乾頭面眼耳鼻口齒髮
皆具兩臂屈伏十指有甲胸前脇骨稜稜宛如骷髏下

半則鱗甲尾翅依然魚也索五十金湘浦疑爲僞造吉祥謂曾見諸滬上茶館似吾華亦自有之價昂可不購矣古巴領事署五月二十一日移寓租錢歲省三四百金湘浦以舊署爲最吉受代日諄屬毋遷移頃亩止之已無及矣

十八日戊辰晴烏拉乖開國之日循例升旗由領事差賀該國向無使館只設領事於嘉里約偉臣向有往還南墨洲民政總統率四年一易且有未及瓜期而先謀爭奪者咸存五日京兆之見絶不爲公家籌久遠但使

私橐既充則去住自如退位後輒攜家作歐洲之游闔洲風氣略相似然視祕魯猶小巫之仰大巫

十九日己巳晴有美國人假公家花園演氣球觀者人各半元訂三點鐘往觀音樂喧闐男女雜遝因登博物院樓以便憑眺美使夫婦子女已先踞一窗正與氣球相對將五點鐘氣球始動離地不逾丈左右旋轉略如醉漢行路倏而欹倒觀者大譁遙視美使遁矣演球人謂煤氣不足故不能升球下所置鐵管入地當不甚深意必與他處機器爐坿引煤氣何至如是窒滯或曰另

日再演多收入門票錢此說近之閒詢林和叔敢搭坐否林言往在巴黎屢屢乘坐不覺其險記一次氣球既升有女客忽然生子咸倉猝無措球又不克遽落適同坐有醫士爲之接生坐客各以手帕贈之拭穢此子生於空際五行不知何屬日者推星命何處著用神西俗奇事直多意想之外此閒氣球咸不敢坐演球者亦不肯搭坐

二十日庚午陰昨登博物院樓空諸所有牕槅承塵類多塌陷祕廷亦無意收拾也法經德破後卽重建一大

戲園窮極奢靡以維繫人心此種舉動固非祕魯所能
望其肩背美些島華人稟訴元日升旗爲地保所扯乞
詰問祕廷詢之湘浦謂祕外部已將地保斥革另備鼓
樂爲之升旗而諸華人謂祕國會因誤拉法國旗罰賠
五十萬金欲援以爲說西例國旗甚重然有官商之別
祕政如是猶能爲之索賠耶旣經參贊辦竣自不便再
給外部照會
二十一日辛未晴吏部文各口董事三年准照尋常勞
績列保庶與隨使各員有區別仍須先行咨部立案因

日館保案吏部復奏應准應駮各員而伸明其說

二十二日壬申晴陳藹亭稟古巴舊署滲漏壁已裂縫房東不肯收拾不得已而遷居又代譯巴西舊約本嘉士馬兩案祕外部復文照辦

二十三日癸酉晴祕俗汕打羅剎神誕放假一天神爲祕國女尼距今三百六十年矣舉國奉事惟謹祕總統率諸部臣赴教堂頂禮獨示優異美國人今日三點鐘復放氣球不收錢且先質千金於街道廳又將前次所收之二千餘金並以爲質若放不起則以此示罰兩點

半鐘往觀行不半里沿路延頸以望已口講指畫即停車仰視球果升矣球旁字母隱約可辨又時放碎紙大約弄球人自誌所升度數也風定球行甚緩旋至公家花園猶見之五點鐘回寓遙瞻天際則不知何往矣園中遇華商王運佛山福祿里人余任西樵人自言屢欲來謁恐為閽者所阻因前數日有習西教之華人餽竹筍至署不納云晚赴祕紳霸沙葛烈地公會總統在坐

二十四日甲戌晴昨日氣球三十里而墜弄球人甫至地忘記撤氣管球仍上升追挽不及至於巔躓自傷頭

轆球之工本須三千餘金局外方爲之歎惜旋知爲山誕囉薩糖寮所得仍還之弄球人尙不致得不償失要之此人此技總未精熟洋員杜嘉兼使領兩署之差已月加四十金頃參贊又爲請益洋員不減薪已慮署駁若請加則尤違署章

二十五日乙亥晴陸壽峰以鴛鴦宜福館吹月詞爲贈陳文述之裔宜有雅音琴師嘉士丹耶特曾游吾粵四年學爲粵語及其返也聘粵人教習來祕可謂專矣閱二十年猶未盡忘一齊衆楚原非易易

二十六日丙子晴米些埠華人升旗之事湘浦初甚憤其貪妄續念其專足來署須四日火車程爲途甚遠因爲書促該埠代理領事麥克拏而堆轉促福甯知府查照外部前文辦理此函即交來人帶去偉臣今日赴嘉里約閱視養濟院諸瞽廢華人不失仁人之心午後王運余任來談甚久詢其來秘之初王舟行三閱月余舟行五閱月同事九人死其七大都患脚氣余任抵岸時亦脚腫至臍幸年齒尚幼得以醫痊遠役異國夫豈浮梁茶賈比哉

二十七日丁丑陰祕魯代理領事三處嘉士馬埠爲祕人嘉黎盧米些埠爲美人麥克孥而堆介益地埠爲江蘇上海人徐雲高由來久矣華人散處各埠既不能隨地設官只可派人代理亦省節經費之一道

二十八日戊寅晴香港包攬華人出洋之局包至檀香山者每名九十元檀島關吏作僞先將假照售於駐檀華商寄回香港售賣華人不知底裏誤買此等僞照及抵檀島不得登岸其愚可憫現經董事程汝楫駁辨關吏已革此種影射之技亦窮程汝楫稟請劄飭金山領

事轉告東華醫院遍貼長紅知會華人毋蹈前轍自貽
伊戚包攬局之害流弊不僅舊金山
二十九日己卯晴寓祕同邑人擬建南海會館工商各
捐一月薪工余亦捐俸一月聞前數年曾集得七千餘
金購一地段此時興造不易出脫又太喫虧只可作爲
會館公産不致湮没可也同邑翰林譚叔裕揚馬淵雲
之流屢掌文柄忽得京察遂鬱鬱曾牓其門曰未知肝
膽向誰是自坐迂拙非人擠逾年擢雲南糧道益非其
志過津門時留書告别余曷爲書譬慰之項得粤書竟

旅歿南甯可惜也宦海升沈原無定程牢愁抑塞徒自損耳孔北海謂若使憂能傷人此子不復永年矣西俗食水每從湖河引至都會市鎮之區建屋蓄之其法用砂隔去渣滓水味自清居人用鐵管分引樓高數層亦能汲到庖廚盥浴皆取給焉間爲皮管套搭以灌溉花木室中穢物別有管流送於河不相雜也水質清濁視其地氣祕都雖陋而水則勝於美都

八月初一日庚辰晴初擬取道舊金山回美以避巴拏馬瘴氣而船小又多礁石只可重尋舊路已定船期午

訪美使告以本月二十一日返美仍取道烏約請面達虮蝮行知稅關

初二日辛巳白露陰進齋電美議院未散感於英國新聞議紳聚訟立例凡華工回華者不准再來即電署一百一十七字美政決於議院間年爲長議八月未散則罕見也

初三日壬午晴今日耶穌母馬利亞生日祕都放假一天郊原賽馬具柬相招日晡涂遠不願往也晚至琴師寓茶話琴師以琴爲業弟子數百人但與指撥祕不一

彈今晚特爲余奏技且能爲華調或以聽者非能審音不妨示人以璞

初四日癸未晴祕都街道純是碎石砌成車行甚喧婦女亦可溺於通衢尤環球所獨鄉約局收馬車稅每月十金索及坐車譯官詰辨乃免往在日都下車之始日廷卽以車牌爲贈雖極喧雜之地舉牌示之無不避讓持較祕魯優劣爲何如也晡時拜客至一律師家新居華煥結搆甚佳詢爲暴富者去年爲人包一田園案得三十萬金遂大興土木不圖祕魯有此巨案

初五日甲申陰進齋電復以美總統慮拂衆議議院新例盡諸無疑外部無能爲力云新約本爲過議議院苛例而立外部初意亦欲力顧邦交而不洽美西各省之心受謗不少今者議院不候此約消息而自立例外部乘機脫卸稍縱卽逝矣善後無期可勝憤懣卽電諭金山華商

初六日乙酉晴劉湘浦等保案吏兵兩部均覈准絕不駮改一字部章吻合歷案所無總署寄到中葡新約刊本堂司住址單

初七日丙戌晴祕都極陋而水質卻佳磁碗泡茶隔宿無水漬物價不昂魚尤肥美本日照會祕外部以回美之期湘浦同行留和叔代辦日使西移同舟共發

初八日丁亥晴粵人所製月餅鄉味不改然過食總非宜也南海會館供奉南海神爲撰一聯曰星氣絳霄澄抗古衣冠光四裔鄉心明月共賽神簫鼓似波羅此種酬應近復不免日晡至公家花園乘小舠蕩槳於巖石曲池遇義大里新公使復登茅亭遠眺山翠凝几雲氣霞光相間下視英人球場方角逐鬬勝雜以胡樂繚繞

花間
初九日戊子陰祕外部照復余起程後認林和叔爲代
辦且以余此來彼國君臣未盡東道之誼爲歉措詞甚
圓到金山電復美例前月二十七日已刊布訟棍謂必
不行行亦可駁民信訟棍商助官故求准新約晚得署
電新約不過暫緩批准彼遽另立例違約背好應與力
辨並詢目下情形卽電美署查復此時准則衆論紛紜
駁則自禁矛盾宕則美自立例總署亦頗難決
初十日己丑陰瓜搭梅拉國中墨洲境也領署所延律

師卽該國領事今日開國之期差片賀之日使遞國書前使量移希臘矣邑人羅傑自智利回述智利風氣略如歐洲南墨利加目之爲小巴黎華商卻無甚利益該號售絲繡茶葉英商亦有運華物往售如該號者爭利之心英最擅矣西商近多狡猾豫製數簿眞僞兩本以備倒盤類此者數數見之關稅略輕於祕外埠五六處華商皆無分莊無業華民聚於該國約五百人所業極不堪而獲利頗易且無故鄉之思推此觀之若無限禁華人之令越數十年恐華人之流徙外國者不知凡幾

云羅傑此論聞所未聞要之華傭在外國有無形之利亦有無形之害此又非羅傑所知也

十一日庚寅陰進齋電美自立例議紳索雷爾力爭以爲太遽仍應由外部電田使問耗候新約消息余文摩根助之准十二日復議晡後答拜新日使並觀鬬牛局面自遜日國而人與牛鬬非身被重甲持利槍跨瘦馬與牛作惡徒殘馬命者惟操劍殺牛之技卻不逮日人略坐數刻往訪前日使已移居俄人宅矣院宇雅潔且多華器銅磁雕桼數種皆不僞磁爲萬歷窯雕桼小屏

甚工緻背嵌螺鈿山水人物亦極巧前明物也銅鼎無蓋而腹有識子孫永寶用五字甚清晰餘亦可辨此鼎的是周器俄人謂得之日本其階下蒔花有高耳銅盤旁鐫松翠館三篆字則倭物也俄人往賈於倭得倭器尤夥

十二日辛卯晴粵人多以香港不守爲惜而深怨葉崑臣當其事敗之日有樂府三章首曰葉中堂告官吏十五日必無事十三夷礮打城驚十四城破無礮聲十五無事靈不靈乩仙耶點卦耶籤詩耶擇日耶次日夷船

夷礮環珠江紳衿翰林謁中堂中堂口不道時事但講
算術聲琅琅四元玉鑑精妙極近來此祕無人識中堂
本有學問人不作學政眞可惜三日鬼礮打城破中堂
書院坐忽然雙淚垂廣東人誤我廣東人誤誠有之中
堂此語本無疑試問廣東之人千百萬貽誤中堂是阿
誰三詩音節絕佳鄉人至今猶能記憶其時崑臣方信
神仙羣情驚擾時猶差弁安慰城紳謂十五日無事屬
勿遷移而自海口礮臺城內樓堞概不准備又有童謠
云不戰不和不守不死不降不走二十四史翻完求如

此人没有亦極切當今晚與鄉人會飲南海館感述鄉事因並記之

十三日壬辰晴進齋電議院昨又會議主不候新約消息而自立例者人數較多已定議云即電復總署酌度義使遞國書後來拜未接晤適往智利使館賀其開國期也智利產銅甚佳然國令不願窮採與歐洲爭利恐致暗損前聞中國需銅暴長高價中國有銅礦而不自謀以致歲流金錢於外良可惜耳智利近營織絍特雇倭工二十四人往指導可云專矣智利婦女操工無所

不有街車馬車多女工執御環球所無
十四日癸巳晴三點鐘往祕廷辭行先至外部小坐適智使為鐵路事與祕糾纏稍待片刻祕總統殊有惜別意外部亦然旋至吏刑兵戶各部一談戶部赴議院未返餘均得晤又答拜義使
十五日甲午晴署中升旗賀節與同人周旋午後書楹聯十數今日為西歷九月二十號義大里開國之期義為君主只生日知會友邦開國之期不賀也義商寓祕者實繁有徒假公家花園為會製小銀錢分贈會中人

花紋甚新聞甚熱鬧
十六日乙未陰祕魯鐵路事英外部專員來祕營辦願代祕償國債鐵路所入英七祕三而慮祕翻覆索稅關爲質祕廷欣然而議紳未盡允智使又以鳥糞山事與英祕有轇轕此山祕久質於英及智破祕魯則又攫去智非不知此山已質祕則以已出之物聽客所爲今以鐵路之役英允代祕償債不免重理棼絲矣然英非眞爲祕償債也但所有欠主均將欠項附入鐵路作股鐵路果暢强於了無歸結之期設不暢則兩失之欠主以

英爲最祕假此事淸宿逋計亦艮得議院之意蓋慮英
人盡奪其國權害大利少自不得不躊躇也今晚林和
叔假法酒館餞別法庵環球所推可喜者燒蘑菇一種
而已席散至房東處話別問詢鐵路成否房東亦以不
成爲幸曩因梗議遂罷吏部之職故矢志不移祕魯國
債已積至英磅三千餘萬實難支拄房東不主鐵路之
謀殊有債多不愁之概子初地震不甚劇
十七日丙申秋分陰香帥疏禁美商火油入口否則另
立專條加重稅釐請總署與田使訂議並飭駐美使臣

與外部商禁總署函屬相機辦理惟查火油販運中國
似宜由署檄行總稅務司查明每年入口火油幾何某
關經稅最多再與該國商辦較有把握火油爲禍最烈
既傷生命又損生計能杜絕則大幸事甲申在都曾與
步軍統領順天府尹言之自禁民間不用彼族故無可
置詞也江皖湘粵行用已久窮鄉僻壤肩挑負販亦購
以代菜荳等油流毒何有極也京城內外尚無此風預
爲厲禁或可消患未萌美爲民政之國總統暨諸部殆
無鈐制商民之權極顧邦交不過將來文送議院一議

而已美稅華物值十稅六極無理只茶葉無稅當時印
度日本均未產茶非免稅無以廣招徠然有此大宗貨
物免稅美遂有所藉口事非統籌不能透闢旣涉外交
尤當妥爲收縱洪文卿函送疏稿大都抵任遞書及保
奬舊員新調繙譯之件原無礙於示人惟以初抵俄時
曾上密摺遂併祕之不咨會而鈔稿不願自亂其例云
晡後至玻利非亞館言别玻使言此數日間該國總統
爭立干戈從事不知機局如何甚有憂色南墨洲諸國
類此殊不奇旋晤智使知中美新約齮齕代爲焦灼祕

都駐使尚有氣味今日拜客十九處甚疲茶祕紳有新婚者請往觀禮晚八點鐘偕林和叔至教堂坐客已滿少頃男媍兩人吾華所謂全福者導新郎新媍至神堂前跪聆教士說法教士贈新媍約指一枚爲值甚微新郎舉聘錢爲禮新媍接受即以予教士視其家之貧富無定數亦視教士運氣焉已教士宣講畢新婦起立新郎掖之出無假他人牽挽也新媍白衣白紗蒙頭至足從兩小鬟衣亦純白西俗以爲吉也客至其家始與握手致賀此間教堂偶像甚多西人亦不盡識大都耶穌

故事

十八日丁酉陰祕外部照轉吏部文嘉士馬埠訛禁鴉片之案實有不合已令弛禁妥立章程通飭各省云前日外部閒談謂祕人近多嗜此於關稅入口徵之然彼族不禁也午後到外部宅辭行晤其母又訪前駐華公使愛立謨家母病漸愈乃姊屬回美時告愛立謨以一家平安所以慰游子者意良切也隨至諸按察司家皆得晤別

十九日戊戌晴中西殊制每事相戾惟倫常則父母稱

謂物性則松柏後凋雜器則博局骰子中西一致莫之
爲而爲者歟祕都之東有高山曰馬杜干那計高英尺
七千七百八十八尺再東曰志葛拉計高英尺一萬三
千二百二十尺絶無風景陡峻而已鄭光祿曩駐祕都
登山未半而神色頓變汗出如漿病憩山店進齋尙能
憑眺陸壽峯則委頓矣以山太高聳養氣不足故也鄭
光祿坐是得癱瘓之證容蒓浦曩登茲山口鼻出血而
返華人禀賦固與西人異也仲蘭日慮不永年求歸甚
切猥欲往游兩山誠奇想矣連日送行之客絡繹均謝

卻晚飲法國酒館晤意使巴西代辦美參贊之數君皆
不自爨在此搭食撙節極矣甚非華官所能也今日蔑
薛蟲士神誕祕國放假一日祕總統率諸部到教堂頂
禮相傳神爲處女素佩耶穌又與耶穌之母善卒登天
堂云
二十日己亥晴中國士大夫留碑識於泰西古未曾有
光緒六年黎蒓齋在英爲卜來敦記曰卜來敦者英國
之海濱歐洲勝境也距倫敦南一百六十餘里輪車可
兩點鐘而至爲國人游息之所後帶岡嶺前則石岸嶄

然好事者鑿岸爲巨廈養魚其間注以源泉涵以玻璃
四洲之物奇奇怪怪無不畢致又架木爲長橋斗入海
中數百丈使游者得以攀援憑眺橋盡處有作樂亭餘
則淺草平沙綠窗華屋與水光掩映迤邐一碧而已人
民十萬櫛比而居衢市縱橫日闢益廣其地固無波濤
洶湧之觀估客帆檣之集無機匠廠師之興作雜然而
塵鄙也蓋獨以靜潔勝每歲會堂散後游人率休憩於
此方其風日晴和天水相際邦人士女聯袂嬉游衣裙
雜襲都麗如雲時或一二小艇掉漾於空碧之中而豪

華巨家則又鮮車怒馬并轡爭馳以相遨放迨夫暮色蒼然鐙火燦列音樂作於水上與風潮相吞吐夷猶要眇飄飄乎有遺世之意矣庶昌至倫敦之次月富紳阿什伯里導往游焉即歎爲絕特殊勝自是屢游不厭再踰年而之他邦多涉名蹟而卜來敦未嘗一日去諸懷其移人若此英之爲國號爲盛强傑大議者徒知其船堅礮巨逐利若馳故嘗得志海內而不知其國中之優游暇豫迺有如是之一境也荀卿有言樹國惟堅凝之難若卜來敦者可以覘人國已黎庶昌記鳳儀譯文光

緒六年七月勒石巳初得署電田使來詢約款准否答以三端一年期減少二約前回籍之工三千金以下之財產田以電外部未復云晡後答拜英國鐵路委員晚赴永安昌與諸華商別又至前總統霸拉度家茶話子初返寓

二十一日庚子晴晨起早飯十點鐘登車華商送者數十人李傑代檢行李最得力總統派軍官到舟中送行智使巴西代辦法隨員兩人均到日使柯希特先登舟安頓既妥往與周旋三點鐘展輪

國旗高懸風浪平穩
二十二日辛丑晴早飯後泊薩鏄猾兒地島卽杜希猷之海口也華人兩名來遞呈一東莞一新安詢其呈稟之意乃茫然呈內有近扣工資每元五毫之説應予查理餘皆老生常談也船頭官來送婉謝之並託代達外部晚與日國水師兵官卡多那手談十一點鐘睡
二十三日壬寅晴檢繡畫縷絲銀籃贈日使誌同使同舟之雅午泊派伊特前寄徐進齋書之地也船泊中流爲時不久售物者不獲來此出祕魯境矣

二十四日癸卯早陰午晴泊惠愛磯錢涵生旅殯處感悼何極鄉人潘節之來言錢柩回華時所需各費已由楊建勳開發清楚距此五十四日猶在涂中也潘又言前晚地震約十分鐘室中籠檷鎖鑰自開屋亦搖搖欲墮爲時既久勢亦甚烈每年一度但難定准某季無緣移避南墨洲人尚以惠愛磯爲極樂世界果何所見耶

中華會館餽波羅椰子納之

二十五日甲辰晴西人禮拜仍上下貨物此間西例不嚴也跟役阿發購得海蟹數枚兩螯八爪無異華產惟

殼如霜柿爪如胭脂未熟而本色如此視烏約之軟殼者又別有致有魚盈尺躍入舟中汪九得之欣然以獻略如衞河之廻網頭扁鬚長無鱗而力甚猛今日爲劉湘浦生日因令放之中流飯後爲日使畫山水册一幀船將啟椗子剛在牕外絮聒因黑僕登岸未返也平生不耐者聞俗人談雅事聞貪吏述政績聞村夫作省會音入夜北風頗搖

二十六日乙巳晴晨起風漸小中飯後仍能手談有英人作賈於惠愛磯者昨美領事黎士璧介紹來謁該商

現辦厄瓜爾多國鐵路自惠愛磯至該國都城僅三百餘邁而山路崎嶇若無火車只能馬渡向須八日程有鐵路則兩點半鐘可達出觀各圖尚精細晚餐後船主述英國近行火葬之法省卻身後無數煩惱此法本於佛國近日枯僧茶毘欲求舍利徒存其說而已祕魯則穴牆而厝不知馬鬣爲何狀殆終歲無雨故能久支亦各國風氣之別舟中飯罷就飯桌吸煙婦女不避者亦惟祕魯至巴拏馬船能之他處幾如厲禁

二十七日丙午陰雨劉湘浦謂寓祕三年久無此境午

後風甚緊舟行顛簸天氣漸熱有黃雀一枚飛集船檣大海汪洋船主亦不解從何而至鄙意衡之或是化生之物

二十八日丁未晴未申之交抵巴拏馬島泊定乃大雨旋輟旋作入夜不止熱不可耐日使謂往在中國嘗閱六經惟易最難諳余謂不外理數象三者理則隨人學識而悟淺深數卻實有可徵精之可以前知即射覆藏鉤之微亦皆有驗象則聖人因之以畫卦亦確乎不拔者也日使謂飛龍潛龍之義西人實難索解殆亦略聞

中學而未得門徑者歟

二十九日戊申晴熱甚巳初美領事來促趁潮登岸否則跴行泥淖甚不便紐阿連船期無定仍坿哥浪船至烏約明日卽開行云當與同舟人言別飭僕從檢拾各物犒賞船上侍者水手正欲起行日使爲公函贈船主述其好處屬署名又復少留船主自駕小輪親送登岸美領事導至永和昌子剛押行李先赴哥浪本擬卽晚乘車去火車公司已備專車相候矣因巴拏馬諸華商謁留一宿亦須回拜美領事遂仍寄搨蒨客寓夜雨連

宵氣候益壞客寓奇熱勞頓之後幸能成眠或言此水
逐日見山雖失事亦有可依傍不知有山之處暗礁林
立每出入口則暗湧不止航海條規出入口係船主專
責船主以此水爲最難云

清末民初文獻叢刊

三洲日記

（第四册）

［清］張蔭桓 著

朝華出版社
BLOSSOM PRESS

三洲日記卷七

南海張蔭桓撰

九月初一日己酉雨晨起入點鐘美領事來寓同赴火車因頭眩不獲遠送令伊子代行涂次停車十七次又分車頭牽過高山遂多走一點鐘抵哥泿方下行李未半而風雨暴至衣篦不免霑濡矣哥泿華商李乾初鶴山人遠賈南花旗逾十年矣其居在佛山殆近鄰也烏約蓮芳公司陳伯旒已寫定船票船公司以美例近禁華人入口遂將船價還之不肯搭載陳窘甚余令譯官

與船主辨論以此等華商原有任便往來利益豈能不載船主謂作爲公使跟役則無不可旣繕票矣余終以華商本可任便往來不應改易名目隱似公使庇一私人復令譯官重與申說乃就範而此華商其形狀衣履又絕類華工美例固不情而華人在美工商無別亦難爲之設處三點半鐘展輪五點半鐘晚飯睡至九點半鐘起而覺餓嚼紅綾餅一枚

初二日庚戌晴廣東生齒日繁產米不專民食間遇偏災卽告糴廣西又苦灘河難運阮文達督粵時弛洋米

入口之禁鄉人賴之又建學海堂課士經術詞章咸有成就遺澤孔長其時學海堂上梁文爲譚玉笙手筆以梁卵梯黃對虹枌藻棁梁从木梯从木當係傳寫之誤粱卵娣黃出龜策傳豈譚玉笙未之見耶今日風浪平穩舟行七百九十八里

初三日辛亥晴熱甚晚飯後眉月初上銀雲欲涼來船鼓浪而過亦美公司船也彼此放氣筒相應今日舟行八百七十七里

初四日壬子寒露晴晨度古巴諸山晩六點鐘至例泊

寄書處塔鐙遠瞮船仍駛遥見船桅一鐙不辨爲何船也船主放號火三次三色此船亦同放一次海風浿浿氣筒不相聞者則各燃號火航海恆規也十一點鐘又遥見一燈疑爲來船子剛以火有明晦决爲塔鐙若船鐙則一光而已船行近果爲鉢洛島譯言烏巢

初五日癸丑晴熱甚竟日不見山湘浦述其家藏端硯一枚琢爲琴式硯材絶美有冰紋七條鸜眼十三恰符徽軫之數先世當乾隆時開坑所得子孫永寶載諸縣志湘浦之族逾二萬人已極蕃衍又藏兹佳器宜牓曰

琴硯劉家

初六日甲寅陰雨晨起雷聲甚烈舟行入熱綫度雖雨猶酷鐙後大風船極顛簸莫力倏嘔吐狠藉夜雨不輟房艙亦漏然視鳥鉢船差勝矣屢聞船篷放氣筒昏霧四塞也風雨交至又值大霧行船極難全恃船主穩練耳此船主由水手遞升垂三十年來往此水一百八十三次船小且舊而坐客安之

初七日乙卯陰雨風浪極大早飯懶起中飯兩餐猶強食顛簸之甚刀匕杯盤皆傾倒飯後閒談胡牀亦倒船

主言六點鐘必有北風相激浪益豪宜戒備居時忽見星月霧雨並散偕湘浦登柁樓看月則西南風也船且張颿哥浪美領事日再閱三點鐘則熱綫過盡可以出險明當陡寒蓋抵美境也舟有嫠婦十指只存其三貧甚諸客憫之爲集票分掣得采者取囘十金餘概予之余適獲雋盡舉以贈合之得百餘金

初八日丙辰晴西北風略如吾華高秋天氣船亦稍定矣舟中一縲絏者係義大里人手刃刖船大副因執解回美定罪以船爲美船然大副亦美籍哥浪領事押解

以行舟中供頓而防閑之聞海船行兒按美律尚可減
較陸地爲輕云今日兩點鐘船主盡將行客衣篚放入
大船用藥薰透乃准起運登岸慮巴拏馬瘴氣傳染也
夜月半規海色蒼涼帶水人來導引入口每費百金以
柁付之如瞽者之相
初九日丁巳晴乘曙光起日將升矣景象奇麗五點鐘
小食後醫生登舟驗視無一病者遂無留滯忽烟霧迷
濛對面不辨船主頻放氣筒不敢急駛至九點鐘時乃
見石人像過此則天氣開霽矣稅關來查頗於華商陳

伯旒有難色譯官詳與言之乃無異詞船即抵岸計程六千五百二十四里半徐進齋等自華城來接傅楙元顧少逸竝在馬頭相迓同至領事署少談而散進齋留述別後各事曾照會外部以余將返美重訂前約外部照復但將總統批例錄送視余平安他無一言隨閱美例較前約加厲矣可憤又聞初三日張東岩病歿古巴此行僅五月而失兩人可勝痛惜幸楊建勳已於本月初四抵滬錢涵生旅櫬安歸矣進齋爲傳顧兩員借支薪資征颿甫駐即須會計自乏之肆應才奈何電北洋達

署代奏自祕返美日期並差期將滿求署先期奏換

初十日戊午雨晨起電金日兩署旋閱總署函新約正在具疏因北洋電阻又資送商稟屬以妥籌此時美例自行前議民謡均成畫餅

十一日己未晴劉芝使函商請代之事作何辦法當電復以業電北洋達署先期請派云梁蓬雲電商新到華工登岸提訊未批乞催外部又華工四名自金山繞道英屬堅彌地省來鳥約爲稅關扣留欲回則英屬索人稅各五十金進退維谷此項華工本有美關護照且在

美境不應阻攔帷繞越英屬則美有詞該工禀求領事當爲設法

十二日庚申晴照會美外部返美之期蓬雲電言美例決難駁釁謂例必不行行亦可駁係藉訟圖利輩惑民之語云仲蘭先返使館當檢日來文牘令帶回分別辦理滬局包封遞回摺子硃批欽遵恭錄咨行仲蘭返美後歸思頓窒總是客心未定耳劉芝使電已咨署請代或可同行

十三日辛酉晴晝園主人約觀新畫耶穌釘十字架之

景紂絕陰天極愁雲慘黯之狀架旁跪一少年婦云係娼妓佩服耶穌因而改行故於耶穌被刑時哭泣而送之此婦續亦爲神云此畫工本十萬金觀者人各一金早八點鐘至夜一點鐘歲獲亦復不少議紳灣克約乘船游觀海口不果往

十四日壬戌雨容蒓浦來談允就博文書院席而不願教讀但願總其大成專力技藝一事欲兼帶兩學生而此學生又須津門領給一年薪水俾在美卒業乃行

十五日癸亥晴張東岩樞如何運送取道巴拏馬徑由

水路抑運至烏約附火車至金山附船電陳霭亭安商辦理身後一切均准作正開銷梁蓬雲電海上華工案提訊不直擬上控美都又寄到商務芻言力沮新約不遺餘力特廢約後如何補救迄未思之耳又縷言華工在外洋傭力較中國獲利數倍會計而衡量之合一年運回中國銀一千餘萬又言出洋華工多不遝聚則為盜髮捻之前車可鑑云展轉傳播惟恐其說不行設西人譯作洋文流布各國則益堅其拒我之志華工獲利之厚西人久已妬之何可復為表曝即無賴之徒謀食

海外若盡數歸國則爲地方之累余初抵美時曾密疏言之矣然此豈宜布諸新聞授人以柄耶他日英國挾此爲言恐總署亦無以自解蓋未有廣驅醜類入他人之國而自謀利益者跡近壑鄰雖强貪之國亦難自圓其說

十六日甲子晴新約既廢署禁亦可不算宜乘機結束因電署一百四十七字並請撥經費若署章收回此間詰駮更無罣礙外部前月接田貝電述署意添商三端虮蝮祇復以來電收到未贊一詞美廷已決意行例姑

令田貝一詢總署以自文飾焉已烏希濆律師阿盧來謁爲陳善昌求情呈出陳善昌所致華洋文書函

十七日乙丑晴昨夜霜重天氣稍寒午後灣克約仙打圓嚼鮮蜆味遜鮮蠔較難消化蘒浦將代擬新聞稿寄回博文之席又不願就

十八日丙寅晴鄭光祿照會美外部請以巴拏馬美領事代理華人事係光緒十一年七月二十三日行文美部復准係九月十七日巴拏馬文武官復准係八月初八日惟美外部文內援美例美籍官不准兼充別國職

任亦不能收受薪俸既爲美領事即不能盼可命比亞國復給文憑認爲中國領事不過中國現未設官暫借美領事轉達之力遇有華人呈請之件代爲出力而已至於哥浪華商損失索賠之事即援美例亦不以領事爲索賠之官美遇此等案皆專員辦理美領事只能代討別國人同有之利益不能代肩索賠之任亦不能指實失數云至巴島總督復美使文有美領事代爲照料華人甚爲欣悅之語其如何權利亦未詳言也子豫函述東岩彌留時屬將積存薪俸交其母妻愼勿交其昆

仲
十九日丁卯霜降雨滬局包封總署函件署意亦慮此
約不行或別出事故屬俟英國禁議之請果能再行函
知有所依傍刻晤外部宜設詞緩之云署意極慎無如
美竟廢約行例何哉署函八月初三日發朝邑不列銜
想已開去一切差使矣邸鈔朝邑揖子有在告日久本
可有可無之菲材數語證諸年來際遇似非然也
二十日戊辰晴古巴巴拏馬有華人二十名回籍道出
金山稅司不准過船逢雲電控戶部得直推此以駁新

例或有轉圜時也前滯留英美界上之華人四名易希粱准稅關復電係由波士頓蝦味河詩家谷三埠首涂均繞英界而抵美境美例以爲出境矣領事料理殊費唇舌外部照復回駐美國之文又請覈收賠款

二十一日己巳晴總署電詢美廢新約不允再商有無明文速復以便具牘等因當縷復之明晨譯發

二十二日庚午晴科律師來晤與論美廷廢新約行新例未免太不顧邦交科言總統批例之期只十日過此不批議院作爲已准不候之矣否則批駁然當總統更

替時其肯拂衆心耶議院之意則疑總署與余串宕久候則華人乘隙紛來因毅然自爲厲禁叩以美廷此次立例究以某年約本爲憑立例而不根諸約本則何事不可設自立一例盡殺華人無噍類總統亦將准之乎科謂此皆違道迢遞之誤余言總署亦謂略有斟酌暫緩奏請並非駁絫也迨院例已呈總統田貝復詢總署准駮消息總署即與添商三端並無非此則新約不准之語乃田貝電美後總統即就此三端層層披剝遽廢此約不允再商豈人情乎若慮華人乘隙紛來盡傳語

公司船俟定約乃載華人固非難事何必作此拂理之
舉也科謂總統若透悉此中底蘊決不速批現在賠款
照繳似仍顧睦誼宜即覈收余謂美廷近狀如是區區
賠款尚岌岌收受乎遲日當擬一照會請代訂政詰問
虮蝮科唯唯爲言英使威士貽書寓美之英人助南黨
此書漏於外北黨固憤憤南黨亦不懌意謂南人歸南
無假他國助力威士恐不能久於美云晚赴格總統夫
人之會子婦四人楊約翰士丹佛夫婣均在坐余偕子
剛往赴席間楊約翰潛言美約中輟美例自行各事已

頻爲中國助力現當美廷易統時無從著手總統位定必有自行悔悟時刻宜勿露聲色照常辦事照常酬酢爲是斯言近理因詢士丹佛近日仍用華工否答言現尙三千餘人此中爲難處驟難剖說總是士雕鵲作祟致此牴牾席散後談至十一點鐘各別去

二十三日辛未陰英使威士函護南黨之事北黨持以爲今總統附英之證否則英使不如是擁戴也今總統無以自明帆蝮函詢威士此函確否威士答曰有美卽詰問英廷又電請英廷易使無非南北爭立之見本日

總統在烏約登臺講說亦及其事且謂三十六點鐘後英使去留便見分曉又言北黨喜華人南黨不喜如附北黨卽不能拒華人云華人寓美十餘萬竟不能自成風氣徒爲南北黨爭立時作一關鍵可慨也
二十四日壬申陰午間草疏一摺兩片恭報自祕返美情形爲張泰請
卹典巴拏馬烏酌派董事各一片
二十五日癸酉晴悶雨兩日忽逢霽色午後度鐵綫橋答拜提督阿頒便道鉢崙園臨水靜坐林木將赭凫鷺

出沒涼波天氣甚清樹後一方亭中藏酒家巡捕導往薄酌禦寒連日氣滯胃痛肝氣復發醫生屢勸游行强於服藥惜鳥約可游之地不多

二十六日甲戌晴藹亭電東岩運柩事美醫局已准入口惟火船公司近不發華人票無論官商須與再酌云當復以查取不發照憑據以便詰問外部晡後往唁灣克丁艱灣克他出乃郎親到車前道謝西人無苫塊之禮母喪未殯照常奉公灣克爲北黨有力人此數日間糾合爭鋒一息不懈

二十七日乙亥晴英使之事英竟俯就美國另派使者來替已足以謝美矣美外部昨又致英使一函附以護照所以逐客者誠亟美於此事愈著力愈以明其不附英以免北黨藉口也英使極穩練使館相近往來最密有此意外深爲惜之晚九點鐘南北黨各列隊游行和以軍樂相値於涂因而互鬭傷二十五人

二十八日丙子晴寓美華人各聯宗盟以結黨與咸謂前總領事憒憒三合會之狂妄而權力莫壓遂語鄉人自立堂名毋蹈覆轍微寓合縱連衡之意於是劉關張趙

四姓援三國演義而自爲龍岡公所牓曰名義堂已覺遙遙華胄矣有高姓者約百餘人自爲一堂供奉高柴蘇姓一堂約百十人供奉蘇軾曹姓百十人供奉曹植眞可發噱

二十九日丁丑晴金山臬司批海上華工不准登岸案判甚長本月十四日北京船來續到華工百人稅關仍嗔令回華香港包攬局只知人取百七十金及不克誕登而回索押頭錢則又支吾不予鄉愚無知被害殊慘此船經領事與臬司辨論得上岸者五十六人美廷廢

約行例之始自必加酷無論如何訟爭恐難取贏連日氣滯不舒美廷易統之際是非甚多總宜退避因如醫生之言薄游哈佛訪容蒓浦四點鐘登車適與布瑱値車中可免寂寞六點鐘經烏希濆就後車晚飯飯罷卽抵哈佛矣乘馬車至蒓浦寓樓下榻

三十日戊寅早起憑窗遐矚風景清涼無城市氣無車馬聲大可習靜早飯後陰雨至晡北黨擬今日合隊因雨而止檢金山泉司判牘及陳善昌控案洋文屬蒓浦譯說晚晴甚佳夜大風林木振響星斗澈霄明日意必

無雨可跨游車蒓浦爲購銷滯藥水飯後吸半匙仍和
水加糖頗有效
十月初一日己卯晴都中
須朔之期春間疏請憲書六十本已蒙
俞允道遠不知何時奉到早飯後偕蒓浦湘浦赴花門
頓就客寓午飯前年柏立避暑處也沿路所經山湖三
疊澄滢鑑人長林已霜孤松特翠迴鑣暮矣散步園外
殊有桑者閑閑之致蒓浦尙於鐙下課子以英文譯臘
丁文兩子極俊且勤以貌取人當係華產

初二日庚辰晴蒓浦偕訪其鄰人看菊幾二百種主人只一子夏間乘獨輪車顛隕西俗每令童稚習勞而往往有慘事今日北黨出隊觀者甚衆此數日間南北黨爭立稍有關涉者卽招口舌英使誤涉其事至爲美逐墨使亦有類此一事乃直答以公使不應干預而將來往書函並送外部論者嘉其有識余謂此等書函駮斥之可耳必送外部未免過於見好

初三日辛巳陰假蒓浦駢字類編一部聊供獺祭哈佛藏有此書已出意外蒓浦謂天一閣書籍間存倫敦書

院索還則難若假以翻刻則無不可云十二點鐘附車回烏約蒓浦相送至車頭匆匆即返蓋南北黨投籌之日也北黨人衆何差蒓浦一籌承檢池州鉛礦質交余融化不知成色何如三點半鐘抵烏約天氣晴煦各黨投籌電報絡繹又於五大街設高臺用電光映照各路籌數賣新聞者紛擾於涂富家巨室大爲酒宴廣邀同黨以聽消息

初四日壬午立冬晴粱蓬雲來言華人樂美新例意謂總統苟易北黨則新例必不行殆非眞樂之但冀其不

行耳頃美總統已舉定哈利順北黨也或當别開生面
午後徇北黨之約爲鉢崙鐵橋之行北黨得意時所遇
皆北
初五日癸未雨游員請借薪水經費自本年二月起至
明年二月末抵美以前既離美以後均由美署應付覈
與署奏暫在各使館借支之意微有未符因電署請示
且及美廷舉代事共四十四字
初六日甲申雨美廷易統之際兩黨門戶之見益牢各
省投籌均以該省人民之數以定投籌之數惟華盛頓

都城不在邦屬之列故居民不預投籌定例然也前晚
企俚扶輪約各部眷屬在美宮候信子丑之交知北黨
多六十七籌索然而散
初七日乙酉雨總署撥匯使費二萬兩並屬將游員借
款扣定應支之數隨時酌給此間使費旣絀游員舍此
又別無移借處查照署奏只合籠統借支無緣扣定款
目借過若干應由總署扣算
初八日丙戌晴使費支絀合之存項不滿三萬金距差
滿之期尚有五月豈能無米爲炊假之銀行卻非所願

然門面又不得不支持所有六署房租洋員洋僕薪工設靳予勢必播諸日報貽笑外人故當先其所急至參領各員冬俸只可暫停俟差滿回華總署當必補領然此數月間總署若無續撥之款則各員歸裝無著其將餐氊殊域乎抑株待後任乎去國數萬里頗費躊躇年來磅價騰貴每庫平銀一百兩僅易美銀一百零九元或一百十一元外洋日用飲食無一不昂隨使各員俸薪減成已有捉襟見肘之勢當紛求奏帶時更不料有今日之境又況涉歷風濤蒙犯瘴癘鑒於錢涵生張東

岩前轍何堪設想也陳副憲任內磅價每庫平銀一百兩能易美銀一百三四十元鄭光祿任內磅價漸高始則有陳副憲移交之項續則商虧賠款抵撥之項銀價均不喫虧然則隨使風味亦有幸有不幸視乎其時而已此中情形當詳爲總署言之

初九日丁亥晴烏約菊花會主人合十二種爲一盆以贈大者如盆盂佳色可愛擬攜回華城火車無安頓處遂轉以贈人午飯後正擬登車格總統之子來別旋即就道九點十二分鐘抵署此行逾半年矣

初十日戊子晴率從官恭祝
皇太后萬壽游歴兩員隨班行禮早晚爲酒醴相慶殊方食品無以娱客宜灌夫之數數也鄰人知余返署頻來問候且有餽遺因答拜之譚臣來訂後日五點鐘觀傳話機器
十一日己丑晴傅楙元所示米西斯比河考河源甚詳治法稍略顧少逸日本新政考二卷所述日本有海電通至香港上海新架坡舊金山琉球殆誇誕之詞日本水電接至香港皆他國商人營辦更無水綫達舊金山

此時金山傳電仍由旱綫至烏約渡水總滙於英國倫敦與日本無預也去年檀使方欲聯中美日本檀香山製一太平洋水電費巨無成乃謂日本有海綫至舊金山抑何可笑海外記載宜折其浮誇考其利病庶不致以耳爲目午後訪科律師家前察院威地家譚臣柏力英使均久譚墨館投刺而已英使行色匆匆拍賣什物卽便起程述美廷不情之舉並未與虬蝮相見日報之言不確也墨使館翦寄新聞紙言美告墨廷不准華人假道墨一不允云

十二日庚寅雨外部文言米蘇利省堅沙士官醫費

函稱有華人永利患瘋其產業約值四五百金別有數

華人擬爲承領恐不殷實請酌復當照行烏約領事查

明辦理今日兩點鐘英前專使詹卜綸娶兵部女恩梯

特爲室美總統往賀英使卻未往兩家均不發帖余更

省此酬應耳譚子剛電本日登舟往古巴須五日始達

本謂紐阿連取道較近仍須五日則不如烏約尙省兩

日車行之煩科律師由墨同美假道古巴因電屬藹亭

爲之照料五點鐘譚臣偕友擕傳話機器來署試驗以

足躄機以皮管附於小柱就管發言下有紙筒别貫一
銅管其紙筒以藥水鍊成質薄而輕上邊銅管動則紙
筒擦出黑粉無算所傳之話卽在紙筒内取筒寄遠則
聲音宛如然必兩家均有此器始能相應每器只索百
金擬購兩架驟不能得此種新法亦從德律風悟來其
爲用似遜電綫而强於德律風曩聞陳副憲謂美有此
器今始見之猶是不全不備
十三日辛卯晴朝鮮朴使奉撤歸國託病遣書記官李
商在持手版告别餽紅白參各一匣淸心丸一包朴使

在美卻無跋扈氣特矯詐誤國耳韓廷以撤囘爲解然往返浪費不貲殊無謂也正與李商在筆談適兩英人持會劼侯薦書訪參贊隨員欲考中國語言文字及西人不能道之字有心求學然非英人也飯後往外部詰問虮頓議院新例憑何約而立虮頓託言事前從未寓目而檢總署前年致美英兩使照會刊本相示謂議院此例係仰體總署之意必以爲然云

十四日壬辰晴朴使屢餽紅參於其行也酬以江綢一疋爲書送之並電署午後拜察院梅拉布勒持佛又訪

倭使一談返署則傳話機器人復來因薦之北洋

十五日癸巳陰中飯畢爲蘇遮士龜之游寒林黄落頗有蕭森之致訪律師哈倫鄉居遇現舉總統哈利順之妻父年八十九矣尚强健坐客皆北黨有詢余曰美國總統願北黨乎南黨乎余答曰此非使者所應干預然鄙意極欲恭惟今總統企哩扶輪但慮如英使之被逐耳坐客皆胡盧主人留款午飯又贈菊花歸

十六日甲午雨前日朴使函報歸國及留駐銜名當令參贊將光緒八年三月二十八日韓王致美廷照會申

明藩服中國之說鈔與閲看朴復參贊書言到美既呈報歸國亦應照辦但津約前後三端卻無歸國呈報之條故應函呈庶無礙於事理朴之狡辨層出不窮津約各款朴豈概遵乎其言尚順姑予照咨昨託參贊寄與金銀五枚屬購竹瀝薑二觔乾薑三觔寄來美署朴允代購而不肯領價其復書曰設有奉求中國藥餌其能收此價乎造詞甚婉朴使行矣乘興而來興盡而返徒費一番筆舌日使函送游歷護照各一紙即轉送傅顧

又楊約翰赴歐洲貽書言別當縷答之

十七日乙未晴祕使送到游歴護照兩員合一紙本日
發傳楙元顧少逸借款供其游歴法使自歐洲回晤談
皆如常惟以英使被逐不無怏怏詢余在華城過冬否
意亦慮有芥蔕於美也朝鮮代辦李夏榮求謁未晤
十八日丙申晴外部照復米蘇利省之案候鳥約領事
查理旋得希粱書言遍詢寓烏華人不知豕利之事貽
書米蘇利省查明再復美國境内各口船期郵政部每
月刊送一單金山船期别刊一單以便使署郵書也游
員訪古巴船期即以此單付之選訂晡時倭使陸奥宗

光來談因約其二十一日七點鐘飫華饌補予一柬

十九日丁酉小雪晴各埠華董之得力者例獎以功牌不逾六品因刊刷式樣以備差滿時酌給之波斯初次遣使來美而其通中國則最久波使來訪屢屢皆值他出參贊彭小圃曾於朴使處晤之為述殷勤當往答拜不遇瑞法兩使亦不遇至智使署一談智使初到英語尙聱牙也比鄰畢頓客夏避暑浴於海壖幾淹斃閱兩時乃蘇今夏竟死矣順道存問其家英使拍賣什物已竣貽書來別

二十日戊戌陰英使去非其罪深爲歎惜今晨特赴車頭相送法使日使暨余三人而已美部則水師大臣汨尼之妻餘卻漠然美俗向無迎送之禮各駐使亦各不相送英使此去爲美迫逐固非尋常歸國比也詹使挈婦同車避人先發燕爾言旋意味迥殊矣未正訪虬頓商禁火油虬頓問中國欲禁民間不用抑禁洋商不運余答以禁民間不用此其末也必須洋商無此油入口民間乃不禁而自絕虬頓謂火油販運中國俄商亦有不獨美商余答以俄商路遠不如美商之近然銷廣東

者大約純是美商此時商禁亦自廣東始因頻遭火患光緒八年連燒數街損失貲財千百萬上年燒一火船斃命七百餘廣東遂奏請禁止總理衙門令我來商䑺頓謂此事𢿙有關繫余答以即備照會俟復䑺頓唯唯又詢其考究行船防險會各國已否派人來美䑺頓謂屆時當必專員來此亦極要緊事中國專員來則更佳否則請公使赴會余答以咨商總署酌奪

二十一日己亥陰葹純浦函商美國人威露健臣在美都綜領技藝牌照事垂二十五年欲與偕赴中國天津技

藝院添設領牌照局一事就各國辦法折衷一是必可
取信天下使領牌照者源源而來不特拓華民識見且
使環球奇巧之物踊躍運華不費絲毫之費每年且得
牌照費甚鉅一舉兩善云蒓浦饒有思致惟於中西情
形尙隔膜往往能言不能行此其一也今午祕使前郵
部亞傾先後來談晚七點鐘倭使陸奥來會與傅顧兩
員同爲右客席間問答進齋代爲英語時或筆談倭使
以前贈徐孫麒詩見示依韻答之又絮絮述長崎械鬬
事諉爲小民無知無預邦交之要力求聯絡意亦良善

傳顧盛言倭為天堂美為地獄故特延倭使其食且以
余初抵美時倭前使九鬼會為余設饌故酬之也傳顧
與倭使曾識面而絕不交談
二十二日庚子陰答拜祕使又赴察院梅拉處談天梅
拉亦以美廷近逐英使禁華工為不合兩事既行而總
統乃屬北黨徒供笑柄云蚆蝢全眷將同住鄉中殆與
總統為去留者民政之國一解政柄便如平民總統亦
何莫不然夜大風
二十三日辛丑雪照會蚆蝢禁販火油入中國電詢傳

烈祕美例行後來美華工提質公堂能否准其入境抑
准其假道檀香山域多利等處謀生抑必須全載回華
劉偉臣函言祕外部又有招華工之請已婉卻以杜希
猷埠辦理尚多轇轕刻無可商
二十四日壬寅陰朴定陽行抵金山病甚或曰朴因中
國撤黜德尼斷其通美之綫以致憤恚成疾其臆度之
詞乎英使去美後英議院詢宰相何日派員接替宰相
答以從緩或俟美廷禪代後再派耶然美之輕薄者乃
播爲日報謂今總統必將駐英美使撤回蓋激之也美

英雖有違言尚不致交絕使命頭傳烈祕電復新例行後華工到金精提票登岸者一百十九人不准假道載同中國三十八人續經戶部准往別埠者八十二人

二十五日癸卯陰晴不定巴西代辦送到游員護照外國旗式最爲鄭重顏色繪畫咸有等差亦有官商之別美則有總統旗識水師部旗識水師提督及部下各官旗識商旗則一律也英官書局温士德送閱現刊各式請余鑒定所刊龍旗繪畫未精缺去紅珠其兵衣所綴之方塊則繪一獼猴尤誤也因屬參贊檢查會典別繪

一紙示之又諸國皆無朝鮮亦並告官書局補刊晩至
鄰人億鶴處閒談偶及英倫孕婦近多被人剖胎致斃
凶手迄不獲案或曰醫者欲得胎以配藥進齋謂此即
吾華採生折割之害此邪祟也例所必懲姚祝彭已附
西醫之林叩以醫者取胎配何藥姚力言醫者斷不爲
此指天誓日詞色悻悻坐客咸揶揄之
二十六日甲辰晴美俗酬神之日洋員放假一天後鄰
皮槎約晩餐皮槎南黨也謂南北花旗戰事後乃有酬
神之典南黨人不應歡樂續詢柏立謂此風由來久矣

但始自三兩省近則舉國皆然亦必於西十一月末之禮拜四總統循例宣諭實有常期也科律師自墨西哥取道古巴同美頭來晤述古巴領署東道之厚代攜子豫一函兩領事並於本月二十五日交接篆務科勸早收賠款否則議紳之無理者或竟改議恐未必然也

二十七日乙巳晴譚子剛十七日抵古巴途經紐阿連船小如烏約之擺渡本三日可到延至五日沿途泊岸兩次水程不及覃壩之速惟覃壩近有黃疫禁止車船云游員已自訂覃壩船票即令參贊轉告之聽其自酌

中飯後復蔡毅約長牋又致香帥書論新約始末晚赴
科律師之約家人婦子言笑自若科力勸無因廢約而
悶曩出使西班牙亦有此窘意外之事度外置之憂憤
無濟也又述墨使詢中墨立約事余曰美約悉有所本
尙如是沓拖何可更訂墨約且俟諸後來者
二十八日丙午晴美總領事柯林臣誠慤有用之才任
巴拏馬六年行年六十矣美廷南北分黨不惜以此才
置之瘴鄉雖哥琅巴拏馬兩島亦美之近鄰要地然勞
逸宜均也科律師與新總統厚昨曾託之代言柯林臣

或能量移乎咘嗹前任外部時不准英兵船泊哥淚英廷答之曰該口泊英船係在美國未開創之前咘嗹語塞比者紛傳外部仍屬咘嗹恐各國口舌不僅英船一事

二十九日丁未晴傅顧取道覃壩赴古巴海道甚近已初起行進齋靜山送至火車頭余送至門仍令差弁至火車房照料

十一月初一日戊申晴議院開議之日向例外部貽書知會各使隨意往觀今年余決意不往各使亦無一往

者外部漏未函告也總統諭文甚尤憤悶之氣溢於行間其言中美新約廢自中國尤謬然韓事究未論及六月津電所慮已免矣

初二日己酉晴科律師來談總統諭文余叩以中國廢約之說總署已給田使照會乎抑余曾予外部照會乎美廷並未得中國明文而謂中國廢約其理安在科言中國不准即是廢約余言總署係添商並非不准當時議院可添總署獨不可添乎科言議院係覈准此約而添總署係未覈准而添情事自異此時新約無可再商

新例亦難駁改只有照收賠款尙不致被害之華人喫虧此次賠款與洛案一例無所用其躊躇余謂無論美例如何總須請
旨定奪科以爲然又攜交烏約富人祕什所贈玉器圖映本計百十種半多華器
初三日庚戌晴華人永利一案金山副領事傅烈祕已爲辦妥送之回華外部將來文請余署名亦通例也午後答拜新任大將軍士哥飛兒紳士挨林士阿希及堅彌地眷屬水師部戶部

初四日辛亥大雪晴金山領署查復舊年自中國口岸來美稅貨白米共稅銀八十四萬零三百六十一元三角二仙絲綢共稅銀十四萬九千八百四十一元鴉片煙稅銀七十五萬四千零六十元中美續約華人不能運鴉片入美境此項或係過境之稅非入口稅否則華人託名洋商者也他項貨物卻甚寥寥晚訪科律師倭使均不遇

初五日壬子晴議紳多福爲巴士函求賠款成頭持示科律師言例所應得然數目不應如是之鉅擬代告巴

士而爲余復多福一書午後拜客之便順訪多福亦言及此多福爲巴士稔交也又至前郵部阿京洋員柏立處一談柏立感風寒頗重勸以暫憩數日不必來署晚訪科醫生又至士蔑處茶話士蔑曾渡北冰洋留滯兩年而歸坐有北冰洋弩矢又踏冰鞋一雙長約二尺餘狀類小艇頭圓尾尖以獸筋爲之其圖繪冰山之狀則坊刻可購也

初六日癸丑晴湘浦藹亭自鳥約來詢張東岩身後及縷柩各事均妥東岩有僕鮑升淶水人隨同回華晡後

拜客入處晤議院黨歌

初七日甲寅陰霧希特國古巴之近鄰比日奸民爲亂逐其總統出居於外亂黨購軍器於美洲美船運送希特執之美不允調水師三船前往勒還聚訟數日希使與外部訂以三十萬金作質限日交還美誠恃强淩弱矣船爲亂黨運送軍器希特拘留不背公法乃如是狂横頗不可解此中或别有故晤希使當詢之

初八日乙卯霧爲張東岩運送事赴烏約爲籌撥貲裝進齋湘浦藹亭同行酉初抵領事署途次大霧

初九日丙辰雨滬局包封總署准禮部文行封開印信日期余今春奏請也卽分行各署北洋函復美約之事以發自鄭光祿定於總署余蒙不白之寃擬以韓平原忠於謀國謬於謀身又爲余轉電總署求代而於美約已廢美例自行並不提及或不願盡言之也許竹篔函言粤游主於香帥曾爲余緩頰而欲余將現在寓美人數與之訂限新來者必俟有缺舊在者聽其往來不必再定年數命意甚善無如美自庚辰續約後卽斷新來之路現所往來者皆恃美例關照爲憑若果人照相符

尚不致如是齟齬且此中數目領事署向無册檔又安得而核其實數哉此中難處竹質亦未身歷然其誼可感暇當詳告之午後赴格總統家茶話格總統之子有駐華公使之信鐙時銀行布瑘祕什來訪約明晚觀劇

初十日丁巳晴曩閱申報刊黎蒓齋疏請建復少時文社會課揩子頃准鈔咨謝疏有輕議祠祀鐫秩三級之語或即此事部章綦嚴可畏也邇關撥解總署墊款所扣匯費現准將希九養贍一款解回謂可作正開銷蕪關一款謂由道賠繳余不願累之俟其解到仍即寄還

湘浦爲藹亭作生日不果今晚適有祕什觀劇之約遂偕往以補其意

十一日戊午晴芝使函以美約垂成而廢爲惜而未及英廷援照請禁之說卽復詢之寄去醃菜兩罎芝使現赴巴黎仍返倫敦度歲

十二日己未陰寒烏約製造鼻烟甚得法而味總不佳檢自用鼻煙付之照製色味亦遜午後蠟偶院觀蠟偶奕進齋初與對局而負景卿繼之亦負續一西人與奕搆思甚專爲時甚久而仍敗去難測其妙蠟偶爲埃及

裝束蟠坐一桌棋枰置於膝左手持印度煙袋右手舉棋每有妙著輒自點頭若甚得意間遇難應之子亦點頭若甚費躊躇者沈吟半晌而下既下則神理舒徐隱自立於不敗之地也客或誤下一子則搖頭俟客復下子乃應客或悔著亦然所奕兩種一爲黃黑圓子不類吾華之奕一爲兩軍對壘有王有后有相有礮馬略如吾華象戲蠟偶隨手運動棋路固無參差即遇國手亦無能取勝誠莫名其妙奕畢裼觀胸次機杼密如蜂房座下亦皆機器手持之烟袋則電筒也此種奇巧固非

電機不可然何以能肆應不窮殊難懸揣或曰樓下另一活人秋儲之亞樓上下一子則電氣通於下客行何度樓下卽掣機應之故鮮不如意然觀蠟偶之坐可以前後挪移桌下又墊一氈似無從透電於樓下或曰蠟偶腹中別藏一人則尤不然微論蠟人胸次純是機杼卽此五尺之身亦難孕裹一人在內設有國手每局必勝者亦不肯埋頭牀下爲蠟偶捉刀矣展轉思之不能得其要領蠟偶院中新繪鐵綫橋油畫亦佳

十三日庚申陰湘浦自祕署請假回籍補制相將來美

適藹亭亦有回華之行結伴同去鮑升護送張東岩旅櫬回旗例給盤川外另賞五十金別予廿金屬到京後爲東岩設供

十四日辛酉陰寒訪祕什觀玉器至數十種非極精美內白玉雕瓶三器尚佳靑玉筆筒雕鏤甚工質本不艮似無足貴如意三柄亦不佳翡翠六七種皆小品僅白菜小瓶一器尚相類其質究粗移製他器則不合耳西人搜羅如此之富亦殊不易又銅器數十大都無款識然不僞也法藍諸器卻多前明之物祕什室廬宏敞近

挈眷寓巴黎久將舊藏諸器什襲頊以余索觀重煩檢拾又導登樓房閱日本刀百餘種裝飾極華贍刀有波紋者只一耳尤物本難數覯也返寓少憩赴巴盧晚餐何天爵方自吾華回適與共飲爲述李傅相夏間臥病逾三月談者頗以爲憂近已霍然去來均未得晤惟於都下數與曾劼侯往還又言今夏京城甚熱不知夏雨應時否近閱邸報永定河工則已告竣何天爵撤差後三次赴華所謀迄不就卻自忘其勞也

十五日壬戌雨譯就總統諭文寄總署今年此諭多及

外交猥以廢約一事強詞文飾欲蓋彌彰矣

十六日癸亥晴博物院添建層樓落成之日折柬相招因乘格總統家午會之便順道往觀陳設古器甚夥古玻瓈器千百種多有可觀時日已晡不及遍覽甫出門遇和蘭使略寒暄而散歸塗寒甚至巴盧寓投刺不及訪之也

十七日甲子晴巴拏馬浚河之役功未及半曩聞法廷有撥款照辦之說前晚晤何天爵言此役已停法廷不能助蓋籬石興役時美曾詢法以官辦商辦法答以商

辦官不預聞故刻難前後異議也若當時法廷欲辦則
美不允之耳此爲南北花旗關鍵美固不願榻側有人
鼾睡也今日天氣甚寒晚十一點鐘車回華城
十八日乙丑晴卯初起寒林涼月景色蕭寂美署幸無
事晚赴蚵蟳之會與德使瑞典瑞威兩使同席酒饌並
美子初散
十九日丙寅晴長至節率屬官望
闕朝賀早晚並爲酒讌與同僚共飲又往西人貨郎店
隨意購一二玩物

二十日丁卯晴槐花園五案賠款九月間外部照會代收猥以美約中輟亦遂置之然究非使者所得專也美將改歲頁電署代奏請
旨飭遵並一面照復外部了此葛藤晡後答拜中墨洲秘稻拉士國公使倭參贊
二十一日戊辰晴祕魯之役往返幾半年檢視書畫篚尚無恙晡後至佐知探便道後山茶話晚飯後赴外部宅聽琴歌並謝酒讌
二十二日己巳晴有客餽花樹一株葉如桂而厚花則

密綴有珠云自英倫來戲名之曰珠樹客窗清供慰情
聊勝格長公子科律師先後來談曩聞蓬雲言華人樂
美新例因令湘浦便道採訪
二十三日庚午晴耶穌生日西俗以爲佳節距吾華冬
至後四日以西俗今年閏日也美當南北授受之際人
情散渙美都歲事亦自蕭條朋舊餽遺依然絡繹俗尙
然也北黨已舉定哈利順近有訛其被刺者總是異黨
之所爲耳署電復詢新約未批准美廷何以請收賠款
等因總署似未見總統批諭議院報章也竊意田貝必

已送閲故二十日去電未詳言
二十四日辛未晴復署電以新約無可再商各案賠款
二十七萬餘美究難賴新約廢後議院另案議准午後
譯發希九書言日廷各部又將更換謨烈近已投閒日
政又一變也緒芝山患瘧歸思甚切因法館有伴回華
急欲起程距差滿不逾三月甚不解其如是之急
二十五日壬申早雨昨夜補睡尚酣特咳嗽發熱感冒
仍未退晨起延醫診視留方而去南黨有爲善會者戶
部總辦郁文董其事艮家子女登場演劇有一女孩僅

五齡跳舞應節歐洲能手無以過之今日陰晴無定虹見尤怪
二十六日癸酉晴科醫來診謂感冒已退可勿藥然神理究疲茶舍路華商電催收發賠款
二十七日甲戌晴午後赴鴉靈頓客寓答拜副提督科露臣少坐仍乏䑨蝢贈遠鏡一枚爲書謝之
二十八日乙亥陰昨復咳嗽似復感矣杜門靜憩或當漸痊
二十九日丙子陰霧寒疾未除託進齋別倩一醫宜有

速效
三十日丁丑晴美洲日食太平洋濱皆見美都卻不見
也西歷歲旦總統仍接見賓客十一點鐘扶病赴之至
外部宅略坐片刻返寓中飯少憩仍赴各部及諸察院
上下院掌院議紳水師提督處計二十二家陸師大將
軍適鼓哀絃不見客餘亦間有杜門者周旋偏初念
不及此也
十二月初一日戊寅晴美約中輟久擬疏陳屬稿未妥
晨起復詳訂之寒疾未瘳彌形委頓湘浦已抵金山呂

潔卿爲之醫調頗效下一水船始返

初二日己卯晴晨得署電奉

旨張蔭桓電已悉美繳賠款著照所請行欽此冬當付參贊恭錄照會外部新約已廢賠款仍繳亦足以間執讒慝之口

初三日庚辰晴華人樂美新例之說蓬雲言之鑿鑿昨電催補具公牘以便奏咨蓬雲復電乃謂所述狂言不足芥意以極鬪鏈語而欲妄言妄聽乎給外部文鈐印送去洛案成式也

初四日辛巳雨滬關電解經費當即電復晚接外部文訂交收賠款之期

初五日壬午陰昨夜大風似欲釀雪晨起乃無雪意欬嗽漸痊擬勿藥只杜門靜攝而已陳善昌控封容純甫產業一案滬關並未詳詰但因美繙譯易孟士言欲託美使轉達總署核辦之語乃緘稟達余幾於談虎色變此案華人自相搆訟與美官何干美使豈能干預凡事有成見便多軒輊語曰公生明信然

初六日癸未晴杜門數日今午强起酬應諸察院公會

又答拜波斯公使久談略答其造訪五次之勤也波斯初遣使至美而其參贊能爲英語無須雇倩美人誠爲難事詢其通好之國則英法俄德義美均有駐使矣其意甚欲與中國通好亦以同在亞洲自漢即有往來自較歐墨諸洲聲氣爲近

初七日甲申晴劉芝使函復英屬澳大利亞之美利濱雪黎等埠收華人入境身稅人各十磅曾於客冬駁令革除今春阿富汗輪船由港載運華工至埠不得登岸又經照會外部速除此禁外部均已照辦惟澳屬議院

不允並欲援美約禁止二十年堅請英廷與中國立約議禁當駮以中英條約並無此例爭論數月英亦自知理屈然不能檄令澳屬遵辦忽於七月停議潛告駐華公使與總署商請立約署允立章未允議禁現在澳洲如何議復未知其詳因英部久不與議未便通問又游歷英法四員義日葡瑞兩員薪貲均已借支游員孔昭乾觸發瘋病旅歿英倫云本日西班牙電報王宮炸藥竊發幸君后沖主均無恙亦未傷及宮人惟窗戶玻璨盡碎此亂黨之所爲欲改民政乎西班牙部臣屢易此

中必有甚不得已者耳晡時酬應公會六處
初八日乙酉雨晨起啜臘八粥午後拜發摺子交李學菴包封附遞復爲各部公會牽綴自晡至鐙時而了日署隨員緒芝山患病思歸延希九代請銷差公文去志已堅不解何故姑爲文寄交希九仍屬以留俟差滿乃行
初九日丙戌晴昨發包封漏卻總署公函早起憶及令李學菴補繕函告滬局併遞美國亦有拐人勒贖之案多係婦女假占算售零物爲名入人室廬見人家幼稚

卽設法拐誘至荒僻之境勒贖收贖可駭也今日酬應
上議院公會十五處晚赴科律師寓長談
初十日丁亥晴午正赴外部照收賠款二十七萬六千
六百一十九元七角五仙籖字四紙一付外部一存戶
部一寄田使一自存去年收洛案賠款卻無與田使事
此次添田使一紙或美廷屬達總署亦以當日索賠時
總署會給田貝照會耶然收文迄無隻字牽涉廢約所
謂另案賠償無關約款也收訖卽電署代奏晡時復赴
公會七處晚赴水師部子正返寓

十一日戊子晴本日總統夫人見客循例往見順道答拜一水師官曾游吾華者晚赴戸部公讌進齋同席英法參贊暨主人親串共十六人

十二日己丑晴美都冬行春令今晨聞有在禮拜堂無故眩倒者大約士顛氣之害也初八日晡時忽起旋風自邊施雲彌亞省至英屬界大瀑止傷三百餘人斃百人濔定埠織機廠四層樓盡倒大瀑橋亦毀其一美都是日只乍雨乍晴不覺有風而該省乃有此奇災風行極速幸只一綫不致橫埽耳後鄰郁文約聽樂有吹氣

爲歌洞中音節之人深簷廣厦其聲較遠亦奇技也晚
赴外部宅一周旋
十三日庚寅晴粤人李雲臺控何子剛之案曩交湘浦
查理此次赴祕諸同鄉復爲何子剛辨白通惠公所遞
有公稟大約此案何子剛經手帳目容有轇轕至黎氏
之死無蹤跡卻非何子剛謀害公稟亦言之詳矣以錢
債而牽及人命粤中坐此訟累者茫無了期爲據公稟
咨粤督行縣立案或免滋訟也英人代祕魯建鐵路開
礦山之事聚訟經年祕總統與各部均署押轉發議院

諸議紳不置一詞原件奉還各部不安於位紛紛求退

總統不准復檄議院西歷正月一號再集議民情不悅

羣譁祕宮之前叉欲燬拆英人住房軍兵彈壓而止此

議中輟則祕廷永無淸償國債時而民志不齊亦有難

乎强辦者殊乏兩全之策酬應諸察院公會七處華民

上控新例不准關照之案美察院已批准西三月十一

號提審布勒持佛特相告語

十四日辛卯陰巴拏馬浚河之役旣輟工人無所歸肆

爲搶掠美領事柯林臣屬華商勿多存銀物幸諸華商

尙未被搶昨詢可侖比亞公使乃謂此役暫停仍須續
辦籬石已返法都重集股份云
十五日壬辰雨科律師鈔送美例四款第一款不准美
國人招徠他國人訂立合同來美傭工並不准設法協
助來美違者照犯法論第二款聲明此項合同一切視
爲廢紙第三款凡立此項合同者罰銀一千元第四款
禁船戶運載此項工人來美違者按所載名數每名罰
銀五百元此例係西歷一千八百八十五年二月二十
六號立載在美國律書第二十三卷三百八十二頁三

百八十三員申初答拜科律師補交賠款酬勞諸費順道赴各部公會

十六日癸巳雨美國航海會英嗤其所議未備不允赴或遂中止矣然美猶展至明年九月已分致各國駐使云午後酬應上議院公會十二處九點鐘赴總統會力侯祝彭相從十點鐘先返客仍擁擠

十七日甲午晴美例行後古巴華人假道回華者輪船不敢裝載擬稿與外部辨論午後科律師來面訂並代查戶部知稅關別無專劄但奉部行新例而已火車公

司亦以此事稟商戸部頃予外部照會實維其時晚赴
科律師寓省視其母甫從鄉中來也
十八日乙未晴隨員許靜山忽動春闈之興距差期不
三月前勞可念因給劄回華購買中西學堂書籍可免
扣資俸如其獲售固所欣慰否亦不礙保舉章程並爲
專咨禮部海外公車罕見之事然水程計之僅一月餘
視邊省尤捷耳晚七點半鐘赴議紳拋麻晚餐同席十
八人壘使首坐余次之多上院北黨人十一點鐘散本
日得滬粤包封

十九日丙申雪美都冬燠久矣得雪可免一切雜病旅中幸事也昨給外部華人假道照會聲明新例違約尙須辨論正在擬稿適金山館董公稟以約廢例行乞設法挽救本日循例封篆午後倭使來述西報言李傅相病重證以津幕來函請假二十日照常辦事擬續假不赴保定度歲西報特爲駭人之筆可惡

二十日丁酉晴滬關來電鄭工十九合龍水東趨聞之喜慰了茲重役普天同慶也滬電不及北洋病狀自係洋報訛誤耳附近新金山之薩摩夏島美始與立約英

德繼之三國相爲保護近日德國兵輪欲專踞其地與美搆釁礮傷美商船主父子美船與鬭又傷德兵十人德遂將島內美民住居村莊礮燬並及國旗德美又有違言矣今日酬應諸察院公會五處又答謝議紳拋麻

二十一日戊戌晴津關電復李傅相病痊足見洋報之謬致總署書附收到賠款與外部往還照會晡後酬應公會十二處

二十二日己亥晴日本將沿西俗設議院擬仿英國君民共主之意倭使前日曾言之倭政屢改或亦嘉其善

變午後酬應公會九處許靜山商購學堂書籍照來單
外屬以添購二十一史彈詞人壽金鑑兩種
二十三日庚子微雨訂定科律師明年脩脯專辦美國
徇金山華商之請也午後酬應公會七處晤議紳漫迪
臣贈阿米河酒兩瓶係其鄉間所產余亦酬以佳茗希
梁自烏約來知烏約中華會館已落成矣有華人劉煥
文者不知何許人憤廣報詆訕無理遂爲長篇駁之詞
非雅馴御無絲毫粉飾華商中乃有此人部婁之松柏
耶晚赴總統宴同席五十二人七點半鐘入坐十一點

散客皆便衣惟高麗代辦李夏榮公服

二十四日辛丑晴靜山辰初首涂昨晚已與詳論中美交際事早起不及面别午後往外部催詢華人假道事並告以新例應駮𧏙蝜唯唯又爲余電致古巴美領事代爲招呼前日金山華商以約廢例行稟求挽救即批復之該商及今而知美例之不便抑何見之晚也

二十五日壬寅雨給外部照會援據條約及美國外交案牘美廷固難强辦耳晡後科律師議紳多福來别少談而去余循例至美宫謝酒讌隨赴倭使公會又至科

律師寓告以別後有事與進齋商辦美紳埃林臣亟約
今晚餞飲猥以事雜卻之仍赴其宅一談以慰其意
二十六日癸卯雨晨起偕莫力侯姚祝彭羅佐臣差弁
陳吉勝劉吉祥起程南發午正開車就車中午飯沿途
多松林每株削皮尺許云以製油地多斥鹵松毛遍生
美洲新闢之境也鐙後抵威明玉埠下車就食
二十七日甲辰早晴車行甚駛十點鐘至薩灣拏島早
餐後換車但就後車一移行李而已仍就車中午飯晚
抵三佛島下車就食微雨天氣甚寒十一點鐘抵覃壩

登舟埔頭作板橋四千尺火車緩行盡處即見船桅相距約半里時適大風登舟輒眩有兩西人懼風折回是夜舟中簸蕩似有颱颶意船主穩慎不敢啟椗

二十八日乙巳晴六點鐘展輪仍顛簸早午餐不能食船主來謁略與寒暄晚十點鐘泊奇威士特島客有登岸者此島約萬八千人風氣尚樸華人於此捲煙洗衣者僉云土人相待甚好夜憑柁樓遙望鐙光隱現風浪已平薄飲三賓酒一杯略紓胃氣仍不覺餓兩點鐘船復開行望古巴鵲渡舟行最險無風亦眩略如英法都

化海口

二十九日丙午晴六點鐘抵古巴子豫子剛藻亭慎儀來迓云此兩日大風海中電綫亦斷乃知前兩日所歷之境幸新船機器足船主亦不孟浪耳登車至領事署早餐畢櫛沐少憩行李遺卻一件屬火車公司電促之約五六日可到美總領事來談甚久此間薙匠僅兩人傳呼半日而至年逾半百且戴眼鏡倩之奏技不無戒心晚飫鄉饌今日殆歲除也偶爲一詩

正月初一日丁未晴寅初率屬望

闕朝賀畢爆竹競放聲聞數里絕域而有中華風氣同人團拜後諸華商來賀並接見久談學堂華童來見薄賞之日島總督遣參贊官來美總領事威林士差賀循華例也

初二日戊申晴晨起致美署書屬催虮蝮速定華人假道事晚訪美洲故人詢此中風土涂經衢道園林鐙光如晝

初三日己酉晴火車公司寄回衣篋飯後櫛沐易單袷適水師提督意那士架來訪不及接見兩領事代應酬

初四日庚戌晴立春領署各員各埠商董及同福堂結義堂諸商來賀差片答之晚觀大功園法人新劇古巴雜記指爲環球戲園五名以裏猶是溢美之詞

初五日辛亥晴早飯後往拜日島總督馬連知府意班耶巡撫伯的士打陸師將軍美拉水師提督意那士架糧臺乾丹拏美總領事威林士均晤意班耶隨來回拜約觀舖寮諾之意班耶管理本島地方公事領事署常與交涉其室廬閎富多儲華器總督各官所居皆崇樓廣廈足徵日國昔時之强巡撫伯的士打云於日都曾

相晤余卻忘之耳渠爲古巴土人八歲卽赴日都近乃回溢此島日廷遷除罕見之事新政且風烈不名一錢總督爲言華民於此甚相安特花會則禁之耳余答以吾華亦禁以其類於呂宋票貽累窮民總督語塞此外各官交儀甚優美總領事尤融洽途經古廟卽可俞比亞葬處以從日國揚颿初尋得此島繼及南北花旗諸洲及其歿也遠瘞遺蛻於此以誌前勞此廟葢數百年矣

初六日壬子早晴午雨旋風驟起氣候陡涼糧臺乾丹

挐來晤䙪述奥國形勝以爲勝於法都又言奥世子近忽槍斃於房其爲人謀害抑自擊莫知其詳日后爲持服三月日后蓋奥之郡主也昨拜客之便薄覽玆島形勢仍有城内外之別以傍海爲城内近陸爲城外當日西班牙初踞此島土人不服因就海壖築城以護舟師與土人敵此時城蹟已湮徒存其名
初七日癸丑陰寒總署修輯電信新法咨送兩本微有增易屬以密存又寄回祕魯摺片代奏祕總統復書欽奉

批旨欽遵分行客臘二十七日香帥電鄭議自禁未曉工商維繫關鍵謬極今日事甚難處執事本三端立說具見調劑苦心鄙奏爲粤民生計起見雖未悉底蘊亦只就事論事非敢苛責閣下當邀亮鑒美不應創例廢約拒絕商改我趁此撤去自禁章程便可與其另議是禁似宜另籌抵制之法稍示報復我聲言禁內地傳教游歷彼必悚動特不知署意肯否裁酌示復等因蔡穀約電尊府經帥飭衛護帥奏不因廣報而起云即電復以署意難遥度且先駭美例以盡使職濟否再布晚六

點鐘總督馬連來拜未接晤
初八日甲寅晴粤東陳獨漉鄴中懷古詩結句七十二墳秋草遍更無人表漢將軍此詩膾炙人口同時申凫盟銅雀臺懷古詩結句七十二陵空感慨至今誰說漢將軍兩詩運用無殊獨漉似較雋永國初有骨董以申詩訛爲米南宮書末綴虞伯生吳匏庵沈石田跋以重值售於朝貴爲識者覷破設移書獨漉之作轉不便於僞售也諺曰畫鬼易畫虎難昨與楊愼儀論書畫因並識之

初九日乙卯晴古巴移署既定或拘泥日干先往下榻
廚竈未備仍是東食西宿晚赴洋員溪理察鄉居距此
十餘里中經石橋風景不惡但涂道多确犖耳各國領
事眷屬多寓此而於貿易繁盛處別賃一寫字樓既省
費亦舒鬯溪寓高懸光緒十一年總署給與寶星劄子
裝潢甚珍重英人固知寶貴也旋赴知府意班耶公會
水師提督在坐意班耶將交替饍寮之約須改期
初十日丙辰晴昨晚就枕熱甚須搖扇將曙則重衾不
温氣候怪異如此飯後移寓新領署房闥較適樓地皆

文石駢湊如茵錦古巴俗尚也樓三層有機器升梯上下卻便但非數日不能安頓妥當李駘選爲子豫繪一小照神理逼肖利馬竇所謂二我也進乎技矣東莞新安增城三縣就西人市集之上聯一公所旁爲劇場局面不宏而甚整潔晚徇鄉人之約一往觀故鄉聲樂聊攄旅懷

十一日丁巳晴古巴島人肆刀劍會率禮拜日比試大都貴游子弟藉此爲樂兩人對舞護頭目以鐵絲面具護手以革互有勝負可免損傷不失古來肄武本旨比

者槍礮火器盛行雖公孫大娘無所施其技矣便道觀奕有奧人熾鈴涅士俄人痴哥連拏國手也兩人於房內對局旁置雙表如天平式甲下一子則表綴一邊以驗下子之分數乙亦如之所以表用天平式也微細極矣又旁坐兩人爲證別一人爲之傳報外間高懸棋局每行一度則傳報者就外間之局爲之照擺列坐五六局亦照擺以意揣測之新聞館人執管以待橘游之別調也終局則俄勝而奧敗奧本老國手每局主人懸采三十金勝者得二十金敗者得十金勝固欣然敗亦可

喜坐客欲與博則萬金之釆國手亦不吝蓋已遍歷歐
美諸洲無與爲敵烏約蠟偶曾爲所窘云棋如象戲英
語曰車士特兩國手終日對局分先與人多勝今日其
偶然耳觀者甚衆總督在坐略與寒暄主人堅乞留題
並贈天平表一枚
十二日戊午陰黎蒓齋丁亥入都日記川陝道里形勝
甚詳丁文誠政績時有訪錄尤勤勤於貴陽專祠尙須
集貲營建山東專祠則戊子十月初二日落成矣古巴
學堂今日啟館卽在領署之內便於照料充十年樹木

之意或當有成
十三日己未晴中西殊制或曰西俗婦女以約指爲飾已字者約於中指未字者約於食指名指枝指旣嫁則隨意爲之附會之徒乃證以五經要義銀環金環進退之說枘鑿之甚矣西人父子無親其略知慈孝者難求什一於千百因悟西人鞠育之道太簡欲報之德昊天罔極此中似微寓感應之理西俗生子無乳哺之恩但飲以牛羊酪別製小几榻以棲息之未周晬輒令學步所謂子生三年然後免於父母之懷者詫爲奇事故人

子之報也亦薄晨起赴學堂觀課讀類能成誦而文義懵如諸童皆生長於此父則華人母則西產也而其口音尙如中土水源木本固有得於天者惜其父母皆貧窶略有進境輒欲其舍學而營生矣若爲兼籌衣食庶免歧向特公家乏此巨貲即捐集亦慮難持久

十四日庚申晴總署電

大婚自正月二十日起至二月初九日除忌辰外均蟒服等因謹分電日祕兩署特告日祕兩國如期稱賀亟致進齋告美廷電賀午後答拜領署律師便道映相相

館以油畫求售叢蘆白鷺遠水平沙一幅頗饒風致索價五百金又水畫兩幀繪粵中附省海汊佳勝各式船艇悉備擬購之別一幀爲園亭景俗不可耐雖工不取也晚赴同鄉公所春酒十點鐘返寓

十五日辛酉晴上元節升旗慶賀美署譯寄美外部照復於前文要義靳不能答惟力辯前此所云議院設有苛例總統必加駁改之說以爲誤聽繙譯之言殊矯強前言鑿鑿柏立猶能復述歲底檢點塵牘亦記存此說當縷駁之陳藹亭電正月六日抵滬諸事辦妥云西人

好善者合唐茂枝等設局上海集捐以賑沿河災民貽書相告當與參贊各員商之也電氣傳話公司函述此器之妙願分寄吾華官署以求品題洪文卿函論美約始末以使事棘手輒歎歸歟且言四度俄都水土極劣陰寒錮沈非善地云

十六日壬戌晴領署左鄰有德商北士向與領署交厚承邀晚餐席間出鵝脯云伊母自德國寄來意甚珍重味亦甘旨他物稱是食竟觀主人打球趁月色歸氣候不寒不熱

十七日癸亥晴希九酉商

大婚公讌日國各部院卽電復照辦並告以二十二日返美午派姚祝彭赴醫院閱視華人病者量加賙恤宣布

皇仁古巴諸華人旣弛官工所之禁又設官以保護之苦樂迥異陳副憲查辦之功誠未可泯華人至今尸祝之不忘本也華人假道事𧈢蝢初云候戶部定奪近須取決律政司總是虛宕而已赴城內酒肆美總領事之約酒饌極豐咸以此君素儉嗇詫爲創局

十八日甲子晴昨睡頗酣夢至一客肆售中西什物有晶章兩枚一刊石函二字一刊劍潭二字又田黃石章一枚刊佛卽是心心卽是佛是佛是心是心是佛十六字均朱文又李文貞行書未竟之屏軸有名無姓醒而異之夢境原無足憑然此印章字畫清楚可紀也東坡春婆之喻亦於海外得之耳古巴初設領署時有華人報一重案牽拉多人情節雜遝繙譯隨問隨錄汗流浹背極半日乃了錄竟復述之其人曰此昨夜夢中所見耳繙譯憤甚其人已去如黃鶴古巴至今傳爲笑柄此

輩既被繫又歷種種苦役心智迷罔類此者何足怪也領署今夜公讌島中官紳各國領事丑正始散此中風尚猶以爲早

十九日乙丑雨午晴鄉人李樸存諳風鑑與談疇昔坎坷尚能印證特謂此三月內必有佳兆於耳色卜之恐未確也同福公司假領署爲餞就中主人及司庖者悉被拐至此萬不料有今日之會也同福公司創首者南海九江人區某久乃自墮其規潛減貨價以累同業卒至疽發胸背死當時對神盟誓之言鄉人猶能述之

二十日丙寅晴宋張擇端清明上河圖南渡後代有臨本圖中汴京景物纖悉靡遺宜動偏安君相北人歸北之想明時圖藏太倉王氏後歸嚴世蕃鈐山籍沒乃入御府有親藩以十萬金賂閹寺竊出深夜不能越宮門潛置御溝翌晨乃取是夕溝水忽漲此卷竟爲龍伯攫去鹽官王笈甫爲言一捧雪傳奇卽指此事所謂紫霞杯者清明上河圖也莫懷古卽王龍池湯勤卽唐荆川莫成卽王成至今王氏祠祀及之笈甫卽其苗裔眞定王午橋亦云然頃閱在園雜誌一捧雪確有是器有人

持此求售玉情果美水色亦佳漫應之曰不知是莫太
常家藏抑莫成僞造者後據楊炎也太守云乃祖雍建
爲少司馬時曾見之氣魄甚大情色俱美持向墀下映
日細看杯内雪片紛紛如飄拂狀以是知眞贋有别命
名不虛云此與以畫爲杯者别有說或當時嚴之豪奪
有類此之事而附會之也前晚觀劇偶憶及之晡時赴
美總領事威林士鄉居洋員溪理察寓言别威林士後
圃有架非樹高六七尺方結實然則華醫謂架非即巴
豆誤矣其對門亦有花葉不分之樹如祕都所見者炎

荒之地隨在可種耳復派祝彭至老人院察看華人共九十六名多患瞎分別賙恤之該院飲食牀褥尙潔云晚飯後赴水師提督意那士架之約主人甚殷勤總督巡撫陸師將軍糧臺均在坐就地爲別不親拜也歸寓與領事論學堂事寅初睡

二十一日丁卯晴早飯畢學堂諸童來見切實勖勉又酌助醫院經費十一點鐘起程至馬頭水師提督差官駕小輪船候送領署先已備雇遂婉謝之領署各員及衆華商並相送登舟後美總領事美副領事德商北士

陸續來別一點鐘展輪風日晴美仍覺微暈蓋古巴至覃壩係對渡大西洋水直衝而下渡口極險惡喜其水程稍捷耳若取道烏約則係繞越旁渡風靜舟行尚穩仍經行覃壩之嘴舟人亦有戒心去年往返南墨洲並經此水西人謂無風亦浪者也晚八點鐘抵崎威士特少泊登岸游眺直一荒島黑人紛邀乘車粗野之甚回船時有土人售蚌殼花海桔諸物戲購數種十點鐘船復行擱於沙磧極費力乃脫已渡大西洋海矣

二十二日戊辰晴會稽詩人施山薑露庵筆記楚人湯

雲山年一百三十九歲沈歸懇叩以養生之道曰健飯多睡次及方藥曰平生無病不知藥也舟中人言一法國人年一百四十歲叩其術曰眠食有時亦無所謂方藥也以意測之眠食有時養生之正健飯多睡亦非有時不可然此可語於家居無事之人耳若碌碌行役及於海外幾不知眠食爲何事晚三點半鐘抵岸稅關盤查甚嚴余行李概不驗隨登車六點鐘起行至覃壩島一小飯店不敷諸客傳餐仍就車上小喫關吏來言戶部電諭刻始奉到

二十三日己巳晴憑窗晨眺沿途桃李已花美國南境氣候殊暖十二點鐘抵薩灣拏尖有黑侍者能爲粤語頗解頤伺應亦周到晚八點鐘抵威明頓尖火車公司之飯店也肴饌不惡十點鐘睡

二十四日庚午晴早八點鐘抵威路頓尖十一點二十分鐘至華盛頓天氣奇寒衢樹無甲坼之象相距一日程而涼燠殊趣若此參贊各員來迓同抵使館卽電總署自古巴返美之期古巴出口貨物以煙捲爲大宗環球稱最蔗糖亦極銷流若無蘿蔔糖則生意尤盛然現

在貨車挽運仍晝夜不停意其土人必富而乃窮困不堪且多盜賊推原其故則日廷横征暴斂害之也古巴土人雠視日官時思叛亂

二十五日辛未晴皖中故人鄭雪湖年七十九矣寄贈山水一幀仿董北苑而深得神韻絶無枯索氣老筆如是宜爲壽徵發春得此心目爲快擬駁外部稿交繙譯分繕朝鮮使員李夏榮李采淵來謁未接晤

二十六日壬申晴給外部照會午後赴總察院勒福哈倫梅拉布勒持佛四處公會總統夫人飭宫官貽書告

别晚九點鐘偕參贊同赴各使先後到咸有惜别意而無可置詞徘徊逾時啜茗一甌聽歌一闋遇外部虮蝮言華人假道事本無窒礙前已照復徐代辦余答以既無窒礙宜轉行稅關虮蝮請給予一函卽照轉或訝虮蝮於公會中談公事蓋不亮其日內交替也

二十七日癸酉晴

皇上大婚寅正二刻率屬望

闕朝賀並爲酒醴誌慶專延科律師柏立兩家以其受我薪修也朝鮮使員李夏榮李采淵來賀仍守屬藩之

禮美廷電告駐華公使詣總署稱賀現當新舊總統交替之頃猶不失禮尚非盡昧邦交者今日恭逢慶典而朝鮮館適爲公會李夏榮殷勤請赴亦乘此答拜之朴定陽行後令李夏榮代辦其來文曰臨時代辦意其照會外部亦如是云云蓋本派李完用而令李夏榮暫代其曰臨時者暫代之謂余卻能會其意而美外部則未必了了及李完用到謁外部即不認爲代辦李完用乃自貶稱游歷官而與書記李采淵並挾眷而作久住計另僑新居大爲宴會殆爲洋員阿嗹所愚以美

俗重女且非宴會不能聯絡朝鮮近狀猶不惜此費昨晚遇李夏榮於美宮見其攜兩婦裝飾甚陋宜西人指摘耳到會之客咸就余爲禮疲於酬接其從鄉落來者且謂藉此瞻仰措詞彌圓妙七點鐘返署自爲宴樂似較慊他人之慨者尤能盡歡

二十八日甲戌雪雨奇寒美商豐泰兼充朝鮮駐烏約領事午正來謁藉籌賑豫皖饑民之事以見好卻欲專售傳話筒特攜此器來較客冬談臣導見之人操術尤捷用溼電搭綫無須以足運機郵筒則以蠟代紙聲音

較亮其公司在烏約主者曼迪臣曾有書求薦今此豐泰之來是否該公司代理無從懸揣不便濫許之也豐泰極蒼鶻希粱曾與同車昨又遇諸朝鮮館不得已一接晤今日各部公會之末冒雨周旋遇日使詢以美廷易統伊國致賀否日使謂駐日美使若奉告於日廷外部有電來即照辦否則聽之飯後往觀墨西哥小女人年二十五歲身長一尺八寸五官四肢皆小鼻特高聳臂長腕短手如周晬嬰兒操英語如蠅聲善笑旁立一人自認小人父觀者各予半元合前游歐洲所得已二

十萬元云

二十九日乙亥陰昨觀英劇情節甚佳一老婦鄉居有客訪其仲子適他出長子游獵回客以其面貌相似詢之乃其兄盧意士也與客對談自述孿生同氣異體兩人如一人弟往巴黎五日無耗今晨出獵忽心痛竊慮乃弟爲人謀害展轉不釋其母屏後竊聽盧意士乃設詞宕之飯畢各睡盧意士憶弟心切伏案作書乃弟忽從臺底突出欠身急行呆立案側瞪目不言閃爍自滅其母則夢見其子慘死狀後場以紗幔蒙罩西劇夢境

之式也盧意士因往巴黎跡之伊弟戀一婦與土人拾
逋吝士爭鋒賭劒而斃拾逋吝士既得意偕友間行途
經岡嶺車軸忽折倩樵者另覓一車憩山麓以待卽前
日鬭劒地也俄而盧意士踵至拾逋吝士驀訝爲鬼盧
意士曰我非鬼乃鬼兄耳今日相遇此讎必報拾逋吝
士之友曰此五日間事何得信之速盧意士曰吾弟鬼
魂相告鬼行較人行速耳拾逋吝士不得已以身後事
託友人乃與之鬭其氣已餒盧意士許其少憩而劒忽
折斷其友解之曰如此可不再鬭矣盧意士乃自斷其

劍相比擬以帛纏於手若匕首然復相搏拾逋各士不敵遂爲刺倒觀者拍掌大快盧意士至是乃大哭謂寃讎既報將從弟於地下其弟復現形若相引導者盧意士歸而病日夕尋死其母訓諭之而死志甚堅其弟又現形於病榻盧意士卒援同生同死之義溘然逝矣觀此足動友于之情惟知有弟不知有母所見猶偏也華人之談西學者每謂西俗無鬼然此劇則鬼形三現雖坡老觀此亦難靳於說矣西俗倫常之道漠然此劇殆僅見者因撮記之午後赴議紳公會十三家

三十日丙子晴飒頓照稱航海會期改訂九月十六日臚列各國願赴而有回文者亦行洋之要事也午後正擬出門波斯公使來絮談以同在亞洲與中國往來最古刻擬立約通商其詞甚恭不便直卻當答以代詢總署旋赴柰其拉瓜國使館室狹人稠偶觸炭氣面赤頭眩晚飯後應善會三處强撑而已接家書塾師黃孔芬公車北發代者未定人殊繫念希九電催游員借款不諒此間經費之絀且游員曾假諸法館何必舍近圖遠即電復之

二月初一日丁丑雨外部照復造詞尙圓活前文所引
該國外交文卷議院報章有以杜其口也外部又鈔錄
烏約紐阿連稅關回電假道舊例照舊可行云且看下
亥古巴船來再酌即面達總署附鈔往來文件
初二日戊寅雨外部面約明日新舊總統交替赴議院
觀禮又約明晚赴外部觀煙火遍及隨使各員晡後答
拜格蘭忒
初三日己卯雨恭逢
歸政大典寅正二刻率參贊從官望

闕朝賀禮成讌飲已初偕進齋力侯視彭赴議院各使
咸集列坐上議院墀子九察院並至十二點鐘下院議
紳二員上院議紳二員分起往迎總統逾刻不來議紳
將簷沿時表倒撥者再俄而舊總統率六部同至坐於
掌院案前察院左右三面相對不交談俄而新總統至
與舊總統並坐耳語若甚親密俄而副總統至徑登掌
院臺級舊掌院鶻哥起立舉右掌與語副總統亦舉右
掌應之語畢握手副總統即履其席旋有一人登臺張
手閉目喃喃總統以次皆立聽惟蚗蝢垂頭默坐亦若

心領神會者須畢書記者唱諸議紳名分起趨見掌說
大率新任及留任諸紳亦各舉右掌相語竊訝其狀進
齋謂卽佛氏偏袒右肩之義似也諸紳歸座後樓上喧
聲如雷則各散矣余亦至更衣房取回斗篷往下車處
招御者車馬擁擠新總統方於議院正門宣諭雨重綵
棚已撤不能往觀亦不能至美宮觀兵矣詢之法日各
使皆不往愁霖敗興客主一致正在覓車時有素不謀
面之議紳的備士邀至公事房坐候若無此居停則門
洞柴立耳兩點鐘人馬略疏通乃冒雨登車從兵隊中

繞至大街樓房解衣縱目新舊總統同乘游行諸兵隊前後簇擁雨迄不斷兩總統敞車帷而張蓋兵士之霑濡尤可憫也五點鐘余亦歸寓外部煙火因雨而輟十點鐘赴養濟院觀樂舞各使先後至崇樓三層中一大墀子音樂亭峙於墀中正面高懸新總統像正副總統相偕到會少立輒行會者幾三萬人公使例請餘俱買票入各六金酒食在內有屯票居奇賣至十金者鄉間來會之人遠道遲到而又以預會爲榮遂不惜重貲此數日間華城多聚二十餘萬人客寓飯館均獲利四年

一遇今昔差同樂舞必達旦余略觀場面即返實亦無
可留覽此會南黨寥寥門戶之見如此議紳休士介紹
一煙甸人衣冠整齊與余爲禮美之士著云
初四日庚辰驚蟄晴朝鮮代辦李完用美外部擯而不
認凡百酬應李夏榮任之客臘美宮公讌各使皆便衣
李夏榮獨紗帽補服昨美總統新任各使皆公服李夏
榮乃衣所謂袷袖者謂此亦公服也昨晚遇於樂舞會
仍此裝束豈公服亦用於舞場乎今日久雨忽晴發滬
粤包封後復洪文卿牋述美約事不禁言之冗長晚八

點鐘往外部觀煙火至則展期明日觀者陸續散便道
畫園重觀墨西哥小人其聲音之略可辨者又語無倫
次類於瘋魔循大街歸游人如蟻間有兵隊鼓吹
初五日辛巳晴美廷新派外部唏噠戸部丞頓兵部普
樂他水師部圖禮時內部奴布盧郵部汪拏美爲農部
夫拉時其律政味拉農部蓋新設或位置得力而才庸
者處予高位以酬之也墨使親串來晤索映相去晚復
遇於外部署外部新舊交替遂無主人客自來去跡如
梁燕外部與水師部兵部相連而各分門戸余就外部

議事堂坐檀使亦避寒於此憑窗對望則煙火堆也其放至半空爆散作雜色珠者外洋常技瞬而幻出正副總統像瞬而美宮瞬而議院末則無數噴花煞尾五色同繪略如吾華之花筒民主踐祚作此誌慶然諸像與宮院轉瞬同付一炬娛目片刻雖工巧而乏意味

初六日壬午晴晞嚏照會接任外部之期循例復賀格蘭忒使華之行未果士域枯得起而爭之金山律師光緒六年赴華訂約之人若使華則甚不妥記前總統時金山各省公推一人使華企俚扶輪以西省最怨華工

果派該省人必生無限枝節似非親睦中國之意因改派田貝企俚扶輪此論甚當不圖北黨嗣立轉遜之也舉以諷喻新總統會當領晤

初七日癸未早晴微見雪花午後往外部晞嗹尚在美宮總統初政凡百助理晞嗹雖任外部隱若一總統耳哈利順感其擁戴畏其黨與每事取決略如權臣枋國再閱四年晞嗹得位無異聯任總統也此時北黨氣燄方盛前水師部汨尼之居售於新郵部汪拏美蔫價八萬金各部皆如新燕啣泥亟營華廡頗有物換星移之

景

初八日甲申晴咘嗹新居卽二十年前已故外部西華之屋其時總統靈謹被刺亂黨欲並刺西華適西華病卧其子侍疾亂黨誤戕之此屋美俗以爲凶宅而咘嗹特購以居喜與美宮毗近也修理半年乃能入處咘嗹前綜外部總統加非被刺今復旅居西華舊廡西人究無忌諱耶晚十點鐘容蒓浦來晤留宿不可寓於舊同學威路健臣之家云金山電本月二十日發頭起賠款

初九日乙酉晴奉署電傳

旨謝美總統致賀
大婚等因即照會美外部此爲前總統任內事然但論
邦交不問總統新舊祇與外部公文而已蒓浦擬辦電
鐙公司純用藥水發電無須機器價廉無流弊施之吾
華似亦可行
初十日丙戌晴古巴領事電華商彭大蘇等附船假道
美國當告烏署照料午後署電
歸政
大婚慶典奉

懿旨宴各使並給如意緞疋鍼黹以示睦鄰曠典各使
領賜而田貝拘泥國律將物繳回此次
聖恩因其國非因其人該使即不敢受美廷何妨收置
博物院中請詢外部如何變通不負中國好意即電田
遵行等因美例原不准各使在他國受人財物然非
慶典賜物之謂也署電因其國不因其人誠爲篤論直
可將各物寄美署轉發博物院仍予外部照會詳述其
事俾美洲存一掌故未始不可既屬詢外部姑與𠯉嗹
訂晤再復也土域枯特已派駐倭余談言徵中水師提

督波打五十年齊眉夫婦西俗以爲金婚其請帖皆作
金字客亦以金爲賀余贈以金繡兩幅晚偕參贊赴會
正副總統暨諸部臣均預總統謂曾遇余於奈文家余
未能識英雄於未達時殊愧之也奈文餽火油桌鐙一
枝以余將回華對此若常相見云

十一日丁亥晴滬局包封遞回摺片欽奉
硃批欽遵咨行又吏部文錢廣濤加贈知府銜廕子入
監讀書六月期滿以州判註選又李傅相咨會北洋海
軍章程內多酌用英國法仍以

憲廟軍規爲依歸旅順大沽兩船澳交第工竣威海衛
爲提督駐紮之地規模井然
國旗長方式尤壯觀海外旗式亦擬奏明仿製也提督
旗本畫錨形刻乃繪龍其與外洋使領各署有關涉處
摘錄分行備案中國海軍之權輿從此加拓武備日彰
足以威强鄰甸藩服誠當今之要也近聞西藏事升竹
珊客冬十八九日到納東與印度官會晤惟如何息兵
停戰勘定界址尚未定耳晡後答拜波斯使承惠石印
文一紙其他石刻云已函致本國寄來大約仍是鏡照

本而此石印卻係拓本也波使出觀該國刺繡桌幔諸物不甚精緻又出觀煙管以椰殼鐫鏤六角鑲銀如圓碗而底特銳中儲水上接銀管二以火引之旁一管就以呼吸此波斯吸鴉片之器拙笨可嗤且必以手按之否則傾矣承贈漆盒綵紗韈皆其土產又映相一幀納交之誠甚切波斯立國在夏初迄春秋時而國勢大盛後與希臘搆兵而弱羅馬暴興盡得猶太以西之地波斯巍然獨存初唐麥罕摩特興波斯乃不自保唐宋兩朝屢貢方物元鄂馬帖木兒且遣子沙魯哈據其地曰

哈烈國明初嘗入貢後爲土爾其所奪尋爲阿富汗所
并我
朝康熙三十三年乃復故土傳國至今波斯王居魯士
誕生之奇武功之著波使猶能言之
十二日戊子晴午初晤外部吶嗹述總署來電吶嗹以
田使拘泥微有愧色徐言美國此例光緒六年始定欲
以鈐制各使然中國
曠典非可同年語矣余言此次
賜物凡駐華各使一視同仁非專給美使也吶嗹唯唯

云郎日電田領寄美廷或珍儲博物院或逕准田使祇領仍候議院公定續詢中國絲茶近狀並述中美歷年交誼又屬遇事隨時相商不必拘定見客之期深情厚貌若頓改前習者返寓電復總署科律師來商華人假道事將舦頓兩次照會攜示火船公司外部照會新總統明日十二點鐘接見各使先赴外部同往均公服近日美都來一肥婦黃黑臃腫面貌猶人而兩膀圍圓一尺六寸腹背稱是重八百七十五磅合華稱六百五十六觔零四兩新總統同里人也如此肥碩能生子女七

人又旁有少女豢四虵玩弄如繩又一男子能嚼玻璃片嚼爛以水咽之又一極瘦男子六十磅合華稱四十五觔娶婦生二子美都集此怪物聚於一園觀者人各十仙士

十三日己丑晴十一點鐘往外部各使以到國年月爲敘向遇公會均無陵躐波斯使到國甚新乃矯然獨立外部與各使代辦隨員暹羅領事之代辦公使者周旋畢乃及波斯殊覺表異之無謂也聞其正月赴外部春酒時座次在下院議紳之下輒託病起獨徘徊於廳事

帆頓起而周旋飲以佛蘭地酒檻檬水治病之物波使仍云不適遽呼御者歸帆頓以爲眞病也越日外部總辦遇諸倭署方詢其痊否波使謂我昨非病特坐次不合耳由此推之則今日之不肯與噲等伍猶故智也其性似非受忠告之人不便曉之耳十二點鐘至美宮晤新總統及其眷屬次第握手問有留立寒暄者余昨感微寒且未中飯亦徑歸矣飯畢至博物院觀所贈埃及石碑高三尺四寸爲埃及文另一石則希臘文大與碑同特無額小則長方形同治五年出土也埃及文類鳥

篆不易識卽希臘釋文亦極古奧碑額中畫圓珠約二尺兩旁若綴緌而左右小異緌下横列兩長柄刀圓珠之上遍畫鳥翼圓珠之下有三字形碑額之奇者院主人釋此圓珠爲地球旁則兩毒虵也左爲上埃及右爲下埃及三字形者三才之意兩刀則不知何指此必意爲之解耳然碑制甚古喜出望外院主人求搢紳錄諾之續觀賀璧理寄儲華器類多新磁又格總統前游吾華所得餽贈之物亦專儲一龕以誌中美之交也

十四日庚寅晴外部照復傳

旨致謝之文而有此後中國
慶典美總統無不稱賀之語甚得體昨咘嗹於各使維
遜中猶告以田貝電已發亦甚周到咘嗹之子初聞充
副外部近則別派有人而以其子爲外部狀師薪俸較
優也或言何天爵使華不確昨晚格蘭忒復來美都或
即遣之余謂新總統旣有此意盍早決以免干求凡事
皆然不獨遣使

十五日辛卯晴北洋形勝威海衞島嶼環拱天然一水
寨也乙亥籌防之初東撫丁文誠欲就此爲水師之基

飭余赴津商李傅相以山東獨力難支俟北洋餉力旣
裕乃辦山東自爲計宜先在烟臺築礮壘所以有通伸
岡之役茲北洋海軍以威海衞爲提督駐處仍前議也
又大連灣爲奉天口岸利泊鐵甲大船庚辰夏俄事齟
齬赫德告總署以俄船悉泊於此語甚緊迫時樞廷欲
得大連灣所在亟詢山東余告東撫周福帥曰此奉境
也福帥疑焉檢洋圖質之乃信此皆北洋要區近已次
第經略矣昨回贈波斯公使雕桼合繡囊映相各一撰
諸古人縞帶之義殊自笑也滬局包封總署咨會

皇上親政後揩式又洛會祟上
皇太后徽號日期欽遵分行今日奉到明文海外猶及
慶賀總署又洛會議覆洪文卿洋務儲才一摺庶常出
洋准免散館一條毋庸議總署章京已未傳到者准奏
帶各使館人員明定限制准設參贊二員繙譯二三員
隨員二三員供事二員武弁醫生各一員其兼攝他國
設有使館准添參贊繙譯隨員供事各一員作爲定額
不得再過此數又游歷經費併入度支一條署奏以游
員尙未期滿回京是否實有制器通算測地知兵之選

難以懸揣俟期滿再酌云文卿向不吝奏想原捐必可觀近日使事之難卻在此數端之外晚赴科律師宅觀墨西哥金石文字多象形爲之科允贈一石又摩囉告國文字其國在阿非利加之北地中海壖昔强今弱別一種文體

十六日壬辰晴波斯印文上下九字自右而左上四字一曰哈支彼國稱謂之詞二曰賀仙其名也三曰孤列姓也四曰幹有勳爵或特派大員之稱下五字卽波斯國公使之文此雖小品亦可備一格

十七日癸巳晴晨起率屬望
闕朝賀畢草疏一摺兩片屬參贊往博物院就學院所贈埃及石碑題識五十四字金山領事電言華商以西人爲吾華捐賑特先集萬金請示分撥當復以皖蘇災重皖四千蘇豫各三千逕匯滬上賑局分撥仍稟候分咨金山華商此舉誠可嘉慰爲約華人亦捐千餘金可彙誌也今日電匯金山賠款二萬元
十八日甲午雨午後循例拜副總統戸兵郵農水師各部及律政司英人蘭多欲爲余畫油相而索價五百金

忒昂便道往訪並面卻之免其呆候

十九日乙未春分陰外部照會每禮拜四在署候晤略改前規矣格蘭忒竟使奥則華席當屬何天爵聞美之富商咸擁戴使華冀謀銀行鐵路爲之說項者實繁有徒總統恐不能不俯徇衆情也士丹佛譚臣先後來訪適理文牘未暇接晤

二十日丙申雨發滬粤包封波斯歲旦波使以交往稍洽懇電告中國一賀之美廷亦賀云無約之國安有如許周旋美廷賀之者以新總統接任時波斯曾電賀美

故答之耳余告以前駐日秘各國遇此等事各使必盛集無論有約與否美則不然若電達我國更無其理既承相告屆時我自來賀曩既許之因冒雨往波斯服回教而歲旦卻不與土爾其同日且該國一歲兩旦一爲官年今日是也一爲教年距今一千三百六十年矣官年則二千七百年矣大約自開國起算教年則從麥罕摩特起算詢其國中今日如何熱鬧波使謂國王大會朝臣各吸淡巴菰散則各贈以金銀之器國俗之奇如此便道答拜土丹佛晚赴譚臣公會咘嗹摩近均在座

大都北黨人詢悉何天爵使華之說未定
二十一日丁酉晴美廷近因鎮江關領署之事擬留田貝數月鎮江事已見申報此緣英領事巡捕踢死華民而起美領署無大損也申初赴博物院所刊碑側之字僅得其一尚須數日乃竣
二十二日戊戌晴昨經議院下半旗爲察院馬調誌哀馬調病已半年竟不起矣其同官哈倫久鰥不娶近因頻視馬調疾遂與其女訂婚馬調勛望遠殊威地美廷飾終之典自當有間晚至譚臣處重觀墨西哥小人坐

有醫士亦疑非天地生成者余舉聊齋小人之說告之坐客愕然王莽時池陽縣有小人景長尺餘或乘車馬或步行據持萬物小大各相稱又非墨西哥小人之謂也

二十三日己亥晴津商王世英楊思鐸販運古磁諸器來烏約售賣駐津美副領事畢德格所慫慂也託一美商經手不由津商主持虧本三萬餘金令繙譯索閱貨價單美商祕之云已統寄畢德格盡託詞矣津商被其牽率赴歐洲王世英且扶病以行即到英法亦未必能

獲利託人不愼每致喫虧前准北洋咨會轉行各口日前並欲親到烏約觀其拍賣適美廷易統交際甚繁未暇遽往比電詢之則三日內已賣竣甚不料折閱如是中西人合股生意多類此當在華訂辦時西人巧爲迎合方深信之及抵外洋言語不通則事事受其挾制其不致虧本者幾希矣上年華商楊興等擕什物赴日國賽會亦爲西人所挾鄧琴齋往與料理始得清釐此皆不諳西語之虧也今晚延朝鮮使員李夏榮李采淵李完用晚酌答其正月二十七日公會之意三君饜飫華

饌欣躍而去

二十四日庚子微雨古巴領事電華人昨附可倫比亞船至烏約假道回華即屬科律師往料理余十一點鐘附車四點四十分鐘亦抵烏約

二十五日辛丑晴晨起敦醫生來診視謂心脈較上年稍定午後署電聞美派德尼爲駐華公使此人前在朝鮮煽惑簸弄中國甚不願意屬告外部余因美派華使一事已大費經營曾於四十號公函略陳梗概今署電亦籌慮及此然此間未聞德尼之說當密查明確再與

外部言之也公法不能指明要某人然能指明不要某人權在總署耳申初往格總統家詢其何以改使奥國之故

二十六日壬寅晴滬局包封北洋咨會海軍旗四圖一式大小各異正月二十七日

慶典祕使署及諸華商通惠公所並放煙火花鐙公所門聯四海咸和賚六官而佐治一人有慶合萬國以臚歡領事劉偉臣手筆林和叔是日宴各部及各使主客四十六人盛會也得家書塾師聘定馮澄江又今年立

春後連日得雪地氣自北而南其土宇日拓之兆乎酌定華人假道護照式前日有一華人舟行遇風飄至美境稅關不准登岸當託律師與戶部言之戶部亦以格於前例爲難律師駁以華人遭風係出意外稅關不令登岸將長養活之抑令重回遭風之地投之水中乎戶部不能答即檄稅關照准矣德尼使華之說不確即電復總署一百三十九字晚約科律師觀馬戲大都數見不鮮惟一女郎右手持纖足穿緞韈踏行一鋼綫其細如髮去地逾二丈游行自在復能轉身旋繫兩草簍作

鞋往還搖曳俄而擲其一俄並擲之而無礙其珊珊之步視吾華纏伎殆又過之

二十七日癸卯雨美派英墨兩使已定日報言華使必屬何天爵蓋何爲前使中國議約之率拉士特至好率又咘嚏舊雨日爲咘嚏掌書記高橋船案何率之利云聞法國公家銀行倒盤前年過法都許竹篔深信其可靠外洋銀行類此甚多大都股票受累耳古巴華人假道事今日科律師與希梁同至稅關商訂清楚從此永無窒滯

二十八日甲辰晴昨晚烏約公所得華盛頓電音美派華使爲柯士廸係日報館主筆之人今早日報則議院惡其曾於南黨阿編舉議紳時揚言北黨受賄於是南北黨交攻之本派往德國擬改調赴華近恐兩失之矣奈文爲其同里現與調停柏立往查外部仍是暫留田貝午後重觀蠟偶奕進齋已兩敗矣而不佩其技謂潛心三月足以勝之其氣殊壯蠟偶者英西省不離士頓人嗑婆所造名曰亞揩同治元年學製未妥同治六年往法國賽會博觀機器然後製成始陳設於倫頓繼至

巴黎觀者無不詫異腹中藏人之說余既辨之矣或曰樓上樓下有人運機使動而此蠟偶隨地可動所坐之方桌亦四面可移雖樓上樓下有人亦難代為指撥或曰子落棋枰電氣可達若電報然惟此棋枰係木質非若五金可以通電展轉推測莫名其理有登之日報者索嗑婆七千金否則揭其術嗑婆置之不理要之此人實無眞知確見徒為大言嚇之耳樓上有人其說近是

二十九日乙巳晴法國銀行倒盤之說詢之匯豐云係暫停非倒也或亦同業相顧之言烏約電傳津沽火車

撾撞傷四十餘人但願傳聞不確耳近得墨西哥測日表略如吾華羅盤西俗拜日拜火宜有斯製也墨人昔設時歷兩種一以定月行軌度並祀事之期一以定日行軌度並民事之期以十八月爲一歲二十日爲一月歲三百六十日歲盡之月特加五日曰廢日按日行之度每歲三百六十五日零六點鐘每四年減一日以五十二年爲一周花甲每花甲計減十三日輒於一周之期補之乃復從新起計此十八月均有名目或以時令或以禽鳥樹木花果得名即以爲字每日亦仿每月設

立名號月分四期期各五日日分八候以太陽東昇始算如羅馬諸國算法壘都祅祠向有數塔此石乾隆五十五年出土即嵌置塔壁名以墨王之名曰文地時馬表此石圜徑英尺十一尺八寸周七尺亦有雕刻純係一石鑿成就西人地金麻尼卑兩博士所著錄此石當中吐舌人首係表太陽其三角形編以尺字又別形編以工字係表太陽大小射光以煙甸人製太陽之象每用此作射光也環當中太陽方形四編以ABCD四字又太陽頂三角形編工字兩旁有圜形編EF字舌

下編Ⅱ字皆表太陽行度或表每月所分之四期所有形象號一至二十皆表各日名號至繞此各日形象係表河漢其波紋編U字則表天雲壘人崇奉爲神號曰阿路默祈其小方形編以七字表山嶽雲屯之處石上諸孔編Ⅹ乙Ⅱ∾Ⅳ係放日圭之處其石豎立東西一綫之平石面朝南綫自項垂下按石上之影以定節期時日豪釐不爽云中國造字之本象形象意諧聲轉注假借小學家言之詳矣壘之造字命意或同方言難別耳又西俗古時置閏多在歲末與秦歷同無非歸餘於

終之意

三月初一日丙午雨雪寒甚巳初赴丹拏宅觀所藏吾華古磁數百種光怪陸離弄藏富矣用心十五年耗費垂二十萬乃搜羅如許間有宋磁若前明佳器國初官窯美不勝紀贗物不及三成惟近與津商所購藍花磁瓶黑色白花磁瓶價昂而非舊物返寓仍雨牙醫哈文中飯之約又負之矣進齋亦患喉痛骨痛艱於渡海遂函謝之

初二日丁未雨巳初附車申正抵華城哈富律師所鈔

陳善昌切結由參贊署名交科士達寄去容蒓甫催審
屢屢明日可到堂矣晚至科寓謝其往返鳥約哈富之
勞
初三日戊申晴滬局包封總署咨奏復御史趙增榮條
陳愼選使才摺午後雨雹雷鳴卽霽晚七點半鐘赴希
特公使大餐同席德使荷使檀使英吉利巴西各代辦
因有總統之約九點鐘席散各回易公服赴美宮美總
統以日本王子來游特兼請各使爲此會王子年僅逾
冠短小而文攜婦游歷倭使陸奧宗光爲之介紹吾輩

見總統後與之握手隨意游行十一點鐘返寓
初四日己酉晴午後赴新郵部戶部公會議院已散矣
駐華之使未定本日電匯金山賠款十萬元
初五日庚戌清明晴去國三年不無松楸之思同人求
歸者多彌增客感巴拏馬總督新政不准華人小鋪零
賣貨物均歸街市發沽否則重罰虐流哥埌華店須關
閉者數百家正苦無設措美總領事柯林臣力爲駮除
華商永興利等公稟來謝
初六日辛亥晴總署電初一日奉

旨陳欽銘派充出使英法義比國大臣崔國因派充出使美日祕國大臣欽此當卽分電各署歸國有期自應共慰行篋久經檢拾交替便行

初七日壬子風雪奇寒隱隱有雷聲三月得雪吾華常有雷雪並下美俗亦不多見德律風綫爲雪壓雪花如掌志五行者以爲災異矣

初八日癸丑晴究是春令積雪一夕悉消矣致總署公函譯送美總統新任諭文本日電匯金山賠款九萬元

初九日甲寅晴發滬局包封中國海軍旗式照會外部

晚赴希特使館謝酒讌

初十日乙卯晴午後鴉令頓踏青汲新泉一酌游人頗盛卉木皆拆李花尤繁山竹數叢不知從何移植法使書言丁内艱即答唁詢其何時返巴黎

十一日丙辰晴薩摩一島德美交爭保護各屯兵艦未及交綏已爲風損兩國各壞四船各歿百十人頗煩唇舌美都畫報繪一大象其面目如今總統豢象者爲外部吶嗹以鞭麾之象若不堪當獻技時忽踢以後足情狀可笑民主之國不以爲毀謗也擬爲豢象圖歌

十二日丁巳晴䍐蟆偕巴盧來約晚飯諾之卓忌華人
稟言領事示須賠款遺卻該埠卷查該埠驚擾而無損
失鄭光祿已函達總署不向美廷索追也七點半鐘偕
莫力倏赴䍐蟆之約坐無雜賓祇巴盧一客酒饌卻極
精美又約訪其鄉居巴盧約赴烏約觀百年大會代覓
樓房大約一窗戶之地每日租銀三百金
十三日戊午陰祕魯饍寮又欲招工送閱章程寮東先
給川貲立限造工四年扣還有此機杼則華工或先期
續借或期未滿而他適均難逃該寮掌握卽非賣身仍

多轇轕卽面復林和叔止之別籌善法譯臣約觀劇曌使在坐知余將歸咸戀戀
十四日己未雨天釐架島華人又以賠償不及稟求似此當復不少卷查此案華人初不願與地方爲𨶒冀免後患續乃自雇狀師訟理而負旣負又無一字達使領兩署此時見獵心喜紛紛稟求此華人故智耳岡州董事李子軒月內返里留俟四月初三日與李駘選偕行
晩赴議紳馬羅七十生日會坐多熟識聞俄王近復被刺仍中副車

十五日庚申晴今總統之子好爲議論誣及致仕巡撫阿羅比士曾賺婦人約指其人辨屬吏政總統之子置不理卒至興訟臬司票傳以五千金保單保出候訊民主之政直不足訝緒芝山自日署來

十六日辛酉晴晨起率屬望闕朝賀畢展閱陳敬如函寄巴黎富人車奴士機銅器拓本八紙宰辟父敦召公尊兩器攷之薛氏鐘鼎款識以爲眞品齊侯鎛鐘一器銘識數十字敬如謂割裂湊雜而成餘五拓敬如皆以爲贋且言此老藏器雖富證

以博古圖諸書知多贋物又吝不予人拓搨慮墨污其器今此八紙以鉛筆爲之或以淡紫色均與此器無礙又購贈埃及石印八紙卽爲書謝之並約秋間會於法都今年屢逢

慶典今晚特爲公讌音樂約外部郵部水師部農部及總察院梅拉哈倫布勒持佛布力尼議紳多福等共五十二人爲大會余主席外部㖒嗹首坐餘則以次排定八點鐘入席十點鐘散復小坐吸茶煙㖒嗹謂此種宴會美都僅見足徵中美邦交備極周旋俟諸客將散盡

乃去拋麻奉使日國復與日使及漫迪臣諸君談至十二點鐘別

十七日壬戌雨滬關電磅價四一二五較前月匯到者每百兩虧兩圓零滬關若一次匯寄何致如是損耗今日爲美國釋奴之期諸黑人結隊出游戎裝奏樂經佐知探以至美宮候總統閱看亦不忘本之意也

十八日癸亥雨博物院所贈埃及石三塊裝固送來卽轉託烏約旗昌附船寄滬並買保險本日電匯金山賠款八千金前夕之客紛還投刺道謝

十九日甲子早雨晚晴香港華文政務司駱檄乙酉丙戌余出入香港迎送甚周頃取道美境回英涂經烏約貽書相候情意殷殷令繙譯答之烏約電桿遍植街衢省例所禁然亦習焉不察耳新任知府乃一概斫斷不知各商有後言否晚赴博物院會室內陳設吾華古琴一張壁懸朝貢圖八幀無款識頗類仇實父圖繪王者冕旒端坐旁侍絳衣輔相左右鹵簿森嚴華貴階陛之下萬國諸侯載寶以朝氣象又極肅穆西人覩此益知中國之尊

二十日乙丑晴李駘選趙福八點鐘起程後得爲署電傅顧兩員已自巴西回明日再晤若早到一日可與駘選同行

二十一日丙寅穀雨早晴晡雨傅顧昨附夜車侵晨至此預令莫力侯迓之車頭爲覓雅令頓寓使署近無下榻處只小房兩間殊不足以崇體統午飯後仲蘭至客邸候之傅楙元與同來述智利巴西風俗及該國君相款接之誼此行不虛然勞甚矣顧少逸且患病甫痊涂經瘴鄉水程幾兩月游歷極遠者也卽面告蓬雲侯其

到金山時爲之照料申初答拜多憍甫久談適雷雨遂返本日照會外部爲游員索美洲銀票諸式又照會緒芝山自日署來美夜雨陡熱

二十二日丁卯晴埃及石碑從英文譯出該國祠官頌國王多尼微第三及王后毗連力奇功德而立大致以王崇信神道祀事豐潔此西俗信教之常然其頌王克服波斯迎回神像荒年購糧食賑濟此則武功仁術有可嘉者又王之少女奄逝鑄像於一等神壇亦感念王仁而尭拆之猶見民俗之厚按同治五年德國攷古之

士立而雅司在埃及蘇彝士河壖地名汕得一石碑於土中高英尺七尺五寸寬二尺五寸上段象形字下段希臘字續又得小碑一爲通用破體字悉儲埃及波勒博物院碑紀多尼微王第三之九年太皮月十七日即西歷耶穌未降生以前二百三十八年三月七號也象形字三十七行希臘字七十六行破體字七十三行均紀多尼微王第三及王后毗連力奇加惠及神廟之事征服波斯奪回神像之功舉國昇平有慶祠祭司咸戴德威崇上王與后神號增設慈悲神祠祭司班秩又每

年三百六十日加增五日以符日行軌度永爲慶祝慈
悲聖神之期所定新歷以卑尼月初一日即西歷七月
十八號天狼星見之日起算足見閏年始於埃及爲耶
穌未降生二百三十八年之前象形字即埃及古字别
爲破體字以便於俗溯耶穌未降生三百年之前羅馬
克踞埃及越五百年又爲土爾其所踞羅馬用希臘字
故此碑亦有希臘體也午後赴老兵園看牡丹晚約傅
顧飲餞十點鐘散
二十三日戊辰晴參贊各員約傅楙元顧少逸訪華盛

頓墳墓美游應有之義也今日爲耶穌復生之日美都童孩咸集美宮之前撲雞卵爲戲

二十四日己巳晴游員經費各借一千兩代買車票電定艙位頃又決意分鑣進齋遂不復言又須爲之退車票船艙極煩悶晚顧少逸來刖求派顧敬之伴送至詩家谷諾之敬之本與同宗且通英語

二十五日庚午晴發滬粵包封午後外部照覆已將中國海軍旗式通行美國水師一體知照應咨覆北洋也鐙時赴譚臣晚餐十一點鐘返寓震東自祕魯回

二十六日辛未雨譚臣繅居華屋子女相依綽有餘地子既納婦卽令賃廡於外西俗之不可解者今午赴醫院善會劇止客散阻雨車擠於門女孩約六齡甫跨車而軸折急躍下無損傷旁立一中年婦忽驚叫昏絕於地余已行數武聞而駐車遣御者回視衆方爲之扶救詢爲母女同行乍覩折軸之險以爲不救因而駭暈屬毛離裏之情發於不自覺否則當局履險如夷旁觀驚叫無是理也

二十七日壬申雨屢欲將美國輿圖譯漢文苦無暇晷

頃震東回美即令專力成之行將推及諸國務使山川阨塞一目瞭然談時務者所願先覩也竟日雨意不斷賽馬塲旣輟後山之會御者亦以馬行旋濫爲難

二十八日癸酉陰格總統生日烏約有公讌墨使先往余擬昨日往續以事牽遂辭之亦幸未往昨日火車撞傷四人副總統摩近大將軍士哥非兒均喫驚連日裝固行李十六件合之馬宏劉吉祥蔣得勝共二十六件初擬附慢車寄金山而慢車無保險遂改寄烏約託旗昌經理

二十九日甲戌晴華童步蘭敦耳患未痊伊母又酉求
使館貲助彭小圃頗厭之此童不忘所生根性自厚當
能永其天年悶雨初霽飯後徐步士蔑蛤麻舲兩處復
往農部園牡丹一叢鮮綠可愛沿路丁香尙繁
三十日乙亥晴郊原觀賽馬遇議紳多福云將回鄉避
暑奈文已赴歐洲矣美總統往鳥約赴華盛頓百年會
繞越紐折爾士乘舟蓋步華盛頓後塵云會堂繪像則
儼然與華盛頓並列亦幸際其時而已

三洲日記卷八

南海張蔭桓撰

四月初一日丙子雨二月二十六日電請署示美派華使一事今晨得復電但拒德尼相距月餘署中何以忽憶及此舊年南墨洲舟次所爲百韻排律有荒經箋璞象異派補桑鄽一聯偶檢漢書析鄽註蘇林曰鄽音蹢躅之蹢如淳曰音持益反師古曰析鄽二縣名蘇如兩音並同劉攽曰析鄽之鄽師古於高紀則從蘇音蹢如音持益反於吳芮傳則音郎益反於樊噲傳則音直益

反酈商傳則音歷不曉所以一音數義古人已聚訟不置矣考之廣韻呂支切集韻鄰知切並音麗韻府補遺照廣韻增入以史記建元以來侯者年表有下酈侯黃同以故甌駱左將斬西于王功侯則酈字收入平韻未始無所本也後漢書酈邑公主注酈縣屬南陽郡音擲亦反

初二日丁丑早雨晚晴昨日鳥約作華盛頓百年會合九百人共爲大餐各城鄉觀者七十餘萬人極一時之盛也華盛頓拔出英籍後林居十數年衆乃推爲民主

時祇十三省近則版圖日拓黨禍日深創國成規亦不甚遵守識者慮其久合必分也比以美俗假期郊原賽馬不因陰雨而輟聞跳溝者多傾跌徒快博進之意耳
初三日戊寅晴西人碎石具有思致其製法直如無縫天衣又能别濃淡淺深與水繪無異曩觀於日都舊畫院壁乍覩不知爲石製也近從鳥約得兩幀一獅子得鹿圖獅子蒙茸之象栩栩欲活目眶髭鬚其細如髪皆碎石爲之鹿血點滴亦碎石爲之野地草花紅蕚綠莖無非碎石一文豹攫犬圖大致相仿彿惟豹身斑駮陸

離與獅異又野蔬一叢蒼翠焦枯各葉皆備平沙遠樹層壘不窮即名畫家不過爾爾況碎石所成乎考之西人記載此法始於埃及名曰摩西奕譯言鑲嵌也阿非利加洲之北境曰嘉蝶池產碎石具五色埃及人初取以製環珥之物漸而宮殿補壁君主胡牀奇巧莫可名狀羅馬希臘踵而效之亦能肖似自威蘇味亞士火山陷沒英人近於埃及南之梯亞也羅馬西南之脖髀崖土中掘出此種石畫甚多皆二千三百餘年之物西俗以爲奇寶近則義大里人猶能爲之然工巧遜前矣此

幀卻於無意中得之初疑其鑲嵌後著色以顯微鏡細
視則原石本色躍現證以西人古記知此製尚非誇大
之詞所購埃及全文亦有印存之本固知彼族極古之
物午後柯林臣來述巴拏馬河工中輟華商生計益難
曹兆賓亦將歸里詢其浚河工程僅得四分之一費卻
工本二萬萬元法人籬石無力再集近發狂病蝨處法
都然當日工錢每百扣十五元籬石與諸管事人均獲
重利附股者喫虧曩曾訟諸巴黎當道袒之籬石免罰
而工無成現在藕斷絲連者則以可侖比亞約有停工

六月則機器房產盡屬可侖比亞之條故仍雇百十人從事敷衍而已柯林臣問何天爵使華確否前四年派可侖比亞參贊而不納人言亦不壹云晚飯後傅楙元來別留祕魯小本書託繙譯

初四日己卯晴比日咘嚏患病日報言其癱瘓有驗之者曰腰輭不能挺立而已大約病勢不輕英新使到已浹旬今午遞國書謁總統始與咘嚏相見咘嚏不赴公事房久矣其形似豐其神實渙此十年間兩舉總統不諧僅兩任外部此中要結未始不費經營宜心血之日

耗往還公牘較䡊䡋爲緩頃接其來文述哥瑔華商店鋪美領事代爲料量免於苛政亦思見好余已接華商來禀當復謝之也晡後令莫力侯爲柯林臣介紹與科士達相見柯林臣賫勞極深人極質直特氣類甚孤遂爾久於煙瘴竊盼其量移善地然美廷積習固非人事不爲功

初五日庚辰晴外部送到美國票式兩巨冊强半煙酒稅條分縷晰其銀票則自一元至五萬元存卷自百元至五萬元精徵不混每票加製送中國字樣亦殊細密

當寄與游員並咨達總署駐祕參贊林和叔寄到祕總
統敬賀
大婚書該國現無公使駐華故由使者代轉若美日兩
國早經電賀矣祕署上年與外部往來文牘亦寄到卽
并美日兩署鈔件統送總署祕國各部又已更換嘉西
任總統以來凡八易部臣
初六日辛巳立夏晴子豫寄到古巴橙子一簍尙清美
聞蚚蟃自鳥約會場回晚間訪之承以華盛頓造像錢
見贈又檢示日本宮殿印章刀劍圖冊繪畫精工首篇

一敍仍漢文也
初七日壬午晴金山廣聯興夥伴余順客冬附火車至鉢倫車行撞撞而殞索火車公司賠償不允稟求伸理稟內有年月而無日期須飭查乃能著手小吕宋設官一案日廷會議三次以爲窒礙難行頃希九鈔送外部復文此案竊慮日廷久宕前數日已面屬希九將索償該島濫徵之稿譯送外部希九遲疑審愼此稿擱置三年現在情形如是若並此不發更無以對華民
初八日癸未晴西人辨鑽石之法點墨於紙石蒙紙上

以顯微鏡視之墨點散漫則贗矣吾華但以能刻劃磁器者爲眞殊未盡致贗石亦能劃磁曾試驗之矣西俗相傳牙醫以美爲最良然其技祇刮垢以固齒或齒根腐露則以金銀補之俾勿增劇齒脫則別製以鑲徒美外觀無裨功用若治齒痛尙遜華醫特華俗每以牙垢爲護齒之要此則西醫所不解者也偶訪牙醫刮治歸寓英使龐而修偕參贊汨鵑來訪深情厚貌謂曾游歷中華其在英倫則與曾劼侯善此卽李傅相所言龐侍郎亦卽巴夏禮之親串也使美甫遞國書仍須回英接

眷初冬復至云

初九日甲申晴顧少逸呈報離美日期蓬雲亩述金山華人徬徨追悔之狀毋亦見之晚乎昨申報述津沽火車撻撞事來車逾時未至去車在軍糧城交衢之軌八候無消息司車人孟浪直前及來車舉旗示之已兩避不及遂俱傷也火車所經行斷無不設電綫之理兩車相候既逾時自應電詢豈有徑行直達者此司車之謬也比日談時務者每欲仿西法而不肯鞭辟入裏睹臚濛之妍捻纓求似可爲慨歎午後柯林臣偕其子來謁

謂明早乃得見外部如不量移仍返巴拏馬
初十日乙酉晴和蘭有屬島曰蘇里那麼在南墨洲境
向有華人傭工和使近商總署擬訂章程聲明與蘇門
答臘哈拉巴兩島不相涉總署函詢應准應否屬派員
查復等因當檢輿圖蘇里那麼洋語作蘇里南其地毗
連英法屬島咸豐同治之間有人在粵招工指爲西印
度其招致情形略如古巴該島亦與古巴相近版圖尙
寬此時華人僑寓情形自應詳查始能咨復當檄古巴
總領事就近派員前往美有領事在彼并託外部轉詢

之特往來該島船隻甚稀恐須三兩月乃得回信

十一日丙戌晴署章減俸自前年正月元日起久已遵辦客臘署奏奉使准隨帶子弟略仿漢制自辟僚吏之意甚盛典也漢武時用度不足奉使求不受俸祿自省其徒衆以取其虜所得多於本祿漢時流弊不復見於今矣西例公使包費尚非無所本申正至科律師談臣處忽旋風振撼塵沙蔽天熱氣陡退晚至後山林月相映夜色良佳訪虮蝮不值

十二日丁亥晴巳正得津電二月十九日函悉華工駁

議甚好崔惠人秋初起程何天爵不使華爲佳定否當
將四月朔日總署復電大致電達五十七字念六月不
能交卸十月不克抵京仍應敬遞賀摺特備印花兩紙
奏事處咨文兩件函託北洋照常轉飭繕遞電音未詳
者并贅此函料量妥定附車至波渡磨少憩旅寓薄游
園林天然結搆中有方亭售酒水架非晚飯畢趁船往
文勞礮臺船極華麗一色電鐙游客亦盛晡後展輪霧
重而星月不爲掩涂中所見石礮臺半已傾圮大都南
北花旗戰事定後未經修葺者也

十三日戊子晴將曙大雷雨船幸不顛簸辰初抵岸旭曦瑩然徐步旅寓總統亦泊舟於此各以避暑來不相聞問也旅寓臨海木樓四層橫闊簷前一亭納涼尤宜美俗患病輒於此將養勿藥有喜天氣佳也偶爲一詩

十四日己丑晴文勞礮臺總兵官差弁來言昨日禮拜未能爲禮今日十點鐘放礮十五門致敬並請示期進謁余許以兩點鐘此行本擬避囂仍難免酬應傍晚大霧對面不見隱隱有雷方食而陰霾散盡夜月彌清甚出意外西人踏歌跳舞半夜始散

十五日庚寅晴薩摩島事德美似有違言美近專使赴
德會訂當免於戰咘嗹候此事大定卽出外避暑矣巳
正答拜文勞礮臺總兵官略覽形勝臺中林木甚繁守
臺陸兵三百皆有樓房棲止並可攜眷臺旣臨海後路
亦引水爲溝建橋出入藥房在女牆之下大小二所極
嚴密石臺之完整者也此爲大西洋海汊固宜嚴備臺
礮禦舊式沿路堆廢彈無數南北花旗爭戰之餘臺中
儲英國礮一墨西哥礮三云皆戰勝而得前年外部請
譯之礮係子母銅礮當時疑爲元代物亦類朝鮮頗難

武斷對峙一臺則廢圮久矣總兵官殷勤款接導至其家飲酒而別總兵官月俸極優終歲無戰事即弁兵執槍列隊迎送客亦歲不數見風景既佳且復閒暇誠美差也晡後霧雨晚飯後聽樂片時欠伸魚眂亦尋睡矣移榻於樓較酣適

十六日辛卯晴華人提控美都之案總察院判以議院既定例則從前稅關照皆作廢紙華工須遵例行與金山臬判無異余每謂總察院與各省臬司同操此術斷不能自相矛盾華人客秋不候余返美一商遽控諸金

山此次專顧兩律師提控美都亦未來謁金山貪劣律師每誡華人以例必不行行亦可駮今果何如哉科士達貽書相告甚惜華人不明利害也今日天氣清朗午不思睡函詢劉芝使交替日期乃即春闈消息

十七日壬辰晴漢書律歷志制禮上物不過十二天之大數也然則西俗器物每以十二件爲一他辰亦有所本乎特以十二兩作一磅此則昧於二十四銖而成兩法二十四氣十六兩成觔法四時乘四方之象失權衡之正矣午後總署電何天爵狡猾設法阻之當電復以

美廷暫留田貝數字署納北洋之說故下此斷語

十八日癸巳晴外部函約今日游華盛頓墳爲英使也美例初通好之國必延其使爲此會英美非初交或因去年逐威士特優待新使以修好乎否則附英之意不合獨責之前總統耳余方避熱不能赴爲電謝之晚八點鐘附船回波渡磨船饌不惡竟有鯽魚夜霧一點鐘始見月

十九日甲午晴晨起七點鐘已抵岸矣趁火車至烏約領署氣候殊熱金山岡州會館有林姓人二月間昏夜

被刺曾於正月與丹桂戲園收票人張姓角口遂指張
爲兇手訟繫之張姓人公函求援當將原函寄呂潔卿
調處以均爲岡州人也金山命案類此者甚繁
二十日乙未陰雨烏約人祕十能說神鬼怪異恆一睡
數晝夜吾華所謂走無常者也即藏鉤射覆諸戲莫不
奇中富商巨室每招之作劇一日偶於西商家演技畢
昏昏睡去僅六點鐘而氣絶醫士決其已死且訝其心
思靈巧腦髓必異於常人遂剖割以驗視其妻得信自
鄉落赶至已無及矣縷述其夫平昔起居又檢遺蛻果

有書一紙略言昏睡非死幸勿驚誤其妻痛醫士之孟浪也訟之官不知若何判結西俗醫生權甚重然如祕十者亦以怪誕而自殺耳醫非詫其腦髓何至汲汲剖視苟推神仙不死之說或指爲屍解也

二十一日丙申陰雨傅楙元函報離美赴倭之期屬覓書本湘浦書言粵中沿海築堤岸自天字馬頭興役官爲之倡餘則督商經理將來有成可奪香港之利云不知香港能聚如許華商以出入口無稅釐之故中國內地豈能虛與委蛇哉是在招來有道周官保富之條亦

粤政所當急者否則商人逐末未有不營營於香港間也外部前約華盛頓瑩園會以現派俄使病歿而罷來筒書牋均黑緣西俗喪禮之式也蒓浦來言美商新製炸藥礮子能洞穿十寸鐵板曾與土爾其試驗現義大里國以五百萬金磅與該公司訂立合同設歐洲各國擬購此炸彈須由義國主持蒓浦亦欲中國仿行以專亞洲之局而未深計中國歲銷幾何蒓浦見解往往如是

二十二日丁酉小滿晴西俗地輿之學童而習之自本

國以迄環球往見西童能言中國口岸阨塞甚奇之問俗略久乃悉所學之有自也其以本省地圖作嬉具如吾華西湖圖者以骰子擲點計數記里稍能行步即知各省方向犬牙相錯情形此西學之淺近而有用者漢書食貨志八歲入小學學六甲五方書計之事蘇林注曰五方之異書如今祕書外國書也漢承周秦之後學務賅博白登之圍嫚書之恥朝野均不平專意積精冀湔滌之以紓邊患方小學之初輒及外國書計用志良切矣漢時沿邊諸國文字略同考索向易自有輪颿而

海外四洲幾無隔閡及今而不明五方書計尤無所措手京師同文館津粤滬之西學堂其可緩乎蘇里南島事訪之希特公使但知島有華傭仍未悉島酋虐待與否帆頓解任後昨始回威明頓鄉居六十老翁行將納婦
二十三日戊戌晴巴拏馬浚河之役中輟法國銀行多爲牽倒頃美國加非兒銀行總辦施利及集資本謀浚尼加拉瓜國河道以通大西洋太平洋之路地在墨西哥之南可侖比亞之西北内有大湖二較巴拏馬易爲

力本月二十六日載運機器工人前往亩請觀其展輪
愛立謨前云集款六千萬者或指此耶此爲南北花旗
關鍵美固不願榻側有人而此海路能通商務未始無
益美人自爲營辦美廷之願也金山領事申復天李架
各案或疏緩自誤或虛僞無憑華民見獵心喜局中倖
得之心局外垂涎之意均所不免索款難散款尤難
二十四日己亥晴美洲阿挨賀人李來新製一器如棋
枰橫直各六度弧斜各十一度共三十六孔以銅鍼點
插每度橫直弧斜須不連搥遍索解人不可得美廷遂

給牌照准其專售價值卻廉領署各員尋繹數月莫名其妙面詢售者寄來一圖仍悶葫蘆也今晨飯後無俚試以象棋馬行之度插之北偏東第三度起南偏西第三度起居然巧合似亦無甚奇難夜觀蠟偶奕遇勁敵搖頭伸頸幾敗矣各存一子終成和局蠟院中儲一玻瓈罩觀者各五仙士乍見不過一陳設之物狀如輪船之天平架式投錢則電鐙自燃音奏自作且必限以此數過不及皆瑩製器者預蓄其機以圖利美俗心計纖巧一物之微無非算學

二十五日庚子晴舍路華商陳宜禧等公稟收到賠款並餽牌繖扁額稟內有撥水難全收桑少慰之句措語尚雅潔近美紳建議擬以銀元一萬萬購古巴全島年交五百萬以二十年爲期美廷交議而未定也前月十六之會日使於余坐中曾告拋麻美得此島不合算島人强悍歲須重兵鎮壓闔島所入不敷兵費拋麻笑謂任其擾亂不設一兵似美洲蓄謀已久惟聞日都官紳多不願日國僅存小呂宋古巴兩島果以古巴售美不難以小呂宋售英迴思嘉路第一時何以仰酬先烈

二十六日辛丑晴美近以電擊易繯首之刑祗鳥約一省刑律且難齊壹所以爲合衆國也外部復約游華盛頓墓仍辭之

二十七日壬寅陰寒朝鮮代辦李夏榮函訂五月朔日晚餐旣辭外部遂並辭之也鳥約灣克近充鳥約郵政總辦晡後偕按察司摩根來晤云戶部行知稅關不拒華童游學且言美禁爲不公

二十八日癸卯雨寒如初冬檀鳥董事程汝楫古金輝稟復照常任事兩董本鄭光祿選派余援案加劄比該

島華人恨其攻訐會黨銜怨甚深兩董遂辭差余不願
太阿倒持仍加委任人言龎雜領袖之難也近祕魯有
華人故倒洋債十四萬金密延律師報窮債家格於祕
例莫可如何領事甚愧憤
二十九日甲辰晴得日都博物院造像映本此像得自
阿拉卑亞之尼嘉塞木城明嘉靖元年卽西歷一千五
百二十一年日君主阿爾方疏第一初會埃及王阿思
滿於此城中相傳爲埃王贄物初藏格蘭那達宮我
朝乾隆十八年移置日都博物院文字甚奇頗類石鼓

午後答拜灣克於郵政局規模極宏贍樓高五層建費九百萬金落成已十六年矣郵政工役二千五百其有晝夜不斷者則分作三班輪流更替買保險之信件每日六點鐘時卽停代人寄物無輕重均任之簿記層壘卽失誤亦能追查立法甚善樓內兼本埠理刑司合衆國委員兩署烏約地價極昂有方平一尺價值三百金者故美俗多建高樓諺云佔天不佔地也烏約之淩空火車命意亦然惟車經重樓窗戶可以窺見室家亦諸多不便

三十日乙巳晴朝鮮朴使二月二十七日函述别後病滯東洋江戸緜綴之甚近漸痊可來初准擬回國寄到代購竹瀝薑三觔乾薑二觔半所言來初或卽下月初旬之謂朝鮮文字固如是也

五月初一日丙午晴格總統墓祭之期今總統亦至水陸軍兵列隊游行此墳已屬之美廷略如中國置官守塚之意日報盛述賻花之典以中國公使爲最足徵邦交云子豫函言蘇里南之路自古巴起程四日抵波多利哥換船一日抵散多馬士換船三日抵散多路施亞

換船抵干里達四百邁抵地美拉笠三百邁抵蘇里南由散多路施亞起計六日合計十四日二千四百八十邁船不常有屢煩守候往返約須三月當查烏約有直抵蘇里南之船水程卻須二十三日即電復並將船圖寄去

初二日丁未晴總署咨回客臘摺子奉

批旨欽遵咨行又咨送正月二十七日二月初三日

恩詔謄黃兩道又咨鈔更換使臣摺並撥發經費數目分別存復今日美西省大風金山火車不克來

初三日戊申雨頃詢梁蓬雲火車消息在撇士泊之西前路風斷雨橋後路山石崩欹壓阻車滯於中進退維谷幸司車人有電來車尙無恙行路之難車船一轍也子豫電復蘇里南之行由古巴起程爲近

初四日己酉晴美西風災山湖泛濫淹沒贊士湯一埠死萬人以外湖中木排飄失值三百餘萬金美土人謂創國以來無此奇災也日報又言停車之地水亦淹及車中人各逃生命有誤墜於水者十餘人車上儲有石灰水激而熱氣發車旋燒滅聞之焦灼電綫又斷續不

通晨令張丁盛至火車房專電司車人展轉繞越六點
鐘乃有回信言前停撇士泊之車現已移至阿拉蒿打
埠蓬雲當能履險如夷烏約銀行富商挨士藏古磁甚
多中有郎窰瓶洗六器甚佳又印合四枚苹果色甚可
愛外一紫檀匣雕刻乾嘉巨公題識幾滿又黑磁瓶一
枚中畫五采麻姑上繞一蝙蝠瓶底有正德年製篆字
印章挨士云得之英倫曾劼侯爲之辨政曰明武宗年
號正德楷書七字復署英字押主人並此紙而寶藏之
端醫生往游歐洲求書謁劉芝使陳敬如

初五日庚戌晴重午節同人照常爲賀劉寶森晨往火車公司詢明金山來車實停阿拉蔦打埠已脫贊士湯之險現擬修復橋路或雇馬車載客至哈盧士報埠換車繞至鳥約初七八可到云日報所述及他公司猜度之詞徒亂人意澳路非奴亞鎛近拏槐花園亞鎛市架四埠華民馮勝瑞等共爲牌繖稱頌各埠賠款想已發竣

初六日辛亥晴游歷義日蕭瑞司員戶部主事洪勳戶部員外郎徐宗培公函借撥各九百金以英法使署不

能再借遠道函商而不言住趾電匯固茫然回函亦難
寄殊費躊躇美都博物院函謝所贈漢玉璧
初七日壬子芒種晴美西水災各省捐賑五日之間已
集百餘萬金足見美洲之富此次山水暴發湖河並漲
美都華盛頓紀功碑博物院一帶水深數尺市肆間可
以漁釣把莵麥河壖大橋衝壞橋側煤棧衝去損失垂
百萬水漫至火車頭竟須小船渡送交報不通者數日
初八日癸丑晴何天爵來訪未接晤客冬希特內亂逐
其國主交惡逾年國主集兵復戰亦不利亂黨竟自稱

攝位坐候國人公推前派各國駐使行將撤換希使駐美十九年資望最深與交甚洽深爲其惜之

初九日甲寅晴鄭光祿鄉居患盜函託烏署購李槍二十根大盜固不畏槍以禦偷兒譬以狠捕鼠閱邸報潘嶧琴近轉庶子同邑多一京堂南海自吳荷屋後無開府羅蘿村後閱卅餘年至嶧琴乃復開坊邑運殊弱

初十日乙卯晴烏約電傳香港颶風三日在晦朔之交念李駘選方於此時舟出日本輒深繫慮頃金山電復駘選所附之船已平安抵港春闈榜發李木齋榜眼及

第李玉帥有子矣眷念舊交爲之快慰
十一日丙辰晴祕魯學堂經費旣竭參贊稟商月撥公帑百七十金否則中輟余以華童生長祕魯習染甚深若不導以詩書久將盡忘本來面目覘儲材之意尤亟因爲切要辦法辭卻洋教習幫教習兩員專習漢學先激其水源木本之思苟有進境再拓以西學前日已准張丕勳假派教習劉恩榮代之卽令仍兼學堂兼差向不支薪水外此月租紙筆之費余捐俸給之可不動帑客歲開辦之初湘浦偉臣倡率諸華商捐辦規模初立

湘浦乞暫緩奏報亦慮捐款難持久也美日祕學堂據
歷年奏案本可動帑余慮成就之難澀於盧鄉古巴金
山兩學悉由領事設法捐辦豈能獨厚於祕魯哉祕魯
華商生計遜前通惠局且拖沓未就語以作育華童之
意猶北轍而南轅耳粱蓬雲陳芷泉楊建勳晡後到烏
約車行脫險如慶更生然此數日閒旅止倉皇亦備嘗
行路之苦矣
十二日丁巳晴熱甚德商北士來訪叩以蘇里南情形
生意以架非爲大糖煙次之華人旅居數目卻不甚詳

今年古巴糖務亦大有起色云天熱蠟偶棋枰暫輟僅
有音樂
十三日戊午晴蓬雲此來本買定三點鐘車因病困少
憩詩家谷遂改附五點鐘車而行疾乃越前車及山水
暴發司車人叉急駛山巔得免於難前車忽焉在後竟
爾淹没此中殆有數焉兩車生死只差十五分鐘蓬雲
旣幸脱險候車修復乃行暫寓撇士泊埠有華人三百
餘該埠知府餽問周至並代查所失行李云已覓得一
皮箱或不至盡没也行李應隨客車並發該公司乃别

附前車恰爲之淹公司未始無過然卽此九日滯留諸客移寓埠中一切房飯公司任之而生意損耗鐵路修理共耗一千四百萬金該公司訟之於官以此次遇險係山湖倒瀉而山湖之水則土人儲以漁釣者也索土人賠償此爲有數之款若費士湯全埠被淹死者逾萬其他機房物產亦能盡數賠償否天氣旣熱慮蒸疫氣有建議一炬焚之者同時舍路亦有水災未據華商稟報能免波及爲幸

十四日己未陰雨滬上賑局以東賑孔亟公函勸捐二

月金山華商已捐解蘇皖豫三萬金分撥散放其時未悉山東情形業承南北洋諭飭滬關移豫款解東矣此時東災未淡海外商務勢成弩末集款甚難惟當盡心力勸之而已金山華人近以訟爭關照一事美察院尚未批復輒潛購新照數萬又在香港搜羅舊照不少誤聽訟棍之言以訟必獲勝遂爭占先機以圖壟斷不悟金山臬司已駁之案美都不能兩歧也利令智昏徒喪巨貲卒擲虛牝何如捐賑之爲愈乎古巴電報萱舫蘇里南之役今日起程

十五日庚申晴粱陳各員所失行李律師謂天災所損火車公司例不賠償然該公司則已索賠於土人矣云須取決於費城晚飲北土寓樓在新造園之北坐有賈於法者謂中國前年假德商之款月息七釐太昂續有假貸可毋須此余辨無其事其人云有親串在華買得此項股票

十六日辛酉晴莫力侯母病乞歸今日成行美西風災金山華商亦捐千金薄酬西人前捐蘇皖之賑天災流行何國蔑有自應各推好善之誠

十七日壬戌晴薩摩島之約前日在伯靈籤押美專使將歸矣申正大雷雨晚霽鬱熱頓減

十八日癸亥晴美都有人上書兵部謂昨日至明日都城大風災居民疑信參半天文臺亦詆上書人虛妄昨島約卻大雷雨然非災也近因贊士湯之變論者每訛言美洲有災微颸輒指爲颶前日子豫彧於日報亦爲電詢市虎之駭遠近一致憶乙酉春過日本方競傳東京西二月十五號陸沈怯者或謀遷避亦竟無驗

十九日甲子晴金山華商黎强等集貲赴山東營辦棲

霞金礦四月十日自香港起程此時當有頭緒近又有建議在九龍開鐵路至省城冀奪香港生意計程六百餘里或承工或集貲均可未審地方長吏俯准否耳律通鐵路時議時輟他省自難發端

二十日乙丑晴的欽巴埠賠款鄭光祿候查未辦及余照會外部就領事冊報最多之數索償美廷照允並未派查竊謂可以對華人矣乃外部刊本並該省巡撫士主也原報亦附刊於冊美廷每辦結一案必將此案文牘一概發刊向例皆然冊載華人林威報失一萬五千

元林威以洋册有此巨數頻來稟瀆不悟此爲地方官
據失主所報非美廷嚴准允賠之數也曡經領事開導
猶不釋然且林威已入英籍失事之初曾稟復歐陽領
事云自向英領事報案無待華官辦理自請剔除續以
姚鄭兩員往查案乃改報三千元已照索給之今挾外
部蛇足之册遂專人來謁將命者欲以蘇張之舌取盈
二十一日丙寅晴博物院縮製墨西哥石表一枚見贈
問詢陳敬如埃及石幢頃得復書謂埃及石幢有數十
種一種之中又有前後左右之文散見於羣書中頗難

枚舉亦難收聚其文銷沈數千百年無人能知無人能讀不過西人好古者得之爲奇異言人人殊都無可辨亦絕無所謂拓本者郭劉二星使所存向未之見不敢妄擬惟憶使西紀程有言至埃及得石碑文並舉數字以證上古製字象形之意並言劉使君得有大拓本云季同乘槎三次嘗過埃及頗留意求之迄不可得惟照相本或大或小數十百種劉郭二星使所得恐即此也否則即如前月所奉入紙之石印本指此爲拓亦未可定西人不知拓法石幢臨空矗立尤不易拓艮如鈞論

不必更贅按西人咸謂埃及開國更古於中國此不可信者考其製字之始則在紀元前二千一百年一書又謂在紀元前一千九百年卽如二說亦尙在六書後是竊蒼頡遺意無疑且埃及之音與漢安息同條枝卽猶太莎車卽波斯古今異名語音具在是皆臣僕於中國者獨惜其爲摩哈麥特一炬後虐比祖龍存者惟此殘碑斷簡而已文雖斷爛而光怪陸離牛鬼蛇神之跡破碑碎碣種種皆佳不僅石幢已也此處有博物院專售此文西人游埃及歸來出照本用顯微鏡摹繪於石印

上尺寸雖大小不同而點畫形體實無差訛比之照本尤爲清曉所奉八紙即此也查該院所編出售之號已過五千價值昂貴隨印隨售售畢不復印欲求其全數亦難且今日有之明日無之亦不能按圖索驥殊可惜矣前往購時見其現有者不過五六十種除大小雷同及破碎笨劣外尤佳者惟此八種耳八種中最佳者乃一人側立點滴而下作一小人屈足而坐方圓許多小人環繞之似即子孫世守之意西人謂係三尖古塚中所得殆竇銘歟因其狀近藝前書故不敢言及此塚乃

在夏周之世爲其文治正隆之候留之以見大端幸勿以中國禮範之嚴律榛莽無知之俗焉可其次卽石幢也石幢之設在婆羅門教盛行時自埃及至印度皆有之而埃及猶夥此幢斷作兩段西人言爲最古者是諸幢中特最文字點畫亦簡似爲象形初變爲指事者再次則有鬼神之狀滿身皆文字西人以爲古佛誤也殆當時火葬儲死灰之甕按其字體似爲埃及中古之文六書備後所作然亦二千餘年物似在說文漢隸之前惜無人能識之耳八紙中卽此三者可見埃及古文大

略其他不過備數而已近德人著有埃及古文解釋一書穿鑿附會盡削象形指事會意轉注假借等法但以諸音爲主叩之埃及土著亦茫然不知猶法人收墨西哥古字數十種爲書釋之攜示墨使則曰非特我不知即我舉國皆不知敬謝不敏焉嗚呼趙明誠之金石錄歐陽公之考古圖號爲作者足壽千古其中亦有牽強間斷之處況德之於埃及法之於墨西哥地之相去千有餘里世之相後千有餘歲耶夫德人所著亦非無所本也因二十餘年前英人於西臘地得古斷碑上分三

層首爲埃及上古文中爲埃及中古文下爲希臘古文希臘之文西人知之者衆季同亦譜之碑辭乃作贊揚埃及王敬天愛民之語德人用此求其中古以及上古然中古文謂之諧音可也至上層分明象形指事六法皆有斷非諧音一道可了且希臘字母僅三十二埃及字母有三百餘部多寡之數不相侔是不待攻而破矣碑上上半兩角皆缺折不全所缺者不知幾何字並作何寫法是碑今存英國不甚傳而德則因此人而傳故有印本曾得二紙今以奉獻云陳敬如在洋十餘年怪

怪奇奇是是非非頗能言其一二以文人而就武職用
違其才
二十二日丁卯晴蚆蝜函謝喜物婚期尚須數月約余
訪其鄉居午間令蓬雲檢的欽巴卷內林威兩次聲明
已入英籍自求英領事索追並外部駮復英使代索之
案示林威遞呈人潘明昌始頫首無言散款之難可憤
二十三日戊辰夏至晴波都瀝古島尚羈禁未釋之華
人當令萱舫往蘇里南便道查理並洛總署天氣愈熱
晡後循質成河至吉士寄廬避暑舟行所經兩岸人家

林木相間略如江南風景
二十四日己巳晴卯初泊船乘馬車至山莊板屋層樓在諸山之坂四圍茂樹門對青螺去市甚遠祇後圃有農人一家散牧牛羊雜蒔花果芍藥數叢未敗薔薇施高樹掩映生姿惟松鼠甚多見人不避然不入屋每日午賣魚人來詢盤飧之用不致絕無兼味惜書郵稍遠耳比屢病失眠恐成怔忡至此可圖靜憩寓中百物皆備陳設不侈而潔初念不及此
二十五日庚午晴埃及古有勇士在耶穌未生之前數

百年名曰三蠻力能拔柱崇樓廣殿隨手可倒勇冠於國亦頗爲鄰里妬時有美女曰杜麗牙擅傾城之譽願與薦枕三蠻惑之女伺其酣睡潛翦其髮嗣是力不能勝一雛力繫於髮理頗難喻西人著述娓娓言之陳敬如謂埃及與安息同音卽漢之安息埃及有大小之分安息亦然不識確否惟魏略載大秦國以水精爲殿柱迄今考之殆虛語耳大秦今之羅馬宮殿宏麗柱礎多文石非水精也

二十六日辛未晴西人向以六月二十二號爲軌度最

長之日即今年夏至後一日也遠考中西歷當不相遠吾華亦以夏至之日爲最長諳歷算之學者當能融洽分明是日美洲試炸彈於詩家谷美廷派員往觀若甚矜重美署寄到例獎清單日署兩員漏敘年歲尙須復覈晚飯後徐步三四里遙見樹鏬白光疑爲屋壁行近則野草繁花如一片素錦過此乃有人家三兩幽寂極矣北行五六里則高樹連衢華屋鱗比富人別業也

二十七日壬申晴顧少逸四月二十五日抵倭有書來房東士雕鶻充上院議紳曡與華人作難近因其妻弟

亞彿爲卓忌華人作律師欲索未經報案之損失銀物乃面薦亞彿誠翻覆無恥之人矣夜雨

二十八日癸酉雨西俗喜駝鳥婦女至以片羽爲首飾諸博物院亦時見之漢永元十三年安息國遣使獻大爵漢書注引廣志曰大爵頸及身膺蹄都似橐駝舉頸高八九尺張翅丈餘食大麥其卵如甕卽今之駝鳥也此鳥之入中國由來久矣晡後雨重殷殷有雷聲對門諸山雲霧蓊翳略似米家圖畫

二十九日甲戌晴觀農人刈草其器著地如犁而密排

鋸齒旁綴鐮刀一馬牽曳一人立犂上執鞭以機運之
隨行隨刈頃刻間可數畝門外蓬蒿遂無障翳晡後蓬
雲芷泉來別
六月初一日乙亥晴總署寄到二月十六日三月十七
日
欽頒謄黃二道蒙
恩廕一子入監讀書幸邀
異數慶流子孫犬馬之報益當感奮新使崔惠人面留
進齋原函寄請自酌並將爲司圭也報文事特給外部

照會署押送去

初二日丙子晴義曰葡瑞游員洪勳徐宗培兩電撥借言定十一日船期而不言住址從何電匯英法館既不借此間本甚支絀若竟置之慮難成行

初三日丁丑晴蒿呢埃倫今年煙火爲羅馬火山焚烈故事煙餤沇黑殊遜昔觀鳥約新來粵劇一部西人極訕笑而訪事者乃復絡繹均不耐久坐以非知音也其一八坐至兩點鐘咸嘉其有聽功越日視之已頭悶不能起矣西報絃外之音大可噴飯

初四日戊寅晴電匯洪徐兩游員庫平銀各九百兩由
鳥約匯豐匯至日都並咨總署近以山東濟武青三府
災賑孔亟舊游之地甚難恝置勉湊使俸千金電匯滬
局王松森轉解山東分賑並咨東撫軍續得檀島程古
兩董事稟言今春皖蘇豫賑各華人捐銀一千四百餘
元上年鄭州水災自正月至九月捐銀三千八百餘元
均寄廣東愛育堂轉解災區濟用檀島商務遠遜金山
而能如是踴躍何可畧其向善之美當據稟咨粵索扁
額以彰善舉

初五日己卯雨閲邸鈔登萊青道電稟總署濮州北岸河決一百三十丈東撫復奏濮州南岸辛寨新生沙嘴逼溜北趨幸未漫溢現在加廂料土加築套堤似此當可稍紓

宵旰矣山東災況

宮廷廑念

慈聖又發內帑十萬金施賑何可更有決河之報哉默維濮州北岸近倚金隄地勢又北高南下往決每在南殊域數萬里究難遙忖徒悶而已晡後復進齋書附杏

稿三件批一件
初六日庚辰陰環球之民傭趁他國咸謂華人最盛近
奉使海外始知德國無業之民散處覓活者亦復不少
甲申法越之役駐德使者聘德國二十五人抵津時和
局復議矣仍略任以教習等事乃縱酒任性至於訛賴
及遣撤且大費力固知徒采虛聲之無益且選募不問
賢否不旬日而德人可千萬也
初七日辛巳雨美洲創國之期各使向不修賀總統且
移幕干捏底吉省作慶或曰該省多南黨總統欲保位

特俯就之然比日晝報則謂總統已調服㖿嗹矣特繪
卧虎於几總統豢養而呵叱之局外閒觀北黨氣象尙
遜南黨之固㖿嗹爲政樹黨之機深謀國之心急近復
多病宜可少息也薩摩之盟德得賠款英得設公堂如
上海故事美則虛有外觀而已上海會審局當日地方
官厭理洋事假權西人方謂擺脫得計不圖彼族已援
爲成案中外交涉喜事固易召侮過於畏避流毒亦復
無窮不特上海公堂一事希特內亂經年逐其國主論
者惜之美廷近派黑人充使諭以但有總統即遞國書

不問亂黨與否美於叛逆之事視若罔然即黑人充使亦駭人聽聞

初八日壬午晴古巴近捕一巨盜專以擄人勒贖爲業積案累累越獄而重獲之隨身尚有銀票十五萬元金錢三千五百元入獄則乃弟已變易姓名縲繫矣越日即決既決有爲之辨白者謂此盜向不戕害人命擄勒不應手則潛縱之今總督處以極刑未免過重然則盜亦有道歟積貲如此之巨大可駭詫盜訂婚而未娶臨刑之先總督特准同赴祆祠成禮俾其婦得領遺貲亦

西俗法外之仁也

初九日癸未晴金山華商黃秉常等擬集貲四十萬回粵營辦電鐙公司以杜火油之害命意良佳所呈請摺尙無譌謬當爲咨商粵督又檀島華人古玉芳張文廷前年經商董稟許咨查衆華人又疊稟辨冤遠道頗難武斷細覈此案因會館被燬商董集衆捐貲重建古張兩人梗議商董遂並訐其平日劣跡人情誰樂捐錢故於集捐者則怨之梗議者則德之古張被訐後辨訟結保者不休職是故也然會館究不爲異議所阻商董有

志竟成矣古張兩人又以咨查原籍爲懼猶知有中國
法律設亡命兇徒則並此不知畏也原其畏法之意量
予自新因並咨粵督銷案此間後山有高松千章沿山
坂曲折而上濃綠夾道松下多鞦韆胡牀旁即質成河
也臨河有小酒肆極幽閒再西行十二里翠嶂高疊山
店宏敞西人多於此間買夏
初十日甲申小暑晴美總統有諭飭議院先期集院之
說蓋積壓多矣諸紳方循例避暑客游於外恐難如命
外部總辦司員布耶從事十八年百凡熟諳往者南黨

司令以其嗜酒而去之頃聞總統諭令回部當差果爾
則大可爲㖃嗹之助
十一日乙酉晴美例苛虐臘正之間壘與前外部𠀤頓
辨論𠀤頓以英倫日報爲解誠遁詞矣玆者㖃嗹當國
又性喜展才無巨細輒援美例因爲文予之
十二日丙戌晴進齋期約不至山居甚靜早晚間有貧
人乞食或廢疾乞醫藥錢均酌予之門前自燃路鐙此
皆小惠無足言者而該鄉乃合百十人爲鼓樂相謝薄
犒以酒使之盡懽

十三日丁亥陰陳善昌控容蒓浦私債而將公家學堂查封壘經咨會南北洋飭下滬關查辦滬關壘次來稟將並公產而湮之以寬該商控封之咎余再三辨駁近始將學堂撤封此案滬關於商稟絶不批斥一言甚不可解

十四日戊子晴費城教士威林匹特面言華人之至費城者多就其讀書並習工藝否則流入煙賭局矣現欲集貲建一公所苦無公費擬西十一月作一會場專陳設中華家常器用冀收觀者之利以爲鳩工之貲乞肩

時假以什物農具尤佳云此君用心良善惜余已將行李各物寄華現祇使館所用紫榆木器鑲嵌玉石畫屏象牙雕桼繡屏諸物當轉語後任屆時移借並爲函復之

十五日己丑晴昨得金山電李伯行陳藹亭附阜路積船來美已電外部轉電稅關震東誤譯跟役九人復函告之昨外部照復巡撫司圭也報章並非覈准之數已詳第六十九頁刊本云卽批示華人當瞭然矣

十六日庚寅初伏晴今日美洲創國之期新總統赴千

揑底吉省作慶乃紛傳英使同往此美叛英之日豈合約英使乎明係美族得意之詞實則皆知其誇英宜以大度置之詎英使亦播於日報證無其事未免徒費筆墨近日英議院以英后用款太多私積巨而公帑絀欲與清算英后近臣乃貢議盡將私財物產攤示於衆英爲君民共主之國議院故有此權

十七日辛卯晴波斯使者果不安於美美俗嗤之波使辨之愈辨愈不休遂於今日附船至法謁護其國主以歸波斯王方在巴黎觀會也朝鮮李夏榮亦歸國此時

李完用果充代辦矣朝鮮極貧弱而各使員於美俗交際視日本則遜之較波斯則遠勝

十八日壬辰雨田使所薦烏約律師巴盧南黨也與之往還間有得力處今春共飲於外部宅自言向豢一馬珍愛垂三十年比乃無病而斃歎惜不置詎巴盧昨亦沒於鄉居間行失足即已不起豈馬爲之兆乎此老忒肥重至三百觔痰病暴卒耳然以窶人子操筆起家擁貲數百萬山鄉有林圃都會有華屋亦不易矣既與交游因臿慰其眷屬昨祕前總統霸拉度偕愛立謨來訪

不相值擬爲書謝之而不得其蹤跡客冬法國決一重
囚臨刑時自認爲霸拉度之子恐未必然
十九日癸巳晴東觀記羌胡見客炙肉未熟人人長跪
前割之血流指間進於寶固固輒爲啖不穢賤之是以
愛之如父母也此誠古人欺人之語寶固恩信結於羌
胡蓋別有在豈徒啖炙一事哉今者西俗款客以牛羊
未熟帶血者爲敬苟無德意相孚雖甘之如飴未見其
加愛也
二十日甲午晴晞嗹避暑鄉居近乃紛傳其謝病辭職

乃即力爲剖辨事在疑似之間祕都新建南海會館在
活地時街地價七千金祕魯鐵路之議未成各部刻復
更換今年又屆總統更代之期能否不事干戈未可知
也祕署供事張丕勳性嗜酒忽得痰病林和叔劉偉臣
酌雇粵人送之回華憶乙酉出都候潮大沽口張丕勳
船舷夜溺宿夢未醒蹣跚墮水中同舟持衰而免甚不
欲相攜遠役無如苦求不已今竟以病歸殊無謂也今
日觀鄉兵操水車會甚整齊房主人寓居賃成河西承
約晚飯晡後駕車來迓將渡御者下車取火以轡授實

森試牽之兩馬遽後退接納不住橫斜及於河壖幸車輪爲樹阻否則墜矣野馬不馴未易駕馭房主人與姊壻同居亦有園林之趣此屋已二百餘年美之舊家也有方鐵几兩張甚古詢其產自何處則祖遺之物不能指說也飯畢駕小輪船渡送歸寓鄉操之後醉漢塞涂

二十一日乙未晴粵中潮橋鹽務不屬運同另派專員經理略如蜀中辦法鐵爐無官私概不收稅期以三年收效可補鹽鐵之缺果能便民變法何害也澳門近狀尙安靖祇界務未清耳憶道光之季澳門有邱氏兄弟

富於財以祖墓爲洋人馳馬踐毀遂募力士狙擊其酋
斃於墓道葡人索兇手甚急兵船集省河大府謀之香
山山長詵邱赴省領賞到案即擬以抵命邱兄弟無餒
色各爭就刑大府始嘉其孝旋勖其忠竟刑一人以弭
事山長得開復部員進京行次南雄而歿或曰寃魂索
命也設事在今日當不致如是含糊
二十二日丙申晴烏約鐵綫橋初造時歐洲論者輒嗤
其必不能成成亦不能持久然即今將十年矣鐵綫以
純綱製鍊合五千四百三十四爻合而成徑十尺有半

重力能勝一萬二千頓沿橋用大鐵綫四根交相牽挽
飄飄有淩雲之致橋長五千九百八十八尺寬八十五
尺自橋頭至橋柱兩邊各長五百三十尺此猶在陸地
也橋柱之中則淩空駕海矣高處出水一百三十五尺
橋分五衖中走火車旁徒行再旁則馬車路不相淩雜
乘馬車者不得步行猶徒行之不能臨流眺望也每車
出進給以兩角子徒步五仙士火車公司則歲輸有常
不繫乎搭客多寡也晝夜不舍獲利頗厚或謂以兵隊
一千同時並行重足匀力則橋可立墜亦算學家言成

初抵領署紐阿連華人假道事未了即電促外部夜雨
甚熱
二十三日丁酉早雨午晴仍熱李榮邦自金山來述上
年阻約之徒近以美例訟不能勝頫首無詞要其所以
誤會者皆傳烈祕利亞頻害之云外部電復紐阿連事
已轉咨戶部又照復駁例文收到容詳細登復此文援
據頗多固知外部未易遽答且啼嗹養病在鄉現係副
外部華頓辦事
二十四日戊戌晴滬上治裝時邵筱村屢言奉使絕域

不孳脊則舉目無親情狀甚可憐余以美日祕三國相
距忒遠孳脊誠不便且隨使濟濟晨夕相對休戚相關
何致舉目無親如筱村所云迨經事既久而筱村之言
益信晚九點鐘返署
二十五日己亥晴總署咨回二月摺片欽奉
硃批欽遵咨行又美都集議航海會總署照赫德稟呈
即派理船廳美民畢士璧赴會閩廠學生附焉招商局
建議以航海章程本極齊備只增舵尾汽筒便較周密
口號則仍舊强於翻新援德船近事兩船相對口號漸

舊不同遂致摐撞爲證不爲無見也華士璧請假回美
迄未來謁旣不悉其住址又不知洋字姓名須接晤乃
能照會外部借才他國實事求是而已
二十六日庚子大暑中伏晴寅正率屬望
闕朝賀畢與同人宴飲午譯西報英都諷議英后私積
一事英后既宣示於衆議者猶謂損公帑而肥子孫或
解之曰后初攝政時曾以田地巨產歸諸公家豈營私
計乎議者曰此產原爲公家物前王以權力奪據耳今
者內庫如是豐盈莫非民膏民脂自宜酌減賦稅庶得

其平連日聚訟未決英太子與人曰衆情若此再越二十五年恐王族無噉飯地矣此英之新政也英使館見贈堅彌地邦圖籍二十三本曰外務曰律政曰報銷工款曰郵政曰勇丁曰英國准銷例曰野人曰山内巡捕數目曰内務曰工部曰内地稅餉曰農部曰水師部曰鐵路河工曰商務曰漁務另圖兩紙可云備矣游員爭譯堅彌地稅卡一書幾於決裂因爲覓此數册遺之足資採摭宜泯前魚之憾

二十七日辛丑晴明年十月卽屆俄人修約之期積歲

機謀或將一發俄志不在通商前此界務已否清釐妥善此杞憂之大者覗美約有泰山鴻毛之别洪文卿書言其略卽縷復之徹夜不成寐

二十八日壬寅早雨午晴美俗建屋大率四層或五六層客寓則或至十層以上無方向吉凶整齊尖角之别無慮高樓廣厦概無樑柱特先安牆角四壁堅穩然後逐層支架交互錯縱逐層以細條木板釘蓋而不虞顛墜或曰橫木交答其力較牢磚用鏤空新式云可通氣且避火患但偶有失愼輒透頂其或延燒者火從窗戶

入牆壁不倒也英使館對面新建白石教堂未結頂而墜不數日而英使被逐風水之說或有徵歟進齋歸心甚切不就新任之招陳情懇摯稟乞轉咨並達總署又將三次駁美例文寄署別函寄津粵或諒此中抵撐補苴之難

二十九日癸卯雨美民坎丕耶就氣球之法以製氣船自詡能操縱如意不致如氣球之一發難收製既成其友柯近於十九日午乘之以登渺如黃鶴越二日有見此船墜於河者柯近已不知死所坎丕耶語人曰柯近

性太急規模粗具輒即試演宜其殁也術之不善因而
誤人尚復自信如是直以人命爲戲耳或言此氣船有
鐵四十鎊斷難輕舉創製之人其肯自試否乎華商照
式外部文稱戶部遵行此可無煩多論矣午後往外部
詢紐阿連華人假道事華頓云已照辦戶部並行文稅
關又催復駁例文華頓謂來文詞意精當無可强辨然
亦難倉卒答復咘嗹避暑鄉居十月一號乃返
三十日甲辰陰英人這知可倫自金山貽書略言近日
本埠華人會黨有遂勝堂睦親堂秉公堂協英堂瑞端

堂等紛紛恃衆行兇在戲園公衆之地打死人命又於本月十四五號連日打死一人十七號又打傷一人雖所死傷皆華人惟恐萬一傷及他國人則土匪不難由此而起與華人爲難或逐出埠其時雖衙門亦無權保護今請照會外部行文本埠衙門將兇手不問曲直卽行弔死又將各堂號拆清堂號匪類拘載回華可免匪徒猖狂可保合埠華人身命不然一旦有事玉石俱焚某在中國十餘年深蒙中國保護之恩他日有事某無權相報不忍不明白奉告等語此亦有心人也華人私

鬭壘經諭誡此風不息美俗不禁私會冀其出力助散
各黨斷難辦到上年交犯之約未成除暴安良均棘手
惟飭領事與會館紳董隨時留心相機妥辦而已華人
自傷其類此召侮之尤者平日不受教令及變生不測
又歸咎領事不能保護匿名揭帖蠭起矣
七月初一日乙巳晴晨起謹擬保獎差滿各員摺參贊
徐進齋改獎片各口商董附獎片游歷司員出入美境
片差期已逾遲至此時具疏因候各員詳細履歷
初二日丙午晴隨使各員酌減俸薪益形艱窘客冬咨

署請援一減不再減之例於差旋之日補還二成竊盼
咨復今午接署電令自行具奏前咨未奉駁亦未閣置
可感也當復以差旋奉商再奏
初三日丁未晴馬邦有老鰥曰畢鈍年九十饒於財一
子四女已贅壻矣此老忽思續絃密從鄰境土丙連非
地方訂婚一婦年逾五十矣屆日此老自駕馬車超乘
委禽仍告其女疑信參半語壻尾之及於卑治當車房
壻勸之返此老潸然願竟其志壻強與同車歸其子女
終慮翁有婦則財產分薄因稟官權理其業並照料此

老行止枯楊之占乃在期頤之歲誠異聞也本日總署咨送新電書六本備分撥各署之用晡雨仍熱

初四日戊申雨閱鈔報京師五月二十一二三等日已得透雨邯鄲鐵牌靈貺也天津亦於五月十六二十兩日得雨畿輔當無旱患矣紹勤姪新進邑庠自奉使以來吾家歲科兩試均有幸獲客懷可慰者也奉總署電傳

旨致謝日斯巴彌亞國主賀

大婚

歸政慶典等因卽轉電希九遵行李伯行陳藹亭晚九
點鐘到詢悉傅相起居如常
初五日己酉雨昨復失眠委頓之甚晚假鴉令頓酒樓
爲客洗塵並約參贊各員共飲
初六日庚戌晴午後伯行藹亭赴老兵院游觀甚嘉美
廷待士之厚美都佳境亦止此耳
初七日辛亥晴金山電供事張丕勳初五日抵岸換船
病已愈飯後就寢越早視之死醫云痰厥該供事扶病
起程不死於舟次亦不幸之幸也卽電復金山領事妥

爲料理午後送伯行藹亭赴烏約倭使陸奥宗光適在
後車特來寒暄伯行兼善倭語遂同往答晤倭使持扇
爲贈余亦以扇答之
初八日壬子晴烏約氣候較清爽渡鐵綫橋回轡新造
園游人甚盛徐步蘿徑蕩槳湖中一船可坐四五人人
各五角予沿涂荷花漸多
初九日癸丑晴晨起附片爲張丕勳請
卹典訪格總統家已全赴奥國矣答謝德商北士之招
又至蠟偶院觀奕蠟偶棋枰自英倫賃來伯行卻未寓

目

初十日甲寅晴檢高麗蔘贈伯行療寒疾腹痛甚效申正附船至蒿坭挨倫海壖客寓晚飯伯行託爲英屬所無以英國海汊不如美之多也飯罷觀煙火亦勝英倫水晶宮所演仍羅馬故事煙燄既熄有煤氣火象一頭能自行走搖尾捲鼻運掉如生僅見也渡海歸寓已十點鐘

十一日乙卯立秋晴伯行留贈洞庭山碧蘿春茶甚美以餉西人加牛酪白糖檸檬則明珠暗投耳午初送之

登舟即電達北洋並詢崔惠人程期
十二日丙辰晴回吉士寄廬避暑仍由水道藹亭擬差
旋回粵經營省港輪船此種船式美製爲良觀此可悟
矣晡後抵山居所植草花均活
十三日丁巳晴古巴供事張萱舫洋員拉烏自蘇里南
回查得該島華人自咸豐三年起至同治九年止共到
二千一百一十七名美利堅埠來華人三百餘名大埠
二埠糖寮大小一百一十五間內二埠華人糖寮一間
華人執業掘金者不一其在各店傭工者二百餘人開

荒耕種二十餘人大埠二埠田工四百餘人在各埠煙館游閒三百餘人窮老院二十人廣義堂贍養男婦二十人餘或回華或旅歿不得其詳現存九百餘人多惠州籍建有廣義堂會館而不能置義塚館董馮官祥稟求查理此島氣候略如古巴瘴厲甚重華人傭值銀每日一錢五分亦忒微薄近以金礦漸旺因與英立約招印度人往以瘴盛不安於役所以轉而求招華傭此荷使商請總署之意也萱舫到時該島總督請宴備極周洽其土產稅貨兵額情形拉烏以英文記之譯出補記

萱舫此行往返兩月餘盛夏冒瘴跼蹐舟中四十餘日項後生瘡當令暫寓烏約醫調拉烏則先返古巴矣

十四日戊午晴英法海底鐵路議而未成中國之談鐵路者已洒洒千言記其行度誇其製作以自矜博洽矣年來中國取則西法十擲未必得犍而假西法以愚中國者又類市人駭虎

十五日己未晴美屬亞拉是架島西華當國時以七百萬金買自俄國其地產海虎專有公司承捕美廷限以歲捕十萬頭不准捕雌恐絕其類也歲繳美餉十萬又

每頭納五元此公司大獲利鄰近有卑勞海汊該公司亦欲兼營放船往捕爲英所執美外部不爲申理或質於日使曰論公法海面距本境四邁路以外卽屬公共地不能專屬美云夜月甚明山樓朗澈惟氣候忒寒

十六日庚申晴德人瑞乃爾曩在煙臺教習水師甚得力東撫爲請三等寶星旋往旅順口礮臺仍當教習差近日請假回國并攜學生數人前往德營配練當更有進德法之隙終有報復時德人備之甚周且慮法與俄合因與意奥聯盟近又兼約西班牙無非厚結聲援之

意
十七日辛酉雨藹亭辭回古巴日署之代縣未能決希
九亩電兩歧頗難設籌
十八日壬戌雨南洋咨爲張祥和附獎照尋常勞績八
品虛銜保以實在官階張祥和在祕當差已逾兩年丁
憂回籍本在應獎之例惟署章只能給予優敘似無獎
以實官之條當查案咨復並咨取履歷午得京電振夔
將軍初八日捐館驚駭痛愴卽日返署料量仲蘭回京
十九日癸亥晴昨附夜車卯初抵署仲蘭卽日起程亩

唁景蘇昆從又籌還振夔千金甲申出都時借用也電
金山領事爲仲蘭定艙位緒芝山結伴同去並爲分咨
總署正黃旗正紅旗都統
二十日甲子晴拜發奬摺九月初可到京也金山華人
捐助蘇皖東豫賑款銀二萬九千四百八十五元塡據
領事詳爲甯陽陽和兩會館請
御賞匾額援岡州捐直賑之例岡州之請余自捐六百
金湊成二千兩數非元數也又陳姓八人合捐三千餘
金移奬陳芷泉花翎當照咨南洋核辦甯陽供奉

關帝陽和供奉韓蘄王因曰侯王廟金山華人當商務疲敝猶能爲此義舉誠不易易

二十一日乙丑晴西人談中學者每詢長城形制朔方備乘圖說北徼圖自漢始秦祚短蹙又當焚書坑儒之後固無可鋪敘然秦所以築長城亦爲邊事計耳其時沿邊諸國西人載籍未盡略之也何顧船以波斯爲安息與陳敬如以安息爲埃及互異稽其時地何爲近之劉芝使電伯行今日抵倫敦伯行踽踽獨行深佩其勇然亦不能不爲之馳念

二十二日丙寅晴美例每年避暑時九察院分巡各省就地判案略如吾華巡按之意法甚善也察院霏廬巡閱至金山幾爲仇家所刺幸巡差將兇手當場槍斃而兇兇手之妻訟之該省理刑衙門霏廬竟須到堂以五千元保出候斷九察院爲美國尊官美例尚難寬其質訊民主之政或以示大公耶聞此仇家爲金山妓者有富人眷之而死妓遂自認正妻承此家業而慮無以壓衆紛也因擇一曾任臬司之梯利贅之梯利亦利其貲遂同詣公堂援例領富人遺物臬司穌耶判不准領上

年霏盧巡按判亦如之梯利曾於堂上拔刀相向今年狹路重遇又復尋仇從前駐美肄業學生多無成就近聞香山鄭蘭生苦心孤詣學機器製造技已進於圖繪特令劉寶森偕來奬勵之

二十三日丁卯晴香帥電華商來粵試辦電鐙便民甚好已咨復請飭該商速來粵之洞現調湖廣如在漢口武昌設辦亦佳當復以遵電轉飭移辦武漢容籌復

二十四日戊辰晴豈舫從蘇里南攜來藍鸚䳇一頭毛羽甚佳惜不能言且生長炎荒又難攜回中國連日熱

甚晚六點鐘附船赴山居船岸之側圍活水成方塘四周板屋羣兒㵼浴其中人各五仙士旣習泅水亦除雜病

二十五日己巳晴晨抵吉士寄廬天氣甚清爽西人近製電扇中一小輪翼以四銅片闊寸許長約四寸電機一運涼風自生聲如山瀑凡熱皆祛矣每一分鐘能運二萬二千度價只三十金然無電機則無緣激發僅購此扇無當也

二十六日庚午晴仲蘭涂遇李榮邦結伴昨抵金山今

日登舟銀票交妥蓬雲電復及之

二十七日辛未處暑晴金山領事稟電鐙公司現舉李榮邦八月初六日回粤投文擇地設廠黄秉常購機器須十月乃行並請續辦武漢乞迅給咨等語李榮邦即李篘雲八月回華其意早定不因電鐙而去即復以務求實際毋蹈東礦窠臼

二十八日壬申晴美洲氣𤃣前日在費城海壖威蘇利亞兵船試演每兩分鐘能放一響能及一邁路運風機器修理較靈能連運十五響美廷派員往觀極讚賞許

爲制敵利器外部照復中國所定官商旗式美國一體遵行

二十九日癸酉晴金山華商捐賑一案領事查據光緒四年日本華商捐晉賑一萬二千餘元光緒八年金山華商捐直順賑銀三萬餘元均蒙李傅相奏請傳旨嘉獎乞酌辦當函商南洋併入前咨覈奏以昭激勸

八月初一日甲戌晴西人鬭勝愈出愈奇近有總統同里人名臻年八十六歲與人賭餓五十五日不食但飲勺水而不死赤松辟穀之方非無據也

初二日乙亥晴四月託旗昌所寄衣物二十六件已於六月十三日到滬暫儲金利源棧埃石郎由滬局轉寄津局運京此時亦必運到有無損裂須候都中來信滬局改派徐建寅

初三日丙子晴西俗有流民三五結件共駕一車沿鄉落售賣家常零用什物日則就食車中夜則露宿車上牛馬散牧於野時作鼠竊鄉人戒備之間有婦女則兼作拐販矣西俗名曰褶謝或曰另一種類也昨有一車憩此山坡兩夕告巡捕房斥之去

初四日丁丑晴科律師自金山回述金山情形近尙安謐華人多悔阻約之誤近日辦妥華人假道一事往來略免窒滯

初五日戊寅晴去山居數武有畫家高雨已謝世其子倩戶部總辦郁文介紹來見昨晚眉月初弦林木送爽徐步訪之閱所藏畫稿有數名家夜坐賭畫人間極苦之事一夕而成各具意味其一海船失事坐桅木以招電光其一獄中與妻訣別其一拏破倫被困荒島其一駕小舶逆溜上灘所繪景物均妥貼然猶乎人意也其

一有人齒患方亟皺眉忍痛旁立牙醫爲之拯治其一畫工爲小孩寫照此孩四顧靡定畫工舉筆輒輟焦悶之狀可掬兩幀殊解頤略如晉人鬥險盲人瞎馬同一風趣本日撥解山東賑捐一千二百元金山所集也

初六日己卯晴船政派定第三屆出洋肄業學生五品頂戴千總陳恩燾五品頂戴生員賈凝禧來美會議航海章程不知赫德派員何時到耳金山華人張連珍製革履爲業光緒五年八月與售履西人口角判罰終身造磚或曰强攫西人時表黄公度任領事時曾爲料理

而判罰如故張姓公禀求雪而使署無案當面查領署

中西文牘覈辦

初七日庚辰晴金山車路土山崩壓貨車十四輛距仲

蘭車僅五分鐘險哉改乘馬車至屋崙幸與李榮邦同

道尚能料理

初八日辛巳晴崔惠人電初十日附加力船共三十人

乞咨外部當轉電咘嗹並電金山領署預備伺應惠人

曩面言不赴香港此行乃附加力船或逕渡橫濱就之

也

初九日壬午晴近日中國多信西醫記新莽時使太醫與巧屠共刳剝王孫慶量度五臟以竹筳導其脈知所終始云可以治病此則西醫之權輿

初十日癸未晴惠人程期已電外部仍屬參贊往詢行文稅關之期免如前此相左美國水師學堂在質成河壖而不願他國人就學或曰美水師無長技不願顯曝於人或曰美有專門祕法不肯金針輕度

十一日甲申晴總署公函催查蘇里南事并鈔寄洪文卿函稿請准和國招工官爲經理並言蘇里南現查有

華人七萬三千八百六十餘人署意不禁招工而以官辦爲窒礙前已據陳藹亭譯寄該島節略現存華人八百餘卻無七萬之說該島萬難容如許華人文卿所言或譯語之訛當縷復之總署欲爲華人謀生計盍准墨西哥議約較有實益也午後赴谷當縣觀農人會場皆土菜蔬果及土人製造衿褥革屨之屬會首贈桃三枚色香俱備味如杏非佳種也場外賽車馬極熱鬧會首復備鼓樂迎送頗盡地主之雅爲之流連半日返寓得津電嘉駿例稿詳確遒勁崔惠人九月到美務屬照此

辨論徐冀轉圜云自美約掀翻後北洋久無書來但遇
要事仍電寄數語
十二日乙酉晴曩在都中所擬照會類多懸空說理究
無實際今年駮例三稿北洋以爲詳確遒勁因并彙呈
醕邸此皆抉其交籍援據故實相與瑳磨齊否雖未可
知苟非奉使於此亦無緣博訪周諮也電古巴將查過
蘇里南一切文牘交子剛帶閱入夜風雨林屋震撼
十三日丙戌白露雨祕魯鐵路議成需工孔亟近有華
人周福湯傳與洋人合雇颿船載送華人回粵領事慮

其販載回祕嚴諭禁止并函致東華醫院查驗該船進出亦應有之義也傅烈祕以惠使到時稅關要驗行李特電商重託外部即爲書致咘嗹

十四日丁亥晴得咘嗹復文卻無驗行李之說傅烈祕殊謬惠使遠來當函告以新舊交替之宜寄金山領事面呈檀島亂黨咈釐確曾承該島派往義大里國學習戰事歸而投閒慨時政之無利於己也遂於七月初三晚糾黨百餘爲亂入踞宮府島主潛遁民居號召兵官鏖戰兩日亂黨不支咈釐確函縛歸罪當肇亂時人心

洶洶董事程汝楫古金輝懼華人或誤罹斯禍遂先集
會館約束晚復派人巡夜守街又備水車以防火患故
經此危難華人不致波及董事未爲無功事定後僅一
新聞館訪事人何寬被獲以四千金保單保出報館每
遇此等事必派人往觀然究係局外人不合執之也程
古兩董竟能隨機應變因批奬之
十五日戊子晴擬定交卸起程摺稿付幕府謄清山鄉
農人以余將行羣集寓齋琴歌展别三五月圓之夕彌
動歸思

十六日己丑雨午後附船至烏約內河行駛亦有風浪岸壖水漲數尺海帆益顛簸矣念子豫子剛方從古巴來不無懸系進齋已自盤谷回述勃耳哈畫海口之勝强於烏鉢近海諸山雲氣氤氳竟日不散乘馬車登陟爲雲所阻甚惜斯游不豫也

十七日庚寅雨周子玉禀報學生陳恩壽賈凝鸞來美之期前日已接來電當照會外部可耳即分別批答子豫今日不能到詢諸輪船公司先兩日開行之船亦未到

十八日辛卯雨費城有善會曰隅内威所比事會首羅付炎曰威路格士曰儷士共萬人以美禁華傭爲不公聯集衆善士倏議院開議時力爭先於九月七號郎本月十三日在干捏底吉省聚論以書來告足見美廷此舉未能盡洽民心然公道究難湮沒也洋員柏立病滯花門頓慮新使不予蟬聯來亟求薦委婉之甚

十九日壬辰陰早飯頃子豫到舟行無恙可喜晡時草疏一摺三片蒓浦來夜話擬今年回華恐未確也

二十日癸巳晴未初赴威明頓訪前外部蚁蝮承立候

車房同乘至其鄉居樓房樸雅卉樹盈砌樓外遥見長河風景豁朗室內藏書甚富以槅扇作書廚轉側向背甚便伊祖曾游歷吾華蚡蟫能述中美初通好舊事其妹壻方自法國赴會回不甚鋪揚會景但言盜騙極多法若無此會必致內亂蓋此會賺他國金銀不少云蚡蟫款接甚殷但不言官事亦有角巾私第之概

二十一日甲午早晴中飯後蚡蟫自握轡同往特爾拉華河口觀河流入海處沿路淺草平沙小黄蝶無數經多發縣境瑞典人多發初至美洲登岸之地即以其人

名之地以人重也有學堂數間其人所至必興學宜美
俗之感紉矣河口有石臺三以備隆冬取冰及泊船之
用往來游船甚多岸側有華人衣館歸涂大雨晚飯後
與炽頓別詢商謁辭總統儀節炽頓詳細相告并屬預
備頌詞略宣己意設總統避暑在外不必往謁留書爲
別可耳炽頓語竟又復堅留告以返署即受代不得不
行遂訂明日四點鐘去
二十二日乙未晴炽頓譯述烏約所得埃及石幢富人
灣得標捐七萬金訪碑人士蔑自往埃及雇船幢高尋

丈鑿船一孔始能運經營半年著爲圖說美俗顧詆其
好事訪碑人憤悶而死此圖說不可多得矣埃及譯文
尙須重訂午飯後蚹蝢駕車送至車頭適後數刻遂坐
候第二車晚九點鐘抵署
二十三日丙申雨料量交替隨使各員各商去留又不
盡由衷之言殊難代決
二十四日丁酉晴提督魏禮森津門舊識近著一書述
中國掌故西人多購之中西文理斷難吻合擬購一本
交譯官暇時譯看

二十五日戊戌晴蚁蝢寄贈陶尊爲英國提督戈登紀功之器以其曾仕吾華因以爲贈金山電新使昨晚登岸攜眷駐義學隨員十三人僕從十二人二十六晚起程來

二十六日己亥晴票匯東賑銀一千一百五十三元子豫所勸募也又金山捐簿統發滬文報局王松森轉解刊布晚至科律師寓手談留贈法藍嵌五彩宣方盤雕黍百壽圖合各一

二十七日庚子晴電撥東賑一萬一千元此與零捐有

别當轉咨東撫并檄王松森收解晚至後山茶話
二十八日辛丑晴金山古巴鳥約鄉人求書屏聯積至
數束瀕行自了之初念不及此
二十九日壬寅秋分晴檢拾隨身行李以四庫提要與
參贊易前漢書爲舟中下酒之助
三十日癸卯雨美都諸部院避暑未返威路健臣自法
國監督會場回美知余將行特來别并惠寒暑表一枚
午後訪議紳佘文多福久談又至威路健臣寓觀法國
賽會圖

九月初一日甲辰陰總署咨美國航海會南洋據滬關稟慮中國商漁各船不諳外國口號鐙旗諸色又時有洋船撞撞民船之事恐一經入會定議便須一律照辦宜豫爲之地毋礙中國自主之權所慮極周到當查外部原議各國赴會之員各將會中所議具報本國候批又無論赴會若干員其所可否只算一國之可否等語赫德請派理船廳畢士璧赴會申文末云議成後華船能否照辦係總署自訂行止之事無庸該員作允合兩說以觀又推求美國設會本意似赴會之員無應允一

體照辦之權毫無疑義當咨復總署俟各該員到日由
使署檢卷示之俾有依據又總署咨錄
皇上答祕魯國主書屬妥酌送去當恭錄照行駐祕參
贊譯交外部轉呈也新使今晚可到原可移交辦理特
慮下車之始無暇及此因亟了之起草之頃佘文科士
達先後來頻雜之甚晚八點鐘往迓新使跪請
聖安并將代譯各件面交又復長談十一點鐘返署新
使攜眷參贊亦攜眷餘十二員多攜僕役同憩鴉令頓
客寓新使以洋饌不便屬騰使署內兩房以便移眷倉

卒頗難就緒余欲概行騰讓新使又不願惜前此來書
絕不言及抵金山後亦無一電來若非豫託火車公司
打聽則并不得消息
初二日乙巳陰晨起新使隨員來謁皆非素識祗左庚
爲同文館學生又張覲卿嘉應州人新使旋到攜贈駢
金補服荷包佩帶各二墨合四枚都中嘉製直如身在
長安矣適何天爵同時來繳回甲申總署擬借洋款未
成之合約余屢催而得者也立談數語送之出旋與惠
使論新舊交接事訂四點鐘移寓三點鐘令子剛備車

往迎甫接轡而新使偕夫人竝至矣晚間備饌爲新使
洗塵并約隨使諸君外部照復總統准初六日十一點
四十分鐘晤別
初三日丙午晴科律師來約明晚小飲因令與新使一
晤今年修脯已送竣使署公事可與商也此間酬應多
在冬春西人房屋必有暖氣門外則重裘不溫入室則
夾衣且汗非大毛斗蓬不爲功以易披易脫也檢元狐
一襲留贈新使賸以東洋畫屏鐘表金山氈各一
初四日丁未晴拜發摺子新使已刻接篆承將署須木

質闕防移送收用午後往各駐使處投刺辭行答拜田貝之兄談甚久皆爲乃弟報平安也晚偕進齋子豫震東赴科律師之會墨使夫婦甫自歐洲回餘皆往來最熟者十一點鐘散

初五日戊申晴美使館飯食自陳副憲至今歷任均按照俸薪勻派早晚共食有事便於商辦新使既移署爨具未備當諭庖人供張隨使各員陸續來又無准數廚饌無從豐備取足一飽而已新使仍犒以廿金明當自起鑪竈云聞佈嗹今晚回連日促新使照會外部訂期

接晤并豫為譯定
國書頌詞因吶嗹鄉居娶婦極費力牽率之返新使照
會不宜緩
初六日己酉晴彭小圃以留差來告午初偕進齋震東
至外部吶嗹立候於公事房詢新使何日抵美告以新
使已備文奉請訂遞
國書之期吶嗹仰覶若有所思新使朔夕下車新聞紙
已遍播時越六日吶嗹豈不閱新聞者乎特西例接待
公使送舊迎新同在一日新使照會外部之文不悟今

日仍未達也周旋畢㕲嗹扶掖余自公事房至外部大
門豫備坐車同乘至美宮復扶掖至內殿少頃總統出
㕲嗹亦趨迎肘掖一如扶掖余之儀余見總統自致告
別之詞微諷以顧邦交删苛例總統致答如禮立談片
刻㕲嗹送總統回內宮復扶掖余至宮門登車余屬將
總統答詞鈔寄㕲嗹亦屬將別詞另致外部存檔彼此
握手散余返署與惠使別惠使詢廚房煤炭是否公家
錢余告以冬春各屋煤鑪乃公款耳惠使筆之輶軒錄
加圈以識不忘屆三點鐘起行惠使寄請

聖安送余至車頭立候展輪余堅辭之乃解衣小憩科
律師來別匆匆數語車卽開行晚九點鐘抵客寓料量
行李適船政學生陳恩燾賈凝禧甫到卽接晤將總署
來咨詳與言之并屬到美都使館將文卷鈔存以備開
會時論說并爲薦書令訪美都當道
初七日庚戌晴龍岡公所鄉人移席領署餞飲午初赴
席後往拜端醫生紳士灣克久談返寓晚飯適美提督
魏禮森在坐就論華事諳屬代候李傅相又前戸部飛
呀齋兒亦來展別楊愼初龔仙舟派往日署惠使屬與

偕行遂同旅寓
初八日辛亥晴早飯畢十點鐘登舟易希梁寶森壽峰
緋聯籛姪馬宏蔣得勝亞角張五龍岡公所中華會館
紳商叉張丁盛攜其眷屬子女雜遝相送咸各別去十
一點半鐘船起椗出山丹曲余語楊龔登舵樓眺覽形
勢并觀新製長方式
國旗此余奏定者也
初九日壬子晴客秋九日自祕返美今年九日自美返
華應爲詩紀行乃乏興致舟行大西洋總較南墨洲爲

適也船名辥地巴黎斯容萬五百噸晝夜不聞機器聲船主來謁云有美派駐希臘公使同舟擬偕來相見諾之龔仙舟曾習英文新聞紙之淺近者可以閱悉

初十日癸丑陰霧舟經鳥蚡倫遙見漁船出沒同舟有美兵官莫理笨舊識也此行赴英謀辦德律風公司純用新法能達萬數千里曾由美都傳音至舊金山已有成效詢以不假電報之綫否卻非然也夜雨霧散

十一日甲寅晴有英人好古之士寶藏埃及綠石一枚如鳥啄而無首云係二千餘年物又黑石一枚狀如剛

卯而無字絕類吾華舊玉斑駁可愛又埃及印章一枚字三行皆不易識印背刻蟬淺絳色類桃花石西俗均難能可貴以余詢埃及古蹟特舉以相質

十二日乙卯晴楊慎初亦有失眠之患爲言福建延平府有草曰羊不喫土人以之治腰痛者服之卻能安睡允爲留記地名藥性以便回華物色斯言果效大可高枕矣今日舟行甚速浪亦較猛早晚餐須緊按桌子否則食器盡傾

十三日丙辰晴早起舟極顛簸下等艙一客自投於海

浪打船梢有西婦抱子立船舷爲浪捲去水手均無從救援美有木商名確士經行此水一百二十二次云此等風浪直不足訝大海無順流逆流之說亦不言潮信海中潮汐視雙丸吸氣如日月正中則水氣上吸此內河港汊退潮時也日月行度既偏則吸力亦散此內河港汊長潮時也大海渾茫無關消長

十四日丁巳寒露晴舟中人爲善會刊布說帖推余領袖聊贈兩磅金錢中飯後微見島嶼晡時抵坤士湯有登岸者有搭船者舟停一點鐘然已穩定矣閱日報知

昨日有英公司船過此大風刮去舵樓搭客傷者數十此舟遲發一日否亦罹此驚險

十五日戊午晴早八點鐘舟泊荔華浦方洗沐李伯行已來料量登岸附小輪駁載諸客急欲誕登擠壅之甚從舵樓回至煙室奇冷少頃船內駛仍附駁船稍疏通矣關吏來詢行李數目伯行詳語之余與進齋子豫先投客邸關吏不啟篋惠及楊龔兩員伯行之力也此英美海船入口處關章最嚴

十六日己未晴舟行八日殊委頓旅憩一日寒疾遽起

自係昨晨感冒所致鄧琴齋因照料華商賽會寓法都
遂隨伯行來迓
十七日庚申陰早飯後附車往倫頓火車公司特備專
車相送十一點鐘抵英都劉芝使率從官來迓同至使
署晚餐前駐美都英使威士知余來貽書招飲答以二
十日趨赴晚飯後與芝使談別況及美國使事返寓已
一點鐘矣藍甘客館前年曾寄榻者也
十八日辛酉陰晨起芝使英員馬格里及前駐華使楊
約翰先後來周旋畢赴英館午飯訪伯行鄉居坐談至

晚附地窖火車回寓兩岸鐙光朗澈幾忘爲地窖特煤
氣煙熅雖閉門窗衣袂仍污漬
十九日壬戌陰晨起憊甚莫理筆來訂大餐諾之而難
定期晚赴芝使華饌之約進齋子豫震東同席久坐幾
不支洪文卿電詢余果到歐洲否大約閱新聞紙而知
也
二十日癸亥晴早飯後一點鐘四十分乘火車訪英使
鄉居譯言七橡樹英使備車來迓從園道繞至石室周
遭約十里園中豢鹿八百頭山雞孔雀之屬游行自在

極苑囿之大觀石屋外式如礮壘中爲重門頭門立銅石諸像二門則其住宅門洞內有石院子略如日國王宮之式樓上四圍可通滿壁油畫及極古几榻有英君主臨幸之室陳設皆銀器桌亦雕銀爲之卧榻帳幔刻金綫織成費英金二千磅有雕鏤木櫥一架珊瑚作柱可云奢矣樓上最古之物則未製鐘表以前測日之器又吾華五采磁拼一口徑五尺亦非近代物也其他磁器多可觀所懸油畫皆西俗有名望人中有少年華人一軸戴無頂幃帽短衣馬褂赤脚曳番鞋款署黃亞東

不知何許人彼族如是隆重耳英爵男女並襲英使新
襲伯爵係母氏所遺園地廣五千畝石屋廣二十畝自
建造至今六百六十九年世代勳舊其祖俺麻士得曾
派使華而未竟其役者現外部沙侯其親串也窮半日
之力不能遍覽室廬晚飯後仍備車相送返寓約記其
居石院八樓屋二百五十樓窗三百六十六樓梯七十
五英都極古極闊之居每禮拜五日准游人往觀如博
物院之例
二十一日甲子陰午飯後偕子豫震東往觀萬牲園數

見不鮮矣至蠟偶院亦無新製伍怡和蠟像猶存指與子豫震東一覽復觀拏破侖病沒之像其所陳設皆拏破侖舊用之物傍立黒女僕拏破侖生時所溺者哺後赴芝使西餞之約席間詢馬格里俺麻士得使華之事馬格里謂嘉慶初年俺麻士得奉使抵通州和世泰往晤許免拜跪隨即入京俺麻士得適患頭疼和世泰回京後知拜跪之禮不能免遂請

旨連夜宣召俺麻士得旣患病且朝服未至倉卒不克

應

召於是和世泰乃傳
旨不准覲見俺麻士得所帶方物和世泰代呈云此馬
格里之說也考之吾華掌故微有參差西人謂中英之
交自此而睽
二十二日乙丑陰鳥約登舟時容蒓浦以哈富學堂變
價銀四千元寄請代帶回華歸款驪駒在門直無署名
收銀之隙將原票交劉寶森代呈新使銀票係署余名
即令告蒓浦而蒓浦已否換票交新使來電未詳仍是
不了之局四點鐘伯行約至鄉居便飯冒雨往返並觀

雜劇疊遇同舟之客酬酢爲煩

二十三日丙寅晴吾華刺繡西俗盛稱之今日重訪水晶宮購得機器繡畫數種樓閣花木類緯絲人馬船車則各色絨綫面目雖不眞卻無滯相其法從吾華織闌干花邊悟出每運機一轉得畫若干幅靈快異常買畫卽可觀其運機也西人心思無微不至有瑞典人山達哥專以驗鐵路爲業結廬水晶宮畔垂三十年樓屋寬廣園中葡萄最佳伯行向與交往設席水晶宮肆觀劇讌飲飯罷復邀至其家啜茗摘園中葡萄爲贈極甜每

磅值六金云子初歸

二十四日丁卯陰霧晨望街衢朦朧不辨託法館代定馬賽艙位即芝使放洋之船聞甚妥當因就詢之并索食灌湯包子飯後偕震東乘車觀夜市已散矣返寓即睡琴齋來不及接晤楊龔來別均不獲談甚悵

二十五日戊辰陰許静山應領歸裝合美銀四百零五元檢付伯行俟其抵英時交與又購小表兩枚印度王定造而未取者也價尚公平另經度表一枚行船必需之物測算極准子豫欲購而未成

二十六日己巳雨午初赴濕罷亭英兵官謨士頓之約莫理筅之壻也園亭雅潔中飯後乘小輪船泛添士河兩岸樓臺林木相間清溪碧色游鱗可鑑沿河船舶極新奇精巧有類吾華滿江紅及粵中橫樓者有如方亭上下兩層者故非輪船拖帶不能行也避暑時游人每於此水尋樂今則秋林已霜釣船三五而已涂經英君后行宮數處風景尚佳展輪時既雨而晴且無煙霧竟日游駛歷三石閘略如運河設閘蓄水之法岸側亦有涵洞舟將抵閘先放氣筒鬧門遂啟入閘即閉靜候長

水船抵岸數尺乃開第二閘凡啟閉均用機器甚便捷三閘既盡卽距倫頓不遠矣

二十七日庚午陰霧前年觀博物院蠟偶氊帳槖駝似吾華邊外風景而未得其詳頃重觀之不知移置何處矣有象牙雕鏤樓臺人物兩座山石則沈香松綠石爲之又孔翠樓臺一座上綴珍珠爲脊備極工巧款識嘉慶七年中國贈法國那破侖之物英既敗法英兵船途中截取送還中國不收因置博物院云英都記載如此晚飯後觀雜劇有倭人踹行鋼綫懸空往來行立坐卧

皆如意行步至極險處故作搖曳所習已熟矣然手必持纖否亦顛墜又一倭人仰卧於案以足承七尺徑木盤運掉如風脚力已甚健俄兩小兒登盤偶坐其小者更扒越盤邊旋轉而下少頃其人緣繩至棚頂倒挂一鐵架手挽三繩有倭童三分綴而登就繩上作耍偃仰蟠跳挽繩之手力亦强倭技之良也晚復周子玉書

二十八日辛未陰霧陳買二生抵美都而使館不能寄榻權住鴉令頓客寓旅費不貲稟求監督撥濟並為書相告殊愧無能為力午後購千里鏡一枚可及二十邁

別購影畫一套訪馬格里宅不遇晚就英館餞飲
二十九日壬申霜降晴詣芝使別遂同赴伯行酒樓之約席散芝使偕至余寓談至十二點鐘承贈金表千里鏡此行厚煩東道重辱佳貺感篆何已
十月初一日癸酉陰先發行李十點半鐘正欲起程適前任香港巡撫馬士來送自言年老辭職家居尚好詢駱檄則住近溫則行宮云略與周旋而去抵車頭伯行暨使署諸君英員馬格里已先在此候送火車公司特爲余備專車少頃劉芝使來即就車中坐談美兵官莫

理笨自鄉來送芝使立候開車而別一點鐘至都化登車晴曦和煦水波不興仍賃一房以便坐卧兩點五分鐘卽誕登矣從者皆不眩誠意外也附火車八點鐘至巴黎陳敬如周子玉梅雪樵吳翊清洋監督恭斯塞來迓同至使署晚餐車中自買麪包油鷄火腿飽喫一頓到此仍不覺餓飯後倩雪樵起六壬課謂此行皆吉談至三點鐘睡天氣較英倫寒

初二日甲戌陰瑞典國人山達哥來見留贈鐵路圖說午後函謝芝使伯行又留別洪文卿書昨晚感冒不覺

委頓敬如約酒肆公讌大戲園觀劇猥以寒疾莫能盡歡

初三日乙亥陰美署酋言容蒓浦繳款惠使以無申文不肯收寄還蒓浦並將回書送閱蒓浦有年內回華自行淸理之說今日寒疾未愈差弁陳勝感冒尤重延西醫治之

初四日丙子午晴敬如以天晴門外較室中和暖不宜戀病榻强起偕往通衢就酒肆晚飯寒嗽漸錮特疲憊耳西醫謂華人噉米飯有流弊米質積久不化須藥以

解余告以中國數千年皆噉米飯壽人甚多彭錢固無論矣近日百歲以上之人不少其積滯爲何如也醫不能驗

初五日丁丑陰梅雪樵每詫豢蛇人能將毒蛇旋繞於身無所顧忌閒飲以水而已陳敬如曰此鴉片水也渴則飲之使必如醉如癡乃能玩弄卽豢獅者亦以此水藥之成癮故能馴其猛性甘受操縱今日始觀會場及機器廠製器之巧莫可名狀百貨雜陳目迷五色徐步華商廠肆極逼窄貨物無由顯晾甚可惜也法國設會

之始曾詢留華商廠地與否法館以華商無消息卻之
及華商楊興自日國來陳敬如急切爲覓地基遂落人
後華人作事往往如是然會場考較則中國茶葉第一
華商博得銀牌晚觀馬劇適得獅戲足證敬如之言
初六日戊寅晴法會場所製鐵塔純用鐵片釘綴成之
玲瓏工巧下跨四足上分三層第一層用溜梯上下寬
廣可容六千人會食二層稍殺三層則及巔矣高八十
四丈雷轟地震均豫計避之製造經年而就有售塔形
銀錢小塔式及寄信紙片上印塔模游人多於此寄語

親知以識游蹤別緣螺旋小梯盤繞而上有斗室爲會
首聚議處再上爲塔尖電鐙逐層環以鐵闌便憑眺終
日游人不斷甚或侵晨立候開門務以得登爲快此塔
工本糜百萬近收游人買票錢獲利倍蓰矣今日九點
鐘偕子玉敬如雪樵翊清進齋立齋震東子豫同至塔
沿會首處從間路以登略免擠壅直至塔頂斗室乃憩
亦屬震東爲書寄科士達並購銀錢小塔回至第一層
午飯會首亦來食坐中執役女僕皆作丫露錫省羅連
省裝束此兩省已爲德有愈以激勵衆心法不忘國讎

也此會各國商貨輻輳而德獨無飯罷會首導游闌外一周購塔影圖畫迴鏕凝望周子玉訝此塔動搖殆雲移耳子玉有詩敬如和之余亦爲長歌紀事重訪舊花園順道中國公所啜茗房屋尙完贍今晩子玉移居使館相餉敬如又約觀溜冰雜劇仿俄俗爲之以木作橋忽高忽低用四輪車載人以度車乘橋勢自能上下車中人故爲驚叫其實非險也此戲美洲有之

初七日己卯晴午後至會場奥國玻瓈器精巧絶倫惟不便攜帶僅購方合數枚或如織錦或如雲石乍見不

知爲玻璨也洋監督斯恭塞約晚飯所居四層樓登眺甚勞座多華器高懸中國武功圖三幀其一幀和琳奏報勦捕秀山苗匪至湖南界分設卡隘肅清後路尅期會福康安進討乾隆乙卯仲春上澣

純廟御製五古詩二十韻其一幀福康安和琳奏攻克高多寨生擒逆首吳半生大功告成乾隆乙卯孟冬上澣

純廟御製七律詩一首其一幀署將軍明亮奏官兵攻克平隴賊巢乾隆丙辰孟冬下澣

純廟御製七律詩一首西人考古者咸仰
聖朝徽烈斯恭塞謂乾隆時中國覓西人繪此法國亦
有記載云西俗重圖畫若將內府所儲戰圖概仿乾隆
時成式覓西國畫工照繪亦廣拓
聲教之一端
初八日庚辰晴午後至俄商會場皮革頗盛兼售吾華
綫毛羊皮價昂數倍觀各國珠寶眞贋不一極膾炙人
口者鑽石一枚大如栗子法國王宮之物獨置一桌下
以機器運之便人觀看面面俱到雖重價不售也歸途

乘火車擬觀礮廠已晚矣所過南墨洲諸國廠屋皆自建造均華贍如墨西哥丫氈顛亦極奢靡極闊大智利亦然此皆民政之國以類相從爲法都助興美亦民政然不自造屋美商貨物均置大廠中美善謀國斷不肯糜重貲建屋會散而屋亦拆平只炫曜數月甚非謂也

前月倫敦所寄木箱九件已取提單來可免轉折

初九日辛巳陰雨晚至會場觀五色水法及鐵塔紅光此戲遇雨則停會首以曾請余往觀遂冒雨爲之不願失信會場縱横三十里今晚樓閣園地陂池鐙光一片

此種水法曩曾觀諸鳥約從地窨用五色玻璨映照成
色其噴水則機器爲之也鐵塔夜間不能辨因逐層以
紅光藥透發鳴礮爲號礮響則全塔皆紅
初十日壬午晴恭逢
皇太后萬壽假法館朝
賀徐壽朋梁誠張桐華徐學伊周棫琦陳季同梅壽祺
吳宗濂隨班禮畢檢拾行李晡後就陳敬如晚飯隨附
夜車周子玉等華商楊興洋教習斯恭塞均在車頭相
送車無卧具伸几爲榻別賃一氈幸自攜衣物尚足禦

寒車中不成寐口占一詩留別敬如此行率卒敬如至於馬賽深界之也

十一日癸未晴十點鐘抵馬賽希九來迓同至客寓午餐並爲希九補買上下兩艙位日署使事云已交代清楚三點鐘登舟船主來謁乃謂法國海部新例不爲公使懸旗卽法使在船亦不懸蓋慮沿海礮臺放礮設一船而有兩公使則先後次序必致招怪皆飾詞耳當告以搭法公司船不止一次從無不懸

國旗之理前年自烏約赴哈晝距時不遠爾之公司何

以別有章程與辦數刻船主乃遵辦殊狡猾四點半鐘展輪兩岸觀者如堵敬如料量妥當偕輪船公司總辦同返余登舵樓握手爲別

十二日甲申晴風日暄美絕無風浪午後過一山峽義大里法蘭西境也似亦地中海一門戶舊有礮壘兩岸民居甚樸沿山多帆船或曰此以捕魚爲業者山外有道可通此峽仍非要地

十三日乙酉晴法都會場剛散此船搭客搭貨幾滿自馬賽至上海水腳銀五萬餘元而不敷用法廷仍須津

貼推此則招商局船出洋恐亦無利德國派駐小呂宋
領事阿苓謁瑞乃爾之舊交詢瑞乃爾蹤跡四月前已
回華供差並攜眷去又法國新派署上海總領事柏士
其父爲算學翰林敬如與有舊託余照拂
十四日丙戌晴法美同爲民主而制度各殊法有內外
商藩戸兵海學教農刑工十二部就中商兼藩學兼教
近以賽會商部遂兼宰相大約宰相之任視時政緩急
某部兼攝則知現嘗某事也歲俸一萬二千各部亦然
議院權亦隆重上院議紳三百五十六員下院議紳五

百八十六員每員日俸五元微薄之甚陸兵口糧每月十五佛郎水兵四十佛郎持較美國已大相逕庭矣法國向以賣酒獲利近則法之佳酒各國皆能爲之歲入略減而猶以紛華奢麗著名歐洲

十五日丁亥立冬晴有英商以販絲爲業者賈於滬二十餘年爲言華絲極佳而出繭不得法焙繭太老傷其外蠶蛹不潔污其內一繭僅中間一層可用耗損太過又繅絲粗細不勻此弊皆易整理且絲質最良各國皆遜稍求精進獲利倍蓰何可坐失商利詢其歲購華絲

運銷何國渠謂瑞士十之四五法十之二三餘則運英耳中國山蠶黃絲西人初不適用近亦紛紛購求以製回絨甚光滑且能藥之使白也明早此船少泊同舟人咸貽書親舊余亦寄敬如一牋

十六日戊子晴早六點鐘船泊亞鎛山打地爲阿羅泊國土爾其屬也希九登岸迷路雇一土人導之回船訛索六金自馬賽至此四千五百八十七里沿岸自屋類礮臺者土酋之居也街市甚長人則白布纏頭而跣足攜物登舟售賣舟中侍役呵斥之慮其竊物云吉祥與

購鏡照片二十幅略識此中形勝埃及古蹟早飯後移寓船面房稍寬敞能安筆硯十點鐘船起椗兩點鐘行經耐宜河口此水發源亞非利加洲北流入地中海水色微黃西人謂河水之極遠大者也晚十一點鐘泊波西島多酒家鐙光甚盛亦有戲園博局舟中人輒登岸游震東託病力言不往旋亦潛去舟人上煤小船爭渡喧嚷之甚

十七日己丑晴越南北甯省大壯社同人寺僧阮清高自法回越以玉桂三枚求售又出觀贈行詩劄一束約

百數十首擇其尤雅者錄之如五言律詩云巳學無生
諦何心鬭巧場風塵猶擾擾天海正茫茫放棹開新眼
浮杯問上方須彌親到處好載入詩囊北江山農楊立
名奉餞同人上人西行成泰元年二月下澣七言律詩
云東來冠錫過重洋杯渡相尋古佛場四大雲煙雙眼
闊三千世界一蓮藏禪心久悟虛空旨世事難爲應赴
忙迴首故山棲息穩松枝挂搭卧藤牀同慶四月望前
一日原北甯總督院玉班奉次大壯同人寺上人留柬
元韻併以爲餞又七言律詩云鬭巧無端盛此行住持

悟道獨馳名波濤赤海千難重弧矢初心一舉輕舍衛
眞傳能目覩玻瓈勝景入心經藩方遊子如相遇爲整
歸裝共一程侍讀學士東防副使叶扶阮文瓚比玉恭
和皇南成泰元年春三月望前二日七言絕詩云滄海
春潮萬里槎天風飛錫到歐巴卽看馬祖西來意奇語
何妨粲舌花心比蓮花不受塵飄然瓶鉢老吟身潮州
衣衲東城帶且自逢場結勝因不甘拙我守蓬樞會覽
瀛寰五大洲想得拈花天女笑老禪放膽續西游銅牆
鐵壁簇玻瓈星塔天船擅巧奇何似空王三昧乘拚將

芥子納須彌長風吹送火輪船直到西方極樂天從古焚書龍象法憑君妙筆補新編昨得留東二章知上人有萬里之行西望滄溟不覺悠然意遠小詩五絶句庶當渭城三疊尙希郢裁己丑正月中浣周原阮啟疆又集唐二律云浮杯萬里過滄溟劉禹錫異國光陰老客情劉滄關塞極天惟鳥渡杜甫風波終日看人爭陸龜蒙尊中美酒常須滿朱慶餘世上愁痕滴太平陸龜蒙乘興輕舟無遠近賈至願君到處自題名張籍風隨蕉葉下瀧船陸龜蒙何處春光不眼前王表桂嶺瘴來雲

似墨 柳子厚 藍田日暖玉生煙 李商隱 孤飆遠影碧空盡 李白 星漢通霄向水連 李頻 願得遠公知姓字 盧綸 故園歸去及新年 李頻 同慶戊子一陽月杜瓌友又尺牘云善以會試屆期卽日就省領憑不能就候拜餞敬將烏龍茶二包聊以寫誠希惟笑納初年怡勝遠禱平安同慶己丑春多牛阮惟善今日舟行蘇彝士河兩岸沙磧微有草樹河狹兩舟並行須善避就西例每點鐘只行六邁午窗蕭寂記茲詩翰以識同文之雅亦以見越南近肰猶紀元設科未改步也間詢阮思僩仍健在

越南詩人之翹楚同治己巳納貢來京曾於李仲約齋中相與倡和回首前塵不無今昔之感耳晡夕經兩鹽湖水面頗闊兩旁浮標鐙塔甚密能容輪艘之地亦無幾夜十二點鐘泊蘇彝士島停頓三點鐘有小輪船駁載稅關亦來查船猶土爾其裝束也遥見樓屋林木當日浚河人所營至此而新開河盡矣計長七百二十六里舊例商輪不得夜行近則船嘴設大電鐙光及十六里無攤撞擱淺之慮此法僅行之兩年

十八日庚寅晴舟經紅海兩岸皆山水黝黑譯言紅海

不知何所取義惟晚雲鬱蒸絳色而已氣候漸熱猶可
御棉夾此爲阿非利加洲迤北之境
十九日辛卯晴熱寒暑表八十二度日軌稍長六點鐘
始懸鐙法船飯菜逐日變換已較英船遠勝惟西饌究
難適口午後別煮雞粥晚餐西穀米以清熱
二十日壬辰晴熱寒暑表八十八度至九十一度單衣
且汗船上華傭二十八人領袖者月得工錢二十元餘則
六元且扣飯食惟許出入帶貨略可彌補間令拉風扇
薄賞一金喜不可支希九以房艙太熱每夕襆被船面

未嘗不快久恐生病耳

二十一日癸巳晴寒暑表八十八度至九十三度連日喫西瓜頗訝非時熱甚則甘之如飴耳希九言日都亦於此時以西瓜爲上品一枚值價六金豪家宴客非此不歡日都冬令非熱殊不解也又日國宮宴由宮官承辦每一客開銷四十五金煙酒在內亦浮糜矣

二十二日甲午晴寒暑表八十二度午正泊伊定又曰亞丁英之屬土蓋攘諸依拉卑亞亦土爾其舊部也地居亞細亞洲陸路可通中國由印度而西藏不隔海也

土人多黑又善泅水投一錢則入水爭取出沒靈捷有售駝鳥羽者白色佳灰色次之可以製扇索價頗昂只購石華二枚鏡片十八紙聊誌此間景物其地六年一雨居人卽儲以爲食得水甚難島上遂無草樹英人近作水池以飾觀爲功不易沿島有樓房客寓亦有車馬希九子豫立齋並登岸游眺此島四面皆山口門不狹而法公司船於夏間與本公司兩船摧撞遂沒其一雖未傷人而貨物至今乃起訖所損已百萬金矣此船猶在山側桅上仍有鐙劉長卿詩沈舟側畔千颿過病木

前頭萬樹春此之謂乎自紅海至此四千五百二十一
里今日因增煤泊至夜半乃發
二十三日乙未晴船行至十二點鐘忽停輪拆換龍骨
一節諸黑人在機器房同力合作卻不忙亂對海爲亞
非利加洲兩點鐘復行
二十四日丙申晴東北風船頗動盪晡時見島嶼夜浪
愈豪已入印度洋南行偏東
二十五日丁酉晴西俗貴少賤老而耒始不以高壽爲
難得日國每年初夏有濯足會令都城老人六十以上

者十數人至宮內教堂並約各公使觀禮且須步行入衆齊集日君后戴法冠從宮眷出諸老人鞠躬致敬教士導至浴房各予一盆濯足教士洗灑以水日君后亦手擎杯水分灑之濯畢各有賞賜日國大典也君主之國而信教者行之或曰此援馬利亞故事卻無可考或曰日君后親爲濯足亦傳聞之訛要之敬老之意則大可嘉

二十六日戊戌晴同舟有倭兵官善奕偶與對局不覺三勝之曩在美都倭使九鬼屢欲對奕而無暇不悟舟

亦有此間緣
二十七日己亥晴法俗不厭白髮且有染以飾觀者相傳百年前法后霜鬢皤然自傷衰老其宰相乃集廷臣盡染白髮使之晨夕相見者皆此類俾自忘其老可謂想入非非矣然染髮之風至今未改明鏡憎白髮未可律諸殊域也法俗又有爲人塗粉可以返老還少每年一塗費數百金然不能盥沐汗則以絹拭之亦苦人之具夜十二點鐘有黑氣橫空際初疑輪船之煙細視之雲也輪旁波瀾白亮有無數金點如萬星之攢或曰此

水近赤道中有琉璜輪鐵激水而光燄出他水則無之
然非天陰則不顯二丈外亦無所見
二十八日庚子晴船主欲得中國帶扣以爲式檢一枚
贈之乃堅辭今日寒暑表八十六度亦不亞於紅海四
點鐘行經蚊彌哥士島樹林頗密中有塔鐙
二十九日辛丑晴魯代倫國土爾其屬也自爲書通於
中國託芝使代進譯其文義無非仰慕結好之詞土且
無約况其屬乎晚九點鐘泊哥龍罷印度境也舟人紛
紛登岸英人視印度人如狗馬動加鞭扑遙望島內鐙

光甚密島南新築石隄以殺水勢舟泊隄內殊穩水中似多礁石船主謂係沙底其暗湧則來源使然云

三十日壬寅小雪晴晨起印度人之售鑽石玳瑁銀器者羅列船面索價十金者一金可買亦頗厭其浮僞進齋子豫登岸觀卧佛像希九購得貝葉經一張印度錢十枚相贈欲往錫蘭須兩點鐘火車游客不果往也相傳唐僧取經即此地其佛像與中土禪院無殊十二點鐘起椗四點鐘經錫蘭山山勢蜿蜒頗秀致夜色純黑十點鐘後乃見星

十一月初一日癸卯晴寒暑表八十六度午啖西瓜都中今日始貂裘矣氣候相懸若此倭人步趨英法改易西裝衣履習極趨時即行動坐立語默神理無不曲肖乃船主每於鐙後輒曳倭服一英商亦然將以相形乎抑各適其適乎

初二日甲辰晴粵中新製銀錢其文曰光緒元寶中爲滿文背鐫蟠龍文曰廣東省造庫平重七錢三分邊闌西文譯如此語若能通流足塞洋銀漏卮且可獲利又新製銅錢文曰光緒通寶庫平重一錢均精緻此則成

本頗重每鑄一錢須加六工本囊中各得一枚周子玉延希九欲之不能分贈

初三日乙巳晴自伊定至此僅遇一輪船四點鐘經嘉利壩島地勢緜延荷蘭曾欲攘奪而爲島人所敗島俗强悍能食人無教化之俗也出產亦不甚繁遙望林木鬱翠油然作雲至此而印度洋盡矣

初四日丙午雨舟行馬离港水勢較平西曰諦离島荷蘭屬東則暹羅與英屬也地出錫甚佳華人營生於此頗衆氣候殊惡易生瘧疾

初五日丁未晴未正入星嘉坡口兩岸極狹而不能自
守可惜也英人所置暗礮臺若無所見曾爲俄人圖其
要妙至今遂不准外人往觀備敵之意深矣船主爲懸
國旗其岸上公司望樓亦懸旗相答尖角舊式三點鐘
登岸車行里許遇衣冠來迓者知爲領事左子興聞劉
芝使先已函告矣熱甚偕參贊各員同至華人酒肆小
憩電達廣東省城畢即訪領事署胡璇澤之子心泉導
往遂同游胡氏園結構平平惟池荷葉圓徑五六尺又
並頭豬皆異種也荷葉輭浮水面花則重臺高瓣亦不

見莖主人以蓮米贈子豫回粵試種不知遷地能良否
並頭豬略如小兔用藥水浸灌以玻瓈瓶儲之鐙後子
興約飲酒肆復回領事署子興談曾劼侯前辦俄約劾
者紛然其棘手甚於余之辦美約劼侯深謀遠慮尚復
如是誠出意外一點鐘子興送余回船又贈乾荔枝呂
宋煙捲星駕坡終歲衣葛鐙後疾風暴雨幾以爲例雨
後仍悶熱奉使各國無冬夏均暖帽邊沿或呢或羽紗
略如行營式惟星駕坡則葛紗袍褂萬絲冠
初六日戊申晴自渡星駕坡口西人名爲中國海意必

曾屬中國外洋島嶼記載遙之耳泰西船主以能走此水者爲好手風霧靡常又多礁石也早六點鐘啟椗船略北行氣候仍熱多見小島均不知名華人旅居星駕坡約六七十萬皆閩粤籍會館頗多墳墓碑識卻不忘本惟人品不一地方官幸禁賭而售鴉片者月餉仍十一萬金本巫來由土地亦有回回教堂其島主極能和衆厚結英廷歲往倫敦一次英不奪其自主之權而要以若與他國立約須先關白

初七日己酉晴午後暴雨虹見爲函謝左子興並寄一

詩夜兩點鐘入西貢口有山踞口門頗奇聳
初八日庚戌晴六點鐘起船行兩岸曲折而狹口門之山可守越乃不善經度深可痛惜曩在巴黎有新會人李林游學法都書院習語言文字知余抵巴黎特來見自言乃父李佑宗賈於西貢求寄語平安託帶一書頃八點鐘抵岸飭陳勝送去李佑宗即駕車來迓至其家樓房寬敞希九適患足疾又爲求醫藥備極殷勤與詢越南情形甚熟悉現在越南自治者順化十二省法人攫去者東京十三省嘉定等六省西貢提岸嘉定屬也

越之精華在東京刻仍無甚生發法廷歲輸東京銀五百萬元西貢銀二百四十萬元如獲石田耳法近擬開建鐵路自河內而諒山意不可測也西貢一隅極力經營如花園戲館架非館皆備其爲地方謀者則建橋梁疏溝渠兩事育嬰堂學堂亦具體而微教堂則入者主之而已越南人進教東京爲盛以進教則教堂之利益視平民遠勝也東京十三省土著約千萬順化十二省六百餘萬嘉定等六省僅百餘萬徒有省名生齒不繁法人全力注於東京西貢則現兵不滿千時有三兵船

自衛實不足以固圉西貢出口無他物祇米爲大宗又非外國𨙶銷之貨此地商務決無起色口岸決難增勝以法國割付德國兩省衡之損益不可以道里計土產有鹽價甚賤將謀運銷星駕坡久恐充入中國境是當預爲之防李佑宗又導游園亭及法兵官署觀飛走之屬有熊象極馴可喝令跪拜轉側但予之食輒隨人指使矣法兵官署外越人古塚法並不毀留以飾觀林樹茂密花卉御鮮孔雀甚賤一頭只值兩金晚飲佑宗樓有星駕坡華商陳某來述星駕坡拐販人口及舟中謀

財害命各事爲之憤懣子興曾爲言之特不如是之詳
歸日當與粵督籌商辦法飯罷陳某别去余亦回舟中
睡希九不叚於行寄榻佑宗許
初九日辛亥晴九點鐘起李佑宗已來約往提岸李樸
山來見金山舊識也其居在提岸即先返以待余偕李
佑宗乘馬車往途經廣肇福建會館義祠尙冠冕隨至
南隆樓小憩主人劉姓款洽殷拳族姪佳植振錫來謁
始知族人賈於越南者多在提岸紛邀往訪遂至濟昌
隆昌南隆三處天氣且熱頗難遍及也老友何竹年亦

於提岸作幫長即商董之別名別已三十年不圖於此作數刻談提岸皆華商有曰廣東街者粤人尤夥甚惜爲時太迫並李樸山之約亦不果往三點鐘仍返李佑宗許飯畢回船佑宗厚爲盤飧又見贈黃油伽南一枝余別購黑油一枚松皮玉桂半段伽楠坿木而生白油最佳甚不易得沈香結尤難佑宗送至舟次爲別即將陳敬如銜名書予之俾令通信照料其子敬如本以李林少年游學無人約束爲言余稍暇亦爲書代託之也族人赶來送時已七點鐘船剛啟椗遂於船舷爲語

初十日壬子晴越南馬極小漢書言烏秅出小步馬孟康曰種小能步也顏師古曰細步能蹀足所謂百步十迹者也持較越馬功用略同西貢四時皆熱異種良馬僅能早晚行若在午未申之交則非此小馬不能耐熱然而車如雞棲馬如狗移贈恰當曩在日都博物院見有嘉定提督闕防銅礮旗幟之屬知越南曾被日人冦侵昨詢李佑宗謂法日同謀日受法人之嗤日兵任攻會安土人從山上灌毒於河日兵飲之多死法人攻西貢應響而得日兵回泊西貢法乃懟其失機西貢之地

日國無與焉南壘洲諸國日且無力制其叛而顧聽法
卒牽從事越南舍己芸人得失究何如也
十一日癸丑陰晴無定船出西貢後船鍼向北正迎北
風不免顛簸又小呂宋昨方發颶船主謂風綫屬東京
然颶尾總不能不波及昨夜復大雨華人搭坐篷面約
四百人風雨交侵情狀可憫有高要人已從悅生號交
船價而不諳換船票船主查對以爲僞也欲苦之陳弁
爲說情并乞余給八金脫其窘今日船行二百零五邁
以風浪故慢耳傍晚見星月船主謂明日必晴不甚戒

備詎半夜狂颷仍惡大副急呼之起同在柁樓守更達旦乃睡此爲七洲洋船行極險一月前法公司船自香港過此遇風船面房屋船旁鐵柱均埽去

十二日甲寅晴西貢亦有闈姓歲投十二萬金承充者聞尚有利此風由近及遠粵中若不自謀則利源外溢更無底止西貢鴉片煙向亦華商承稅歲百十五萬元酒稅在內近則法人自辦而查私較嚴

十三日乙卯晴晨起絕無風浪申初抵香港諸父昆從親串多來迓香港巡撫遣中軍官駕小輪船來迓應接

不暇匆匆誕登偕震東宿西人客寓進齋希九立齋子豫住名利棧自馬賽開船至香港共行三十二日計程三萬六百零七里半港官係巡撫新架坡乃總督耳而華人每誤以港官爲總督未深考也英自得占不那倚山已握地中海之要過此爲蘇彝士河本法人籬石所鑿法國股子較多英相威令士潛向土人搜羅股票至令英國股多於法西例此等公司股多者當事則蘇彝士河之利英亦壟斷矣格蘭忒謂環球三宰相曰李鴻章曰畢斯默曰威令士即指此也過紅海即爲亞丁英

之屬土英船屯煤之地各國公司亦有煤棧然英實主之此地六年不雨寸草不生英船入印度洋中國海恃此爲中站不惜百計經營特人力不能迴天暵耳過此而印度而新架坡而香港英船游駛無可阻礙之者中英不同洲而海道若聯接以形勢論之尤不可忽海外來颿自以香港爲歸宿次則澳門近日兩島情形從何設措此行歷東西大洋環地球一周甚欲覓一海門能副閉關絶市之論竟不可得若是則海軍之設其可緩乎南洋之吳淞口嵩山關甯波定海故有備北洋則兼

營威海旅順爲津沽北塘添一重屏障南北一氣足資控制更於臺灣外海設重鎭屯大枝水師敵船往來當不能無所顧忌若夫高談制梃捻纓求妍徒滋惑耳藼桓蠡測管窺無當萬一綜計使槎所歷美爲民政之國出產日富課税日增烏約一關日收銀至八十萬元通年匀計不爽此外坡士頓舊金山各口收數亦巨而通國額兵只二萬六千餘人此保富之道也又地僻在一洲其於歐羅巴則隔大西洋而烏約入口之地又極險隘其於亞細亞則隔太平洋渾渾無際中無屯煤取水

之地自舊金山至日本橫濱始有埔頭折而西北爲中國境中日亮無侵美之意故舊金山一路美直可匽然不設備則其歲省邊防之費爲不少矣所以藏富於民漸臻强盛南則墨西哥再南則可侖比亞諸國美之勢力足以控制之又巴拏馬河道未通此爲南北阿美利加洲天然界限所慮南北黨門戸大嚴終恐久合必分耳日斯巴彌亞國自失地中海之險國勢頓異南墨洲諸國紛然背叛各自立爲民主日之屬土祗古巴小呂宋兩處入不敷出國債日叢而君主體制獨尊積威有

漸乎祕魯本南美洲富饒之國而民性偷惰居處飲食之物多從他國運來本國金錢日流於外而不自覺本日抵香港即丙戌放洋之地日記從此結束亦默符總署奏案

光緒乙酉六月奉
命出使美利加日斯巴彌亞祕魯三國十月
陛辭南下丙戌二月自香港展輪歷北美洲歐羅巴洲
南美洲諸島山川政俗義應諮訪而各國交際爲尤要
總署奏案責使者以日記見聞所及援筆輒書叉去國
旣遠邸報流傳親舊函牘郵至家書瑣屑有觸斯會旣
存漢臘且誌游跡庚寅二月回京復
命仰聆
聖訓凡美洲南北分黨及華商絲茶滯銷之故

指示靡遺有非華士所及知者因得詳晰奏對
上垂詢記載謹奏言署章須爲日記但蕪雜過甚須大
收拾
上諭以收拾完備即行進呈謹承
旨而出越日樞中復述
旨相促其時鈔稿在粵行篋僅存草本遂芟刪以付鈔
胥五月杪疏呈奏
旨留覽嗣是署中同僚京外朋好咸屬付梓以便傳觀
此數年間春明塵鞅伏案鮮暇甲午歲暮復有蛤川之

役往來滬上假寓同文書局就草本中重爲綴拾擬付石印詎展轉鈔謄脫漏殊甚因復重寫一遍就廠肆刊之安攘之術本非所諳言之無文行之不遠且亦有不願示人者比日西士好博每於華文字句鋭意講求若但挾持使者筆記猶其淺焉者也至事或纖猥迹近怪異有累進呈體例前既刪除茲復補輯此中撰說惟舌人是賴殊悔不諳語言文字滋愧焉爾南海張蔭桓